近代日本におけるバイロン熱

Byromania

菊池有希 著

勉誠出版

はじめに

ジョージ・ゴードン・バイロン（George Gordon Byron, 1788-1824）は、フランス革命後のヨーロッパにおいて、シェイクスピア（William Shakespeare, 1564-1616）と並び、最も影響力を持ったイギリス詩人である。バイロンその人の人物と作品とは、当時のヨーロッパの読者層を強く惹きつけ、その影響の範囲は、文学のみならず、政治、文化、社会の諸領域に及んだ。そして、この諸領域にわたる様々な影響は、互いに絡み合いながら、ヨーロッパからロシア、アメリカに至る広大な地域において、バイロン熱（Byromania）と呼ばれる一種の流行現象を生むに至った。(1) ゲーテ（Johann Wolfgang von Goethe, 1749-1832）は、エッカーマン（Johann Peter Eckermann, 1792-1854）との対話において、「私には、最近の文学を代表する人として（中略）彼（バイロン、菊池註）以外の人間をとりあげることは考えられなかった。彼が今世紀最大の才能の持主であることは疑いないからだ。それにバイロンは、古代風でもなければ、ロマンティクでもなく、現代そのもののような人物だ」(2) と評したが、このゲーテの言は、一九世紀初頭の西洋におけるバイロン熱の流行の広がりを示唆すると共に、バイロンに熱狂する当時の西洋の世相と、それを一身に体現する象徴的人物としてバイロンが存在していたという事実を端的に言い表したものであった。

バイロンは、フランス革命の前年、一七八八年の一月二二日に、ロンドンに生まれた。スコットランドのアバディーンで少年時代を過ごしたが、先天的な足の不具、神経質な母親との険悪な関係、乳母に吹き込まれた厳格なカルヴィニズムの教えは、少年時のバイロンの心に終生消えない暗い影を落としたと言われる。一〇歳の時、男爵の爵位を継承して第六代バイロン卿となり、ノッティンガムシャーのニューステッド・アベイに移った。一八〇五年、ハロー校からケンブリッジ大学に進み、そこで放蕩三昧の日々を送った。一八〇七年、処女詩集『怠惰の時』*Hours of Idleness* を刊行したが、批評家の不評を買い、一八〇九年に刊行した諷刺詩集『イングランドの詩人とスコットランドの批評家』*English Bards and Scotch Reviewers* では、逆に批評家連中を嘲弄し意趣返しを行なった。一八〇九年から一八一一年にかけて、ポルトガル、スペイン、ギリシャ、アルバニアへと、「大陸旅行《グランドツアー》」を行い、帰国後、その旅の旅情を歌い上げた地誌的物語詩『チャイルド・ハロルドの巡礼』第一歌・第二歌 *Childe Harold's Pilgrimage, Cantos I & II*（一八一二年）を発表したが、これがベストセラーとなり、彼は一躍時代の寵児となった。

その後、バイロンは、ホイッグ党の急進派の上院議員としてラッダイト運動を支持する演説を行なうなどの政治活動の傍ら、『邪宗徒』*The Giaour*（一八一三年）、『海賊』*The Corsair*（一八一四年）、『ララ』*Lara, A Tale*（一八一四年）など、東方世界を舞台とした物語詩を次々に発表、確実に読者層を拡大していった。そうして若き美貌の詩人として社交界の花形となった彼は、幾人かの女性遍歴の後、一八一四年、貞淑の誉れ高かったアナベラ・ミルバンク嬢に二回目の求婚をし、翌年、結婚するに至った。アナベラとの間には一女をもうけたが、結婚生活中に幾度も繰り返されたバイロンの奇矯な振る舞いや、異母姉オーガスタとの不倫を匂わす暗示的な言動により、この結婚は、一年後、破局を迎えることとなった。この破婚をめぐっての醜聞は様々に取り沙汰され、バイロンの名声を一気に失墜させることとなった。

一八一六年四月、イギリス社会に居場所を失くしたバイロンは、祖国を去り、ヨーロッパ大陸に流浪の旅に出る。上陸後、ライン川を下りスイスのレマン湖畔に滞留したバイロンは、彼地で同じく流浪の身だったシェリー

(Percy Bysshe Shelley, 1792-1822) 一行と合流し、シェリーの自然への愛や汎神論的世界観から感化をうけた。そしてこのシェリーからの影響は、『チャイルド・ハロルドの巡礼』第三歌 *Childe Harold's Pilgrimage, Canto III*（一八一六年）や『ションの囚人』*The Prisoner of Chillon*（一八一六年）、『マンフレッド』*Manfred*（一八一七年）など、アルプスの大自然を舞台とした作品群の中に結実している。社会から疎外されて傷ついた心を風光明媚な自然の中で癒そうとするも癒し切れず、いっそう憂愁と厭世の念を深める孤独な自我を濃密に歌い上げ、詩情に深みを見せた。

同年秋、バイロンは、アルプスを越えてイタリアに入り、イタリアを舞台とする物語詩（『タッソーの歎き』*The Lament of Tasso*（一八一七年）、『ダンテの予言』*The Prophecy of Dante*（一八一九年）など）や劇詩（『マリノ・ファリエロ』*Marino Faliero*（一八二〇年）、『二人のフォスカリ』*The Two Foscari*（一八二一年）など）を書いた。中でも、イタリアの各都市を巡る中で書いた『チャイルド・ハロルドの巡礼』第四歌 *Childe Harold's Pilgrimage, Canto IV*（一八一九年）では、古代から中世にかけてのイタリアの文化的、政治的、経済的栄光と、オーストリア帝国の従属下に置かれた一九世紀初頭のイタリアの悲惨との間の落差に、自身の過去の栄光と現在の磊落とを重ね見るという趣向で、歴史に向き合う自己の感懐を歌い上げた。他にも、『カイン』*Cain*（一八二一年）、『サーダナペイラス』*Sardanapalus*（一八二一年）、『天と地』*Heaven and Earth* (*drama*)（一八二一年）などを書き、厭世と懐疑と絶望に彩られたバイロン的作品世界をさらに充実したものにした。また、この時期、謎めいた暗い過去を持ち苦悩の表情を浮かべて孤高の生を生きるバイロニック・ヒーローの登場する前期及び中期の物語詩、劇詩から、軽妙な語り口で社会の偽善と欺瞞を冷ややかに嘲弄する後期の諷刺詩（『ベッポー』*Beppo*（一八一八年）、『審判の幻影』*The Vision of Judgment*（一八二一年）など）へと、詩風の変化も見せていた。後者の詩風の代表作としては、大作『ドン・ジュアン』*Don Juan*（一八一九―一八二四年）がある。が、この作品は、一三歌まで書き継がれながらも、バイロンの死で中断し、未完に終わった。

イタリアにおけるバイロンは、私生活では、情人を囲い、酒色に耽る退廃的な生活を送る一方、イタリアの独立を目指すカルボナリ党を側面から支援するなど、政治的行動への意欲をも見せていた。それは、最晩年のギリシャ独立戦争への参加まで続いてゆくことになる。一八二三年、バイロンは、オスマン帝国からの独立を目指して戦っていたギリシャを支援するため彼地へ出発、翌年、ミソロンギに上陸、ギリシャ兵士を鼓舞しつつ前線に立った。が、熱病に罹患し、同年四月一九日、陣没、三六年の生涯を閉じた。

このように、バイロンは、一八世紀末から一九世紀初頭にかけて、極めて劇的な人生を生きたわけであったが、このバイロンの生きた一八世紀と一九世紀の狭間という時代は、西洋が政治的、社会的、文化的に大きく変動しつつあった時期でもあった。まず、一七八九年のフランス革命は、自由、平等、博愛の理念の下、専制君主が一大権力を掌握する政治体制としての絶対王政を崩壊させ、自由で自立した個人を前提とする民主的な近代市民社会の成立を促した。また、世紀の変わり目におけるフランス革命戦争からナポレオン戦争に至る動乱は、最終的には旧体制の復活を旨とするウィーン体制の成立（一八一五年）という結果に帰着しつつも、それまで抑圧されていた各国、各地域の人々の国民精神、民族精神に火をつけることとなり、西洋の広範な地域において近代国民国家の確立を目指すナショナリズムを喚起した。さらに、一八世紀後半から一九世紀前半にかけて漸進的に進行していた、イギリスを発祥とする産業革命は、近世以来の重商政策によりすでに用意されていた資本主義経済を活発化させながら、消費文化を旨とする近代産業社会の成立を促すものであり、同時に、自己の欲望に忠実な消費主体としての近代的個人の登場を促すものでもあった。

一八世紀末から一九世紀初頭にかけての西洋におけるこうした政治、社会、文化の諸次元における大きな変動は、要するに、近代市民社会、近代国民国家、近代消費文化、近代的個人が、次第に実体的な形を整えつつあったということを意味するものであった。つまり、この時期は、西洋近代の草創期ということであったわけである。そしてこの西洋近代の草創期という時代的背景の中で、バイロン熱という現象は起こったのであった。

このような時代にバイロンが人々に受け入れられたというのは、当時のヨーロッパ、ロシア、アメリカの人々の期待に、バイロンが応えるものを多く持っていたからである。西洋近代の草創期という時代は、要するに、政治的、社会的、文化的次元において前近代的な旧秩序が崩壊しつつあり、かつ上記諸次元における近代的な新秩序が誕生しつつあるという過渡的な時代ということであった。このような過渡的な時代において、往々にして人々は、旧時代の残照と新時代の曙光とを前に、希望と不安との間で動揺するものであるが、バイロンは、この希望と不安との両方の受け皿たり得たのであった。まず、これまでの旧時代の不自由な桎梏に果敢に挑戦し、新時代の自由主義の気分を体現したかのような派手な身振りによって、新時代の到来をめぐる人々の希望を鼓舞した。と同時に、過去にも未来にも救済の道を見出せないバイロニック・ヒーローが登場するその暗鬱な詩的世界によって、旧時代の秩序の崩壊と新時代の秩序の到来との狭間で頼るべき価値規範を見失った人々の不安をも代弁したのであった。

こうしてバイロンは、西洋近代の草創期という過渡的な時代に特有の希望と不安の両方に応えるかたちで、時代精神を象徴する存在たり得たのであった。そしてその結果、同時代人の熱狂の的となり、甚大にして広範な影響力を行使することができたのである。

このあたりの事情について、R・A・カードウェルは、ロシアを含むヨーロッパにおけるバイロン受容のありようを各国別に論じた大部の論文集『ヨーロッパにおけるバイロン卿の受容』*The Reception of Lord Byron in Europe*（二〇〇四年）の序文において、次のように論じている。

Byron represented, clearly, a challenge on two fronts: the struggle for the liberty of oppressed peoples and the struggle to define a new artistic language for the expression of that desire for freedom, social and individual. The two, it seemed, were inseparable. At the same time he challenged the old order in terms of his questioning of life's purpose and meaning as much as in terms of his revolt against Christian and rationalist belief. His existential anguish both appealed to and appalled thinking men across Europe.(3)

バイロンは明らかに、二つの戦場における一つの挑戦を体現していた。つまり、抑圧された諸国民の自由を求めての闘争と、社会的かつ個人的な自由に対する欲求を表現するための新しい芸術的言語とは何であるのかを明らかにするための闘争という二つの戦場において。これら二つの戦場は、恐らくは不可分のものであった。同時に、バイロンは、人生の目的や意味を問題視するという点において、また、キリスト教的かつ理性主義的世界観に対する反逆という点において、旧秩序に対する挑戦をも行なった。彼の実存的な苦悩は、ヨーロッパ全体のものを考える人々を魅了し、また慄然とさせるものであった。

カードウェルが指摘する通り、バイロンは、政治的、社会的、文化的な諸領域において、旧時代の不自由から新時代への自由へと絶えず前進せんとする自由主義の精神と、キリスト教的世界観、及び、一七世紀後半から一八世紀にかけての啓蒙主義に代表される理性主義的世界観に対して反逆しながら、未だ人生の目的や意味を見いだせずに実存的な苦悩を深めてゆく「負のロマン主義」(Negative Romanticism)(4)の精神の体現者となることで、旧時代と新時代の狭間の時代の偶像《アイドル》、西洋近代の草創期という過渡的時代の偶像《アイドル》となったのである。

このように、自由主義と「負のロマン主義」という、バイロンが体現した二つの精神性は、互いに絡み合いながら、所謂バイロニズム（Byronism）[5]を構成し、ヨーロッパ、ロシア、アメリカにおけるバイロン熱に火をつけたのであった。では、当時の西洋の人々は、バイロンのどこに、そのような二つの精神性を見出していったのであろうか。この点について、やや大胆に整理するならば、バイロンにおける自由主義の精神性は、詩人バイロンその人のイメージから帰納したものであり、一方、バイロンにおける「負のロマン主義」の精神性は、バイロンの主に前期及び中期の物語詩、劇詩の作品世界、またそこに登場するバイロニック・ヒーローのイメージから帰納したものであったと言うことができるように思われる。

まず、前者の方から見ていこう。当時の人々にバイロンの自由主義の身振りをまざまざと印象付け、自由主義者としてのバイロンのイメージを決定づけたもの、それは、何と言っても、バイロン最晩年におけるギリシャ独立戦争への参加であり、戦地での陣没という英雄的な死であった。論文集『一九世紀ヨーロッパにおけるバイロンの政治的及び文化的影響――シンポジウム』*Byron's Political and Cultural Influence in Nineteenth-Century Europe: A Symposium*（一九八〇年）の最終章「結論――バイロンとヨーロッパ」において、P・G・トゥルーブラッドが指摘している通り、特に政治的自由主義者としてのバイロンのイメージは、一八一二年の『チャイルド・ハロルドの巡礼』第一歌・第二歌の成功以来、バイロンの存命中の頃からすでに、ヨーロッパ大陸では広く認められていたものであった。[6]そして自由主義者としてのバイロンのイメージが認識されて以降は、東方を舞台にしたバイロン前期の物語詩、及び形而上的主題を扱ったバイロン中期の劇詩などにおけるバイロニック・ヒーローの反逆的な身振りや、『チャイルド・ハロルドの巡礼』第三歌及び第四歌、『ドン・ジュアン』などにおける専制体制を攻撃する政治的な詩句なども、詩人バイロンの自由主義の精神の直截的な表現として読まれ、抑圧された諸国民、諸民族の心を激しく鼓舞したのである。だが、そういった自由主義の精神のあらゆる詩的表現にも増して、自由主義者バイロンのイメージを西洋の人々に決定的に印象づけ、衝撃を与えたのは、すでに述べたように、ギリシャのミソロンギの地におけるバイロンの死であった。バイロンは、自由主義の精神を実際の政治的行動に移したのみならず、その精神に殉じるかのように陣中で没したのであり、彼は自由主義の詩人戦士として、ヨーロッパ全体の自由主義者たちを一気に魅了し去ったのである。

このバイロンの死は、カーライル（Thomas Carlyle, 1795-1881）やテニソン（Alfred Tennyson, 1809-92）など、本国イギリスの文学者たちに大きな感動を与えたが、のみならず、それぞれの国で自由主義の理念を奉じながら創作に従事していた人々、例えば、フランスのユゴー（Victor Hugo, 1802-85）やドラクロワ（Eugène Delacroix, 1798-1863）などをも鼓舞することとなった。さらには、国外にあって自国の自由のために戦っていた人々、例えば、パリに亡命していたハイネ（Heinrich Heine, 1797-1856）（ドイツ）やミッキェヴィッチ（Adam Mickiewicz, 1798-1855）（ポーランド）、マルセイユ、ロンドンに亡命していたマッツィーニ（Giuseppe Mazzini, 1805-72）（イタリア）や、ロンドンに亡命していたエスプロンセダ（José de Espronceda, 1808-42）（スペイン）などの思想と行動に大きな影響を及ぼした。こうしてバイロンの死は、フランスやロシアなどにおいては専制体制に反逆する自由の精神（liberalism）と民主の精神（democracy）を鼓舞し、他国の支配下に置かれていた国々、例えば、イタリア（当時オーストリアの支配下）、ポーランド及びグルジア（当時帝政ロシアの支配下）、ノルウェー（当時スウェーデンの支配下）、ギリシャ（当時オスマン帝国の支配下）などの国においては自主独立の精神（nationalism）を喚起することとなった。結果、近代国家の成立の大きな原動力となったのである。

では、後者の「負のロマン主義」の方はどうであろうか。バイロンの「負のロマン主義」の精神に人々の眼を向かわせ、「負のロマン主義者」としてのバイロンのイメージを固定化させたものは、詩人バイロンその人というより、チャイルド・ハロルド（『チャイルド・ハロルドの巡礼』）やコンラッド（『海賊』）、ララ（『ララ』）やマンフレッド（『マンフレッド』）、カインやルシファー（共に『カイン』）等、バイロンの劇詩、物語詩に登場するバイロニック・ヒーローのイメージであった。バイロニック・ヒーローとは、謎めいた過去を持ち、時に悪徳に手を染めることもありつつも高潔さを失わない人物像、キリスト教的道徳、啓蒙主義的理性、機械論的知性など、自身の自我以外のあらゆる権威を認めず、自身の自我を外部から抑圧するものには傲岸不遜の反抗的な態度を以てする人物像、また、自分自身に対しても高度に批評的、内省的な意識を常に保持している、極めて気位の高い人物像の謂いである。この、ミルトン（John Milton, 1608-74）のサタンやゲーテのファウスト、各種ゴシック小説の主人公の系譜に連なる、暗鬱で神秘的なロマン主義的英雄としてのバイロニック・ヒーローは、[7] モデル問題をめぐる作者バイロンの意識的、作為的な韜晦や、バイロン自身の反社会道徳的な振る舞いもあって、読者の中でバイロン自身と同一視されることとなり、バイロンの神秘化を促進させるものとなった。のみならず、バイロンをモデルにバイロニック・ヒーローさながらの悪魔的な主人公を造形したキャロライン・ラム（Caroline Lamb, 1785-1828）著の『グレナーヴォン』*Glenarvon*（一八一六年）や、同じくバイロンをモデルとして女性を毒牙にかける吸血鬼を描いた、バイロンの侍医のポリドリ（John William Polidori, 1795-1821）の手になる『吸血鬼』*The Vampyre*（一八一九年）などが出版されたことも相俟って、この神話化の流れは決定的なものとなった。このような神話化の中で作られたバイロン流のロマン主義のイメージ、即ち「負のロマン主義」のイメージは、旧時代の権威の失墜を前に、未だ拠って立つべき価値規範を見出し得ない西洋近代草創期の人々の隠微な恍惚と不安の受け皿となるとともに、近代草創期の人々が徐々に自覚しつつあった近代的自我のありようを直截的に表現したものとして広く受け入れられるに至った。そして各ジャンルの近代的な芸術表現のための文化的土壌となったのである。

バイロンの「負のロマン主義」に創造的想像力を刺戟された西洋ロマン派の人々の名前を列挙してみると、おおよそ以下のようになる。バイロンの「負のロマン主義」に影響を受けた文学者としては、ブロンテ姉妹（The Brontës, Charlotte, 1816-55 / Emily, 1818-48）（イギリス）、スタンダール（Stendhal, 1783-1842）、ラマルチーヌ（Alphonse de Lamartine, 1790-1869）、ヴィニー（Alfred de Vidny, 1797-1863）、バルザック（Honoré de Balzac, 1799-1850）、ユゴー、ミュッセ（Alfred de Musset, 1810-57）（以上フランス）、ゲーテ、ハイネ（以上ドイツ）、レオパルディ（Giacomo Leopardi, 1798-1837）（イタリア）、プーシキン（Aleksandr S. Pushkin, 1799-1837）、レールモントフ（Mikhail Y. Lermontov, 1814-41）（以上ロシア）などを挙げることができる。また、文学者以外では、ターナー（Joseph Mallord William Turner, 1775-1851）（イギリス）ドラクロア（フランス）などの画家や、ベルリオーズ（Hector Berlioz, 1803-69）（フランス）、シューマン（Robert Alexander Schumann, 1810-56）（ドイツ）、ヴェルディ（Giuseppe Verdi, 1813-1901）（イタリア）、リスト（Franz Liszt, 1811-86）（ハンガリー）、チャイコフスキー（Petr Ilyich Chaikovskii, 1840-93）（ロシア）などの音楽家が、バイロンの「負のロマン主義」のイメージから芸術創造のための想を得た。こうしてバイロンの「負のロマン主義」の影響は、一九世紀初頭から半ばにかけてのロマン主義時代において、西洋の文化に広範囲にわたって浸透し、その後も、多種多様なかたちで幾度も反復され、西洋の近代文化の生成と成熟に大きな貢献をなしたのである。

このように、バイロンは、自身の実人生で作品を粧い、また作品によって実人生を粧うことによって、西洋近代草創期のヨーロッパの人々の希望と不安を一身に体現することのできた特異な人物なのであった。そしてそうであることによって、彼はゲーテの所謂「古代風でもなければ、ロマンティクでもな」い、つまり、古すぎもしなければ新しすぎもしない「現代そのもののような人物」となり得たのである。こうしてバイロンは、「現代」、即ち近代という時代の一個の象徴としての地位を獲得した。そして、政治、文化、社会の諸領域において近代化を進めつつあった国や地域において熱狂の対象となったのである。

では、我が日本におけるバイロン熱のありよう、バイロン受容のありようは、いかなるものであったのだろうか。

日本は、明治維新以来、西洋化、近代化の道を急速に歩んできた。明治初年以降、富国強兵と殖産興業をスローガンとしながら、西洋列強と互角に渉り合える東洋初の近代国家となることを目標に、その道を邁進してきたのである。政治面においては、天皇を中心とする中央集権国家の樹立と議会制民主主義に基づく立憲政治の確立を目指してきた。社会面においては、近世までの封建的な身分制度を否定し、自立した個人であることを称揚した。また、先進的な科学技術を導入しつつ機械工業重視の産業社会を実現させ、資本主義経済を活発化させることも奨励してきた。

そしてまた、文化面においても、日本は西洋をモデルとして近代化を推し進めていった。江戸時代の鎖国政策により、それまでごく限られたものしか入って来なかった西洋の文物も、明治維新以降、積極的に受け入れるようになり、それら西洋の文物をモデルとして近代日本の文学、芸術、思想は自らを形作っていったのであった。西洋の清新な文化の移入は、近代日本の文化全体に思考や表現における自由の気風を吹き込み、それまでの文化的伝統の桎梏との間の葛藤の中で自らを展開させてゆく道を人々の前に拓いたのであった。このような急速な西洋化、近代化の流れの一方で、それに反発する流れが国粋主義、アジア主義、反近代主義といったかたちで間歇的に顕在化するということも確かにあった。が、近代日本の歴史の全体的な歩みとしては、やはり西洋をモデルとした近代化の流れが主流であった。

このように、日本は明治維新以降、特に急速な西洋化、近代化の必要が叫ばれた明治時代、維新以前の旧秩序の崩壊と、維新以後の新秩序の誕生とを同時に経験するという過渡的な状況にあったわけであった。この点で、当時の日本の政治的、社会的、文化的状況は、やはり旧時代の旧秩序の残照と新時代の新秩序の曙光の下にあって全体の流れとしては近代化の道を進みつつあったフランス革命以降の西洋の政治的、社会的、文化的状況と、数十年の間隔はありつつも相似たものであったと言うことができる。バイロンは、近代日本のこのような状況の中でまずは紹介され、次に受容され消化されてゆくこととなったのである。

近代日本におけるバイロン熱、あるいはバイロン受容のありようについて論じた先行研究としては、古くは日夏耿之介（本名樋口圀登《くにと》、一八九〇―一九七一）の「本邦に於けるバイロン熱」（『英語と英文學』、昭和四年七月、後に『轉近三代文學品題』、昭和一六年所収）という小文がある。日夏のこの小文は、與謝野鉄幹（本名寛、一八七三―一九三五）の詩「人を戀ふる歌」（『よしあし草』第二三号、明治三三年二月）の「あ、われコレッジの奇才なくバイロン、ハイネの熱なきも」云々のくだりをまくらに、明治二十年代から三十年代半ばにかけての文学者によるバイロンへの論及やバイロンの詩の翻訳の数篇を取り上げ、当時の文学者が、バイロンについて多分に誤解や認識不足を孕みつつも、バイロンに自らのロマン主義的な青春の憧憬を仮託していた事実を指摘したものであった。だがこの小文は、日夏自身、冒頭で「(本邦に於けるバイロニティスの徑路を描くには少くとも數十頁を要する。こゝにはその概略を誌すにとゞめる)」[8]と断っている通り、いかにも「概略」を素描した覚書の域を出ないものであり、各文学者のバイロン受容の内実、バイロン熱の内実に深く踏み込んで、その意味を解釈しようとしたものとは言えないものであった。この「概略」を素描するという傾向は、例えば日夏が無視した大正期、昭和期におけるバイロン受容のありよう、バイロン熱のありようをも視野に入れた薬師川虹一の論文「日本におけるバイロン受容の概観」（『英詩評論』第五号、昭和六三年六月）においても、日夏の論及したバイロンの詩の翻訳の問題を詳しく検討した佐渡谷重信の「ジョージ・G・バイロンと明治期の翻訳」（『西南学院大学英語英文学論集』第二八巻第三号、昭和六三年三月）においても、同様に見られるものである。そのような中、磯田光一の「バイロンと近代日本」（上・中・下）（『磁場』第七―九号、昭和五一年一月、四月、七月）は、明治以降の近代日本の歩みとの関わりの中でバイロン受容の問題、バイロン熱の問題を追究している点で注目に値するものであるが、ただしこれもバイロン受容の内実、バイロン熱の内実を作品分析、作品解釈を通して詳細に論証するというかたちにはなっておらず、その意味でやはり「概略」を素描するに止まっていると言える。

一方、個々の作品におけるバイロン受容のありようを具体的に論じた先行研究としては、北村透谷（本名門太郎、一八六八―九四）の『楚囚之詩』（明治二二年）と『蓬萊曲』（明治二四年）におけるバイロンの詩の受容の問題を扱ったものがほとんどである。これについては本書第二章において詳しく論証するので、ここでは簡単に論及するに止めるが、『楚囚之詩』は、バイロンの『ションの囚人』の圧倒的影響の下に書かれた作品であり、『蓬萊曲』も、バイロンの『マンフレッド』を換骨奪胎して物された作品であった。この透谷の両作品におけるバイロン受容の問題は、かなり古くから指摘されてきたこともあって、多くの論者にさまざまなかたちで論じられてきている。だが、それらの先行研究は、バイロンを透谷の作品を成立させるための触媒としてのみ軽く捉えたものが多い。つまり、バイロン受容という視点を固定し、透谷のバイロンあるいはバイロニズムに対する接近と離反の相を丁寧に仕分けしながら、透谷におけるバイロン受容をめぐる葛藤の内実のありようを見据え、透谷におけるバイロン熱の運命を最後まで見極める、というものにはなっていなかったのである。

そのような中、近代日本におけるバイロン熱、あるいはバイロン受容に関する、特筆すべき比較文学的研究を二つ挙げることができる。一つは、笹渕友一の『浪漫主義文学の誕生』（昭和三三年）、及び『「文學界」とその時代』（上・下）（昭和三四、三六年）であり、もう一つは、小川和夫の『明治文学と近代自我――比較文学的考察』（昭和五七年）である。

まず、「「文學界」を焦点とする浪漫主義文學の研究」という副題を持つ前者の研究について述べよう。笹渕著は、透谷を含む『文學界』同人とその周辺の文学者を対象に、彼らの詩、評論、小説を、主に西洋文学からの影響関係の検証という比較文学的視座から網羅的に分析、解釈し、その意味を探った、明治ロマン主義文学史とでも言うべき試みである。当然、そこではバイロン熱、バイロン受容の問題も論及されている。特に北村透谷と島崎藤村（本名春樹、一八七二―一九四三）の詩作品におけるバイロン詩の受容の痕跡の指摘や、『文學界』同人の評論作品に見られる、バイロニズムに対する共鳴の指摘など、その該博な知識の下に展開される数々の議論には大いに見るべきものがある。恐らく笹渕の意図は、西洋文学の圧倒的影響下にあった明治ロマン主義を近代精神の発露と見なしつつ、明治ロマン主義の先駆的な推進役であった『文學界』を焦点として、近代日本における近代精神の諸相を描き出す、といったところにあった。笹渕の眼差しは、近代日本文学の成立の問題に注がれていたと見ることができるのである。バイロン熱、バイロン受容の問題も、そのような問題意識の下で論じられている。

次に、もう一方の小川和夫の研究について述べる。こちらも、笹渕のそれと同じように、明治文学を研究対象としつつ、そこにおける「近代自我」（近代精神）の問題に最大の関心を寄せたものである。が、その研究方法は笹渕のものとは対照的である。笹渕の研究が、近代日本におけるバイロン熱、バイロン受容の問題を論点の一つとして含みながら、多様な、ある意味、雑多とも言える文学精神の総和として明治期のロマン主義文学全体を捉えるという、包括的にして総合的な視野の下になされたものであった。一方、小川のそれは、近代日本におけるバイロン熱、バイロン受容の問題を主題として、寧ろ精緻な作品分析、作品解釈を通して、明治文学における近代的自我の表象の歪みの問題に鋭く迫ったものである。もう少し詳述すると、西洋的「近代自我」の象徴たるバイロン、あるいはバイロンに象徴される西洋的「近代自我」について明治前期の文学者がいかに無理解で、誤解ないし曲解したかという問題が、近代日本の文学者の中で最もバイロンに親炙したとされる北村透谷も議論の俎上に載せられながら、かなり手厳しく論じられているのである。

以上が、我が日本におけるバイロン熱、バイロン受容に関する先行研究の状況であったわけだが、このことを踏まえつつ、「近代日本におけるバイロン熱」と題する本書の位置づけを明確にしておきたい。本書は、従来の概論風の語りの陰に隠されていたものを明るみに出し、断片的に提出されていた知見を集約しながら、特に笹渕、小川両氏の前記比較文学的研究を批判的に継承しつつ、より網羅的に、より精緻に、より総合的に、近代日本におけるバイロン熱という現象の持つ意味を検討し解釈することを目的とするものである。すでに述べた通り、笹渕の研究は、『文學界』を中心に据えつつ、明治ロマン主義文学に対する主に西洋文学の影響の痕跡を確認しながら、近代日本文学において西洋の近代精神がいかにして根づいていったのか、という問題を包括的に考究しようとしたものであった。だが、この包括的把握への志向は、包括的であるが故に、西洋のある特定の文学者、思想家の人間像や、ある特定の作品の個性が時代を通じてどのように受容され、どのように受容されなくなったのか、という受容の帰趨、「運命」の問題を見えにくくするものでもあった。一般的に、文学者なり思想家なりの人間像や作品世界の受容のありようを決定する「期待の地平」は、時代精神の推移とともに変化してゆくものである。それ故、もしある特定の文学者、思想家の受容の運命を追究していこうとするなら、時代精神の推移に注意を払いつつ、各時代における「期待の地平」のありようを正しく見極め、受容の実相を時間軸に沿って丁寧に跡付けてゆくという作業が求められてくるわけである。だが笹渕の研究には、この通時的視点がやや弱い。対して本書は、明治ロマン主義に関する笹渕の包括的な研究の成果に拠りつつ、そこに通時的視点を持ち込み、笹渕の研究を批判的に乗り越えてゆこうとする試みである。バイロンという一人のイギリス詩人の人間像や作品世界に対する近代日本の文学者、思想家の偏愛、即ちバイロン熱という特定の現象に視線を集中し、近代日本におけるバイロンの運命を見つめていこうとする試みである。

また同時に、本書は、明治文学におけるバイロンあるいはバイロン的「近代自我」の受容の運命に中心的な論題を置いた小川の研究をも越えてゆくことを目指すものである。小川の研究は、すでに述べたように、明治文学におけるバイロン受容のありように重大な欠落、欠陥を見、明治文学はおよそバイロン的「近代自我」を真に理解し得なかった、と断罪する立場からなされたものであった。確かに、その指摘には注目に値するものが多く含まれていることは認めなければならない。が、小川の研究において、重要な論点が欠落していることもまた確かである。それは即ち、明治の文学者たちのバイロンに対する偏愛の問題、バイロン熱の問題である。明治の文学者たちは、バイロンという人間像を知り、その作品世界を知ることで、様々な無理解や誤解、曲解を孕みながらも、バイロンに熱を上げた。逆に言えば、バイロン受容、あるいはバイロン的「近代自我」受容における無理解、誤解、曲解のありようは、彼らの生きた時代の「期待の地平」のありようを測定する、一つの有効な指標と見なし得るものなのであり、一概に否定し去るべきものではない。それどころか、近代日本におけるバイロン熱、バイロン受容の意味を解釈する上で、軽視してはならないものなのである。従って本書の立場は、日本における西洋的「近代自我」の象徴的存在であるバイロン、あるいはバイロンに象徴される西洋的「近代自我」の受容の歪みに欠落、欠陥をのみ見るものではない。寧ろ、それらを熱情を持って受容しようとした日本的「近代自我」の創造的な表れを見んとするものである。

近代草創期の時代精神を象徴するバイロン、あるいはその作品世界に対し、近代日本の文学者、思想家はいかなる偏愛を寄せ、いかなるかたちでその人間像及び作品世界を受容しようと試みたのか。それを、作品解釈、作品分析を通して明らかにすることで、明治維新以降の日本の近代をめぐる内面的及び外面的状況のありようを浮き彫りにする。本書の目的を要約するならば以上のようなことになる。より約めて言えば、本書は、バイロン熱という現象の始原と帰趨を明らかにすることを通して近代日本精神史を描き出さんとする試みである。

そのような目的意識から、論じる対象の近代日本の文学者、思想家は、バイロン熱の罹患者（Byromaniacs）、あるいはバイロン熱に罹患の経験があった者であり、かつそのことがある程度実証し得る人物に限定することとした。逆に言うと、バイロンに対する偏愛、そしてその裏返しとしての憎悪のありようがはっきりしなかったり、何らかのかたちでバイロンを受容している可能性がありつつもそのことを裏付ける客観的な証拠が乏しかったりするといったような文学者、思想家、例えば、末松謙澄（一八五五―一九二〇）[9]、森鷗外（本名林太郎、一八六二―一九二二）[10]、岡倉天心（本名覺三、一八六二―一九一三）[11]、田岡嶺雲（本名佐代治、一八七〇―一九一二）[12]、國木田獨歩（本名哲夫、一八七一―一九〇八）[13]、泉鏡花（本名鏡太郎、一八七三―一九三九）[14]、蒲原有明（本名隼雄、一八七五―一九五二）[15]、有島武郎（一八七八―一九二三）[16]などについては、論じる対象から外すことにした。

以上のように資料体の範囲を設定した本書の本論の部は、四章より構成されている。各章の議論の概要は以下の通りである。

第一章では、バイロンについての論及や紹介がなされ始める明治十年代から、厭世的バイロン像が公認される明治二十年代半ばまでのバイロン言説を考察の対象とし、その間のバイロン言説の変遷を辿りながら、バイロン熱がバイロン受容者の自我意識を呼び覚ましつつ、そこに深く内攻してゆくさまを明らかにする。

第二章では、明治前半期を代表するバイロン熱の罹患者、北村透谷の創作及び創作的評論を考察の対象とし、そこにおけるバイロニック・ヒーローのイメージの受容のありようについて検証しながら、バイロニック・ヒーローの悲劇的な運命を読み破ることで自身のバイロン熱を自己治癒せんとしていた透谷の文学的、思想的な試みの内実を明らかにする。

第三章では、北村透谷の死以降の『文學界』同人のバイロン言説を主な考察の対象とし、彼らが〈死に至る病〉であるバイロン熱をいかに克服していこうとしていったのかについて明らかにする。また、『文學界』同人の一人である島崎藤村の、明治末期以降の自伝的小説を取り上げ、藤村の内部でバイロン熱の残り火がいかに燻り続け、そして最後消えるに至ったかを明らかにする。

第四章では、笹渕、小川の両者が取り扱わなかった明治末期から昭和にかけてのバイロン熱の問題について検証を試みる。明治末期から大正前期にかけて退潮著しかったバイロン熱が、大正末期から昭和期にかけて再び高潮してくるさまを叙述しながら、近代日本におけるバイロン熱の運命を見届ける。

最後に終章では、以上の本論の議論を整理しながら、近代日本においてバイロン熱の持った意味と意義について総括を行なう。

註

（1）バイロン熱（Byromania）という語は、そもそもは一八一二年、後にバイロンの妻となるアナベラ・ミルバンクによって物された風刺詩の中にあった言葉で、バイロンに対する当時の女性たちの熱狂のありようを揶揄する意味合いが込められた言葉だった。そしてその後、バイロンに自らを似せようとしたり、バイロン及びその作品の虜となった生き方をしたり、バイロン的なファッションに身を包んだり、何らかのかたちでバイロンに関わるような作品を物したりすること、及び、そのようなことをしたいと思う集団的な強い欲求のありようを意味する言葉となった。See Martin Garret, 'Byromania' in The Palgrave Literary Dictionary of Byron (Palgrave Macmillan, 2010) 32-33.

（2）エッカーマン（山下肇（訳））『ゲーテとの対話』（上）（岩波文庫、昭和四三年）、三二六頁。

（3）Richard A. Cardwell, ed., *The Reception of Lord Byron in Europe*, vol.1 (London; New York: Thoemmes Continuum, 2004) 1-2. なお、以下、英文の訳は、断りのない限り拙訳による。

（4）「負のロマン主義」という批評用語は、M・ペッカムがバイロン流のロマン主義のあり方について説明するために用意したものである。ペッカムによれば、「端的に言って、「負のロマン主義」は、静的な機械論的世界観から離れたものの、未だ動的な有機的世界観の文脈で自分の思想や藝術を再統合するまでには至っていない、そういう人間の姿勢、感情、考えの表現形態である」。「気質や感情的・知的な深さに応じて、様々な人間が、静的な機械的世界観の文脈で宇宙の意味を確信している状態から、動的な有機的世界観の意味を確信している状態に移行してゆくにつれて、彼らは、懐疑と、絶望と、宗教的及び社会的疎外感と、理性と創造力の乖離の状態の時代に足を踏み入れてしまう。その時代においては、彼らは、宇宙の美も善も、いかなる意義も、いかなる合理性も、もっと言えばいかなる秩序も、邪悪なる秩序でさえも、全く認めないのである。こういう状態が、「負のロマン主義」、即ち「正のロマン主義」の前段階であり、疾風怒濤の時代ということになるのである」。See Morse Peckham, *The Triumph of Romanticism* (Columbia: University of South Carolina Press, 1970) 16, 21-22.
このように定義づけられる「負のロマン主義」は、カードウェルが注（3）の引用箇所で指摘しているバイロンの後者の「挑戦」の内実と符合しているため、有効な批評用語として採用することとした。

（5）バイロニズム（Byronism）という語は、一九世紀から二〇世紀半ばにかけて流通した用語で、バイロン及びその作品世界を参照枠としつつ、自己劇化され誇張された暗鬱な生を生きようとしたり、物語世界の人物のような危険な存在であろうとしたりする心的態度や振る舞いのことを意味する。See Martin Garret, 'Byronism' in *The Palgrave Literary Dictionary of Byron* (Palgrave Macmillan, 2010) 46. ただこの説明だけだと、政治的自由主義の理念の唱道者にして実践的行動者としてのバイロンの生き方に倣おうとする心的態度、振る舞いは抜け落ちてしまう。だが、右の意味合いをもバイロニズムの概念に含める見解もある。例えば、P・コクランは、「ヨーロッパにおけるバイロニズムは、文学的かつ政治的な、全く新しい共鳴すべき声として認められたものへの要求と、同じように全く新しい異なる、恐怖でそこからたじろいでしまうような声として認められたものへの要求との二つの要求に応えた」という見解を提出している。See Peter Cochran, 'Byron's European Reception' in *The Cambridge Companion to Byron*, ed. Drummond Bone (Cambridge University Press, 2004) 250. コクランの言う二つの要求のうちの前者は、バイロン流の文学的かつ政治的自由主義に思い入れを逞しくする当時のヨーロッパの人々の心性のことを指し、後者は、バイロン流の「負のロマン主義」に思い入れを逞しくするそれのことを指している、と考えられるわけだが、本書における筆者の見解もこのコクランのそれと同様のものである。即ち、バイロニズムの概念の中に、政治的自由主義の理念の唱道者にして実践的行動者としてのバイロンの生き方を強く意識する人々の心的態度、振る舞いをも含めるものである。

（6）See Paul Graham Trueblood, ed., *Byron's Political and Cultural Influence in Nineteenth-Century Europe: A Symposium* (London:

Macmillan, 1981) 201-204. なお、この後に続く、バイロンの自由主義の精神が西洋に与えた文化的、政治的影響についての説明は、この書に拠るところが多い。

(7)バイロニック・ヒーローの特徴とその原型に関する議論については、Peter L. Thorslev, *Byronic Hero : Types and Prototypes* (Minneapolis : Minnesota University Press, 1962) を参照した。

(8)『日夏耿之介全集』第七巻（河出書房新社、昭和四九年）、三五五頁。

(9)末松謙澄は、ケンブリッジ大学留学中の明治一三年に、バイロンの短詩「髑髏より作られし杯に刻まれたる詩」“Lines Inscribed upon a Cup Formed from a Skull”（一八〇八年）を、「髑髏杯歌」と題して漢語訳し、大正一三年に謙澄の没後に出版された『青萍集』に収録している。ここから、謙澄がバイロンに何らかの関心を抱いていたことは確かであるが、それがバイロン熱と呼び得るほどのバイロンに対する思い入れを伴うものであったのかについては明らかでないため、本書においては、謙澄におけるバイロン受容の問題は扱わないこととした。なお、謙澄のバイロン詩の漢語訳「髑髏杯歌」については、衣笠梅二郎「明治初年バイロン詩の漢訳—末松謙澄訳「髑髏杯歌」」（『比較文学』第一巻、昭和三三年四月）を参照のこと。

(10)森鷗外は、訳詩集『於母影』（明治二二年）においてバイロン詩の訳を三篇収めている。この点について、佐渡谷重信は、例えば『チャイルド・ハロルドの巡礼』第一歌に挿入されている「おやすみなさい」“Good Night”を、「いねよかし」と題して鷗外が訳したことに関して、「これを選択したのも、鷗外の単なる思いつきではなく、帰国したばかりの鷗外が、愛するドイツを「祖国」のように想い、過ぎし日のドイツ生活、あの美と自由の国ドイツと別離せねばならなかった悲哀、地中海、インド洋と万里の波濤を越え、さらには恋人エリーゼを残して、自から“Good Night”と鷗外は心で泣いていたに違いない。そうした熱い想いが訳詩の活字の行間に迸るのである」と述べている。佐渡谷「ジョージ・G・バイロンと明治期の翻訳」（『西南学院大学英語英文学論集』第二八号第三巻、昭和六三年三月）、二四頁。この佐渡谷の所謂「熱い想い」とは、バイロン熱と言い換えてもよいものであろうが、筆者は、この鷗外の選詩のありようやその訳しぶりから、バイロン熱と呼び得るほどの鷗外のバイロンへの思い入れを具体的に看取することはできず、鷗外におけるバイロン熱の存在を確信するまでには至らなかった。それ故、本書においては、鷗外におけるバイロン受容の問題は扱わないこととした。

なお、小堀桂一郎は、鷗外の『マンフレッド』訳について、「當時萌しのあつた我國のバイロン熱への反應ではなくて、むしろ『ファウスト』翻譯といふ彼の遠大な野心的計畫の下準備の意味を有してゐたのではなからうか」と推論している。小堀『西學東漸の門——森鷗外研究』（朝日出版社、昭和五一年）、一三八—一三九頁。

(11)岡倉天心は、学生時代にバイロンの『ドン・ジュアン』を愛読していたらしい。そのことについては、天心の弟で英文学者の岡倉由三郎の証言がある。岡倉由三郎「兄の事ども」［Lord Byron（岡倉由三郎（註釈））『Childe Harold's Pilgrimage』〈研究社英文學叢書四五〉（研究社、大正一一年）所収］参照。このように、天心がバイロン詩に関心を持っていたことは明らかなわけだが、天心の『ドン・ジュアン』の読書の経験が、天心の著作にいかなる影響を及ぼしているのかについては明らかでないため、本論文においては、天心におけるバイロン受容の問題は扱わないこととした。

(12)田岡嶺雲は、近代文明の悪魔性を社会主義の思想的見地から批判的に論評した評論「惡魔的文明」（『壺中觀』、明治三八年所収）の枕に、バイロンの『カイン』の一節を引用している。恐らく嶺雲は、『カイン』において悪魔ルシファー及びカインが展開する論理を、自身の評論の論理の中に受容していると推定されるわけだが、その受容の痕跡から、バイロン熱と呼び得るほどの嶺雲のバイロンへの思い入れを確信するまでには至らなかったので、本書においては、嶺雲におけるバイロン受容の問題は扱わないこととした。

(13)國木田獨歩が、明治二六年からその翌年にかけて、バイロン詩に親炙していたということについては、佐渡谷重信によって指摘されている。佐渡谷前掲論文、二八頁参照。佐渡谷は、この時期の獨歩のバイロン熱の表れを、明治三〇年発表の「山林に自由存す」の中に見ているようであるが（なお、明治三〇年一月二二日の獨歩の日記には、バイロン詩の一節——and to me / High mountains are a feeling; but the hum of humanities torture; が引用されつつ、山林の自由が高唱されている）、「山林に自由存す」に表れたバイロン詩の影響が果して（佐々城信子との破局を背景とする）バイロン熱と呼び得るほどのものであったのかという点について確信が持てなかったため、本書においては、獨歩におけるバイロン受容の問題は扱わないこととした。

(14)泉鏡花は、『草迷宮』（明治四一年）において、木村鷹太郎による『カイン』の邦訳『宇宙人生の神秘劇　天魔の怨』（明治四〇年）を媒ちにして、バイロンの詩作品の受容を行なっていると推定されるが、鏡花のバイロンへの関心の存在を具体的に裏付ける客観的証拠が乏しく、またその鏡花のバイロンへの関心がバイロン熱と呼べるほどの強い思い入れを伴うものであったのかも疑問が残るため、本書においては、鏡花におけるバイロン受容の問題は扱わないこととした。なお、鏡花の『草迷宮』におけるバイロン受容の問題については、拙稿「泉鏡花とバイロン――『草迷宮』への『カイン』の影響の可能性」(『比較文学』第四七巻、平成一七年三月)を参照のこと。

(15)蒲原有明が『於母影』に収められた鷗外訳「マンフレット一節」に感動し、明治二八年の徴兵検査のための佐賀への帰郷の際にバイロンの『チャイルド・ハロルドの巡礼』を携帯していたことは、有明自身、「創始期の詩壇」(初出は明治四〇年)という小文の中で告白している。蒲原『飛雲抄』〈近代作家研究叢書六六〉(日本図書センター、平成元年)、一九九頁参照。『草わかば』(明治三五年)所収の「可怜小汀」にバイロンの『チャイルド・ハロルドの巡礼』からの影響の痕跡があることは、多くの論者が指摘していることであるが、矢野峰人は、すでにこの詩を書いた頃には有明はバイロン熱を脱していたのではないか、と指摘している。矢野『蒲原有明研究』(國立書院、昭和二三年)、八六―八九頁参照。筆者も、矢野の見解に倣ってバイロン熱罹患者から有明を外し、本書においては、有明におけるバイロン受容の問題については扱わないこととした。

(16)有島武郎が、明治三六年五月、藤村操の華厳の滝での投身自殺を切っ掛けとして、透谷自殺の頃を想起しつつ、「余が Byron と透谷遺稿とに親みしは此頃なりき」と、自身がバイロンに親炙していたことを日記に書きつけていたことについては、安住誠悦によって指摘されている。安住『浪漫主義文学――「近代」文学のなりたち』(北書房、昭和四四年)、三〇二頁。有島が青年時代にバイロン熱に罹患していたということは、有島自身の証言からも明らかであるわけだが、その有島におけるバイロン熱が有島の作品に具体的な影響を及ぼしているのかという点について確信が持てなかったため、本書においては、有島におけるバイロン受容の問題については扱わないこととした。

近代日本におけるバイロン熱【目次】

はじめに　1

第一章　明治前期におけるバイロン熱の内攻――北村透谷の死まで　25

第一節　「厭世詩家」バイロンの誕生　26

第二節　人生相渉論争におけるバイロンの影　70

第三節　北村透谷の自由民権的バイロン熱　110

第二章　内なるバイロニック・ヒーローとの戦い――北村透谷を中心に　147

第一節　『楚囚之詩』における『シヨンの囚人』受容とその射程　148

第二節　『蓬莱曲』における『マンフレッド』受容とその射程　191

第三節　「心機妙變」論における『マンフレッド』受容とその射程　240

第三章　『文學界』同人におけるバイロン熱の運命——北村透谷の死をこえて　279
第一節　「暗潮」としてのバイロン熱をめぐる葛藤　280
第二節　島崎藤村によるバイロンの「大洋の歌」の変奏　333
第四章　バイロン熱の退潮と再度の高潮——明治中期から昭和期まで　401
第一節　日清戦争期から日露戦争期にかけてのバイロン熱　402
第二節　バイロンの退場と再登場　456
第三節　バイロニズムから「近代の超克」へ　498
終　章　バイロン熱の系譜——一つの近代日本精神史として　559
主要参考文献一覧　586
あとがき　609
索引　左(1)

第一章　明治前期におけるバイロン熱の内攻

――北村透谷の死まで

第一節　「厭世詩家」バイロンの誕生

第一項　最初期のバイロン言説

日本においてバイロンが初めて紹介されたのは、薬師川虹一の調査によれば、スマイルズ（Samuel Smiles, 1812-1904）の『自助論』*Self-Help*（一八五九年）の橋爪貫一による訳編書『西國立志篇列伝』（明治一二年）においてである。[1] そこには、「バイロンナル者モ亦材能及ヒ其事跡、大約子、薄氏ニ彷彿タリ、バイロン曰、蘇國ノ詩人薄児尼斯ハ吾カ術ノ第一ナルモノナリト」[2] いう文章があり、バイロンの名前が言及されている。文中の「薄氏」「薄児尼斯」というのは、スコットランドの詩人バーンズ（Robert Burns, 1759-96）のことで、文意はせいぜい、「バイロンという人物も、才能や仕事の面でおおよそバーンズに似通ったところがあり、バイロン自身、自分はスコットランドの詩人のバーンズに学ぶところが多かったと述べている」といった程度のものである。また、同じ頃出版された、スマイルズの『人格論』*Character*（一八七一年）の中村敬宇（本名正直、一八三二—九一）による抄訳『西洋品行論』（明治一一—一三年）においても、「倍崙ハ曰ク。婦人ノ蔵書ハ。聖書ト。庖厨ノ書トノミニ限ルベシト」[3]（第二冊「家ノ勢力」）、また「倍崙ハ曰ク。望ナケレバ未来ナシ。現在ハ。人ノ皆知ルトコロニ非ズ。故ニ曰ク。人間万事。希望ニ若クハナシ。嗚乎。望乎」（第八冊「性情ヲ論ズ」）という、「倍崙《バイロン》」に関する記述を見つけることができる。これらの記述が示唆するバイロン像は、女性にあるべき道徳を説き、希望の大切さを説く甚だ品行方正な詩人といったものだが、これは、現在我々が一般に認識している悪魔派詩人としてのバイロン像とは似ても似つかぬものである。つまり、これらの書物におけるバイロンへの言及は、バイロンの片言隻句を引用したものに過ぎず、とてもバイロンの全体的な人間像を正しく紹介するようなものではなかった。

詩人バイロンの全体像が不十分なかたちながら初めて紹介されたのは、明治一二年に出版された吉田五十穂訳纂『伊呂波分西洋人名字引』においてである。以下が、そのバイロンに関する記述である。

> バイロン（ジョージ、ゴルドン）ハ世ニロルド、バイロント稱ス英國ノ最モ有名ナル詩人ナリ、千七百八十八年生ル、千七百九十八年伯父ノ死スルニ及ヒ其家ノ爵號並ニ資産ヲ繼承ス、ハルロウ學校ニ一時寄宿セシ後堪比日《カムブリツジ》ノ大学校ニ遷ル然レトモ是等ノ學校ニ於テハ更ニ才氣ヲ顯ハサズ其始メテ作リタルアウルス、オフ、アイヅル子スハ以丁堡《エヂンボルグ》ノ評論記者ヨリ不當ノ批評ヲ受ケシガバイロンモ亦之ニ荅フルニ甚シキ諷刺ノ文ヲ以テシタリ、其著作甚ダ多シチャイルド、ハロルドス、ピルグリメージ及ヒブライド、オフ、アビドス等ノ諸篇ヲ以テ其名ヲ英國詩壇ノ高級ニ列ス、人ト爲リ放蕩無頼ニシテ其資産ヲ盪盡ス、終ニ以丁堡《エヂンボルグ》ヲ去テ暫時日内瓦《ジエ子ブア》ニ寓シ後伊太利《イタリー》ニ退隱ス、千八百二十二年希臘《ギリシヤ》ニ赴ク翌年ミッソロンヒーニ於テ熱ヲ患テ死ス、其詞賦ハ其姓名ト共ニ永ク世ニ傳フ(4)

この文章は、極めて簡略で短い略伝ではあるが、詩人の生涯や主要な作品などに触れながら、バイロンとは何者であるか、という問いに曲がりなりにも答えた、日本における最初のものだと思われる。細かい点で遺漏や事実誤認などがあるものの(5)、バイロンを「英國ノ最モ有名ナル詩人ナリ」とし、「人ト爲リ放蕩無頼ニシテ」云々と書くなど、バイロンという人物に関する最低限の基礎的な情報を提供したものと言えるであろう。このバイロン紹介の文が読者に与えた影響は殆どなきに等しかったと思われるが、少なくとも、バイロンという詩人がやや破天荒で、他のイギリス・ロマン派詩人とは異色な、行動的な一面を持つ人物であったという、バイロンについての像を思い描く上で重要な核となる情報については伝わってくる文章であると言える。

　このように客観的な伝記的事実のみを報告したバイロン紹介がなされた後、次の段階として、今度は論者それぞれの主観を反映したバイロン言説が世に現れ出てくるようになる。明治十年代は、自由民権運動が高潮した時代であり、政府側も反政府側も政治的及び社会的意識を先鋭化させた時代であったが、そのような時代状況の中で、当時の知識人、言論人の幾人かが、それぞれの政治思想的、社会思想的立場から、自身の主義主張に沿うかたちでバイロンに論及するということをしている。(6)

　例えば、東海散士（本名柴四朗、一八五三―一九二二）は、政治小説『佳人之奇遇』（明治一八―二二年）巻七の中で、「歐洲ノ志士翕然賛稱或ハ隠ニ兵器彈藥ヲ送リ、或ハ劒ヲ杖テ赴キ援ケ、英國ノ名士詩宗梅崙候ノ如キモ亦奮テ其國ニ至リ、身ヲ希臘ノ犠牲ニ供シ大義ヲ八表ニ明ニシ、遂ニ獨立ノ大功ヲ奏セシムルニ至レリ」(7)と書き、登場人物の口を借りながら、ギリシャ独立戦争への参加というバイロンの最晩年の自己犠牲的な政治行動について、ギリシャ独立の大義を世界に知らしめたものとして肯定的に論及するということをしている。この記述は、我が身を犠牲にしてまでギリシャの独立のために尽力した自由解放の英雄詩人「梅崙《バイロン》」に対し、東海散士が特別な関心を持っていたことを窺わせるものである。東海散士は国権論者であり、弱肉強食の国際関係の中で日本が独立を維持してゆく道を模索するという内容の政治小説を書きつつ、ギリシャ独立の立役者である「歐洲ノ志士」バイロンの英雄的な姿に、ナショナリズムに根ざす自身の志士的心情を鼓舞されていたと推測される。

　一方、民権論の代表的論客、中江兆民（本名篤介（篤助）、一八四七―一九〇一）の著作の中にも、バイロンに論及した記述を見つけることができる。兆民は、『革命前法朗西二世記事』（明治一九年）において、ジャン＝ジャック・ルソー（Jean-Jacques Rousseau, 1712-78）の思想が他国に与えた影響について論じる文脈で、「英吉利ニ在リテハロールドビロン、皆ルーソーノ詞藻ヲ祖述シ咀嚼脱化シテ別ニ一家ヲ成スコトヲ得タリ」(8)という一文を書いている。この「ロールドビロン」とは、Lord Byronのフランス語読みと解することができるわけだが、兆民は、明治日本の自由民権運動の理論的支柱でもあったルソーの自由主義的な社会思想をよく受容し、且つそれを発展させていった人物として、バイロンに触れている。また、兆民の代表作の一つである『三酔人経綸問答』（明治二〇年）の中にも、バイロンの自由主義的な面に注目していたと読める記述を見つけることができる。兆民は、南海先生が国権論者の豪傑君と民権論者の洋学紳士との間に挟まれながら、最後に穏当な自説を開陳するくだりにおいて、頭注欄に「ウィクトルユゴーの集中にも未だ見ずロールドビロンの集中にも未だ見ず」(9)という文言を注記している。この文言は、「南海先生の自由主義の説は、ユゴーの著作にもバイロンの著作にも出ていない独創的なものだ」という意味のものであるわけだが、この記述から窺えるのは、兆民がバイロンをユゴーとともに政治的自由を重んじた自由主義詩人の代表的人物として認識していたという事実である。

他にも平民主義を唱えた徳富蘇峰（本名猪一郎、一八六三―一九五七）が、「新日本の詩人」（『國民之友』第三巻第二八号、明治二一年八月）において、バイロンにわずかながら言及している。蘇峰は、この評論の結論において、「即ち英國清教徒革命にミルトンの出てたるか如き、佛國革命の風雲延いてバイロンを生したるか如き皆な然りとす。未た知らず我か新日本の風雲は、果して斯くの如き詩人を生出するの力無きや、否や」(10)と述べている。ここで蘇峰が言っているのは、「フランス革命直後の動乱の時代の気運が詩人バイロンを生んだのだ」ということであり、この記述から、蘇峰がバイロンを一九世紀初頭のヨーロッパの民衆の急進的自由主義の気分を代弁する詩人として捉えていたということを窺い知ることができる。(11)

このように、明治十年代後半から明治二十年代初頭にかけて、当時の日本の知識人、言論人（の一部）が共有していたのは、程度の差はあれ、自由主義の精神を高らかに唱道した政治的詩人としてのバイロン像であった。確かに吉田五十穂訳纂『伊呂波分西洋人名字引』においても、バイロンの最晩年の政治的行動について一応論及はされてはいたが、その点を強調した見方が提出され出したのは、やはりそれ以降の明治二〇年前後の時期になってからである。この時期に言論活動を本格的に展開し始めていた日本の幾人かの知識人、言論人は、西洋の様々な政治思想及び社会思想方面の文献に幅広く触れる中で、自由解放の政治的詩人としてのバイロンの存在を意識する機会をそれぞれ持つという体験があったのであろう。その流れで、バイロンの政治的な面に力点を置くかたちでバイロンに論及するということをしていたのであろうと考えられる。

だが、ここで注意しておきたいのが、彼らの著述におけるバイロンへの論及が非常に断片的であることからも推測されるように、彼らのバイロン受容が、バイロンの著作やバイロンの伝記を直接紐解いてバイロンに親炙するといった、バイロンその人に対する強い関心に基づいたものではなく、バイロンの政治的な面に関する知識を断片的かつ間接的に聞き知ったという程度のものに過ぎなかったであろう、ということである。つまり、彼らが想定していた自由解放の政治的詩人としてのバイロン像は、バイロンの自由主義の精神の内実がいかなるものであるか、またそれが彼の政治的行動とどのように結びついたものであるか、という問題についての深い理解を伴うものではなかったと推測されるのである。彼らの記述を見る限り、彼らにとってのバイロン像は、フランス革命後の政治的動乱期に活躍した詩人であり、イタリアやギリシャの自主独立のために政治的に行動した詩人である、という事実認識以上のものでは恐らくなかった。例えば、東海散士のバイロンへの言及は、それこそバイロンがギリシャ独立戦争に参加したという事実を述べるに止まっているし、兆民の『革命前法朗西二世記事』及び『三酔人経綸問答』にしても、ただ文飾のレヴェルで自由主義の詩人としてのバイロンの名に触れるに止まっている。また蘇峰の「新日本の詩人」も、フランス革命期の時代精神とバイロンの自由主義の精神とが具体的にどのように響き合っていたのか、という点について十分に明らかにするものではなかった。

このように、明治二〇年前後の時期は、国権論や民権論、平民的欧化主義や国粋保存主義、その他様々な思潮が生まれた時期であったが、そのような思潮の混乱期とでも言うべき時代状況の中で、バイロンの自由主義の精神は真正面から受け止められることはほとんどなかった、というのが実情であった。確かに、自らの自由主義の理念に基づいて実際に政治的に行動した詩人という人物像が、当時の一部の日本の知識人、言論人の関心をいくらか引いた痕跡は、幾つかの著作の中に認めることができる。だが、それが各人の政治思想あるいは社会思想と有機的に結びついていかなかったために、本格的なバイロン熱にまで高まることはなかった。要するに、彼らにとってバイロンは、彼らの内面深くに入り込み、彼らを知的に、思想的に刺戟する特別な存在では未だなかったのである。

第二項　長澤別天の政治的バイロン熱

このような当時のバイロン受容者たちの中で異彩を放ったのが、長澤別天（本名説《せつ》、一八六八―九九）である。長澤別天とは、主に政教社に拠りつつ、『江湖新聞』、『亞細亞』、『日本人』等の各種新聞、雑誌に社会主義論、アメリカ論、日米関係論を精力的に発表したジャーナリスト、思想家である。同時に、彼はアメリカのスタンフォード大学留学中、政治経済学及び英文学を専攻、文学にも造詣の深い人物であった。彼の文学者としての仕事には、例えばポー（Edgar Allan Poe, 1809-49）の詩の紹介や、ミルトンの評伝（『盲詩人』、明治二七年）などがあり、バイロンについても、明治二三年三月に二つの記事を発表している。

では別天のバイロン受容について具体的に検討していこう。明治二三年の別天の二篇のバイロンを論じた記事は、一つは、同年三月六日及び七日の『江湖新聞』に別天楼主人の署名で載せた「英國詩人ロード、バイロン」と題する文章であり、もう一つは、『學之友』第四号に同じ署名で載せた「英國詩人ロード、バイロン略傳」と題する文章である。この二つの文章はほぼ内容を等しくするもので、前半はバイロンの略伝、後半はバイロン及びバイロンの詩の世界についての論者の解釈という構成になっている。前半のバイロンの略伝は、バイロンの代表的な作品の題名を紹介するなど、先に論及した吉田五十穂訳纂『西洋人名字引』におけるバイロン紹介の記事の足らざるところを補っており、その点のみ注目してもバイロン紹介史上、意義ある文章であったと言うことができる。

だが、これら別天のバイロン関連記事において見るべきは、前半のバイロンに関する客観的な情報量の豊富さにあるのではなく、むしろ後半の議論において示された、バイロンについての論者独自の解釈にあると思われる。論の後半において別天は、バイロンの詩の世界を、「廣く人間社會を看破して起草したるにハあらずして、寧ろ狭く自家一身を基礎として構成せるの著作」[12]（三二頁）であるとし、「其奇矯なる熱血なる讀者を感動せしむる洵に大なるものありと雖も、遂にハ讀者をして退屈に終らしむる」（同上）と、一定の留保をつけつつもかなりの否定評価を下している。ただその一方で、「忽ち全然曩日と反對の筆鋒を以て著作せる」（同上）『ドン・ジュアン』だけはその限りではない、とも言っており、「『ドンジヤン』ハロードか改命(ママ)的の意志を現表せしものにして道徳、宗教、政略等に逆ふて大膽なる顚覆を企てんと試みたり」（同上）と、「改命的の意志」[13]が横溢するとされる『ドン・ジュアン』に対しては、かなり好意的な口吻を洩らしている。つまり、別天は、「狭く自家一身を基礎として構成せるの著作」、即ち詩人の自我意識の影の色濃いバイロニック・ヒーローの登場する初期及び中期の物語詩や劇詩よりも、『ドン・ジュアン』などの、社会道徳や既成宗教、政治体制など「廣く人間社會を看破して起草した」後期の諷刺的作品の方を好んでいたわけであった。

これは、端的に言って、ジャーナリスト、思想家である別天がバイロンの詩の中に社会批判やそれに連なるような思想を求めていた結果であろうと考えられる。別天が『ドン・ジュアン』の中に見たのは、個人の自由を抑圧する「道徳、宗教、政略等」に対し「大膽」に戦い挑むバイロンの急進的、革新的な自由主義の精神であった。別天は、このようなバイロンの詩における自由主義の精神性、またそれに基づく社会批評性及び政治批評性を愛好していたが故に、初期及び中期の物語詩、劇詩を中心とする他のバイロンの詩に対しては否定評価を下していたにも拘らず、あえて『ドン・ジュアン』の作者としてのバイロンを取り上げて一文を物したのであろう、と推測される。

だが、別天がバイロンを取り上げた理由は、恐らくそれだけではなかった。別天にとってバイロンが無視できない存在であったのは、『江湖新聞』の「英國詩人ロード、バイロン」の書き出しが「英國の詩家文人、ローマンチツクライフに富む人多し。而て就中ラレイ《（ママ）》—バイロン二家を以て其最とす」(14)となっていることからも推察されるように、バイロンが何より「ローマンチツクライフに富む人」であったからであった。別天は、バイロンの「ローマンチツクライフ」の真骨頂を、バイロンが自由主義の理念を文学的に表現しただけに止まらず、実際に政治的行動として実践してみせたという点に見ていたようである。別天は、先の『ドン・ジュアン』への肯定評価を述べた後、次のように続けている。

これ未た以てロードの全豹を見るに足らず、ロードハ尚ほ自家の病氣より躍出せり。乃ち壓制を脱出して自由を獲取せむとせる人を救んとの《（ママ）》」義俠心を起し、遠く海を渡て希臘國に赴き、熱病の爲め、其處にて生命を犧牲に供しぬ、時は是れ千八百二十四年の四月にてありし、（三二—三三頁）

ここで別天は、バイロンが「自家の病氣より躍出」してギリシャ独立戦争に参加した事実を、「ロードの全豹を見る」際に見落としてはならぬ最重要のものとして位置づけつつ、そのようなバイロンの政治的行動を支えた「壓制を脱出して自由を獲取せむとせる人を救んとの」義俠心」に思いを馳せている。別天によれば、バイロンは、おのれの個人的自我にのみ拘泥する当初の利己主義の精神から、晩年の『ドン・ジュアン』の執筆に見られるが如く、社会的、宗教的、政治的な不自由の問題に批判的な眼差しを向ける自由主義の精神へと旋回し、そしてさらに、他国の自主独立のため自己を犠牲にするヒューマニズムの精神にまで飛躍することのできた稀有な人物なのであった。こうしたバイロンの一生を貫く彼の成熟の全過程を捉えて初めて「ロードの全豹を見るに足」るのであり、バイロン一流の「ローマンチツクライフ」の本質を理解することができる、と別天は論じているわけである。

このように、別天は、先述した東海散士や中江兆民、徳富蘇峰ら同時代の知識人、言論人と、バイロンの政治的な面に対する関心を共有しつつ、彼らには欠落していた、バイロンの内面の展開、成熟のありようを見据える批評眼を持ったバイロン受容者であった。バイロンの政治的な面の意味を主体的に解釈し、それを共感的に受け止めようとしている姿勢は、同時代の他の論者のそれと一線を画するものであり、それは正しくバイロン熱と呼び得る類のものであったと言える。

別天のこうした、自由主義の唱道者にして実践者としての〈政治的バイロン〉に熱い眼差しを向けるというかたちの政治的バイロン熱は、「英國詩人ロード、バイロン」及び「英國詩人ロード、バイロン略傳」の執筆から三年後の明治二六年、ある事件をきっかけに一気に燃え上がることになる。この年の一月、ハワイで王政の打倒を掲げたクーデターが起こり、当時スタンフォード大学に留学中であった別天は、「學窓に默々としていることが出來ず、一冊の『バイロン詩集』と一丁のピストルをポケットに入れたまま一切を抛擲して、ハワイにかけつけた」(15)。別天は、このハワイ王国転覆の動きを、アメリカによるハワイ併合への道につながる危険な動きと捉え、義憤を感じつつハワイ王国救援のため彼地に馳せ参じるという直接行動に出たのである。ここで彼が「一冊の『バイロン詩集』」を携帯してハワイに直行したという事実が興味を引く。この事実が示唆していること、それは、別天が「壓制を脱出して自由を獲取せむとせる人を救んとの」義俠心を起し、遠く海を渡て希臘國に赴」いたバイロンに、ハワイに赴く自らを重ねつつ、「一冊の『バイロン詩集』」によって自身を鼓舞していたのであろう、ということである。

別天は、当時のハワイの政治的状況と国際情勢について論じた評論「布哇の現勢、日本人の參政權」（初出不詳、『ヤンキー』、明治二六年所収）において、「弱邦小國の爲め盡くすと云ふなる義俠心は固よりにして、亦た我櫻花國が千秋の長計として布哇の今日を坐視す可らざる也[16]」と書いている。この「弱邦小國の爲め盡くすと云ふなる義俠心」云々という表現は、「英國詩人ロード、バイロン略伝」の中の「壓制を脱出して自由を獲取せむとせる人を救んとの」義俠心」云々という表現をそのまま想起させるものである。恐らく、ハワイに直行した別天の中では、オスマン帝国支配下にあった独立前のギリシャと、アメリカに併合され今にも独立を失いつつあるハワイとが二重映しになっていたに違いない。そしてさらに言えば、アメリカによるハワイ併合によって、それまでのハワイへの地道な殖民政策によって獲得した参政権などの既得権益を強国の論理で不当に奪われてしまう日本の惨めな姿[17]も、それに重ね合わせられていたであろうと思われる[18]。このように、強国の「壓制」に蔑ろにされる「弱邦小國」としてのギリシャ、ハワイ、そして日本とが一つの線で結ばれ、自主独立をめぐる別天の政治的問題意識が激しく喚起されたまさにその時、「遠く海を渡て希臘國に赴き、熱病の爲め、其處にて生命を犠牲に供し」たバイロンの勇姿が、別天の意識の底から一気に顕在意識の最先端に浮上し、彼をしてハワイに赴かしむるに至ったのであろうと推測されるのである。

だが、このように一気に発火点にまで高まった別天の政治的バイロン熱も、結果は不完全燃焼で終わらざるを得なかった。別天がハワイに到着した時、すでに動乱は終息に向かっており、同年五月、別天は成すこともないままむなしくアメリカ、そして日本に戻らなければならなかったのである。別天の政治的バイロン熱は、ハワイの政情の沈静化とともに、鎮まらざるを得なかったわけである。

その後、別天は、バイロンについて、あるいは自身の政治的バイロン熱のありようについて、具体的に語ることはなかったようである。別天はハワイ救援の挫折体験から約六年後の明治三二年一月二二日、三一歳の若さで病没する。別天の政治的バイロン熱は、彼の人生において一瞬の孤独な耀きに終わってしまったわけである。

バイロン詩集とピストルを携帯してハワイに馳せ参じるという行動に結実した、別天のバイロンに対する関わり方が、同時代のバイロン受容者たちのそれに比べて、格段に熱のこもったものであったことは疑いようがない。長澤別天、彼こそ日本における初めてのバイロン熱罹患者と見なし得る人物であった。そしてそのバイロン熱のかたちは、自主独立を重んじるバイロンの自由主義の精神と、弱小国家に思い入れを逞しくするヒューマニズムの精神、そして東方論、南進論にも通じる明治二十年代ナショナリズムの精神の結合体としてあるという、極めて独特なものであった。

だが、このような独特な彼の政治的バイロン熱が、同世代の人々に共有されることも、次世代の人々に直接継承されることもなかったという事実は指摘しておくべきことであるだろう。そしてその理由について考察しておくことは、その後のバイロン熱、バイロン受容史の大きな流れを捉える上で、大事なことと思われる。

なぜ別天の政治的バイロン熱は、彼の人生においてのみならず、その後のバイロン受容史においても、一瞬の孤独な耀きに終わってしまったのであろうか。まず考えられる理由としては、別天が自身のバイロン熱の内実について自ら十分に語らなかったということがあるだろう。別天のバイロン論においては、バイロンの詩に対する評価と詩人バイロンに対する評価とをつなぐ言葉、具体的に言えば、『ドン・ジュアン』という作品に対する別天の偏愛のありようと、詩人戦士としてのバイロンの「ローマンチツクライフ」への別天の共感のありようとをつなぐ言葉が十分記されていなかった。別天が自身の偏愛する『ドン・ジュアン』のどの詩行を特に深く読み込み、そしてどのようなことを思考したのか。また、ハワイに赴く際に携帯したバイロン詩集中のどの作品のどの詩行に特に鼓舞され、どのように自身をバイロンに擬していったのか。別天が「英國詩人ロード、バイロン」及び「英國詩人ロード、バイロン略傳」において、バイロンのギリシャ独立戦争への参加に対する強い共感を吐露していたという事実を重視するならば、恐らく『ドン・ジュアン』第三巻の中の、ギリシャ独立のために決起することをギリシャ人に促した挿入歌（"The Isle of Greece !"）などに心揺さぶられるものがあったのではないか、と一応推測することはできるが、それはあくまで推測の域を超えるものではない。これらの点について別天自身の言葉がもう少し記されてあったなら、別天の政治的バイロン熱それ自体に関心が向けられ、それが他者へと感染し、同時代の人々、次世代の人々の内面に波及してゆくということもあり得たのではないかと思われる。

あるいはまた、政治的バイロン熱それ自体が共有される思考の磁場が、ヨーロッパとは異なる歴史的条件の日本においては脆弱であったということも原因の一つとしてあったであろう。「はじめに」においてすでに述べた通り、ヨーロッパにおいて政治的バイロン熱を喚起した最大のものは、ギリシャ独立戦争への参加というバイロン最晩年の政治的行動であり、ミソロンギの地での英雄的な死（陣没）であった。バイロンのこの一連の政治的行動がヨーロッパの人々を鼓舞したのは、それが、ヨーロッパ文明の発祥の地であるギリシャをイスラム世界の軛から解放し、ヨーロッパの元に奪還したいという、当時のヨーロッパの人々の文化的な意志に沿うものであったからである。古代ギリシャに対するロマン主義的心性と、国家としての自主独立を志向するナショナリズム的心性と、自由の価値を称揚する自由主義的心性という、当時のヨーロッパ全体の時代精神に、やや芝居がかったとも言える英雄的な身振りで応えつつ、さらにそれを先頭に立って推進してゆくという役割を果たしたところに、詩人戦士としてのバイロンが時代の寵児となり得た最大の理由があったわけであった。が、翻って日本に視線を転じた時、そのような思考の磁場は、歴史的条件の異なる日本には、当然のことながら用意されておらず、[19]明治初期の日本人たる別天の政治的バイロン熱は、そもそも他者に共有されにくい環境にあったのである。

ここで敢えて想像の翼を広げて見るなら、バイロンのギリシャ独立戦争への参加の動機について「壓制を脱出して自由を獲取せむとせる人を救んとの」義俠心」という言い方で説明していた別天のことである。もしかしたら彼は、ロマン主義とナショナリズムと自由主義の混淆としてある当時のヨーロッパの思考の磁場を、ヨーロッパの帝国主義の「壓制」の軛の下に置かれつつある者同士の連帯という、これまたロマン主義とナショナリズムと自由主義の混淆としてある、当時のアジアにおいてあり得たかもしれない思考の磁場に読み替えつつ、自ら〈東洋のバイロン〉たらんとして、ハワイ独立の救援という極めてバイロン的な行動に出たのかもしれない。だが、別天がハワイ直行という政治的行動に出たまさにその翌年に、日清戦争が勃発したのであった。和泉あきが正しく指摘するように、「別天たちの東方論は、帝国主義的圧迫にたいする被抑圧民族の反抗という視点を有していた[20]」わけだが、アジアの「被抑圧民族」同士の連帯という思考の磁場の可能性には、明治二十年代半ばの時点ですでに深刻な亀裂が入っていたわけである。恐らくこういったこともあって、別天の政治的バイロン熱は、国際的にも開かれてゆく潜在的可能性を有しながらも、他の人々に感染しそれらの人々を鼓舞するだけのダイナミズムを獲得するまでには至らなかったのである。

第三項　『於母影』の訳詩と厭世的バイロン像の定着化

前項において、長澤別天の政治的バイロン熱のありように特に注目し、彼のバイロン熱が自由主義の唱道者にして実践者としてのバイロンその人の「ローマンチツクライフ」への思い入れを軸としたものであったことを確認した。また同時に、別天のバイロン熱が、バイロンの詩の世界への深い愛好や理解を具体的なかたちで感じさせるというものではなかったということも確認した。つまり、バイロン熱罹患者は現れたが、未だバイロンは読まれず仕舞いであったわけである。

日本において、バイロンの詩に対する深い思い入れに根ざしたバイロン熱を喚起したものは、何と言っても森鷗外が中心となって編纂した訳詩集『於母影』におけるバイロンの詩の翻訳である。『於母影』は、明治二二年八月、『國民之友』第五八号の夏季附録としてS・S・Sの署名で出され、その中にはバイロンの訳詩三篇、即ち、「いねよかし」、「マンフレツト一節」、「戯曲曼弗列度一節」の三篇が収められている。「いねよかし」は『チャイルド・ハロルドの巡礼』第一歌第一三節と第一四節の間に挿入された一〇連の抒情詩を和訳したものであり、「マンフレツト一節」は『マンフレッド』第一幕第一場冒頭におけるマンフレッドの独白の台詞を和訳したもの、そして「戯曲曼弗列度一節」は『マンフレッド』第一幕第一場の最後の場面における妖魔の呪いの台詞を漢語訳したものである。

これら三篇のバイロンの詩の翻訳については、「いねよかし」を落合直文（一八六一—一九〇三）が、また「マンフレツト一節」及び「戯曲曼弗列度一節」を鷗外が担当したと推定されることがあるが、小堀桂一郎が指摘する通り、鷗外が全ての訳業にわたって中心的な役割を果たしていたと考えてよいであろう。[21] 鷗外はこのバイロンの詩の翻訳の際、英語の原文を参照しつつ、ハイネによるドイツ語訳から重訳するということをしており、ところどころハイネの誤訳をそのまま踏襲して意味を取り違えているところなどもある。[22] だが、バイロンの名前を広く人口に膾炙せしめ、バイロニック・ヒーローが登場する、バイロンの初期及び中期の代表作の作品世界のさわりの部分を一般に知らしめたという点で、大きな文学史的意義を持つものであった。要するに、これらの鷗外の訳詩によって、チャイルド・ハロルドやマンフレッドなど、バイロンの詩の作中人物の言葉からバイロンの内面に接近する道が一般に開かれたわけである。なかんずく「マンフレツト一節」は、五・五、六・四、七・三、四・六の音数の組み合わせの十音を重ねて構成した各行二十音の清新な韻律によって、バイロン一流の暗鬱な詩の世界を垣間見せるのに貢献し、[23]それまでバイロンの政治的、外向的な面に向きがちであった人々の関心を、厭世的、内向的な面に向けるきっかけとなったのであった。[24]

このことに関して、例えば岩野泡鳴（本名美衛、一八七三―一九二〇）は、『於母影』の訳詩が「厭世と憂欝と悲哀との精神を伝へ」「この方面の思潮は、これまで邦人の胸中に潜伏して居た東洋思想、並に当時志賀矧川等が鼓吹したバイロン熱と相待つて、この期末の詩人等を養成した」[25]と述べている。また蒲原有明（本名隼雄、一八七五―一九五二）も、小文「創始期の詩壇」（原題「詩壇の回思」『文章世界』、明治四〇年一月）の中で、『於母影』の訳しぶりの妙に感嘆しながら、「マンフレツト一節」の始めの五連を特に引用しつつ、「明治の新詩壇は産聲をあげるそもその始めから妙に一味の厭世と狂氣と墓畔のしめりとを雜へてゐた」[26]と述べている。ここで有明は、明治の詩の創始期において大きな影響を及ぼしたのがグレイ（Thomas Gray, 1716-71）ら墓場派の詩人の詩的世界と、ハムレットの狂気、そしてまたバイロンの厭世の身振りであったということを述べているわけである。当時の文学的な空気を伝えるこれらの証言は、『於母影』という訳詩集がいかに世の文学青年に厭世感情を芽生えさせたか、そしてその感情の磁場の中でいかにバイロンの名が彼らの脳裏に刻み込まれていったか、さらにバイロンの「負のロマン主義」に感情移入するといったかたちの厭世的バイロン熱がいかに醸成されていったのかを、われわれに教えてくれている。

このように、『於母影』のバイロンの訳詩は、バイロンの内面に接近する回路を開拓し、人々の思い描くバイロン像を、政治的バイロン像から厭世的バイロン像へ転換するという役割を果したものであったと言えるわけだが、この厭世的バイロン像の内実をさらに具体的に掘り下げて論じたのが、植村正久（一八五八―一九二五）の評論「厭世の詩人ロード・バイロン」（『日本評論』第二六号、明治二四年三月）である。「人生は嘆息なり」という文で書き出されるこの評論において、植村は冒頭の段落で次のようなバイロン観を披露している。

英国のバイロンのごときは、世を憤り、人を厭い、社会を嘲笑し、風俗を罵倒し、常に逆境に拠りて、未だかつて真正なる安慰を獲ず。その口に不平の声を絶ちしこと無しといえども、その詩は偉大悲壮なる句調をもって、よく厭世者流の深意を叙述し、その不平を吐露して、毫も余蘊無きを得せしむ。(27)（二三一頁）

ここで植村は、バイロンについて、自身世と折り合うことのできなかった「厭世者」であったが故に「厭世者」の内面をよく理解し、それを「偉大悲壮なる句調をもって」表現することのできた詩人であった、と述べている。さらに続けて、バイロンは我々に喜びや楽しみを与えてくれる詩人ではないが、我々に代わって人の世に生きることの悲哀や悲痛の感情を表現してくれている、その意味で一種の慰藉を与えてくれる詩人である、と述べ、バイロンを厭世詩人と見定めつつ、その厭世的な詩が読者に歓迎される所以を明らかにしている。これは、バイロンの厭世の身振りに感情移入するというかたちでバイロン熱に罹患していた当時の文学青年たちの心情のありようをよく説明したものであった。亀井勝一郎（一九〇七―六六）は昭和一六年、島崎藤村宅を訪ねた際の「藤村訪問記」（『新潮』、昭和一六年三月）の中で、「植村正久先生、あの方はキリスト教徒と云つても、バイロンなどもよく認め、文學についてもよい理解を示してをられた方でした」(28)という藤村の言を記録している。この藤村の証言などは、植村の一文がバイロンに心酔する当時の文学青年たちの間で好意的に迎え入れられていたらしいことを示唆するものである。

植村の「厭世の詩人ロード・バイロン」の特長は、バイロンの伝記的事実を詳しく紹介しながら、厭世詩人としてのバイロンの運命を描き出しているというところにあるだろう。植村は、バイロンの両親からの性格的遺伝の問題と不幸な生い立ち、当時の英国社会の道徳意識とそれに対する反抗、結婚生活における奇矯な行動とその結果としての妻との破局、それに続くイギリスからの自己追放とイタリア及びギリシャの地における政治的行動、そしてギリシャ独立戦争への参加と戦地での死——と、波瀾万丈のバイロンの生涯を丁寧に叙述し、その叙述の中から、バイロンがいかに人間社会と折り合い悪く、悲憤慷慨しながら厭世意識を募らせていったのかを浮かび上がらせている。この植村のバイロン論には、「フランスのテーヌ、バイロンの代における英国を論じて曰く」（二三三頁）云々という記述があることからも推察されるように、時代、環境、遺伝の三因子を重視したテーヌ（Hyppolyte Adolphe Taine, 1823-93）の『英国文学史』*Histoire de la littérature anglaise*（一八六三年）中のバイロン論からの影響の痕跡が窺えるわけだが、論の全体を読む限り、恐らく植村は、テーヌの『英国文学史』の英訳本だけではなく、それ以外のバイロン論、バイロン伝をも複数参照しながら、厭世詩人としてのバイロン像を具体的に描写している。のみならず『マンフレッド』、『チャイルド・ハロルドの巡礼』、『カイン』などバイロンの代表作の内容も一応把握した上で、『於母影』の抄訳のみからでは見えてこないバイロンの厭世の身振りについて、作品世界についての一定の理解に基づいた論述を行なっている。

このように、バイロンの厭世の身振りに比較的深い理解と同情を示した植村であったわけだが、ただそんな植村も、さすがにバイロンの厭世の身振りがキリスト教の教えに対する反抗、反逆としても表現されていた事実に議論が及ぶと、その理解と同情の筆を鈍らせざるを得なかった。植村は、『カイン』や『マンフレッド』などの暗鬱な作品世界に触れた後で、「バイロンは多情多感の性を有し、覇気天を衝き、壮図胸中は鬱勃たりしといえども、万物を摂理する上帝を知らず、己れを愛する天父を認めず、確乎たる理想を感得せず。人生の主眼を看破せざるなり」（二三五頁）と、バイロンの反キリスト教の態度について否定的に論及している。そしてそれに続けて、バイロンの厭世の身振りの背後には実は幸福を求める心があったのだ、とバイロンを擁護する姿勢を若干見せつつも、自らの厭世意識、「負のロマン主義」の精神性に安住してそれを積極的に超えていこうとしなかったバイロンに対し、「その気力感ずべしといえども、その状況実に望み無しと言わずんばあるべからず」（二三六頁）と、否定の調子を強めて断じている。

植村は最後、以下のような詠嘆調で自身のバイロン論を締めくくっている。

ああバイロン、汝は哀しみたれど、これがために聖潔に進むこと能はざりき。汝の歌は嘆きたれど、真正の安慰を与うること能はざりき、世には愛すべきもの、身を犠牲にして奉事すべきもの無きにあらず。汝の歌は、何故に、失望の声のみを発したるか。汝は勇士なり、任侠なり、活力余りありとす。しかれども、理想無く、神無く、望み無きの活力は、暴に流れ、狂に失して放漫無頼たらざるを保すること能わず。（二三七頁）

この、「理想無く、神無く、望み無き活力」ゆえに「暴に流れ、狂に失して放漫無頼たらざる」を得なかった厭世詩人としてバイロンの運命について詠嘆調で難じる植村の筆致には、信、望、愛を説く麴町一番町教会の牧師としての植村自身の顔が透けて見えている。このことは逆に言えば、植村が牧師であるが故に、自身が描き出す厭世的バイロン像が、筆が進んでゆくのに従い、徐々にキリスト教の神に叛逆する悪魔的な影を帯びつつあることに注意を払わざるを得なかった、ということであった。ただ、バイロンの運命について否定的に語る植村の文章が無味乾燥な教条的なものではなく、一定の理解と同情に裏打ちされた詠嘆調で綴られていることにも注意しておきたい。このような植村の筆致は、評論の後半に姿を現すことになる「悪魔派」（Satanic School）の詩人としてのバイロン像をも、幾分悲哀交じりの陰翳のあるものにしている。

先に言及したように、藤村が晩年、「植村正久先生、あの方はキリスト教徒と云つても、バイロンなどもよく認め、文學についてもよい理解を示してをられた方でした」と語ったのは、若き日に植村のバイロン論に触れた折の新鮮な感慨をその時ありありと想起していたからであろう。藤村は、植村が厭世的にして悪魔的なバイロン像を、肯定と否定のニュアンスの入り混じった文章で繊細に描き出していたことに強い共感を抱いていたのであろうと推測される。というのも、植村の「厭世の詩人ロード・バイロン」が発表された明治二四年の春という時期は、藤村が明治学院普通部の卒業を間近に控えた時期であり、藤村はちょうどこの時期のことを題材にして書いた自伝的小説『櫻の實の熟する時』（初出は『文章世界』、大正三年五月―同七年六月、大正八年に単行本化）の中で、このあたりの自身の心理について、作中人物岸本捨吉の口を借りつつ次のように書いているからである。

姦淫する勿れ、處女を侵す勿れ、嫂を盗む勿れ、其他一切の不德はエホバの神の誡むるところである。バイロンの一生は到底神の嘉納するものとは思はれない。英吉利の詩人が以太利へ遊んだ時、ヹニスの町で年頃な娘をもつた家の母親はあの美貌で放縦な人を見せまいとして窓を閉めたといふではないか。それにしても、萬物を悲觀するやうなバイロンの詩が奈何して斯う自分の心を魅するだらう。あの魅力は何だらう。假令彼の操行は牧師達の顔を澁めるほど汚れたものであるにもせよ、あの藝術が美しくないとは奈何して言へよう。(29)

ここからは、岸本捨吉こと若き日の藤村が、厭世的にして悪魔的なバイロン像への共感と、それに共感を覚えることへの躊躇、後ろめたさとの間で葛藤し、動揺していたことがはっきりと見て取れる。当時、藤村は、青春期にありがちな霊肉の葛藤の意識に懊悩しつつ、霊の肉に対する優位を説くキリスト教から、肉に耽溺する反道徳的にして悪魔的なバイロンの「詩」「藝術」の方に傾きつつあった。この藤村の文章は、明治二十年代初頭、バイロンの厭世的な負の意識、「負のロマン主義」の精神性を自分自身の問題として受け止める、本格的なバイロン熱の罹患者が日本に生まれつつあったことを端的に示唆するものである。そしてそのようなバイロン熱の罹患者が共感を持って読んだのが、バイロンを過剰なキリスト教的意識で平板化することなく、論者自身のバイロンに対する揺れる心情をもそこに塗り込めた、植村の「厭世の詩人ロード・バイロン」であったのである。

第四項　バイロン的透谷の登場

植村のバイロン論の発表の時期、バイロンの「負のロマン主義」の身振りに思い入れを逞しくするというかたちの厭世的バイロン熱が生まれつつあったわけだが、そのような厭世的バイロン熱の罹患者の中で、その罹患の度合いにおいて突出していたのが北村透谷である。

透谷は、生前未発表ではあったが、「マンフレッド及びフォースト（斷篇）」（以下「マンフレッド及びフォースト」と略記）と題する一篇の未完のバイロン論を書いている。この評論は、透谷の死後、透谷の遺稿を藤村らが編纂した「亡友反古帖」（『女學雜誌』第四一五号、明治二八年一〇月）の中に収められたもので、そこで論じられているバイロンは、基本的には植村が提示した、厭世詩人としてのバイロンの系譜に連なるものである。この文章の執筆時期については、勝本清一郎（一八九九―一九六七）が明治二三年からその翌年くらいの時期を想定しているが、[30]ゲーテとバイロンの比較論など、植村の「厭世の詩人ロード・バイロン」と共通の議論があることから、佐藤善也は、透谷が植村の論に刺戟されて、その影響の下に書いた可能性を示唆している。[31]あるいは、植村及び透谷の両者がゲーテとバイロンの比較を行なった同じ文献（例えば前述のテーヌのバイロン論など）を参照し

ためにに、結果的に両者の論が類似したということも考えられるであろう。(32)

だが、植村と透谷のバイロン論が、ともにゲーテとバイロンの比較論を含んでいるという共通点、類似点を持ちながら、両者の議論に微妙なニュアンスの違いが見られるということもまた事実である。植村は、そのゲーテとバイロンの比較論において、「ゲーテは美術の人、バイロンは人類の苦楽に同情を動かせる人なり。二人の長短、互いに同じからざることかくのごとし」（二三七頁）と書き、ゲーテを宗教や政治に関わるのをなるべく避けて芸術の世界に遊ぼうとした「美術の人」、一方のバイロンを宗教や政治に熱い問題意識を持っていた「事業の人」として描いていた。が、透谷の議論においては、ゲーテとバイロンの比較論は次のようになる。

> ゲエテも厭世家なり、バイロンも厭世者なり、（中略）然れどもゲエテは其厭世家たるの分量に於て遙かにバイロンに及ばざりき。抑《そもそ》もバイロンが、天地を跼促《きょくそく》たりとし、人生を悲戯の最極と観ずるに至れるは、其搖籠《ようらう》の中《うち》にありし時より、否な寧ろ彼《か》の幼少なるバイロンの爲に泣き、又た屢々小バイロンをして暗室に欷《き》歔徹宵《きょてつせう》ならしめし母氏の胎中にありし時より既に其厭世的迷想の根帯を固ふしたるを見るべし。(33)（六四頁）

透谷はここで、ゲーテもバイロンもともに「厭世家」「厭世者」であり、ただその厭世の度合いにおいては、胎内にいる時から「其厭世的迷想の根帯を固」くしてきたバイロンの方がゲーテより勝っている、と論じている。そしてその上で、議論の後半において「ゲエテは古人《こじん》も言ひし如く詩人よりも寧ろ美術家なり。（中略）バイロンは寧ろ詩人にして美術家の榮譽は最も少なく荷《にな》ふ事を得べきなり」（六四頁）と結論づけている。

ここで注意されるのが、植村が、宗教や政治といった「事業」に対する関わり方の度合いという視点から、ゲーテとバイロンの比較論を展開していたのに対し、透谷の方は、寧ろ「厭世家たる分量」、即ち厭世性の度合いという視点から比較論を展開し、その厭世的内向の傾向を「詩人」の特性として捉えている、ということである。植村も透谷も、ゲーテを「美術の人」「美術家」と見做す点では一致しつつも、透谷がゲーテとの比較論から導き出したバイロン像は、植村が導き出したような、「人類の苦楽に同情を動かせる」、ヒューマニズムの精神溢れた「事業の人」というものではなく、寧ろ自身の内部に鬱屈する負の意識に内向きに拘泥する比類を絶した「厭世家」の詩人、というものであった。右の引用箇所は、透谷の思い描くそのようなバイロン像の特性を、植村のバイロン像のそれとの比較において端的に示した箇所であると言える。

このように、透谷のバイロン像が、植村の厭世的バイロン像の系譜に連なりながらも、自身の厭世を自覚するバイロンの自意識をよりいっそう強調したものであったということが、以上の議論からわかってくる。自身の厭世的自我のありようを最も強烈に意識し、それを最も直截的に表現した詩人、それが透谷の思い描くバイロンなのであった。

ところで、この透谷のバイロン観には、透谷自身に根強くある厭世的自我意識の、ある種の反映があったと考えられる。

透谷は、未来の妻である石坂ミナ（本名北村美那子、一八六五―一九四二）に宛てた明治二〇年八月一八日付の書簡において、自身のそれまでの生い立ちの記を書き、その中で、自身に深く潜在する「ミザリイ」の意識、即ち厭世意識、悲観意識の来歴について物語っている。透谷は、自身の「ミザリイ」の意識が、自身の両親からの気質の遺伝と生い立ちの環境に由来するものであるということを説明し、第一の要因である遺伝の問題について次のように述べている。

生の父は封建制度の下にありて、嚴格なる式禮の間に成長したる人たるにはあらず傲慢磊落の氣風あれども或る一部分に至りては極めて小心なる所もあり、（中略）又た生の母は最も甚しき神經質の恐るべき人間なり、一家を修むるにも唯己れの欲する如く、己れの書き出せる小さき模範の通りに、配下の者共を處理せんとする六づかしき將軍なり、偖て生の神經の過敏なる惡質は之れを母より受け、傲慢不羈なる性は之を父よりもらひたり、言を變へて之を云へば丁度五分と五分の血を父母より受けて此世に現はれたり、（二八八頁）

さらに、「ミザリイ」の第二の要因である環境の問題について、右の引用箇所に続くくだりで、「十一年まで五年間生は全く祖父母の膝下に養育せられけり、此貴重なる時日の教育につき一言せざるべからず」（二八八頁）と切り出しつつ、厳格な祖父と愛情の薄い祖母による「教育」の問題に論及しながら、この「教育」のせいで「鬱々快々として月日を過ごしたれば、生は最も甚しきパツシヨネイトの人物となり、又た極めて涙もろく考へつめてはなか〳〵にいやすべきもあらぬこまりもの」（二八九頁）となってしまったのだ、と述懐している。つまり透谷は、対照的な気質の父母からの遺伝と、厳しい家庭教育の環境のせいで、自分は激情的で憂鬱な「ミザリイ」意識に苛まれる厭世的人間になってしまったのだ、と説明しているわけである。

実は、透谷のこのような論法は、テーヌのバイロン論の中の次の記述における論法と酷似している。以下、英訳本から引用する。

This promptitude to extreme emotions was with him a family legacy, and the result of education. [⋯] His father, a brutal roisterer, had eloped with the wife of Lord Carmarthen, ruined and ill-treated Miss Gordon, his second wife; and, after living like a madman and a scoundrel, had gone with the remains of his wife's family property, to die abroad. His mother, in her moments of fury, would tear her dresses and her bonnets to pieces. When her wretched husband died she almost lost her reason, and her cries were heard in the street. It would take a long story to tell what a childhood Byron passed under the care of "this lioness;" in what torrents of insults, interspersed with softer moods, he himself lived, just as passionate and more bitter.[34] (p.2)

この極端な感情に対する過敏さは、彼にあっては、ある家庭的遺伝と教育の結果であった。（中略）バイロンの父親は、野蛮な浮気男で、カーマーゼン卿の夫人と駆け落ちしたこともあり、二番目の妻であるゴードン嬢をめちゃくちゃに、手荒に扱った。そして、狂人の如く悪漢の如く生き、妻の実家の遺産を持ち逃げして、外国で死んでしまった。バイロンの母はと言うと、これまた、激した時には自分のドレスやボンネットをびりびりに引き裂くといったような女性であった。彼女のどうしようもない夫が死んだ時、彼女はほとんど正気を失い、彼女の号泣する声は市中にまで届いた。バイロンがこの「雌ライオン」の下でどんな子供時代を過ごしたかを語るには長い物語を要するであろう。比較的調子のよい時もあったが、ありとあらゆる罵詈雑言の激流の中で、彼は母親と同じくらい激しやすく、より辛辣な人間になっていったのである。

最初の一文にあるように、テーヌは、内面感情の過剰さ、過激さに由来するバイロンの厭世意識がバイロン家の遺伝と教育によって形成されたのだ、と述べている。このテーヌの見方は、透谷の書簡に記された彼の生い立ちの記の基調をなしている、遺伝と家庭の教育環境に厭世意識の決定要因を求める見方と同種のものである。しかも、自由奔放で気儘な父親と、過度に神経質な母親という両親像も、テーヌのバイロン論における記述と透谷の生い立ちの記とで共通している。

テーヌのバイロン論を透谷が読んだ時期については、それを示す客観的な資料がなく、推測に頼るしかないのだが、もし透谷が明治二〇年八月一八日付の石坂ミナ宛書簡を書いた後にテーヌのバイロン論を読んだのだとしたら、透谷は自身とよく似た境涯に育った詩人として、バイロンという存在を強く脳裏に焼き付けたはずである。また逆に、もしミナ宛書簡を書く前にこれを読んでいたのだとしたら、その類似の甚だしさから、書簡の中に書き記された透谷の生い立ちの記そのものをテーヌのバイロン論を意識して書かれたものとして見るということも可能であるかもしれない。(35) いずれにしても、テーヌのバイロン論を共感を持って熟読し、よく消化した上で書かれたことが確実な「マンフレッド及びフオースト」において、「其搖籠の中にありし時より、否な寧ろ彼の幼少なるバイロンの爲に泣き、又た屢々小バイロンをして暗室に欷歔徹宵ならしめし母氏の胎中にありし時より既に其厭世的迷想の根帶を固ふしたるを見るべし」という、バイロンの厭世の原因として彼の母親の問題があることを指摘する文章を透谷が書きつけた時、彼の脳裏で、かつて自身が書いた生い立ちの記のことが想起されたであろうことは確実と思われる。(36) そしてそういうかたちでバイロンの厭世について論じた文章を書きつけながら、透谷自身、恐らく身につまされる思いで自分自身の厭世についての自意識も強めていったであろう、と推察される。

こうした透谷のバイロン論において際立っているのは、論じる主体である透谷と、論じられる客体であるバイロンとの間の距離の非常な近さである。透谷には、自身が「ミザリイ」を生きる厭世的人間であるという自我意識が強烈にあり、この厭世的自我意識が透谷をして厭世的自我詩人としてのバイロンに接近せしめたのであろうことは、容易に想像がつく。だがその接近がただの接近ではなく、厭世的自我への激しい共感に基づく自己投影、あるはある種の自己激化の意識を伴うものであったため、この時点においてバイロンは、透谷にとって最早自己との区別の不分明な自己の一変種のような存在として捉えられていたのではないか、と推察される。(37)

つまり、透谷にとってバイロンを論じるということは、いみじくも日夏耿之介が「いはゞ、バイロンのある一面を最初に夙に傳へようとし、又、それによつて自己輓近の心境を傳へようとしたものは透谷である」(38) と述べたように、バイロンという題材によって自己の内面を掘り下げてゆく営みを意味していたと考えられるのである。そしてそれは、バイロンに親炙する自己をますますいっそうバイロンに近づけてゆくという心理的な作用も透谷に及ぼすものでもあったと推測される。このように、「マンフレッド及びフオースト」において描き出された厭世的自我詩人としてのバイロン像は、そこに論者である透谷の自画像がそのまま二重映しになるという、非常に個性的なものであったと見ることができるのである。

第五項　「厭世詩家」の典型としてのバイロン

「マンフレッド及びフオースト」の執筆後、透谷が次に試みたことは、バイロン論を通じて浮かび上がってきた、バイロンと自己とをつなぐ厭世的自我詩人という概念それ自体について掘り下げて論じるということであった。厭世的自我詩人の生態の解剖という抽象的な論題に取り組んだもの、それが「厭世詩家と女性」（『女學雜誌』第三〇三号、第三〇五号、明治二五年二月）という評論である。

厭世的自我詩人、透谷の言葉で言えば「厭世詩家」とは、一体いかなる存在であるのか。この論題について透谷は、なぜ詩人は往々にして結婚生活に失敗するのか、という点から解明を試みている。透谷によれば、「厭世詩家」とは、現実世界に生きる中で理想を二度失い、その過程で厭世的自我意識をいっそう深化させてしまう詩人の謂いである。透谷の議論の論旨は、おおよそ次のようなものである。――詩人は、もともと理想世界、即ち「想世界」の住人であるわけだが、詩人も人間である以上、現実世界、即ち「實世界」において生を営まなければならない。この段階において、まず、本来「想世界」の住人であるべき存在が卑俗な「實世界」に対して幻滅するというかたちの厭世意識を詩人は抱くことになる。こうして第一次の厭世意識を抱いた詩人は、次に、自身の厭世意識の捌け口とすべく、「實世界」の中に理想的なものを見出そうとする。そして最後の拠るべき牙城として詩人が期待をかけるのが、恋愛であり、恋愛対象としての女性なのであった。詩人は恋愛中、あたかも恋愛及び恋愛対象が「想世界」に属するものであるかのような錯覚に陥り、「實世界」を忘却するほどの恍惚状態に陥る。だがしかし、いざ恋愛の夢想を結婚という円実的なかたちで成就させてしまうと、この恍惚状態は途端に終わりを告げることになる。というのも、詩人は日々の社会生活の中の様々な義務や責任など、極めて現実的な諸問題に直面することになるからである。こうして詩人は、自分がいまなお恋愛あるいは恋愛対象を通して「想世界」にいるという幻想を打ち砕かれ、「實世界」の様々なしがらみの中に拘束されている自己を発見する。のみならず、麗しき「想世界」の入り口と見えていた女性も、厭わしき「實世界」の忌むべき象徴的存在のように思われてくる。結果、詩人は再度幻滅を経験することを余儀なくされ、最終的に、いっそう深められた第二次の厭世意識に苛まれることになる——。

以上のような議論を展開したこの「厭世詩家と女性」という評論は、しばしば、近代的な恋愛を観念的に賛美した評論と読解されることの多いものであるが、(39)右の要約からわかる通り、むしろ全体の議論の力点は、「恋愛」論にあるというより、「恋愛」及び「結婚」という観点から見た「厭世詩家」論の方にあると言える。(40)つまりこの評論は、単に男性と女性の関係性を論じたものではなく、表題が示唆する通り、「厭世詩家」と「女性」という特殊な関係性を論じたものなのであり、女性問題を通して見た厭世的自我詩人論とでも解すべき評論なのであった。

「厭世詩家と女性」における「厭世詩家」像について考える際、特に注意されるのが、それを描き出すために透谷が採用している議論の仕方である。透谷は、この評論において、ゲーテやシェリー、バイロンやミルトン等、結婚生活に問題のあった詩人、文学者の名前を挙げながら、詩人の厭世の問題と結婚問題との関係性について追究し、「厭世詩家」の生態を明らかにしようとしている。つまり、透谷は、「厭世詩家」と見なされるべき詩人たちの具体的な人間像から、「厭世詩家」なる存在の一般的な人間像を描出しようとしているわけである。中でも、透谷が他の詩人、文学者に比して多く論及しているのが、結婚問題において特にスキャンダラスだったバイロンであった。この「厭世詩家と女性」におけるバイロンへの論及は、この評論が厭世詩人バイロンをケーススタディとした「厭世詩家」論であるという印象を抱かせる程に、頻繁になされている。

「厭世詩家と女性」におけるバイロンへの論及は、詩人バイロンの伝記的事実及び逸話からバイロンの詩句の引用までと、多岐にわたっている。バイロンの伝記的事実及び逸話への論及としては、まず、「バイロンの嵩峻《すうしゅん》を以ても彼の貞淑寡言の良妻をして狂人と疑はしめ、去つて以太利に飄泊するに及んでは妻ある者女《むすめ》ある者をしてバイロンの出入《しつにう》を嚴にせしめしが如き」（六四頁）云々という記述を挙げることができる。この、バイロンが妻に狂人と疑われたという逸話自体はよく知られたもので、透谷が読み込んでいたテーヌのバイロン論の中でも、「バイロン夫人は、夫は気が狂っているのだと考え、彼を医師に診せた」（Lady Byron thought her husband mad, and had him examined by physicians.［p.10］）といったかたちで触れられている。[41] 恐らく透谷の「バイロンの嵩峻を以ても彼の貞淑寡言の良妻をして狂人と疑はしめ」云々というのは、このテーヌの文に拠ったものであろう。また、後半部の「去つて以太利に飄泊するに及んでは妻ある者女ある者をしてバイロンの出入を嚴にせしめしが如き」云々という記述についても、やはりテーヌのバイロン論の中の「バイロン卿は、イタリアにて数度、自身の来訪が告げられると、紳士たちがその妻と一緒に客間を出て行ってしまうのを見た」（Several times, in Italy, Lord Byron saw gentlemen leave a drawing-room with their wives, when he was announced.［p.47］）という記述との間に共鳴するものを看取することができる。

他にも、閨房におけるバイロンの奇行に触れた「深夜火器を弄して閨中の人を愕かせしバイロン必らずしも狂人たりしにあらざる可し」（六五頁）云々といった記述についても、こちらはテーヌのバイロン論ではないが、トマス・ムーア（Thomas Moore, 1779-1852）の『バイロン卿の生活、書簡、及び日記』*The Life, Letters and Journals of Lord Byron*（一八三〇年）の中の「――例えば、彼女（バイロン夫人、菊池註）が就寝している時にピストルを発射して驚かせる、その他そういった類の奇行で」（―― such as firing off pistols to frighten her as she lay in bed, and other such freaks.）といった記述などを参照したものではないかと考えられる。[42]この発砲の逸話に関しては、植村正久の評論「厭世の詩人ロード、バイロン」においても、「血気強きに過ぎ、不平の情沸々たる熱湯のごとくにわかに放歌し、にわかに剣舞し、にわかに発砲する詩人は、その妻の心を安んじ得るものにあらざるなり」（二三三頁）というかたちで触れられているわけだが、透谷にとってもこの逸話は特に印象的であったのだろう。このように、「厭世詩家と女性」におけるバイロンの伝記的事実及び逸話への論及は、複数のバイロン文献に目配りしてなされたらしいことを窺わせるものであり、女性問題、結婚問題をめぐるバイロンの、時として奇矯とも言える振る舞いについて透谷が強い関心を持っていたことを示唆するものである。

では、バイロンの詩句の引用についてはどうだろうか。まず、厭世詩人の性質について述べたくだりの「「世に愛せられず世をも愛せざる者なり」（I love not the world, nor the world me.）」（六七頁）云々という記述は、笹渕友一が指摘するように、『チャイルド・ハロルドの巡礼』第三歌第一一三節及び第一一四節の冒頭の詩句、「私は世間を愛することなく、世間も私を愛さなかった」（I have not loved the world, nor the world me. [*CPW*, vol.2, 118]）[43]を誤記したものである。[44]この詩句は、破婚の後に祖国イギリスを追われるように立ち去らざるを得なかった一八一六年当時のバイロンの心中を直截的に表現した詩句と解することのできるものであるが、透谷はこの詩句に、「實世界」及びその象徴としての妻と折り合うことのできなかったバイロンの肉声を聞き取り、自身の評論の主題に沿うものとしてこれを引用したのであろうと推測される。

また透谷は、バイロンの破婚の問題とは直接関係のない詩句をも引用するということをしている。例えば、「バイロンが英國を去る時の咏歌の中に「誰が情婦又たは正妻のかこちごとや空涙《そらなみだ》を眞事《まこと》とし受くる愚を學ばむ」と言出しけむも實に厭世家の心事を暴露せるものなる可し」（六八頁）云々と、バイロンの「英國を去る時の咏歌」の中の詩句を引用するということをしているが、これは、『チャイルド・ハロルドの巡礼』第一歌第一三節と第一四節の間に挿入された十連の歌「おやすみ」"Good Night" の中の第八連の詩句、「というのも、誰が妻や愛人の思わせぶりな吐息を信じるであろうか？」（For who would trust the seeming sighs / Of wife or paramour? [*CPW*, vol.2, 15]）を、そのまま引用したものである。[45] 透谷は、女性への不信を表明したバイロンのこの詩句を、女性をめぐる「厭世詩家」の真情が吐露されたものとして引用しているわけであった。また、それに続く、「同作家《どうさくや》の「婦人に寄語す」と題する一篇を讀まば英國の如き兩性の間柄嚴格なる國に於てすら斯の如き放言を吐きし詩家の胸奥《けうおく》を覗ふに足る可けむ」（六八頁）云々というくだりも、やはり女性の移り気を嘆いた「女性に」"To Woman"（1805? [*CPW*, vol.1, 45-46]）という初期の詩を念頭に置いて書かれたものであり、透谷はここでも、女性と折り合わない「厭世詩家」の心情を表現した詩としてバイロン詩に論及するということを行なっている。さらに透谷は、「（戀人の破綻して相別れたるは雙方に永久の冬夜を賦與したるが如し）とバイロンは自白せり」（六八頁）という一文で「厭世詩家と女性」を閉じているが、ここに引用されているバイロンの言も、佐藤善也の指摘にあるように、「「チャイルド・ハロルドの巡遊」第三巻第九四節のローヌ河の急湍の比喩の部分を要約したもの」であり、[46] 同様の趣意からの引用、論及と解することのできるものである。このように、透谷は、これらバイロンの詩句の中に、「厭世詩家」の内面の告白を読み取り、それを自らの論の中に散りばめることで、「厭世詩家」の人間像を血の通った具体的なものたらしめているのである。

以上の議論から、透谷が「厭世詩家と女性」において、「厭世詩家」の人間像を描き出す際、バイロンその人の人となりやバイロンの詩作品を大いに参照していたということがわかる。これらの事実だけからも、この評論におけるバイロンの影は相当色濃いということが言えるわけだが、このバイロンの影はこれに止まるものではなかった。透谷が「厭世詩家と女性」を書く際に参照していたであろうテーヌのバイロン論と、「厭世詩家と女性」の全体の議論とをより詳細に対照させてみた時に、「厭世詩家と女性」へのバイロンの影が、もっと広く、もっと深いところまで浸透していることがわかるのである。

テーヌのバイロン論の中には、バイロンの結婚問題に関して次のような記述がある。

A last imprudence brought down to the attack. As long as he was an unmarried man, his excesses might be excused by the over-strong passions of a temperament which often causes youth in England to revolt against good taste and rule; but marriage settles them, and it was marriage which in him completed his unsettling. He found that his wife was a kind of paragon of virtues, known as such, "a creature of rule," correct and without feelings, incapable of committing a fault herself, and of forgiving. (p.10)

（結婚という、菊池註）軽率なことを最後にしたことが、（バイロンへの、菊池註）非難をもたらすに至ったのである。彼の行き過ぎた行為も、彼が未婚の男性である限りにおいて、イギリスの若者を公序良俗に叛逆せしめがちな、強烈に激しやすい気性ということで、恐らくは許されていたのかもしれない。しかし、一般に若者は結婚をすれば落ち着くものだが、彼の場合、まさにその結婚こそが彼の落ち着きのなさを完成に至らしめてしまったのであった。彼は、自分の妻が一種の美徳の鑑であり、またそのような人として知られており、「規則尽くめの生き物」にして、品行方正、情に流されることもなく、自身失敗を犯すことも、また失敗することを赦すこともできない人であることを知ったのである。

ここには、結婚というものが、本来であれば若者たちに落ち着いた社会生活を強いるものであるはずなのに、バイロンの場合、彼の過剰な反社会性が結婚という枠組みの中に収まり切れず、しかも美徳や道徳を過度に重視する妻との結婚生活の中で、却ってその反動から彼が暴発することになってしまったのだ、とするテーヌの見解が述べられている。このテーヌの記述を、「厭世詩家と女性」の全体の論理が端的に要約されている箇所の透谷の文章と対照させてみよう。透谷は、「厭世詩家」の反社会的傾向について述べた後で、次のように述べている。

彼等は人世を厭離するの思想こそあれ人世に羈束《きそく》せられんことは思ひも寄らぬところなり。婚姻が彼等をして一層社界を嫌厭せしめ、一層義務に背かしめ、一層不満を多からしむる者是を以てなり。かるが故に始に過重なる希望を以て入りたる婚姻は後に比較的の失望を招かしめ、惨として夫婦相對するが如き事起るなり。（六七頁）

ここで透谷は、結婚に伴う義務や責任といった社会的拘束が「厭世詩家」の反社会的傾向をいっそうを拍車をかけ、最後には大きな幻滅を「厭世詩家」に至るのだ、という趣旨のことを述べている。この透谷の論理は、「厭世詩家」をバイロンの名に置き換えると、バイロンの結婚生活の破綻の原因を説明したテーヌの文章の論理とほとんど同型のものとなる。

それだけではない。フランシス・マシーも指摘しているように、テーヌのバイロン論の中に引用された、『ドン・ジュアン』第三歌第五節の次の詩節も、「厭世詩家と女性」の全体の論旨との関連を強く感じさせるものとなっている。(47)以下、そのくだりをテーヌのバイロン論から引用する。

'Tis melancholy, and a fearful sign
Of human frailty, folly, also crime,
That love and marriage rarely can combine,
Although they both are born in the same clime;
Marriage from love, like vinegar from wine—
A sad, sour, sober beverage…（p.61）

憂鬱なことである。そして人間の弱さ、狂気、さらには罪のおそろしい兆候である。
恋愛と結婚がめったに結びつくことができないということは。
恋愛と結婚は両方とも同じ風土から生まれたものであると言うのに。
恋愛から生まれた結婚は、ワインから作った西洋酢のようなもので、
悲しく、酸っぱく、酔えない飲み物なのだ。

この詩節は、バイロンが自身の結婚生活をめぐる苦渋の思いを、詠嘆を装った諷刺的な調子で歌ったと考えられているくだりの一節である。(48)ここには、「厭世詩家と女性」にそのまま通じる、恋愛と結婚とを対立させる見方が披露されている。さらに「厭世詩家と女性」との関連で見過ごせないのは、バイロンがこの詩節の後で、ペ

トラルカ（Francesco Petrarca, 1304-74）やダンテ（Dante Alighieri, 1265-1321）、ミルトンといった西洋の大詩人の名前を列挙しつつ、もしこれらの偉大な詩人が彼らの想い人とめでたく結婚してしていたのなら、結婚生活の俗っぽさのために、恋愛の精神的な高貴さを歌った名詩は生まれなかったであろう、と歌っていることである。このバイロンの歌いぶりは、結婚の幻滅という主題を偉大な西洋詩人の名を連ねつつ詩人の問題として扱っている点で、透谷の「厭世詩家と女性」の内容と重なり合うものとなっている。透谷がこの続きの詩節まで読んでいたかについては定かにはし得ないが、さまざまなバイロンの詩句の中に「厭世詩家」像を描くための具体的な材料を求めていた透谷であってみれば、少なくとも読んだことが確実なテーヌのバイロン論の中に引用されたこの『ドン・ジュアン』第三歌第五節から大いに刺激を受けたであろうことは、十分想像可能なことである。そして透谷はここに、「厭世詩家と女性」の論理構成のための有力な柱を見出したのではないかと推測される。

このように、透谷は「厭世詩家と女性」を書く際、「厭世詩家」なる存在を、バイロンその人に関する様々な伝記的事実や逸話に論及したり、その詩句を引用したりしながら、具体化するということを行なっていたわけであった。そしてそれに止まらず、恋愛と結婚の狭間で幻滅するという「厭世詩家」の概念それ自体、あるいは「厭世詩家と女性」という評論の論理の骨子それ自体をも、バイロンのイメージから抽出していたと考えられるわけである。このことはつまり、「厭世詩家と女性」という評論が、表面上は「女性」との関係性という視点から「厭世詩家」の生態を論じたものという装いでありながら、その実、バイロンという特定の「厭世詩家」の「女性」問題をめぐる心性のありようを論じた、透谷流のバイロン論であったと見ることができるということであった。換言すれば、バイロンという強烈な個性を「厭世詩家」という人間像の特性にまで抽象化しつつ、バイロンという一詩人についての論を、「厭世詩家」論という一般的な詩人論として書いたのが、この「厭世詩家と女性」という評論なのであった。

意識してか無意識にかは別にして、「厭世詩家と女性」において透谷が行なったことは、バイロンを、現実と理想との間の亀裂を我が身の痛みとする「厭世詩家」なる存在の典型に祭り上げるということであった。このことは、「マンフレッド及びフオースト」の時点ですでに自己投影と自己劇化の過程で自己自身と区別がつかないまでに内面化されていたバイロンが、「厭世詩家」の典型として抽象化されることで、再び分析、批評の対象となったということを意味するものでもあった。これには、透谷が、ただ単にバイロンに自己を同一化して「厭世詩家」意識に情緒的に甘んじているだけという視点から、「厭世詩家」である自己を客観的に分析し批評する視点に移行したことが大いに与っていると考えられる。透谷は、「マンフレッド及びフオースト」において、厭世的自我詩人としてのバイロン像を陽画として描きつつ、厭世的自我詩人としての自画像を陰画として隠微に塗りこむということをしていた。が、この「厭世詩家と女性」においては、自己とバイロンとが密接な関係にあることをあっさり認めた上で、自身の思い描くバイロン像に適合するようなバイロンに関する知識、情報の断片を論の中に散りばめつつ、自己とバイロンとを結びつける「厭世詩家」という概念の内実を論理的に究明しようと試みている。これは、比喩的に言うならば、厭世的バイロン熱に侵された自己を冷ややかな目で見据えながら、厭世的バイロン熱の〈内攻〉の過程で自己自身と錯覚されるまでに内面化されたバイロンに論理のメスを振るうといった営みであった。(49) 自身が厭世的バイロン熱に罹患しながらも、あるいは自身がそれに罹患しているが故に、厭世的バイロン熱の〈病理〉を真剣に解明せんと試みた結果が、「厭世詩家と女性」という評論であったというわけである。

だがここで注意しておきたいのが、透谷が厭世的バイロン熱という〈病〉と格闘する際、もといそれに侵された自己と格闘する際、安直な処方箋を求めていないということである。長澤別天は、厭世的バイロンの影の色濃い初期の詩に否定評価を下しつつ、初期の厭世的バイロンから後期の政治的バイロンへの移行を、「自家の病氣」

からの「躍出」として肯定的に捉えていた。要するに、バイロンの最晩年の政治的行動をバイロン自身が罹患していた厭世的バイロン熱への処方箋と考えていたわけである。また、植村正久にあっては、「理想無く、神無く、望み無き」〈死に至る病〉としての厭世的バイロン熱の処方箋として、恐らくはキリスト教信仰による救いのことが念頭に置かれていた。対して、透谷は、政治的行動や宗教的信仰に直ぐ処方箋を求めようとはしなかった。そのことは、先に言及した「(戀人の破綻して相別れたるは雙方に永久の冬夜を賦與したるが如し)とバイロンは自白せり」という、「厭世詩家と女性」の末尾の一文に表されていると言える。この、ある種突き放したような最後の一文には、透谷が厭世的バイロン熱それ自体の問題性を直視しながら、あえてそこに留まろうとしているかのような響きすら聞き取ることができるように思われる。恐らくこれは、「永久の冬夜」に喩えられるべきバイロン流の「負のロマン主義」を、内面化の果てに自身の宿命として甘受しようとする、透谷流の「負のロマン主義」のヒロイックな宣言であったと解釈できる。

このように、『於母影』所収のバイロンの訳詩三篇によってバイロンの内面、特にその「負のロマン主義」に接近する回路が開示されて以降、植村正久の「厭世の詩人ロード・バイロン」から北村透谷の「マンフレッド及びフオースト」、そして「厭世詩家と女性」へと至るバイロン言説の流れを丁寧に辿ってみると、そこには、バイロンの「負のロマン主義」の血肉化の流れ、あるいは、厭世的バイロン熱の内攻とでも呼ぶべき流れを看取することができる。そして、論者のバイロンの厭世的な内面のありように対する主体的な関心が強まるにつれ、彼らの描き出す厭世的バイロン像に、厭世的バイロンに惹かれる論者自身の内面のありようがより強く、より繊細に反映されるようになってきていることが窺い知られるわけであった。かつて小林秀雄(一九〇二―八三)は「批評とは竟に己れの夢を懐疑的に語る事ではないのか!」(「様々なる意匠」、『改造』、昭和四年四月)[50]と言ったが、この小林の言い方を借りて言うならば、最後厭世的バイロンを論じながら厭世的バイロン熱という〈病〉に侵された自身のありようを「己れの夢」として「懐疑的」に語っていると読める透谷の「厭世詩家と女性」は、そこで論じられている厭世的バイロン像がやや透谷固有の文脈に引きつけすぎた引用のモザイクから成っているという憾みはあるものの、一個の「批評」たり得ていると言うことができるであろう。しかもそれが自身の実存を賭けた真剣な営みであったとすれば、[51]自らの鏡像としてのバイロンを「厭世詩家」の典型として描き出し得た「厭世詩家」北村透谷において、厭世的バイロン熱はその内攻の過程の最終段階にまで達していたと言うことができるように思われるわけである。

註

(1)薬師川虹一「日本におけるバイロン受容の概観」(『英詩評論』第五号、昭和六三年六月)、八二頁参照。なおバイロン受容の最初期にあたる明治十年代のバイロン言説については、薬師川論文の他に、衣笠梅二郎「バイロン」[剣持武彦他(編)『欧米作家と日本近代文学』第一巻〈英米篇I〉(教育出版センター、昭和四九年)、一二八―一六七頁]、佐渡谷前掲論文、同「近代日本とバイロン」〈バイロンの世界――生誕二〇〇年特集〉(『英語青年』第一三四巻第一号、昭和六三年四月)などが基礎的な情報を提供してくれており、本節の議論もそれらの先行研究に拠るところが少なくない。

(2)橋爪貫一(訳編)『西國立志篇列伝』(六合書房、明治一二年)、三五―三六頁。

(3)中村正直訳『西洋品行論』におけるバイロン言及の文章の引用は、衣笠「バイロン」、一二九頁に拠っている。

(4)吉田五十穂訳纂『伊呂波分西洋人名字引』(東京：吉田五十穂、明治一二年)、一六―一七頁。なお『伊呂波分西洋人名字引』では、人名、地名、国名は右傍線、それ以外(学校名、作品名など)は左傍線という区別がされているが、技術上の問題のため、本書においては全て右傍線に統一している。

(5)一つだけ例を挙げれば、「千八百二十二年希臘《ギリシャ》ニ赴ク翌年ミツソロンヒーニ於テ熱ヲ患テ死ス」という記述に関して、バイロンがギリシャに赴いたのは一八二三年、ミソロンギで陣没したのはその翌年であり、一年ずれている。

(6)佐渡谷重信も、明治十年代末になってやっと、バイロンに関心を向ける社会的背景が整ったと見ている。佐渡谷「近代日本とバイロン」、五頁参照。

(7)『明治政治小説集（二）』〈明治文學全集六〉（筑摩書房、昭和四三年）、七三頁。「翕然《きゅうぜん》」とは「多くのものが一つに集まる様子」。「賛称《さんしょう》」とは「ほめたたえること」。当該箇所の現代語訳は次の通りである。「ヨーロッパの志のある者たちは、皆こぞって褒めたたえ、あるいは、秘かに武器や銃弾を送り、あるいは、自ら剣を携えて援軍に馳せ参じたのであった。イギリスの著名な詩人であるバイロンのような人も、進んでギリシャに赴いて、ギリシャのために自らの身を犠牲にして、ヨーロッパの大義を天下に遍く明らかにしたのであった。そうしてついに、ギリシャ独立という大業を成し遂げることができたのである。」

(8)『中江兆民全集』第八巻（岩波書店、昭和五九年）、一四〇頁。

(9)同書、二六三頁。

(10)徳富猪一郎『文學斷片』（民友社、明治二七年）、三七頁。

(11)この評論の基となった、明治二五年九月に行われた青年文学会での講演「新日本の詩人」においても、「又バイロンの如きは佛國大革命の亂に搖かされて、それからして噴出した所の詩人であるです」と、同一の認識を披露している。徳富前掲書、五三頁参照。

(12)以下、長澤別天の文章からの引用は、特に断りのない限り、「英國詩人ロード、バイロン略傳」（『學之友』第四号、明治二三年三月）に拠り、本文中に頁数を記す。

(13)「改革的の意志」あるいは「革命的の意志」の誤植であろう。『江湖新聞』掲載の「英國詩人ロード、バイロン」（明治二三年三月七日）では、該当箇所の文章は「此れ（＝『ドン・ジュアン』、菊池註）ハこれロードが満腹の不平幽鬱、層々相重積、凝結し遂に改革的の意志を發表せしものにして道徳、宗教、政略等に逆ふて大膽なる顚覆を企てんと試みたり」であり、「改命的」は「改革的」となっている。

(14)「英國詩人ロード、バイロン」（『江湖新聞』、明治二三年三月六日）。文中の「ラレイ」は、「シレイ」即ちShelleyのことであろう。

(15)柳田泉「長澤別天の「社會主義一班」」『明治の書物・明治の人』（桃源社、昭和三八年）、八九頁」。

(16)『明治思想家集』〈日本現代文學全集一三〉(講談社、昭和四三年)、二三二頁。

(17)当時、ハワイには、日本人移民が二万人程居り、ハワイ王国下では、在ハワイ日本人の参政権は認められる運びとなっていた。だが、一八九三(明治二六)年、ハワイ王国がクーデターによって転覆され、モンロー主義の外交方針を転換したアメリカによって併合されるに及んで、在ハワイ日本人の参政権は認可されなくなった。この点については、広瀬玲子『国粋主義者の国際認識と国家構想——福本日南を中心として』(芙蓉書房出版、平成一六年)、七一—七八頁参照のこと。

(18)広瀬玲子は、別天が「日本政府が軍事力を楯に速やかにハワイ臨時政府と談判することを主張した」ことについて、別天の「砲艦外交」の矛先が「亡びゆくハワイ王国にではなく、臨時政府とその背後にあるアメリカ合衆国に向けられている」事実を指摘しつつ、「別天はまさにアメリカ合衆国という強国に立ち向うために、「砲艦外交」という戦術を提起した」のであり、「彼が護ろうとしたのは、日本人の既得権としての参政権であった」という見方をしている。同書、七六—七七頁。

(19)とは言え、ヨーロッパにとってのギリシャの意味を意識しつつ、バイロンのギリシャ独立戦争参加の意義を捉えていた日本人が皆無であったというわけではない。例えば、先述の東海散士は、『佳人之奇遇』において、バイロンのギリシャ戦争参加について論及する際、「歐洲ノ志士翕然賛稱或ハ隱ニ兵器彈藥ヲ送リ、或ハ劒ヲ杖テ赴キ援ケ」というかたちで、当時ヨーロッパ全体がギリシャに加勢していた事実の触れつつ、バイロンの政治的行動とその死の意義を、「大義ヲ八表ニ明ニシ」というふうに、「大義」という言葉で表現している。この「大義」という言葉は、文脈から、イスラム世界からヨーロッパ文明発祥の地であるギリシャを奪還するという、ヨーロッパにとっての「大義」を意味していると考えられる。

(20)和泉あき「長澤別天論」(『日本浪曼派批判』〈近代文学研究叢書〉、新生社、昭和四三年)、一七三頁。

(21)小堀桂一郎は、「いねよかし」については、落合直文が鷗外の下訳に最終的に手を入れたものと見(小堀前掲書、八八—八九頁)、「マンフレツト一節」については、小金井喜美子の筆が入りつつも共訳とは言えない程度のものであり(同書、七九—八〇頁)、また、「曼弗列度一節」については、原詩の脚韻に細心の注意を払った鷗外による苦心の訳と見ている(同書、一三八頁)。

(22)具体的な誤訳箇所の指摘については、矢野峰人『『文學界』と西洋文学』〈新訂版〉(学友社、昭和四五年)、五九―六〇頁参照。より詳細な誤訳の検討と、その意味するところの解釈については、小堀前掲書及び小川和夫「『於母影』からの二三の感想」[『明治文学と近代自我――比較文学的考察』(南雲堂、昭和五七年)]参照。

(23)「マンフレツト一節」の韻律の説明は、衣笠「バイロン」、一四二頁を参照した。

(24)太田三郎が指摘するところによれば、『於母影』の出版された明治二二年四月の『國民之友』第四八号における愛読書を調査したアンケートで、「バイロンの詩をあげたものが数十名中に二名いた」という。太田「「蓬萊曲」と「マンフレッド」の比較研究」[『国語と国文学』、昭和二五年五月、後に『比較文学――その概念と研究例』(研究社、昭和三〇年)所収、六一頁]。この時点ですでにバイロン詩が読まれる文学的環境はすでに形成されつつあったわけである。

(25)岩野泡鳴「新体詩史」[『岩野泡鳴全集』第一一巻(臨川書店、平成八年)、一六六頁]。なお、泡鳴の所謂「志賀矧川等が鼓吹したバイロン熱」が具体的に何を意味しているかは不明である。また、恐らくはこの泡鳴の記述に拠ったものであろうが、太田三郎も明治二十年代の厭世的バイロン熱について触れる中で「志賀重昂がその代表者であった」と述べている。太田「バイロン」[松田穣(編)『比較文学辞典』(東京堂出版、昭和五三年)、二二八頁]。こちらも、志賀とバイロン熱との関係に関するそれ以上の記述がないため、具体的な意味内容については未だ明らかでない。

(26)蒲原前掲書、一九二頁。

(27)以下、植村正久の引用は、断りのない限り、植村正久『植村正久著作集』第三巻(新教出版社、昭和四一年)に拠り、本文中に頁数のみ記す。

(28)亀井勝一郎『島崎藤村論』(新潮文庫、昭和三一年)、二六二頁。

(29)『新装版　藤村全集』第五巻(筑摩書房、昭和四二年初版、同四八年再版)、四八七頁。

(30)勝本清一郎「解題」[『透谷全集』第一巻(岩波書店、昭和二五年七月)、四三〇頁参照]。

(31)「補注九二」[佐藤善也(編註)『北村透谷・德富蘆花』〈日本近代文学大系第九巻〉(角川書店、昭和四七年)、四二八頁参照]。

(32)「マンフレッド及びフォースト」がテーヌの『英国文学史』中のバイロン論に大きく拠っていることについては、桶谷秀昭『北村透谷』〈近代日本詩人選1〉（筑摩書房、昭和五六年）、九六―九九頁参照。

(33)以下、透谷の文章の引用は、断りのない限り、初出の表記の保存に努めた『北村透谷集』〈明治文學全集二九〉（筑摩書房、昭和五一年）に拠り、本文中に頁番号のみ記す。なお、ルビ、圏点、傍点その他は、必要のない限り省略した。

(34)以下、テーヌの『英国文学史』中のバイロン論からの引用は、断りのない限り、Hippolyte A. Taine, *History of English Literature*, trans. H. Van. Laun, vol.4 (Edinburgh: Edmonston and Douglas, 1874) に拠り、本文中に頁数のみ記す。なお、これより以下、本書に限らず引用した英文の訳は、断りのない限り全て拙訳による。

(35)この見解については、次の二つの文献を参照のこと。笹渕友一『「文學界」とその時代』上巻（明治書院、昭和三四年）、三二〇頁。及び、Mathy, Francis. "Kitamura Tokoku and Byron." *Literature East & West* 19.1-4 (1975) p.56. 特にフランシス・マシーは、透谷の中で無意識のうちにバイロンに自身を同化させたいという欲望があり、それが（かなり感傷と誇張を含んだかたちはあったが）両テクストの間の類似となったのだと見ている。

なお、この透谷の自伝がベンジャミン・ディズレイリ (Benjamin Disraeli, 1st Earl of Beaconsfield)（一八〇四―八一）の『コンタリニ・フレミング』*Contarini Fleming*（一八三二）の翻訳『昆太利物語』（福地源一郎（他）訳、『東京日日新聞』、明治二〇年七月三一日―同年一二月二四日）に倣って虚構化されたものであることは、平岡敏夫「透谷と『昆太利物語』」（『明治大正文学研究』第二四号、昭和三三年六月、後に『北村透谷研究』（有精堂、昭和四四年再版）所収）が明らかにする通りであるが、『昆太利物語』には、主人公の家庭環境の不遇は語られていても、遺伝の問題は出てきていない。笹渕もマシーも遺伝の問題の有無については特に触れていないが、本論の立場は、透谷の自伝における遺伝の問題に、遺伝、環境、時代の問題を重視したテーヌの『英文学史』中のバイロン論の影の一つを見るというものである。

(36)橋浦兵一も、「マンフレッド及びフォースト」において、幼少時のバイロンとその母親との関係が強調されている事実を指摘しつつ、透谷とバイロンの幼少時の生い立ちの類似性を、透谷のバイロンとの邂逅を準備したものとして挙げている。橋浦兵一「『楚囚之詩』・『蓬萊曲』――抒情の深化」（『國文學解釈と教材の研究』第九巻第七号六月号、

〈特集透谷と藤村――北村透谷没後七〇年を記念して〉、昭和三九年五月)、六四頁参照。また笹渕友一は、島崎藤村の「北村透谷の短き一生」(初出は『文章世界』、大正元年一〇月、『後の新片町より』(新潮社、大正二年)に収録)の中に「北村君と阿母さんとの関係は、丁度バイロンと阿母さんとの関係のやうで、北村君の一面非常に神経質な処は、阿母さんから伝はつたのだ」という文章があることを指摘している。笹渕前掲書(上)、三〇八―三〇九頁、三一四頁参照。

(37)この点について、笹渕友一は、透谷の独自な点として、「彼がどのような対象に接する場合でも主体的なものを失ふことがな」く、「浪漫主義者であらうと古典主義者であらうと、皆透谷の主体的なものによつて映し出され、透谷の欲求するものを提供してゐるといふ事実」を指摘し、そこに透谷のロマン主義者としての個性の強さを見ている。同書、八五―八六頁。

(38)日夏前掲書、三五八頁。

(39)例えば、透谷の観念性を批判的に論じたものに、上野千鶴子「「恋愛」の誕生と挫折」(『文学』〈季刊　特集《透谷の百年》〉第五巻第二号、平成六年四月)等がある。

(40)吉田精一も、「厭世詩家と女性」の議論を前半と後半に分け、恋愛至上主義的な見解を説いた前半が「エマーソンの思想に承けた翻案に近いもの」であることを論証しながら「必ずしも透谷のオリジナルな発想、発言とはいいがたい」と評しつつ、「厭世詩家」の恋愛の失望について説いた後半の議論の方に、「透谷の自己の恋愛と経験から発した歎声」、を聞き取り、そこに透谷のオリジナリティを見ている。吉田『浪漫主義研究』〈吉田精一著作集第九巻〉(桜楓社、昭和五五年)、七三―七四頁参照。

(41)ちなみに、太田三郎によれば、「厭世詩家と女性」発表の明治二五年に透谷が明治女学校の講義の際に使用したテキストは、テーヌの『英国文学史』であった。太田前掲書、六二頁。

(42)Thomas Moore. *The Life, Letters and Journals of Lord Byron: New and Complete Edition*, (London: John Murray, 1932) 297.

(43)バイロンの詩からの引用は、断りのない限り、Lord Byron, *The Complete Poetical Works*, 7vols. ed. Jerome J. McGann (Oxford; Tokyo: Clarendon Press, 1980-1993) に拠り、本文中に *CPW* の略号とともに巻号と頁番号を記す。

(44)笹渕前掲書(上)、三一一頁参照。

（45）「補注一六二」［佐藤（善）（編註）前掲書］、四三五頁参照。
（46）「補注二二五」、同書、四四二頁参照。なお、当該の詩節の原文は次の通りである。参考までに挙げておく。

Now, where the swift Rhone cleaves his way between
Heights which appear as lovers who have parted
In hate, whose mining depths so intervene,
That they can meet no more, though broken-hearted;
Though in their souls, which thus each other thwarted,
Love was the very root of the fond rage
Which blighted their life's bloom, and then departed—
Itself expired, but leaving them an age
Of years all winters,—war within themselves to wage.（*CPW*, vol.2, 111）

今や、流れの速いローヌ河が峰々の間を切り裂いてゆく。
それはまるで憎しみのうちに別れ別れになった恋人たちのようである。
憎しみによって穿たれた深淵は二人の仲を阻んでいるので、
最早彼らは会うことはできない。いかに心が痛んだとしても。
愛は彼らの魂の中にあったが、その魂がお互いの仲を阻むものであったのであり、
愛は愚かな怒りの元以外の何ものでもなかったのだ。
愚かな怒りは彼らの命の花を枯らし、その後消えてなくなった。
そうして全ては終わったが、彼らに残されたものと言えば、
永久に冬であるような年月、つまり、彼ら自身の中で行われるべき戦いであった。

（47）Mathy. p.58. ただしマシーは、本論でこの後触れることになる、『ドン・ジュアン』第三歌第五節以降の西洋詩人の名前の列挙の問題については論及していない。
（48）上杉文世『バイロン研究』（研究社、昭和五三年）、四七九―四八〇頁参照。

(49)この点に関連して、小田桐弘子は、「厭世詩家と女性」という評論が「エマスンの影響のもとに発想しながら、バイロンの詩の引用で終わ」っている事実を指摘し、そこに「バイロン的陰性」と「エマスン的陽性」の同時併存という、透谷の「二元分裂的資質」を見出しつつ、「透谷の内なる狂気な部分がバイロンにひかれ、そのような自己から逃れ、意志的に自己をつくりあげようとする別な一面がエマスンに傾倒していったのではないだろうか」と論じている。小田桐弘子「「神性《かみ》」と「人性《ひと》」――北村透谷のキリスト教受容」（『福岡女学院短期大学紀要』〈人文科学〉第二二巻、昭和六一年二月）参照。ただ、透谷において「二元的分裂的資質」が見られることは確かであるが、「厭世詩家と女性」においては、寧ろ内なる「バイロン的陰性」を徹底的に見据えることで、その問題点を抽出していこうとする意識が強いように思われる。「エマスン的陽性」への傾きは、潜在的にはあるであろうものの、この評論においてはほとんど顕在化していない、というのが実情であろう。なお、「厭世詩家と女性」におけるエマソンの「愛情論」からの影響の痕跡については、笹渕前掲書（上）、二三九―二四一頁参照。笹渕もまた、「厭世詩家と女性」に「透谷独自の展開」を見て取っている。

(50)『小林秀雄全集』第一巻（新潮社、昭和四五年）、一三頁。

(51)この点については、激しい恋愛から結婚を勝ち取った約一年後、明治二二年四月一日の透谷の日記の文章を以下に引用するに止めよう。「愛情の為め」という言葉に込められたものに思いを致せば思い半ばに過ぎるものがある。「余は實に過る二三年の間を混雜紛擾の間に送りたり、愛情の爲め、財政上の爲め、或は病氣の爲め、是等の凡てが余をして何事をも成すことなく過ぐる二三年を費消せしめたり。人生僅に五十年、今日の壯顏は明日の白頭、昨日の無罪なる小童は今日の多恨多罪なる老人とならんとす、況んや余の如き多病なる者に於てをや。／實に余が眼前には一大時辰機あるなり、實に此時辰機が余をして一時一刻も安然として寢床に横らしめざるなり。嗚呼余が前後左右を見よ、驚く可き余の運命は萎縮したるにあらずや、自ら悟れよ、自ら慮れよ……獨立の身事遂に如何んして可ならんとする?」（三〇九頁）

第二節　人生相渉論争におけるバイロンの影

第一項　「人生に相渉るとは何の謂ぞ」

明治二六年二月、北村透谷は、創刊後間もない同人雑誌『文學界』第二号に、一篇の評論を発表している。この多分にポレミックな評論こそ、「人生に相渉るとは何の謂ぞ」であり、透谷の言論活動においてのみならず、我が国の近代文芸批評史においても重要な意味を持つ、所謂人生相渉論争の始まりを告げる文章であった。

この評論は、一言で言ってしまえば、文学の自律的価値を高らかに謳い上げる、といった内容のものである。すでに指摘されている通り、この評論は、直接的には、山路愛山（本名弥吉、一八六四―一九一七）が前月の『國民之友』に発表した評論「頼襄を論ず」に対する駁論として発表された。具体的には、愛山が功利主義の見地から、頼山陽（本名襄《のぼる》、一七八〇―一八三二）の人品と作品とを称えつつ、山陽の文学の価値はそれが世の中に利益をもたらす一個の「事業」であったからだ、と主張したのに反論し、透谷は、文学は世の中に利益をもたらすが故に価値あるものなのではない、むしろ世の中には何の価値もないように見えるほど、世俗的価値基準を遥かに超絶した理想を目指す営為であるが故に価値あるものであるのだ、という議論を展開したのである。

この人生相渉論争に関して、臼井吉見（一九〇五―八七）は、愛山の「頼襄を論ず」の「文章即ち事業なり」

と始まる冒頭の文章を引用しつつ、「山路愛山と北村透谷との間に戦われた著名な論争は、明治二六年一月十三日『国民之友』第一七八号附録に載った愛山の『頼襄を論ず』がきっかけであるが、精確にいえば、冒頭のわずか数行に表明された、かれの文学観がいたく透谷を刺戟したからであった」と述べている。(1) が、透谷の「人生に相渉るとは何の謂ぞ」を読むと、それが単に「(「頼襄を論ず」の)冒頭のわずか数行」に触発されたものでなく、愛山の文学論に対する、もっと長期的にわたる批判意識に基づくものであったことがわかる。その証拠に、透谷は「人生相渉るとは何の謂ぞ」において、次のように書いている。

宗教なし、サブライムなしと嘲けられたる芭蕉は振り向きて嘲りたる者を見もせまじ、然れども斯く嘲りたる平民的短歌の史論家（同じく愛山生）と時を同ふして立つの悲しさは、無言勤行の芭蕉より其詞句の一を假り來つて、わが論陣を固むるの非禮を行はざるを得ず。古池の句は世に定説ありと聞けば之を引かず、一層簡明なる一句余が淺學に該當するものあれば暫らく之を論ぜんと欲す。其は

明月や池をめぐりてよもすがら

の一句なり。（一一六頁）

ここで透谷は、芭蕉（俗名松尾宗房、一六四四―九四）のことを「宗教なし、サブライムなしと嘲け」る「平民的短歌の史論家」愛山に対し、芭蕉の明月の句の解釈をもって、芭蕉に「宗教」及び「サブライム」があることを証明して見せよう、と熱っぽく語っている。このくだりは、その語彙の選択からして明らかに、愛山が前年の明治二五年九月及び一〇月に『國民之友』に連載した評論「平民的短歌の發達」における「和歌にも發句にも均しく缺けたりと覺ゆる性質の一は英語に所謂「サブリミテイ」（崇高の美）なり」（二九二頁）(2) という主張、か

つ「發句の詩人は概して宗教に冷淡なり」（二九四頁）という主張を念頭に置いたものである。透谷の「人生に相渉るとは何の謂ぞ」は、愛山の「頼襄を論ず」のみならず、その前年秋の「平民的短歌の發達」における愛山の芭蕉観に対する反駁を含むものなのであった。

ここで、愛山の芭蕉観に対する透谷の駁論の核がどこにあるのかを浮き彫りにするため、愛山の「平民的短歌の發達」の議論の趣旨を、特に文芸の一ジャンルとしての発句や芭蕉その人に対する価値評価について述べた箇所に着目して、簡単に整理しておきたい。「平民的短歌の發達」において愛山はおおよそ次のように述べている。和歌も発句も、平民の感情を代表する文芸ジャンルであり、双方とも優美な自然を歌ったものである。が、美的な崇高さにも、道義的観念にも欠けるところがある。特に発句は、懐疑的傾向が強く、和歌に比べ宗教的観念にも乏しいものである。また同時に、現世享楽的な傾向もあり、それは江戸期の俳諧師の奇矯な振る舞いによく表れている。だが、そのような中で、芭蕉という人物は例外的な存在であった。芭蕉は、都会の中でよく風俗教化を行ない、多くの優れた門弟を育てた。ここにこそ彼の人品の素晴らしさを認めることができるのである――（二九二―二九六頁）。

以上が、発句及び芭蕉に関する愛山の主張の内容ということになる。ここから窺い知られるのは、愛山が、俳句及び俳人に、深い内面性や高い思想性をほとんど認めておらず、芭蕉を例外的に肯定評価したとは言っても、その評価は芭蕉の行いを功利的、実利的観点から評価したもので、芭蕉の作品の文学的、芸術的価値それ自体に対する評価ではなかった、ということである。言わば、愛山の（発句論を含む）芭蕉評は、文学者、芸術家としての芭蕉を全く無視したものなのであった。

透谷の「人生に相渉るとは何の謂ぞ」は、このような愛山の芭蕉評に対して、芭蕉の作品、特に明月の句を題材に、真向から反論せんとしたものである。透谷が「人生に相渉るとは何の謂ぞ」において試みたことは、まず、芭蕉の作品や人品の中に深い内面性と高い思想性があるのだ、と主張し、そしてそれが現世の功利的、実利的見地からは正しく測定できない、それ自体としての自律的な価値を有するものであることを論じて、文学及び文学者が自律的な存在であることを例証せんとすることであった。

だが、芭蕉の中に深い内面性と高い思想性という精神性を想定するということは、より精確に言えば、客観的基準によっては測定できない芭蕉の精神性についての主観的解釈を、芭蕉の中に読み入れてゆくということである。現に、透谷は「人生に相渉るとは何の謂ぞ」において、芭蕉の明月の句の解釈を通して、いかにも独特な芭蕉像を描き出すに至っている。つまりそれは、芭蕉その人の客観的な姿を描き出したものと言うより、解釈者である透谷の顔が透けて見える、多分に透谷的な芭蕉像なのであった。実際、直接の論争の相手であった愛山にも、透谷に対する反批判の文章である「唯心的、凡神的《ママ》傾向に就て」（『國民新聞』、明治二六年四月一九日）の中で、芭蕉の明月の句の解釈について、「平民的短歌の作者も一種の理想派（アイデアリスト）となりて、さぞ満足なることならんと雖も、實を忘れ、肉を忘れ、天外高く飛び去り、窅寀判せず迷覺了せざる的の漢となりて一生を漫遊せんことは彼と雖も難有涙をこぼすなるべし」（二五五頁）と、その汎神論的、唯心論的な解釈に横溢する主観性の過剰を揶揄されている。そして恐らくはこのような透谷の、愛山の所謂「唯心的、凡神的」解釈による芭蕉像が災いしてであろう、透谷の、ひいては『文學界』同人の立場は、人生相渉論争全体を通して、反対派の論者に「今日に於て姓命を高談し、洗禮を受けたる禪僧の如く、絶て社會と相渉ることなく、自他漫に標仿して竹林の七賢を學ぶ」「高蹈派」（徳冨蘇峰「社會に於ける思想の三潮流」、『國民之友』第一八八号、明治二六年四月）という、不本意なレッテルを貼られてしまうことになるのであった。

このように、「人生に相渉るとは何の謂ぞ」において透谷が描き出した芭蕉像は、人生相渉論争の始まりを告げると同時に、議論があまり深まらなかった原因を作ってしまったという意味で、その短命を予告するものでもあったわけだが、その独特な芭蕉理解は、そもそもどのようにして生まれたものであったのであろうか。透谷が芭蕉に論及しているのは、「松島に於て芭蕉翁を讀む」(『女學雜誌』第三二四号、明治二五年四月)、「眞─對─失意」(『平和』第四号、明治二五年七月)、「三日幻境」(『女學雜誌』甲の巻、第三二五、三二七号、明治二五年八、九月)、「德川氏時代の平民的理想」(『女學雜誌』甲の巻、三二二─三二四号、明治二五年七月)、「處女の純潔を論ず(富山洞伏姫の一例の觀察)」(『女學雜誌』甲の巻、第三二九号、明治二五年一〇月)、「富嶽の詩神を思ふ」(『文學界』第一号、明治二六年一月)、「人生に相渉るとは何の謂ぞ」、「賤事業辨」(『文學界』第五号、明治二六年五月)、「偶思錄」(『評論』第七号、明治二六年七月)、「情熱」(『評論』第一二号、明治二六年九月)、『ヱマルソン』(明治二七年四月)等といった作品においてである。また、透谷の日記を編んだ「透谷子漫錄摘集」の中にも、明治二五年八月三〇日に透谷が少なくとも二篇の芭蕉論(「芭蕉翁の一側(俳道の自在を論ず)」、「悟迷一轉機(文覺、西行、芭蕉等の品性を評すべし)」)を企図していたことを窺わせる記述もある(三一九頁)。このように透谷は、断片的ながらも非常に頻繁に芭蕉に論及していたのであった。彼にとって芭蕉は、その短い言論活動全体を通して、ずっと関心の対象であったのである。

実は、これら各作品において断片的になされた芭蕉への論及の幾つかを繫ぎ合せてみると、「人生に相渉るとは何の謂ぞ」における透谷の芭蕉像の来歴を辿ることができる。そしてそれを丁寧に辿ってゆくと、そこに、透谷にとって同じく非常な関心の的だったバイロンの影が落ちているという事実に突き当たるのである。

一般に、芭蕉は江戸前期の脱俗漂泊の俳聖、バイロンはイギリス貴族のロマン派詩人とされ、表面上のイメージはおよそ相容れないものであるが、透谷の芭蕉への論及に見られるバイロンの影が意味するところは何なのであろうか。そしてそれは、人生相渉論争について考える上で、どのような意味を持つものなのだろうか。次項以降、この問題について検討していこう。

第二項　「松島に於て芭蕉翁を讀む」における『マンフレッド』の影

まずは、透谷の芭蕉への論及がどのようなものであったのか、その軌跡を追ってみよう。

透谷が芭蕉について初めて、かつ正面から論じたのは、明治二五年四月の『女學雜誌』第三一四号に発表した「松島に於て芭蕉翁を讀む」においてである。透谷は、この年の三月より、麻布クリスチャン教会の宣教師ジョーンズ（David F. Jones）の東北伝道に通訳として随行し、その旅先で松島に宿泊した折の体験をもとに、この稿を起したとされる。

この評論で、透谷は、松島における芭蕉の「無言」の意味について論じている。『奥の細道』（元禄一五年）の松島の段には、曾良（一六四九―一七一〇）の「松島や鶴に身をかれほとゝぎす」という句は引かれてはいるが、芭蕉自身の句は記されていない。なぜ松島の段に芭蕉の句はないのか。この問題について、透谷は、おおよそ以下のように論じている。――松島において芭蕉は、実は、松島の「絶大の景色」からあまりにも強い「インスピレイション」を得、自然との間で「冥交契合」を果たしていた。そして、「「我」の全部既に沒了し去れ、恍惚としてわが此にあるか、彼にあるかを知らず」（七五頁）という沒我一如の境地のうちに「造化の秘藏」にまで観入することができていた。だがそれは、「詩歌なく、景色なく、何を我、何を彼と見分る術」（七五頁）もないというような言語を絶した境地であった。従って、芭蕉は必然的に句なきに甘んじるしかなかった。松島における芭蕉の「無言」は、彼が「自ら強ひて詩を造らんとす」る凡庸な「造詩家」、「作調家」であったことを示唆するものではない。寧ろ、「勝景をして自然に詩を作らし」むる真の「詩人」、「入神詩家」であったことを証明するものである。当代の文学者たちも、よろしく松島における芭蕉の「無言」の意味を読み取るべきである――。以上が、「松島に於て芭蕉翁を讀む」の論旨である。

松島における芭蕉の沈黙については、すでに芭蕉の弟子の服部土芳（本名保英、一六五七―一七三〇）が、『三冊子』（一七〇二年）において、「師のいはく、『絶景にむかふ時はうばはれて不叶、ものをみて取る所を心に留めて不消、書き寫して靜かに句すべし。うばはれぬ心得も有る事也。其おもふ處しきりにして猶かなはざる時は書きうつす也。あぐむべからず』となり。師、まつ嶋の句なし。大切の事也」[3]と述べ、やはりそこに芸術上の教訓を見るということをしている。「絶景にむかふ時はうばはれて不叶」といったところに、透谷の論旨と重なるところがあると言える。[4]また、透谷の自然観のみならず、その生命観、宗教観、文学観とも深く関わる「冥交契合」の議論には、蘇峰の評論「インスピレーション」（『國民之友』第二巻第二二号、明治二一年五月）[5]やクェーカリズム、[6]エマソンのトランセンデンタリズムや[7]老荘思想等からの影響も[8]指摘されている。だが、寧ろここで何より注目しておきたいのが、この評論において透谷が芭蕉と出会う自己をどのようにイメージ化しているか、という点である。

この点に注目した時、まず初めに気付かされるのが、透谷が、この評論における自己のイメージを、『奥の細道』における芭蕉のそれに重ねて物語ろうとしていることである。例えば、透谷はこの評論を「余が松島に入《い》りたるは、四月十日の夜《よ》なりき。奥の細道に記する所を見れば松尾桃青翁が松島に入りたる、明治と文化との差別こそあれ、同じく四月十日の午の刻近くなりしとなり」（七三頁）という文章で書き出している。実は、芭蕉の松島入りは、透谷の言っている「四月十日」ではなく元禄二年の五月十日であるのだが、ここには、『奥の細道』の松島の段の「日既午にちかし。船をかりて松嶋にわたる」[9]という書き出しを参照しつつ、「同月同日」に松島入りした芭蕉のひそみに倣おうとする透谷の意識を看取することができる。また透谷は、「寝床われを呑み、睡眠われを無何有郷《むかうけう》に抱《いだ》き去らんとす。然れ雖われは生命ある靈景と相契和しつゝあるなり」（七三頁）と述べた上で、松島の宿での自身の不眠の様子を長々と物語っているが、これも、松島の段の終わり、「予は口をとぢて眠らんとしていねられず」という芭蕉のイメージを参照にしたものと考えられる。さらに透谷は、松島における芭蕉の「無言」を「余の前にひろがれる一巻の書」に擬えつつ、「怪しくも余は松島を冥想するの念よりも、一句を成さず西帰《せいき》せし蕉翁の無言を讀むの樂みに耽りたり」（七四頁）と書いているが、これも、「旧庵をわかるゝ時、素堂松嶋の詩あり。原安適松がうらしまの和歌を贈らる。袋を解てこよひの友とす。且杉風・濁子が發句あり」という、句作を断念して読書で不眠の夜を遣り過ごす芭蕉のイメージから発想したものと考えることができる。これらのことは、この評論の語りにおいて、透谷が松島における芭蕉の行動を範としながら自己劇化を行なっていることを示唆している。

ただ、透谷の自己劇化のための参照枠は、恐らく『奥の細道』だけではなかった。そのことは、例えば「松島に於て芭蕉翁を讀む」における透谷の不眠の様子が具体的にどのように描かれているかに注目すると見えてくる。以下、そのくだりを引用する。

> 燈火再び晃々たり。われ之を惡《に》くむ。内界の紛擾《ふんぜう》せる時に、われは寧ろ外界の諸識別を遠けて暗黑と寂寞とを迎ふるの念あり。内界に鑿入する事深くして外界の地層を沒却するは自然なり。内界は悲戀を釀すの場なる事を知りながら、われは其悲戀に近より、其悲戀に刺されん事を樂しむ心あるを奈何せむ。手を伸べて燈を搖《か》き消せば、今までは松の軒に佇み居たる小鬼大鬼《せうきたいき》哄々と笑ひ興じてわが廣間を塡《うず》むる迄に入り來れり。而してわれは一々彼等を迎接せざりしかども半醒半睡の間に彼儕《かれら》の相貌の梗概を認識せり。（七三頁）

ここには、明滅する燈火の下、暗闇に親しみつつ、錯綜する自身の内面の想念に沈潜し、悲痛な感情が高調してゆくのを感じながら、外部世界に妖魔の影を幻視する透谷の姿が描出されている。このように妖しく物狂おしい不眠のイメージは、『奥の細道』には見られないものである。[10]

この燈火の下での不眠というイメージから、透谷の自己劇化のためのもう一つの参照枠として想起されるのが、バイロンの『マンフレッド』第一幕第一場の冒頭、マンフレッドの独白のイメージである。[11]『マンフレッド』は、今は亡き宿命の恋人アスターティへの想いを胸に抱きつつその意識に苦しみ、自己忘却を願ってアルプスの高峰を彷徨する孤高のバイロニック・ヒーロー、マンフレッドを主人公とした三幕構成の劇詩である。周知の通り、透谷は『蓬萊曲』の中にこの作品を全体に渉って受容している。[12] その一年後に書かれた「松島に於て芭蕉翁を讀む」においても『マンフレッド』の影響を感じさせるイメージが出てきていても、何ら不思議ではない。

この『マンフレッド』第一幕第一場におけるマンフレッドの独白のくだりは、前節ですでに述べたように、森鷗外の訳詩集『於母影』の中に「マンフレツト一節」として収められているものである。だがここでは、透谷が『マンフレッド』を原語でも読んでいたであろうことを考慮し、英語原文を引く。

The lamp must be replenish'd, but even then
It will not burn so long as I must watch:
My slumbers—if I slumber—are not sleep,
But a continuance of enduring thought,
Which then I can resist not: in my heart
There is a vigil, and these eyes but close
To look within; and yet I live, and bear
The aspect and the form of breathing men.

(*CPW*, vol.4, 53)

燈火に油をささねばならぬ。だがそうしたところで
それは私が目覚めている間ずっと灯ってはいまい。
私のまどろみは、もし私がまどろむことがあったとしても、それは眠りではない、
それは一くさりの間断なき想念なのだ、
そして私はそれを拒み得ないでいる。私の心には
寝ずの番が一人居り、この双の眼が閉じることがあるのは
ただ内面を見るためである。にもかかわらず私は生き、そして
生ける人間の姿かたちを備えている。

ここで描き出されているのは、「松島に於て芭蕉翁を讀む」と同様、燈火の下での不眠のイメージである。油をさされて一瞬輝きを取り戻すも依然弱々しい燈火、内面に巣食う物狂おしい想念の存在、内面を見つめる眼差しなど、この『マンフレッド』のイメージは、先に引用した「松島に於て芭蕉翁を讀む」におけるそれと、少なくとも表面的にはかなり類似性があると言える。マンフレッドはこの独白の後、天地の精霊たちと対面し、彼らの嘲弄的な態度に怒って、彼らに退去を命じるのだが、一方の「松島に於て芭蕉翁を讀む」でも、不眠の透谷が、自分の周囲を取り囲む「小鬼大鬼」の「瞑笑放語傍若無人」の態度に業を煮やし、「枕を蹴つて立上」り、彼らを追い払うという運びとなっている（七三頁）。この超自然の存在との対面の場面についても、両者は類似していると言えるだろう。

実は、この透谷の不眠とマンフレッドのそれとの類似に関して、『マンフレッド』を受容したことが明らかな

『蓬萊曲』においても、

> わが眼はあやしくもわが内《うち》をのみ見て外《よそ》は
> 見ず、わが内なる諸々の奇《く》しきことがらは
> 必らず究めて殘すことあらず。
> 且つあやしむ、光にありて内をのみ注視《みつめ》た
> りしわが眼《め》の、いま暗《くらき》に向ひては内を捨て
> 外《そと》なるものを明らかに見きはめんとぞ
> すなる。
> 暗《やみ》のなかには忌はしきもの這へるを認《み》る、
> 然れどもおのれは彼を怖るゝものならず、
> 暗の中には嫌《きら》はしき者住めるを認る、
> 然れども己れは彼を厭ふ者ならず、
> 暗の中には醜きもの居れるを認る、
> 然れども己れは彼を退くる者ならず、
> 暗の中には激しき性《さが》の者歩むを認る、
> 然れども己れは彼の前を逃ぐる者ならず。
> わが内をのみ見る眼は光にこそ外《よそ》の、この
> 世のものにも甚《いた》く惱みてそこを逃れけれ、

いかで暗《やみ》の中にわが敵を見ん。

（二一五頁）

という、「松島に於て芭蕉翁を讀む」での透谷の不眠のイメージを先取りしたような、主人公柳田素雄の独白のくだりがある。透谷はマンフレッドの独白を、まずはこの『蓬萊曲』の柳田素雄の語りとして受容し、そしてそれを一年後の「松島に於て芭蕉翁を讀む」の自己の語りに転用したのだと考えられる。透谷は「松島に於て芭蕉翁を讀む」において、自身の劇詩の主人公を経由して、マンフレッドを自己劇化の参照枠としたと推測されるのである。[13]

また、「松島に於て芭蕉翁を讀む」の次のイメージにも、『マンフレッド』の影が落ちていると考えられる。

静坐稍《やや》久し無言の妙漸く熟す。暗寂の好味將に佳境に進まんとする時破笠弊衣の一老叟わが前に顯はれぬ。われ依《な》ほ無言なり。彼も唇を結びて物言はず。

彼は無言にして我が前を過ぎぬ。暫らくして其形影を見失ひぬ。彼は無言にして來り、無言にして去れり。然はあれども彼の無言こそは我に對して絶高の雄辯なりしなれ。知る人は知らむ、桃青翁松島に遊びて句を成さずして西歸せしを。而して我を葢《おお》ひし暗《やみ》の幕は我をして明らかに桃青翁を見るの便を與へたり。

（七四頁）

これは、先の引用の続きで、透谷が「小鬼大鬼」らを追い払った後、芭蕉の亡霊と邂逅し、その「無言」から「われ新に悟るところあり、卽ち絶大の景色は獨り文字を殺すのみにあらずして「我」をも沒了する者なる事なり」（七五頁）という、文芸上の教訓を引き出すに至る場面であり、この評論の主張の根幹と直接に関係してくる重要なくだりである。ここで、芭蕉の亡霊の「無言」が、「我に對して絶高の雄辯なりしなれ」と表現されていることが注意される。この表現から連想されるのが、『マンフレッド』における、マンフレッドと宿命の恋人アスターティの亡霊とが邂逅する場面でのマンフレッドの台詞である。アスターティを破滅させたのは自分だという意識に常に苛まれているマンフレッドは、アスターティの亡霊を冥界から呼び出し許しを請うが、アスターティは終始ほとんど無言で、一言二言暗示めいた言葉を呟いた後消えてしまう。マンフレッドは、そんなアスターティの無言について、「彼女は黙っている。／そしてあの沈黙の中には私にとって答え以上のものがある」(**She is silent, / And in that silence I am more than answered.**)（*CPW*, vol.4, 85）と述懐している。このマンフレッドの台詞は、この世ならぬ相手の無言のうちに多くを読み取ったということを表明している点で、「松島に於て芭蕉翁を讀む」中の透谷の「我に對して絶高の雄辯なりしなれ」云々の言葉と非常に類似したものである。このように、透谷と芭蕉の邂逅の場面についても、マンフレッドとアスターティの邂逅の場面が参照されていると見ることができる。

以上のことから、透谷が「松島に於て芭蕉翁を讀む」を書く際、『奥の細道』の他に、『マンフレッド』をも参照枠としていたと推定することができる。透谷は『マンフレッド』の中に、燈火の下での懊悩の末、意中の人の亡霊に出会う主人公のイメージを見出し、そしてそれを雛型にして、自身の評論中に、同じく燈火の下での懊悩の末、文芸上の意中の人である芭蕉の霊に出会う自己のイメージを描き出していると考えられるのである。

燈火の下での懊悩を経て意中の人の幻と邂逅するというイメージを軸とする、このような『マンフレッド』受容のありようのもう一つの例としては、「松島に於て芭蕉翁を讀む」の三ヶ月前、明治二五年一月に同じく『女學雜誌』に掲載された抒情詩「一點星」を挙げることができよう。以下にその全文を引用する。

眠りては覺め覺めては眠る秋の床、
結びては消え消えては結ぶ夢の跡。
　油や盡きし燈火の見る見る暗に成り行くに、
なかなかに細りは行かぬ胸の思ぞあやしけれ。
罪なしと知れどもにくき枕をば、
かたへに抛《な》げて膝を立つれど、
千々に亂るゝ麻糸の思ひを消さむ由はなし。
今見し夢を繰り回へし、
うらなふ行手の浪高く、
迷ひそめにし戀の港は何所なるらむ。
立出て牕《まど》をひらけば外《と》の方は、
ゆきゝいそかし暴風雨を誘ふ雪の足、
あめつちの境もわかで黑みわたるぞ物凄き。
しばし呆れて眺むれば、
頭《かしら》の上にうすらぐ雪の絶間より、
あらはるゝ心あり氣の星一つ。
たちまちに晴るゝ思ひに憂さも散りぬ。
　人は眠り世は靜かなる小夜中に、
音づるゝ君はわが戀ふ人の姿にぞありける。

（五一―五二頁）

ここにも、燈火の下での不眠、内面の紛糾、意中の人の幻との邂逅といったイメージが描き出されている。しかも、「胸の思」のあまりの「あやし」さに「罪なしと知れどもにくき枕をば、／かたへに抛《な》げて膝を立つ」というイメージは、「松島に於て芭蕉翁を讀む」での、「百八煩惱の現躰」である「小鬼大鬼」に対して「餘りにうるさくなりたれば枕を蹴つて立上」ったという透谷のそれをそのまま彷彿とさせる。また「立出て牕をひらけば外の方は、／ゆきゝいそかし暴風雨を誘ふ雪の足、／あめつちの境もわかで黒みわたるぞ物凄き」という荒れた天候のイメージも、「松島に於て芭蕉翁を讀む」の「余が此の北奥《ほくおく》の洞庭西湖《どうていせいこ》に輕鞋《けいあい》を蹈入れし時は風すさび樹鳴り物凄き心地せられて」（七三頁）云々というイメージと、表現の上でも共通性がある。

つまり、透谷の『マンフレッド』受容は、次のように展開したと考えられるのである。まず、透谷は劇詩『マンフレッド』を『蓬萊曲』において受容し、その後、受容した『マンフレッド』のイメージの一部を基に、燈火の下での懊悩の末に夜空にかかる一つの星に恋する人の姿を見出して心の霧を晴らす、という内容の抒情詩「一點星」に生み出した。そしてその三ヶ月後、「松島に於て芭蕉翁を讀む」において、「一點星」の「人は眠り世は静かなる小夜中に、／音づるゝ君」のイメージを、不眠の透谷のもとを訪れる「破笠弊衣の一老叟」の芭蕉の亡霊のイメージに、また「たちまちに晴るゝ思ひ」という心理の動きの描写を、「われ新に悟るところあり」という藝術上の開眼の境地にそれぞれ書き換え、「一點星」を媒介にしながら『マンフレッド』の作品世界を受容した。こうして透谷は、『奥の細道』における芭蕉のイメージを基調に、『蓬萊曲』や「一點星」などの創作においてすでに受容していたマンフレッドのイメージによって自己のそれを具体化しながら、明治の詩人である自分自身と、江戸の詩人である芭蕉との出会いの瞬間を劇的に演出するということを、「松島に於て芭蕉翁を讀む」において行なっているのである。

第三項　マンフレッド的自我から芭蕉的達観へ

では、透谷が「松島に於て芭蕉翁を讀む」という一篇の芭蕉論において、芭蕉とは直接関係のないバイロンの『マンフレッド』を受容していることの意味は何なのであろうか。

マンフレッドが、恋人を破滅させてしまったのは自分だという意識に懊悩する、自我意識に憑かれたバイロニック・ヒーローであるということはすでに述べた。マンフレッドの自我意識のありようは、先に引用した、自己の内面を見つめるマンフレッドの姿によく表れていると言える。自己の内面を常に見つめてしまう、休むことのない意識の働きそれ自体に、マンフレッドの苦悩の根源があるわけである。

だが、透谷が思い描くマンフレッド像は、バイロンが造型したマンフレッドその人とは、微妙にずれているように思われる。そのことは、マンフレッドのイメージに範を取った「松島に於て芭蕉翁を讀む」における透谷自身のイメージから、ある程度窺い知ることができる。すでに論じたように、「松島に於て芭蕉翁を讀む」においては、『マンフレッド』同様、やはり内面を見つめる語り手の姿が描き出されているわけだが、実はそこには、内面を見つめる意識の働きそれ自体を苦に思う精神性は見られない。寧ろ透谷は、「内界の紛擾《ふんぜう》せる時に、われは寧ろ外界の諸識別を遠けて暗黒と寂寞とを迎ふるの念あり。内界に鑿入する事深くして外界の地層を没却するは自然なり」と語っていることからわかるように、内面を見つめること、「内界に鑿入する」ことそれ自体に苦痛を覚えるどころか、逆に「外界の諸識別を遠けて」「内界に鑿入する事」に意識的に専念しようとする自身の姿を描き出している。

このことは、先述の『蓬萊曲』や「一點星」における内面を見つめる眼差しをめぐる意識についても、同様に言えることである。『蓬萊曲』の柳田素雄は、「わが眼はあやしくもわが内をのみ見て外は／見ず、わが内なる諸々の奇しきことがらは／必らず究めて殘すことあらず」と、一応内面を見つめる眼を「あやし」いものと表現してはいるが、そのすぐ後で、素雄の意識は、「あやし」い見つめる眼から、見つめられた「わが内なる諸々の奇しきことがら」の方に移ってしまっている。しかも「必らず究めて殘すことあらず」という素雄の言葉は、内面を凝視することへの苦悩どころか、それへの積極的な意志を感じさせるものである。これは、小川和夫が正しく指摘する通り、マンフレッドの自我意識の苦悩とは似て非なるものである。(14)

また、もう一つの「一點星」についても同様のことが言える。「油や盡きし燈火の見る見る暗に成り行くに、／なかなかに細りは行かぬ胸の思ぞあやしけれ」と、語り手の感じる「あやし」さの原因はあくまで、内面を見つめる意識の働きの方にではなく、見つめられた「なかなかに細りは行かぬ胸の思」の方に求められている。つまり、『マンフレッド』に刺戟されて成った『蓬萊曲』、「一點星」、「松島に於て芭蕉翁を讀む」の三作品における、語り手の内面を見つめる眼差しをめぐる意識からは、マンフレッドその人には存在していた内面を見つめる眼それ自体への苦悩の意識が脱落してしまっているのである。

このことが示唆しているのは、透谷が、マンフレッドの苦悩の核を、内面を見つめる眼それ自体に対する意識の過剰にではなく、見つめられた内面に潜在する負の感情の過剰の方に見ていたらしいということである。透谷にとってマンフレッドは、何より、自己の内面感情の充実を誇るロマン主義的人間のイメージなのであった。そして恐らく透谷は、マンフレッドの自己忘却の希求を、自己の内面感情を不断に分析する冷たい意識の働きを停止させたいという願望としてではなく、加熱する一方の内面感情を静穏なものにしたいという願望として理解していたと考えられるのである。

このように透谷は、マンフレッドを一個のロマン主義的人間として捉え、そのようなマンフレッド理解を基に、「松島に於て芭蕉翁を讀む」において、「内界の紛擾」を感じて不眠に悩む自分自身の姿を、内面感情のあまりの過剰に苦悩するロマン主義的人間として自己劇化しつつ描き出そうとしていたのだと考えられるわけであったが、このことを押さえた上で、改めて芭蕉の亡霊が登場する場面に立ち戻ってみよう。芭蕉の亡霊が透谷の前に登場するのは、「内界の紛擾」に苦しんでいた透谷が、この自身の「内界の紛擾」を、外部世界の「暗寂の好味」に調和させるように徐々に収束させてゆき、静穏な心境となった時であった。燈火を掻き消し、「百八煩悩の現躰」である「鬼」を追い払い、無言のまま「外界」の「暗黒と寂寞」の中に身も心も没して初めて、彼は芭蕉の亡霊と邂逅するのである。芭蕉の亡霊を迎え入れる際の透谷の様子は、あたかも、マンフレッドが切望しながら最後まで叶えることのできなかった自己忘却を実現し得ているかのようである。そして、そのように自己の内面も外部世界も静寂そのものとなった状況で、彼は芭蕉の無言から、自然との「冥交契合」によって自己を滅却することの可能性と重要性について知らされるわけである。

このような話の運びは、『マンフレッド』のそれとは対照的なものと言うことができる。「松島に於て芭蕉翁を讀む」における透谷の内面の苦悩は、外部世界の暗闇に溶け込ませるようなかたちで解消できていた。だが一方、『マンフレッド』の冒頭で物語られたマンフレッドの苦悩は、それ以後も解消することなく残存し、「松島に於て芭蕉翁を讀む」における芭蕉の亡霊との邂逅の場面の参照枠となった、アスターティの亡霊との邂逅の場面においてもそのまま持続している。それどころかマンフレッドは、紛糾する内面の苦悩をそのまま激しく奔出させるかのように、自ら呼び寄せたアスターティの亡霊に語りかけ、そして彼女の無言から、自己忘却が絶対に不可能であることを知るのである。これは、暗闇の中で自己忘却を果たしたらしい「松島に於いて芭蕉翁を讀む」の中の透谷とは全く逆のイメージである。

この二つの邂逅の場面の対照、一方は激しく悲痛であり、一方は穏やかで静謐であるという、この決定的な相違が物語るもの、それは、「松島に於て芭蕉翁を讀む」を書く透谷が、始めこそ自身が理解したマンフレッドの人間像に倣いつつ過剰な内面感情を胸に抱えるロマン主義的人間として自己を演出していたが、その後は徐々にそのようなロマン主義的人間のイメージから離れてゆく自己を演出しようとしている、ということである。即ち透谷は、表向きは、自然との神秘的な感応によって実現される没我の境地こそ文芸上の至境であると悟った芭蕉の達観に対する親近感を語りながら、その裏面において、自己の内面感情に固執し続けるマンフレッドの自我のありように対する距離感を表現していると見ることができるのである。要するに、「松島に於て芭蕉翁を讀む」における『マンフレッド』受容のありようが示唆しているのは、マンフレッド的自我から芭蕉的達観に移行していこうとする透谷の意識のありようということになるわけである。

このように見てくると、「松島に於て芭蕉翁を讀む」において、わざわざ芭蕉とは直接関係のないバイロンの『マンフレッド』に通じるイメージを現出させていることの理由が明らかになってくる。「松島に於て芭蕉翁を讀む」において『マンフレッド』を受容することで、透谷は、極大化したマンフレッド的自我を超克した境地として芭蕉的達観があるということを物語ろうとしたのであった。マンフレッド的自我というかたちを取って現れたバイロンの「負のロマン主義」を、自然の中に自我を没入させる達観した芭蕉の、言わば「正のロマン主義」によって克服するまでの過程を描き出すこと。これが透谷の目論見だったわけである。

透谷のこのような目論見は、「松島に於て芭蕉翁を讀む」発表の三ヶ月後の明治二五年七月、『平和』に発表された評論「眞―對―失意」においても見て取ることができる。この評論において透谷は、「正直の人」、「有徳の人」、「高邁なる人」は、「德」、「仁」、「理」などの人智を過信するが故に、その信頼が裏切られた際、深刻な「失意」に陥ってしまう、と論じ、その上で、そのような人が「失意」から脱却し「眞」に到達するためには、おのれの「失意」の感情を徹底的に味わい尽くすしかない、と論じている。そして透谷はこの持論を次のような言い方で述べている。

徳に進むも理に進むも悲しみの種となるに於ては異なるところあらず。
智識こそかなしきものなれ
と揚言したるバイロンの中に幾多の傲負ありとして之を算去すともこの詞《ことば》を否むはいかに。惟だ悲しむべし、悲しみの盡くるまでは悲しむべし、惟だ厭ふべし厭ふことの盡くるまでは、厭ふべし、よもすがら池をめぐりて明月を観るの高情なくば人の本眞に達すること能はざらむ。（一八〇頁）

ここで透谷は、まず、「徳に進」んだり「理に進」んだりした人の「悲しみ」（即ち「失意」）の感情を、先に引いた『マンフレッド』の詩句の直ぐ後に続く、「智識こそかなしきものなれ」（Sorrow is knowledge.）というマンフレッドの言葉で表現するということをしている。(15) 透谷がここでバイロンの言葉として引いているマンフレッドの台詞は、以下のような文脈で語られたものである。原文を引く。

But grief should be the instructor of the wise;
Sorrow is knowledge: they who know the most
Must mourn the deepest o'er the fatal truth,
The Tree of Knowledge is not that of Life.
(*CPW*, vol.4, 53)

しかし、悲嘆は賢者に教える者でなければならぬ。
悲しみこそは知識である。誰よりも多く知る者は宿命としての真実を誰よりも深く嘆かねばならぬ。
「智慧の樹」は「生命の樹」ではないのだ。

このマンフレッドの台詞は、創世記の楽園追放の顚末を意識したものであるわけだが、恐らく透谷はここで、「誰よりも多く知る者は（中略）誰よりも深く嘆かねばならぬ」というマンフレッドの言から、「正直の人」、「有徳の人」、「高邁なる人」は人智に秀でているが故に却って「失意」に陥るという見解を引き出し、また、「悲嘆は賢者に教える者でなければならぬ」という言からは、「失意」の極みが「眞」への導き手となるという見解を引き出して、マンフレッドの自我の苦悩から「失意」のイメージを抽出するということをしている。そしてそのようにして抽出した「失意」の感情を「盡くるまで」突き詰めた後に得られる、「本眞に達」し得た達観の境地を、芭蕉の「明月や池をめぐりてよもすがら」という句を捩った「よもすがら池をめぐりて明月を觀るの高情」という表現で言い表すということをしているのである。このように、「松島に於て芭蕉翁を讀む」のみならず、この「眞—對—失意」においても、極大化したマンフレッド的自我から芭蕉的達観へと飛躍することの意義、芭蕉的達観によって極大化したバイロン的自我の苦悩を超克することの意義について語ろうとする透谷の目論見を見て取ることができるわけである。

以上の議論からわかること、それは、透谷が「松島に於て芭蕉翁を讀む」以来、マンフレッド的自我の極大化の果てに、それを乗り越えた境地としての芭蕉的達観の可能性を見据えていた、ということである。透谷は、マンフレッド的自我と芭蕉的達観との関係を静的な二項対立で捉えるのではなく、前者から後者への飛躍という動的な連続的発展として捉えるということをしていたのであった。「松島に於て芭蕉翁を讀む」及び「眞—對—失意」における『マンフレッド』受容の痕跡は、ともにそのことを示しており、その意味で両評論は主題をかなりの部分共有していると言えるのである。

第四項　芭蕉的達観からマンフレッド的自我へ

ここまで、「松島に於て芭蕉翁を讀む」及び「眞―對―失意」における芭蕉への論及にはバイロンの影、即ち『マンフレッド』受容の痕跡が見られること、そしてそれが意味することについて論じてきた。それでは「人生に相渉るとは何の謂ぞ」における芭蕉への論及はどうか。すでに述べた通り、「人生に相渉るとは何の謂ぞ」においても透谷は、芭蕉の明月の句に独特な解釈を施していたわけだが、そこにはバイロンの影、『マンフレッド』受容の痕跡は見られるのであろうか。

この問題に入る前段階として、まず、「眞―對―失意」において明月の句がどのように引用されているかを検討してみよう。このことは、「人生に相渉るとは何の謂ぞ」における明月の句についての解釈の問題を考える上で有意義であろうと思われる。

「眞―對―失意」における明月の句の引用の意味を考える上で、まず注意されるのが、「眞―對―失意」の中の「人須らく本眞を養ふべし、本眞の圓ろきこと十五夜の月の圓ろきを奪ふべし」（一八〇頁）という一文である。この一文は、透谷の中で「本眞」即ち「眞」のイメージが満月のそれに重ねられているということを示すものであるが、ここから示唆されるのは、透谷が「よもすがら池をめぐりて明月を観るの高情」という表現のうちの後半の「明月を觀る」という部分を、「人の本眞に達すること」の暗喩として捉えている、ということである。

そしてこのことは逆に言えば、その直前の部分、即ち「よもすがら池をめぐりて」という部分が、「眞」に達するまでの「失意」の深まりの過程の暗喩として捉えられている、ということであった。つまり透谷はここで、

「明月や池をめぐりてよもすがら」という明月の句を、「よもすがら池をめぐりて」という持続的行為を表す表現と、「明月を觀る」という瞬間的行為を表す表現との二つの部分に分け、、前者を「失意」の感情を深めてゆくマンフレッド的自我のイメージ、また後者を「眞」に悟達する芭蕉的達観のイメージと見なしつつ、前者から後者へと飛躍する一連の動きを表現した句として解釈するということをしているわけである。

では、「人生に相渉るとは何の謂ぞ」における明月の句の解釈はどのようなものであろうか。透谷は、「眞―對―失意」の七ヵ月後、明治二六年二月に「人生に相渉るとは何の謂ぞ」を発表している。そこには、バイロンの影、『マンフレッド』受容の痕跡という、「眞―對―失意」との連続性、ひいては「松島に於て芭蕉翁を讀む」との連続性を保証するものを見出すことができるのだろうか。

「人生に相渉るとは何の謂ぞ」において透谷は、「平民的短歌の發達」において愛山が芭蕉を功利主義的見地から「宗教なし、サブライムなしと嘲け」ったことに対し、芭蕉の明月の句に論及しつつ反論を展開している。透谷は芭蕉の明月の句の中に「宗教」、「サブライム」に通ずる超越のイメージを読み入れ、愛山の議論に反証を提示しようとするわけである。以下、そのくだりを引用する。

彼は池の一側に立ちて池の一小部分を睨むに甘んぜず、徐々として歩みはじめたり。池の周邊を一めぐりせり。一めぐりにては池の全面を睨むに足らざるを知りて再回せり。再回は池の全面を睨むに足りしかど、池の底までを睨らむことを得ざりしが故に更に三回めぐりたり、四回めぐりたり而して終によもすがらめぐりたり。池は即ち實なり。而して彼が池を睨みたるは、暗中に水を打つ小兒の業に同じからずして、何物をか池に寫して睨みたるなり。何物をか池に打ち入れて睨みたるなり。何物にか池を照さしめて睨みたるなり。睨みたりとは、視る仕方の當初を指して言ひ得る言葉なり。視る仕方の後を言ふ言葉は Annihilation の外なかるべし。彼は實を忘れたるなり、彼は人間を離れたるなり、彼は肉を脱したるなり、實を忘れ、肉を脱し、人間を離れて何處にか去れる。杜鵑の行衞は、問ふことを止めよ、天涯高く飛び去りて絶對的の物、即ちIdeaにまで達したるなり。

（一一六頁）

透谷はここで、「眞—對—失意」においてと同様、明月の句を、「徐々として」から「めぐりたり」までのくだりに表現されている「よもすがら池をめぐ」る行為と、「睨む」の後になされる「視る」という言葉で表現されている「明月を觀る」行為の二つの行為に分けるということをしている。そして、前者から後者へと飛躍するイメージを、明月の句の中に読み入れようとするのである。透谷によれば、この飛躍は、「實を忘れ、肉を脱し、人間を離れて、（中略）天涯高く飛び去りて絶對的の物、即ちIdeaにまで達したるなり」という言葉で表現されるものである。この「絶對的の物、即ちIdeaにまで達」するという表現は、「眞—對—失意」における「本眞に達する」という表現とかなり親近性があるものと言えるだろう。透谷は言う、「サブライムとは形の判斷にあらずして想の領分なり、即ち前に云ひたる池をめぐりてよもすがらせる如き人の、一躍して自然の懷裡に入りたる後に、彼處にて見出すべき朋友を言ふなり」（一一七頁）。つまり透谷は、飛躍後に達成される芭蕉的達観（＝「眞」）の境地のイメージを「サブライム」のイメージと捉え、それを論拠として、芭蕉の句の中に「サブライム」を見ない愛山に反駁を試みるということをしているのである。

ただ、ここで透谷が明月の句の中に彼独自の解釈を読み入れているのは、芭蕉的達観に無事到達し得たことを示す「明月を觀る」境地のありように対してだけではない。芭蕉的達観に到達する前の境地、即ち「明月を觀る」前の境地、つまりは「よもすがら池をめぐ」り始める際の境地、「人生に相渉るとは何の謂ぞ」の言葉を借りて言うならば、未だ「實を忘れ」ず「肉を脱」せず「人間を離れて」いない時点の境地のありようについても、透谷は、かなり独自の解釈をそこに読み入れようとしている。バイロンの影、『マンフレッド』受容への問題関心から言えば、こちらがより重要である。この境地については、「眞―對―失意」において、「智識こそかなしきものなれ」というマンフレッドの台詞、もといバイロンの詩句を引きつつ、人智の無力に原因する「失意」の心的状態と説明されていた。では、「人生に相渉るとは何の謂ぞ」においてはどうか。「人生に相渉るとは何の謂ぞ」においては、その「失意」の境地の内実がより具体的に物語られていることが注意される。即ち、「肉」としての人間が宿命として引き受けなければならない精神の不自由に原因する「失望落魄」の心的状態というかたちで、より具体化されたかたちで物語られ（一一五―一一六頁）、さらに次のようにその意味内容を限定されて物語られていることが注意される。

池の岸に立ちたる一個人は肉をもて成りたる人間なることを記憶せよ。彼はすべての愛縛、すべての執着、すべての官能的感覺に圍まれてあることを記憶せよ。彼は限ある物質的の權をもて爭ひ得る丈は是等無形の仇敵と搏鬪したりといふことを記憶せよ。彼は功名と利達と事業とに手を出すべき多くの機會ありたることを記憶せよ。彼は人世に相渉るの事業に何事をも難しとするところなかりしことを記憶せよ。然るに彼は自ら滿足することを得ざりしなり。自ら勝利を占めたりと信ずることを得ざりしなり、淺薄なる眼光を以てすれば勝利なりと見るべきものをも彼は勝利と見る能はざりしなり。爰に於て彼は實を撃つの手を息めて、空を撃たんと悶きはじめたるなり。（一一六頁）

透谷は「よもすがら池をめぐ」る行為を開始する直前の「池の岸に立ちたる一個人」としての芭蕉の「失望落

魄」即ち「失意」について、このように物語っている。要するに、世俗的な成功を収め得るだけの智慧にも力にも、またそれを行使する機会にも恵まれながら、芭蕉はそれに心から満足することができなかった、というのが、透谷が想定する芭蕉の「失望落魄」、「失意」の内実であった。つまり透谷はここで、芭蕉が愛山の所謂「人世に相渉るの事業」についても有能であったということを述べつつ、そのような「人世に相渉るの事業」より困難で、そしてより高貴な、「人世」ならぬ「人生」に相渉るという事業に敗北必至の覚悟で取り組もうと決意していたところに芭蕉の「失望落魄」、「失意」の原因があったのだ、と語っているわけである。

この、「人世に相渉るの事業」を遂行するにおいても十分有能であるにも拘らず、それに満足できずに「失望落魄」、「失意」に落ち込むという芭蕉のイメージは、芭蕉が世俗的に有能であった事実を保証する論拠が示されていない以上、透谷の恣意的な解釈によるものと言わざるを得ないものである。ではこの恣意的解釈の出所はどこであろうか。それは、「眞—對—失意」がそうであったように、バイロンの『マンフレッド』、そこにおけるマンフレッド的自我の苦悩のイメージであったように思われる。何故なら、「眞—對—失意」において芭蕉的達観に至る前の「失意」の表現として引用された「智識こそかなしきものなれ」という詩句に続くマンフレッドの台詞が次のようなものであるからである。以下、引用する。

Philosophy and science, and the springs
Of wonder, and the wisdom of the world,
I have essayed, and in my mind there is
A power to make these subject to itself—
But they avail not: I have done men good,

And I have met with good even among men—
But this avail'd not: I have had my foes,
And none have baffled, many fallen before me—
But this avail'd not: —Good, or evil, life,
Powers, passions, all I see in other beings,
Have been to me as rain unto the sands,
Since that all-nameless hour. I have no dread,
And feel the curse to have no natural fear,
Nor fluttering throb, that beats with hopes or wishes,
Or lurking love of something on the earth.—
Now to my task.

—Mysterious Agency!

(*CPW*, vol.4, 53-54)(16)

哲学、科学、そして不可思議の源、
また、世界についての叡智、これらのものを
私は試みてきた、そして私の心の中には
これらのものを従わしめる力もある。
だがそれらもまた空しい。私は人々に善行も行い、
人々の中にあって善なるものに遭遇しもした。

だがそれらもまた空しかった。私には今まで敵が居たが、
誰一人私に手も足も出すことができず、多くが私の前に斃れていった。
だがそれらもまた空しかった。善、あるいは悪、生命、
権力、情熱、私が他者の中に見出したすべてのものは、
私にとって砂地に注ぐ雨に均しかった、
全く名状できないあの時以来。私はいかなる惧れも抱いていない。
私が感じているのは呪いである。人間として自然な恐怖心も抱くことなく、
希望、あるいは願望に波打つ動悸に胸をざわつかせることもなく、
地上のなんらかのものに対するおぼろげな愛を感じることもないという呪いを。
いざ仕事に取り掛かろう。

神秘の力よ！

ここで語られているのは、およそ人間が獲得し得るだけの英知や力を身につけ、人々に善行を行い、敵なる存在に勝利しながらも、そのような現世的な営為に対して心から満足することができないマンフレッドの苦悩のイメージである。このイメージは、マンフレッドが我が物としている傑出した現世的能力を、「人世に相渉るの事業」を遂行するにあたっての有能さと読み替えれば、「人生に相渉るとは何の謂ぞ」の苦悩する芭蕉のイメージと相重なるものとなる。「地上のなんらかの愛」や「希望、あるいは願望」に心を乱されることはなかったという芭蕉のイメージに対応するものである。また、現世的能力では満たされない心を吐露した「だがそれらもまた空し

い（空しかった）」と反復するマンフレッドの語調も、「然るに彼は自ら満足することを得ざりしなり、自ら勝利を占めたりと信ずることを得ざりしなり、淺薄なる眼光を以てすれば勝利なりと見るべきものをも、彼は勝利と見る能はざりしなり」という、芭蕉の苦悩について物語った文の、否定を畳み掛ける文体と親近性がある。さらに、諸々の世俗的な価値によって自身の不満を解消する可能性を見限り、「神秘の力」に相渉るかたちで、新たな「仕事に取り掛かろう」とするマンフレッドのイメージも、「實を撃つの手を息めて、空を撃たんと悶きはじめたる」芭蕉のイメージと相重なる。透谷は別の箇所で、「空を撃」つという営為を「天地の限なきミステリーを目掛けて撃」（二一五頁）つとも表現しており、これは、マンフレッドの「神秘の力よ！」(Mysterious Agency!)という呼びかけの言葉と語句の面で通じるものがある。このように、「人生に相渉るとは何の謂ぞ」における芭蕉の苦悩のイメージとマンフレッドの苦悩のイメージとの間には、多くの類似性を見出すことができるのである。

ここから推論できること、それは、「人生に相渉るとは何の謂ぞ」において、「實を忘れ、肉を脱し、人間を離れ」ることを目指しながら未だ「實を忘れ」ず「肉を脱」せず「人間を離れ」切れていない芭蕉の、達観に到達する前の段階の苦悩について物語ろうとした際、透谷は、忘却を願いながら忘却することができず、塵の身であることを厭いながら塵の身に甘んじざるを得ず、人間を超えたものを求めながら人間でいるしかないというマンフレッドの苦悩を参照枠としていたのではないか、ということである。恐らく透谷は、過去に渉猟した世俗的価値の全てを否定し去って自らの孤高を物語るマンフレッドのイメージを、「人世に相渉るの事業」を見限ってより困難な「空の空なる事業」、即ち「人生に相渉る」という、より高貴な事業に孤独に携わろうとする芭蕉のイメージに生まれ変わらせるということをしている。透谷は、現世的能力や世俗的価値によっては満たされないマンフレッドの精神性を受容しつつ、それを「人世」の次元に囚われた愛山流の功利主義的文学論への反論として援用した。そしてさらに、その地上性を超脱したマンフレッドの精神性をより高い天上への志向に方向づけつつ、それに芭蕉的なイメージを纏わせることで、自身のロマン主義的文学論を展開するということをしているのだと考えられるのである。

このように、透谷は、芭蕉に何らかのかたちで論及した作品、「松島に於て芭蕉翁を讀む」、「眞―對―失意」、「人生に相渉るとは何の謂ぞ」において『マンフレッド』を受容し、マンフレッド的自我から芭蕉的達観へと飛躍することの意義をさまざまな語り口で語っていたわけであった。特に、「人生に相渉るとは何の謂ぞ」は、その語りを一個の文学論にまで高めている点で注目すべきものであった。また、マンフレッド的自我から芭蕉的達観へと飛躍する道行きが最も具体的に示されているのも「人生に相渉るとは何の謂ぞ」であった。透谷は、マンフレッド的自我の苦悩として表現されるバイロン流の「負のロマン主義」を、没我の境地として表現される芭蕉流の「正のロマン主義」によって克服する精神の成熟を、マンフレッド化された芭蕉のマンフレッド的イメージからの脱皮というかたちで表現したのである。そしてそこに、バイロン的なものから離陸し、芭蕉的なものへと飛躍しようとする詩人、文学者としての自らの自我を仮託しようとしたのである。

だが、ここで注意しておきたいのは、「人生に相渉るとは何の謂ぞ」における芭蕉への論及において、芭蕉その人の苦悩のイメージがかなり大きく焦点化され、かつそれがマンフレッド的自我の苦悩として具体的に表現されるに及んで、透谷の芭蕉に関する語りそれ自体うちに、バイロン的なものの影が極めて濃厚になってきているということである。確かに、「眞―對―失意」、「人生に相渉るとは何の謂ぞ」の双方において透谷は、マンフレッド的自我を脱して芭蕉的達観に飛躍することの意味を、同じ明月の句の解釈を通して語っている。だが、「人生に相渉るとは何の謂ぞ」においては、「眞―對―失意」に比して芭蕉についてのイメージが著しくマンフレッド化されているために、目指されるべき境地としての芭蕉的達観よりも、克服されるべきマンフレッド的自我に対する透谷の拘泥の意識の方が読み手に強く印象づけられるという逆説が生じている。しかも、そのマンフレッド的自我の苦悩のイメージが、論敵への反駁に援用されるというかたちで、論の全体においてより重要な意味を持たされるようになっており、透谷の意識の中でマンフレッド的自我が芭蕉的達観を押し退けて前面に迫り出してきていることが窺える。

このように、透谷は、表面ではマンフレッド的自我から芭蕉的達観へと飛躍することの意義を、明月の句の解釈によって説明しようとしていながら、その実、芭蕉的達観からマンフレッド的自我の方に牽引される自身の自我のありようを問わず語りに告白してしまっている。人生相渉論争において主題化された芭蕉解釈の問題は、実は、その表層的な装いの裡面に、バイロン的なものの克服の可能性の追究という真の主題を伏在させるものであったのである。むろん、バイロンあるいはバイロン的なもの、バイロニズムにほとんど親しんでいなかったであろう山路愛山ら透谷の論敵の側は、そのようなことは意識してはいなかったであろう。が、少なくとも透谷の潜在意識においては、「人生に相渉るとは何の謂ぞ」において開陳された独特の芭蕉解釈は、彼自らのうちにあるバイロン的なものに対する問題意識の隠微な自己主張としてあったと見ることができるのである。

第五項　「厭世詩家」論としての人生相渉論争

マンフレッド的自我と芭蕉的達観とに対する透谷の二重化した問題意識は、「松島に於て芭蕉翁を讀む」において仄めかされ、「眞―對―失意」において説明的に論及され、「人生に相渉るとは何の謂ぞ」において華々しくイメージ豊かに表現された。特に「人生に相渉るとは何の謂ぞ」においては、文学者の存在意義を問い直す文学論、文学者論として展開されたわけであった。では、透谷はあるべき文学者の姿を、マンフレッド的自我と芭蕉的達観との間でどのように思い描いていたのであろうか。文学者にとってマンフレッド的自我と芭蕉的達観とはどのような意味を持つものと透谷は考えていたのであろうか。

この問題を考えるには、「人生に相渉るとは何の謂ぞ」において自然と文学者と関係性の問題がどのように論じられているかに注目するのがよいだろう。この問題に関してまず注目されるのが、「池面にうつり出たる團々たる明月は彼をして力としての自然を後《しり》へに見て一躍して美妙なる自然に進み入らしめたり」（一一六―一一七頁）という一文である。これは、バイロン的自我から芭蕉的達観への文学者の跳躍について述べた一文であるが、ここで文学者の跳躍は、「「力《フォース》」としての自然」から「美妙なる自然」への「一躍」として表現されている。この、跳躍後の文学者の行く先とされている「美妙なる自然」という自然概念については、その美によって自我を滅却させるものとして、「松島に於て芭蕉翁を讀む」においてすでに追究されていたものであった。だが、もう一方の「「力」としての自然」という自然概念については、「人生に相渉るとは何の謂ぞ」の中で初めて明示された概念である。[17]

透谷は、この「「力」としての自然」について、達観に到達する前の段階において人間の官能に訴えかけることでその内面に様々な苦悩を生じさせる自然の作用と定義しつつ、その内実を次のように説明している。

> 自然は吾人に服従を命ずるものなり、「力」としての自然は吾人を暴壓することを憚らざるものなり「誘惑」を向け「慾情」を向け、「空想」を向け、吾人をして殆ど孤城落日の地位に立たしむるを好むものなり、而して吾人は或る度までは必らず服従せざるべからざる「運命」、然り、悲しき「運命」に包まれてあるなり。
>
> （一一五―一一六頁）

ここで、「「力」としての自然」が、人間に「誘惑」を向け「慾情」を向け「空想」を向けることで人間に服従を強いる「運命」と言い換えられている点に注意したい。これは、『マンフレッド』第一幕第一場における、ありとあらゆる世俗の価値をマンフレッドに約束し満足を与えようとするアルプスの自然霊たちのイメージを髣髴させる言い方である。あるいはまた、第二幕第三場における、マンフレッドに頭を垂れることを強制せんとした運命の女神たち（The Destinies）のイメージを髣髴させる言い方である。すでに繰り返し述べてきたように、透谷は、マンフレッド的自我の苦悩のイメージを、芭蕉的達観に到達する以前の苦悩のイメージとして援用するということをしていた。であれば、マンフレッド的自我の苦悩を生じさせるものとしての「「力」としての自然」について物語る際に、『マンフレッド』においてマンフレッドを試し、惑わし、圧倒しようとして彼の自我を様々に刺戟していた超自然的存在のイメージが、透谷の脳裡において参照枠として想起されていたとしても何ら不思議なことではない。

透谷は、「人生に相渉るとは何の謂ぞ」発表の約四ヶ月前の明治二五年一〇月、『國民之友』に発表した評論「他界に對する觀念」において、「バイロンのマンフレツド、ギヨウテのフオウスト」などの文学作品に論及しつつ、「風雷の如き自然力を縦にする鬼神」等の「他界に對する自然の觀念」をイメージ化し得る、バイロンやゲーテのような「理想詩人」待望論を展開している（一〇四―一〇五頁）。ここで「風雷の如き自然力を縦にする鬼神」と言われているものは、恐らく『マンフレッド』に登場する様々な自然霊のことなどを念頭に置いたものと解されるわけだが、ここからも、やはり透谷が、「風雷の如き自然力」としての「「力」としての自然」のイメージと、超自然的存在としての「鬼神」のイメージとを重ね合わせて考えていたらしいことが窺われる。すでに透谷は、「マンフレッド及びフオーストト」において、バイロンの『マンフレッド』、及びゲーテの『ファウスト』における「鬼神」や「迷玄的超自然」について論及していたわけであったが（六四頁）、この「他界に對する觀念」の執筆時あたりから、「他界に對する自然の觀念」や「「力」としての自然」概念の重要性に対する認識を深めてゆき、それらのイメージを内面感情の高潮を通して体感するマンフレッド的自我の意義について、改めて再認識するようになっていたと考えられる。

また、透谷は「他界に對する觀念」において、「禪學」と「儒學」を「他界に對する觀念の大敵」であると論じ、禅の境地を俳句として表現した芭蕉に対する微妙な距離感を表明している（一〇七頁）[19]。これまで論じてきたように、透谷は、「美妙なる自然」に自我を没入させてゆくことの意義を語る際には、確かにバイロン的なものから芭蕉的なものへ移行すべきだという意識を持っていた。だが一方で、「他界に對する自然の觀念」や「「力」としての自然」を自我との対決を通して生き生きとイメージ化することの意義を語る際には、「大敵」である芭蕉から離れて「理想詩人」であるバイロンの方に接近してゆくべきだという意識を持っていたわけである。

このように、「人生に相渉るとは何の謂ぞ」における自然と文学者の関係性の問題に注目して見てくると、「美妙なる自然」と「「力」としての自然」の二つの自然概念に論及した「人生に相渉るとは何の謂ぞ」執筆時の透谷は、バイロンから芭蕉へという意識と、芭蕉からバイロンへという意識の二つの意識を同時に持っていたということがわかってくる。透谷は、自身の意識におけるこのアンビヴァレンスの緊張を、マンフレッド的自我に染め上げられながらそれを自己超克する芭蕉というやや歪なイメージで表現していたと解釈することができるのである。

この歪なイメージが示唆しているのは、〈没我―自我〉という軸と〈美妙なる自然―「力」としての自然〉という軸とが交差する地点に独りきわどく屹立する透谷の自我のありようである。透谷は、芭蕉的達観からは、「美妙なる自然」のイメージと、それに没入する文学者の没我の境地の意味を学んだ。一方、マンフレッド的自我からは、「「力」としての自然」のイメージと、それと対決する文学者の自我の拡大の意味を学んだ。そして、それらのいずれか一方について語る際にも、常にもう一方への意識を働かせ、自身の〈自然―文学者〉観を、二元論の緊張のうちにダイナミックに語るということをしたのであった。透谷は、人生相渉論争という場において、そのような語りのダイナミズムをより激しいものにしていった。文学者として自身の感じる、自然に対峙した時の自我の恍惚と不安の問題を、ロマン主義的文学論、ロマン主義文学者論として熱っぽく展開してみせたのである。

だが、同時にその過程でやや奇妙な事態も生じてきている。「美妙なる自然」に自我を没入させる芭蕉と、「「力」としての自然」との対決に自我を拡大させるバイロンとは、そもそも透谷にあっては互いに対極にあるものとして捉えられていたはずであった。だが、マンフレッド的自我を突き詰めていった果てに芭蕉的達観へと至る道が見えてくるとされたり、達観に到達する以前の芭蕉の内面にマンフレッド的自我の苦悩の影が読み入れられたりすることで、〈芭蕉的達観―マンフレッド的自我〉、あるいは〈芭蕉―バイロン〉という二項対立の図式の輪郭が徐々にぼやけてしまってきているのである。

このような透谷の〈芭蕉的達観―マンフレッド的自我〉、あるいは〈芭蕉―バイロン〉の二項対立の図式の不明瞭化の問題は、晩年の評論においてさらに露呈してくるようになる。例えば、評論「萬物の聲と詩人」（『評論』第一四号、明治二六年一〇月）において、透谷は、バイロンの『チャイルド・ハロルドの遍歴』第三歌第七五節の詩句、「海も陸も、山も水も、ひとしく我が心の一部分にして、我れも亦た渠の一部分なり」（一五八頁）（Are not the mountains, waves and skies, a part / Of me and of my soul, as I of them?）（*CPW*, vol.2, 104）という一節を引用しながら、自然との合一化を可能にする詩人のイメージについて語っている。[20] ここでバイロンの詩句は、先程とは逆に、「美妙なる自然」の中に自我を没入させ得た境地を表現したものとして引用されている。この引用だけを見ると、透谷があたかもバイロンを「美妙なる自然」との一体化に成功した没我の詩人と見なしているかのような錯覚を覚えてしまう。

一方、芭蕉についても同様のことが言える。透谷は、最晩年の著作『ヱマルソン』において、「「自然」の中なる悦樂」を感じ得たエマソンの対照的な存在として、自然と容易に「感應適合」できない「枯枝に鴉のとまる秋の暮を観じたる芭蕉」（二五二頁）に論及するということをしている。このように芭蕉に関しても、「松島に於て芭蕉翁を讀む」以来の、自然との「冥交契合」を果たし得る「入神詩家」のイメージとは相容れないイメージを、後年透谷は提示している。

このことについては、例えば「一夕觀」（『評論』第一六号、明治二六年一一月）等の作品に見られるように、透谷の思想が、絶えざる「心境一轉」によって悲哀と恍惚の間を常に変転するという一種の相対主義に帰着することで、彼自身の思考の基盤それ自体が不安定なものとなっていったということが一因としてあるかもしれない。自身の〈芭蕉―バイロン〉観、〈自然―文学者〉観が絶えず動揺し、固定化した芭蕉のイメージ、及びバイロンのイメージを持ち得なくなっていたのではないかと思われる。

前節においては、透谷が「厭世詩家と女性」において、バイロンを主な素材としながら、本来は「想世界」の住人である詩人が結婚を通して「實世界」の中で囚われの身となり、幻滅を深めて「厭世詩家」になってゆく道行きについて論じていたことを明らかにしたわけだが、その翌年の人生相渉論争において透谷が行なったことは、芭蕉的イメージの中にバイロン的なそれを読み入れながら、「「力」としての自然」の論理が支配する形而下の世界、即ち「實世界」に囚われている状態から、「美妙なる自然」の論理の支配する形而上の世界、即ち「想世界」に詩的想像力の翼を借りて再度飛翔していこうとする文学者、即ち「厭世詩家」のイメージを肯定的に描き出すということであった。この意味で、「人生に相渉るとは何の謂ぞ」という評論は、バイロンに原型を持つ「厭世詩家」論の発展的応用編であったと見ることができるのである。透谷は、まず、自身の厭世的自我を負担に思いながらも厭世に甘んずるしかなかった詩人としての「厭世詩家」バイロンに思いを馳せた。そしてそのようなバイロン流の厭世的自我の閉塞を自己克服していきたいという意欲を自らの内部に感じた。そしてその中で、厭世的自我から脱し得た幸福な詩人として、もう一人の「厭世詩家」芭蕉を発見したのだと考えられる。[21]透谷が一連の芭蕉への論及の中で描き出したマンフレッド的芭蕉像は、バイロンに原型を持つ「厭世詩家」論の中に胚胎したものだったのであり、特に人生相渉論争においては、それは文学者という存在の孤高を語るための文法にまで昇華され、透谷のロマン主義的文学論を根底から支える礎となったのである。

註

(1)臼井吉見『近代文学論争』上巻〈筑摩叢書二一七〉(筑摩書房、昭和五〇年)、五一頁。
(2)以下、愛山の文章の引用は、断りのない限り、『山路愛山集』〈明治文學全集三五〉(筑摩書房、昭和四〇年)に拠り、本文中に頁番号のみ記す。なお、ルビ、圏点、傍点その他は、必要のない限り省略した。
(3)『三冊子』からの引用文は、『連歌論集　俳論集』〈日本古典文学大系六六〉(岩波書店、昭和三六年)、四三七頁に拠る。
(4)山下一海は、当時の流布本の『俳諧一葉集』(文政一〇年来)と『俳諧袖珍鈔』(嘉永五年来)の中に、この記述が出ていることを指摘し、透谷がそれを目にしていたことはほぼ間違いがないと推定している。山下一海「芭蕉と透谷」(『連歌俳諧研究』第一五巻、昭和三二年一二月)、一五頁。
(5)槇林滉二『北村透谷と徳富蘇峰』(有精堂、昭和五九年)、二〇頁等参照。
(6)笹渕前掲書(上)、五六―五七頁等参照。
(7)水野達朗「明治文学のエマソン受容――透谷、独歩、泡鳴」(東京大学大学院総合文化研究科超域文化科学専攻(比較文学比較文化コース)博士論文)を参照のこと。
(8)槇林滉二『北村透谷研究――絶対と相対との抗抵』〈槇林滉二著作集一〉(和泉書院、平成一二年)、三五三―三五四頁等参照。

(9)芭蕉文の引用は、全て『芭蕉文集』〈日本古典文学大系四六〉（岩波書店、昭和三四年）、八二―八三頁に拠る。

(10)山下一海は、燈火に対して思いをこらす透谷のイメージを、芭蕉の「幻住庵記」からの影響と見ている。山下前掲論文、一九頁。確かに「幻住庵記」には「夜座静に月を待てば影を伴ひ、燈を取ては罔両に是非をこらす」という記述があるが、ただしここにも、妖しいまでの悩ましさは読み取れない。

(11)平岡敏夫も、「松島に於て芭蕉翁を讀む」のこのくだりに触れ、「(透谷は)『蓬萊曲』の翌年三月にも、松島の夜、『マンフレッド』的燈火の明滅に目をむけつつ、内界に思いをこらしたことがあったらしい」と、『マンフレッド』の冒頭のくだりを想起している。平岡『北村透谷――没後百年のメルクマール』、二三六―二三七頁。

(12)『蓬萊曲』における『マンフレッド』受容の研究は、本間久雄、太田三郎、橋浦兵一、笹淵友一、西谷博之他多数によってなされているが、ここでは取りあえず特に精緻な議論を展開したものとして、小川和夫「『蓬萊曲』と『マンフレッド』」（『東洋大学大学院紀要』第一四号、昭和五三年二月、小川『明治文学と近代自我――比較文学的考察』、南雲堂、昭和五七年所収）を挙げておく。

(13)橋浦兵一は、「透谷と『表現』――芭蕉とかかわって」（『キリスト教文学研究』第九、一〇号、平成五年三月）の中で、この箇所に触れ、「透谷は『蓬萊曲』（明24）で魔王や鬼を登場させたが、鷗外訳『於母影』の『マンフレッド』に見られる燈火点描の効果を重ねて、松島の詩神に対面しようとしている」としている。橋浦論文、九頁。だが、その意味については論じられていない。本節で論じようとしているのは実にこの点である。

(14)『蓬萊曲』における眼のイメージと『マンフレッド』におけるそれとの間の意味のずれに関しては、小川前掲書、二五四―二七二頁参照。小川は、このマンフレッドと柳田素雄の間の自我意識のずれに、素雄の「近代自我」の不徹底を見て、透谷の『マンフレッド』受容の浅薄さを断罪しているが、筆者は、むしろこのずれの中に、透谷のマンフレッド観の特徴を積極的に見出していこうという立場であり、必ずしも透谷の『マンフレッド』受容を否定的に見るものではない。筆者は、透谷は一切の価値を否定してしまう「近代自我」を主張したのではなく、「内部生命」というある特定の価値の優越を主張したに過ぎない、とする小川の否定的な見解を、肯定的な見解として読み換えつつ、この「近代自我」のイメージから「内部生命」のそれを導出しようとした点に、透谷の『マンフレッド』受容の個性的なありようを見たい、と考えているのである。なお西谷博之は、透谷の「近代自我」に対する小川の全面否定に反論するかたちで、『蓬萊曲』における柳田素雄、及び「松島に於て芭蕉翁を讀む」における語り手の「内観の眼」のイメージに論及しつつ、「私に言わせれば素雄の眼の方が、マンフレッドの眼よりずっと近代人の複雑な苦悩を表していることになる。正に実存の眼といってよい」と論じている。西谷「『蓬萊曲』における実存思想——北村透谷の『マンフレッド』受容について」［伊東和夫（編）『近代思想・文学の伝統と変革』（明治書院、昭和六一年）、四七九―四八一頁参照］。

(15)この『マンフレッド』の文句は、『ヱマルソン』「其六　彼の樂天主義」において、「智識は悲の本源なり、（中略）知識に入るは易し、智識を出るは難し。バイロンは知識に入つて之を出るに難かりしもの、自ら白状して智識の毒刺を詛へり」（二七四―二七五頁）というように、エマソン流の「樂天の思想」の対立概念としての「厭世の思想」を表現するものとして引用されている。「眞―對―失意」に示された〈芭蕉―バイロン〉という二項対立は、ここでは〈エマソン―バイロン〉として表現されているわけである。

(16)この箇所の冒頭については、評論「各人心宮内の秘宮」において、「厭世大詩人バイロンが「我は哲學にも科學にも奥玄なるところまで進みしが遂に益するところあらざりし」と放言し」（九三頁）とあり、透谷にとってこの引用箇所は、特に印象的であったと考えられる。また「各人心宮内の秘宮」では、続けてシェイクスピアの『ハムレット』の一節、「世には哲學を以ても科學を以ても覗ひ見るべからざるものあり」（九三頁）にも言及しているが、マンフレッドと同趣旨のこのハムレットの言葉は、『マンフレッド』の題詞ともなっているものであり、「他界に對する觀念」においても言及されている。透谷は、「秘宮」や「他界」等といった神秘的なるものへの志向を語る際これらの言を想起していたと推測され、「人生に相渉るとは何の謂ぞ」において、芭蕉が「撃たん」としている「空」をイメージするため、透谷がこのマンフレッドの言の前後を想起したとすることは、決して無理な推論ではない。

(17)この〈美妙なる自然―「力」としての自然〉という二元論的自然観について、透谷は、『ヱマルソン』「其六　彼の樂天主義」でも論及し、それがシラー（Friedrich von Schiller, 1759-1805）の美学論から発想されたことを明らかにしている（二七六頁）。だが本書で問題にしたいのは、その二元論の思想的な意味合いではなく、透谷がそれをどのようにイメージ化したかという点である。なお、この『ヱマルソン』「其六　彼の樂天主義」には、「松島に於て芭蕉翁を讀む」における「冥交契合」の問題、「眞―對―失意」における「智識こそかなしきものなれ」の問題、「人生に相渉るとは何の謂ぞ」における〈美妙なる自然―「力」としての自然〉の問題の全てが論及されており、ここで、透谷における〈芭蕉―バイロン〉観の集大成が、透谷のエマソン観として論じられていると見ることもできる。

(18)「人生に相渉るとは何の謂ぞ」においても、「「力」としての自然」について、「自然は（中略）一方に於て風雨雷電を驅つて吾人を困《くる》しましむると同時に（中略）」（一一六頁）や「風に對しては戸を造り、雨に對しては屋根を葺き、雷に對しては避雷柱を造る斯くして人間は出來得る丈は物質的の權《ちから》を以て自然の力に當るべしと雖（中略）」（一一六頁）など、やはり「風雷」のイメージで語られている。ここからも「「力」としての自然」と「風雷の如き自然力を縦にする鬼神」のイメージは、ほぼ相重なっていると言うことができる。

(19)透谷の芭蕉と禅との関係について言及には、「江戸に芭蕉起りて幽玄なる禪道の妙機を聞きて主として平民を濟度しつゝありし間に（中略）」（「徳川氏時代の平民的理想」、『女學雜誌』甲の巻三二一―三二四号、明治二五年七月）（八九頁）や、「俳道の達士桃青翁を除くの外玄奥なる宗教の趣味を知りたる者あらず」「桃青は宗教家の如くに佛道をその風流修行に應用したり」「桃青の佛道は不立文字にして（中略）」（「處女の純潔を論ず（富山洞伏姫の一例の觀察）」、『女學雜誌』甲の巻第三二九号、明治二五年一〇月）（一〇一頁）などがある。

(20)笹渕前掲書（上）、一七七頁。

(21)このような見方は、一人芭蕉に対してのみに限定されるものでは恐らくない。北川透も、『マンフレッド』を受容した『蓬萊曲』に透谷の西行観が影響を与えている可能性について触れる中で、「遍歴の思想詩人西行は、むしろ作品の造型を超えたところで透谷の共鳴を得ていたのだとわたしは考えている。その点、バイロンと西行は、いわゆる〈厭世詩家〉というモティーフにおいて、透谷の資質の深いところで共鳴するものがあった、とみることができる」と述べている。北川『幻境の旅』〈北村透谷試論Ⅰ〉（冬樹社、昭和四九年）、一〇九頁。

第三節　北村透谷の自由民権的バイロン熱

第一項　北村透谷における政治的バイロン熱の問題

ここまで、バイロンが日本に紹介された明治十年代から明治二六年の人生相渉論争までのバイロンをめぐる言説を取り上げ、明治前期におけるバイロン熱が政治的、外向的なものから厭世的、内向的なものに内攻してゆく過程を検証してきた。そこで明らかになったのは、透谷の描き出すバイロン像が、植村正久の提示した厭世詩人としてのバイロン像を継承しつつ「厭世詩家」の典型にまで洗い上げたものであり、厭世的バイロン熱が内攻してゆく過程の極点に位置しているという事実であった。人生相渉論争において論争の的となった透谷の手になる芭蕉像も、「厭世詩家」、即ち厭世的自我詩人としてのバイロン像の影を背後に引いたものであり、バイロンを厭世的自我詩人として見る透谷の見解の一種の応用編と言えるものであった。

しかしながら、透谷は、バイロンをただ単に、自己と世界との間にある亀裂を前にして懊悩し悲観的に内向する厭世的自我詩人としてのみ見ていたわけではなかった。透谷にとってバイロンが、厭世的自我詩人の相貌を色濃く持っていたことは間違いないことであるが、「厭世詩家と女性」以降の透谷のバイロンへの論及について検討してみると、透谷がバイロンにおける別の面をも見ていたことが窺い知られる。つまり、自己と世界との間の亀裂を前にして、ただ内向するのではなく、世界に対して挑戦的な態度を取るバイロンの外向的な面にも注意を払っていた節が看取されるのである。

バイロンのこの外向的な面というのは、現実の具体的な状況の只中に果敢に自己を投げ出してゆくバイロンの政治的な面に連なってゆくものである。本章第一節においてすでに述べたように、バイロンのこの政治的な面を念頭に置いたバイロン像は、明治十年代中頃から明治二十年代の初頭にかけて、自由民権運動を中心として政治熱が高まっていた時期に、東海散士、中江兆民、徳富蘇峰、長澤別天などの政治意識や社会意識を強く持った様々な立場の言論人によって濃淡の差はあれ思い描かれていたものであった。透谷の言論活動が本格化するのは明治二十年代半ばからであり、彼らがバイロンに論及していた時期とは数年のずれがある。だが透谷は、明治十年代半ばから後半にかけての時期、いまだ言論活動を開始してはいなかったものの、当時の自由民権運動の盛り上がりを背景とした政治熱に感化され、年少の身ながら民権壮士らと積極的に交わるなど、政治意識、社会意識の強度という点では彼ら先行世代の言論人に劣るものではなかった。この透谷の政治的関心は、笹渕友一が戸川秋骨、巌本善治ら同時代人の証言を引きながら指摘しているように、透谷の生涯に亘ったものであった。(1)

透谷における政治意識とそのバイロン観との関わりの問題については、例えば笹渕友一が、民権壮士の首領を主人公とした物語詩『楚囚之詩』がバイロンの物語詩『ションの囚人』に大きく依存している事実に、自由解放の英雄詩人としてのバイロンに対する透谷の政治的、社会的、倫理的関心の表れを読み取っている。(2)また吉武好孝も笹渕と同様の見方を示し、(3)自由民権運動に刺戟された透谷の「革命児の情熱に火をつけ燃え立せた英米の作家たちが、エマソン、バイロンらだった」として、透谷の急進的な政治意識にバイロンのそれが感化を与えた可能性について論及している。(4)笹渕、吉武の両者とも、『楚囚之詩』執筆時において、透谷の政治意識が高かったという前提に立ち、バイロンの政治的、外向的な面と透谷のそれとが共鳴した結果『楚囚之詩』が物された、としているわけである。

だが一方で、『楚囚之詩』の『ションの囚人』受容に関しては、笹渕や吉武のとは逆の見方も提出されている。例えば佐藤善也は、キリスト教に基づく透谷の自由主義の精神と、キリスト教に反逆的だったバイロンのそれとは同列には論じられず、『楚囚之詩』執筆時において透谷は政治的なそれを含むバイロンの自由主義の精神に対して特に関心を抱いていなかった、と述べている(5)。

要するに、『楚囚之詩』における『ションの囚人』受容がバイロンの政治的な面に対する関心の下になされたものであるか否かという問題については、論者の間で大きな見解の相違があり、未だ一致を見ていないというのが現状である。この『楚囚之詩』における『ションの囚人』受容の問題については、次章第一節において本格的に論じることとして、本節では、バイロンの政治的な面が直截的に表現されたものに透谷がどのように反応したのかについて検討していくことにする。バイロンの政治的な面が鮮明に表れた詩句や逸話に的を絞ることで、バイロンの政治的な面に対する透谷の関心の輪郭をより明確に浮き彫りにすることができ、もし透谷において政治的バイロン熱があるとすれば、その内実により肉迫することができると考えるからである。

第二項　「虚榮村の住民」におけるバイロンへの論及

バイロンの政治的な面に対する透谷の関心について考察する際、まず注目されるのが、明治二五年一一月、『平和』第八号に発表した「虚榮村の住民」という小文である。この小文は、「人間の一大弱性は實に虚榮を追求するに於て存す」（一九六頁）という一文に示されている通り、人間の虚栄心を戦争を始めとする諸悪の根源として弾劾した文章であり、全体の論旨としては他愛ない内容のものである。だがこの小文の中にバイロンに関係する次のような文章があることが注意される。

バイロン、拿翁《なぽれおん》を罵つて空しき罪深き榮譽の奴隷なりと言へり。又た當時の佛民《ふらんすじん》を嘲つて、彼等の呼吸は騒擾なり、彼等の生涯は暴風雨なり、その風波の上をわたりて遂には沈溺すべきものなりと言へり。ひとり拿翁のみならず。ひとり佛民《ふつみん》のみならず。人間根底の痼疾の一は、その虚榮に溺るゝ性質なり。（一九六頁）

ここで透谷は、人間の心の奥底に潜む虚栄心がいかに罪深く災いをもたらすものであるかを言うために、「拿翁」、即ちナポレオン・ボナパルト（Napoléon Bonaparte, 1769-1821）に対するバイロンの批判の言と、「當時の佛民」、即ち第一帝政期のフランス国民に対するバイロンの批判の言とを引用している。「虚榮村の住民」は、メソジスト派の下谷教会を中心として発足した日本平和会の機関誌で透谷が主筆を務めた雑誌『平和』に発表されたものであるわけだが、(6)そのようなキリスト教系の雑誌媒体にも拘わらず、透谷が持論を展開するため、悪魔派の詩人と見なされることの多いバイロンの言に裏付けを求めていることにまず注意を引かれる。(7)『平和』に載せた文章でバイロンに触れたものとしては、前節で論じた「眞―對―失意」（『平和』第四号、明治二五年七月）があるが、ともかくこの「虚榮村の住民」におけるバイロンへの論及などは、バイロンを読み込んでいた透谷ならではのものだと言うことができよう。

では、早速「虚榮村の住民」において引用されたバイロンの言について検討していこう。「虚榮村の住民」における透谷のバイロンへの論及の前半、即ち「バイロン、拿翁を罵つて空しき罪深き栄誉の奴隷なりと言へり」という文の典拠としては、いくつかの可能性を考えることができる。まず考えられるのが、『チャイルド・ハロルドの巡礼』第三歌第三七節の中の次の箇所である。

Conqueror and captive of the earth art thou!
She trembles at thee still, and thy wild name
Was ne'er more bruited in men's minds than now
That thou art nothing, save the jest of Fame,

(*CPW*, vol.2, 90)

汝、地上を征服せし者にして、地上に囚われたる者よ！
大地はいまだ汝のために鳴動し、汝の荒々しき名は
今ほど人々の心に鳴り響いていることはなかった、
汝が他でもない、「栄誉」によって嘲られるものとなってしまっている今ほどには。

この箇所は、「地上を征服せし者にして、地上に囚われたる者」、即ち、一時はヨーロッパの各国を征服しながら今や没落した敗残者としてセント・ヘレナ島に幽閉されているナポレオンにバイロンが呼びかけている一節である。バイロンは、一代の英雄としての偉大さと一俗人としての卑小さとを共に併せ持っていたナポレオンに対し、愛憎入り混じる複雑な思いを抱いており、その両義的な思いを幾度か書簡や詩の中で吐露しているが、ここで引用した箇所はナポレオンに対する批判意識がやや勝った箇所であると言えよう。バイロンはここで、野心や征服欲といった俗情に駆られてヨーロッパ各国の自由を簒奪し、その挙句に最後は自身の個人的な自由さえ失って囚われの身となった、卑小な専制者としてのナポレオンを冷ややかに批判している。

この箇所のバイロンの詩句の中で特に透谷の注意を引いたと可能性が高いのが、ナポレオンに対するバイロ

ンの批判的な眼差しが最もよく表れている「「栄誉」によって嘲られるもの」(the jest of Fame) という表現である。これは、「栄誉」に目が眩んだナポレオンを、「栄誉」それ自体に嘲笑され弄ばれる卑小な存在として捉えた、バイロン独特の皮肉で辛辣な表現である。恐らく透谷は、ナポレオンの卑小さに対するバイロンの批判的な眼差しをこの皮肉な言の中に看取したのであろう。そしてその眼差しを、「虚榮村の住民」において「栄譽の奴隷」という一言で引き継ぎ、「バイロン、拿翁を罵つて空しき罪深き栄譽の奴隷なりと言へり」というかたちで、バイロンのナポレオン批判の内容を自分流に要約したのではないか、と推測される。

あるいはまた、この箇所の典拠として別の可能性も考えられる。「虚榮村の住民」という表題の「虚榮」という語を重く見るなら、ナポレオンについてやはり批判的に述べた『チャイルド・ハロルドの巡礼』第四歌第八九節の次の詩行も典拠の可能性の一つに数えることができるのではないか、と思われる。

Save one vain man, who is not in the grave,
But, vanquish'd by himself, to his own slaves a slave—

(*CPW*, vol.2, 154)

一人の虚栄心の強い男、今はまだ墓の中にいないが、
自分自身に負け、自分の奴隷のそのまた奴隷にまでなり下がった一人の男を除いて。

この箇所も、帝王の座を剝奪され、セントヘレナ島に島流しにあい、幽閉の身にまで身分を落としたナポレオンに対して皮肉な眼差しを向けたくだりからの一節で、先に引用した『チャイルド・ハロルドの巡礼』第三歌第三七節の詩行と同様の趣旨のものである。この箇所の詩句を、「(ナポレオンは) 自分自身 (の虚栄心) に負け、

（虚栄心の奴隷になった結果）自分の奴隷のそのまた奴隷にまでなり下がった」というふうに言葉を補って解釈すると、透谷の「バイロン、拿翁を罵つて空しき罪深き栄譽の奴隷なりと言へり」という文の意味内容に近いものとなる。また表題の「虚榮」のみならず「奴隷」（slave）という語がはっきり出ている点も、透谷の文章との親近性を感じさせるものである。

さらにこの箇所の二節後の、ナポレオン批判の文脈を引き継いだ第九一節の次の詩行も透谷の表現の類似の点で注意される。

With but one weakest weakness—vanity,
Coquettish in ambition—still he aim'd—
At what? can he avouch—or answer what he claim'd?

(*CPW*, vol.2, 154)

ただ一つ彼には弱点の中の弱点である虚栄心があった。
野心に媚びへつらい、なおも彼は何かを目論んでいた。
だが何を？　彼は断言、あるいは答えることができるであろうか、自分が求めたものが何であるかを。

この第九一節の詩句についても、「野心に媚びへつらい」（Coquettish in ambition）という詩句を、ナポレオンが「栄譽」を追求する野心に奴隷のように卑屈な態度を取っていた、というように意訳すれば、透谷の文の意味内容とかなり似通ったものとなる。この『チャイルド・ハロルドの巡礼』第四歌第八九節及び第九一節におけるナポレオン批判の詩行は、いずれも「虚榮」に関わる語、即ち'vain'や'vanity'を含んでおり、それだけに「虚榮村の住民」の主題との関連を強く示唆するものであるように思われる。これら二つの詩節は、第八九節及び第九一節と互いに非常に近い位置にあり、透谷はこれらの詩行を一連の文脈で捉えつつ、両方の意を汲みながら「バイロン、拿翁を罵つて空しき罪深き栄譽の奴隷なりと言へり」と書いていたのではないか、と考えることができるのである。

「虚榮村の住民」からの引用の前半部の典拠については以上の可能性が考えられるわけだが、ではもう一つの、後半部の文、「當時の佛民を嘲つて、彼等の呼吸は騒擾なり、彼等の生涯は暴風雨なり、その風波の上をわたりて遂には沈溺すべきものなりと言へり」の典拠についてはどうであろうか。この文については実ははっきりと典拠を特定することができる。即ち、この文の典拠は『チャイルド・ハロルドの巡礼』第三歌第四四節中の次の詩行である。

Their breath is agitation, and their life
A storm whereon they ride, to sink at last,

(*CPW*, vol.2, 92)

彼らの息遣いは、人々を扇動するものである。そして彼らの人生は
彼らがその上に乗る一陣の暴風であり、やがて止むべきものである。

この詩行も、やはりナポレオンの栄枯盛衰について歌ったくだりからの一節であり、ナポレオンその人に対する批判からナポレオンに熱狂した第一帝政期のフランス国民に対する批判にまで批判の対象を拡げた箇所の詩行である。バイロンはここで、ナポレオンと同様、俗情に煽られるがままであった当時のフランス国民、中でも知識人層の暴走を痛烈に批判しているわけだが、一読してわかる通り、透谷の「彼等の呼吸は騒擾なり」以下の文は、バイロンのこの詩行をほぼそのまま直訳したものとなっている。しかも、この詩句の直ぐ前の第四三節にお

いては、フランス国民のナポレオンに対する熱狂を支えた「栄誉欲あるいは支配欲」(the lust to shine or rule) がいかに危険なものであるか、という内容が歌われており、恐らく透谷は、この直前の詩節の内容をも踏まえながら、当時のフランス国民の「栄誉欲あるいは支配欲」、即ち俗悪な虚栄心を批判する詩行を引用したのだと考えられる。

以上の議論から、透谷が「虚榮村の住民」を書く際、『チャイルド・ハロルドの巡礼』第三歌及び第四歌のナポレオン批判のくだりを参照していたであろうことがわかってくる。そしてここで興味深いのが、透谷が論及し引用しているバイロンの詩句のいずれもが、ナポレオン戦争前後の時期のヨーロッパの国際的な政治状況を踏まえつつ、俗悪な虚栄心が現実の政治状況の中でいかに人々の精神を堕落させ暴走させるかについて歌ったくだりからの一節だということである。透谷が、虚栄心などの俗情と結託した権力意志の危険について歌ったくだりに特別な関心を持っていたということが、「虚榮村の住民」のバイロン論及から窺い知られるわけである。

このことの意味をより精確に探るため、ここまでの議論の中で透谷の文の典拠と推定された詩行の周辺の詩節を含め、バイロンが一連のくだりにおいて何を語ろうとしたのかについて、さらに詳しく辿ってみよう。まずは、『チャイルド・ハロルドの巡礼』第三歌第三七節と第四四節の詩行である。この箇所は、バイロンがワーテルロー滞在時の感慨を歌ったくだりの一節であるわけだが、この前後の詩節でバイロンは、戦争で荒廃したワーテルローの風景と、敗北し没落したナポレオンの運命とを重ねつつ、栄光を約束されていたはずのナポレオンの挫折の原因を、ナポレオンがあまりにもあからさまに人々を傲慢不遜に見下して人々の憎悪を招いたことに求めている。つまりバイロンは、ナポレオンの内部で高慢さ、傲慢さという俗情と権力意志とが結びついてしまったことが、他者にとってもナポレオン自身にとっても危険で不幸な結果を生んでしまったのだ、と見ているわけである。

また、透谷文の典拠の可能性として推定されたもう一つの箇所、『チャイルド・ハロルドの巡礼』第四歌第八九節と第九一節の詩行についても、これと同様のことが言える。この箇所は、ローマを訪れたバイロンが、ローマ帝国の遺跡や廃墟を前に過去の栄光の時代を偲びつつ、現在のローマの没落を嘆いたくだりの中の一節であるわけだが、これらもまた、ナポレオンにおける世俗的権力意志の無惨な結末について歌ったくだりの一節であった。ナポレオンは、オーストリア帝国の支配からイタリアを解放した人物であり、ローマ帝国の栄光を現代に復活させるべき英雄のはずであったのだが、結局彼は、世俗的権力意志の虜になってイタリアに対する新たな専制的支配者になり下がり、結局最後には自身が倒したはずの旧体制の勢力によって歴史の表舞台から葬り去られることになってしまった――。このように、古代ローマ帝国の栄光と没落と、英雄ナポレオンの栄光と没落とを重ね合わせながら、世俗的権力意志が必ず辿る没落の運命について歌っているのが、透谷が参照した可能性のある『チャイルド・ハロルドの巡礼』第四歌の第九〇節前後のくだりということになるわけである。

このように、透谷が参照したと思しきバイロンの詩行は、フランス革命からナポレオン戦争を経てウィーン体制へと至るヨーロッパの政治史の現象面での動きと、その裏面でうごめく、栄枯盛衰の原因としての世俗的権力意志の問題とを両方見て取るバイロンの複眼的な眼差しを強く感じさせる詩節からのものであるわけであった。バイロンは『チャイルド・ハロルドの巡礼』において、ヨーロッパの政治史の中の栄枯盛衰の裏面には虚栄心を始めとする俗情と権力意志の結託の問題があるという認識を繰り返し歌っていたわけだが、透谷が、まさに虚栄心批判を主題とする「虚栄村の住民」において、バイロンの政治史を見据える眼差しが濃厚に表れている『チャイルド・ハロルドの巡礼』の詩句を引用するということをしたのは、このようなバイロンの政治的、外向的な眼差しに共感を逞しくしていたからであろう。つまり、「虚栄村の住民」におけるバイロンへの論及から示唆されるのは、「厭世詩家と女性」などで描き出した内向的な厭世的自我詩人としてのバイロン像の他に、ヨーロッパ政治史の表層と深層とを冷ややかな複眼で見据える批評的なバイロンという、もう一つのバイロン像が透谷の中にあった、ということなのである。

第三項　北村透谷のアーノルド的バイロン像の受容

ヨーロッパ政治史、特にナポレオン戦争期の政治史における俗情と権力意志の結託の問題を批評的に見据えるバイロン――。透谷が「虚榮村の住民」という小文の中でほんの僅かではあるが仄めかしたこのようなバイロン像は、他の言論人のバイロン像と比較しても独特なものであった。

バイロンと当時のヨーロッパ政治の動きとの関連を示唆したものとしては、本章第一節で触れたように、古くは、「佛國革命の風雲延いてバイロンを生したるか如き」云々と書いた徳富蘇峰の「新日本の詩人」を挙げることができる。だが、これなどは、フランス革命時の自由主義の気運がバイロンの自由主義の精神を育んだという認識を述べているに止まり、ヨーロッパにおける政治状況を一歩離れた地点から批評的に眺めるバイロンの姿を捉えたものではなかった。ましてや、自由を理念の一つとして掲げたフランス革命が自国民の自由を抑圧する恐怖政治を招来し、果ては他国の自由を抑圧するナポレオンを登場させるに至ったという、自由主義の興隆ではなく没落の過程を批評的に見据えていたバイロンという認識は、単に自由主義を唱道する詩人としてバイロンを見ていたに過ぎない蘇峰には無縁のものであった。

また、「虚榮村の住民」の発表時期に近いところで言えば、「虚榮村の住民」の約半年後に発表された、十州山人の筆になる評論「バイロン卿」（『この花草紙』第二巻、明治二六年六月）におけるバイロン像も、透谷が仄めかしたバイロン像とは異なるものであった。十州山人の「バイロン卿」においては、バイロンとヨーロッパ政治の動きとの関わりについては、以下のように記述されている。

蓋し當時英國の社會は非佛國の氣焰殊に高く之を以て道義と自由との爲めに盡すものなりとせりき。故に苟も自由の主義を公言するものあらんか社會主義の煽動者とも見做されんず勢なりき。感情的なるバイロン之を見ていかで堪ゆるを得んや。忽ちに厭世の傾向を生じ社會を嘲て自然を賛へ懐疑派を愛するに至りぬ。この感情こそ實にバイロンを驅て社會反動の主動者たらしめたるものと云ふべけれ。(8)

ここでは、フランス革命時に蔓延した自由主義の気運にイギリスが反発し、そのようなイギリス社会に対して自由主義の見地からバイロンが反逆したという事実が指摘され、「感情的なる」「社會反動の主動者」としてバイロンを見る見方が披露されている。ここにあるのは、やはり蘇峰の場合と同様、バイロンを直情径行の自由主義詩人と見る素朴なバイロン観であり、バイロンの「感情的」ならぬ批評的な精神を見据える透谷のバイロン観とは異質なものであった。

では、透谷のこのようなバイロン観の淵源はどこにあったのであろうか。ここで注目されるのが、マシュー・アーノルド（Matthew Arnold, 1821-88）の『批評集』*Essays in Criticism*（一八六五年）の中に収められた「バイロン論」**"Byron"**である。この中でアーノルドは、バイロンを他の詩人と比して傑出した存在たらしめているのはバイロンの「人格」（*personality*）である、と論じ、バイロンの数々の欠点を補って余りある彼の「人格」の核には、「卓越した誠実さと強さ」（*the excellence of sincerity and strength*）がある、と述べている。では、バイロンの「人格」の核をなしている「卓越した誠実さと強さ」とは具体的にどのように立ち現れているのか。アーノルドによれば、バイロンにあってそれは、イギリス人の俗物主義（the British Philistinism）に対する激しい嫌悪感として立ち現れている。アーノルドは言う。バイロンは貴族であったから下層階級のイギリス人の俗物主義を嫌ったことは驚くに当たらない。だが、バイロンはまた上層階級の俗物主義をも激しく嫌悪していた。何故なら彼ら上層階級の人々も、一見すると俗物主義を毛嫌いしているように見えながら、公の場において阿諛追従の振る舞いをするというかたちで俗物主義に染まっていたからである――。こう述べた上で、アーノルドは次のように文章を続ける。

The falsehood, cynicism, insolence, misgoverment, oppression, with their consequent unfailing crop of human misery, which were produced by this state of things, roused Byron to irreconcilable revolt and battle. They made him indignant, they infuriated him ; they were so strong, so defiant, so maleficent,—and yet he felt that they were doomed. 'You have seen every trampler down in turn,' he comforts himself with saying, 'from Buonaparte to the simplest individuals.' The old order, as after 1815 it stood victorious, with its ignorance and misery below, its cant, selfishness, and cynicism above, was at home and abroad equally hateful to him. 'I have simplified my politics,' he writes, 'into an utter detestation of all existing governments.' And again: 'Give me a republic. The king-times are fast finishing; there will be blood shed like water and tears like mist, but the peoples will conquer in the end. I shall not live to see it, but I foresee it.' (232-233)[9]

結果として人間に不幸を必ずもたらすことになる嘘偽り、冷笑、尊大、悪政、圧制は、物事のこうした状態によって生み出されたものであるが、これらのことがバイロンを断固とした反逆と闘争に駆り立てたのである。これらが彼を憤慨させ、激昂させたのであった。これらは非常に強固なものであり、非常に挑発的であり、非常に有害なものであった。だが彼は、これらがいずれ破滅する運命にあることを感じてもいた。「どんな圧政者も、順繰りに没落の憂き目を見ることになる」。彼はこのように言い、自らを慰めてもいる。「ボナパルトから取るに足らない有象無象まで」。旧体制は、一八一五年以降、下層階級の無知と苦痛、上層階級の偽善と利己心と冷笑の手助けで華々しく成立したわけであったが、それは本国のであれ、他国のであれ、彼にとっては等しく憎むべきものであった。「私は自分の政治学を」と彼は書いている。「ありとあらゆる現存の政府に対する全き嫌悪という一言に要約できる」。そしてまた次のようにも書いている。「我に共和政体を与えたまえ。王政時代はもう間もなく終焉しつつある。人々の血が水のように流され、人々の涙が霧雨のように流されることになるのだろうが、諸国民は最終的には勝利を収めるであろう。私は生存中、それを目にすることはできないが、それを予見している」。

このようにアーノルドは、下層階級のみならず上層階級のイギリス的俗物主義を激しく憎悪したところに、バイロンの「卓越した誠実さと強さ」を見、バイロンの「人格」の高潔さを称賛しているわけだが、ここで特に注意したいのが、アーノルドがバイロンの圧政者に対する批判や旧体制に対する批判などの政治的な見解に注目しながらそうした主張を展開しているということである。アーノルドは、まず、「ボナパルト」云々とあることからわかるように、栄光の絶頂から没落したナポレオンの運命を意識しつつ、圧政者は必ず没落する運命にあるというバイロンの見解を取り上げる。そして次に、「一八一五年以降」、即ちウィーン体制以降の旧体制の復活を、大衆の無知と苦痛の上に胡坐をかいて利己心と冷笑を弄ぶ支配階級の俗物主義の勝利として捉え、それに激しく反発するバイロンの言葉を取り上げている。アーノルドによれば、バイロンは、ナポレオンの没落からウィーン体制の成立に至るヨーロッパ政治史の展開の底流にある支配階級の俗物主義の問題を正しく見抜き、且つまたそれを憎悪するだけの「卓越した誠実さと強さ」を持った人物であった。そしてそのことこそが彼の「人格」を極めて高潔なものたらしめているのだ、ということになるわけである。ここでアーノルドが描き出しているバイロン像は、ヨーロッパ政治史の動向を見据えつつ支配階級の俗物主義を撃つ「人格」高潔なバイロン、「卓越した誠実さと強さ」によって俗情と権力意志の結託の問題を直視する批評的なバイロンというものである。これは、透谷が「虚栄村の住民」において仄めかしたバイロン像と非常に親近性のあるものである。

透谷がアーノルドの「バイロン論」を紐解いたという証拠は、明治二六年四月及び五月に『評論』に連載された「日本文學史骨」の中に見つけることができる。その「第一回　快樂と實用」の項には、アーノルドの言葉が二つ引用されているが、そのうちの一つ、「アーノルドの言ふ如く、人生の批評としての詩は又た詩の理と詩の美とを兼ねざるべからず」（一二二頁）というのは、笹渕友一が指摘する通り、『批評集』の中の、「しかしながら、詩においては、人生の批評は、詩的な真実と詩的な美の両方の法則に従順に従ってなされるべきものである」（In poetry, however, the criticism of life has to be made conformably to the laws of poetic truth and poetic beauty.）の意訳と見なすことができるものであり、[10] そしてこの一文は、佐藤善也が指摘する通り、アーノルドの『批評集』に収められた「バイロン論」の中にあるものである。[11] このような事実から、透谷がアーノルドの「バイロン論」を読んでいたことはまずは確かであると言える。

透谷のアーノルド受容の問題に関して、佐藤善也は、「バイロンは透谷にとって早くから親しみ深い名である。アーノルドの「バイロン論」にも恐らく目を通していたであろうことは十分あり得ることである」としながら、ただしその時期については、透谷のアーノルドに示唆を受けたと思しき文章が「二十六年の人生相渉論争の時期に集中していること」を論拠として挙げつつ、「(『日本文學史骨』に引用したアーノルドの文が記憶に強く残るとすれば）二十二・三年や二十四・五年よりも二十六年にはいってからの方が、その可能性が大きいのではないか」としている。[12] だが一方で佐藤は、「二十三・四年に集中する」という『日本評論』掲載の各種記事におけるアーノルドからの引用に対して透谷が反応していた可能性についても触れ、アーノルドのバイロン評を引用している植村正久の「厭世の詩人ロード・バイロン」を透谷が強い関心を持って読み、「その時、アーノルドのバイロン評に興味をそそられたかもしれず、あるいはそれを機にアーノルドの「バイロン論」を読んでみようと思い、もしかすると実際に手をとって繙読したかもしれない」と述べている。[13] このように、透谷がアーノルドの「バイロン論」を読んだ時期を特定する客観的な証拠はいまだ提出されておらず、これについては推論するしかないのであるが、本章第一節で論じたように、植村の「厭世の詩人ロード・バイロン」が透谷の未完のバイロン論「マンフレッツド及びフオースト」に影を落としていると考えられることや、透谷のバイロンへの論及が晩年の文章にまで見られることなどを考慮すると、植村の「厭世の詩人ロード・バイロン」を契機として、明治二四年頃、透谷がアーノルドの「バイロン論」に直接触れた可能性が高いと思われる。そしてそれ以来、論じる対象とされたバイロンのみならず、論者としてのアーノルドにも透谷は関心を抱くようになり、明治二六年前後の時期からアーノルドへの関心を強くするにつれて、旧知のその「バイロン論」のことが改めて想起されたのではないか。明治二二年の『楚囚之詩』の執筆以来、折に触れバイロン作品を受容し頻繁にバイロンに論及してきた透谷であってみれば、彼の中で人生相渉論争時に顕在化してきたアーノルドへの関心と従来からあるバイロンへの関心とが交わる地点に、アーノルドの「バイロン論」が置かれるのは、むしろ自然な流れだと言える。

このように見てくると、先に引用した、アーノルドが「卓越した誠実さと強さ」を持った高潔な「人格」のバイロン像の内実を具体的に描き出そうとして、ヨーロッパ政治における支配階級の俗物主義に対するバイロンの激しい嫌悪感について力を込めて論及したくだりが、明治二六年前後の時期に再び透谷を刺激したということは十分考えられることのように思われる。透谷はこのくだりに表現されたアーノルドのバイロン観に強く共鳴し、感銘を新たにしたのではないか。そしてそのようなアーノルドのバイロン観に則ってバイロンの詩を改めて読み返し、その結果それまで読み過ごしていた問題、即ちヨーロッパ政治史において俗物主義的権力意志が自由主義の精神をいかに堕落させてきたかという問題を扱った『チャイルド・ハロルドの巡礼』第三歌及び第四歌の中の詩節が、新たな意味合いを持って透谷の意識の先端に上ってきたのではないか。透谷は恐らくそこに、アーノルドが言うところの「卓越した誠実さと強さ」に裏打ちされたバイロンの高潔な「人格」の表現を見て取った。そしてそのような高潔な「人格」のバイロンの眼差しに自身の眼差しを重ねるかたちで、諸悪の根源としての「虚栄」という俗情を撃った小文「虚栄村の住民」を書きつつ、そこに『チャイルド・ハロルドの巡礼』中の詩句を引用するということをしたのではないか、と思われる。つまり、「虚栄村の住民」におけるバイロンの詩句の引用は、アーノルドが描き出した、俗物主義を憎む批評的なバイロンというバイロン像への透谷の共鳴の端的な表れであったと推定されるのである。(14)

では、このようなアーノルドによるバイロン像に対する透谷の共鳴の基盤はどこにあったのであろうか。バイロンそれ自体に対する関心というのは言わずもがなであるが、同時にそこには、俗情と結託した権力意志それ自体に対する批判的な問題意識ということもあったと思われる。この世俗的権力意志に対する問題意識は、透谷にあって、かなり早い時期から芽生えていたものであった。そのことを示す一つの文章が、本章第一節においても論及した、明治二〇年八月一八日付石坂ミナ宛書簡である。透谷は、このミナ宛書簡の中で、直接政治から文学へと赴こうとする自身の半生の精神の軌跡を物語るということをしているわけだが、彼はここで、自身の自由民権運動への関与は世俗的権力に対する過剰な「アンビシヨン」を動機とするものであり、自分は民権運動から足を洗って初めてそのような政治的妄執としての「アンビシヨン」の「妄想」から醒めることができた、といった趣旨のことを語っている（二八九―二九〇頁）。そして、世俗的権力への「アンビシヨン」と対立するものとして恋愛、キリスト教、文学があると見定めつつ、それらの中に、「アンビシヨン」意識、即ち俗情と結託した権力意志に憑りつかれた過去の自分からの新生の可能性を見出そうとして苦闘している自己の姿を物語るのである。

このような透谷の自己認識を端的に示しているのが、この書簡と同時期に書かれたと思しき「夢中の詩人」と題された反古である。これは、石坂ミナに宛てた書きかけの書簡の中に断片として書きつけられたものであった。以下、引用する。

斯くして、大山邦造ハ、首尾能く、アンビションの奴隷となり、マンマと驕傲心の、妾となり、或夜の事とて、シエーキスピーアの詩集を枕となし、机のわきに假睡の夢、夢中の夢、とも知らぬ身に、文學の女神が、ツ、と立ち、

花より美くしの手を伸ばし、

月より清よらかの眉を光らせ、

邦造邦造と、呼び覺ませば、

（二八七―二八八頁）

ここで登場している「首尾能く、アンビションの奴隷となり、マンマと驕傲心の、妾とな」った大山邦造という男は、恐らく「アンビション」意識の虜であった、かつての透谷自身の寓意的なイメージということになるだろう。そして、彼を「呼び覺ま」す「文學の女神」とは、「アンビションの奴隷」の状態から自身を覚醒させた、希望としての恋愛（「女」）とキリスト教（「神」）と文学（「文學」）とを渾然一体にしたイメージであったと解釈できる。ここで「アンビションの奴隷」という表現があることに特に注目したい。これはそのまま、先に引用した「虚榮村の住民」における「バイロン、拿翁を罵つて空しき罪深き榮譽の奴隷なりと言へり」という一文の中の「空しき罪深き榮譽の奴隷」という文句を想起させる表現である。透谷の自己批判の表現としての「アンビションの奴隷」という文句と、「虚榮村の住民」におけるバイロンのナポレオン批判の表現としての「空しき罪深き榮譽の奴隷」いう文句とを重ね合わせた時、「虚榮村の住民」におけるバイロンのナポレオン批判の詩句の引用には、世俗的権力意志の虜であったかつての自己に対する透谷の自己批判の意識が滲んでいる、と解釈することは強ち無理な推理ではないように思われる。

ただ急いで付言すると、透谷は、このような世俗的権力への「アンビション」に対する批判の矢をかつての自

己にのみ向けていたわけではなかった。その批判の矢は、自身と同様、俗情と結託した権力意志に突き動かされていたかつての同志たち、即ち自由民権運動の壮士たちにも向けられていたのである。この点については、明治二一年一月二一日付石坂ミナ宛書簡における次の一節を読めば明らかである。

利ハ人情の至性なり、慾ハ社界の流動体なり、利ハ海にして慾ハ陸なり、世の壮士ハ口に利を難し慾を咎むるも、其利の爲めに世を救ハんとするを知らず、慾の爲めに自ら責めらるゝを悟らざるなり、此際に立つて屹然、俗界を脱する基督の兄弟ありて、利の制を設け慾の境を定むるにあらざれば、滔々たる天下の悪弊は、風濤迅雷の猛勢を以て、日本の好天地を破壊し去らんとす、（二九九―三〇〇頁）

ここで透谷は、「世の壮士」は私利私欲から世俗の政治的権力を掌中にすることをひたすら求め政治運動に明け暮れている、と批判している。先の自己批判と同様、俗情に根差した権力意志への批判意識がここでも明瞭に表れているわけである。そしてこの引用箇所において特に注意したいのが、「滔々たる天下の悪弊は、風濤迅雷の猛勢を以て、日本の好天地を破壊し去らんとす」という一文があることである。これは、俗情と結託した権力意志に衝き動かされている民権壮士の暴走の危険性を難じた文であるわけだが、「風濤迅雷の猛勢を以て、日本の好天地を破壊し去らんとす」という表現は、例によって「虚榮村の住民」において引用されたバイロンのフランス国民批判の詩句、即ち「彼等の呼吸は騒擾なり、彼等の生涯は暴風雨なり、その風波の上をわたりて遂には沈溺すべきものなりと言へり」という一文との類似を強く感じさせるものである。透谷自身、「虚榮村の住民」においてこのバイロンの詩句を引用した時、その類似に思いが至ったに相違なく、「虚榮村の住民」におけるバイロンのフランス国民に対する批判の詩句の引用の陰には、自身の民権壮士に対する批判の意識も働いていたと考えることができる。

このように、「虚榮村の住民」において引用されたバイロンの詩句と、明治二〇年前後の時期に書かれた透谷の書簡の中の自己批判及び民権壮士批判の表現との間の類似に思いを致してみると、「虚榮村の住民」におけるバイロンへの論及の裏面には民権運動を離脱して以来の透谷の政治をめぐる問題意識が隠微なかたちで息づいていたのではないか、という仮説が浮かび上がってくる。[15] 先に述べた通り、透谷は「虚榮村の住民」においてバイロンに論及しながら、バイロンの眼差しを通してヨーロッパ政治史における俗情と権力意志の問題を見据えていたわけだが、そこには恐らく、明治日本の現実政治における俗情と権力意志に対する問題意識、特に自身が関係した自由民権運動における俗情に根差した権力意志に対する問題意識があった、と推察されるわけである。しかも、バイロンが主に見据えていたのは、ルソーら啓蒙思想家の社会思想を原動力として起きたフランス革命以降の政治的自由主義の辿った運命であった。その点から言っても、同じくルソーらの社会思想に裏付けを持つ自由民権運動に関わった者たちの心性を批判的に見つめる透谷の問題意識とバイロンのそれとが結びつく必然性は十分あったとも言えるのである。[16]

かつて透谷は、俗情と権力意志を唯一の動機として実際に政治に携わっている人間、また、過去の自分も含む、そのような動機から政治に携わろうとしていた人間に対して、その心性の深層を探り批判を加えていたわけであったが、後年、そのような批判意識を再び意識化させその正当性を透谷に確信させたものは、恐らく、アーノルドが示唆したバイロン像、俗物主義を憎む人格者としてのバイロン像であった。また、アーノルドのそのようなバイロン観を通して改めて見出された、ヨーロッパ政治史において俗物主義がもたらした悪弊の問題を冷ややかに見据えたバイロンの詩句であった。以上の議論からこのように考えることができるのである。

第四項　自由民権熱とバイロン熱の結合

ここまで、透谷の内面において隠微なかたちで持続していた（自身を含む民権壮士の世俗的権力意志の問題に関心を持ち続けるという意味での）自由民権熱と、[17]（アーノルドの描き出すバイロン像に強く共鳴するという意味での）バイロン熱とが相交わるところに「虚榮村の住民」におけるバイロンへの論及がなされていたということについて述べてきたわけだが、[18]この両者の結合がよりはっきりしたかたちで示唆されているのが、明治二六年九月、『評論』第一三号に発表された評論「兆民居士安くにかある」である。

この「兆民居士安くにかある」という評論は、ルソーの社会思想の紹介者であり且つ自由民権運動のイデオローグであった中江兆民に対する失望と、明治日本の自由主義が辿るであろう運命に対する暗い見通しを表明した文章である。兆民は、明治二三年の第一回衆議院議員選挙に立候補して当選、政界入りを果たすが、予算審議をめぐる立憲自由党内の混乱に嫌気がさして、翌明治二四年議員を辞職、その翌年、北海道に渡り実業家として活動するようになる。透谷はこれにいたく失望し、「兆民居士安くにかある」においてバイロンのルソー評を引用しつつ次のように書いている。

バイロンの所謂暴野なるルーソー、理想美の夢想家遂に我邦に縁なくして、英國想の代表者、健全なる共和思想の先達なる民友子をして佛學者安くにあると嘲らしむ、時勢の變遷豈に鑑みざるべけんや。（二二〇頁）

ここで透谷は、ルソー思想の紹介者としての兆民が啓蒙的思想家としての社会的使命を放棄し、思想の世界から実業の世界へ後退してしまったことを嘆き憤慨しているわけだが、ここで特に注意したいのが、「バイロンの所謂暴野なるルーソー、理想美の夢想家」というように、バイロンの名がやや唐突に論及されている点である。このバイロンのルソー評の引用は、『チャイルド・ハロルドの巡礼』第三歌第七七節及び第七八節の中の一節を典拠としている。以下に、第七七節及び第七八節を引く。

Here the self-torturing sophist, wild Rousseau,
The apostle of affliction, he who threw
Enchantment over passion, and from woe
Wrung overwhelming eloquence, first drew
The breath which made him wretched; yet he knew
How to make madness beautiful, and cast
O'er erring deeds and thoughts, a heavenly hue
Of words, like sunbeams, dazzling as they past
The eyes, which o'er them shed tears feelingly and fast.

His love was passion's essence—as a tree
On fire by lightning; with ethereal flame
Kindled he was, and blasted; for to be
Thus, and enamoured, were in him the same.
But his was not the love of living dame,

Nor of the dead who rise upon our dreams,
But of ideal beauty, which became
In him existence, and o'erflowing teems
Along his burning page, distempered though it seems.

(*CPW*, vol.2, 105-106)

ここに自己呵責の理論家、野蛮なるルソーがいる。
彼は苦悩の伝道者であり、激情に
魅惑の覆いを投げかけ、そして苦痛の中から
圧倒的な雄弁を搾り取った。彼はまず
生を得たのであったが、その生は彼を悲惨なものにした。だが彼は、
いかにして狂気を美しいものにするかということを知っていた。それで、
正しからぬ行為と思想に天上の色彩の言葉を投げかけたのであった。
その言葉は陽射しのように人々の前を過る時に彼らの目を眩ませ、
彼らに激情の涙を流させたのであった。

彼の愛は情熱の精華だった。まるで
雷に打たれて火につつまれた一本の木のようなものであった。天上の火によって
彼は燃え盛り、そして燃え尽きた。というのも、
こうなることと恍惚となることは、彼にあっては同じことであったからだ。

しかし、彼の愛は、生身の女性を愛する愛ではなかった。
我々の夢に現れる死者を愛する愛でもなかった。
理想の美を愛する愛であった。それは、
彼の中では実在であり、彼の燃え上がるような頁に漲り溢れ出ている。
それは錯乱したもののように見えるけれども。

冒頭、見ての通り、第七七節第一行目には 'wild Rousseau' という表現があり、「兆民居士安くにかある」の中の「バイロンの所謂暴野なるルーソー」という表現はこれをそのままなぞったものである。また、「理想美の夢想家」というのは、第七八節の第五行目から第七行目までの、ルソーの理想的な美への愛について語った詩行を念頭に置いたものであろう。バイロンがここで描き出しているルソーとは、狂おしいまでに激しい内面感情と理想への意志を抱懐しているロマン主義の先駆者としてのルソーである。バイロンが右のルソー評の詩節を含む『チャイルド・ハロルドの巡礼』第三歌を執筆した時期というのは、彼が結婚生活の破綻をめぐる様々な醜聞によってイギリスにいられなくなり、スイスの地で大自然の美に慰めを見出していた時期であった。ここでバイロンがルソーについて歌っているのは、アルプスがルソー縁の地であるということ以上に、内面感情の激しさゆえに俗世間を嫌悪し、且つ俗世間からも爪弾きにされたルソーに、自身の境涯と相似たものを感じ、自己投影するところがあったからだと推察される。俗悪な人間社会を憎み美しい自然と理想を愛したルソーの孤高と孤立を強調し、ルソーの書簡体小説『ジュリーあるいは新エロイーズ』*Julie ou la nouvelle Héloïse*（一七六一年）の清らかな愛の世界に思いを馳せるバイロンの筆の運びには、内面感情の解放者としてのルソーの人格、即ちロマン主義の先駆者としてのルソーの人格に対するロマン派詩人らしい激しい共感が息づいている。そしてそのようなバイロンのルソー熱に感化されたかのように、透谷も「兆民居士安くにかある」において、ただ「ルーソー遂に我邦に縁なくして」と書けば済むところを、わざわざバイロンの詩句を引用するかたちで「暴野なるルーソー、理想美の夢想家遂に我邦に縁なくして」云々と書いているのである。(19)

このように透谷がわざわざバイロンのルソー評を引用するかたちでルソーについて論及しているのは、恐らく、ルソーを内面感情の解放者、ロマン主義の先駆者として見なしつつその反俗的な人格を称賛するバイロンのルソー評の中に、例によって、アーノルドの所謂バイロンの「人格」の高潔さ、即ち、俗物主義を憎むバイロンの「卓越した誠実さと強さ」の表現を見、それに透谷がいたく共感したからであったろうと考えられる。そしてその共感の背景には、「虚榮村の住民」におけるバイロンの詩句の引用の中に自由民権運動をめぐる透谷の屈託が織り込まれていたように、やはりこの時も透谷自身の政治的な問題意識があった。「兆民居士安くにかある」において、透谷は「佛國思想は遂に其の根基を我邦土の上に打建つるに及ばざるか」（二二〇頁）というかたちで、明治日本の現実政治をめぐる思想状況に対する懸念を表明している。要するに、透谷はルソーの思想を含む「佛國思想」の「根基」、即ち最も大事な部分がいまだ紹介されていないという認識を持っていたのであった。

周知の通り、兆民は、ルソーの『社会契約論』*Du Contrat Social*（一七六二年）を『民約譯解』（明治一五年）として翻訳した、明治前期のルソー紹介の大立者であったわけだが、平岡昇が指摘するように、兆民が捉えていたルソーは、人間の社会的解放を眼目として政治上の改革理論と民主主義思想を提唱する社会思想家、政治思想家としてのルソーに限られていた。つまり『告白』*Les Confessions*（一七七〇年）や『新エロイーズ』の著者としてのルソー、自我意識と個人主義的な感情の解放者としてのルソーがその紹介から抜け落ちていたわけである。(20)透谷の「佛國思想は遂に其の根基を我邦土の上に打建つるに及ばざるか」という懸念は、透谷がわざわざバイロンのロマン主義的なルソー観に則って「暴野なるルーソー、理想美の夢想家遂に我邦に縁なくして」と書いていたことをも考え合わせれば、そのようなルソー受容の偏りを念頭に置いたものであったと解釈することができるだろう。恐らく透谷は、いまだ紹介されざる、内面感情や理想への意志を重視するロマン主義の先駆者としてのルソーの相貌に「佛國思想」の「根基」を見、それがもっと明治日本の思想界に意味あるかたちで紹介されるべきだと考えていたのではないか。それで、ルソーを十全に読みこなしたはずの兆民に対し、ルソーの社会思想の理論的な外形のみならず、その思想の要諦であるルソーその人のロマン主義者的な人格についても一般に紹介することを強く期待していたのだと推察される。

だが透谷にとって残念なことに、事態は彼の期待通りには運ばなかった。透谷が期待をかけた当の兆民は、思想家として使命を放棄し実業家に転身するというかたちで、透谷の期待をものの見事に裏切ってしまったのである。透谷にとって兆民の北海道行きは、バイロンがその詩の中で歌い上げたようなルソー、即ち、理想と現実の間の亀裂に耐えつつ、俗世間に対して苦悩と狂気の言葉を吐き続けた「理想美の夢想家」としてのルソーが歩んだ道の放棄と映じたに違いない。吉田精一が言うように、透谷はそれまで「兆民を「理想美の夢想家」ルソオとほとんど同視して」[21]いたわけであったが、思想界を去ってゆく兆民は、透谷にとって最早〈東洋のルソー〉ではなくなってしまったわけであった。このように見た時、「バイロンの所謂暴野なるルーソー、理想美の夢想家遂に我邦に縁なくして」云々という文言は、バイロンがルソーに対して投げかけていたような共感的な眼差しを、透谷自身、〈東洋のルソー〉たるべき兆民に対して投げかけることができなくなったことへの激しい失望を表明したものと解釈することができる。

バイロンは、先に引用した詩節に続く、『チャイルド・ハロルドの巡礼』第三歌第八一節及び第八二節において、フランスにおけるルソー思想の運命について、おおよそ次のような内容のことを歌っている。ルソーにおける理想への高邁な意志は、鬱屈の度を強め、狂気にまで高潮し、それが大衆を扇動して、全てを転覆させるフランス革命を起こした。だが、ルソーによって覚醒したフランス国民の「野心が利己的なものであったために」(because ambition was self-will'd.)、いざ彼らが権力を掌握すると、見る見るうちに当初ルソーの掲げていた理想とは全く逆の方向、即ち、他者の自由を圧殺する恐怖政治へと転落していった——。お馴染みのバイロンによる世俗的権力意志に対する批判である。バイロンはここでも、フランス革命以降の政治史の顚末を見据えながら、俗情と結託した権力意志の堕落について歌っている。アーノルドなら、これらの詩節こそ「卓越した誠実さと強さ」を核とするバイロンの高潔な「人格」が表現された箇所と見なしたであろうくだりである。透谷がこのくだりまで読んでいたかどうかは定かではない。だが、自身が参照した詩節の直ぐ後の詩節なので読んでいた可能性は高いと言える。そしてもし読んでいたなら、「虚榮村の住民」におけるバイロンへの論及以来のお馴染みのモチーフに反応したはずである。そして内心で自由民権熱とバイロン熱とをともに掻き立てながら、堕落せる明治日本の政治の現場にルソー思想の「根基」を純粋なままに根付かせることの意義をますます強く確信したに違いない。

このように、バイロンの政治的、外向的な面に対する透谷の関心は、例えば長澤別天等が関心を向けていたような政治的理念の実践的行動者としての面というよりは、アーノルドによって示唆されたような、ヨーロッパ政治の動向に透徹した批評的な眼差しを投げかける、言わば警世の士としての人格的な面に注がれていたということがわかってくる。(22) しかも、そのようなバイロンの政治的な眼差しへの関心は、ただ単に遠いヨーロッパの政治を見る見方についてバイロンから学ぶという安直なものではなく、透谷自身が生きている明治日本の政治状況に対する強い問題意識に支えられたものであった。透谷は、バイロンが個人や国家を堕落に導く、俗情と結託した権力意志を批判的に見る眼差しを、自由民権運動の直接的な担い手であった民権壮士たちに対して、さらにそれにかつて関与していた自分自身に対しても向けて、バイロンの政治的な詩句や詩行を明治日本の政治状況を考える上で有効な批評として受け止めようとしていたと考えられるのである。つまり、バイロンの政治的な眼差しに自らの眼差しを重ねることは、透谷にあって、明治日本の政治状況を批評的に見つめることであったと同時に、自身の政治への関心の根源を見つめ直す自己批評の試みでもあった。そしてその試みは、自由民権運動から距離を置いて以来、民権壮士批判と自己批判を通して扼殺しおおせたと思われていた、政治的関心としての自由民権熱を内奥から呼び覚ますこととなり、それがバイロン熱と結びつく中で、〈自由民権的バイロン熱〉とでも言うべき一個の批評精神を透谷の内部で醸成することとなったのである。こうして透谷は、自由主義の精神が世俗的権力意志に変質した時いかに堕落するかを冷徹に見据えるバイロンの批評的な眼差しに自身のそれを重ねながら、明治日本の自由主義の精神の行く末を案じる思想家として屹立することになったのである。

第五項　バイロン像の統一化の試みとその蹉跌

ここまで、透谷が「虚榮村の住民」及び「兆民居士安くにかある」において仄めかしていたものが批評的警世家としてのバイロン像といったものであった、ということについて明らかにしてきたわけだが、ではこのようなバイロン像と、前節まで論じてきた厭世的自我詩人としてのバイロン像とは、透谷の中でどのように同居し得ていたのであろうか。

透谷が「マンフレッツド及びフオースト」や「厭世詩家と女性」等において描き出していた厭世的自我詩人としてのバイロン像とは、理想と現実の間で自己の内面の負の感情を内攻させてゆく詩人、といったものであった。このような厭世的にして内向的なバイロンに対する関心は、「虚榮村の住民」及び「兆民居士安くにかある」において示唆された、自己の外部の政治状況に冷静な批評を試みる政治的にして外向的なバイロンへの関心と、一見したところその方向性において正反対なもののように感じられる。

だが実は、バイロンに対するこれら二つのかたちの関心のありようは、それほど互いに相容れないものではなかった。何故なら、政治的批評意識の強い警世家としてのバイロン、政治的にして外向的なバイロンの「人格」に対する透谷の関心は、本来は高邁な自由主義の精神を単なる世俗的権力意志へと堕落させてしまう俗情一般に対して向けられたバイロンの根深い嫌悪感を見据えたものであり、これは、「想世界」の純粋を愛するが故に「實世界」の卑俗を厭う厭世的にして内向的なバイロンの「人格」への関心のあり方と、俗物主義を嫌悪する「卓越した誠実さと強さ」の持ち主としてバイロンを捉えているという点で、同質のものと言うことができるからである。違いと言えば、厭世的にして内向的なバイロンに対する関心が、バイロンにおける、卑俗さを激しく嫌悪する際の内面感情の鬱屈という内向のヴェクトルに焦点を当てているのに対し、政治的にして外向的なバイロンに対する関心の方は、卑俗への嫌悪を卑俗な外部世界に対する反発として表出する外向のヴェクトルに焦点を当てている、という方向性の違いに過ぎなかった。つまり、バイロン観の本質的な違いに起因するものではなかったのである。

では、透谷が想定していたバイロンの本質とは何であったのか。それは、ある時は卑俗な現実世界から背を向けて自身の内面を陰々とした眼差しで見つめ、ある時は外部世界を傲然と眺めその卑俗さを弾劾するという、バイロンの誇り高き活動的な精神性であったように思われる。透谷にとって重要であったのは、バイロンの厭世的な面と政治的な面の両方に一貫する、自己と世界を見据える眼差しの強度であった。恐らく透谷は、内向性（自己の内部への眼差し）と外向性（自己の外部への眼差し）の両極で自在に伸縮するダイナミックな自我に、バイロンの本質を見ている。このような見方は、大きくはアーノルドのバイロン観から示唆されたものであったと考えられるが、それが単なる借り物に終わらず、政治的活動としての自由民権運動への参加とそこからの離脱、そして以後の厭世的気分への沈降と文学への接近、という透谷固有の人生体験に裏打ちされて、透谷自身のものによく消化されている。

本章第一節において述べたように、明治前半期のバイロン言説の大きな流れは、政治的にして外向的なバイロンから厭世的にして内向的なバイロンへと、論者の関心が移っていた過程として捉えられる。そのような流れの中で、政治的にして外向的なバイロンと厭世的にして内向的なバイロンとを結ぶものを捉えつつ、統一的なバイロン像を描こうとする試みは、なかなかなされてはこなかった。だが、政治的にして外向的なバイロンと厭世的にして内向的なバイロンとを結ぶものとしてバイロンの「人格」を想定し、それをアーノルドの示唆を受けつつ主体的に見据えていた透谷の眼差しの先には、恐らく統一的なバイロン像がおぼろげながら像を結んでいたのではないか、と想像される。だが、そんな透谷とて、自身の文章の中で自分なりの統一的バイロン像を十全に描き出すには至らなかった。しかも透谷が実際に描き出したバイロン像で一般に流通したのは、やはり厭世的にして内向的なバイロン像の流れに棹差した「厭世詩家」、厭世的自我詩人としてのバイロン像の方であり、もう一方の警世の士としての政治的にして外向的なバイロン像については、「虚榮村の住民」及び「兆民居士安くにかある」におけるバイロン論及があまりに断片的であった故に、そのごくわずかな片鱗が仄めされたに止まっている。

透谷は、自らの統一的バイロン像の輪郭を描き出す試みを全くしなかったのであろうか。透谷のバイロンへの論及を丁寧に追ってゆくと、透谷はわずかだがそれをなそうとした気配がある。それはまず、「富嶽の詩神を思ふ」のバイロンへの論及に看取することができる。この文章は、一言で言ってしまえば、口先だけで愛国的言辞を喋々することを退けつつ、真の愛国心とは何かを提示しようとした美文調の文章である。この文章の論旨は、真の愛国とはその国の詩的精神の源である不朽不滅の自然に思いを馳せる心を持つことであり、我が国において その不朽不滅の自然の代表は富士であるから、富士を愛した柿本人麻呂（六六〇頃―七二〇頃）や山部赤人（生年不詳―七三六頃）、西行（俗名佐藤義清、一一一八―九〇）や芭蕉などの日本の詩人たちこそ真の愛国者である、といった程度の内容のものである。この「富嶽の詩神を思ふ」という文章は、少々修辞が勝ちすぎて所々論理のつながりが不明瞭なところなどがあり、透谷自身も自覚していた通り[23]、公平に見てあまり意味深い文章とは言えないものである。だが、透谷がこの文章で言わんとしたことをあえて汲み取ろうとするならば、真の愛国にはその国の国柄や自然、風土に対する感受性の裏打ちが不可欠であり、そういった美的感受性や美的情操の豊かな文学者こそ真の愛国者たり得る、ということであったのだろう。そして、実はまさにその文脈において、透谷は自身が内心で思い描いていた統一的バイロン像を次のような言い方で示そうとしていたのである。

故郷は之れ邦家なり、多情多思の人の尤も邦家を愛するは何人か之を疑はむ。孤剣提げ來りて以太利の義軍に投じ一命を惡疫に委したるバイロン我れ之を愛す。（一一二頁）

ここで透谷は、「多情多思の人」こそが「尤も邦家（＝国家、菊池註）を愛する」という命題の正しさを示す有力な一例として、晩年に政治的行動を起こしたバイロンを挙げるということをしている。この「多情多思の人」の中には、当然理想と現実の狭間で厭世感情を募らせる厭世的自我詩人も含まれるはずであるから、透谷がここで言わんとしているのは、バイロンは「多情多思」の「厭世詩家」であったからこそ真の政治的愛国者たり得たのだ、ということになるであろう。厭世感情と愛国心は共に豊かな感受性を前提とするものだから、結局「多情多思」という一つの心性に帰するのであり、その意味で厭世的にして内向的なバイロン像と政治的にして外向的なバイロン像は矛盾しないどころか、寧ろ両立すべきものなのだ――。恐らく透谷はこのように主張しようとしているのである。(24)

だが、このような舌足らずな言い方での統一的バイロン像の提示は、説得力の乏しいものであったと言わざるを得ない。先ほど述べたように、「富嶽の詩神を思ふ」という文章全体があまり論理の明晰な文章ではなく、「多情多思」が愛国心に直結するという論理の説明も不十分なものであった。また、バイロンに関する論及自体もかなり奇妙なものと言わざるを得ない代物であった。まず、この短いバイロン論及の中にも幾つかの事実誤認がある。例えば、バイロンが「一命を悪疫に委したる」のは「以太利の義軍に投じ」た際のことではなく、ギリシャ独立戦争に参加した際のことである。[25] また、バイロンの実際の「故郷」即ち「邦家」はイギリスであり、「以太利」における政治的行動とバイロンの愛国心とは直接的には結びつかない。透谷はこのような誤謬と矛盾の文を書きつけてまで、厭世的にして内向的なバイロン像と政治的にして外向的なバイロン像とを、言わば「多情多思」の愛国的自我詩人という像にまとめ上げたかったと推定されるのだが、実際提示されているバイロン像はほとんど意味を成さないほどお粗末なものであった。

このことは、「國民と思想」(『評論』第八号、明治二六年七月)におけるバイロンへの論及についても同様に指摘することができる。透谷はこの評論においても詩人の愛国心について論じているのだが、この中で「バイロンは如何にその故國を罵るとも、英國の一民たるに於ては終始變るところなく深く之を其の著作の上に印せり」(一五三頁)と書きつけ、「多情多思」の愛国的自我詩人としてのバイロン像を定着させようと腐心している。この一文なども、「故國を罵る」というところに表れたバイロンの厭世的な面と、「英國の一民たる」ことを「著作の上に印」しているという(国家との関わりが深いという意味での)バイロンの政治的な面との間を連結させようとする透谷の努力を表したものと言うことができるであろう。だがやはり、どのようにしてそれらが連結しているのかを具体的に示すには至っていないため、この言も実体のない空言に終わってしまっている。

透谷におけるこのような統一的バイロン像への拘りは、恐らく、表面的には政治から文学へという軌跡を描いた透谷が、やはり政治的な問題意識を捨て切れず、政治と文学の間で揺れる心の解決を、政治と文学の両方に跨る人生を送ったバイロンの精神性の探究に求めようとしたことを示唆するものである。ただ透谷は、直接行動に赴く〈政治的人間〉であることを自由民権運動から離脱して以来止めており、各種の文章を書いていた明治二十年代半ばの時点では内面性や思想性を第一に考える〈文学的人間〉となっていた。それ故、バイロンにおける政治性と文学性の統一の試みは、自然と、バイロンにおける内面性や思想性を軸になされることとなった。[26]透谷がバイロンの政治的行動よりも、彼の政治を見据える眼差しや政治に赴く動機づけの問題の方に注目したのは、そういった透谷の個人的な事情を反映してのことであったと推察される。

もし透谷によって厭世的にして内向的なバイロン像と政治的にして外向的なバイロン像との統一化がなされていたら、それはその後のバイロン言説にも大きな影響力を持つものとなったであろう。のみならず、以後幾度か繰り返されることになる「政治と文学」をめぐる議論にも有効な視点を提供するものになり得たかもしれない。だが、透谷はそれを十分なし得ないまま、明治二七年五月、足早にこの世を去った。透谷の思想的、文学的、政治的営為がそうであったように、統一的バイロン像を日本人の手で描き出すという試みも生煮えのまま放置されることとなったのである。

註

（1）笹渕前掲書（上）、九五頁参照。
（2）同書、三二一―三二四頁参照。
（3）吉武好孝「概観――英米作家の導入と日本思想の近代化」［福田光治他（編）『欧米作家と日本近代文学』第一巻〈英米編一〉（教育出版センター、昭和四九年）、二二―二五頁参照］。
（4）吉武好孝「北村透谷の翻案作品」［『近代文学の中の西欧――近代日本翻案史』〈比較文学研究叢書①〉（教育出版センター、昭和四九年）、一四一頁参照］。
（5）佐藤善也「「楚囚之詩」の成立について」（『国語と国文学』第三五巻第二号、昭和三三年二月）参照。
（6）雑誌『平和』については、勝本清一郎「日本平和主義運動の黎明」（『日本評論』、昭和二三年二月、後に勝本『近代文学ノート２』（みすず書房、昭和五四年）に収録）、黒木章「『平和』をつくる人々――フレンド派の人々を中心にみるその前史」［桶谷秀昭他（編）『透谷と近代日本』（翰林書房、平成六年）］を参照した。
（7）笹渕友一も、『平和』所載の透谷の文章の中で、『平和』を発行する日本平和会の平和運動の趣旨に副った文章は、せいぜい『平和』第三号掲載分くらいのもので、後は平和運動とは直接的に関係ない、人間論や宗教論や文学論ばかりであることを指摘している。笹渕前掲書（上）、六一—六二頁参照。
（8）十州山人「バイロン卿」（『この花草紙』第二巻、明治二六年六月）、二三頁。
（9）アーノルドの「バイロン論」からの引用は、全て Matthew Arnold, *The Complete Prose Works of Matthew Arnold*, vol.9 [English Literature And Irish Politics.] ed. R. H. Super（Ann Arbor: The University of Michigan Press, 1973）に拠る。以下、本文中に頁数のみ略記する。
（10）笹渕前掲書（上）、八〇頁参照。
（11）佐藤（善）『透谷、操山とマシュー・アーノルド』（近代文芸社、平成九年）、九頁参照。
（12）同書、九一—一一頁参照
（13）同書、六五—六六頁参照。
（14）この意味で、磯田光一が、透谷のバイロン理解から「バイロンの政治性もダンディズムも捨象され、厭世だけが透谷とバイロンとを結ぶ絆になった」としているのには、疑問を呈せざるを得ない。磯田は、「貴族文明が市民民主主義に移行する時代を生きたバイロンは、貴族主義の形骸化を呪うと同時に新文明の俗悪さを呪ったが、その厭世は憂愁として表現されるとともに、自己武装としてはダンディズムとなってあらわれた」と論じている。磯田「バイロンと近代日本（上）」（『磁場』第七号、昭和五一年一月）、二四—二六頁参照。こうして磯田は「反逆児バイロン」「正義派バイロン」の人間像を描き出しているわけだが、このようなバイロン像は、アーノルド的バイロン像、即ち、「卓越した誠実さと強さ」の持ち主であり、俗物主義を嫌悪する高潔な「人格」の持ち主であるというバイロン像にほぼ等しいものである。その意味では、筆者は磯田の想定するバイロン像に基本的に賛同する者である。ただ、透谷はアーノルド的バイロン像から政治的な見方を学習した可能性が高い、というのが筆者の見解であり、「ダンディズム」はともかく「バイロンの政治性」が透谷のバイロン理解から「捨象」された、とする磯田の見解に関してだけは当を失していると考える。

(15)勝本清一郎も、明治二一年一月二一日付ミナ宛書簡の中の、俗情と結託した権力意志批判の言辞などに触れつつ、そこに、物質的繁栄をのみ追求する明治日本の資本主義社会に対する、透谷の内面的視点からの社会批評の原点を見出そうとしている。勝本前掲書、四一―四六頁参照。

(16)笹渕友一は、透谷の自由民権熱の日本の柱として、ルソー流の天賦人権論と志士気質とを挙げている。この笹渕の所謂「志士気質」とは、政治的行動の背後にある自己犠牲的な情念のことを意味していると解釈でき、筆者もこの笹渕の見解に賛成である。笹渕前掲書（上）、九六―九八頁参照。だが、笹渕が「透谷の志士気質は彼の自由民権思想を「経国の志」にまで抽象化し、思想的輪郭をぼかしてゐる」と断じていることには、一定の留保をつけたい。透谷が自らの「志士気質」を通して政治の背後にある情念の問題に自覚的であり、そのような自覚を基に、ヨーロッパ政治史における自由主義の堕落を歌ったバイロンの詩句に接近し得たことを重視すると、寧ろ、人間の情念の問題を軽視し合理主義的に世界を解釈し過ぎているかの如きヨーロッパの自由主義的社会思想の陥穽を、透谷が精確に見抜いていたと考えることも可能ではないか、と考えるからである。

(17)笹渕友一も、戸川秋骨の「透谷君と語る時は、文学の話よりも宗教の話が多く出、またそれよりも政治に関する話が多分にあつた」（「四十年前の文学界」）という証言や、巌本善治の「透谷は若し文学に専念せざりしならば社会改革家として政治方面に活動したであらうと思はれる人格でした」（「満州からの通信」、『明治文学研究』、昭和九年四月）という証言を引きながら、透谷の自由民権熱以来の政治的関心が生涯にわたったという見解を述べている。笹渕前掲書（上）、九五頁。

(18)この点に関連すると思われることで、益田道三は、明治の文明開化期にリットン（Edward Bulwer-Lytton, 1803-73）やビーコンスフィールドなどの政治家兼小説家の作品の翻訳が盛んに出た理由として、「この時代には、自由民権論が盛んで、政治家であり、小説家である原著者を理想とする氣持があったのではあるまいか」と推論している。益田「北村透谷とロード・バイロン」［『人文研究』第五巻第一一、一二号、昭和二九年一一月、後に『比較文学散歩』（研究社、昭和三二年）所収、一三四頁］。この見解は、政治的自由主義の英雄詩人であったバイロンに対して、かつての自由民権論者の透谷が何故特に関心を抱いたのか、という問題について、時代状況の観点から説明する一つの参考例となるものであろう。なお、透谷がビーコンスフィールド、即ちディズレイリの『コンタリニ・フレミング』の翻訳『昆太利物語』に倣って自身の生い立ちの記を物語ろうとしていたことは、すでに注記した通りである。（本章第一節註（35）参照）。

(19)透谷がわざわざバイロンによるルソー評を引用したことについては、もう一つ別の理由も考えられる。第一章で述べたように、兆民は、『革命前法朗西二世記事』（明治一九年）において「英吉利ニ在リテハロールドビロン、皆ルーソーノ詞藻ヲ祖述シ咀嚼脱化シテ別ニ一家ヲ成スコトヲ得タリ」と書いている。つまり兆民は、バイロンがルソーに親炙していた事実を知っていたわけである。透谷は、兆民のこの文章から、兆民が『チャイルド・ハロルドの巡礼』第三歌の中のバイロンによるルソー讃頌を読んでいる、と思い込んだのではないか。そして、ロマン主義の先駆者としてルソーを見る見方を兆民と共有すべく、兆民に直接呼びかけるようなかたちで、兆民もよく知っているであろう、バイロンのルソー讃頌の詩節からの引用を行なったのではないか。

(20)平岡昇「日本におけるルソー――その文学的影響について」［『平岡昇プロポⅡ』（白水社、昭和五七年）、四二六―四三一頁参照］。この点については、浜田泉も指摘するところである。浜田「北村透谷・ノート」［『ロマン主義文学の水脈』（緑地社、平成九年）、二〇六頁参照］。

(21)吉田精一「ルソーと日本の近代文学」（『現代思想』〈特集ルソー甦える狂気の聖者〉第二巻第五号、昭和四九年五月）、九三頁。

(22)この点について笹渕友一も、明治二三年時の透谷の評論文に触れつつ、透谷が「（当時の国会開設、地方制度改革、新劇場建設といった）社会の表面的現象に幻惑されないで、その根本問題を剔抉しうる具眼の士」を待望していたことを指摘している。笹渕前掲書（上）、一〇八頁。透谷の「具眼の士」待望論は明治二三年以降も持続し、それが警世の士としてバイロンを見るバイロン観の形成の基礎ともなったと推察される。

(23)透谷夫人のミナによる談話「『春』と透谷」（『早稲田文學』第三一号、明治四一年七月）には、「富嶽の詩神を思ふ」の意外な好評を前にした時の透谷の言葉として、「こんな花やかなものを書きさへすれば歓迎する、かう云ふ世の中だからいやだ、おれはこんなものを書くのが本領ではない」という憤慨の言葉がミナによって証言されている。『北村透谷集』、三二三頁参照。

(24)笹渕友一は、この「富嶽の詩神を思ふ」におけるバイロン言及を引きつつ、「透谷のバイロンへの傾倒が詩人、芸術家としてよりも実行の人、自由の戦士としてのバイロンに焦点を合はせてゐた」と論じている。笹渕前掲書（上）、三一三頁。だが、以上論じてきた理由から、この笹渕の見解には賛同できない。筆者は、「富嶽の詩神を思ふ」におけるバイロン言及の中にこそ、「詩人、芸術家として」の厭世的・内向的バイロン像と、「実行の人、自由の戦士として」の政治的・外向的バイロン像とを何とか統一しようとしていた透谷の腐心を見るのである。また本間久雄は、やはりこの「富嶽の詩神を思ふ」におけるバイロン言及に触れつつ、そこに透谷の、「豪宕不羈」「偶像破壊者」「所謂時代的憂欝の兒」としてのバイロンへの愛を読み取り、やや漠然としたかたちではあるが、厭世的・内向的バイロンと政治的・外向的バイロンの両方に渉る透谷の関心の表現を見て取っている。本間久雄「透谷とバイロン――英國浪漫派とわが明治文壇」［早稲田大学欧羅巴文学研究会（編）『浪漫思潮―発生的研究』（三省堂、昭和六年二月）、二三八頁］。

(25) 笹渕前掲書（上）、七六―七七頁参照。

(26) この透谷における内面性・思想性への傾斜の問題について、勝本清一郎は、「（透谷は）内面的事業を外形的事業で裏づけて、しかもなお一層前者の内面性を生かしてゆく構造を探る方向へと向わなかった」として、透谷における「内面の人と外面の人とが結合し得る精神構造」の欠如を見て取っている。勝本前掲書、二八頁参照。透谷の統一的バイロン像の模索の試みとその失敗は、確かに勝本の所謂「内面の人と外面の人とが結合し得る精神構造」の透谷における欠如を物語るものと言うことができるであろう。だが、勝本文は、やや透谷の「内面の人」としての側面を強調し過ぎているきらいがあるように思われる。透谷は確かに「外面の人」であるより「内面の人」であることは間違いないことであるが、「多情多恨」の愛国的自我詩人という自身のバイロン像を、「外形的事業」にも相渉った「内面の人」、且つ「内面的事業」にも相渉った「外面の人」として思い描こうとしていたわけであり、その意味で、透谷の統一的バイロン像の模索の試みは、透谷が「内面の人」と「外面の人」とが相互乗り入れする地点に理想的な人間像を想定していたことを示唆するものであったと言えるのである。

第二章　内なるバイロニック・ヒーローとの戦い

――北村透谷を中心に

第一節　『楚囚之詩』における『ションの囚人』受容とその射程

第一項　『ションの囚人』の翻案としての『楚囚之詩』

日本における英文学受容の歴史について考えた時、スウィントン（William Swinton, 1833-92）の『英文学研究』*Studies in English Literature*（一八八〇年）は、外すことのできないものの一つである。すでに指摘されている通り、この書は、明治前期の学生が英米文学を学ぶに際して、入門的教科書としてよく読まれたものであった。[1]この書には、当然のことながらバイロンについての章もあり、そこには、バイロンの肖像画と、テーヌの『英国文学史』の英訳本のバイロンの章からの抜粋、そして物語詩『ションの囚人』の原文が註解付きで載せられている。

ところで、北村透谷の『楚囚之詩』（明治二二年）が、この『ションの囚人』を元にして書かれた作品であることはよく知られている。もっと言えば、透谷の『楚囚之詩』は、バイロンの『ションの囚人』なしでは書かれ得なかった作品であった。透谷自身、そのことに関して『楚囚之詩』の「自序」の中で次のように語っている。

余は遂に一詩を作り上げました。大膽にも是れを書肆の手に渡して知己及び文學に志ある江湖の諸兄に頒たんとまでは決心しましたが、實の處躊躇しました。余は實に多年斯の如き者を作らんことに心を寄せて居ました。が然し、如何にも非常の改革、至大艱難の事業なれば今日までは默過して居たのです。或時は飜譯して見たり、又た或時は自作して見たり、いろ〳〵に試みますが、底事此の篇位の者です。然るに近頃文學社界に新体詩とか變体詩とかの議論が囂しく起りまして、勇氣ある文學家は手に唾して此大革命をやつてのけんと奮發され數多の小詩歌が各種の紙上に出現するに至りました。是れが余を激勵したのです、是れが余をして文學世界に歩み近よらしめた者です。（三頁）

ここで透谷は、『楚囚之詩』が、当時の西洋の詩をモデルとした新体詩創作の気運に刺戟されて作られた作品であり、「飜譯」と「自作」のあわいに成立した作品であるということを明らかにしている。ここで透谷が「飜譯」していたという作品が、『楚囚之詩』の中にその痕跡を色濃く残したバイロンの『ションの囚人』であることは論をまたない。「飜譯」と「自作」のあわいに成立した作品を翻案と言うのであれば、『楚囚之詩』はまさしく『ションの囚人』の翻案と呼ぶべき作品であり、その意味で『楚囚之詩』は『ションの囚人』なくしてあり得なかったと言える。

透谷がどのテクストで『ションの囚人』を読んだのかは定かではない。だが、衣笠梅二郎は、先に論及したスウィントンの『英文学研究』を透谷が読んだテクストとして推定している。(2) 確かに、透谷が数あるバイロン作品から『ションの囚人』を特に取り上げているという事実を重視した時、『ションの囚人』をバイロンの代表作として収録しているスウィントンの『英文学研究』を、透谷が参照したテクストと考えることは自然なことと言えるであろう。

だが、透谷が『ションの囚人』の翻案を思い立った理由は、たまたまそれが英文学入門書に収録されていたという理由だけだったのであろうか。『楚囚之詩』の「自序」の中の「或時は飜譯して見たり、又た或時は自作して見たり、いろ〳〵に試みますが」云々という言から察するに、どうもそうではないように思われる。この言の、「翻譯」でも「自作」でも自分にとっては本質的には大差ないのだ、とでも言いたげな口吻が、『ションの囚人』というバイロンの作品がすでに自身の言葉にならぬ内面の思いをある程度語ってくれているので、大々的な「自作」による改変は基本的には必要ない、という透谷の思いを物語るものであるように思われるからである。つまり、透谷による『ションの囚人』の翻案の試みは、たまたま手近にあったスウィントンの『英文学研究』に収録されていたという偶然以上の、もっと強い共感に支えられたものであったと考えられるのである。

『楚囚之詩』における『ションの囚人』の受容の問題に関しては、柳田泉が『楚囚之詩』を『ションの囚人』の「換骨奪胎」であると指摘して以来、[3]すでに多くの先行研究があり、『楚囚之詩』における『ションの囚人』受容の痕跡は、微細な点に至るまでほぼ洗い出されたと言うことができる。[4]だが、そもそも透谷が『ションの囚人』のどのようなところに共感を抱いたのか、という本質的な問題については、論者の見解は一致を見るどころか各人各様で混沌を極めている、というのが実情である。主なものを挙げれば、高木市之助は、透谷の『ションの囚人』の共感の背後に、透谷とバイロンの「氣質の上の呼應」を見て取っている。[5]そしてこの高木の見解を受けた笹渕友一は、高木の所謂「氣質の上の呼應」を、両者の生い立ちや境遇の類似によって裏付けながら、透谷の当時の文学意識が政治的、社会的、倫理的理想と結びついていた事実などをも確認し、「バイロンの虚無と苦悩とから透谷が感化を受けてゐるばかりでなく、バイロンの自由、解放への憧憬に深い共感を喚び起されてゐる」と論じている。[6]また、吉武好孝は、この笹渕の見解の後半の方に力点を置きつつ、『楚囚之詩』における『ションの囚人』受容の中に、厭世詩人としてのバイロンではなく、どちらかと言うと急進的自由主義の政治詩人としてのバイロンに対する共感を読み取っている。[7]

一方、自由主義詩人バイロンに対する共感より、寧ろ作品としての『ションの囚人』に対する共感の方に力点を置く見解も提出されている。例えば、佐藤善也は、キリスト教精神に基づく透谷の自由主義の精神と、キリスト教精神に反逆するバイロンの自由主義の精神とは決定的に相違している、と指摘し、そこから、透谷が自由解放の反逆的詩人としてのバイロンその人にはさして注意を払っておらず、むしろ純粋に詩作品としての『シヨンの囚人』における苦悩のイメージ（の一部）に共感していた、と述べている。(8) あるいは、桶谷秀昭は、テーヌのバイロン論の受容など、『シヨンの囚人』の周辺からもバイロンの影響の痕跡を確認しながら、透谷とバイロンの間の「厭世感」を軸とする「気質的吻合」の事実を重視しつつ、『楚囚之詩』における『シヨンの囚人』受容は、透谷の暗さと、『シヨンの囚人』にイメージ化されたバイロンの暗さが共鳴した結果であった、と論じている。(9) だが一方、これとは逆に、『楚囚之詩』の作品世界を「バイロンと透谷の気質の呼応などといってはすまされないほど明るい」というかたちで、『楚囚之詩』と『シヨンの囚人』の作品世界の同質性ではなく差異性を強調しつつ、そもそもバイロンに対する透谷の共感それ自体にあまり意義を見出していない平岡敏夫のような見解もあり、(10) 作品としての『シヨンの囚人』に対する透谷の共感の度合いに対する見解も論者によって様々である。

このように、『シヨンの囚人』という作品に対する透谷の共感の内実については、諸説入り乱れているというのが実際の状況である。これは恐らく、『楚囚之詩』における『シヨンの囚人』の受容について論じた多くの論者が、『楚囚之詩』の中にバイロンあるいは『シヨンの囚人』に対する透谷の共感の内実を見極めるということに問題意識を集中させず、寧ろ逆に、『シヨンの囚人』に対する共感から外れたところに透谷の独自性、独創性を見出そうとしているというところに、その原因があるであろう。透谷にとって『シヨンの囚人』は、『楚囚之詩』という独自的、独創的作品を創造するための単なる触媒にすぎなかった、とする見方が大勢であるように思われるのである。(11)

だが、『楚囚之詩』における『シヨンの囚人』の影を、透谷の独自性、独創性を浮き出させるための単なる手段のように扱うことには問題がありはしないだろうか。これは、『楚囚之詩』が西洋の詩歌の形式や詩的精神に範を求めた新体詩の系譜に属する作品であるという事実、『楚囚之詩』が『ションの囚人』の「飜譯」と「自作」のあわいにおいて成立した翻案作品であるという紛れもない事実を、不当に軽視するものであるように思われる。

透谷の独自性・独創性は、何も、バイロンの『ションの囚人』からの離反の相のみに表れているのではない。透谷という主体が、『ションの囚人』という他者の作品をどのように主体的に読み、どのように感情移入し、どのように翻案していったのか、という接近の相にも表れているはずである。[12] 本節では、透谷の『楚囚之詩』がバイロンの『ションの囚人』の翻案作品であるという前提に立ち、透谷の『ションの囚人』に対する共感の所在をその受容の手つきから探り出し、『ションの囚人』の翻案を通して透谷がなぞろうとした自身の内面とは一体何であったのか、という問題について明らかにしてみたい。[13]

第二項　『ションの囚人』と『楚囚之詩』

(一)『ションの囚人』について

まずは、『楚囚之詩』における『ションの囚人』受容のありようを検討する前に、そもそも『ションの囚人』とは一体どのような作品なのか、という問題について説明しておこう。

『ションの囚人』とは、一八一六年、流浪の身にあったバイロンがスイスのレマン湖畔に滞在していた折に書いた作品であり、サヴォワ家の圧制に反抗した咎でション城の地下牢に幽閉されたジュネーヴの宗教改革者フランソワ・ボニヴァール（François Bonivard（or Bonnivard), 1496-1570）に取材した、一四連からなる物語詩である。その内容は、獄中、ボニヴァールと目される囚人の語り手が、一緒に投獄された二人の弟と死に別れるのみならず、その屍をまともに埋葬すらさせてもらえないという悲惨な獄中生活の中で、ありとあらゆる希望を失い、物語の最後釈放の時を迎えても全く喜びを感じることなく、廃人のようになって出獄してゆく、という非常に暗いものである。

バイロンがこのような暗い作品を書いたについては、当時のバイロンの実生活の状況が大きく関係していると推測される。「はじめに」においてすでに触れた通り、バイロンは一八一五年、貞淑な貴族の娘アナベラ・ミルバンクと結婚し、一女をもうけたが、この結婚は一年ほどで破局を迎えることになる。原因は、妻に対するバイロンの粗暴で異常な振る舞いや、異母姉のオーガスタとの近親相姦の疑惑などにあった。バイロンはこの破婚の際の醜聞によって、イギリスの社交界から厳しい非難に曝され、ついに一八一六年四月二五日、追われるように祖国イギリスを後にする。そうして流浪の身になったバイロンは、ドーヴァー海峡を渡り、ベルギーからライン河を下ってスイスに赴くことになるのだが、その旅の道程で書いたのがこの『ションの囚人』であった。この『ションの囚人』とほぼ同時期の、一八一六年前後に書かれた、『チャイルド・ハロルドの巡礼』第三歌、「暗黒」"Darkness"、「夢」"The Dream"、『マンフレッド』などの諸作品には、祖国を追われた当時のバイロンの内面を反映してであろう、一様に、孤独と憂愁と疎外と厭世の気分が濃厚に落ちている。中でも、『ションの囚人』の、獄中の暗闇がそのまま反映したかのような作品世界の絶望的なまでの暗さは、その代表的なものと言うことができる。

そんな『ションの囚人』の作品世界の暗さを最もよく表していると思われるのが、最終連である第一四連の詩行である。すでに述べたように、この連に至るまでに『ションの囚人』の語り手は、精神的な苦しみの中で自発的、能動的な精神の働きの一切を失った孤独な虚無的人物になり果ててしまっているわけだが、そんな彼のもとに、ある日獄吏がやって来て、彼を獄の外に連れ出す。以下は、その場面を歌った第一四連の全詩行である。

It might be months, or years, or days—
  I kept no count, I took no note—
I had no hope my eyes to raise,
  And clear them of their dreary mote;
At last men came to set me free,
  I asked not why, and recked not where,
It was at length the same to me,
Fettered or fetterless to be,
  I learned to love despair.
And thus when they appeared at last,
And all my bonds aside were cast,
These heavy walls to me had grown
A hermitage—and all my own!
And half I felt as they were come
To tear me from a second home:
With spiders I had friendship made
And watched them in their sullen trade;
Had seen the mice by moonlight play—

And why should I feel less than they?
We were all inmates of one place,
And I, the monarch of each race,
Had power to kill; yet, strange to tell!
In quiet we had learned to dwell—
My very chains and I grew friends,
So much a long communion tends
To make us what we are:—even I
Regained my freedom with a sigh.

（三九四—三九五頁）(14)

どれくらいの年月が経ったことか、あるいは数日のことだったかもしれない。——
私は数えることを止め、記録も取っていなかった。
私は、目を上げたいとも思わなくなり、
目を覆うわびしい埃を拭い去りたいとも思わなかった。
ついに、男たちが私を解放しにやってきた。
私は何故とは尋ねず、どこに行くのかも頓着しなかった。
鎖に繋がれていようがいまいが、
結局のところ私にとってそれは同じことであった。
私は絶望を愛することを覚えた。

だから、彼らがようやく現れ、
私の全ての足枷が取り払われた時には、
これらの重々しい壁は、私にとって一個の隠者の住まいになってしまっていた。
全く私だけの住まいに。
それなので私は、彼らが私を第二の家から私を引き離すために
やって来たように半ば感じたのであった。
蜘蛛とも、私は友達となり、
彼らがむっつりと生業を営むのを見つめ、
月明かりに鼠たちが遊ぶのも眺めたものであった。
ああ、彼らより私が感じることが少ないとは一体どうしたことだろう？
私たちは皆、一つ所に住まう仲間であった。
そして、私はと言うと、全ての種の専制者、
生殺の権を握っていた。しかし、ああ何たることか！
平穏に、私たちは暮らすことを覚えていた。
あの私の鎖と私は、友達になっていた。
かくも長かった交わりによって、
私たちは、今あるような私たちになったのであった。
だからこの私ですら
自由を取り戻した時は溜息をついたのだった。

ここでイメージ化されているのは、漸くにして手に入れることのできた自由に喜びを感じることすらできないほど精神が荒廃してしまった一人の廃人の姿である。彼は、絶対的に不自由な環境の中で、自由を希望することが却って絶望を深めることになる、という諦念に達し、寧ろ今ある不自由をありのままに受け入れ、現在の「絶望を愛することを覚え」ることこそが、さらなる絶望の深まりを回避できる唯一の手段である、と考えていたのであった。だからそのような彼にとって、獄吏によってもたらされた新たな自由な未来は、永年待ちわびた希望であるどころか、現在の安寧をかき乱すという意味で、更なる絶望でしかなかった。つまり彼は物語の最後の場面で、絶望への愛（及びそれによるさらなる絶望の回避）という唯一の希望にも絶望することを余儀なくされる。そして何かを積極的に希望することはもちろん、絶望に安住することすら許されない、絶対的に不幸な人間になり果ててしまうわけである。この最終連において、バイロンは、獄内の暗闇が囚人の精神の内部を徐々に蝕みながら黒々と絶望に染め上げてゆき、そして最終的には囚人の精神の輪郭線すら消し去って、彼を暗黒の虚無の中に呑み込んでしまうという悲惨な成り行きを見事にイメージ化している。

このように、語り手の囚人がため息をついて自由を取り戻すという、『ションの囚人』のアイロニカルな結末は、（ため息をつくというところに一抹の感傷的な甘さは感じられはするものの）、肉体の自由が極度に制限された牢獄という環境の中で、精神の自由な働きのみならず、精神それ自体を喪失してしまった、一個の生ける屍としての虚無的人間《ニヒリスト》が誕生する瞬間を描き出したものと言うことができる。希望の対象であったはずの自由が絶望を深めるもの以外の何物でもなくなるという不条理の中で醸成されるニヒリズム、恐らくそれが、『ションの囚人』の主題であった。そして、語り手の最後の出獄の場面は、慣れ親しんだ場所としての牢獄から、牢獄の外の虚無の世界へと追放されてゆく哀れな男の姿を描き出したものであったのである。

祖国を追われるように流浪の身になっていたバイロンが、そのような追放者としての『ションの囚人』の語り手に強く感情移入していたであろうことは、恐らく間違いないことであろう。そしてこのニヒリズムへの追放（とその結果としての流浪）という主題が、そのような過酷な追放者としての運命を自分に強いる超越的な力への対決という主題に発展し、『マンフレッド』や『カイン』といった形而上的劇詩（metaphysical drama）を生んでゆくことになるのである。つまり、『ションの囚人』は、詩人バイロンその人の実生活上（形而下）の苦悩を基にしながらも、それが思想上（形而上）の苦悩にまで発展してゆく萌芽も含んだ、ニヒリズムへの追放という主題をイメージ化した作品ということになるわけである。

（二）『楚囚之詩』について

では、次に北村透谷の『楚囚之詩』について見てみよう。『楚囚之詩』とは、透谷が明治二二年四月に刊行した、全一六連からなる物語詩であり、おおよそ次のような内容の作品である。

語り手の「余」は、「曾つて誤つて法を破り／政治の罪人《つみびと》として捕ハれ」ている。「余」は、国事犯の壮士たちの首領であり、仲間と妻とともに獄につながれている。獄中で「余」たちは衰弱し切っているが、故郷の自然を思ったり過去の甘美な思い出を紡いだりしながら、なんとか苦しい状況に耐えている。だがある朝、目覚めてみると、「余」の前から仲間も妻も消えており、「余」は孤独感と絶望感に打ちひしがれる。「余」は、獄舎に迷い込んだ蝙蝠に親愛の情を持ったり、獄舎の軒にとまった鶯の鳴き声に慰められたりする。しかし結局、現実の不自由をめぐる絶望の思いに帰らざるを得ない。「余」は、死をすら願うまでに心身ともに衰弱するが、ある日、「大赦の大慈《めぐみ》」によって、晴れて解放の身となる。出獄した「余」は、先に出獄していた花嫁や仲間たちに迎えられ、仲間ともども感涙にむせび泣く。そしてそんな彼らを祝福するかのように、「先きの可愛ゆき鶯も爰に來りて／再び美妙の調べを、衆《みな》に聞かせ」る――。

この最後の国事犯の語り手が出獄する場面は、『楚囚之詩』刊行の約二ヶ月前に、大日本帝国憲法発布に伴う大赦によって、大阪事件の首領格である大井憲太郎（一八四三―一九二二）、小林樟雄（一八五六―一九二〇）、景山英子（一八六五―一九二七）らが釈放されたことに取材したものと推定される。[15] この意味で『楚囚之詩』は、平岡敏夫が言うように、民権壮士を主人公とする政治小説的要素を含む物語詩とも言うべき作品である。[16]

すでに述べたように、『楚囚之詩』は『シヨンの囚人』の翻案であるから、語り手の置かれた境遇や物語の展開といった大枠の部分は、両者共通している。試みに両者の共通点、類似点を列挙すれば、おおよそ以下の通りである。[17]

①語り手が体制への反逆集団の首領格であり、投獄されている。
②物語の中盤で、同志が語り手の前から何らかの理由で姿を消し、語り手が極度の悲しみと絶望感に打ちのめされる。
③物語の後半で、心身ともに弱り果てた語り手が、外から聞こえてくる鳥の声の中に同志の声を聞いて、一時慰めを得るが、その後かえって絶望感を深くする。
④物語の最後で語り手が釈放される。

だが、両者の共通点、類似点は、こういった物語の大枠においてばかりではない。すでに多くの先行研究によって指摘されている通り、細かい措辞の上でも数多の類似点、共通点が存在している。無論、『楚囚之詩』には、『シヨンの囚人』には見られない、透谷による全くの「自作」の部分もあるわけであるが、[18] 基本的に透谷が

『ションの囚人』に大きく寄りかかりつつ、『楚囚之詩』を構成しているということは議論の余地のないところである。

　だが、『楚囚之詩』の物語が、『ションの囚人』のそれから内容的に大きく外れるのが、語り手の囚人の出獄を描いた、幕切れの場面である。以下に、その場面を歌った『楚囚之詩』最終連である第一六連の全詩行を引用する。

鶯は余を捨てゝ去り
余は更に快欝に沈みたり。
春は都に如何なるや？
確かに、都は今が花なり！
　斯く余が想像《おもひ》中央《なかば》に
久し振にて獄吏は入り来れり。
遂に余は放《ゆる》されて、
大赦の大慈《めぐみ》を感謝せり
門を出れば、多くの朋友、
　集ひ、余を迎へ来れり、
中にも余が最愛の花嫁は、
　走り来りて余の手を握りたり、
彼れが眼にも余が眼にも全じ涙——

又た多數の朋友は喜んで踏舞せり、(ママ)
先きの可愛ゆき鶯も爰に來りて
再び美妙の調べを、衆《みな》に聞かせたり。
（一〇頁）

この『楚囚之詩』の結末の場面は、主人公の語り手の牢獄からの解放という、『シヨンの囚人』と同一の出来事を描きながら、『シヨンの囚人』とは全く異なる語り口で歌っているくだりである。すでに述べた通り、『シヨンの囚人』の結末は、不自由であることの絶望を愛するまでになった語り手が、自由の回復によって却って精神の安寧を奪われ虚無に陥る、という皮肉で暗鬱なものであった。だが、この『楚囚之詩』の最終連は、そのような皮肉で暗鬱な結末を歌ったものではなく、逆に非常に素直で明るい結末を歌ったものとなっている。特に、『楚囚之詩』の「遂に余は放されて、／大赦の大慈を感謝せり」という詩句と、『シヨンの囚人』の末尾の「私はため息をついて自由を取り戻したのであった」(even I / Regained my freedom with a sigh.) という詩句は好対照をなしている。『楚囚之詩』の「遂に余は放されて」云々という詩句の「遂に」には、やっとの思いで自由を獲得することのできた語り手の素朴な喜びが横溢しており、一方、『シヨンの囚人』の「私はため息をついて」云々という詩句の「ため息」には、やっとの思いで飼い馴らした不自由を他人に強制的に奪い取られることの屈折した悲しみが漂っている。ここには、『楚囚之詩』と『シヨンの囚人』の作品世界の明暗が際立って表れていると言える。

『楚囚之詩』の結末が『シヨンの囚人』のそれと正反対のものになったについては、いくつかの要因が考えられる。まず、最も直接的な要因として考えられるのは、その結末の場面のモデルとなった、実際の民権壮士らの釈放の光景が歓喜に満ちたものであったという事実があるだろう。つまり、透谷が『楚囚之詩』の作品世界を実際の現実世界に合わせて改変を行なった、ということである。

透谷は、『楚囚之詩』の自序において、「又た此篇の楚囚は今日の時代に意を寓したものではありませぬ」（三頁）云々と書き、あたかも自分が『楚囚之詩』を書くに当たり、現実世界の出来事との照合を全く勘案しなかったかのように仄めかしている。だが、すでに指摘した通り、『楚囚之詩』の最終連で突如なされる「大赦の大慈」が、明治二二年の大日本帝国憲法発布に伴う恩赦をふまえたものであることは、時期的な符合から言ってもまず明らかである。少なくとも同時代の読者ならば、この最終連での「大赦の大慈」という言葉に、現実に行われた直近の「大赦の大慈」である憲法発布の際の恩赦を想起したはずである。実際、平岡敏夫は、明治二二年二月一一日の大井憲太郎らの出獄の模様を伝える新聞記事や、福田（当時景山）英子著『妾の半生涯』（明治三七年）の後年の回想が伝える世間の興奮ぶりが、『楚囚之詩』の結末において描かれたものと同質のものであったという事実を指摘している。[19] 恐らく透谷は、最後の結末の場面に関して、『楚囚之詩』の物語を、『ションの囚人』の方にではなく、現実世界の方に合わせるということをしており、そうすることで、作品世界のリアリティーを確保しようとしたと考えられる。[20]

また、このように『楚囚之詩』の作品世界を現実世界に合わせた結果、透谷の中で生じたであろう心理的な問題も、『楚囚之詩』の結末が『ションの囚人』のものとは違って明るいものとなった要因の一つであったろう。心理的な問題とは即ち、所謂モデル問題をめぐる後ろ暗さの問題である。

透谷は、明治一八年頃、親友の蒼海大矢正夫（一八六三―一九二八）から大阪事件の計画を知らされ、それへの参加を求められたものの、断っている。朝鮮に革命を起こして日本国内を混乱させ、その機に乗じて自由民権運動を一気に拡大するという荒唐無稽な計画に、透谷が何らの積極的な意義も有効性も見出せなかったことは、容易に察することができる。だが、それにもかかわらず、その誘いを断るのに透谷が大いに逡巡と苦悩を感じていたらしいのは、親友の信頼を裏切ることへの躊躇と、臆病で卑怯な戦線逃亡者と見られることへの葛藤があったからであろう。[21]だが結局、透谷は、親友を裏切り戦線から離れる道を選ぶ。透谷の主観からすれば、第一章第三節においても指摘したように、無意味に暴徒化する自由民権運動に自分の方から三下り半を突きつけ、自発的にそこから離脱した、ということであったようだが、このような決断をすることで、客観的には、事を構える前に運動から落伍したと判断されて仕方のない立場に自身を追いやってしまってしまったのであった。

そのような透谷が、大阪事件に直接に関わり国事犯として囚われの身になった、親友の大矢を含む民権壮士らに対して、強烈な疚しさ、後ろめたさを抱いていたことは想像に難くない。このことは、平凡なことだが大事なことと思われる。[22]この透谷における民権壮士らに対する後ろ暗さを重視するならば、憲法発布に伴う大赦で釈放される民権壮士を彷彿とさせるイメージを作中に描き出しながら、ニヒリズムへの永久追放という『シヨンの囚人』の陰惨な結末のままに『楚囚之詩』の物語を終わらせるという選択肢は、透谷にはそもそも残されていなかったと言えるであろう。もしそのような虚無的で陰惨な結末にしていたなら、透谷は、自分は戦線逃亡して身を安全な場所に置きながら、事件に直接携わったかつての同志たちに対して惻隠の情すら持たない薄情者として指弾されること必定だったからである。それだけではない。透谷自身がそもそも彼らに後ろ暗さを感じていたはずであるから、過去の自分の日和見と現在の自分の薄情を誰よりも強く自責し、ますます強くなった彼らに対する後ろ暗さに耐えられなかったに違いない。

このように考えてくると、透谷が、『楚囚之詩』を「曾つて誤つて法を破り／政治の罪人として捕はれたり」と書き出し、作品世界の中に現実の民権壮士の影をちらつかせた時点で、『楚囚之詩』の結末を、『シヨンの囚人』のような絶望的な結末とは違ったものにしなければならなかったのは、ある意味ほぼ既定路線であったと見ることができる。「政治の罪人」とならず、牢獄の外の俗世間で市民的自由を享受できていた自分に、刑期を終えた「政治の罪人」に対して、ニヒリズムへの永久追放という残酷な運命を宣告する資格などありはしない。しかも親友の大矢はいまだ獄中にあって、ニヒリズムに転落する危機と戦っているではないか[23]――。恐らくそう考えた透谷は、政治運動からの落伍者としての自身の負い目を覆い隠すためにも、『楚囚之詩』を、釈放された「政治の罪人」が歓喜の中で出迎えられる場面で終わらせ、モデルとした国事犯の民権壮士の苦闘を称えるふりをしつつ、かつての同志と密やかな和解を行なおうとしていたのではないか、と推測されるのである[24]。

『楚囚之詩』は、幕切れの直前までほぼ忠実に『ションの囚人』をなぞりながら、最後の最後で現実世界に自らを合わせることによって、暗鬱で虚無的な物語から明るく希望溢れる物語へと一気に反転するということをした物語詩である。言い換えれば、透谷は、『ションの囚人』という虚構と、明治二二年の憲法発布に伴う恩赦という現実とを複眼的に捉えつつ、『楚囚之詩』という物語の一個の像を結ぼうとしたのであった。そこには透谷の様々な思惑が交錯していたと考えられるわけだが、兎も角そのような試みの結果、『楚囚之詩』は、ニヒリズムへの永久追放を主題としていた『ションの囚人』の物語とは正反対の、ニヒリズムからの解放を主題とする物語として生まれ変わることとなったのである。

第三項　『楚囚之詩』における透谷の自我の問題

では、何故透谷は、ニヒリズムへの永久追放という『ションの囚人』の主題を最後の最後で反転させるほどの大胆な翻案に踏み切ったのであろうか。『ションの囚人』から『楚囚之詩』への改変には、現実世界の出来事を作中世界に盛り込むことによって生じた、他者に対する配慮、外部の現実世界に対する配慮という消極的な理由しかなかったのだろうか。そこには、透谷自身の自我の内発的な欲求に即した積極的な理由はなかったのだろうか。

この問題について明らかにするためには、まず前提として、『楚囚之詩』の物語全体における作者透谷の自我の位置づけ及びその内実について見極めておく必要があるだろう。透谷は、『楚囚之詩』においてどのように自身の自我を表現したのか、ということに関して、『楚囚之詩』「自序」の中で次のように述べている。

> 元とより是は吾國語の所謂歌でも詩でもありませぬ、寧ろ小説に似て居るのです。左れど、是れでも詩です、余は此様にして余の詩を作り始めませふ。又た此篇の楚囚は今日の時代に意を寓したものではありませぬから獄舎の模様なども必らず違つて居ます。唯だ獄中にありての感情、境遇などは聊か心を用ひた處です。（三頁）

ここで透谷は、自分は実際に政治犯として囚われの身になったことがなく、実際の囚人や実際の牢獄の具体的な外的状況については詳らかにすることはできなかったが、「獄中にありての感情、境遇」といった、囚人の自我のありようについては「聊か心を用ひ」て共有するように努めた、ということを述べている。つまり、ここで透谷が言っているのは、自分は自身の内なる「獄中にありての感情、境遇」を手掛りとしながら、『楚囚之詩』の主人公の語り手の「獄中にありての感情、境遇」に思いを馳せ、それをイメージ化したのだ、ということであるわけである。これは、逆の言い方をすれば、『楚囚之詩』の主人公の「獄中にありての感情、境遇」の中には、透谷自身の牢獄意識、閉塞感に苦悩する自我のありようが表現されている、ということである。つまり、『楚囚之詩』は、「政治の罪人」の囚人を主人公とした物語詩であるが、その主人公の身体の内部には「政治の罪人」にならなかった作者透谷の自我が息づいているということになるわけである。

では、透谷が「政治の罪人」の主人公という外装の裡面で隠微に表現していた透谷固有の自我とは、一体いかなるものであったのだろうか。実は、透谷固有の自我の内実が、「政治の罪人」の主人公の身体性の裂け目から生々しく顔をのぞかせていると見ることができるくだりがある。それは、主人公の語り手を慰める鶯が登場する『楚囚之詩』の第一四連から最終連の第一六連までの一連のくだりである。

このくだりについて若干説明を加えておこう。第一四連、妻や仲間たちが忽然と獄内から消えてしまって絶望に打ちひしがれている主人公の語り手の「余」のもとに、一羽の鶯が訪れる。牢獄の窓のすぐ傍まできたその鶯は、獄の外から涼やかな美しい声で囀り、荒みきった「余」の心を慰めるのであった。「余」は、鶯の声に聞き惚れながら、この鶯は妻の霊の化身ではないか、あるいは自分を慰めるために自分のもとに遣わされた神の使いなのではないかと思う。以下は、そのくだり（第一五連）である。

鶯は再び歌ひ出でたり、
　余は其の歌の意を解き得るなり、
百種の言葉を聴き取れば、
　皆な余を慰むる愛の言葉なり！
浮世よりか、將た天國より來りしか？
余には神の使とのみ見ゆるなり。
嗚呼去りながら――其の練《な》れたる態度《ありさま》
恰かも籠の中より逃れ來れりとも――
若し然らは《（ママ）》……余が同情を憐みて

来りしか、余が伴たらんと思ひて？
鳥の愛！　世に捨てられし此身にも！　（一〇頁）

この場面の描写は、すでに多くの先行研究によって指摘されている通り、[25]『ションの囚人』第一〇連の場面、即ち、やはり『楚囚之詩』の鶯と同じように獄舎の傍にやって来た一羽の青い鳥の歌声に、主人公の語り手が慰められる場面を基にしたものである。以下、そのくだりを引用する。

A lovely bird, with azure wings,
And song that said a thousand things,
　And seem'd to say them all for me!
I never saw its like before
I ne'er shall see its likeness more:
It seem'd like me to want a mate,
But was not half so desolate,
And it was come to love me when
None lived to love me so again,
And cheering from my dungeon's brink,
Had brought me back to feel and think.
I know not if it late were free,

Or broke its cage to perch on mine,
But knowing well captivity,
Sweet bird! I could not wish for thine!
Or if it were, in winged guise,
A visitant from Paradise;
For—Heaven forgive that thought! the while
Which made me both to weep and smile;
I sometimes deemed that it might be
My brother's soul come down to me;

空色の翼の可愛らしい一羽の鳥、
そして千もの事柄を語る歌、
　それは全て私のために語っているようであった！
私は未だかつてそのようなものに出会ったことがなかった。
そしてまたそのようなものに今後出会うこともないであろう。
それは私に友達になって欲しいようであった。
それほどわびしげではなかったけれども。
それは私を愛するために来てくれたのであった。
誰も私のことなんか二度と愛してくれやしないというのに。

（三九一頁）

私の獄舎の軒から聞こえてくる声援は、
私を感覚や思考に再び引き戻してくれたのであった。
私は、それが最近自由の身になったのか、
あるいは籠を破って私のところにやってきたのか、それは知らない。
だが、囚われの身であるということがいかなることであるか知っているなら、
愛すべき鳥よ！　どうしてお前が再び囚われることを私が望むなどということがありえよう！
あるいは、もしかしたらあれは、鳥の姿をしてはいるけれども、
楽園からの使者であるかもしれない。
なぜなら、神よ、こんなことを考えてしまってどうぞお許しください！
私を泣かせもし、また笑わせもした時、
私は時々夢想した、あれはもしかしたら、
私のところにやってきた私の弟の魂ではないかと。

この『シヨンの囚人』第一〇連を読むと、『楚囚之詩』第一五連の詩行がいかに『シヨンの囚人』第一〇連に依拠したものであるかがわかるであろう。(26) 例えば、『楚囚之詩』の、鶯に慰められる心持を述べた「百種の言葉を聴き取れば、／皆な余を慰むる愛の言葉なり！」という箇所は、『シヨンの囚人』の「そして千もの事柄を語る歌、／それは全て私のために語っているようであった！」(And song that said a thousand things, / And seem'd to say them all for me !) という箇所を、「千」を「百」に変えつつ、ほぼそのまま「飜譯」したものである。「浮世よりか、將た天國より來りしか？／余には神の使とのみ見ゆるなり」という箇所も、「神の使」と「楽園からの使者」

という表現上の違いこそあれ、「あるいは、もしかしたらあれは、鳥の姿をしてはいるけれども、／楽園からの使者であるかもしれない」(Or if it were, in winged guise, / A visitant from Paradise;) という箇所を、ほぼそのまま受けたものである。また、鶯の人慣れした様子を述べた「嗚呼去りながら――其の練れたる態度／恰かも籠の中より逃れ來れりとも――」という箇所は、「私は、それが最近自由の身になったのか、／あるいは籠を破って私のところにやってきたのか、それは知らない」(I know not if it late were free, / Or broke its cage to perch on mine,) という箇所をふまえたものであり、「また若し然らば……余が同情を憐みて／來りしが、余が伴たらんと思ひて？／鳥の愛！　世に捨てられし此身にも！」という箇所も、「それは私に友達になって欲しいようであった。／それほどわびしげではなかったけれども。／それは私を愛するために来てくれたのであった。／誰も私のことなんか二度と愛してくれやしないというのに」(It seem'd like me to want a mate, / But was not half so desolate, / And it was come to love me when / None lived to love me so again,) という箇所をほぼ「飜譯」したものと解することができるものである。このように、『楚囚之詩』において鶯が登場する場面の描写は、『ションの囚人』において青い鳥が登場する場面の描写に負うこと甚だしく、ここで透谷が『ションの囚人』をほぼ「飜譯」しながら『楚囚之詩』を書いているということがわかる。

この事実は、一見すると、透谷が『楚囚之詩』の鶯の場面の描写において、ただ単に『ションの囚人』の表現をなぞっただけで、自身の固有の自我をそこに積極的に表現してはいないということを示唆しているかのようである。だが、実はこの場面の描写にこそ、透谷の固有の自我が積極的に表現されていると見ることができるのである。(27)

透谷は、『楚囚之詩』の約一年前、明治二一年一月二一日付石坂ミナ（後の透谷夫人）宛書簡の中で次のように述べている。

喃々たるアンゼルの數語ハ全く余の頑心を解放したり、悉く驕傲の念を脱却せしめたり、茲に至つて世に尽くし民に致さんとするの誠情ハ悖然として旧に歸れり、己れの權力を弄バんとするの義俠心にあらずして眞理の兵卒たらんと望むの愛國心なり、我が技量を試みんとするにハあらずして、神の眞意を世に行ハんと欲するの至情なり、天下を以て功名を戰ハすの廣野となさんとするにハあらずして、邦國を以て、神の聖德を頌たんと思ふの微意にあるのみ、アンゼルハ來りて、余を勵まし生きかへらしめたり、アンゼルは來りて、神の余に敎へたる言葉を無言の中に傳へたり、余は神の意に從つて生命を決す可し、余ハ余の心を清めて神の命令を受け入れたり、（三〇一頁）

ここで透谷は、かつて自分が「世を憤るの餘り遂に世を抛ち捨てた」際、そのことをミナに非難され、彼女から「我を遣ひ玉ふ眞の神の言葉を聞け」と教え諭されたこと、そしてその結果、宗教的回心を体験し、キリスト教信仰に目覚めるに至ったという経緯について語っている。すでに述べた通り、透谷は、明治一八年頃、親友の大矢の誘いを断って自由民権運動から離脱したわけであったが、明治二〇年八月一八日付石坂ミナ宛書簡によれば、その後の透谷の歩みは、旅に出たり、「脳病」を患ったり、小説家たらんと夢見たり、商業に従事しようとしたりと、迷走にも似たものであった。透谷はこの書簡を出した約三ヶ月後、右の引用の文章を含む明治二一年一月二一日付石坂ミナ書簡において、政治から足を洗った後の自身の青春の迷走をミナの言葉のお蔭で終わらせることができ、また、漸く自分自身を「頑心」や「驕傲の念」から解放させることができた、と述べている。ミナこそ自分をこの世の地獄から神の道へ導いてくれたかけがえのない存在だ、とミナに感謝の言葉を捧げているのである。

このミナに対する感謝の言葉の中で特に注目しておきたいと思うのが、「アンゼルハ來りて、余を勵まし生きかへらしめたり、アンゼルハ來りて、神の余に教へたる言葉を無言の中に傳へたり」という一文である。この一文は、ミナを「アンゼル」（angel）、即ち神の使者と見なし、ミナの言葉の中に神の言葉を聞く透谷の意識のありようを述べたものであるが、木村幸雄も指摘する通り、これは、先に引用した『楚囚之詩』の第一四連及び第一五連の「余」のイメージ、即ち、鶯を妻の霊の化身や「神の使」と思いなし、その囀りに慰めの愛の言葉を聞き取る「余」のイメージを髣髴とさせるものである。(28) 閉塞状況に苦しむ男が自分に投げかけられた慰めの〈言葉＝声〉の中に、自分が愛する女性の〈言葉＝声〉と、超越的存在としての神の〈言葉＝声〉との交響を聞く、というイメージを描出している点で、この書簡の一文と『楚囚之詩』第一四連及び第一五連の詩行は非常に親近性があるからである。

この両者のイメージの共通性、類似性が示唆するもの、それは、『楚囚之詩』における鶯が登場する場面のイメージが、明治二一年一月二一日付ミナ宛書簡において語られている、ミナの言葉を契機とする透谷の宗教的回心の体験を踏まえたものであろう、ということである。(29) つまり、『楚囚之詩』の中の、「神の使」である鶯の言葉に慰められる「余」のイメージには、「アンゼル」であるミナの言葉に慰められる透谷自身の姿が仮託されているのではないか、ということなのである。(30)

先に、『楚囚之詩』における鶯の登場の場面が、『ションの囚人』における青い鳥の登場の場面をほぼそのまま「飜譯」したものだ、ということを述べたが、恐らく透谷は、『ションの囚人』を読んだ時、『ションの囚人』の「楽園からの使者」としての青い鳥のイメージに、自身がかつてミナ宛書簡において描き出した「アンゼル」としてのミナのイメージに通じるものを、すでに感じ取っていたのだと思われる。そして、『ションの囚人』の青い鳥のイメージに、「アンゼル」としてのミナのイメージを恣意的に読み入れつつ、それを『楚囚之詩』の鶯のイメージとして新たに造型し直すということをしたのだと推測される。このことは、透谷が、青い鳥の囀りに慰められる『ションの囚人』の主人公のイメージに、ミナの愛の言葉に慰められる自身のイメージを読み入れ、それを鶯の囀りに慰められる『楚囚之詩』の主人公の「余」のイメージに造型し直していたと考えられるということを意味するものであった。(31)

つまり、透谷は『ションの囚人』の主人公を閉じ込めるション城の牢獄を、自身を八方塞の閉塞状況に陥れていた「頑心＝驕傲の念」という観念の牢獄として捉え直しつつ、『ションの囚人』の物語を、観念の牢獄の中で呻吟する透谷固有の自我の物語である『楚囚之詩』に生まれ変わらせる、ということをしていたと推察される。このような自己劇化の意識を伴う『ションの囚人』の翻案の営みは、透谷に自分自身の過去の回心の体験を意識化し、追体験し、さらには物語として再構成することを促すものであったであろう。そしてそれは、明治二一年一月二一日付ミナ宛書簡において「喃々たるアンゼルの数語ハ全く余の頑心を解放したり、悉く驕傲の念を脱却せしめたり」と書きつけた際に感じていたであろう解放感に、物語の展開も忠実なものとするよう、透谷に強いるものであったと推測される。(32)その結果、透谷は、自身のこのような内面の衝迫に押し切られるかたちで、『ションの囚人』の不自由への愛と絶望の是認という暗鬱で虚無的な結末を拒否し、自由の幸福を謳歌する幸福な結末を『楚囚之詩』に用意したのであろう、と考えられるわけである。

このように、『楚囚之詩』の結末は、明治二一年一月二一日付ミナ宛書簡において物語られた、ミナの言葉を契機とする宗教的回心による、「頑心＝驕傲の念」からの〈解放＝脱却〉の瞬間を描いたものなのであった。(33)『ションの囚人』から『楚囚之詩』への改変には、現実世界の出来事を作中世界に盛り込むことによって生じた、他者に対する配慮、外部の現実世界に対する配慮という消極的な理由のみならず、自己救済への意志という、透谷自身の自我の内発的な欲求に即した積極的な理由があったのである。

第四項　自己救済の物語からの転落

ここまで、透谷が『楚囚之詩』において、「政治の罪人」を主人公としながらも、実際には「政治の罪人」にならなかった自身の自我を表現している、ということを述べてきた。透谷は、バイロンの『シヨンの囚人』の主人公の囚人のイメージに、「頑心＝驕傲の念」に囚われて精神の自由を失くしていたかつての自身の姿を見出していたわけであったが、『シヨンの囚人』の結末の場面での主人公の絶望的なイメージには、自分を重ねることができなかった。『シヨンの囚人』の翻案を行なうというかたちで『楚囚之詩』の執筆を行なっていた明治二三年頃、透谷はすでに、「頑心＝驕傲の念」という観念の牢獄から、恋人であるミナによるキリスト教信仰の道への誘いによって脱出することに成功しており、終わりなき牢獄意識の中でニヒリズムの世界へ永久追放されるという『シヨンの囚人』の結末は、透谷が思い描く自身の自我の物語にはそぐわないものとなっていたからである。透谷が自身の自我の物語として『楚囚之詩』の中で表現したかったものとは、信（キリスト教信仰）、愛（ミナとの恋愛、結婚）、望（精神の自由への希望）による、ニヒリズムからの〈自己解放＝自己救済〉の物語であったのであり、それ故、『シヨンの囚人』の暗鬱で陰惨な結末は、『楚囚之詩』の明るい希望溢れる結末に改変、あるいは〈翻案〉されたのである。(34)

このように透谷は、ニヒリズムに帰結するであろう自身の「頑心＝驕傲の念」から自由になった実生活上の感慨を、『楚囚之詩』の物語として表現しているわけだが、このような透谷の自由解放をめぐる感慨は、『楚囚之詩』脱稿後に書かれたと思しき『楚囚之詩』の「自序」の文章にまでその余韻を伝えているように思われる。透谷は、「自序」において次のように書いている。

余は此「楚囚の詩」が江湖に容れられる事を要しませぬ然し、余は確かに信ず、吾等の同志が諸共に協力して素志を貫く心になれば遂には狹隘なる古來の詩歌を進歩せしめて、今日行はるゝ小説の如くに且つ最も優美なる靈妙なる者となすに難からずと。（三頁）

この『楚囚之詩』の「自序」は、『新體詩抄』（明治一五年）の刊行などに見られる当時の新文学の創造の気運に刺戟された透谷が、日本の伝統的な詩歌の「狹隘」な言語的制約の囚われを何とか破って自由な詩的表現を実現することへの意志を語った文章である。透谷はここで、自身の『楚囚之詩』が、日本の詩文学を「古來の詩歌」の「狹隘」から脱却させ「最も優美なる靈妙なる者となす」ための礎となれば、という文学上の夢を語っている。ここで、自由な表現を獲得した新しい詩文学が「最も優美なる靈妙なる者」と表現されているのは、『楚囚之詩』の結末での、自由の身になった「余」を言祝ぐように囀る鶯の声の「美妙の調べ」のイメージに、どこか通じるものがあるように思われる。[35] あるいは透谷は、この『楚囚之詩』の結末での、自由解放の歓喜に沸く中囀りわたる鶯の声の「美妙の調べ」に、日本の詩歌が「狹隘なる古來の詩歌」から脱却して「最も優美なる靈妙なる者とな」るということへの希望を仮託していたのかもしれない。[36] それくらいに『楚囚之詩』の明るい結末と、『楚囚之詩』の「自序」の楽天的な見解とは共鳴しているのである。

だが、このややおめでたいとも言える透谷の自由解放への夢、あるいは夢としての自由解放をめぐる昂揚感は、『楚囚之詩』の脱稿後、一瞬にして潰えることになる。透谷は、『楚囚之詩』において表現した、多分に予定調和的な自由解放の道が、現実においていかに険しく厳しい道程であるか、ということを直ぐ悟らなければならなかった。透谷は、『楚囚之詩』の刊行を直前に控えた明治二二年四月一日の日記において、次のように書いている。

實に余が眼前には一大時辰機あるなり、實に此時辰機が余をして一時一刻も安然として寢床に横らしめざるなり。嗚呼余が前後左右を見よ、驚く可き余の運命は萎縮したるにあらずや、自ら悟れよ、自ら慮れよ……獨立の身事遂に如何んして可ならんとする？

（三〇九頁）

透谷は、「愛情の爲め、財政上の爲め、或は病氣の爲め、是等の凡てが余をして何事も成すことなく過ぐる二三年を費消せしめたり」と述べて、無為のうちに時を過ごしてしまったことに非常な焦燥感を覚えつつ、時間に追いまくられる余裕のない心理状態を「實に此時辰機が余をして一時一刻も安然として寢床に横らしめざるなり」と表現している。そして、そのような心理上のストレスから受ける圧迫感を、「嗚呼余が前後左右を見よ、驚く可き余の運命は萎縮したるにあらずや」と、自身の周りの空間が委縮してゆくような感覚として表現している。ここには、『楚囚之詩』の結末に表現されたような、自由な未来への希望に満ち溢れた解放感といったものは全く感じられない。それどころか、時間意識としても空間意識としても、徐々に追い詰められてゆくような息苦しい閉塞感が苦しげに表明されている。

この徐々に増大する閉塞感、沈鬱感と、『楚囚之詩』脱稿時の解放感、昂揚感の気分の落差は、この一一日後の同年四月一二日、透谷にある矯激な振る舞いを取らせることになる。『楚囚之詩』刊行の三日後にあたるこの日の日記には、次のようなことが書き記されている。

「楚囚の詩」と題して多年の思望の端緒を試みたり、大に江湖に問はんと印刷に附して春祥堂より出版することとし、去る九日に印刷成りたるが又熟考するに餘りに大膽に過ぎたるを慙愧したれば、急ぎ書肆に走りて中止することを頼み直ちに印刷せしものを切りほぐしたり。自分の参考にも成れと一册を左に綴込み置く。
（三〇九頁）

透谷は、『楚囚之詩』を刊行するということを、「餘りに大膽に過ぎたる」ことと考えて「慙愧」し、刷り上がったばかりの『楚囚之詩』を、世に出回る前に「切りほぐ」してしまったのである。ここで透谷が「餘りに大膽に過ぎたる」と言っていることの内実は定かではないが、推理するに、『シヨンの囚人』の暗鬱で陰惨な結末を、あらゆる自由解放が実現したかのような幸福過ぎる物語の結末に改変、翻案したことを指しているのではないか。すでに述べたように、現実の「政治の罪人」である親友の大矢正夫は、併合罪のために恩赦の対象とならず、未だ獄中にある。また、「政治の罪人」ならざる、『楚囚之詩』の真の主人公としての自分自身も、ミナの言葉を契機とするキリスト教入信時においては「頑心＝驕傲の念」から自由になった解放感を実感したものの、それから約一年経った『楚囚之詩』執筆時においては、また息苦しい閉塞感に悩むようになっている。つまり透谷は、『楚囚之詩』執筆時の昂奮状態からふと目が覚めた時、『楚囚之詩』の結末に表現したような自由解放をめぐる楽天的な夢を、「餘りに大膽に過ぎたる」ものと思わざるを得なかった、と想像されるのである。

透谷の『楚囚之詩』の「切りほぐ」しという行為は、恐らく、『楚囚之詩』執筆の約一年前の宗教的回心の際に感じた自由な自我の解放感がほとんど根拠のない夢物語に過ぎなかった、ということを自己確認するための儀式的な行為としてあった。そして自身の現時点での自我のありように忠実であろうとするためには、『楚囚之詩』を書き直すということが必要なのであった。『楚囚之詩』の「切りほぐし」から三年後、透谷は、言わば『楚囚之詩』の翻案として、小説「我牢獄」（『女學雜誌』甲の巻、第三二〇号、明治二五年六月）を書く。[37] この「我牢獄」を『楚囚之詩』と読み比べてみると、「我牢獄」において透谷がいかに現在の自身の不自由で暗鬱な自我のありようを掘り下げていこうとしたのかを知ることができる。透谷は「我牢獄」を次のように書き出している。

もし我にいかなる罪あるかを問はゞ我は答ふる事を得ざるなり、然れども我は牢獄の中《うち》にあり。もし我を拘縛する者の誰なるを問はゞ我は是を知らずと答ふるの外なかるべし。我は天性怯懦にして強盗殺人の罪を犯すべき猛勇なし、豆大の昆蟲を害ふても我心には重き傷痍を受けたらむと思ふなるに法律の手をして我を縛せしむる如きはいかでか我が爲し得るところならんや。政治上の罪は世人の羨むところと聞けど我は之を喜ばず、一瞬《いちじ》時の利害に拘々して空しく抗する事は余の爲す能はざるところなればなり。我は識らず我は悟らず如何なる罪によりて繋縛の身となりしかを。（二二四頁）

この「我牢獄」の書き出しを、『楚囚之詩』の「曾て誤つて法を破り／政治の罪人として捕ハれたり」という書き出しとを比較してみると、はっきりとした対照をなしていることがたちどころに看取されよう。ここには、『楚囚之詩』と同じ牢獄意識を主題としつつも、『楚囚之詩』のように、語り手を政治犯という設定にして現実の民権運動家を連想させるようなことはせず、それどころか、「もし我にいかなる罪あるかを問はゞ我は答ふる事を得ざるなり」と曖昧に語りながら「政治上の罪は世人の羨むところと聞けど我は之を喜ばず」と、語り手を政治犯とする読みの可能性についてだけはきっぱりと拒否する透谷の明確な姿勢が表れ出ている。このことは、透谷が「我牢獄」の物語世界から、実際の「政治の罪人」がいる現実世界と直接関係するような要素を周到に排除しようとしていることを窺わせるものである。透谷は、「我牢獄」の主人公の語り手の「我」を「政治の罪人」と規定しないことで、『楚囚之詩』ではある程度なさねばならなかった他者への配慮、外部の現実世界への配慮を一切しない自由を手にしつつ、誰憚ることなく〈我牢獄〉の中にある自身の自我の物語を書こうとしているのである。[38]

「我牢獄」とは、一人称語りの次のような内容の小説である。「我」は語る。自分の生涯は、恋愛を境に、自由の身から牢囚の身へと成り変った。自分にとっての苦しみは、恋愛の相手に持っていかれてしまった自分の半分の魂を取り戻せないことである。このように精神の不自由をもたらす自分の恋愛こそ、脱出することの不可能な〈我牢獄〉の実態であり、今や自分は死に救いを求めるしかなくなっている――。このように、終わりなき不自由の絶望を物語った「我牢獄」では、『楚囚之詩』で物語られたような自由解放、自己救済への夢が見事に「切りほぐ」されているわけだが、『楚囚之詩』との対照が特に際立っているのは、「我牢獄」の次のくだりであろう。

春や來しと覺ゆるなるに我牢室を距《さ》ること數歩の地に黄鳥の來鳴くことありて我耳を奪ひ我魂を奪ひ、我をしてしばらく故郷に歸り戀人の家に到る思ひあらしむ、その聲を我戀人の聲と思ふて聽く時に戀人の姿は我前にあり、一笑して我を惱殺する昔日の色香は見えず、愁涙の蒼頬に流れて紅ひ闌干《らんかん》たるを見るのみ。（二二六頁）

「我牢獄」においても、『楚囚之詩』においてと同様、獄中にある語り手の元に、一羽の鳥が舞い降りる。だが、この「我牢獄」の鳥の来訪の描写は、『楚囚之詩』のそれと大きな違いを見せている。『楚囚之詩』においては、鳥は「愛する妻の化身」であり、また同時に「神の使」であり、不自由な身にある「余」を慰める歌を囀り聞かせる「自由」の象徴であった。言わば神の慈愛と恋愛相手からの愛を象徴するイメージとして、作中に登場していたわけであった。だが、この「我牢獄」における「黄鳥」はどうかと言うと、そのような明るいイメージのものではない。確かに、「我牢獄」に登場する「黄鳥」の鳴き声は「我戀人の聲」のように聞こえる時があり、そのような時には「戀人の姿」が眼前に立ち現われたような感覚に「我」はなっている。だが、そんなふうに想起された「我戀人」のイメージは、『楚囚之詩』におけるような、語り手の主人公の「余」を慰めるほどの美しさを持つものではなく、「一笑して我を悩殺する昔日の色香は見えず、愁涙の蒼頬に流れて紅ひ闌干《らんかん》たるを見るのみ」という、哀れさを誘うくすんだイメージである。のみならず「我牢獄」の「黄鳥」には「神の使」というイメージも欠落している。つまり、「我牢獄」においては、『楚囚之詩』においてイメージ化されていた、信（キリスト教信仰）、望（自由への希望）、愛（恋人との恋愛）の象徴としての鶯のイメージが、何の象徴性も帯びない単なる「黄鳥」に格下げされているのである。このことは、信、望、愛によるニヒリズムからの自由解放、自己救済という『楚囚之詩』の主題が、信、望、愛を欠いたニヒリズムへの転落という「我牢獄」の主題に改変＝翻案されていることを示唆している。

「我牢獄」においてイメージ化された、ニヒリズムへの転落という透谷の自我意識は、さらに、「我牢獄」の約二ヶ月後、随想「三日幻境」（『女學雜誌』甲の巻、第三二五、三二七号、明治二五年八月、九月）において次のようなことを、透谷に書かせている。

　この過去の七年我が爲には一種の牢獄にてありしなり。我は友を持つこと多からざりしに、その友は國事の罪をもつて我を離れ、我も亦た孤煢《こけい》爲すところを失ひて浮世の迷巷に蹈み迷ひけり。大俗の大雅に雙ぶべきや否やは知らねど、我は憤慨のあまりに書を賣り筆を折りて大俗をもつて一生を送らんと思ひ定めたりし事あり、一轉して再び大雅を修めんとしたる時に産破れ家廢れて我が痩腕をもて活計の道に奔走するの止むを得ざるに至りし事もあり。わが頑骨を愛して我が犠牲となりし者の爲に半知己の友人を過ちたりし事もあり。修道の一念甚だ危ふくあはや餓鬼道に迷ひ入らんとせし事もあり、天地の間に生れたるこの身を訝かりて自殺を企てし事も幾回なりしか、是等の事今や我が日頃無口の脣頭を洩れてこの老知己に對する懺悔とな

り、刻《とき》のうつるも知らで語りき。　　　　　　　　　　　　　　　　　　　（一八六頁）

ここには、親友の大矢正夫と別れ、仲間に対する裏切り意識に悩まされながら、自身の進むべき道を必死に模索しようとした透谷の「過去の七年」の精神の苦闘ぶりが告白されている。ここで、「過去の七年」という言葉に注目したい。この「三日幻境」発表は、明治二五年の夏から秋にかけてであるから、単純計算でそこから七年前と言えば、明治一八年の夏から秋にかけてということになる。すでに述べた通り、この明治一八年の夏から秋にかけてという時期は、ちょうど透谷が自由民権運動から足を洗った時期に相当する。ということは、透谷はここで、自分は運動離脱から「三日幻境」執筆時までの「七年」の間ずっと、間断なく牢獄意識に苦悶してきたのだ、と言っているわけである。だが、これにはやや誇張があると言わねばならない。すでに見てきたように、明治二一年一月二一日付ミナ宛書簡において、透谷は、信、望、愛によって「頑心＝驕傲の念」から解放され、精神の自由の感覚を味わった、と述懐していたはずであったからである。そして、それを、不自由の絶望から自由の希望へと飛躍する『楚囚之詩』の物語として表現したことがあったはずであったからである。だが、この「三日幻境」の文章には、そのような、たとえ一時にせよ味わったはずの解放感と自由の希望がきれいに拭い去られている。記憶の修正が行われているわけである。

このように、透谷がバイロンの『シヨンの囚人』の結末を大胆に改変＝翻案してまで表現しようとした、ニヒリズムからの自由解放、自己救済への意志は、度重なる改変、翻案の中でニヒリズムへの転落の意識へと変質し、結局最後には、間断なく持続するニヒリズムへの自己追放に帰結してしまったのであった。つまり透谷は、ニヒリズムへの永久追放という、『シヨンの囚人』のそもそもの主題に、強烈な引力に引きつけられるように舞い戻ってしまっているのである。このことが意味しているのは、透谷がニヒリズムに親しむ自身の〈内なるバイロニック・ヒーロー〉を、信、望、愛の力によって折伏することに失敗し、その後〈内なるバイロニック・ヒーロー〉から透谷の信、望、愛が復讐されている、ということであった。透谷は〈内なるバイロニック・ヒーロー〉の、ニヒリズムに傾斜するバイロニズムを克服しようと試みたが、最終的に、暗鬱で陰惨なバイロン流の「負のロマン主義」、そしてそのような自らの精神性に固執し続けるバイロニズムの世界の内部に完全に閉じ込められた自身の自我を発見するに至ったのである。

『楚囚之詩』から「我牢獄」、そして「三日幻境」にまで余韻を残す、透谷の『ションの囚人』受容のありようは、透谷が自由民権運動を離脱して以来、ニヒリズムの深淵に落ち込みそうになる自身の自我といかに格闘してきたかを示すものであったと言うことができる。[39] 恐らく、透谷の自我を吸い込もうとするニヒリズムの深淵の奥底には、自由民権運動の離脱時に同志を裏切ったことをめぐる、後ろ暗さ、罪悪感を基調とする自己否定の意識があったのであろう。だが同時に、透谷には、実際政治から離れたことは理由のないことではなかったのだとする自己肯定の意識も間違いなくあった。透谷は、このような自己否定と自己肯定の混濁した自我のありようを、『ションの囚人』の牢獄意識のイメージを変奏することで執拗に物語っている。自分も実際の「政治の罪人」に勝るとも劣らない苦悩の牢獄的な生を生きてきたのだ——。この自己否定とも自己肯定ともつかない、精確に言えば両方にまたがる自我の主張の方法を、透谷は『ションの囚人』におけるバイロニズムに学び、『楚囚之詩』から「我牢獄」、そして「三日幻境」におけるおのれ語りに応用したのだと考えられるのである。

註

（1）衣笠「バイロン」、一四六頁参照。佐渡谷「ジョージ・G・バイロンと明治期の翻訳」、二〇頁参照。同「近代日本とバイロン」、五頁参照。また衣笠は、スウィントン著『英文学研究』の翻刻版が、その需要の増加に応じて明治二四年に刊行され、明治四四年には、岡村愛蔵訳注『スキントン英文学詳解』というかたちで、註解付きで全訳されている事実を指摘している。衣笠「バイロン」、一四六―一四七頁参照。
（2）衣笠「バイロン」、一四六頁参照。
（3）笹渕友一によれば、柳田泉が明治文学談話会主催の北村透谷第三回研究会席上で「楚囚の詩はシオンの囚人の換骨奪胎であり、蓬萊曲は到るところマンフレッドを飜案してゐる。所々多少違ひ、女性観などにいくらかの相違を見出す」との発言をした、という記述が、新井徹「詩人としての北村透谷」（『明治文学研究』第一巻第四号）の中にあるとのことである。笹渕前掲書（上）、三〇五頁。
（4）例えば、高木市之助「楚囚之詩とThe Prisoner of Chillon」［『九大国文学会誌』、昭和一五年三月、後に『高木市之助全集』第八巻〈湖畔・抒情の方法〉（講談社、昭和五二年）、二八一―二八八頁］、益田前掲論文、佐藤（善）「『楚囚之詩』の成立について」（『国語と国文学』第三五巻第二号、昭和三三年二月、五〇―五九頁）、古田芳江「バイロンと透谷（その一）――『楚囚之詩』について」（『立志館大学研究紀要』第三号、平成一四年七月、一〇六―一二〇頁）等がある。特に細部にわたって受容の痕跡を洗い出した先行研究として、安徳軍一「透谷とバイロンの詩的交響――牢翳と月光と」（『北九州大学文学部紀要』第四九号、平成六年七月）を挙げておく。また、古田前掲論文は、『楚囚之詩』における『シヨンの囚人』受容について論じた先行研究の見解を整理しており、有用である。
（5）高木前掲論文、二八七頁。
（6）笹渕前掲書（上）、三〇三―三三〇頁。
（7）吉武前掲書、一四〇―一四一頁。
（8）佐藤（善）前掲論文、五一頁参照。
（9）桶谷前掲書、八七―一一〇頁。
（10）平岡敏夫「『楚囚之詩』の発想」［『国語と国文学』、昭和三四年三月、後に『北村透谷研究　第三』（有精堂、昭和五七年）所収］。
（11）例えば、『楚囚之詩』の詩想は、透谷の内部体験に由来しているので、何らバイロンの助けを借りる必要のないものである」（桶谷前掲書、九九頁）といった見解である。

ただし、これらとは全く逆の見方もある、ということも指摘しておかなくてはならない。つまり、透谷の独自性、独創性について懐疑的あるいは否定的な立場の見解であるわけである。例えば、佐藤泰正は、『楚囚之詩』には「「透谷自身」を示す独自の律調をみることはできない」とし、そこに「内的な主体と衝迫の欠落」を見ている。佐藤（泰）「透谷――「楚囚之詩」をめぐって」〔『日本近代詩とキリスト教』〈佐藤泰正著作集⑩〉（未栄堂、平成九年）、一九八頁〕。また及川茂も、「（透谷が）バイロンを離れてしまうと、稚拙な面が濃厚に出てしま」っていると、『楚囚之詩』における詩的言語の貧弱さについて否定的に論じつつ、「透谷がより忠実なバイロンの翻訳あるいは翻案に従事していれば、また別の歴史が書かれていただろう」と結論づけている。及川「北村透谷作『楚囚之詩』評釈抄――バイロン作『シオンの囚人』をめぐって」〔『日本女子大学紀要』第三九号〈文学部〉、平成二年三月、三〇、四五頁〕。また中林良雄も、やや控え目ながら「（『楚囚之詩』執筆という、菊池註）このような透谷の果敢な試みに対して、私たちは透谷に翻訳の方がよかったと言うべきであろうか」と述べている。中林「北村透谷と西洋文学」〔『イギリス詩集Ｉ』〈明治翻訳文学全集《新聞雑誌編》一五〉（大空社、平成一〇年）、三六四頁参照〕。

（12）この意味で筆者は、『楚囚之詩』の部分をズタズタに引き裂いて、同じように引き裂いてきた『シオンの囚人』の断片とをくっつけて、この部分が翻案であり、この部分が模倣であると」（北川前掲書、九五頁）指摘するだけの研究方法は、当然のことながら取らない。筆者も、「（『楚囚之詩』と）『シオンの囚人』との比較研究と称するもの」に反発する北川の見解、即ち「作品というものがひとつの全体としてあり、部分と全体とが有機的な連関のうちにある」（北川前掲書、九五頁）という見解に賛同するものであり、筆者は、その「有機的な連関」を、『ションの囚人』の具体的な受容の痕跡に見られる透谷の内面のありようから探り出そうと考えているわけである。

（13）平岡敏夫は、『蓬莱曲』における『マンフレッド』受容の問題について論じる中で、「従来のように影響を受けている、独創でない、といった引き算をして余りが独創というふうな次元ではなく、たんなる模倣をこえて透谷が血肉化しつつ、新しい日本近代文学を創り出していることが評価されるようでなければならないのである。そのことは評者の主観に委ねられるべきでものではむろんなく、比較文学的にも何らかの論理が要求されるのは言うまでもない」と述べている。平岡『北村透谷――没後百年のメルクマール』、八二―八三頁。本論文において筆者が行なおうとしている比較文学的研究も、まさにこの平岡の言と問題意識を共有するものである。

(14)『シヨンの囚人』からの引用は、透谷が使用した可能性の高いスウィントンの『英文学研究』から引用する。テキストは、William Swinton, *Studies in English Literature* (New York: American Book Company, 1908) に拠り、以下本文中に頁番号のみ略記する。

(15)平岡敏夫は、『楚囚之詩』の「政治の罪人」としての「余」の国事犯的性格を非常に弱いと見つつも、そのモデルとして、小林樟雄、大矢蒼海、大井憲太郎らの名を挙げている。特に大矢に関しては、「透谷はバイロンが『シヨンの囚人』に描くところの、弟二人とともに牢獄にあったゼノアの志士の首領ボニバードにかわる、うってつけの主人公を大矢に見出した」としている。平岡『北村透谷研究　第三』、一一〇頁。ただし平岡の結論は、そのような「うってつけの主人公」を主人公とする「深い暗鬱、憂愁」「深い救いがたい苦悩」の物語に『楚囚之詩』を仕立てるだけの、「大赦令がおりても出獄できなかった楚囚(＝大矢)の心を形象する内的なものがなかった」というものである(同書、一一二―一一三頁参照)。筆者の立場は、後に詳述するように、大矢を主人公にするだけの内的必然性がなかったというより、大矢(を始めとする民権壮士ら実際の「政治の罪人」)を主人公の悲劇を、『シヨンの囚人』以上の深い暗鬱、憂愁という感動」を表現した物語に仕立て上げることに躊躇を覚えざるを得なかった、というものである。

(16)平岡敏夫『北村透谷研究』、一二二―一二三頁参照。

(17)類似点の整理については、例えば吉武前掲書、一三八―一四〇頁などを参照した。

(18)平岡敏夫は、両作品の間の相違点を、『楚囚之詩』においては、①一貫して花嫁がうたわれていること、②月への憧憬が物語られていること、③思い出の叙事的表現があること、④主人公以外の人物が死なずに姿を消すこと、⑤蝙蝠が出現していること、⑥主人公の救われる結末が明るいイメージであること、と整理している。平岡『北村透谷研究　第三』、九八頁参照。

(19)平岡敏夫『北村透谷研究　評伝』(有精堂、平成七年)、一九四―一九五頁参照。

(20)この点に関して佐藤善也は、「大赦によつて出獄した人を主人公とすることが人々の注目を惹く所以だと、考えたに違いない」と推測している。『シヨンの囚人』の物語の磁場から離れて現実世界の事件に近づくことで確保される作品のリアリティーが持つ効果に、佐藤も注目しているわけである。佐藤（善）前掲論文、五四―五六頁参照。

(21)実際、透谷は大矢に「俺は卑怯な人間だから、命はまだとつておく」と語ったらしい。神崎清「北村美那子覚書」（『透谷全集』第一巻附録第一号）。透谷は、「卑怯な人間」と烙印を押されるという自覚を持っていたのである。笹渕友一は、この言に、透谷が当時から暴力的な政治運動計画に対して明確な反対の姿勢を持っていたことの表れを見、「彼がこの事件から受けた傷は、後年の転向者の場合よりも遥に浅かつた筈である」と論じているが（笹渕前掲書（上）、一〇三頁）、寧ろそのような自身の運動に対する批判の正当性を確信しつつも「俺は卑怯な人間だから」と自己卑下せざるを得なかった透谷の「この事件から受けた傷」の深さに思いを致さずにはおれない、というのが筆者の立場である。

(22)この点について、平岡敏夫は、明治二一年時の石坂ミナ宛書簡において透谷が民権壮士を批判している事実を論拠としつつ、「透谷には自己の最初の詩篇の主人公に現実の壮士を設定すること、及びそのようにうけとめられることを意としないほどの、壮士への反感は確かにあった」と論じている。平岡『北村透谷研究　第三』、一〇七頁。だが、筆者はこの平岡の見解に賛同できない。何故なら、民権壮士への反感と、民権壮士に対する負い目の意識とは、容易に両立するものだと考えられるからである。透谷は、私的な書簡の中ではやすやすと民権壮士批判を口にすることはできていたとしても、刊行物の中で公に民権壮士を批判できるほどの確固とした「反感」を持ち得ていただろうか。大いに疑問である。そこには逃亡者としての自身に対する「反感」、即ち負い目の意識も表裏一体のものとしてあったのではないか。

(23)この点に関連して中林良雄は、「牢獄に今もつながれている友人がいる透谷には、バイロンの詩『シヨンの囚人』は多くの感慨を呼び覚ますものであり、単に作品として鑑賞し、翻訳の対象とするだけではおさまりきれない感動を与えたに違いない」と論じている。中林前掲論文、三六四頁参照。筆者も、『シヨンの囚人』の翻案として『楚囚之詩』を透谷が描いた際、未だ獄中にある親友の大矢のことを気にしていたという中林の見解には同意するものである。ただし、透谷が『シヨンの囚人』を翻訳ではなく翻案するというかたちで、一部改変をくわえているのは、『シヨンの囚人』から受けた感慨、感動が強かったからだというわけではなく、寧ろ、『シヨンの囚人』を一読した際に受けた純粋な感慨、感動に水を差すような、大矢の問題を始めとする様々な問題について気にしなければならなかったということに第一の原因があった、と筆者は考える。なお、この後で中林は、「バイロンのように語るべき近代的自我は透谷において確立していたであろうか」と述べて、『楚囚之詩』における透谷の自我表現の可能性について疑念を呈しているが、この点に関しては、本章本節第三項以降で詳しく具体的に論じるつもりである。

(24)衣笠梅二郎も、『シヨンの囚人』と『楚囚之詩』の両作品で首領格に当たる人物が独り獄中に取り残されるという共通点があることに特に注目しつつ、独り獄中にある『楚囚之詩』の主人公に、恩赦の対象外となった大矢の面影を見て取っている。そして「透谷は盟友を裏切った己が弱い心をくやみ、赦免の選にもれた彼の不運を悲しみつつ、詩の構想を練ったに違いない」と論じている。衣笠「バイロン」、一四八―一四九頁参照。

(25)例えば、及川前掲論文、四三頁。また、この鶯の登場する場面における『シヨンの囚人』受容の痕跡に若干でも触れた主なものとしては、高木前掲書、二八六頁。益田前掲書、一五一―一五六頁。佐藤（善）前掲論文、五三―五四頁。笹渕前掲書（上）、三二四―三三〇頁。古田前掲論文、一〇八頁。なお、古田は、『シヨンの囚人』と『楚囚之詩』の小鳥の登場する場面を対比しつつ、『楚囚之詩』のこの場面の特徴として「時代にさきがけて恋愛の思想を論じた透谷の一面が見うけられるということはある」と指摘している。古田前掲論文、一〇八頁参照。

(26)平岡敏夫は、それまでの先行研究の結果から、『シヨンの囚人』全三九一行の中、五二行の詩行が『楚囚之詩』の詩行に影響を与えていると指摘した上で、そのうち一七行が『楚囚之詩』の第一五連に集中している、と述べている。平岡『北村透谷研究　第三』、九七頁。

(27)黒古一夫は、『蓬萊曲』における「蝙蝠」「鶯」が登場する場面を、バイロンの『シヨンの囚人』における小鳥の出現する場面の「ヴァリエーション」であるとする従来の見方に反論するかたちで、後者には〈解放〉への意志がないが、前者にはある、としながら、両者の間の影響・受容関係の意味を希薄なものとして捉えている。黒古『北村透谷論――天空への渇望』（冬樹社、昭和五四年）、四六頁参照。だが、筆者は、この後論じるように、『シヨンの囚人』の小鳥の出現の場面に、自身の〈解放〉への意志を強烈に読み入れつつ、『シヨンの囚人』の〈翻案〉を行なっている、と考える立場であり、むしろ両者の場面の間の影響・受容関係の意味を大きく捉えるものである。

(28)木村秀雄「『楚囚之詩』について」（『大妻女子大学紀要〈文系〉』第三二号、平成一二年三月）、一〇五―一〇六頁参照。なお、木村は、『楚囚之詩』の鶯の登場するくだりと、明治二一年一月二一日付ミナ宛書簡との関連を指摘しつつも、『楚囚之詩』の鶯のイメージの直接的な源泉となったであろう、バイロンの『ションの囚人』の「青い鳥」のイメージとの関連については論じていない。筆者が問題にしたいのは、『ションの囚人』と『楚囚之詩』とミナ宛書簡という三つのテクストの連関の中で見えてくる、透谷の自我のありようである。

(29)『楚囚之詩』の物語に、ミナを導き手とする透谷自身のキリスト教入信の体験の影がある、とする見方は、例えば佐藤（善）前掲書、五六―五七頁、笹渕前掲書（上）、三二一頁、佐藤（泰）前掲書、一九五頁等に示されている。だが、鶯の登場する場面のイメージからそのような見方の正当性を具体的に説明するという試みは、管見では、恐らくこれまでなされていなかったように思われる。桶谷秀昭も、鶯の登場する『楚囚之詩』第一四連の一節に触れながら、この場面が、透谷の宗教的回心の体験に対応していることは「言うまでもない」、と述べているが、具体的に明治二一年一月二一日付ミナ宛書簡におけるイメージと、『楚囚之詩』第一四・一五連のイメージとの対応関係を指摘しているわけではないので、議論がやや曖昧である。桶谷前掲書、八一―八二頁参照。

(30)森山重雄も、この『楚囚之詩』の鶯のイメージから、明治二一年一月二一日付ミナ宛書簡の「アンゼル」のイメージを連想している。森山『北村透谷――エロス的水脈』（日本図書センター、昭和六一年）、一一一頁参照。

(31)笹渕友一は、『楚囚之詩』における福音的なイメージまでがバイロン詩にその源流を持っていることを指摘しつつ、これを「極めてバイロンらしからざる影響」と評した上で、「これは透谷の精神の指導権が虚無的、閉鎖的な人生観よりも積極的、開放的人生観にあることを示してゐる」と述べている。笹渕前掲書（上）、三三三頁。この笹渕の指摘は、ここまで論じてきたように、『楚囚之詩』の鶯が登場する場面にも当てはまるものである。「人生観」までは言いすぎかもしれないが、『ションの囚人』の「虚無的、閉鎖的」なイメージの中から、「積極的、開放的」なそれの因子を見つけ出そうとする透谷のバイロン受容の特徴は、確かにここに表れていると言える。

(32)北川透は、透谷の日記に、『楚囚之詩』の執筆途上にあったと推定される明治二一年　時の分の記述がないことに着目し、この時期に透谷の意識が、明治二一年三月の受洗、同年一一月のミナとの結婚というかたちで「みずからが強いられて踏んでゆく日常的な上昇とは逆回転して、内部の暗い豊饒へと下降し」、その過程で『楚囚之詩』という詩的創造の契機をつかんだのではないか、と推定している。北川前掲書、七九―八一頁参照。筆者もまた、『楚囚之詩』の執筆過程で、自らの「頑心＝驕傲の念」という観念の牢獄の「内部の暗い豊饒」の世界へと、透谷の意識が下降していったことを肯定するものである。そしてそれは、ニヒリズムの世界への永久追放という結末を持つ『シヨンの囚人』の物語の展開と歩調を合わせるものであったわけである。だが、透谷は最後、そのような意識の下降の運動から、「逆回転し」、「みずからが強いられて踏んでゆく日常的な上昇」の方に寄り添うかたちで、『楚囚之詩』の明るい結末を用意したと考えられるのであり、北川の〈上昇→下降〉という見方では不十分であろうと思われる。透谷の意識は、恐らく〈上昇→下降→上昇〉という軌跡を描いたものと考えられる。

(33)この意味で、笹渕友一が『楚囚之詩』の主題を、「信仰的観点と異なるところ」である「自由への憧憬」と見なしつつ、『楚囚之詩』の作品世界に「キリスト教的なものから浪漫的なオプティミズムに近づいてゐる」透谷の人間観の表現を見て取っていることには、賛同することはできない。笹渕前掲書（上）、一四二―一四四頁参照。笹渕の語法に従って言い直せば、『楚囚之詩』の主題は、「信仰的観点」よりなされる「自由への憧憬」であり、その作品世界は、「キリスト教的なもの」を基礎とする「浪漫的なオプティミズム」の表現としてあると言える。

(34)大泉政弘は、明治二一年一月二一日付ミナ宛書簡の中の、ミナを「アンゼル」と呼んでいるくだりに注目し、透谷にとってミナとの恋愛がキリスト教入信あるいは信仰の対象としての神の中に包摂されていることを指摘しつつ、そこに、恋愛の持つ意味それ自体の追究を怠って全てを神の力に還元してしまい、それを『楚囚之詩』の結末の他力本願的な解放の場面として表現してしまった透谷の自我の「甘さ」ならぬ「弱さ」を見ている。大泉「『楚囚之詩』考」（『駒澤國文』第一八号、昭和五六年三月）、一三六―一三七頁参照。前掲ミナ宛書簡との関連に注目しつつ、信、望、愛によるニヒリズムからの自己解放の物語として『楚囚之詩』を読む筆者も、後に論じるように、その予定調和的な急転直下の幸福な結末に、バイロン的自我を低い次元で性急に乗り越えようとする透谷の自我の「弱さ」の表現を見ているのであり、大泉の意見に賛同するものである。

(35)橋詰静子は、『楚囚之詩』の結末の場面において「「神の使」いとされ、「花嫁の化身」とされ、「自由の精靈《たま》」とされた「鶯」が、ここで「朋友」と「花嫁」という象徴以上の裏付けを得て、「美妙の調べ」を聞かせ」ている事実に、かつて自由民権運動の壮士であった透谷が「衆《みな》」に「美妙の調べ」を聞かせることを責務とする詩人となったことの比喩的表現を見ている。橋詰『透谷詩考』（国文社、昭和六一年）、五四―五五頁。『楚囚之詩』の結末の鶯の「美妙の調べ」のイメージと、『楚囚之詩』における「最も優美なる靈妙なる者」という語との間の共鳴に、透谷の文学上の自意識の発露を見る筆者も、橋詰の見解に同意するものである。

(36)この点に関して、桶谷秀昭も、『ションの囚人』の暗い結末から『楚囚之詩』の明るい結末になったことの理由として、透谷の実生活上の希望のみならず、文学上の希望も作用していた、という見解を（そのような希望が恐らくは根拠のない希望に過ぎなかったであろう、と留保をつけつつ）述べている。桶谷前掲書、一一〇頁参照。

(37)古田芳江も、「我牢獄」を『楚囚之詩』を改稿したかのような小説」と見なしつつ、「この方（=我牢獄）にもバイロンの『シロン《ママ》の囚人』の影響を明確に見ることができる」と論じており、その点筆者の見解と同じである。古田前掲論文、一一一頁。また、桶谷秀昭も、「我牢獄」を、『ションの囚人』として表現されたバイロン流の「厭世的世界観」に行きついた作品として位置づけている。桶谷前掲書、一一〇頁参照。

(38)ただし、この点については若干補足説明が必要であろう。何故なら、透谷は「我牢獄」の後書の「著者附記」において、「たゞ篇中の思想の頑癖に至りては或は今日の余の思想とは異なるところなり、友人諸君の幸にして余が爲に甚く憂ひ玉はざらんことを」（二二六頁）と述べ、他者の眼差しを気にしたようなことを書いているからである。後で述べるように「我牢獄」は、恋愛をめぐる自身の自我の暗鬱で陰惨なありようを物語った作品であり、透谷は「友人諸君」の眼差しを気にしたような書き方をしつつ、実は妻のミナの眼差しを気にしていたのではないか。「我牢獄」の「思想の頑癖」は、かつての恋愛の相手であったミナからすれば、あまり心地よいものではなかったと想像されるからである。つまり、厳密を期して言えば、透谷は「我牢獄」を発表する際、完全に「誰憚ることなく」という心理状態ではなかったと考えられるわけである。

(39)この三作品を系譜的に捉えることの意味を説いている論者として、佐藤泰正を挙げることができる。佐藤泰正は、「透谷における原体験としての民権運動離脱の刻印は、『楚囚之詩』『我牢獄』『三日幻境』という系脈において微妙な連動と屈折を示すかとみえる」と論じている。佐藤（泰）「『楚囚之詩』小論――〈誤つて〉の一句をめぐって」〔『透谷以後』〈佐藤泰正著作集③〉（松栄堂、平成七年）、三六頁参照〕。筆者はこの佐藤の所謂「透谷における原体験としての民権運動離脱の刻印」を、透谷の〈内なるバイロニック・ヒーロー〉のニヒリズムとの戦いの宿命と解釈しているのである。

第二節　『蓬萊曲』における『マンフレッド』受容とその射程

第一項　『楚囚之詩』から『蓬萊曲』へ

前節においては、主に『楚囚之詩』における自由解放、牢獄意識のイメージに着目しつつ、北村透谷によるバイロンの物語詩『ションの囚人』の変奏の手つきの検討を行なった。そしてその翻案の仕方から、バイロニック・ヒーローの運命に感情移入を逞しくしながら、その運命の先にあるニヒリズムに引きずり込まれることを恐れ、そこから何とか自分は自由となろうと試みる透谷の独自の自我のありようを見て取ることができた。『ションの囚人』受容において、透谷は、暗鬱で絶望的な自我意識に固執するバイロニズムに接近しつつ、同時にそこから離反しようとする。だが、結局バイロニズムの引力に引き寄せられてゆくという運命を辿らざるを得なかったのであった。

前章第二節の人生相渉論争についての議論、及び本章第一節の『ションの囚人』受容についての議論において明らかになったように、透谷のバイロン受容のありようの顕著な特徴として、バイロニズムへの接近とそこから離反の意識の併存ということがあると言えるわけだが、予め言ってしまえば、本節で論じる『蓬萊曲』における『マンフレッド』受容についても、これと同じことが言える。『蓬萊曲』（明治二四年）とは、処女作の『楚囚之詩』刊行から約二年後、透谷が物した長篇の詩作品の第二作目であり、この作品がバイロンの『マンフレッド』の強い影響下に書かれたものであることは、すでに多くの先行研究が指摘するところである。(1) すでに幾度も述べている通り、『マンフレッド』とは、自己忘却を求めてアルプスの高峰を彷徨し、様々な妖魔と交わりながら、結局最後滅びてゆく悲劇的な半超人のマンフレッドを主人公とする劇詩である。ごく簡単に言えば、透谷は、この『マンフレッド』の舞台設定や人物設定、各種場面の描写などを適宜摂取しつつ、同じく「我」を超脱する秘法を求めて蓬萊山の頂に登り、大魔王に果敢に挑むものの敗北するかたちで死んでゆく柳田素雄を主人公とする劇詩『蓬萊曲』を物したのであった。

このように、透谷は『マンフレッド』の作品世界を根底から支える物語構造の大枠に倣いつつ『蓬萊曲』を執筆したということが言えるわけだが、透谷の『マンフレッド』に対する態度が、接近のみだけではなく離反の意識も含んでいたことは、『蓬萊曲』の末尾に「蓬萊曲別篇（未定稿）」として附された「慈航湖」と題する場面があることからも、明瞭に察することができる。透谷は「蓬萊曲別篇（未定稿）」という表題の前に掲げた「蓬萊曲別篇を附するに就て」という但し書きの文章の中で次のように述べている。

余が自責《セルフ、トーメント》の兒なる蓬萊曲は初め兩篇に別ちて世に出でんと企てられたり。即ち素雄が山頂に死する迄を第一篇となし、慈航湖を過ぎて彼岸に達するより尚其後を綴りて後篇を成さんとせしも痼疾余を苦むる事筆を握る毎に甚しきを覺ゆるを以て中道にして變じて之れを一巻となす事とせり。故に僅に慈航湖の一齣を附加するの止を得ざるに至れりなり。然れども他日病魔の退くを待ちて別に一篇を成すの心なきにあらず、姑らく之を未定稿と著して巻尾に附するのみ、讀者之を諒せよ。

（四六頁）

ここで透谷が述べているのは、『蓬萊曲』は、もともと本篇と「別篇」の「兩篇」による二部仕立てで構想されたものであり、後者の「別篇」においては、本篇で死んだ主人公が彼岸に達し涅槃の境地に至るまでの物語が展開されるはずであった、ということである。つまり透谷は、『マンフレッド』の虚無的で暗鬱な物語展開の大枠に則るかたちで物された『蓬萊曲』本篇の後に、希望溢れる明るい続篇としての「蓬萊曲別篇」を用意することで、バイロニズムの論理の支配する世界から脱した別の作品世界を造型しようと試みていたわけである。このように、透谷は、『蓬萊曲』という「一巻」を、バイロニズムへの接近の意識の下に成った『蓬萊曲』本篇と、バイロニズムからの離反の意識の下に成るべき「蓬萊曲別篇」とで構成しようとしていたわけで、その意味で透谷は、『蓬萊曲』執筆時においても、『楚囚之詩』執筆時においてと同じく、バイロニズムへの接近とそこからの離反の意識を同時的に持っていたと見ることができるのである。

それでは、『蓬萊曲』において透谷が追究しようとした固有の問題とは一体何であったのだろうか。『蓬萊曲』における『マンフレッド』受容の試みが、『楚囚之詩』における『シヨンの囚人』受容で試みたことの反復であったとは思われない。『シヨンの囚人』と『マンフレッド』は、同じくニヒリズムに帰着するしかない暗鬱なバイロニズムを主題とした作品であると言えるが、その作品世界は非常に異質なものである。言うなれば、前者は、あらゆる自由と可能性を奪われた惨めな主人公の自我の委縮のありようを描いた作品であるのに対し、後者は、ありとあらゆる自由と可能性を手にした半超人の主人公の自我の拡大のありようを描いた作品である。両作品がたとえニヒリズムへの追放という同じ主題を持つものであったにしても、その具体的な描かれ方は異なったものであるわけである。とすれば、透谷もまた、それぞれの作品におけるバイロニズムの問題と、全く異なるとは言わないまでもそれぞれのやり方で格闘したと見るべきで、現に『楚囚之詩』と『蓬萊曲』とは、それぞれの作品の参照枠としての『シヨンの囚人』と『マンフレッド』と同じ程度に、異質な作品世界を展開しているのである。

『蓬萊曲』は毀誉褒貶の激しい作品であるが、『マンフレッド』受容という点に限って言えば、小川和夫が批判するような、「近代自我を主題とした西欧の作品からそのような主題と離しては考えられぬアイデアやイメージを勝手に借りてきて、そのような主題とは無縁な（何が主題かははっきりせぬが、とにかく『マンフレッド』の主題とは無縁であることだけははっきりしている）自作の全く異なった文脈のなかに無神経にはめこんだ」といった、「想像力のはなはだしき欠如」を示す作品というだけでは決してない。[2]『楚囚之詩』における『ションの囚人』受容がそうであったように、『蓬萊曲』における『マンフレッド』受容においても、透谷の詩的想像力の論理が働いていることは間違いないことである。本節では、『蓬萊曲』における『マンフレッド』受容のありようを中心的に検討し、『蓬萊曲』執筆という試みを通して透谷が何を追究しようとしたのかを、前節における議論と同様、バイロニズムへの接近とそこからの離反の相に着目することで明らかにしてみたいと思う。

第二項　『マンフレッド』と『蓬萊曲』

では、『蓬萊曲』における『マンフレッド』受容の具体的なありようを検討する前に、『マンフレッド』と『蓬萊曲』のそれぞれの作品について、概括的な説明を行なっておこう。

（一）『マンフレッド』について

前節においても若干触れた通り、『マンフレッド』とは、バイロンが破婚にまつわる醜聞でイギリスを出奔し大陸に流浪の旅に出た年の一八一六年に着想された作品で（発表は翌年）、近親相姦の問題を仄めかすなど、当時のバイロン自身の実生活上の苦悶の影の色濃い、告白的要素を含む劇詩である。三幕（第一幕は二場、第二幕は四場、第三幕は四場）で構成されるこの作品の内容は、おおよそ次の通りである。

第一幕、舞台はアルプスの頂あたりにあるゴシック造の城の回廊で、城主のマンフレッドが陰々とした調子で独白するところから物語は始まる。マンフレッドは、人知れぬ秘密を胸に抱え苦悩している。彼は、自分は超人的な努力によって獲得したありとあらゆる知識を用いて自身の苦悩を払拭するための様々な試みをしてきたのだが、全て失敗に終わった、と語る。万事休したマンフレッドは、最後の手段として、様々な超自然の精霊を呼び出し、自身の胸の内にある苦悩を除去する唯一の方法である忘却（Forgetfulness）、あるいは自意識自体を消し去る自己忘却（self-oblivion）を与えてくれるよう、懇願する（*CPW*, vol.4, 57-58）。だが、精霊たちは、自分たちが棲む時空を超越した超自然の世界においては忘却などは存在せず、それ故お前の望みを叶えることはできない、と突っぱね、マンフレッドの懇願を却下してしまう（第一場）。忘却、あるいは自己忘却による自己救済が不可能と知ったマンフレッドは、それならば肉体を破壊して自らの存在自体をこの世から消すしかない、と考え、アルプスの高峰から投身自殺を図る。だが、この試みも猟をするため山中を歩いていた善良な猟人に抱きかかえられて失敗してしまう。ここまでが第一幕の内容である（第二場）。

第二幕では、マンフレッドを苦しめる秘密の内実がいくらか明かされる。猟師に助けられたマンフレッドは、猟師に自分の内面の一端を覗かせる。彼は、自分が自分の愛した者たちを傷つけてしまったということを語る。マンフレッドによれば、「だが私の抱擁こそが死を与えることになった」（But my embrace was fatal.）（*CPW*, vol.4, 70）とのことであった。彼はこの暗示的な言葉を残して猟師のもとを去ってゆく（第一場）。次にマンフレッドは、アルプスの谷間のシュタウバッハの瀧に行く。そこでアルプスの妖精を呼び出し、自身の苦悩を滔々と物語る。マンフレッドの語るところによれば、彼は生まれてこの方、衆と交わるを潔しとせず、孤独孤高を愛する人間であった。だが、そんな彼にもたった一人、彼の心を慰藉する異性の存在があった。彼女は、マンフレッドに顔貌がそっくりであり、しかも女性的な優美さを備えた、情に富む控え目な女性であった。マンフレッドは、そんな彼女を死に追いやってしまう。彼は語る。「自分は、そんな彼女を愛し、結果、破滅させてしまった。（中略）／手ではなく、心で。心が彼女の心を破壊してしまったのだ。／彼女の心は私の心を見つめた。そして枯れ萎れていった。私は血を流した。／彼女の血ではない。だが彼女の血も流れたのだった。私はそれを見た。だがそれを止めることはできなかった」（I loved her, and destroy'd her! [...] / Not with my hand, but heart—which broke her heart—/ It gazed on mine, and withered. I have shed/ Blood, but not hers—and yet her blood was shed—I saw—and could not staunch it.）（*CPW*, vol.4, 74）。後に仄めかされるように、この女性はアスターティという、マンフレッドの近親の女性であり、恐らくマンフレッドは、近親相姦の禁忌を犯してアスターティと交わり、具体的な理由は定かならねども、その禁じられた愛ゆえにアスターティを死に至らしめてしまったわけであった。マンフレッドの苦悩は、そのことをめぐる罪悪感に発するものであり、彼は、自己救済の最後の方法として、死んだアスターティの霊から直接赦しの言葉を得て罪悪感を払拭しようと考える。そしてシュタウバッハを去って行く（第二場）。シュタウバッハを後にした彼が向かった先は、ユングフラウ山の山頂であった。そこには運命を司る神々が集っていた（第三場）。ユングフラウの山頂に登ってきたマンフレッドは、懲罰女神ネメシスの力を借りて、アスターティの亡霊を呼び出し、赦しの言葉、愛の言葉を得ようと必死に語りかける（Hear me, hear me —/ Astarte! my beloved! speak to me:)（*CPW*, vol.4, 85)。だが、アスターティの口からマンフレッドの望む答えは聞かれなかった。マンフレッドは、絶望に打ちのめされるが、何とか耐えてその場を去ってゆく（第四場）。ここまでが第二幕である。

第三幕では、自己の苦悩を消し去ることが永遠に不可能であると知ったマンフレッドが、自分の最期を、落ち着いた境地で迎えようとする姿が描かれる。マンフレッドは、自分のもとを訪れたサン・モーリス僧院の僧院長が、神との和解と信仰による魂の救済を熱心に説くのを丁寧に謝絶し（第一場）、日没の情景に自身の運命の黄昏を重ねる（第二場）。塔の外では、マンフレッドの不吉な様子についてマンフレッドの従者が語り合っており、そこに現れたモーリス僧院の僧院長は、マンフレッドの秘密に関するおおよその事情を彼らから告げ知らされる（第三場）。そして最後のクライマックスの場面、塔に籠っているマンフレッドのもとに、様々な霊たちがやって来て、彼を死の世界へ連れて行こうとする。だが、マンフレッドは、死を厭いはしないが、彼らに主導権を握られるかたちで死に追いやられることを頑なに拒絶する。彼は、誇り高き不服従の孤高の精神として、自分の死の瞬間も自分の生の支配下に置き、統御しようとする。彼は、そのような自身の強烈な自我を次のような言葉で語る。「私はこれまで汝らの傀儡であったことはなかったし、今も汝らの慰み物でもない。／私が私自身の破壊者なのだ。そしてこれからも。／帰れ、汝ら血迷える悪霊どもよ！。／死の手は私の手に置かれている。お前らの手にではない！」（I have not been thy dupe, nor am thy prey—/ But was my own destroyer, and will be / My own hereafter. — Back, ye baffled fiends! / The hand of death is on me—but not yours!）（*CPW*, vol.4, 102）。こう言い放った彼は喘ぎながら、マンフレッドの魂を救うために塔の中に入っていたモーリス僧院長に、次のように語って事切れる。「ご老人！死ぬことは難しいことではない」（Old man! 'tis not so difficult to die.）（*CPW*, vol.4, 102）。こうしてマンフレッドの肉体は滅び、魂はいずことも知らぬ虚無の世界へ飛び去っていく。これで劇は幕となる。

このように、『マンフレッド』とは、アルプスの大自然を背景に、自己以外の何物も信じようとしない人物が、結局のところ絶望の果てにニヒリズムの世界に自己を追放してしまうという、完全に孤立した自我の運命の悲劇的な道行きを描き出した物語である、と一応まとめることができる。このようなマンフレッドの強烈な自我は、自己以外のあらゆる権威を認めず、自己自身の真実にのみ忠実であろうとする、近代草創期という過渡的な時期の人々の内面のありようを象徴するものであった。と同時に、近親相姦を犯し独り彷徨する反道徳的で反社会的なマンフレッドという人間像は、そのような近代人の一般的な人間像を映し出しているというだけでなく、この作品を着想した当時のバイロン個人の影、即ち異母姉との近親愛の疑惑を持たれて流浪の身となりアルプスの地に一時的に身を落ち着けていた詩人バイロンの私的な面影をかなり濃厚に感じさせるものでもあった。このような意味で『マンフレッド』は、近代的自我の運命を描き出した劇であるとともに詩人固有の身体性を生々しく感じさせる〈私小説的作品〉でもあったと言える。しかもそれが、詩人の実生活をそのまま写し取るというかたちを取らず、アルプスの大自然を舞台として超自然的世界とも相渉る柄の大きい形而上劇（metaphysical drama）として物されている。このようなところに、この作品の独特さがあった。

（二）『蓬萊曲』について

では次に、透谷の『蓬萊曲』について見てみよう。

すでに述べた通り、『蓬萊曲』は、明治二四年に刊行された、透谷の第二作目となる詩作品であり、バイロンの『マンフレッド』の強い影響の下になった作品である。だが透谷の『蓬萊曲』執筆の動機付けとなったのは、『マンフレッド』の読書体験だけではなかった。透谷は、この劇詩創作の主たる動機付けの一つとなった体験として、明治一八年夏、一六歳の時に富士登山を行なっている。透谷はこの富士登山に関して、『蓬萊曲』の「序」において、次のように述べている。

蓬萊山は大東に詩の精を迸發する、千古不變の泉源を置けり、田夫も之に對してはインスピレイションを感じ、學童も之に對して詩人となる、余も亦た彼等と同じく蓬萊嶽に對する詩人となれること久し、回顧すれば十有六歳の夏なりし孤筇《こきょう》其絶巓に登りたりし時に余は始めて世に鬼神なる者の存するを信ぜんとせし事ありし。崎嶇たる人生の行路遂に余をして彼の瑞雲横はり仙翁樂しく棲めると言ふ靈獄を假り來つて幽冥界に擬し半狂半眞なる柳田素雄を悲死せしむるに至れるなり。（一三頁）

透谷はここで、「十有六歳の夏」の「蓬萊嶽」の登山の折、「蓬萊嶽」から「インスピレイション」を与えられ、その結果成ったのが『蓬萊曲』であり、「蓬萊嶽」こそ『蓬萊曲』を自分に書かしめたものだ、ということを述べている。当時透谷は、この富士登山の思い出を、「富士山游びの記臆」という文章に残し、その中で、富士の高峰で神秘的な気分になった折の感慨を漢詩のかたちで書き記してもいたわけだが、この未定稿の文章をたたき台にして、改めて劇詩のかたちに整えたものが『蓬萊曲』であった。そして、透谷が自身の体験を劇詩の形式に整える際に、非常に有効な参照枠となったものが、バイロンの『マンフレッド』という劇詩であったと考えられるのである。

自身の個人的な体験とその際の私的な感慨を基に劇詩を物そうとしていた透谷が、バイロンという他者の作品を参照枠とすることにあまり躊躇を覚えなかったのは、恐らくバイロンの次のような発言を知っていたからであろう。バイロンは、『マンフレッド』執筆の動機について、次のように書き残している（ここでは透谷との関わりの強さを重視して、透谷が読んでいたことが確実な、前掲のテーヌの『英国文学史』の中から引用する）。

"His (Goethe's) *Faust* I never read, for I don't know German; but Matthew Monk Lewis, in 1816, at Coligny, translated most of it to me *vivâ voce*, and I was naturally much struck with it; but it was the *Steinbach* and the *Jungfrau* and something else, much more than Faustus, that made me write *Manfred*."
（三四頁）

> 「彼の（ゲーテの）『ファウスト』を私は一度も読んだことがない、というのも、私はドイツ語を解さないからだ。しかし、マシュー・モンク・ルイスが、一八一六年にコリニーで、その大半を私に「口移しに」訳してくれ、私は当然ことながら、大いにそれに心打たれたのだった。だが、私に『マンフレッド』を書かしめたのは、ファウストゥスよりも、シュタウバッハ[3]やユングフラウやその他諸々のものであった。」

このバイロンの言は、バイロンの一八二〇年六月七日のマレイ宛書簡から抜粋したものである。ここでバイロンは、『マンフレッド』に対するゲーテの『ファウスト』からの直接的な影響について控え目に否定しつつ、『マンフレッド』創作の真の動機がシュタウバッハやユングフラウなどのアルプスの自然から喚起されたものであり、アルプスの大自然に対した時の個人的な感慨が『マンフレッド』の源泉であった、と述べている。この、透谷の『蓬萊曲』執筆の動機について語った『蓬萊曲』「序」の文章を髣髴とさせるようなバイロン書簡の一節は、透谷が愛読したテーヌの『英国文学史』中のバイロン論の第四節、即ち『マンフレッド』と『ファウスト』とを比較した節にも抜粋されている。従って透谷がこれを読んだ蓋然性は非常に高い。実際、透谷が『蓬萊曲』執筆と同時期、あるいは少し前の時期に書いたと思しき、生前未発表の未定稿「マンフレッド及びフオースト」には、「バイロンは自ら言ふ、われ獨字《どいつじ》を解せず、フオーストを讀まざる前にマンフレッドの稿を脱せりと」（六三頁）という、この書簡の一節に基づいたと思しき記述もあり、透谷が、『マンフレッド』執筆の動機について述べたこのバイロン書簡の一節を何らかのかたちで読んでおり、意識にとどめていたことは間違いないと言える。

推測するに、透谷は『蓬萊曲』を書くに当たり、自身の富士登山の体験を基にして作品を物そうと考え、富士登山の際に感受した詩的感興にできるだけ忠実でありたいと思ったのであろう。そしてその時同時的に想起されたのが、やはり大自然から得た詩的感興を基に一篇の劇詩を物したバイロンという先達の存在であったのだと思われる。透谷は、アルプスの高峰を舞台とする劇詩『マンフレッド』を書いた詩人バイロンの中に、共感すべき、倣うべき詩人像を見出した。そして、そのような詩人が書いた『マンフレッド』という作品に、自分がこれから書こうとしている作品の一つのモデルを見出したのだろうと考えられるのである。(4)

このように、『蓬萊曲』において『マンフレッド』を受容した透谷は、バイロンの作品世界に、自身の自我表現のための有効な参照枠を求めていたという点で、『楚囚之詩』において『シヨンの囚人』を受容した際と、ほぼ同じような自意識であったと見ることができる。だが、その参照枠を求める意識の強度という点では、いくらか差があったようにも思われる。『楚囚之詩』の物語構成においては、『シヨンの囚人』の物語に依存するところが非常に大きかったが、一方の『蓬萊曲』の物語構成においては、『マンフレッド』の物語をかなり自由に再構成しているという事実が窺い知られるからである。

『蓬萊曲』(「蓬萊曲別篇(未定稿)」を除く)は、三齣構成(第一齣は一場、第二齣は五場、第三齣は二場より成る)の劇詩であり、物語内容は以下の如くである。まず第一齣、蓬萊山の麓の森の中を、従者を連れて彷徨する「子爵、修行者」の柳田素雄が、事の経緯をおのれ語りするところから始まる。素雄は、現世を虚しいと感じ、現世を息苦しい牢獄にも似た世界と考え、追われるように旅に出てきたのであった。そんな素雄にも、かつては露姫という恋人がいたのだが、彼が旅に出た後、しばらくして死んだという報が入り、素雄はますます現世に見切りをつけ、現世から離れたいと思うようになる。だが、未だ素雄の心から完全に現世にまつわる意識が払拭されたというわけではなく、素雄は、自身の意思とは関係なく現世のしがらみが自身の内面に入ってくるのを煩わしく思っている。こうして厭世意識を抱えながら蓬萊山の麓を彷徨する素雄であったが、ふと気付くと何やら空中から彼に語りかける声がする。その「空中の聲」は、蓬萊山の頂に登って来い、そうすればお前の迷夢も破ってやろう、と言ってかき消える。その後素雄は、従者から、今まさに死なんとしている露姫が死の世界に素雄が来ることを願っていたということを告げ知らされ、蓬萊山の頂から谷底に飛び降りて死に露姫に再会しよう、と考えるに至る。そして、素雄の身を案じて素雄を引き留めようとする従者を後に、蓬萊山を登ってゆく（第一場）。ここまでが第一齣である（一四―一九頁）。

第二齣に入り、素雄は独り蓬萊山を登りながら、山の中腹で寂しさを紛らわすために、携帯していた琵琶を取り出す。この琵琶は、これまでに素雄の荒んだ心を慰めてきたものであった。素雄が琵琶をまさに弾こうとした時、空中から誰か女性の歌う声が聞こえてくる。素雄は、この「自然《おのづから》なる歌曲《うた》」とも「天歌《あまうた》」とも聞こえる仙姫の「妙なる聲」に感動して、それに合わせて琵琶を弾く。こうして、歌声と琵琶の音色に導かれるように、素雄と仙姫は邂逅することになるのだが、驚いたことにその仙姫は、素雄の恋人で死んだ露姫に瓜二つであった。仙姫を露姫と疑わない素雄は、去って行こうとする仙姫に、「ひとことをのこせ、われを愛すと、／愛せずや戀せずや、喃《のふ》、喃、露姫！」と必死に呼びかける。だが、仙姫は行ってしまい、素雄は苦悶する（第一場）（二〇―二五頁）。

こうして仙姫に逢うことで却って苦悩の度合いを強めた素雄は、蓬萊山をさらに登ってゆき、その途上で逢った、蓬萊山に住む道士鶴翁に、自分の苦悩について語り聞かせる。素雄は、「おのれてふ物思はするもの、このおの／れてふあやしきもの、このおのれてふ滿ち／足らはぬがちなるものを捨てゝ去《い》なん」ことが自分の願いであり、それがなかなか叶わないことに自分の苦悩の根源がある、と語るのであった。それに対し道士は「自然《しぜん》に逆はぬを基となす」「道術《みちのじゅつ》」を教えるのだが、素雄は、自分の望むことは、「おのれ」を捨て人間であることを超えたいということであり、「いかでいかで、道士が優しき術《じゅつ》にて／この暴《あ》れたる心の風を静め得ん」と言い放ち、さらに露姫の行方を捜して蓬萊山を登ってゆく（第二場）（二五―二八頁）。

その道すがら、素雄は、一人の樵から、「死の坑」という「無底坑《そこなしあな》」があること、そこでは「恨める男」のある女がその男が訪ねて来るまで衣を織っているということを聞き知る。素雄は、そこにこそ露姫がいると思い定め、その坑に入ってゆく（第三場）（二八―二九頁）。そこでまず会ったのは、「「死」の使者《つかひ》」である「「戀」てふ魔」であった。機織り機の前に座る露姫の姿に変身した魔物に、素雄は、露姫に対する思慕の情を滔々と語り、「露姫！　露姫！　何ど物言はぬ」と何度も露姫に返事を促す。が、露姫の姿をした魔物はただ「露の身を戀しと思はゞ尋ね來よ／すみれ咲なる谷の下道」と歌うだけであった（第四場）（二九―三一頁）。

その後、「死の坑」を後にした素雄は、瀧が轟音を轟かせている崖に立ち、「世の縄を斷切りて／美《うる》はしき自然《しぜん》の中に入らんと」するため、瀧の中に身を躍らせようとする。だが、その時月が浩々と照り渡り、月に自分のやるせない心情を琵琶に乗せて歌い語ろうと思い、座を落ち着ける。すると、またしても仙姫の歌声が聞こえてきて、仙姫が素雄の前に姿を現す。またしても素雄は、仙姫を露姫と見なして、自分の苦悩を訴えかけるのだが、今度はその素雄の哀しみが仙姫に通じ、結果「何故とも知らず寂し」くなった仙姫は、自分の住処の洞に素雄を招き入れる。ここまで第二齣である（第五場）（三一―三三頁）。

第三齣は、仙姫洞の中に眠る仙姫を後に残して、一人外に出た素雄が、仙姫には眠りが訪れるのに何故自分には訪れないのか、この一切の人間的感情を感じさせない、神々しいまでに美しい仙姫は本当に露姫なのだろうか、と思い悩む場面から始まる。素雄が独りいぶかしんでいると、素雄の元に青鬼が現れ、恋に迷う人間の愚かさを一笑する。青鬼が仙姫の眠りを邪魔することを恐れた素雄は、恋を知らぬ青鬼を憐れみつつ、仙姫の眠りを邪魔しないよう釘を刺した上で、仙姫の元を去り、いよいよ大魔王がいる蓬莱山の頂上を目指して登山を再開する（第一場）（三三―三七頁）。

蓬莱山の頂上に到達した素雄は、人外魔境とも言うべき遥か高みに来た昂奮を感じながら、一瞬自分は「神かわれ？　われ神か？」と思い迷うものの、「昨日の儘の塵の／形骸《むくろ》」を纏うおのれの姿を顧みて、人間でしかない自分を思い知る。自分の苦悶はこの人間であることに原因があるのだ、と考える素雄は、「脱去らしてよ、この形骸、この塵骸《むくろ》」と「天地に盈つる靈」に祈るが、素雄の前に現れたのは、数々の鬼と彼らを統べる大魔王であった。大魔王は、素雄の苦悩が、素雄の内部で繰り広げられる「神性《かみ》」と「人性《ひと》」との「小休《こやみ》なき戰ひ」の激しさに起因することを素雄から聞き及び、素雄の苦悩を解決するために、下界の人間の住む世界を地獄の劫火で焼き払う。こうして、素雄の中の「人性」を全否定し、素雄の中の「神とし尊崇《あがむ》るもの」よりも自分は遥かに強いことを誇示した上で、破壊の鬼神としての自己の力を誇りつつ、素雄に自分を崇め奉るよう要求するのであった。だが、素雄は、大魔王の「限なき詛ひの業《わざ》、盡くるなき破壞の業」は「過／去未來永劫の我が仇」として、大魔王に反抗しようとする。結局、大魔王は、素雄に素雄自身の無力を痛感させた後に姿を消すのだが、大魔王によって一個の卑小な人間に過ぎない自分の運命を思い知らされた素雄は、下界の人間世界に今更帰ることもできず、「塵」に過ぎない自身の運命を受け入れるしかないと観念し、肉体を粉々にして「塵」そのものとなろう、と蓬萊山の高みから飛び降りようとする。すると、第二齣第三場で登場した樵が再び登場し、マンフレッドは彼に抱きかかえられる。樵から自分の所有の琵琶を手渡された素雄は、凄然と涙を流し、自分の運命を決する先駆けとなれ、と念じて、琵琶を断崖から投げ下ろす。琵琶は、喜怒哀楽という人間的感情を超越した音色を奏でながら落下してゆき、その音色に促されるように、素雄の魂は素雄の肉体を離れ、「いま死、いま死！　死よ、汝を愛す／なり、死よ、汝より易き者はあらじ。／おさらばよ！」という臨終の言を残して素雄は事切れ、幕となる（三七―四六頁）。

　以上、古くは本間久雄が指摘した通り、透谷が『蓬萊曲』において『マンフレッド』の受容を「作中の人物の上でも、作の結構の上でも、又、作中に使用された場面の上でも」[5]かなりの程度行なっていることがわかる。『蓬萊曲』においても『マンフレッド』においても、恋人と死別した恋人をめぐる意識や厭世意識、また意識そのものを意識する意識としての自意識を負担に思い苦悩する高貴な出自の男が、人外魔境の高峰を舞台に、自己忘却、自己救済、自己超越を何とか可能にすべく、超自然的存在とも相渉りながら彷徨して回るけれども、結局その願いを果たせずに死に至る。両作品ともこのような物語内容の大枠を共有している。

だが、吉武好孝が整理したように、主人公の救済の有無の問題の他にも、『マンフレッド』においては重要な意味を持たされていたと思われる近親相姦の問題が、『蓬莱曲』においては欠落していたり、あるいは、『マンフレッド』には欠落している琵琶のイメージが『蓬莱曲』においては物語の展開上重要な役割を果たしていたりするなど、(6) 両作品の間には物語の主題に関わるような大きな相違点もある。つまり、透谷が『マンフレッド』の物語を、自分の問題意識に引きつけて換骨奪胎していることが見て取れるのである。この点、『蓬莱曲』における『マンフレッド』受容は、ニヒリズムに帰着するバイロニズムの超克を目指すという、『楚囚之詩』における『ションの囚人』受容と同じ目的意識の下でなされたものでありながらも、『ションの囚人』の翻案作品として原作の強い磁場の下にあった『楚囚之詩』の時とはやや異なる、かなり自由な受容、再構成とでも言うべき受容であったということが窺えるわけである。

第三項　〈イオロスの竪琴〉によるバイロニズムからの救済

では、『蓬莱曲』における『マンフレッド』受容の具体的なありようを検討して、透谷がニヒリズムに帰着するバイロニズムの運命をどのように超克していこうとしたのか、という問題の考察に移って行こう。前項において、『マンフレッド』の主題の一つを構成していた、禁忌と愛の葛藤の問題としての近親相姦の問題が『蓬莱曲』からは脱落している、ということを述べたが、これは、『マンフレッド』における近親相姦のイメージにバイロンが託そうとしたバイロンの特殊個人的な事情、即ちバイロンと異母姉アスターティとの赦されざる不倫の愛という問題に、透谷があまり関心を払わなかったということに因ると思われる。確かに、透谷にとって禁断の愛という問題は、当時の透谷の実生活の状況から言っても、ことさら共感を呼ぶようなものではなく、透谷が近親相姦の問題を無視するかたちで『マンフレッド』の受容を行なったということは、さして不思議なことではないと言える。

『マンフレッド』から近親相姦の主題が捨象されている一方で、『マンフレッド』にはなかった道具立てとして『蓬萊曲』に登場し、物語の中で主題の一つを成すほどに大きな役割を果たしているのが、すでに指摘した通り、素雄が携帯している琵琶である。『蓬萊曲』の物語において琵琶が果たしている役割、その一つが、素雄と仙姫＝露姫（以下、露姫に統一）とを出会わせ、心を通じ合わせるという役割である。『蓬萊曲』第二齣第二場における素雄と露姫とが初めて会う場面においては、素雄が琵琶を一度かき鳴らした後、その音色に心を動かした露姫が歌を歌い、またその歌声に合わせて素雄が琵琶を弾く、というかたちで、琵琶は素雄と露姫の仲立ちをしている。このことは、第二齣第五場においても同様に見られる。また、素雄の魂の救済の様子を描いた未定稿の「蓬萊曲別篇」においても、今度は素雄ではなく露姫が、何らかの理由で手にした素雄の琵琶を弾きながら素雄に語りかけ、眠れる素雄を覚醒させるという場面が描かれている。やはりここでも琵琶は素雄と露姫を結び付ける役割を果たしているのである。このように、琵琶は、素雄と露姫のお互いの意識を超えたところで両者を引き合わせ、〈音＝歌＝曲〉によって彼らの内面の交渉を可能にする道具立てとして、作品の中に立ち現れているわけである。

『マンフレッド』の近親相姦の主題の捨象と、『蓬萊曲』における琵琶の主題の表面化。この二つの問題の内的な関係性を考えると、これらは恐らく、透谷の中で同一の問題意識の下でなされたことであったと推察することができる。『マンフレッド』における近親相姦の主題とは、主人公のマンフレッドとその恋人のアスターティとの間を隔てる絶対の禁忌の問題としてあるものであった。『マンフレッド』においては、マンフレッドとアスターティの間の経緯が明瞭に書かれてはいないため、読者は彼らの禁忌の恋愛の顚末について推測するしかないのだが、恐らくマンフレッドは、この世の侵してはならない近親相姦という領域に、畏れを知らずに踏み込み、その罰として、恋人との永遠の別れとそれをめぐる永遠の苦悩という最大の苦しみを科せられたのだ、と考えられる。つまり、マンフレッドにとってアスターティという女性は、近親相姦による愛の成就の瞬間以外は、此岸においても彼岸においても決して結ばれ得ない存在としてあり、それ故に、ありとあらゆる不可能を征服したいと願う傲慢なマンフレッドの自我を絶えず刺戟してやまない「宿命の女」(femme fatale) なのであった。『マンフレッド』という劇は、絶対的な不可能を可能にしたいと意志する精神の悪循環の中で、膨張しつつ凝固し閉塞してゆく孤独で孤高な自我の悲劇と言えるのであり、そのような劇を中心から支える主題の一つとして、主人公とその恋人の間の絶対的に乗り越え不可能な懸隔という問題があったわけである。

しかし、『蓬萊曲』においては事情が異なっている。確かに、素雄が露姫に幾度も呼びかけても答えてもらえなかったり、あまりにも生の人間的感情を感じさせない露姫の様子に孤独感を強めたりするという場面があり、主人公とその恋人の間の懸隔の問題が『蓬萊曲』にも存在しているということは間違いないことである。だが、『マンフレッド』におけるそれと決定的に異なるのは、それが絶対的に乗り越え不可能な懸隔ではなく、かなり敷居の低い懸隔であるということである。『蓬萊曲』において、素雄と露姫の二人は、琵琶を仲立ちとして数度出会い、かなりの量の言葉も交わし、のみならず素雄の方は露姫から自分の住処に招待されるというかたちで一定の心の通い合いを可能にしている。そして決定的なのは、最後、「蓬萊曲別篇」において、素雄と露姫はお互い手を取り合うというかたちで、二人の間の懸隔が完全に解消されたということがはっきりと物語られていることとである。

こうして見てくると、『蓬萊曲』とは、素雄と露姫の間における絶対的と思われた懸隔が解消されることによって救済される素雄の自我の運命を歌った劇であり、その救済の運命を導くものとして、作中、素雄と露姫の物理的かつ精神的懸隔を解消するきっかけを提供する琵琶が登場している、とまとめることができるように思われる。恐らく、透谷にとって、『蓬萊曲』における『マンフレッド』受容の際に、主人公と恋人との間を絶対的に隔ててしまう近親相姦の主題を捨象することと、『マンフレッド』にはない、主人公と恋人との間を取り結ぶ琵琶のイメージを主題の一つとして表面化させることとは表裏一体の関係にあるものであった。つまり、『蓬萊曲』における近親相姦の主題の捨象と琵琶のイメージの表面化は、ニヒリズムに帰着する自我の劇としてではなくニヒリズムを回避する自我の劇として『蓬萊曲』を書こうという透谷の一つの問題意識から発したものであった、と見ることができるのである。

透谷の中で、琵琶を『蓬萊曲』の物語の主題の一つにしようという考えが大きく頭をもたげてきたのは、『蓬萊曲』脱稿の半年前のことである。透谷の日記を編纂した「透谷子漫錄摘集」の明治二三年一一月一一日の記述には、次のような言葉が見られる。

蓬萊曲の改作。手琴を主眼とすべし、彼れが仆るゝ時手琴を破るべし、之を崖に投げ落すべし。（三一四頁）

ここで言われている「手琴」とは、最終的に素雄の琵琶のイメージに結実する、その原型と見なすことができるものであろう。透谷はこの時『蓬萊曲』の物語の中で素雄の〈手琴＝琵琶〉が「主眼」をなすことを自己確認している。そして、素雄の〈手琴＝琵琶〉が『蓬萊曲』の物語の「主眼」をなしていることを示すイメージとして、「彼れが仆るゝ時手琴を破るべし、之を崖に投げ落すべし」というイメージを作中に盛り込むことを計画しているのである。

「彼れが仆るゝ時手琴を破るべし、之を崖に投げ落すべし」というイメージ、これは、『蓬萊曲』本篇のクライマックスの場面、即ち第三齣第二場終わりの素雄の最期を描いた場面に即応するものである。この場面において、素雄は自分が「仆るゝ時」に琵琶を「崖に投げ落」すということをしており、明治二三年一一月一一日に透谷の脳裏に浮かんだイメージはおおよそ作中に再現されていると言える。このことは、透谷が明治二三年一一月一一日に兆したイメージと計画をほぼそのまま保持しており、『蓬萊曲』本篇のクライマックスの場面こそ〈手琴＝琵琶〉が物語の「主眼」であることを示す場面である、と透谷が位置づけていたことを示すものである。

では、透谷は実際にどのようにこの重要な場面を描き出しているのであろうか。素雄が琵琶を崖から投げ落とすくだりを具体的に見てみよう。この場面において素雄は、自身の内なる「神性」と「人性」の葛藤を語り、「人性」を克服して「神」たらんと願うのだが、悪業と破壊を司る「神」の大魔王の前に無力を晒し、結局自分は「人性」を克服できない一個の人間でしかない、と観念する。だが、やはり「人性」を克服する願いは止み難く、素雄は、そんな堂々巡りの自己撞着の苦悩を鎮めることは最早この琵琶でも不可能である、と思い、天がける鷲の姿を目で追いながら、琵琶を崖下に放擲する。以下はその場面での素雄の台詞である。

行け、往け、夜も懼れず空を翺《かけ》るあの、あの鷲の跡追へよ、汝《いまし》も自由の身！　琵琶よ汝も不羈の身！　天地心なからんや、汝が爲に流す涙なからんや、往け、逝け、わが先驅せよ！
いづこへや行く？　往け、いづこなりとも！
われと共なる可きや？　往け、行かば汝が通ふ所あらん、わが通ふところは未だ知らず。

　　（琵琶を投下ろす）

おもしろやおもしろやわが琵琶の、風にひるがへり、氣を拂ひ退けて、
怒れるや、恨めるや、泣けるや、笑へるや、
喜ぶや、悲しむや其音《ね》？
自然《かみ》の手に彈かれて、わが胸と汝が心《むね》とを
契り合せつゝ、
落ち行なり、落ち行くなり！
ヱー、ヱー其音は、ヱー、ヱー其の琵琶の、
ヱー、ヱーわが琵琶の其音はわれに最後を促すなる！
いでこのわれをも舞ひ下らせん、
　　舞ひ下らせん抑《そ》もや
烈火の中にか熱鐵《ねってつ》の上にか。

いでいでわれも行かん、
地よわれを嚼むに虎の牙現はせ、海よわれ
をのむに鰐の口開け、いで、いで、わが中《うち》に
も、生命《いのち》われを脱けんともがくと覺ゆる。
（素雄振りきりて飛び躍んとす）　　　　　　　　　　　（四五頁）

ここで素雄が、琵琶を、堂々巡りの自己撞着に陥ってしまった自分の魂に脱出口を与え、天がける鷲の飛翔の軌跡がそうしてくれるように、その行くべき道を指し示し導いてくれるものと語っていること、また、落下してゆく間「自然の手に弾かれて」人間的な喜怒哀楽の感情を超絶した音色を奏で、素雄の「生命」をその肉体の桎梏から解き放ってくれるものと語っていることに注意したい。すでに述べたように、素雄の願いは、「おのれてふ物思はするもの、このおの／れてふあやしきもの、このおのれてふ満ち／足らはぬがちなるものを捨てゝ去なん」ということであり、「おのれ」を「おのれ」たらしめている「形骸＝塵骸」から脱却することであった。とすれば、素雄の「生命」を「われ＝おのれ」から分離させようとする、「自然の手に弾かれ」た琵琶の音というのは、素雄が求めてやまなかったものを最後の最後で素雄に実現させてくれるものであったと言うことができる。

この「自然の手に弾かれ」た琵琶というイメージ、これは、琵琶が落下してゆくときに生じる空気抵抗が琵琶の弦を鳴り響かせるというイメージを表現したものであるわけだが、橋詰静子も指摘する通りこのイメージの源泉は、ギリシャ神話の風の神アイオロスに因んだイオロスの竪琴（the Eolian Harp）のイメージであろうと推測される。(7) イオロスの竪琴に関しては、コールリッジ（Samuel Taylor Coleridge, 1772-1834）やワーズワース（William Wordsworth, 1770-1850）、シェリーなど、他のイギリス・ロマン派詩人がしばしば詩や詩論の中でイメージ化した

ものである。(8) 透谷も彼らの作品に触れる中で、そのイメージを受容したのであろう。(9) だが、そもそもイオロスの竪琴のイメージを作中に受容するという考えそれ自体の源となったのは、『マンフレッド』第一幕第二場におけるマンフレッドの台詞ではなかったかと思われる。そこにおいてマンフレッドは、自身の内部において分裂して居る神性（deity）と人性（dust）の葛藤に耐えかね、天がける鷲に憧れながら、人性に堕したままでいることも全き神性の体現者として天がけることもできない、堂々巡りの自己撞着に陥った自身の運命を嘆いている。そして遠くから聞こえてくる牧笛の音色に耳を傾けつつ次のように語っている。

Hark! the note,
[The Shepherd's pipe in the distance is heard.]
The natural music of the mountain reed—
For here the patriarchal days are not
A pastoral fable—pipes in the liberal air,
Mixed with the sweet bells of the sauntering herd;
My soul would drink those echoes.—Oh, that I were
The viewless spirit of a lovely sound,
A living voice, a breathing harmony,
A bodiless enjoyment—born and dying
With the blest tone which made me!

聞くがよい！　あの音色を。
（遠くで羊飼いの笛の音が聞こえる。）
山の牧笛が奏でる自然の音楽、
ここにあっては族長制時代も
牧歌的な寓話ではない。自由な空気の中で笛の音が、
のんびり散歩している羊の群れの甘美な鈴の音に交じっている。
私の魂は、あれらの音色の反響を飲み乾す。ああ、この私が
あの愛すべき音の、目に見えない霊であったなら、
生き生きとした声、生ける諧調、
肉体なき享楽であったのなら。私を創りたもうた祝福された音調と共に
生き、そして死ぬことができたのなら！

ここでマンフレッドは、牧笛の音色を「自然の音楽」（natural music）と表現しながら、自分の魂とその音色の反響が響き合う快感に恍惚としている。彼は、自分をこのように恍惚とさせてくれるこの「自然の音楽」に、自分が求めてやまない、肉体の重みから解放された理想状態を見て、自分もあの「自然の音楽」のように純粋で軽やかな魂そのものでありたいと願っているのである。この『マンフレッド』第一幕第二場における、「自然の音楽」によって肉体の縛りから脱け出たいという願望を刺戟されるマンフレッドのイメージは、先に引用した『蓬萊曲』第三齣第三場における、「自然の手に弾かれ」た琵琶の音色によって魂が肉体から解き放たれつつあることを感じている素雄のイメージとかなり重なり合うものがあると言える。そもそも『蓬萊曲』第三齣第二場全体

が、投身自殺を図る主人公とそれを阻止する第三者を登場させているという点で、『マンフレッド』第一幕第二場全体からの影響の痕跡の色濃いものであるわけだが、この〈自然の音楽〉をめぐるマンフレッドと素雄のイメージに共通性が見られるという事実は、前者のイメージから後者のイメージが発想されたという可能性を強く示唆しているものであるように思われる。

このように、透谷は、『マンフレッド』第一幕第二場において語られた「自然の音楽」のイメージに強く反応しつつ、それを「自然の手に弾かれ」る琵琶の音色のイメージというかたちで、自身の『蓬萊曲』のクライマックスに当たる第三齣第三場の場面の中に消化していると考えられるわけであるが、ここで注意しておきたいのは、『マンフレッド』においてこの「自然の音楽」の問題は、物語展開上さほどの重要性を持っていない、という点である。『マンフレッド』第一幕第二場で「自然の音楽」と形容されている牧笛の音色は、肉体を纏える一個の卑小な人間としての自己の宿命を超越したいというマンフレッドの願望を一時的に刺戟しただけであり、この後マンフレッドの意識は、肉体の重みを持たない「自然の音楽」のようでありたいという感傷から、肉体の重みから脱するために投身自殺を敢行し、自身の肉体を大地に打ち付けて粉々に破壊してしまおう、という自己破壊の意志の方に移ってしまっている。つまり、「自然の音楽」の問題はほんのわずか挿話的に出てきているに過ぎないのである。だが透谷は、『マンフレッド』においてはほとんど重要な意味を与えられていない、この「自然の音楽」のイメージを、自身の劇詩の主題の核をなすものとして最大限に重要視しつつ、わざわざ大事なクライマックスの場面に持ってくるということをしている。このことは、透谷が『マンフレッド』第一幕第二場におけるマンフレッドの、「自然の音楽」に恍惚となりながら肉体の桎梏からの脱却の願望を語った一連の台詞を、作者のバイロン以上に、また当のマンフレッド以上に意味深いものとして捉えていたということを示唆している。マンフレッドは、「自然の音楽」に同一化することによる自己救済の願望をただ口にしただけであったが、恐らく透谷は、このマンフレッドの願望の言葉を大真面目に受け止め、マンフレッドが自身の自我意識の地獄から脱却し人間の運命を超克する可能性はここにこそ秘められている、と考えたのであった。そして、『マンフレッド』においては素通りされた、「自然の音楽」への同一化によるバイロニズムの克服という主題を独自に追求かつ追究し、それを、「自然の手に弾かれ」る琵琶、即ち〈イオロスの竪琴〉と人間の内面とが「契り合」うことによって人間の魂が救済されるという物語にまで仕立て上げたのである。そしてそのことを示唆しているのが、『蓬莱曲』の主題のありかを象徴的に明らかにしたクライマックスの場面における『マンフレッド』受容のありようであったわけである。(10)

第四項　「萬物の聲と詩人」から「他界に對する觀念」、そして再び『蓬莱曲』へ

このように透谷が、『マンフレッド』における「自然の音楽」のイメージに大きな意味を付与するかたちで『マンフレッド』の物語を換骨奪胎していることの意味は、一体何であったのだろうか。『蓬莱曲』と発表時期はややずれるが、この点について考える上で手掛りを与えてくれるのが、評論「萬物の聲と詩人」（『評論』第一四号、明治二六年一〇月）である。

この「萬物の聲と詩人」という評論は、汎神論的自然観の下に自然と詩人の間の関係性について論じたものであるが、この評論の冒頭、透谷は、「萬物」即ち自然物や自然現象の全てが、「聲」、「樂調」を発しており、そしてその「聲＝樂調」の全てが「造化の最奥」にあるとされる「天地至妙の調和」より発せられたものである、といった内容のことを述べている。そしてそのような自論を、空中で「自然《かみ》の手に弾かれ」る『蓬莱曲』の琵琶のイメージに通ずる、「宇宙の中央」に懸る「無絃の大琴」というイメージを提示しながら、次のようなかたちで

展開している。

造化は奇しき力を以て、萬物に自からなる聲を發せしむ、之を以て聊かその心を形狀の外にあらはさしむ、之を以てその情を語らしめ、之を以てその意を言はしむ。無絃の大琴懸けて宇宙の中央にあり。萬物の情、萬物の心、悉くこの大琴に觸れざるはなく、悉くこの大琴の音とならざるはなし。情及び心、一々其軌を異にするが如しと雖、要するに琴の音色の異なるが如くに異なるのみにして、宇宙の中心に懸れる大琴の音たるに於ては均しきなり。個々特々の悲苦及び悅樂、要するにこの大琴の一部分のみ。悲しき時は獨り悲しむが如くなれども然るにあらず、凡てのものゝ悲しむなり、喜ぶ時は獨り喜ぶが如くなれども然るにあらず凡てのものゝ喜ぶなり、「自然」は萬物に「私情」あるを許さず。私情をして大法の外に縱なる運行をなさしむることあるなし、私情の喜は故なきの喜なり、私情の悲は故なきの悲なり、彼の大琴に相渉るところなければ、根なき萍の海に漂ふが如きのみ。情及び心、個々特立して而して個々その中心を以て、宇宙の大琴の中心に聯なれり。海も陸も、山も木も、ひとしく我が心の一部分にして、我も亦た渠の一部分なり。渠も我も何物かの一部分にして歸するところ卽ち一なり。（一五八頁）

ここで透谷は、「造化の最奥」に存するという「天地至妙の調和」を、「宇宙の中央」に懸る「無絃の大琴」という具体的なイメージで言い換えつつ、「天地至妙の調和」から発せられるという個々の自然物及び自然現象の「聲＝樂調」について、この「無絃の大琴」に「萬物」の「情」や「心」が「觸れ」て「音とな」ったものだと説明している。透谷によれば、あらゆる自然物や自然現象の発する様々な「聲＝樂調」は、その個々の自然物や自然現象それ自体が自らの内面（即ち「私情」）を表現したものではなく、「宇宙の中央」にある「無絃の大琴」

の弾き手、即ち「造化」、「「自然」」（以下、これを〈大文字の自然〉で統一）によって表現させられたものである。自然界のあらゆる「聲＝樂調」は、個々に独立したものとしてあるのではなく、「無絃の大琴」という一つのものの「音」の多面的な表れに過ぎない。「萬物の聲」は、自然界全体の統括原理としての〈大文字の自然〉の奏でる音楽と、個々の自然物の内面とが「契り合」った結果奏でられたものなのであり、そこには単なる「私情」の表現はなく、あるのは「凡てのもの」、〈大文字の自然〉の内面の表現なのだということを述べているのである。

　この「萬物の聲と詩人」の論理は、「造化＝「自然」」＝〈大文字の自然〉に奏でられる「無絃の大琴」と、『蓬萊曲』の「自然《かみ》の手に弾かれ」る琵琶というイメージの非常な親近性から言って、『蓬萊曲』のクライマックスの意味内容のよき解説と見ることができるものである。そしてこの見方を採れば、『蓬萊曲』のクライマックスにおいて、主人公の素雄が、自分の内面との「契り合」いを感じつつ「自然《かみ》の手に弾かれ」ている琵琶の音色のことを、「怒れるや、恨めるや、泣けるや、笑へるや、／喜ぶや、悲しむや其音？」という、畳みかけるような疑問形で表現していることについても直ちに了解することができる。つまり、それは、素雄がここで聴いている音色が、喜怒哀楽という人間的な「私情」を表現したものではなく、それらを超越した、「宇宙の中央」に懸る「無絃の大琴」という〈大文字の自然〉による音楽そのものであったからであり、どれか個別具体的な「私情」の表現として規定しようとすればその規定から零れ落ちてしまうものが出てきてしまうようなものであったからである。これまで素雄は、自身の「私情」を慰めるために琵琶を弾いてきた。だが彼は、今ここで初めて、自身の「私情」を完全に超脱した〈大文字の自然〉の音楽を聴くこととなったのである。

　要するにこういうことである。『マンフレッド』においては、マンフレッドは「自然の音楽」である牧笛の音色の反響を呑み込み、その心地よさに肉体の縛りから自らを解放する願望を掻き立てられていた。透谷はマンフレッドのこのささやかな願望の吐露に注目した。そして彼はマンフレッドの所謂「自然の音楽」のイメージを受容し、その後それは〈イオロスの竪琴〉のイメージとも結合しつつ、「自然《かみ》の手に弾かれ」る琵琶という一つのイメージにまで発展することとなった。この「自然《かみ》の手に弾かれ」る琵琶の奏でる〈自然の音楽〉は、萬物に「私情」の表現を許さず、個々の「私情」を、それらが持っている個々の固有性を脱落させながら、〈大文字の自然〉の内面に回収してしまうものであった。透谷はそこに個体からの解放、「私情」からの解放を見ようとし、その解放の夢を『蓬萊曲』のクライマックスの場面でイメージ化しようとしたのであった。即ち、その場面において素雄は、「自然《かみ》の手に弾かれ」た琵琶の「心」と、「わが胸」とが「契り合」うのを感じながら〈大文字の自然〉の音楽を聴き、恍惚となる。そしてその音色によって自らの中の個々の「私情」が氷解してゆき、おのれが「私情」の拘束から解放されつつあることを感じる。そしてその際の自己解放の感覚が、「いで、いで、わが中に／も、生命われを脱けんともがくと覺ゆる」という絶叫として表現されている――。こう考えられるわけである。

　このように、「萬物の聲と詩人」の論理を『蓬萊曲』理解のための補助線とした時に見えてくるのは、『蓬萊曲』のクライマックスが、〈大文字の自然〉の音楽による「私情」からの解放の瞬間を表現している、ということである。[11] 言い換えれば、〈大文字の自然〉に一個人の「私情」が包摂されることで可能となる主客合一の境地が〈大文字の自然〉の音楽によって実現される場面、それが『蓬萊曲』のクライマックスの場面だということである。そしてこの場合の主客合一の境地とは、笹渕友一が正しく指摘している通り、主体としての個人がその固有性を脱落させて、客体としての〈大文字の自然〉に吸収、回収されてゆくイメージであるから、卑小な個人的主体の死を意味していると言うことができるであろう。[12]『蓬萊曲』のクライマックスで、〈「自然《かみ》」の音楽〉が作品世界に鳴り渡る中、柳田素雄が、「いま死、いま死！　死よ、汝を愛す／なり、死よ、汝より易き者はあらじ。／おさらばよ！」（四六頁）と言いながら死ぬのは、まさにそのことを示していると解釈できる。つまり、『蓬萊曲』のクライマックスで鳴り響く〈大文字の自然〉の音楽の音色は、「人性《ひと》」と「神性《かみ》」の分裂を内部に抱える素雄の生における卑小な方の生、即ち素雄の「人性《ひと》」としての生を死に至らしめるものであったと考えられるわけである。「人性《ひと》」としての生の死によって卑小な「人性《ひと》」の支配する此岸の世界から解放された素雄は、「神《か》性《み》」の支配する彼岸の世界へと飛翔することができる。この意味で、「自然《かみ》の手に弾かれ」た琵琶の発する〈自然の音楽〉は、森山重雄が指摘する通り、素雄における死と新生を同時に可能にするものであったのであり、(13)そして「人性《ひと》」の支配する此岸の世界、即ち『蓬萊曲』本篇の作品世界から、「神性《かみ》」の支配する彼岸の世界、即ち「蓬萊曲別篇」の作品世界へと物語全体を橋渡しさせる必要不可欠な道具立てであったのである。

死から新生へ。「人性《ひと》」から「神性《かみ》」へ。此岸から彼岸へ。ここで出てくる、「神性《かみ》」の論理が支配する、新生を可能にする彼岸の世界についての透谷のイメージは、その信仰から言って、第一義的にはキリスト教的文脈における他界としての天国ということになるのであろうが、この他界の問題について彼は、評論「他界に對する觀念」（『國民之友』第一六九、一七〇号、明治二五年一〇月）において、より詳しく自身の見解を披歴している。この「他界に對する觀念」という評論において透谷が述べているのは、おおよそ次のような趣旨のことである。即ち、この世界には人知の及ばない領域、即ち他界というものがあり、人間が生死や霊魂といった、他界に関する様々な不可知の問題について想像を巡らせた時に意識されるものが「他界に對する觀念」と呼ぶべきものである。この「他界に對する觀念」は「善惡」、「陰陽」、「光暗」といった二元的構造で成り立っており、それらは大きく分けて、「基督の神性」に通じる「聖善なる天力《ヘブンリー、パワー》」に関する観念と、「サタンの魔性」に通じる「邪惡なる魔力《サタニック、パワー》」に関する観念とに分類される。西洋の詩人はこれらの観念を、「フヱーリ」、「ヱンゼル」、「サイレン」、「スヒンクス」、「メヒストフエリス」といったかたちで表象するということをしているわけだが、我が国の詩人もこれら「他界に對する觀念」を詩的想像力を駆使してよろしく表現すべきである――（一〇四―一〇七頁）。透谷はおおよそこのような趣旨のことを述べている。

この評論中、『蓬萊曲』における「他界」及び「他界に對する觀念」の問題を考える上で特に注目されるのが、『蓬萊曲』の参照枠となっているバイロンの『マンフレッド』にも触れた次のくだりであろう。

長足の進歩をなせる近世の理學は詩界の想像を殺したりといふものあれど、バイロンのマンフレツド、ギヨウテのフオウストなどは實に理學の外に超絶したるものにあらずや、毒鬼を假來り自由自在にネゲイシヨンの毒藥を働かせ、風雷の如き自然力を縱にする鬼神を使役して、アルプス山に玄妙なる想像を搆へたるもの、何ぞ理學の盛ならざりし時代の詩人に異ならむ、その異なるところを尋ぬれば、古代鬼神と近世鬼神との別あるのみ。詩の世界は人間界の實象のみの占領すべきものにあらず、晝を前にし夜を後にし、天を上にし地を下にする無邊無量無方の娑婆は卽ち詩の世界なり、その中に徧滿するものを日月星辰の見るべきもののみあらずとするは自然の臆度なり。生死は人の疑ふところ、靈魂は人の惑ふところ、この疑惑を以て三千世界に對する臆度に加ふれば、自からにして他界を觀念せずんばあらず。地獄を說き天堂を談ずるは小乘的宗教家の癡夢とのみ思ふなかれ、詩想の上に於て地獄と天堂に對する觀念ほど緊要なるものはあらざるなり。

（一〇四―一〇五頁）

このくだりは、「他界に對する觀念」という評論全体の主張を、バイロンの『マンフレッド』やゲーテの『ファウスト』を例に取りながら要約的に述べた箇所である。ここで透谷が言っていることは、要は他界には「地獄」と「天堂」の二つがあり、バイロンの『マンフレッド』やゲーテの『ファウスト』に登場する様々な「鬼神」はそういった「他界に對する觀念」を詩的に表象したものだ、ということである。透谷は、『マンフレッド』や『ファウスト』に出てくる様々な「鬼神」について、「毒鬼を假來り自由自在にネゲイションの毒藥を働かせ、風雷の如き自然力を縦にする鬼神」と表現しているわけだから、透谷においてこれらの「鬼神」が、「天堂」ではなく「地獄」に対する観念の詩的表象、即ち「邪悪なる魔力」に関する観念の詩的表象として認識されていたことは明らかである。そしてこのことは、『マンフレッド』の様々な妖魔を参照して造型したらしい、『蓬萊曲』に登場する様々な妖魔、なかんずく『蓬萊曲』の最終幕において神を否定し暴虐と破壊の限りを尽くす大魔王が、「邪悪なる魔力」に関する観念を表象したものと透谷自身が認識していたであろうことを示唆するもである。[14]

このように見てくると、『蓬萊曲』の作品世界、即ちその舞台となっている蓬萊山という空間は、その頂に近づけば近づくほど「邪悪なる魔力」の強度が増してくるという構造の「地獄」の世界であったということがわかってくる。[15]つまり、蓬萊山の登頂を目指して高みに登って行くという素雄の行為は、大魔王という、「地獄」に対する観念の諸表象の中の中心的存在、「邪悪なる魔力」の中心に接近してゆくという行為としてあったと見ることができるわけである。[16]

『蓬萊曲』のクライマックスにおいて素雄は、蓬萊山の頂で大魔王と邂逅し、願いを叶えてやると言う大魔王が下界の現世を焼き払って、それこそ地獄絵図のようにしてしまうのを目の当たりにする。[17]ここで素雄は、「おのれ」を捨て去り「人性《ひと》」を超脱し「神性《かみ》」そのものとなりたいという自身の願いが、権力意志という私情から発したものである時、他者の「人性《ひと》」まで否定し去るというかたちで極めて残虐なものになるという現実を思い知ることになり、[18]そして激しくうろたえる。[19]このことは、素雄に、おのれの「私情」の孕む暴力性、自我の暴力性を強烈に自覚させるものであったであろう。[20]この時素雄は、「私情」から、自我から解放されることを改めて強く願ったに相違ないのである。

そしてこの、素雄における「私情」からの解放、自らの自我からの解放への願望が極点に達したまさにその瞬間、崖下に投げ落とされた琵琶が「自然《かみ》の手に弾かれ」、素雄個人の「私情」を表現したものではない、寧ろ素雄個人の「私情」を一切脱落させた、得も言われぬ音色の〈大文字の自然〉の音楽を作品世界全体に鳴り響かせることになるのである。このような急転直下の物語展開が示唆しているのは、最後のクライマックスの場面で極点にまで達した、「人性《ひと》」を超脱したいという素雄の「私情」の高まりが一気に氷解しながら天地有情の歌の中に拡散してゆくというかたちで、主人公の自我の緊張度に劇的な転換が起きている、ということである。蓬萊山頂を目指して高みに登ってゆく素雄の上昇運動から、物語の最後、山頂より投げ落される琵琶の落下運動への反転というかたちで象徴的にイメージ化されているもの、それは、極度の緊張から極度の弛緩へという自我のありようの急激な変化ということなのであった。

すでに本章第二節（一）にて述べたように、バイロンの『マンフレッド』のクライマックスにおいて、「私が私自身の破壊者なのだ」という象徴的な言葉がマンフレッドによって口にされている。また、『マンフレッド』第一幕第一場においては、気絶したマンフレッドに対し魔の声が「我は汝に呼びかける！　そして汝自身を、汝に見合った地獄にさせてやる！」（I call upon thee! and compel / Thyself to be thy proper Hell!）（*CPW*, vol.4, 61）と語りかける場面もある。透谷は、マンフレッドの運命について語ったこれらの言葉に、「私情」や自我意識の虜になり、その結果自閉して出口なしの「地獄」に化してしまった近代的自我の行きつく先を見たのではないか、と推測される。恐らくそうであるが故に透谷は、自身の劇の主人公の運命については悲劇に終わらせないために、自我を外部に開いていこうと試みたのであった。この意味で言えば、小川和夫が整理する通り、「バイロンの『マンフレッド』が近代自我の悲劇であり、マンフレッドが「自我の人」であるとすれば、『蓬萊曲』は近代自我の悲劇ではないのであり、柳田素雄は「自我の人」ではないのである」[21]。透谷は、自己完結的で閉鎖的な「近代自我の悲劇」を書こうとしたのではなかった。寧ろ主人公の自我の内部に「近代自我」を外部に開かせてゆく因子を見出し、「近代自我の悲劇」に終わらない劇を書こうとしたのであった。そしてその時見出された因子というのが、自我の一部を構成する「神性《かみ》」なのであった。この「神性《かみ》」こそ、〈大文字の自然〉の音楽を仲立ちとして、「聖善なる天力」の支配する神の国、「天堂」へと通じる唯一の道である——と、このように見定めて、透谷は、マンフレッドにおける、自己完結してはいるが自閉的で息詰まるような自我の円環構造を、自我の内部（「神性《かみ》」）と超越者（「神＝自然《かみ》＝「自然」」即ち〈大文字の自然〉）とが大らかに交感する垂直構造で打破せんと考えたのである。(22)

このように、透谷は、素雄の自我の緊張度の高低を、主人公の、及び主人公の魂を象徴するものとしての琵琶の垂直軸の上下の空間移動と相即の関係となるように自身の劇を構想し、そのような自身の意図に添わせるかたちで、『マンフレッド』の劇を自由に再構成しながら『蓬萊曲』の劇を物したのであった。そしてこの透谷独特の『マンフレッド』受容のありようを象徴的に示すのが、『蓬萊曲』のクライマックスの場面の、「邪悪なる魔力」の支配する「地獄」（『蓬萊曲』本篇の作品世界）と、「聖善なる天力」の支配する「天堂」（「蓬萊曲別篇（慈航湖）」の作品世界）との境界線上で鳴り渡る、「自然《かみ》の手に弾かれ」た琵琶の音色であったのである。

第五項　バイロニズムの悲劇からヒューマニズムの夢へ

以上見てきたように、透谷は『蓬萊曲』において、人間の属性である「人性《ひと》」を滅却することで、もう一方の属性である「神性《かみ》」を純粋なものとする〈大文字の自然〉の音楽の可能性を、この劇詩の中で物語ろうとしていたわけであったが、ここには明らかに、評論「他界に對する觀念」において言うところの、「基督の神性」の「聖善なる天力」による、「サタンの魔性」の「邪惡なる魔力」の克服という主題が息づいている。「サタンの魔性」の「邪悪なる魔力」によってニヒリズムの地獄に永久追放されてゆくマンフレッドに〈「自然《かみ》」の音楽〉という福音を与えることで、「基督の神性」の「聖善なる天力」による救済の道を与えること、これが、『蓬萊曲』において『マンフレッド』を受容し、マンフレッドを柳田素雄に生まれ変わらせた透谷の問題意識であったと考えられるわけである。

では、『蓬萊曲』において最大限に意味づけされることとなった、福音としての〈「自然《かみ》」の音楽〉とは、具体的に何を意味するものであったのだろうか。〈「自然《かみ》」の音楽〉について論じた「萬物の聲と詩人」の中に、この点について考える上で有効な次のようなくだりがある。

宇宙の中心に無絃の大琴あり、すべての詩人はその傍に來りて、己が代表する國民の爲に己が育成せられたる社會の爲に、百種千態の音を成すものなり。ヒユーマニチーの各種の變狀は之によりて發露せらる。眞實にして容飾なき人生の説明者はこの絃琴の下にありて、明々地にその至情を吐く、その聲の悲しき、その聲の樂しき、一々深く人心の奥を貫ぬけり。詩人は己れの爲に生くるにあらず、己れが圍まれるミステリーの爲めに生れたるなり、その聲は己れの聲にあらず己れを圍める小天地の聲なり、（一五九―一六〇頁）

『蓬萊曲』における「自然《かみ》の手に彈かれ」る素雄の琵琶のイメージが、「萬物の聲と詩人」で言うところの、「造化＝「自然」」によって奏でられる、「宇宙の中心」に懸る「無絃の大琴」と相重なるものだということはすでに述べた通りであるが、この「萬物の聲と詩人」のくだりと、『蓬萊曲』のクライマックスの場面とをつき合わせてみると、そこで透谷が表現しようとしていたことの内実を推理することができる。丁寧に見ていこう。まず、『蓬萊曲』における、「自然《かみ》の手に彈かれ」る琵琶のイメージは、右のくだりで言われているところの、「宇宙の中央」にある「無絃の大琴」の「傍に來りて、己が代表する國民の爲に己が育成せられたる社會の爲に、百種千態の音を成す」詩人のイメージに即応していると言える。何故なら両イメージとも〈「自然《かみ》」の音楽〉をかたちあらしめるものという点で等価であるからである。となると、琵琶の音色は、詩人の成す音色、即ち詩作品に即応するということになるであろう。では、その琵琶の音色を聞く柳田素雄は何に即応するのか。当然、それは、そのような詩人によって成された詩作品の受容者、即ち読者、鑑賞者ということになるであろう。彼らはそこに〈「自然《かみ》」の音楽〉を聞き取り、「その聲の悲しき、その聲の樂しき、一々深く人心の奥を貫ぬ」かれるというかたちで感動を覚える。そしてこのことは、「自然《かみ》の手に彈かれ」る琵琶の音色を聞いた素雄が、「おもしろやおもしろやわが琵琶の、風にひ／るがへり、氣を拂ひ退けて、／怒れるや、恨めるや、泣けるや、笑へるや、／喜ぶや、悲しむや其音《ね》？／自然《かみ》の手に彈かれて、わが胸と汝が心《むね》とを／契り合せつゝ、／落ち行なり、落ち行くなり！」と感動の言葉を吐露していることに即応している。ここで素雄は、まさに「その聲の悲しき、その聲の樂しき、一々深く人心の奥を貫ぬ」かれているから、右のような言葉を吐いているのである。つまりここからわかるのは、『蓬萊曲』のクライマックスにおける、〈「自然《かみ》」の音楽〉を体現した「自然《かみ》の手に彈かれ」る琵琶の音色を聞いて「私情」からの解放、「人性《ひと》」からの超脱を可能にしつつある素雄のイメージというのが、「宇宙の中心」の「無絃の大琴」と詩人の内面が感応することで成った詩作品にカタルシスを覚える詩の読者、鑑賞者の心的状態をイメージ化したものと見なし得る、ということである。そしてこのことは、福音としてある〈自然の音楽〉が、詩という言語芸術による魂の救済という透谷の夢を表象したものであることを意味するものであった。[23]

この『蓬萊曲』のクライマックスの場面の〈「自然《かみ》」の音楽〉のイメージに仮託された透谷の夢は、自由民権運動という実際政治の現場から離脱し、文学への道を志した透谷が文学に対して抱いた夢の連続線上にあるものであったと見ることもできるかもしれない。透谷は、明治二〇年八月一八日付石坂ミナ宛書簡の中において、自身の政治からの離脱を「アンビション」という私的な権力意志からの離脱と捉えつつ、自身の文学への接近については、「希くは佛のヒユーブ其人の如く政治上の運動を繊々たる筆の力を以て支配せんと望みけり」(二九〇頁)という言葉で語っていた。この「佛のヒユーブ其人」とは、フランスの詩人にして小説家のユゴーのことである。当時透谷は、詩や小説などの言語芸術を通してヒューマニズムに基づく政治的自由主義の実践を行なうユゴーを、理想の文学者像として思い描いていたわけであった。

この、言語芸術の社会的効用を重視する透谷の見解は、実は後年の評論である「萬物の聲と詩人」においても看取することができる。「萬物の聲と詩人」において透谷は、先の引用箇所が示すように、「宇宙の中央」に懸る「無絃の大琴」の傍で詩作品を物す詩人を、「己が代表する國民の爲に己が育成せられたる社會の爲に、百種千態の音を成」す存在であるとしながら、「ヒユーマニチーの各種の變狀は之(＝詩人、菊池註)によりて發露せらる」というかたちで、「ヒユーマニチー」の伝道者として詩人を見なす詩人観を披歴しているからである。『蓬萊曲』は、前記のミナ宛書簡の執筆時期と、「萬物の聲と詩人」の発表時期の間に書かれた作品であったわけだが、もし透谷の中でこのような詩人観が一貫して持続していたならば、透谷は、素雄の内なる「人性《ひと》」を昇華しながらその魂を「神性《かみ》」の世界へと導いてゆくという、言語芸術の表象としての〈自然《かみ》〉の音楽〉の効用の中に、文学の道を志して以来の、言語芸術による他者の救済というヒューマニズムの夢を含意させようとしていたと考えられるのである。(24)

透谷は、『蓬萊曲』の執筆と同時期か、それより少し前くらいに書かれたと推定されている未定稿「マンフレッド及びフオースト」において、詩人としてのバイロンについて次のように書いている。

其(バイロンの、菊池註)詩は卽ち神微なる自然の上に幻寫せるバイロン自身なり。卑猥なる人生を怒りて常に暴騰せる火煙なり、休憩すること能はざる慰藉《ゐせき》すること能はざる所謂「目を開きながらに切歯する」熱汗なり。思想は實にアルプス山より落つる崩雪の如く、然も想像は一小詩人よりも多からざるは、抑《そ》も彼が自己に餘りに「詩」にして想像を容るゝの閑室に事欠けばなり。（六四頁）

このくだりは、透谷が『楚囚之詩』を書く際に参照したと思われるスウィントンの『英文学研究』のバイロンの章の冒頭に引用された、テーヌのバイロン評を下敷きにした記述であるわけだが、ここで透谷は、『マンフレッド』第二幕第二場でのマンフレッドの「私は歯ぎしりをした。／朝がやってくるまでの暗闇の中で、／そして日が暮れるまで私自身を呪った」(I have gnash'd / My teeth in darkness till returning morn, / Then cursed myself till sunset;)（*CPW*, vol.4, 74）という台詞を意識した「目を開きながらに切歯する」という表現を盛り込みつつ、バイロン詩の作品世界全体がいかにバイロンの自我を強烈に反映したものであるかについて述べている。(25)このような見方を取る透谷にとって、バイロン詩の作品世界は、バイロンの自我に始まりバイロンの自我に終わるような、自己完結はしているが自閉的な作品世界と捉えられていたはずであった。しかも、その自己完結した自閉的な作品世界は、「他界に對する觀念」において言われているところの、「毒鬼を假來り自由自在にネゲイションの毒藥を働かせ、風雷の如き自然力を縦にする鬼神を使役して、アルプス山に玄妙なる想像を搆へたるもの」、即ち「サタンの魔性」、「邪惡なる魔力」の論理の支配する地獄にまつわる観念表象の跳梁跋扈する世界であり、透谷のバイロンの詩についての理解に従えば、詩人としてのバイロンの自我の暗黒面を物語っていると解釈できるものであった。透谷はこの『マンフレッド』の作品世界から、自身の自我の暗黒面にのみ固執して創作を行なう「負のロマン主義」の詩人としてのバイロンの姿を逆算したに相違ない。そしてそこに〈死に至る病〉としてのニヒリズムに至る運命を看取していたに相違ない。と同時に、自身はバイロンとは違う言語芸術の創作者としての道、即ち、自身の言語芸術作品によって自身の閉塞した自我のみならず他者の自我をも救済するようなヒューマニストとしての創作者の道を歩みたいと考えたに相違ない。そのような詩人としての自意識を自己確認するかのように、透谷は、まず、「サタンの魔性」の「邪悪なる魔力」の支配する作品世界の『蓬萊曲』に、「蓬萊曲別篇」という、「基督の神性」の「聖善なる天力」の支配する作品世界への抜け道を用意し、創作者としての自身の自我が閉塞して地獄と化すような狭隘な世界ではない、より開かれた世界を志向する立場を鮮明にした。そして、そのより開かれた世界に自我を誘い導いてゆくものとして〈「自然《かみ》」の音楽〉を作中にイメージ化し、自身の自我のみならず他者の自我をも救済するという、透谷自身が理想とする至高の言語芸術を虚構の世界の中で実現するということを試みたのである。透谷はこのようにして、『マンフレッド』の作品世界とそこに表現された詩人バイロンの自我を踏み越えようとした、と考えられるのである。

　バイロンについて、「想像は一小詩人よりも多からざるは、抑も彼が自己に餘りに「詩」にして想像を容るゝの閑室に事欠けばなり」と評していた透谷は、バイロンの作品世界におけるバイロンの自我の反映の色濃さに、詩人バイロンの想像力の貧困の証左を見ていた。この事実を重視する時、バイロン以外のイギリス・ロマン派詩人が自身の創造的想像力の表象とした〈イオロスの竪琴〉のイメージの受容に、文字通り活路を見出そうとした『蓬萊曲』という劇詩は、言わば「想像を容るゝの閑室に事欠」いたバイロン流の暗鬱な作品世界を、ロマン派的な創造的想像力によって内部から破壊しようとした作品と見なすことができるものである。[26] その意味で、透谷は、バイロンの作品を基本的に参照しつつも、創造的想像力を重視しなかったバイロンの詩人としてのあり方からは離れ、創造的想像力を重視した他のイギリス・ロマン派詩人のあり方の方に近づいていっていると見ることができるであろう。『蓬萊曲』は、自我の中に閉塞してしまうバイロニズムを、他我にも開かれた創造的想像力によって克服してゆくという主題を追究した野心的な作品なのであり、透谷は、バイロンのみならず他のイギリス・ロマン派詩人の詩的精神をも自分なりに消化しつつ、バイロニズムとロマン派的想像力の閲ぎあいの中に、自分独自のロマン派的精神のありかを探り出そうとしていた、と考えることができるのである。

だが、ここには問題があったこともまた事実である。それは、『蓬莱曲』の物語において、「人性《ひと》」と「神性《かみ》」との間の葛藤に悩む柳田素雄の苦悩が、バイロンのマンフレッドのそれに比べて観念的、抽象的だという印象を免れ難いということである。(27) バイロンのマンフレッドの苦悩の中心には、人性を厭い神性を志向する自身の半超人的な自我が近親相姦の禁忌を破るというかたちで人倫をいとも容易く踏みにじり、その結果情人のアスターティを死に至らしめてしまうという一大事件がはっきりと影を落としていた。このマンフレッドの半超人的自我がもたらした、取り返しのつかない具体的な悲劇の重みが、『マンフレッド』の暗鬱な物語を内から支えていたのである。だが、すでに述べた通り、『蓬莱曲』の物語においては、この近親相姦という問題は『マンフレッド』の受容の過程で捨象されてしまっている。それ故、『蓬莱曲』における素雄の超人的自我の懊悩が、マンフレッドのそれと比較した時、ややもすれば中心を欠き必然性を欠いたもののように思われてしまうのである。(28)「蓬莱曲序」における透谷自身の言葉をかりて言うならば、素雄がただ単に狂的な妄想にとり憑かれた一人の「狂想者」にすぎないもののように思われてしまうのである。

このことは、『蓬莱曲』において、「人性《ひと》」と「神性《かみ》」に分裂する素雄の自我の苦悩の問題と、素雄と露姫との恋愛の問題とが、有機的なつながりを持っていないということ、少なくともそれが明瞭なかたちでは見えにくいということに起因しているのであろう。(29) 恐らく透谷自身、この点について明確な整理がついていなかったのではないか。透谷の明治二四年二月一五日の日記の次のくだりがそのことを匂わせている。

彼姫が形と見しは是れ琵琶なりし（びわを捨てゝ行き）抱きて見れば之れ吾が理想なりし。彼姫は空しく我

が理想と先きの戀人とが集りて出來し者なりし、理想と戀人とが凝成したりし者なりき、而して抱きての後
には琵琶と化しけり。（三一五頁）

これは、『蓬萊曲』脱稿の約二ヶ月半前の時点の日記の一節で、『蓬萊曲』の執筆計画を書いたものである。ここで言う「彼姫」とは、もちろん露姫のことを指していよう。ここで透谷は、「彼姫」と「琵琶」の二つのイメージを「理想」という観念で一元化しようとする自らの意図を語っている。だが、この計画は、「理想」の具体的なイメージがはっきりとしたものになっていないため、あまりに観念的な計画に止まっている。[30]「彼姫」とは素雄の恋愛の問題そのものを表すイメージであり、一方の「琵琶」は素雄の自我を救済する〈「自然《かみ》」の音楽〉を体現するものであるから、つまりは素雄の自我の分裂の問題に直接関係するイメージということになるであろう。この両者を結ぶものについて、脱稿二ヶ月前の時点で「理想」という観念用語でしか提示できていないという事実は、透谷が恋愛の問題と自我の問題とを有機的に結びつけるものを具体的にイメージできていなかったということを示唆するものである。[31]

このことは、不義を恐れない強烈な自我が恋愛対象を破滅させてしまい、また破滅させてしまった恋愛対象の存在故に自我の苦悩が増大するというバイロンの『マンフレッド』の主題が、『蓬萊曲』においては最後まで回避されていることを意味するものであった。つまり、透谷が『蓬萊曲』において示唆した、バイロンを除くイギリス・ロマン派詩人に通じる創造的想像力によってバイロニズムを乗り越えるという道は、バイロニズムの部分的な乗り越えに過ぎないものであったのである。バイロニズムの本質の、少なくとも一角をなす、他者の自我を滅ぼすまでに強烈な自我肯定という問題は、『蓬萊曲』において、下界の現世を焼き滅ぼす大魔王というかたちでイメージ化されていたわけだが、透谷自身の自我を主に表していると言える主人公、素雄の自我の問題として

は捉えられていなかった。透谷がこの問題と、自身の内なるバイロニック・ヒーローとの戦いというかたちで直接的に向き合うのは、『蓬莱曲』の刊行から約一年後の創作的批評文においてであったのである。(32)

註

（1）『蓬莱曲』における（『マンフレッド』を中心とする）バイロン受容の問題の意味について論じた主な先行研究を挙げると、おおよそ以下のようになる。本間前掲論文。榊原美文「透谷の『蓬莱曲』」（『近代日本文学の研究』、御茶の水書房、昭和三一年）、一三九―一七二頁。太田三郎「「蓬莱曲」と「マンフレッド」の比較研究」（『国語と国文学』、昭和二五年五月、後に『比較文学――その概念と研究例』、研究社、昭和三〇年、五七―七六頁所収）。笹渕友一「「蓬莱曲」とその典據に就いて」［『北村透谷』（福村書店、昭和二五年）、二四三―二七一頁］。益田前掲論文。海老池俊治「透谷と英文学」［『一橋論叢』、昭和三三年一〇月、後に『明治文学と英文学』（明治書院、昭和四三年）、六三―八六頁所収］。笹渕「蓬莱曲――透谷の作品その二」（『「文學界」とその時代』（上）、三三一―三八八頁）。佐藤（善）「北村透谷集注釈」［佐藤（善）・他（注釈）前掲書］。吉武好孝「北村透谷の「蓬莱曲」とバイロンの「マンフレッド」」（『武蔵野英米文学』第五号、昭和四八年一月）、七八―九〇頁。小川前掲論文。桶谷「『蓬莱曲』（一）（二）」（桶谷前掲書、一一一―一八三頁）。佐藤（善）「『蓬莱曲』の構造――登場人物の劇行動」［『立教大学日本文学』、昭和五八年一二月、昭和五九年一一月、後に『北村透谷――その創造的営為』（翰林書房、平成六年）、五五―一一四頁］。佐々木満子「『マンフレッド』と『蓬莱曲』」［川口久雄（編）『古典の變容と新生』（明治書院、昭和五九年）、一〇八五―一〇九三頁］。西谷前掲論文。山田博光「北村透谷「蓬莱曲」――ファウスト伝説からの距離」［『日本文学研究』、昭和六二年二月、後に『北村透谷と国木田独歩――比較文学的研究』（近代文芸社、平成二年）、一九―二六頁］。平岡敏夫「〈夕暮れ〉のない世界――『蓬莱曲』と『マンフレッド』」［『北村透谷――没後百年のメルクマール』、七四―九三頁］。

（2）小川前掲書、三〇六―三〇七頁。

（3）ここで「シュタウバッハの瀧」Staubach が *Steinbach* と記されている。これについては誤植と判断し、拙訳では「シュタウバッハ」と記す。

(4) 透谷のバイロン及び『マンフレッド』の親炙の度合いに関して、桶谷秀昭は、『蓬萊曲』執筆までの試行錯誤の過程を書き記した透谷の日記の明治二三年の文の記述に、「バイロンの『マンフレッド』については何の言及もないこと」を指摘しつつ、そのことについて「すでにこの時期までに透谷はバイロンを充分に読みこんでいて、改めて日記に書くほどのことがなかったからかもしれない」と論じている。桶谷前掲書、一一五頁。

(5) 本間前掲論文、二四八―二四九頁。太田前掲論文、六三―六八頁。そしてこれら本間や太田の見解を敷衍させたのが、吉武好孝である。吉武の整理によれば、『蓬萊曲』と『マンフレッド』両作品の間には、①主人公の魂の救済者の登場の場面（『蓬萊曲』では第二齣第二場、『マンフレッド』では第三幕第一場）、②主人公が自己救済＝自己破滅の衝動に駆られて超自然的存在に相渉る場面（『蓬萊曲』では第一齣第一場及び第三齣第二場、『マンフレッド』では第一幕第一場及び第二幕第三場）、③死んだ恋人を追い求めてゆく場面（『蓬萊曲』では第一齣第一場、第二齣第一場・第四場・第五場、『マンフレッド』では主に第二幕第二場）という、形式上の類似性、共通性がある。また、①場所（『蓬萊曲』では主に蓬萊山、森の中、瀧のほとり、『マンフレッド』では主にユングフラウの山と山間の地、瀧のほとり）、②時刻（『蓬萊曲』、『マンフレッド』両方とも白昼時以外の時刻）という、作品世界の舞台の類似性、共通性がある。さらに、厭世的人生観、超自然的宇宙観、絶望的恋愛至上主義の思想といった、主人公の内面性において類似性、共通性がある。吉武前掲論文、八九―九〇頁参照。

(6) 吉武好孝は、『蓬萊曲』と『マンフレッド』の間の相違点として、恐らくは太田三郎の指摘などを参照しつつ（太田前掲論文、六八―七六頁）、①主人公と恋人の間の恋愛における罪の意識の有無の問題、②神による魂の救済に対する態度の問題、③芸術の不滅性を象徴すると思しきイメージ（＝琵琶）の有無の問題を挙げている。吉武前掲論文、九〇―九四頁参照。なお、笹渕友一は、③の琵琶のイメージについて、やはり「藝術の永遠性といふ觀念が宿されてゐる」としつつ、『蓬萊曲』の構想、執筆時期に当たる明治二三年当時、透谷に「西行の復生」という作品の構想があったことも考え合わせながら、「(『蓬萊曲』の主人公である柳田素雄という) 修行者と琵琶といふ着想は西行と彼の和歌からヒントを得たもので、琵琶は和歌の換骨したものと見ることができるのではあるまいか」という見解を述べている。笹渕前掲書（上）、三六九―三七一頁参照。

（7）橋詰前掲書、一二三頁。

（8）松島正一『イギリス・ロマン主義事典』（北星堂書店、平成七年）、二四―二五頁。また、L・R・ファーストによれば、「微風に愛撫される竪琴は、コールリッジの『イオリア琴』、『孤独の恐怖』、『失意のオード』などにおいて、絶えず詩的創作過程を表わすイメージとして用いられている」。L・R・ファースト（床尾辰男（訳）『ヨーロッパ・ロマン主義――主題と変奏』（創芸出版、平成一四年）、一九一頁。

（9）山内久明も、後に本書でも論及することになる、「萬物の聲と詩人」における「無絃の大琴」に触れたくだりを引用しつつ、透谷の「琴」のイメージが、例えばコールリッジの詩「風琴」"The Eolian Harp"（一七九六年）におけるそれと相似性を持つことを指摘し、透谷の自然観の背後にカーライル及びイギリス・ロマン派詩人の「有機体的宇宙観」に基づく自然観が控えている、と論じている。山内「近代日本文学とイギリス文学（1）」［山内久明・川本皓嗣（編）『近代日本における外国文学の受容』（放送大学教育振興会、平成一五年）、三二―三三頁］。

（10）素雄の魂の救済者について、「蓬萊曲別篇」の「慈航湖」のイメージを重視して、露姫と見る見方があるが、少なくとも『蓬萊曲』の物語において、素雄の魂を自我地獄や肉体の桎梏から解き放つものは、露姫ではなく「自然の音楽」たる琵琶の音色である。笹渕友一が指摘するように、『蓬萊曲』の主題としては「（再生する素雄に象徴される）宗教的な救」「（再生の自覚を与えた琵琶に象徴される）藝術の永遠性」「（琵琶を鳴らして素雄を目覚めさせた露姫との）恋愛の永遠性」の三つほどが考えられ、それぞれが主題たる同等の資格を持っているように思われるわけであるが、筆者は『蓬萊曲』の物語世界内のイメージを重視しつつ、この三つの主題候補の中では、「自然の音楽」たる琵琶に象徴される「（「宗教的な救」「恋愛の永遠性」を含む）藝術の永遠性」に作品の主題を見たいと考える。（それ故、琵琶のイメージが象徴する芸術の問題を比較的軽く見て、『蓬萊曲』の主題を、「ダンテ的恋愛の永遠性とバイロン的自由解放への欲求とであ」り「この二つの主題を有機的に統一しようとすることであつた」とする笹渕の結論には納得できない（笹渕前掲書（上）、三八三―三八四頁）。笹渕の語法に従いつつ強いて言うならば、「（「自然の音楽」という）永遠なる芸術による「バイロン的自由解放への欲求」の実現、といったところが妥当であろうと考える。なお、太田三郎も、「「蓬萊曲」の思想的不統一はむしろ「マンフレッド」的な面と「神曲」的な面とを透谷が完全に融合消化しえなかったところから生れているとおもえる」としているが（太田前掲論文、七五頁）、同様の理由から太田の見解にも完全には納得しかねるものがある。

ただし、以上の筆者の見方は、「蓬萊曲別篇」の「慈航湖」において、ゲーテの『ファウスト』やダンテの『神曲』の影響を受けつつ、透谷が露姫を素雄の魂の救済者＝先導者としてイメージ化していることそれ自体を否定するものではない。素雄を導く露姫のイメージに、ファウストの魂を導くグレートヒェンの影を見る主な見解については、勝本前掲書、五四頁。笹渕前掲書（上）、三四四―三四六頁参照。山田前掲論文、二四―二五頁参照。また、ダンテを導くベアトリーチェの影を見る主な見解については、太田前掲論文、七一―七二頁参照。笹渕前掲書（上）、三四七―三四九頁、三六〇―三六一頁参照。

(11)太田三郎は、「『蓬萊曲』でえがいたものは分裂し矛盾する自我に統一と純粋性をあたえようとする」「バイロン的苦悩」であったとしつつ、「この苦悩の解決にエマソンの詩想は大きな力となっている」と論じ、その後で「萬物の聲と詩人」へのエマソンの自然論、大霊論の影響の痕跡を指摘している。太田「エマスンと北村透谷」（太田前掲書、九〇―九五頁参照）。太田は、『蓬萊曲』と「萬物の聲と詩人」の関係性について直接論じているわけではないが、両者を結ぶ〈自然《かみ》〉の音楽〉のイメージに着眼すると、太田の議論には頷けるものがある。

(12)笹渕友一は、「萬物の聲と詩人」の論理を、「個々特々の悲苦、悦楽も結局大琴の一部分であるとすれば、万物の個性は大琴の中に吸収されて個性としての意味は消え去り、普遍性のみが残ることにならう。（自然が「万物に私情あるを許」さないといふのも同じ意味である。）」という言葉で説明している。笹渕前掲書（上）、二八六頁。個性としての意味の無化が、個人的主体としての死（〈人性《ひと》〉としての生の死）を意味し、また普遍性のみ残るということが、「神性《かみ》」の支配する世界における新生を意味する、と筆者は考えているのである。

(13)森山前掲書、一五六頁。なお、森山は、「死と再生の真の導き手は、琵琶の姿をとった露姫であった」と述べているが、『蓬萊曲』のクライマックスの琵琶のイメージに露姫の影が差していない以上、この場面の琵琶は琵琶それ自体として受け止めておく読みの方が自然であろうと思われる。

(14)森山重雄も、透谷の未完の評論「マンフレッド及びフオースト」の中の、『マンフレッド』における〈他界に対する観念〉について触れた、「此も實に近代の鬼神を驅馳し、新創の幽境に特異の迷玄的超自然の理想を着て出でたり」という一文を引きつつ、『蓬萊曲』の大魔王を、鬼であり且つ「迷玄的超自然の理想」が負の形、魔の形をとってあらわされたもの」と評している。森山前掲書、一五七頁。同様に、上野芳久も、『蓬莱曲』の大魔王を、透谷の所謂「近代の鬼神」の表れと見ている。上野『北村透谷『蓬莱曲』考』（白地社、昭和六三年）、二二頁。

(15)北川透も、「他界に對する觀念」に論及しながら、透谷が『蓬莱曲』において、『神曲』や『ファウスト』、そして特に「バイロンの『マンフレッド』の豊かな他界の観念に突きあわせつつ、まさに仏教的でも、キリスト教的でも、古神学的でもない、逆に言えば、それらすべてからかすめとる不逞の意志において、虚構性としての〈他界〉の観念を創出する方向に進んでい」き、そのようにして獲得された「虚構性としての〈他界〉の至高の場」として〈蓬莱山頂〉という場を設定した、と述べている。北川前掲書、一四六―一四九頁参照。北川透は特に明示していないが、ここで言われている〈他界〉は、当然、「邪悪なる魔力」という「他界に對する觀念」のイメージが跳梁跋扈する「地獄」ということになるだろう。

(16)橋詰静子は、「蓬莱山を登る素雄の姿はそのままおのれの深層心理を段階的に明らめイドを極めようとする不退転の姿であろう」と述べ、蓬莱山を「逆立した「富士山」」という卓抜な比喩で捉えつつ、素雄の旅を「非合理の深層の奥所への段階を踏んだ旅」であったと論じている。橋詰前掲書、九四―九九頁。筆者も、この後直ぐ論じるように、「邪悪なる魔力」の支配する蓬莱山頂で素雄が直面したものこそ、意識せざる（権力意志と結びついた）自我の暴力性であった、と考えるものであり、橋詰の見解と立場を同じくするものである。

(17)この、現世利益的言辞で素雄を誘惑しつつ、現世を徹底的に焼き滅ぼす大魔王という表象について、勝本清一郎は、物質的繁栄と破壊、滅びを表裏一体のものとして持つ資本主義社会という観念を形象化したものだ、と論じている。勝本前掲書、四六―五一頁参照。資本主義社会の形象ではなく、資本主義社会という観念の形象とした点、蓋し卓見であると言える。後に述べるように、透谷は、大魔王を、自身の自我の外部に存立している明治日本の実体的な資本主義社会の形象として捉えているのではなく、資本主義社会の支える原理であり且つ自身の自我の内部にも巣くっている利己主義的な世俗的権力意志の形象として捉えている節が濃厚だからである。透谷＝素雄が、内なる悪魔の詩的表象として、大魔王と対峙している場面、それがこの『蓬莱曲』のクライマックスの場面なのである。

(18)この意味で、「「内部の精神は障碍が除かれて自由に伸長せしめられるときは邪悪の神となるかもしれない」「私は拠るべきものとして自我しかないのだが、その自我は災厄であり呪詛となるかもしれない」――このような思想は透谷が夢想だにしないものだったろう」という小川和夫の言は言い過ぎであろうと思われる。小川前掲書、二八三頁。透谷は、まさに小川が言うところの「近代思想」の悲劇を、大魔王の暴虐というイメージで表現したと考えられるからである。

(19)この素雄の狼狽に、桶谷秀昭は、『マンフレッド』に引きずられたことに原因する『蓬莱曲』の劇詩としての構成、劇的展開の混乱を見ている。そして、大魔王の所業に狼狽する素雄のこの人間性には、どんな悪業も懼れずに傲然と構えていたバイロンのマンフレッドの翳よりも、「世の中をすててすてえぬここちしてみやこはなれぬ我がみなりけり」と歌った西行の翳の方が濃厚に表れている、と論じている。桶谷前掲書、一七八―一八〇頁参照。

(20)つまり、破壊の限りを尽くす大魔王とは、素雄の自我に潜在する、「人性《ひと》」に対する暴力性を映し出す鏡の役割を果たすものであり、素雄にこれまで意識されてこなかった自らの権力意志を意識化させる働きを持つものである。それ故、北川透がやや控え目に提示している、「わが明治国家の、透谷における無意識の表象」としての大魔王という見方には、半分同意しつつも、完全に賛同することはできない。北川前掲書、一五四頁参照。筆者は、むしろ「明治国家」に限定せず、「明治国家」にも自由民権運動の壮士たちにも、そして勿論自身の内部にも確実に潜在している、他我に対する暴力性を孕んでいる自我（＝権力意志）の表象として、大魔王を見たいと考える（その意味で、北川がこの少し後で展開している見解、即ち、素雄の自我の片方を成す「人性《ひと》」を、「大魔王が集約してみせた共同なるものにも収斂していってしまうもの」として、大魔王と素雄の自我の一部との同一性を指摘している見解の方を積極的に支持したい。北川前掲書、一五六頁参照）。ちなみに、上野芳久も、大魔王を、透谷自身の内部意識に〈暗黒〉というかたちで立ち現れた、〈国家〉という呪縛力の表象として捉えつつ、「透谷の希求する転身は、透谷の内部に潜む〈暗黒〉を乗り超えようとする所にこそあった」と論じており、筆者の立場と共鳴するところがある。上野前掲書、一五五頁。なお、政治的権力意志に対する透谷の警戒心については、本書第一章第三節の議論を参照のこと。

(21)小川前掲書、二五三頁。ただし、小川が、「透谷はバイロンの筋だての真意を理解することができずにその筋立てを模倣して己れの作品の骨組みを構想した」（小川前掲書、二五二頁）と全否定的に断じている点には、必ずしも賛同できない。確かに小川の指摘する通り、『蓬莱曲』においては、『マンフレッド』における「近代自我」の具体的なイメージ（内面を見つめる眼をめぐる苦悩、「神性《かみ》」と「人性《ひと》」の葛藤、神に対する態度など）を、同じかたちでは移植できてはおらず、大いに混乱している箇所があることも確かである。だが、そもそも『蓬萊曲』においてマンフレッド流の出口なき「近代自我」が完全無欠なかたちで移植されていたとしたら、それこそ素雄の救済はなかったはずであり、透谷が素雄の救済を可能とするために、ある程度意図的に、マンフレッド流の「近代自我」を素雄に賦与しなかったと考えることもできるように思われる。つまり、小川の言い方を若干改変して言えば、「透谷はバイロンの筋だての真意（「近代自我」の悲劇）を理解していたために、その筋立てを模倣しつつも己れの独自の作品の骨組み（内部生命と「自然」との交感による救済の物語）を構想した」のであろう、と筆者は考えているわけである。

(22)平岡敏夫は、『マンフレッド』には頻出する〈夕暮れ〉のイメージが、『蓬萊曲』にはないことに着目しつつ、『蓬萊曲』の作品世界を、「〈夕暮れ〉をこえんとする意識・無意識の感受性による能動的な二元論」（固定化され、パターン化された図式的・静的二元論ではなく、一元論を根底に持つ動的な二元論）に基づく世界である、と論じている。平岡『北村透谷――没後百年のメルクマール』、七四―九三頁参照」。『マンフレッド』において、マンフレッドは〈夕暮れ〉、即ち没してゆく太陽に、滅びることが必至の自身の自我を投影していたわけであるが、透谷の〈夕暮れ〉のイメージの受容の拒否の姿勢にも、自己完結的ではあるが自閉的で息詰まるようなマンフレッド的自我を、「能動的な二元論」に基づいて、否定の極点から肯定の極点へと内側から打破していこうとする透谷の意識が息づいていると見ることができる。透谷にとっては、両極の間に位置する中間地帯としての〈夕暮れ〉は不要なイメージだったのである。

(23)この意味で、『蓬萊曲』は、勝本清一郎の所謂「近代人の世界観をその全容の姿において丸ぼりにして見せる世界観藝術」（勝本前掲書、二〇七頁）であるのみならず、透谷（あるいは透谷を含むロマン派詩人）の芸術観を丸ごと表現しようとした〈藝術観藝術〉であったと言える。

(24)山田博光は、透谷の『蓬萊曲』、ゲーテの『ファウスト』、そしてバイロンの『マンフレッド』の三者の間の距離を測定しつつ、結論的に、『蓬萊曲』と『マンフレッド』の両作品の主人公に共通するものとして、近代人の厭世観の表れである現実拒否の姿勢を挙げている。山田前掲書、二五―二六頁参照。だが、『蓬萊曲』の主人公の柳田素雄ならぬ、『蓬萊曲』の作者の透谷は、琵琶のイメージに、言語芸術による他者の救済というヒューマニズムの夢を仮託することで、現実への意志を詩的に表明していると考えられるのである。

(25)「目を開きながらに切歯する」の典拠については、桶谷前掲書、九八頁を参照のこと。

(26)本間久雄は、「偶像破壊者《アイコノクラスト》」バイロンにおける「破壊」への意志について、それを「破壊のための破壊」「絶望的な又は虚無的な破壊」であった、と論じつつ、バイロンの「破壊」への意志に理想の裏付けの欠如を見、その一方で、透谷における「破壊」への意志に「一種の超越哲学的な理想」の裏付けを見つつ、「それは恐らく、バイロンにはない心境であり、それはむしろシェリーの思想の一面と共通したものとも言へる」としている。本間「明治浪漫派運動序説――透谷と藤村と」『立正大学文学部論叢』第三八号、昭和四五年九月、一一―一四頁参照。この、本間がバイロンにはなく透谷の中には見たと言う、所謂「一種の超越哲学的な理想」の裏付けは、バイロン以外のイギリス・ロマン派詩人に共通していた創造的想像力への重視の姿勢と同一のものと考えられるものであり、本間の見解と筆者のそれは重なるところが多いと言える。

(27)この点に関して、桶谷秀昭は、『蓬萊曲』の柳田素雄の自我意識を混濁したものと捉えつつ、首尾一貫し輪郭のはっきりしたマンフレッドの自我意識と対照させている。桶谷によれば、バイロンのマンフレッドの超人的自我意識には、バイロンを幼い頃より拘束していた「カルヴィン主義の厳格主義《リゴリズム》の呪縛」との葛藤という「人間的理由」があり、言わば「人類の不安の代表者」としての恐怖の裏打ちがある。一方、日本人の透谷には、バイロン流のカルヴィン主義の世界観に対する意識が希薄であり、そのため『蓬萊曲』の素雄の自我は曖昧なものとならざるを得なかったのだ、と桶谷は論じるわけである。桶谷前掲書、一六五―一六八頁。

(28)この点について、吉田精一も、「『露姫』によって象徴される恋愛の意義は、マンフレッドにおけるアスタルテの場合よりも弱い」としつつ、『マンフレッド』における「全局開展の鍵である」べき「不倫の恋愛の喪失」の問題の捨象によって「露姫の『蓬萊曲』における意味」が希薄化してしまったことに、『蓬萊曲』の構想上の破綻の一因を見ている。吉田前掲書、六四―六五頁。

(29)平岡敏夫も、素雄における「露姫願望」（＝恋愛の問題）と「『牢獄』脱出願望」（＝自我分裂の苦悩の問題）の乖離に、『蓬萊曲』が「支離滅裂」と評される理由を見ている。平岡『北村透谷研究』、一五二―一五三頁参照。

(30)この点について、笹渕友一も、透谷の所謂「理想」を「自由」と解釈しつつ、「琵琶に托された理想が仙姫の性格の一面になつてゐるかどうか確かでないし、また姫と琵琶とのイメージが交錯するといふこともない」と述べ、透谷が構想の実現に十分成功しなかった、と見なしている。笹渕前掲書（上）、三三五頁、三八三―三八四頁参照。また、橋浦兵一も、『マンフレッド』におけるマンフレッドの恋人アスターティの客観的存在としての確かな実在感と対比しつつ、「透谷自身の告白を整理するための手段」に堕してしまっている観のある「彼姫」＝露姫の実在感の希薄さを指摘している。橋浦「自責の文学――透谷・藤村の連関基調」［『宮城学院女子大学研究論文集』第二五号、昭和三九年一二月、三八―三九頁］。

（31）この、『蓬萊曲』における恋愛と自我の問題を結ぶものに関して、例えば西谷博之などは、「慈航湖」のイメージに「聖処女マリアを思わせるミナに導かれての入信」のイメージを見出しつつ、「強烈な透谷の自我を丸ごと温かく包み込んでくれる母性」への願望の問題を指摘している。西谷は、恋愛と自我の問題を両方解決してくれる「母性」への願望を抱きつつ、言わば「母性」を賦与されたアスターティによるマンフレッド救済として、『蓬萊曲』の素雄の露姫による救済をイメージ化し、ひいてはミナによる自己救済をイメージ化しようとした、と論じて、ここに『マンフレッド』を凌ぐ透谷独自の世界の息吹」を感じ取るのである。西谷前掲論文、四八六―四八七頁参照。筆者もこの西谷の見解におおよそ同意するものであるが、透谷の自我の問題と密接にかかわるものとしてあった「琵琶」のイメージ、即ち言語芸術の表象としての〈自然《かみ》〉の音楽〉の問題と、西谷の所謂「母性」の問題との連関が、やはり明瞭には見えてこないわけで、透谷の『蓬萊曲』の執筆意図の観念性を指摘せざるを得ない。

（32）桶谷秀昭も、『蓬萊曲』において放出されている「思念、感情が、より成熟した姿で、明治二五・二六年の批評文に展開され」ているとしている。桶谷前掲書、一八三頁。当然、『蓬萊曲』における『マンフレッド』受容において積み残された課題である、恋愛における自我の暴力性の問題も、「より成熟した姿で、明治二五・二六年の批評文に展開され」ている、と考えられるわけである。なお、森山重雄は、明治二六年一月発表の『罪と罰』の殺人罪」に触れつつ、透谷が、『蓬萊曲』の素雄の自我のあり方の中にはイメージ化できなかった、マンフレッド的な「自我内部の魔」について、多分に問題意識を持っていたであろうことを示唆している。森山前掲書、一三〇―一三二頁参照。

第三節　「心機妙變」論における『マンフレッド』受容とその射程

第一項　マンフレッド論としての文覚論

『蓬萊曲』においては回避された、『マンフレッド』における恋愛と自我の問題について、透谷が真正面から取り組んだのは、『蓬萊曲』の刊行から一年近く経過して発表された評論「心機妙變を論ず」（『女學雜誌』甲の巻第三二八号、明治二五年九月）においてである。この評論は、人妻である袈裟御前に不義の愛を仕掛け、誤って袈裟を殺してしまったのを機に出家した鎌倉時代の僧文覚（俗名遠藤盛遠、一一三九―一二〇三）の発心について論じたものであるが、後述するように、この文覚論には『マンフレッド』の受容の痕跡が様々なかたちで色濃く表れている。一言で言えば、透谷は、文覚の恋愛と自我の問題の考察を通して、マンフレッドの恋愛と自我の問題に真正面から向き合ったわけである。

ところで透谷が取り上げた坂東の荒聖人こと文覚の話は、主に『平家物語』（一三世紀頃成立）等に扱われて説話化し、一般にも広く親しまれてきた。明治に入ってからも「心機妙變を論ず」が発表されるまでに、すでに松村春風（編）『文覺上人昔々物語』（明治一六年）、小枝繁『橋供養　文覺上人發心之記』（明治一九年）、依田學海（本名朝宗、一八三三―一九〇九）、『文覺上人勸進帳』（明治二一年）、作者未詳『文覺上人物語』（明治二二年）、福地櫻痴（本名源一郎、一八四一―一九〇六）、『橋供養』（明治二四年）等が、文覚を題材としている。また論壇でも、境野怡雲「革命的偉人としての文覺上人を論ず」（『國民新聞』、明治二五年九月）、星野天知「怪しき木像」（『女學生』、明治二五年八月）「文覺上人の本領」（『女學雜誌』甲の巻第三二九号、明治二五年九月）等が文覚の人間像について論じている。

透谷は、「心機妙變を論ず」の終わりで、「天知子の女學生に載せし「怪しき木像」我眼前《めのまへ》に往來して遂に我をして未熟の文を出すに至らしめぬ」（一〇〇頁）と書き、自身の文覚論が天知の文覚論に触発されて成ったことを述べている。また、「然り彼《か》の一生は事業の一生にあらずして懺悔の一生なり、彼を以て改革家なりと評する如きは蛇尾を見て蛇頭を見ざるの論なり」（一〇〇頁）とも書いており、文覚を「改革家」、「革命的偉人」と見なし、その一生を「事業の一生」と見る境野怡雲の文覚論に対する批判的見解も述べている。つまり、ここには、後に『文學界』に拠ることになる天知に与し、『國民之友』に拠る境野に反駁するというかたちで、透谷の文学的、思想的立場が表明されており、この意味でこの「心機妙變を論ず」は、このわずか数ヶ月後に芭蕉論というかたちで展開されることになる、所謂人生相渉論争を予感させるものであった。

透谷の文覚論の特徴は、透谷自身、「わが所望は一あり、（中略）渠が裡面の傍観者として、渠の心機一轉の摸樣を論ずるの榮《さかえ》を得む」（九七頁）と書いているように、文覚の「發心＝心機一轉＝心機妙變」（以下、「心機妙變」に統一）、即ち回心のありようとその意味するところに肉迫するという明確な問題意識を持っている点にある。[1] ここで透谷が論題として取り上げている文覚発心譚の梗概はおおよそ次のようなものである。出家前の文覚は、遠藤盛遠という名の北面の武士であった。ある時彼は、人妻である袈裟御前（または阿津磨）に懸想し、彼女に恋を仕掛ける。そして彼女との密会の折に袈裟の夫の殺害を共謀するのであった。ある夜、彼は袈裟のいる屋敷に忍び入り事を決行する。だが、彼が実際手にかけたのは袈裟の夫ではなく袈裟その人であった。彼女は夫の身代りにわざと盛遠の手に掛かったのである。この事実に衝撃を受けた盛遠はこれを機に発心し仏門に入る――。様々な異本のある文覚発心譚であるが、それら全てに共通する内容は以上のようなものである。

透谷は、文覚のこの「心機妙變」について次のように論じている。人生には人智の及ばぬ「秘奥」があり、「心機妙變」もその一つである。人間の心内では「神性」と「人性」とが常に争っており、文覚の「心機妙變」は、前者が後者を撃砕した結果起こったものである。それまで文覚は悪逆無道を事とする人物であったが、袈裟が自ら自分に殺されたのだということを知った瞬間、彼は「女性の眞美」を感得し、「己れの迷夢」を撃破し、「天地の實」を覚知し、「戀愛の至道と妄愛の不義」を悟り、「佛智」を得るに至った。つまり「心機妙變」の瞬間が訪れたのである。以後彼は「懺悔の一生」を送ったが、それは「生悟りの聖僧」では経験し得ないほどの極めて尊い「痛惱」の生涯であった――。このように透谷は、恐らく明治二〇年における自身のキリスト教入信の体験を意識しつつ、(2) 論の前半で「心機妙變」の一般的な論理について説明し、後半で文覚の人間像の変化に即しながら「心機妙變」の具体的なありようについて描き出すということをしている。

では、透谷はこの「心機妙變を論ず」において、具体的にどのようなかたちでバイロンの『マンフレッド』を受容しているのであろうか。そしてその受容の営みの中で、『マンフレッド』における恋愛と自我の問題はどのように考究されているのであろうか。以下、「心機妙變を論ず」の議論を便宜的に、「心機妙變」の論理を主に説明した前半部と、「心機妙變」前後の文覚の人間像の変化に焦点を当てた後半部とに分けた上で、『マンフレッド』受容の痕跡をそれぞれ確認し、文覚論としての「心機妙變を論ず」がいかなる意味でマンフレッド論としても読めるのかということを明らかにしていきたいと思う。

第二項　「心機妙變」の論理における『マンフレッド』の影

「心機妙變を論ず」の前半部における『マンフレッド』受容の問題について考える上で、まず、「心機妙變を論ず」の書き出しの文、「哲學必らずしも人生の秘奥を徹貫せず何ぞ況んや善惡正邪の俗論をや」（九七頁）に注目しよう。この文は、「心機妙變」というものが人智によっては到底計り難いものだということを言うための前提として、「人生」には「哲學」等の人智の及ばぬ領域、即ち「秘奥」があり、「心機妙變」とはそのような領域に属する事件だということを述べるためのものである。

実は透谷は、「心機妙變を論ず」と同年同月に『平和』第六号に発表した評論「各人心宮内の秘宮」においても、これと同趣旨のことを述べている。そこで透谷は次のように書いている。

> 哲學あり科學あり人生を研究せんと企つる事久し、客觀的詩人あり主觀的詩人あり千里の天眼鏡を懸て人生を觀測すること既に久し、而して哲學を以て科學を以て詩人の靈眼を以て終《つひ》に説明し盡すべからざるものは夫れ人生なるかな、
>
> 厭世大詩人バイロンが「我は哲學にも科學にも奥玄なるところまで進みしが遂に益するところあらざりし」と放言し、萬古の大戯曲家シエーキスピーアが「世には哲學を以ても科學を以ても覗ひ見るべからざるものあり」と言ひたりしも、又た學問復興の大思想家と人の言ふなるベーコンが「哲學遂に際涯するところあらざるべし」と戯れたるも必竟するに甚深甚幽《じんしんじんゆふ》なる人間の生涯をいかんともすべからざるが爲めならんかし。（九三頁）

この「各人心宮内の秘宮」の文章も、やはり人智では及ばざる領域が「人生」という問題にはある、ということを述べたものであるわけだが、この引用文は、「心機妙變を論ず」の書き出しにおいて示された「哲學必らずしも人生の秘奥を徹貫せず」という見解がバイロンやシェイクスピア、ベーコン（Francis Bacon, 1561-1626）等の先人の言に拠ったものだということを明確に示している。(3) ここでバイロンの言とされている「我は哲學にも科學にも奥玄なるところまで進みしが遂に益するところあらざりし」という文言は、前章第二節においても触れた、『マンフレッド』第一幕第一場でのマンフレッドの台詞を念頭に置いたものと推定される。以下、拙訳のみ改めて引用する。

哲学、科学、そして不可思議の源、
また、世界についての叡智、これらのものを
私は試みてきた、そして私の心の中には
これらのものを従わしめる力もある。
だがそれらもまた空しい。

マンフレッドのこの言は、ありとあらゆる知識によっても自分が求めている自己忘却が得られない、ということを慨嘆したものであるが、透谷はこの言を、人智には限界があるという一般的な真理を述べた言葉の一つとして捉えるということをしている。そして、マンフレッドの慨嘆する、自己忘却に対する人智の無力の問題を、「人生の秘奥」に対する人智の無力の問題、もっと限定して言えば「所謂無心無知の境」である「心機妙變」に対する人智の無力の問題に読み換えて、「心機妙變を論ず」の中に受容するということをしているのである。(4)

これ以外にも、人間に「心機妙變」をもたらすとされる人間本性の内的葛藤について述べた次の箇所にも、『マンフレッド』受容の痕跡を見て取ることができる。

神の如き性人の中にあり、人の如き性人の中にあり、此二者は常久の戰士なり、九竅《きうけう》の中にこの戰士なければ枯衰して人の生や危ふからむ。神の如き性を有《たも》つこと多ければ、戰ひは人の如き性を倒すまでは休まじ、休むも一時にして程經れば更に戰はざる能はず。人の如き性を有つこと多ければ終身惘々《もうもう》として煩ふ所なく想ふ所なく憂ふる所なからむ。この兩性の相鬪ふ時に精神活きて長梯を登るの勇氣あり、鬪ふこと愈多くして愈激奮し、その最後に全く疲廢して萬事を遣る、この時こそ、惡より善に轉じ、善より惡に轉ずるなれ、この疲廢して昏睡するが如き間に。（九八頁）

このくだりにおいて透谷は、人間の内部では、「神の如き性」と「人の如き性」という二つのものが常時相争っているということを述べている。そして、この「神の如き性」と「人の如き性」との葛藤について、別の箇所では、「無漏」と「有漏」との闘争、「光明」と「無明」との闘争という言い方でさらに説明を試みている（一〇〇頁）。

ところで、「心機妙變を論ず」の中の、人間の内部の分裂と葛藤の問題について述べたこれらの表現から想起されるのが、『蓬萊曲』の主人公柳田素雄の次の台詞である。

おもへばわが内には、かならず和らがぬ兩つの性《さが》のあるらし、ひとつは神性《かみ》、ひとつ

は人性《ひと》、このふたつはわが内に、
小休《こやみ》なき戰ひをなして、わが死ぬ生命の盡
くる時までは、われを病ませ疲らせ惱ます
らん。
つら〱わが身の過去《すぎこしかた》を思へ回せば、
光と暗《やみ》とが入り交りてわが内に、われと共
に成育《おひたち》て、
このふたつのもの、たがひに主權を爭ひつ、
屈竟の武器を装ひて、いつはつべしとも知
らぬ長き恨を釀しつつあるなり。
（四〇頁）

人間本性の内的葛藤について、「神性」と「人性」の闘争、「光」と「暗」の闘争と表現している素雄のこの台詞は、同じく人間本性の内的葛藤について、「神の如き性」と「人の如き性」の闘争、「光明」と「無明」の闘争と表現している「心機妙變を論ず」の叙述の原型と見なすことができるものである。

そしてそもそも右の『蓬萊曲』の素雄の台詞は、すでに指摘があるように、『マンフレッド』第一幕第二場におけるマンフレッドの台詞をもとにしたものである。

But we, who name ourselves its sovereigns, we,
Half dust, half deity, alike unfit

To sink or soar, with our mix'd essence make
A conflict of its elements, and breathe
The breath of degradation and of pride,
Contending with low wants and lofty will
Till our mortality predominates,
(*CPW*, vol.4, 63)

しかし私たち、自らをその支配者と名のるこの私たちは、
半分が塵で、もう半分が神であり、言うなれば
没落することも飛翔することもできず、私たちが本質的に相反するものを含んでいるせいで
それを構成する要素たちが互いに相争い、結果私たちは、劣等意識と優等意識を
呼吸して生きている。
死すべき運命が私たちに対して強権をふるうその時まで、
私たちは低劣な欲求と高貴な意志と相争いつつ生きるのだ。

ここには、「神の如き性」と「人の如き性」の闘争のイメージにそのまま対応する、「神」(deity) と「塵」(dust) との分裂及び葛藤のイメージが立ち現われている。あるいはまた、「光」と「暗」の葛藤のイメージに注目するならば、『マンフレッド』第三幕第一場における大修道院長のマンフレッドの内的葛藤について述べた以下の台詞をも参照していると見ることができるであろう。

as it is,
It is an awful chaos—light and darkness—
And mind and dust—and passions and pure thoughts,
Mix'd, and contending without end or order,
All dormant or destructive:

(*CPW*, vol.4, 93)

つまり言わば、
恐ろしいほどの混沌なのだ。光明と暗黒、
そして霊と肉、情欲と純粋な思念とが
混じり合い、目的も秩序もなく相争っている、
全てが休眠状態になるか、破壊的になるかのいずれかなのだ。

引用から明らかなように、ここには『蓬莱曲』の「光」と「暗」の闘争のイメージに対応する、「光明」と「暗黒」の闘争というイメージが出てきている。のみならず、その後に出てくる「霊」と「肉」の闘争、「情欲」と「純粋な思念」の葛藤というイメージは、『蓬莱曲』を飛び越えて「心機妙變を論ず」の「有漏《うろ》」と「無漏《むろ》」の葛藤のイメージに連なっており、やはり透谷の議論との親近性を感じさせるものとなっている。(5)

要するに透谷は、『マンフレッド』の中のこれらの台詞において語られた、〈神性—塵性〉、〈光明—暗黒〉、〈純粋な思念—情欲〉の葛藤のイメージを、『蓬莱曲』において〈神性《かみ》—人性《ひと》〉、〈光—暗〉の葛藤のイメージとしてまずは受容し、そして次に「心機妙變を論ず」において〈神の如き性—人の如き性〉、〈光明—無明〉、〈無漏—有

漏〉の葛藤のイメージとして受容していると考えられるわけである。[6] このように見てくると、透谷がこの人間本性の内的葛藤の果てに起きると想定している「心機妙變」の瞬間を、「激奮」の果てに「疲廢」し「昏睡するが如き」状態になった瞬間であると説明していることも腑に落ちてくる。透谷は、『マンフレッド』第三幕第一場での、マンフレッドの内的葛藤の帰結について述べた大修道院長の「全てが休眠状態になるか、破壊的になるかのいずれかなのだ」という台詞を、〈破壊的になる→休眠状態になる〉というふうに時間的推移として捉え直し、「激奮」の果ての「昏睡するが如き」状態を「心機妙變」の瞬間の状態として想定したと考えることができるのである。

以上のことから、透谷が、『マンフレッド』の詩句やイメージの中から「心機妙變」なるものを発想し、マンフレッドの半超人的な自我の内部における葛藤の激しさを、文覚における「心機妙變」の原動力に読み換えていたことがわかる。透谷は、「心機妙變を論ず」の前半において、『マンフレッド』から、「半分は塵で、もう半分が神」という、キリスト教的霊肉二元論に基づく西洋の伝統的な人間観を抽出しつつ、それを仏教的な回心としての「心機妙變」の論理にまで昇華するということをしているのである。[7]

第三項　文覚の人間像におけるマンフレッドの影

では次に、文覚の人間像に焦点を当てながら「心機妙變」の具体的なありようを論じた後半部における『マンフレッド』受容について検討していこう。まず、「心機妙變」以前の文覚像について、文覚と袈裟の愛情関係についての叙述に注目しながら見てゆくことにする。

（二）「心機妙變」以前の文覚の人間像におけるマンフレッドの影

文覚とマンフレッドは、実はよく似た境涯にある。文覚は、愛する袈裟を誤って自ら手に掛けてしまい、マンフレッドもまた、やはり愛するアスターティを破滅の運命に追いやってしまう。彼らは、自身の愛情の対象を図らずも死なせてしまうという点ですでに類似している。透谷が『マンフレッド』を参照しながら「心機妙變を論ず」という自身の文覚論を書こうと思い立ったきっかけは、案外この両人の境涯の類似ということに思いが至ったことにあったのかもしれない。

だが、透谷が描き出す文覚とマンフレッドとの間の類似はこれだけに止まるものではない。透谷がその内実にかなり踏み込んで描き出している文覚と袈裟の愛情関係のありようは、マンフレッドとアスターティの愛情関係のありようと具体的な点においてもかなり類似したところを持っている。例えば、透谷は次のように書いている。

> 文覺の袈裟に對するや如何なる愛情を有《たも》ちしやを知らず、然れども世間彼を見る如き荒逸なる愛情にてはあらざりしなるべし。當時夫婦間の關係を推するに德川氏時代の如く嚴格なるべきものにあらず、袈裟の如き堅貞の烈女實際にありしものなりや否やを知らず、常磐の如き巴の如き節操の甚だ堅からざる女人多き時代にありて袈裟御前なるもの實際世にありしか或は疑ひを挿むの餘地なきにあらず。然れども凡てのドラマチカルの事蹟を抹殺し去りても文覺が其妄愛《ばうあい》に陷りし對手を害せし事は事實なるべし。文覺が世に傳說する如き驕暴なるものにあらずとするも、少なくとも癡迷惑溺の壯年たりしことは許諾せざるべからず。
>
> （九八―九九頁）

ここで透谷は、文覚の袈裟への愛情が「妄愛」には違いなかったが、決して「荒逸」なものではなかったということ、また、袈裟が必ずしも「堅貞の烈女」というわけではなく、文覚の「妄愛」を受け入れ密通していた可能性も高い、ということを述べている。透谷がここで疑義を挿もうとしている「荒逸」、「驕暴」という文覚像は、叔母を殺すと脅迫して袈裟との密通を実現させる盛遠を描いた『源平盛衰記』（鎌倉中期から後期に成立）等の諸本に拠ったものであり、また「堅貞の烈女」という袈裟像は、盛遠の要求を最後まで拒んで自ら死に赴く袈裟を伝える『延慶本平家物語』（延慶二（一三〇九）年）等に拠ったものと推定されるわけだが、[8]透谷は、このような文覚と袈裟の人物像をめぐる全ての「傳説」を相対化し、二人の愛情関係の内実に想像力を駆使しながら自力で接近せんとしているわけである。

「荒逸」ではない「妄愛」を寄せる男、そしてそのような男の愛に応えて不義を犯す女。透谷が想定したこのような男女の関係は、『マンフレッド』第二幕第二場で、マンフレッドがアスターティとの愛情関係を語った次の言を想起させる。

Pity, and smiles, and tears—which I had not;
And tenderness—but that I had for her;
Humility—and that I never had.
Her faults were mine—her virtues were her own—
I loved her, and destroy'd her!
(*CPW*, vol.4, 74)

憐れみと微笑、そして涙、私が持っていなかったもの。
そして慈しみの情、私が彼女にだけは抱いたもの。

謙虚の情、私が決して抱かなかったもの。
彼女の罪は私のもの、彼女の美徳は彼女だけのもの、
私は彼女を愛し、そして彼女を破滅させたのだ！

ここでマンフレッドは、アスターティに対する自身の想いが彼女を破滅させたという事実をはっきり認識しながら、それでもなお、そのアスターティを破滅させた自身の愛情の内実を「慈しみの情」であった、と述べている。また、「彼女の罪は私のもの」と述べるかたちで、その主たる原因は自分にあるとしつつも、アスターティの方にも「罪」があったという事実を仄めかし、アスターティが自身の不義の愛を受け入れ、近親相姦の禁忌を破るという「罪」を犯したらしいことを示唆しようとしている。ここで、マンフレッドのアスターティに対する「慈しみの情」を、文覚の袈裟に対する「荒逸」ではない「妄愛」に読み換え、また、アスターティとマンフレッドとの間でなされた近親相姦の「罪」を、袈裟と文覚との間でなされた不義密通に読み換えるならば、文覚と袈裟との関係は、マンフレッドとアスターティとの関係とほぼ等しいものとなると言える。恐らく透谷は、「文覺が其妄愛に陥りし對手を害せし事」に思いを致した時、マンフレッドの「私は彼女を愛し、そして彼女を破滅させたのだ！」という言を想起し、文覚と袈裟との関係を、マンフレッドとアスターティとの関係に擬することを発想したのであろう。そしてそのために、「荒逸」にして「驕暴」な文覚、「堅貞の烈女」としての袈裟という文覚及び袈裟の人間像、及び両者の関係性を平板化している観のある「傳説」に対し、透谷としては一度はっきりと疑念を表明しておく必要があったのだと思われる。

また、袈裟に出会うまでの文覚の生い立ちについて語った次のくだりも、『マンフレッド』からの影響があると考えられる。

彼の本地は世間の道法にあらず、世間の快樂にあらず、世間の功利にあらず、進取にあらず退守にあらず、全然一個の腕白むすこたりしなるべく、何物にか迷ひ何物にか溺るゝにあらざれば遂に一轉するの機會は非ざりしなり。渠は凡のものを蔑視したるなるべし、淨海も渠を怖れしめず、政權も渠を懸念せしめず、已れの本心も渠を躊躇せしむるところなく激發暴進鐵欄の以て繋縛する者あるに至るまでは停駐するところを知らざるなり。

（九九頁）

透谷は、文覚を「全然一個の腕白むすこ」と評しつつ、「彼の本地」が世間の価値観から逸脱するものであった、と述べ、文覚が生来尊大でアウトサイダー的な人間であったということを強調している。この透谷が描き出している文覚の人間像は、『マンフレッド』第二幕第二場においてマンフレッド自身によって語られている、アスターティと出会うまでのマンフレッドの人間像と非常に類似している。

From my youth upwards
My spirit walk'd not with the souls of men,
Nor look'd upon the earth with human eyes;
The thirst of their ambition was not mine;
The aim of their existence was not mine;
My joys, my griefs, my passions, and my powers,
Made me a stranger;

（*CPW*, vol.4, 72）

　　青年に達してよりこの方、
私の精神は人間どもの魂と共に歩むことなく、
人間の目をもってこの地上の世界を眺めることもしなかった。
他の人々が持つ野心への渇望は私のものではなく、
彼らの生存の目的も私のものではなかった、
私の喜び、私の悲しみ、私の情熱、私の力、それらは
私を一個のよそものにしてしまうのであった。

　マンフレッドも、これまで自分は「一個のよそもの」であった、と語り、自分の「喜び」、「悲しみ」、「情熱」、「力」が他の人々のそれと相容れないものであった、と述べつつ、自分がアウトサイダー的な人間であることを尊大な語りの中に強調している。このように、透谷が語る文覚像とマンフレッドの人間像は、両者ともにアウトサイダー性を強調したものであるという点で相重なるものである。のみならず、「〜なかった」等の否定表現を連ねてゆくマンフレッドの語りの口調も、「〜あらず」等の否定表現を畳み掛ける透谷の文体と親近性がある。透谷はすでに、『蓬萊曲』における柳田素雄の「ひとの樂はわが樂／ならず、ひとの榮譽《ほまれ》はわが榮譽ならず、人／の慾、人の望は、わが慾わが望ならず、人／の喜、人の悲はわが喜、わが悲ならずなり／ゆけり」（三〇—三一頁）という台詞の中に、このマンフレッドの語りを受容していたわけだが、[9]人間本性の内的葛藤のイメージを受容した時と同様、ここでも『蓬萊曲』において一度受容したマンフレッドの語りを、「心機妙變を論ず」において再び活かすということをしているのである。

以上のことから、透谷が袈裟殺害までの文覚像、即ち「心機妙變」以前の文覚像を語る際、そもそも境涯が似ているマンフレッドを参照枠とし、マンフレッドのアスターティに出会うまでの人間像やアスターティとの愛情関係を、文覚の袈裟に出会うまでの人間像や袈裟との愛情関係に、ほぼそのまま適用しているということがわかる。透谷は「心機妙變」の論理のみならず、「心機妙變」体験を準備する文覚の内的条件をも、『マンフレッド』から摂取している。そしてその結果、透谷独特の著しくマンフレッド化された文覚像が現出しているのである。

（二）「心機妙變」以後の文覚の人間像におけるマンフレッドの影

では続けて、「心機妙變」以後の文覚像についても検討して見よう。そこにはマンフレッドの影はどのように落ちているのだろうか。実は、「心機妙變」以後の文覚像における『マンフレッド』受容の痕跡のありようは、ここまで論じてきた、「心機妙變」以前の文覚像におけるそれに比べて、やや複雑な様相を呈している。

まずは、「心機妙變」以後の文覚の袈裟に対する愛情について述べたくだりに注目しよう。「心機妙變」以前、即ち袈裟殺害以前の文覚の愛情の内実が、アスターティが死ぬ以前におけるマンフレッドの愛情の内実とほぼ重なるものであったことはここまで述べてきたとおりだが、透谷は、袈裟の死が文覚の愛情の内実にもたらした変化について次のように述べている。

彼はこの際に於て戀愛の至道と妄愛の不義とを悟れり。曩《さき》に愛慕したるもの眞の愛慕にあらず、動物的慾愛に過るところあらざりし。然れども事の玆《ここ》に至りて、始めて妄執の妄執たるを達破し、妄愛の纏寅《てんいん》したるを頓脱し、戀愛の方向一轉して皮膚の愛慕を轉じて内部精神の美に對する高妙なる愛慕を興發せり。（九九頁）

透谷は、文覚が袈裟殺害を契機に、「皮膚の愛慕」から「内部精神の美に對する高妙なる愛慕」へ、「妄愛の不義」から「戀愛の至道」への転向を実現したのだ、と論じている。つまり文覚が袈裟に寄せていた愛情は、表面上は同じ「愛慕」には違いないけれども、その内実においては袈裟殺害の前後で質が違ったものとなっていると、透谷は言っているのである。[10]

このように、文覚にあっては、自身の情人を殺した前後でその「愛慕」の念が変質したということであるわけだが、では一方、マンフレッドの愛慕の念についてはどうであろうか。アスターティの死を境に、やはり文覚の場合と同じような変質が見られるのであろうか。以下は、『マンフレッド』第二幕第四場において、マンフレッドがアスターティの亡霊に、自身の愛慕の念の推移について語った場面である。

Hear me, hear me—
Astarte! my beloved! speak to me:
I have so much endured—so much endure—
Look on me! the grave hath not changed thee more
Than I am changed for thee. Thou lovedst me
Too much, as I loved thee: we were not made
To torture thus each other, though it were
The deadliest sin to love as we have loved.

(*CPW*, vol.4, 85)

聞いてくれ、聞いてくれ——

アスターティ！　愛する者よ！　私に話してくれ。
私は耐え苦しんできた。そして今も耐え苦しんでいる。
私を見よ！　死はあなたを変えてしまったが、
私の方がより大きくあなたゆえに変えられてしまったのだ。あなたは私を
愛しすぎた、私があなたを愛しすぎたように。私たちは
かようにお互いを苦しめあう定めではなかった。よしんば
私たちが愛したように愛することが劫罰に値する最悪の罪であったとしても。

確かにマンフレッドはここで、袈裟の死が文覚の生に内的な変化をもたらしたように、アスターティの死が自身の生に内的な変化をもたらしたということを語っている。だがその変化とは、マンフレッドの愛慕の念が質的に変化したということではない。ただアスターティの死によって自分の生がより苦悩に満ちたものになったというだけのことで、アスターティに対する愛慕の念それ自体には何らの変化も起きていないのである。マンフレッドは、自分がアスターティを「愛しすぎた」と言い、自身の愛慕の念が尋常なものではなかったということを自覚してはいる。だがマンフレッドは、文覚のように自身の「愛慕」の念を「妄愛の不義」というかたちで罪悪視し、そこからの更生を図るということはしてはいない。それどころか、マンフレッドは「よしんば私たちが愛したように愛することが劫罰をもたらす最悪の罪であったとしても」云々と、寧ろ自身の愛慕の念の正当性を強弁し、自分は自身の妄愛の不義にあえて留まり、その不義に対する劫罰をも甘んじて受けてやるのだ、と傲然と宣言すらしているようなのである。つまりマンフレッドには、文覚が経験したような「戀愛の方向」の「一轉」の瞬間、「心機妙變」の瞬間は遂に訪れてはいないのである。

袈裟殺害以後、即ち「心機妙變」以後の文覚像と、アスターティの死以後のマンフレッドの人間像との間に見られるこのような対照は、情人の死という事実に対する両者の受け止め方という点においても、同様に見て取ることができる。透谷は、袈裟殺害後の文覚が「眞卒無慾」、「專念回向」、「瞑目靜思」の生き方をしたということを述べつつ（一〇〇頁）、そのような生き方を文覚が貫いた理由について次のように語っている。

曰く彼時の發心なり、彼時の心機妙變なり。彼時に得たるものが深く胸奥に印して抹除すること能はざればなり。噫この、ある意味に於ての荒法師が筐中常に彼可憐の貞女の遺魂を納めて、その重荷を取り去ることを得ざりしと、懸瀑に難行して胸中の苦熱銷し難き痛悩とは豈生悟りの聖僧の能く味ふを得るところならんや。（一〇〇頁）

透谷は、文覚が袈裟殺害の事実を終生忘れることなく、それに懊悩しつつ修業に励んだと語っている。透谷が描き出す「心機妙變」以後の文覚は、「彼時に得たるものが深く胸奥に印して抹除すること能はざ」ることに苦しみつつも、心の中の「重荷を取り去ること」を願ったりはしないわけである。

だがマンフレッドは違う。マンフレッドは、文覚とは逆に、アスターティの死をめぐる自身の意識に耐えきれず、『マンフレッド』第一幕第一場において、精霊たちに「忘却をくれ――（中略）／わたしの内心にあるものの忘却を」（Forgetfulness—［…］/ Of that which is within me;）（*CPW*, vol.4, 57-58）と懇請し、自身の「内心にあるもの」を「忘却」することによって「抹除」し、心の「重荷を取り去ること」を切に願うのである。これは、透谷が描き出す袈裟殺害以後、即ち「心機妙變」以後の文覚像と全く逆である。『マンフレッド』第二幕第二場では、マンフレッドが、アスターティの死後、激流に身を投じるなどの行動に出たことが語られ（*CPW*, vol.4, 75）、一見マンフレッドが、「懸瀑に難行」する文覚と類似した行動をとっているように見える。だがこれも、マンフレッドが「内心にあるもの」を「忘却」することの可能性を信じ、その実現を図ってそのような行動に出たのであって、文覚が「胸奥に印」されたものを「抹除」することの不可能性を自覚しつつ、その苦悩を「懸瀑」での「難行」という修業のエネルギーに昇華させているのとは趣意が全く逆なのである。この点においても、透谷が描く、袈裟殺害以後の文覚、「心機妙變」以後の文覚の人間像と、アスターティの死以後のマンフレッドのそれとの対照は、意識的にそうしたと思えるほどに非常にはっきりしたものとなっていると言えるのである。

透谷は、「心機妙變を論ず」において、「心機妙變」とは何かを述べる文脈で、「人間界の心池《しんち》の中に靈活なる動物の、心機妙轉の瞬時の變化も、或は蓮華開發に似たるところあり」（九七頁）と述べているが、実は明治二六年三月に『平和』第一一号に発表した「心池蓮」においても、「心の池の上に咲出る蓮華はこの悔改の結果ともいふべし」（一二〇頁）と、蓮華の開花のイメージを使って同趣旨のことを書いており、文覚の経験した「心機妙變」がキリスト教で言うところの「悔改」と同じものだという認識を示唆している。[11]また、透谷はこの「心池蓮」の中で、「罪」と「悔改」の関係についても触れ、「過たる罪は罪としては悔改によつて拭はしむべし、然れども心の中には之を接續せる觀念を絶つべからず、（中略）この點より觀れば罪も亦た忘却し去らしむべからざるなり」（一一九頁）というかたちで、罪の意識を持続させてゆくことの意義について語っている。「心機妙變を論ず」における「心機妙變」以後の文覚像の問題との関連で言えば、ここで「忘却」という語が出てきている点が興味深い。この「罪」の「忘却」という表現は、先程の「心機妙變を論ず」からの引用中の、「深く胸奥に印し」たものの「抹除」、或は、心の中の「重荷を取り去ること」という表現と同じ意味内容のものと捉え得るわけだが、この「忘却」の一語は、透谷が「心機妙變を論ず」において参照していた、マンフレッドの「忘却」を願う台詞を意識したものではないかと推察されるからである。言い換えれば、透谷が、「心機妙變＝悔改」のイメージを、マンフレッドの罪の「忘却」をめぐる意識を反転させたものと捉えていたと考えられるということであった。[12] 罪の「忘却」を成し得ず、そのことを否定的に捉えながら苦悩するマンフレッドの意識を反転させて、罪の「忘却」を成し得ないことをめぐる苦悩の生を生き切ることに肯定的な意味があるとすること。罪の「忘却」を希うマンフレッドの意識を反転させて、むしろ罪は「忘却」されるべきではないとすること。この、「心機妙變」以後の文覚とマンフレッドの間に見られる対照は、「心機妙變」以前の文覚とマンフレッドの間に見られた相同がそうであったように、透谷によって意識的に用意されたものであった、と見ることができるのである。

このように見てくると、透谷が恐らく、袈裟殺害以前の文覚像について、アスターティの死以前のマンフレッドの人間像をほぼそのまま適用し、一方、袈裟殺害以後の文覚像については、アスターティの死以後のマンフレッドの人間像を反転させたものを適用しているということがわかってくる。透谷は、文覚の「心機妙變＝悔改」を、マンフレッド的なものから反マンフレッド的なものへの飛躍として捉え、そのような飛躍を遂げる文覚を、マンフレッドの滅びの道から「更正＝新生」（九九頁）の道へと救い出すということをしているのである。

マンフレッドにおいて未来への意志が稀薄なことについては、『マンフレッド』第一幕第二場でのマンフレッド自身の「未来などは、過去が闇の中に呑み込まれてしまうまでは／私の探求の対象ではない」（The future, till the past be gulf'd in darkness, / It is not of my search.）（*CPW*, vol.4, 62）という言がよく物語っている。マンフレッドは、この言葉どおり、過去を闇の中に葬ることができず、かえって自身の未来への可能性を自ら葬り去って滅んでゆく。透谷は、このマンフレッドの台詞を意識したかのように、「心機妙變」と過去との関係性について、「己れの極致を殺したる時に、いかで己れの過去を存することを得む。彼は極致と共に死したり、而して他の極致を以て更生するまでの間は所謂無心無知の境なり」（九九頁）と書いている。つまり透谷は、文覚にあっては、「心機妙變」の際、彼の過去の生が「所謂無心無知の境」の中で「極致と共に死」ぬ、マンフレッドの言葉を借りて言えば、「闇の中に呑みこまれ」る一方で「更生＝新生」を可能にしてくれる未来の生の地平が新たに拓けてくると、ここで論じているわけである。これは、透谷がマンフレッドの言を逆手にとって、未来を探求の対象とする「心機妙變＝悔改」をした者の生、即ちキリスト者としての生を、仏門の僧文覚の「更生＝新生」として物語っているということを示唆するものである。

透谷は、明治二五年五月に『平和』第二号に発表した「最後の勝利者は誰ぞ」において、自分を含むキリスト者の生について、「吾人は今日の爲に生きず、明日の爲に生くるなり、明日は卽ち永遠の始めにして、明日とへる希望は卽ち永遠の希望なり」（七八頁）と述べている。このように透谷は、キリスト者の生の特徴をマンフレッドの暗鬱な過去志向とは逆の「調實＝平和」の未来志向に見る。そしてその究極の未来志向の果てに永遠という地平が拓けてくることについて次のように論じている。

基督の經綸は永遠なり。未來あらず、現在あらず、過去あらざるなり。凡ての未來、凡ての現在、凡ての過去は彼に於て一時のみ。（七九頁）

「心機妙變を論ず」の四ヶ月前に発表された評論のこの叙述は、透谷によるマンフレッドの換骨奪胎の意味を解明するための一条の光となり得るものである。「基督の經綸は永遠なり。未來あらず、現在あらず、過去あらざるなり。凡ての未來、凡ての現在、凡ての過去は彼に於て一時のみ」という叙述自体は、『マンフレッド』を直接意識したものではないかもしれない。だが、これは、『マンフレッド』第一幕第一場における、マンフレッドの過去の忘却への願いを拒絶する際の精霊の台詞、「われらは不死であり、忘れるということを知らない。／

われらは永遠なるものである。だからわれらにとって、過去も／未来も今現在のこの一時なのである。得心されたかな」（We are immortal, and do not forget; / We are eternal; and to us the past / Is, as the future, present. Art thou answered?)（*CPW*, vol.4, 58）を連想させるものである。マンフレッドはこの真理に得心することはなかった。だが、「心機妙變を論ず」を一篇の「悔改」論と見た時、透谷は、「心機妙變＝悔改」以後の文覚を、この真理を「基督の經綸」として得心するキリスト者として、言わば「發心」するマンフレッドとして描出しようとしていたのではないかと推察されるわけである。

第四項　「心機妙變を論ず」から「星夜」、そして「一夕觀」へ

以上論じてきたように、「心機妙變を論ず」という、文覚論でもあり宗教的回心論でもあるこの評論には、『マンフレッド』の影が、論理及びイメージの両面において色濃く落ちている。この影響の痕跡、受容の痕跡から垣間見ることができるもの、それは、『蓬萊曲』においては中心的に取り上げられなかった、『マンフレッド』における恋愛と自我の問題に、透谷が真正面から対決していこうとしているということである。

『マンフレッド』における恋愛と自我の問題とは、再説すれば、恋愛という自我と他我との間の関係性において、その自我が人倫のみならず神をも悪魔をも畏れぬ強烈な自我であった場合、それがもう一方の当事者の自我（他我）をも破滅の運命に導いてしまい、本来恋愛という関係性が志向していたはずの、自我と他我が睦み合うという目的の正反対の結果に行きついてしまうという不条理の問題、そのような不条理の原因となる恋愛における自我の暴力性の問題であった。そして自身の自我が破滅に陥れてしまった情人アスターティに対して罪の意識を持ちつつも、その罪の元凶としてある自身の自我のあり方を根本から悔改めるという方向には向かわず、罪深

き自我に固執したままその状態に止まり続ける、というマンフレッドの自我崇拝の生のあり方の問題が、『マンフレッド』の主題であるわけであった。

『蓬萊曲』における『マンフレッド』受容以来、あるいは『楚囚之詩』における『ションの囚人』受容以来、ニヒリズムに帰着するしかないこのようなバイロニック・ヒーローの生き方、即ちバイロニズムをいかに超克するかという問題に、透谷は関心を持ってきた。彼は「心機妙變を論ず」において、バイロニズムの根源に罪深き暴力的な自我の問題があることを直視し、その問題について真正面から考察を試みている。恐らく透谷は、一人のキリスト者として自身の自我を罪深きものと自覚しながら更生を図ろうとしないマンフレッドの生き方に、一種の欺瞞を見出していたのであろう。マンフレッドが、罪深き自我を重荷に感じて自己忘却の道に逃げようとするのは、おのれを罪深き存在に仕立て上げた自我の暴力性という問題を未解決のまま素通りにすることである。自らの強大苛烈な不屈の自我と透徹した自意識を誇るマンフレッドであるならば、そのような自らの自我の暴力性の問題を真正面から直視し、その強大苛烈な不屈の自我をもってそれを自ら乗り越えてゆくのが本来の姿ではないか——。恐らく透谷はこのように、罪深き自我に安住してそれをそのまま温存せんとするマンフレッドの自我意識に、自らの自我を徹底的に究め尽す強靱さではなく、中途半端に自己を甘やかす脆弱さを見ていた。そしてその上で、そのようなマンフレッドに、罪深きおのれの自我を自己超克する、より強き自我を要求したのである。

透谷は、マンフレッドがより強き自我になるための原動力として、おのれの卑小な「塵性」を超脱していこうとする人間本性の働きとしてある「神性」に着目する。この人間本性の半面としてある「神性」の中に、罪深き自我が自らを浄化し、ニヒリズムの運命を拒否しつつ信、望、愛の「基督」の道に赴いてゆく可能性を、透谷は夢見ようとしたのであった。そしてそのような透谷の夢の所産が、「神の如き性＝神性《かみ》」が「人の如き性＝人性《ひと》」

を打破した瞬間に経験されるという「心機妙變」により、罪深きおのれの自我をより強く貫い新たな自我に生まれ変わらせることのできた文覚、即ち〈發心するマンフレッド＝悔改める文覚〉という透谷独特の人間像であったわけである。[13]

　このように、透谷は、バイロニズムの一特徴とも言うべき、罪や悪に直結する自我の暴力性の問題を人間の原罪を自覚する契機として積極的に捉え、その自覚を何とか信仰の道にまで高めていこうとした。「心池蓮」において、透谷は「己れの惡を知ることは悔改の一大要素なり。「知《ち》」といふことは罪をうち消すべき基礎にして「悔改」とは、この「知」に「行《おこなひ》」を加へたるものならずんばあらず。已《すで》に罪を知る、而して後に行あり、この二者相待つて始めて再生したる生命に入ることを得るなり」（一一九頁）と書き、「悔改」には「罪」をめぐる「知」が前提としてまずは絶対的に必要だ、ということを述べている。透谷は、修行によってあらゆる人智を手に入れ、自己に対する「知」、即ち自我意識の先鋭なマンフレッドに、「悔改」に必要なだけの十分な「知」の力を見たであろう。と同時に、「行」に赴こうとしないマンフレッドに、ある種のもどかしさをも感じたであろう。その上で、透谷は「心機妙變を論ず」において、そのような「知」に恵まれたマンフレッドに、自身の「罪」をめぐる「知」をその後の生に生かしてゆくという道、即ち「行」の道を示唆し、ニヒリズムの地獄に落ち込むという悲劇的な運命からマンフレッドを救い出そうと試みるということをしているのである。

　透谷がこのようなかたちで『マンフレッド』における恋愛をめぐる自我の暴力性の問題に正面から向き合ったのは、恐らく、自身のかつての恋愛相手であった妻ミナとの結婚生活の問題が気がかりだったということがあったからであろう。「心機妙變を論ず」に、明治二一年一月二一日付ミナ宛書簡において語られた、ミナを導き手とするキリスト教入信の体験の影が落ちていると考えられるということについては、すでに指摘した通りである。だが、「心機妙變を論ず」という評論を、その執筆時期を重視しつつ、宗教的回心という主題よりも恋愛をめぐる自我の暴力性の問題の方に力点を置いて読んでみた時、浮かび上がってくるのは、結婚生活において妻のミナに後ろめたさを感じながら日々を過ごしている明治二五年当時の透谷の姿である。透谷は「心機妙變を論ず」発表の約半年前、「厭世詩家と女性」を発表し、恋愛から結婚へと至る過程で急速に冷却化する男女の関係性について論じていた。第一章第一節においても引用したくだりであるが、透谷はこの「厭世詩家と女性」という評論を次のような文章で締め括っている。

嗚呼不幸なるは女性かな、厭世詩家の前に優美高妙を代表すると同時に醜穢なる俗界の通辯となりて其嘲罵する所となり、其冷遇する所となり終生涙を飲んで寝ねての夢覺めての夢に郎を思ひ郎を恨んで遂に其愁殺するところとなるぞうたてけれうたてけれ。（戀人の破綻して相別れたるは雙方に永久の冬夜を賦與したるが如し）とバイロンは自白せり。（六八頁）

バイロンの詩句を引きながら「厭世詩家」との恋愛及び結婚によって「愁殺」する運命に陥る「女性」の不幸を詠嘆したこのくだりに横溢しているのは、妻ミナを自身の運命共同体として不幸、不運な境涯に陥れてしまったことをめぐる、透谷の「厭世詩家」としての自我意識である。明治二五年という年は透谷にとって結婚生活四年目の年であり、このような「厭世詩家」としての自我意識を強めていた当時の透谷は、「心機妙變を論ず」を書く際においても、袈裟に「妄愛」を寄せて彼女を死なせてしまう文覚の姿に、先の見えない貧苦の結婚生活の中にミナを引きずり込んで彼女の有為な未来を奪ってしまった自身の姿を重ね見るということをしていたのではないか、と推察される。そして何とか自分の内部において「心機妙變」を起こす道はないものかと模索し、一種の自己批評として「心機妙變を論ず」を書いたのではないか、と推測されるのである。

だが、皮肉なことに、透谷の眼前に広がるのは、平々凡々たる結婚生活の味気ない日常の連続であり、自身に「心機妙變」をもたらしてくれるような劇的な事件、例えば激しい恋愛関係の果てに他我を死に至らしめるといったような劇的な事件は起こるべくもないのであった。そのような中で、透谷は、恋愛を契機とする「心機妙變」の夢を抱きつつも、それが所詮夢にすぎないという自覚を持つようになっていたようである。そのことを漠然とではあるが示すのが、「心機妙變を論ず」の二ヶ月前に発表した「星夜」(『女學雑誌』甲の巻第三三三号、明治二五年七月)というごく短い短編小説である。この小説は、友人の櫻井明石(本名成明《なりあきら》、一八六五―一九四五)の失恋話を基に虚構化した作品で、その内容は、ある女性に一目惚れした語り手の「我」がどうにか結婚の約束を取り付けるに至り、我が世の春を謳歌していたのだが、ある時「彼女の母なる人より、我に一書を送りて其の愛女を我靈魂より引き裂」いて以来、彼女と連絡を取ることすらできなくなり、悶々と未練の思いに苦しむ、といったものである。

この小説「星夜」の主題は、悲恋をめぐる主人公の苦悩といったところのものであるわけだが、実はこの苦悩する主人公のイメージにも、「心機妙變を論ず」における文覚の場合と同様、『マンフレッド』の影が落ちている。(14) 透谷はまず、「信じつ疑ひつ、迷ひつ晴れつ、夜一夜燈火《ともしび》の油の燼《も》へつくるまで取り出《いだ》しては仕舞ひ仕舞ひてはまた取出しつ自らも怪しむほどに狂はしく意志の弱き男となりぬ」(二二八頁)というかたちで、夜毎燈火の下で彼女の写真を眺めては苦悶する主人公の姿を描き出し、そしてある星月夜の主人公の姿を次のように描き出す。

再たの夜《よ》は來れり、古今の雑書《ざつしょ》を亂抽《らんちう》して眼を紙上に注げども心は遠く枯野を馳せめぐれり、今朝散らしたる山吹の花片《はなびら》の落ちて坐上にあるを拾ひあげ、鉛刀《こがたな》を右手《めて》に持ちて細々に切斷し、斷又斷《だんまただん》針の頭《かしら》ほどに細斷して窓の外に投げやりぬ、どこへ散りどこへ落ちしか花の行方は。

この夜《よ》はいつになく蒸し苦しくて寝《いね》られず、上野の鐘の響近う聞ゆれど數ふるもうるさし、我が書齋は荒れはてたる廣野《ひろの》の如く、我が枕は冷へ凍りたる野中の巖《いわ》にも似たり、輾轉《てん〱》又輾轉幾度《いくたび》か夢に入《い》らんとして現にかへり、くる〳〵と一つの思ひをめぐり來て復た同じ思ひにかへる、うるさや〳〵と拂ひかける瞬時のみ妄想は消れどあとは再び悲しき戀といふもおぞましや、忘れはてん、忘れん、忘れん、會はぬ昔時《むかし》よと胸の中に聲を勵ましても流石に表てには出《いだ》し兼ね、やがてすや〳〵と眠りたりしと覺えしが自らの鼻息《びそく》に驚きて飛び起《た》てば胸のあたりを毒蛇に固く緊《し》められしと見たは是も夢なりき。

餘りの事にあきれ果てゝ左らば「眠り」を床の中《うち》に求めず、空の景色にても眺めて、眼《まなこ》は兎もあれ心丈にても安ませばやと障子を靜かに推し開らき雨戸をひらきて空を見れば月は西へ西へと落ちゆきて慕ひしもののゝ影はなく茫々たる虚空に無數の星屑の炳々たるあるのみ。（二二八―二二九頁）

このくだりには、心はすでにここになく、考えることと言えば失ってしまった恋人のことであり、その苦しみに耐えかねて忘却を願うも、結局忘れ得ずに、心身ともに安眠することができないでいる男の様子が描き出されている。このくだりの描写は、同じく『マンフレッド』の冒頭での自身の苦悩を独白するマンフレッドの印象的なイメージにかなり重なるものがあると言えよう。すでに第一章第二節でも引用してあるので、以下にその箇所を拙訳のみ再度引用する。

燈火に油をささねばならぬ。だがそうしたところで
それは私が目覚めている間ずっと灯ってはいまい。
私のまどろみは、もし私がまどろむことがあったとしても、それは眠りではない、

それは一くさりの間断なき想念なのだ、
そして私はそれを拒み得ないでいる。私の心には
寝ずの番が一人居り、この双の眼が閉じることがあるのは
ただ内面を見るためである。にもかかわらず私は生き、そして
生ける人間の姿かたちを備えている。

燈火に油をさす行為、一つの想念が持続している不眠の状態、そのような不眠をもたらす、心の中に巣くう黒い得体のしれないものの存在、またここでは表立っては語られていないが、失った恋人アスターティへの思慕の念と、果たされざる忘却への願い――。以上のように、ここでのマンフレッドのイメージは、先に引用したくだりにおける「星夜」の主人公のそれとかなり重なるものがある。ここから、「星夜」の主人公の苦悩を描き出す際、マンフレッドの苦悩を透谷が想起していたことはほぼ間違いがないと言える。

だが、この「星夜」の主人公の「我」の苦悩は、『マンフレッド』のマンフレッドの苦悩とは表面上の身振りは類似しつつも、その実態は似て非なるものと言うべきものである。「星夜」の主人公の苦悩は、マンフレッドのそれとは違い、他我を滅ぼすほどに強烈な罪深き自我に起因するものではない。彼自身、「自らも怪しむほどに狂はしく意志の弱き男となりぬ」と述懐しているように、寧ろ他我の動向に振り回される不安定で脆弱な自我に起因するものである。「星夜」の「我」は、恋人の母親が娘と自分の交際を禁じる手紙を出してきた時、ただ煩悶するだけである。ただ受動的に彼女からの手紙を待つだけであり、自分から彼女の家を訪問し彼女の真意を確かめることすらもしないのである。彼がしたことと言えば、彼女の写真と彼女からの手紙を送り返したということだけであった。せいぜいのところ、彼女に見立てた山吹の花弁を切り刻む程度の感傷性しか、彼は持ち合わ

せていないのである。つまり「星夜」の「我」には、自身の恋愛において他我を傷つけても自身の欲求を押し通そうというような強烈な自我は薬にしたくもなかった。この「星夜」にあるのは、マンフレッドの苦悩の外面的な身振りを表面的に真似たイメージのみであり、『マンフレッド』の物語世界を支える、恋愛における自我の暴力性という肝心要の問題は、その受容においてきれいに脱落してしまっているわけである。

このことは、暴力的な自我をより貴い自我に新たに生まれ変わらせる契機ともなり得る恋愛に対して、透谷があまり明るい希望を見出していなかったことを窺わせるものである。逆に言えば、「星夜」の二ヶ月後に発表した「心機妙變を論ず」という創作的評論は、その絶望の裏返しの表現、〈発心するマンフレッド＝悔改める文覚〉という人間像に仮託した実現不可能な夢の表現であった可能性が高い、ということであった。

この創作的評論「心機妙變を論ず」から完全に恋愛の問題を捨象しつつ書き直した作品が、最晩年の作品「一夕觀」（『評論』第一六号、明治二六年一一月）である。この「一夕觀」は、恋愛対象と語り手との間のあれこれの経緯といった物語的要素を消し去り、「人の如き性＝人性《ひと》」と「神の如き性＝神性《かみ》」の葛藤の果てになされる「心機妙變」のイメージを散文詩的随想のかたちで描き出した作品である。構成は三部構成で、「其二」までの内容は以下の通りである。

ある夕べ、海辺の郷に居を構える「われ」は、やがて滅びるべき「地上の一微物」に過ぎない自分自身の卑小さと、無数の星が瞬く永遠で無限の宇宙の雄大さとの間のあまりの落差に「一種の悲慨に撃たれたるが如き心地」になり、いてもたってもいられず家を彷徨い出る。万物は卑小な「われ」を罵り嘲うのであるが、「われ」はそれに十分に応答することができず、胸中の苦悶を抱えたまま悶々と歩を進めることしかできない。が、その時、「われ」の耳に秋の虫の鳴く声が聞こえ、「われ」は「心境一轉」の体験をすることになる。「われ」は、秋を悲しんでいるかのような秋の虫の声によって、自分自身の悲しみが歌われているかのような錯覚を覚え、自我と自然の主客合一の境地に至る。そうして、「われ」は「一種の悲慨」という個人的感情から自由の身となる——（「其一」）。

「われ」はいつしか海岸に来ている。そして海の「萬古の響」と「永遠の色」に感動し、ふと夜空を見上げる。すると「我れ」「我」を遺れて飄然として、襤褸の如き「時」を脱するに似た感覚を覚える。このように卑小な自我を超脱したような恍惚とした境地となった「われ」が見出したものは、永遠にして無限の宇宙が刻む「天涯の歴史」が存在するという事実、そしてまた、そのような永遠無限の宇宙の「幽奥《ミステリー》」に思いを馳せた「夢想家」たちを載せた「人間の歴史」が存在するという事実であった。「われ」は、ホメロス（前九世紀頃）もプラトン（前四二七—前三四七）も自分と同じように北斗星を仰ぎ見、自身の卑小さと宇宙の雄大さの懸隔に「一種の悲慨」を覚えたに違いない、と想像する。そして無数の偉人たちの墓場である「人間の歴史」に思いを馳せる——（「其二」）。

ここまでの内容の梗概で、この「一夕観」という散文詩的作品が、「心機妙變を論ず」において展開されているイメージをかなりの程度共有しているということがわかるであろう。「一夕観」において、自身の卑小さと宇宙の雄大さとの間の落差に愕然とする「われ」の姿は、一介の塵に過ぎない人間の卑小さを表す「人の如き性＝人性《ひと》」と、神の創造物としての人間の偉大さを表す「神の如き性＝神性《かみ》」との葛藤を内部に抱えているという、「心機妙變を論ず」において示された人間観にそのまま合致するものである。また、そのような分裂、葛藤の果てに「心境一轉」の瞬間を体感する「一夕観」の「われ」の姿は、「心機妙變を論ず」における「心機妙變」を経験する文覚の姿と相重なるものである。違いと言えば、「心機妙變を論ず」においては恋愛対象との関わりで「心機妙變」がなされるとされているのに対し、「一夕観」においては「心境一轉」が自然との交感によってなされていることである。その意味では、「一夕観」の「われ」は、〈自然《かみ》〉の音楽〉によって「人性《ひと》」を脱し「神《か》性《み》」に近づいた、『蓬萊曲』の主人公柳田素雄の方に近いとも言えるわけだが、いずれにしても、「一夕觀」の「われ」は、『蓬萊曲』の柳田素雄、「心機妙變を論ず」の文覚と同列に並べられるべき、〈透谷的マンフレッド〉の系譜に連なる存在であることは間違いない。

では透谷が、恋愛問題を脱落させたところで垣間見ようとした「心境一轉＝心機妙變」後の境地とはいかなるものであったのか。その境地を描き出しているのが、「一夕觀」の最後の「其三」のくだりである。この「一夕觀」の最後の段は、実は『マンフレッド』の冒頭の苦悩するマンフレッドのイメージを写し取ろうとした「星夜」の結末のくだりとの親近性を感じさせるものでもある。以下にその全文を引用しよう。

> われは自から問ひ自から答へて安らかなる心を以て蓬窓に反れり。わが視たる群星は未だ念頭を去らず、静かに燈を剪つて書を讀まんとするに、我が心はなほ彼にあり。我が讀まんとする書は彼にあり。漠々たる大空は思想の廣ろき歴史の紙に似たり。彼處にホーマーあり、シエークスピーアあり、彗星の天系を亂して行くはバイロン、ボルテーアの徒、流星の飛び且つ消ゆるは泛々たる文壇の小星、吁、悠々たる天地、限なく窮りなき天地、大なる歴史の一枚、是に対して暫らく茫然たり。
>
> （二二三頁）

この「一夕觀」の「其三」の文章と、先に引用した「星夜」の結末のくだりの文章を並べてみると、この「一夕觀」のくだりが、「星夜」のそれと非常によく似たイメージを含むものであることが明らかとなろう。「一夕觀」の「静かに燈を剪つて書を讀まんとするに、我が心はなほ彼にあり」という、心ここにあらずの心理状態を述べたくだりは、「星夜」の「古今の雑書《ざつしょ》を亂抽《らんちう》して眼を紙上に注げども心は遠く枯野を馳せめぐれり」というくだりにそのまま対応する。また、「一夕觀」の「我が讀まんとする書は彼にあり」という、語り手の空間意識の膨張を述べたくだりも、「星夜」の「我が書齋は荒れはてたる廣野《ひろの》の如く、我が枕は冷へ凍りたる野中の巖《いわ》にも似たり」というくだりと共鳴している。さらに、「一夕觀」の「われ」が星屑の夜空に目をやって、その星の一つ一つを過去の偉大な詩人や文学者、思想家に擬えながら「吁、悠々たる天地、限なく窮りなき天地、大なる歴史の一枚、是に対して暫らく茫然たり」という感慨を述べるくだりも、「星夜」の語り手が夜空を仰いだ時の情景を述べた「月は西へ西へと落ちゆきて慕ひしものゝ影はなく茫々たる虚空に無數の星屑の炳々たるあるのみ」というくだりと相通じるイメージを描き出している。「星夜」にあって「一夕觀」に無いのは、恋人に見立てた山吹の花弁を切り刻んだり恋人を思って不眠に苦しんだりするという、恋愛の苦悩のありようを描写したくだりであり、「一夕觀」の「われ」は、言わば、恋愛の問題に苦しまざる「星夜」の主人公ということになる。

　ところで「星夜」の主人公は、「月は西へ西へと落ちゆきて慕ひしものゝ影はなく茫々たる虚空に無數の星屑の炳々たるあるのみ」とあるように、星屑の夜空の中に自身と恋人との関係が断絶してしまっているという現実を見たわけであったが、「一夕觀」の「われ」が「慕ひしものゝの影」、即ち恋愛対象の代わりに星空の中に見出したものは、右の引用に明らかなように、「ホーマー」であり、「シエークスピーア」であり、「バイロン、ボルテーアの徒」であり、「泛々たる文壇の小星」であった。そして彼ら、「悠々たる天地、限なく窮りなき天地」について思いを馳せた無数の「夢想家」たちへの共感を頼りに、「大なる歴史の一枚」の存在感を強烈に体感するのである。透谷が恋愛問題を脱落させたところで垣間見ようとした「心境一轉＝心機妙變」後の境地とは、スケールの大きなこのような境地なのであった。

　透谷は、まず『蓬萊曲』において『マンフレッド』を受容しつつ、ロマン派的な創造的想像力によってバイロニズムを超脱する可能性を模索し、〈死に至る病〉としてのバイロニズムから復活を遂げる主人公を造型しようとしたわけであったが、「慈航湖」が未完に終わったことに端的に表れているように、バイロニズムからの復活後の新境地を明確にイメージ化できないままでいた。また「星夜」においては、やはり『マンフレッド』のイメージを借用しつつ、『蓬萊曲』においては回避されていた、恋愛と自我の問題に焦点を当てようとしたわけであったが、イメージの表面をなぞるだけという結果となってしまっていた。そして「心機妙變を論ず」においては、恋愛と自我の問題を直接扱いつつ、バイロニズムのイメージを反転させることでその超克を図り、それを〈発心するマンフレッド＝悔改める文覚〉というイメージで表現したわけであったが、当の透谷の自我は最早恋愛に希望を見出せなくなってしまっていた。透谷はこれまで『マンフレッド』受容を行ないながら、どこか満たし得ぬ部分を抱え持っていたわけであった。

　だが、〈透谷的マンフレッド〉の系譜の先端あるいは終点に位置する「一夕觀」の「われ」に至って、透谷は初めてバイロンのマンフレッドを満足なかたちで乗り越える端緒を摑みつつあったのではないか、と思われる。「一夕觀」の「われ」とは、自我が他我に対して暴力的にもなり得る、特定個人に対する恋愛意識ではなく、自我が他我に対して静かな共感を抱く、時空を超えた無数の同胞に対する連帯意識によってバイロニズムの超克を成し遂げようとする、真の意味で新しい〈透谷的マンフレッド〉であった。[15] ここには透谷独自の文学的個性がよりはっきりしたかたちで息づいていると言える。

　この「一夕觀」は、「吁、悠々たる天地、限なく窮りなき天地、大なる歴史の一枚、是に対して暫らく茫然たり」という詠嘆で締め括られている。この「茫然」という言葉は、無限の宇宙空間に見立てられた「天涯の歴史」とのあまりの隔絶感に圧倒されている「われ」の寂しい孤独な姿を言い表したものであると同時に、星屑の夜空に見立てられた「人間の歴史」に対して激しい共感を抱きつつ忘我の状態となっている「われ」の幸福な姿を言い表したものでもあったろう。[16]「人性《ひと》」と「神性《かみ》」との間で緊張するマンフレッド的自我は、このようにして「人間の歴史」と「天涯の歴史」との間で一人佇立する、言わば宇宙的自我へと、透谷の中で「心機妙變」を遂げたのである。

だが、このようなかたちで「心機妙變」を遂げ、バイロニズムを自分独自のやり方で超克し、新たな境地に達し得たかに思われた透谷には、そのような境地を味わう余裕は心身ともに残されていなかった。あるいは、透谷の垣間見たこの新しい境地は、平岡敏夫の指摘する通り、「あくまでも「一夕」のひとときの心境」に過ぎなかったのかもしれない。(17) いずれにしても透谷は、「一夕觀」発表から約二ヶ月後の明治二六年一二月下旬に自殺未遂を図り、その後文章を発表することはなかった。そしてその約半年の明治二七年五月中旬、透谷は、内なるバイロニック・ヒーローという、おのれの鏡像との文学的かつ思想的な戦いを終え、自身の役目を果たし終えたと自任したかのように飄然とこの世を去っていったのである。

註

(1) すでに第一章第二節において指摘したように、透谷の明治二五年八月三〇日の日記には、「悟迷一轉機（文覺、西行、芭蕉等の品性を評すべし）」（三一九頁）という記述がある。この「悟迷一轉機」が、一ヵ月後の「心機妙變を論ず」に結実したと考えられるわけだが、ここからも、透谷の関心が特定個人の文覚より、「悟迷一轉機＝心機妙變」の方にあったことが窺える。

(2)「心機妙變を論ず」の中に、自由民権運動からの離脱、商業上の失敗等の「大敗」から、後に妻となる石坂ミナとの恋愛を経て、「痴情に打勝ち（中略）驚く可き洪水の如き勢力を以て神に感謝し神に歸依す可きを發悟」するという経緯を辿る、透谷のキリスト教入信の影を見る見解については、佐藤（泰）「透谷とキリスト教——評論とキリスト教に関する一試論」（『日本近代文学』第七集、昭和四二年一一月）等参照。

(3) ここでシェイクスピアのものとされている文言は、『ハムレット』の中の 'There are more things in heaven and earth, Horatio, / Than are dreamt of in your philosophy.' というハムレットの言に拠ったものであるが、この文句は、『マンフレッド』の題詞としても掲げられている。

(4)なお透谷が、マンフレッドの独白の台詞を、人智の限界をめぐる苦悩について言う文脈で引用している例としては、すでに指摘したものも含めて、「智識こそかなしきものなれ／と揚言したるバイロン」(「眞―對―失意」(『平和』第四号、明治二五年七月))(一八〇頁)、「智慧の木の實を食ひたるものは、バイロンの所謂「わが眠は眠にあらず」的の苦痛を味ふの悲みあり」(「満足」(『三籟』第二号、明治二六年四月))(一三四頁)、「智識は悲の本源なり、(中略)バイロンは知識に入つて之を出るに難かりしもの、自ら白状して智識の毒刺を詛へり」(『ヱマルソン』、明治二七年)(二七四―二七五頁)等がある。これらは、**'Sorrow is knowledge : they who know the most /Must mourn the deepest o'er the fatal truth /The Tree of Knowledge is not that of Life.'** という、創世記第三章の楽園喪失の顚末を意識したマンフレッドの冒頭の台詞に拠る。

(5)笹渕前掲書(上)、三七九―三八一頁参照。佐藤(善・他)(編)前掲書の「補注」二六六及び二六七頁参照。小川前掲書、二七二―二七四頁。桶谷前掲書、一七四―一七六頁参照。なお笹渕友一は、この『蓬萊曲』のくだりに関して、ジョン・アンスター訳のゲーテの『ファウスト』からの影響の可能性についても指摘している。笹渕前掲書(上)、三四四頁参照。確かに、〈神性―人性〉にそのまま該当するような直接的な単語は、アンスター訳『ファウスト』には出てきていないまでも(**'two souls'** という曖昧な言い方をされている)、他の箇所については、笹渕の指摘する通り、直接的な交渉の著しい痕跡を認めることができる。故に、『蓬萊曲』の〈神性《かみ》―人性《ひと》〉の対立について触れたくだりは、人間本性の分裂と葛藤について述べたゲーテの『ファウスト』のくだりと、それに大きく影響されるところのあったバイロンの『マンフレッド』のくだりの両方を消化したものと捉えるのが、より精確な理解であろうと思われる。

(6)北川透も、『蓬萊曲』における「神性《かみ》」と「人性《ひと》」の葛藤について述べたくだりについて、『マンフレッド』からの暗示を認めつつ、これと「心機妙變を論ず」における「神の如き性」と「人の如き性」の葛藤について述べたくだりを連続的に捉えている。北川前掲書、一五五―一五七頁、一九三頁の註二〇参照。

(7)小川和夫は、『蓬萊曲』における「神性《かみ》」と「人性《ひと》」の葛藤について述べたくだりの源泉を、『マンフレッド』第一幕第二場におけるマンフレッドの独白の台詞と、第三幕第一場における僧院長のモーリスの台詞の両方に求めているわけだが、小川は、『マンフレッド』における、特にマンフレッドの台詞について、これを「もし人間が自己のうちになる塵埃を払拭し、自己を地上にひきとめる形骸から脱しうるならば、要するに人間が自己を制約するものから自己を解放しうるならば、人間は完全性に達しうる、神となりうるという考え」（小川前掲書、二七八頁）、即ちヨーロッパ中世以来のヒューマニズムを表現したものと捉えており、筆者の議論もその見解に従っている。小川は、バイロンの『マンフレッド』を、そのような中世以来の前近代ヒューマニズムを持ちつつ、神を始めとするあらゆる権威を認めない近代ヒューマニズムも同時に持っているという作品、即ち自我以外に権威を見出せない近代ヒューマニズムの始まりを告げる作品であると位置づけつつ、透谷の「心機妙變を論ず」の「神の如き性」と「人の如き性」の葛藤を論じたくだりに触れながら、透谷がハムレットとマンフレッドの人間論を想起していることを論拠として、透谷を前近代ヒューマニズムの人と見なしている。同書、二七六―二八三頁参照。確かに、自我内部における葛藤の果てに信仰的境地を垣間見ようとする透谷は、自我以外の権威を認めているという意味においては、小川の言う通り前近代ヒューマニズムの人に属すると言えるであろう。ただし、先回りして言えば、透谷がそのような権威にやがて信を置けなくなり、自我に権威を求めようとしながら結局それにも失敗するという「近代自我の悲劇」（同書、二五三頁）を実人生として生きた人であったということも、また確かであったと言えるように思われる。

(8) 文覚発心譚の異本については、赤松俊秀「文覚説話が意味するもの（上）――平家物語の原本についての続論」（『文学』第三八巻九号、昭和四五年九月）を参照した。

(9) 小川前掲論文参照。

(10) 佐藤（善他（編）前掲書の「補注三五二」は、『源平盛衰記』はもちろん、天知の「怪しき木像」でも、袈裟に対する恋慕の質的変化には触れていない」とし、これを「透谷のミナに対する愛情の質的変化」の原体験によるものと捉えている。

(11) ただし、透谷の「悔改」理解が、回心者の「心」の問題を過度に強調し、自力の要素を重く見る独自的なものである点は、注意すべきである。黒古前掲書、三四七頁、津田洋行『透谷像構想序説――〈伝統〉と〈自然〉』（笠間書院、昭和五四年）、一二五―一三〇頁参照。なお、本文における「悔改」は、透谷の語法に倣う。

(12)透谷は「山庵雜記」(『女學雜誌』甲の巻第三三九号、明治二六年二月)「其九」において、「罪の罪たるを知らざるより大なる罪はなし」というカーライルの言を引いて、「自殺」を戒めつつ、「罪の重荷は忘れざるによつて忘るゝを得べし、忘れたる重荷はいつまでも重荷なり。悔改の生涯は即ち信仰の生涯なるか」と論じている(二〇四頁)。この時透谷が、「忘却」を願い「悔改」をすることなく「自分自身の破壊者」であったマンフレッドを想起していたとすれば、透谷は、カーライルを導き手として、バイロニズムからの脱却を期していたと言える。

(13)笹渕友一は、「心機妙變を論ず」における「神の如き性」と「人の如き性」の葛藤について述べたくだりを引用し、『蓬萊曲』の人生観と一致するとしつつ、「『蓬萊曲』が素雄の救――再生――を死をもつて贖つたのに較べれば、(心機妙變論は、筆者註)楽天的に傾いてゐる」と述べて、「『蓬萊曲』時代の疾風怒濤が遠ざかつたことを示すやうである」と結論づけている。笹渕前掲書(上)、一五六―一五七頁。しかし、筆者は、笹渕のこの見解とは逆の立場を取る。何故なら、自我の暴力性の問題を回避しつつ死による救済=再生に安易な解決を求めた『蓬萊曲』よりも、自我の暴力性の問題を直視しつつその罪深き自我の重荷を背負いながら新しき生を生きてゆく苦悩の生のありようを論じた「心機妙變を論ず」の方に、透谷のより濃厚な「疾風怒濤」の精神のありようを感じるからである。

(14)勝本清一郎は、『蓬萊曲』刊行の約三ヶ月前の明治二四年二月二五日の透谷の日記の記述から、「星夜」の原型が『蓬萊曲』執筆直後に成ったと推論している。勝本「解題」[『透谷全集』第二巻(岩波書店、昭和二五年)、四五八―四五九頁参照]。この勝本の推理に従えば、『蓬萊曲』に強い影響を与えた『マンフレッド』の作品世界が「星夜」の原型に影を落とし、それが「星夜」にまで及んでいるということは、寧ろ当然のことであると言える。

(15)桶谷秀昭は、特に目をかけていた明治女学校の教え子富井まつ子と死別した際の悲しみを綴った文章「哀詞序」(『評論』第一二号、明治二六年九月)の中に、『マンフレッド』第一幕第二場におけるマンフレッドの暗い心の告白に通じるものを見出しつつ、「一夕觀」も発表された明治二六年秋の時点での透谷の文学に、「精神の不毛、魂の墓場を抱いて生きつづけようとするバイロンの傲然たる自恃のかわりに、人間を超えた存在に救いを求めて得られぬ歎き」を見て取っている。桶谷前掲書、一七三―一七四頁。筆者がここで想定している、「(時空を超えた無数の同胞に対する)連帯意識」の中に(半ば非現実的なものと知りつつ)最後に希望を見ようとする〈透谷的マンフレッド〉のイメージは、桶谷の所謂「人間を超えた存在に救いを求めて得られぬ歎き」の表現を獲得した透谷のそれと、ほぼ等しいものであろうと思われる。

(16)勝本清一郎は、「一夕觀」の作品世界について、「人格神の手中に窮屈につかまれていた境地から、人間の夢想を越えた天空のはてに永遠の「大なる現実」を見る境地に到達している」として、そこに「キリスト教的救いを求めないで、東洋的宇宙観の静寂な救いに一身を没入させている」透谷の新境地を見出そうとしている。勝本前掲書、二〇九頁。マンフレッド的自我からの「心機妙變」の果てにキリスト教的な救いの可能性を垣間見ようとするといった、「心機妙變を論ず」執筆時の問題意識が、この「一夕觀」において脱落していることはその通りであろうが、「東洋的宇宙観の静寂な救い」というのはやや問題が残る。何故なら、「一夕觀」において「われ」＝透谷が見つめているのは、「人間の夢想を越えた天空のはて」の「永遠の「大なる現実」」、即ち「天涯の歴史」だけではなく、星図や星辰の瞬き、運行が象徴する「人間の歴史」も含んでいるからである。従って、ここには、勝本の所謂「東洋的宇宙観」、即ちインド仏教思想の寂滅思想に基づく境地の詩的表現を見るのではなく、心身の寂滅にデスペレートに下降してゆく一歩手前で立ち止まりながら、すでに寂滅してしまった過去の（特に西洋の）精神的先達に対して静かな共感を抱きつつ、そこに何とか慰めを感受しようとする、西洋流の生命思想に基づくヒューマニズムの詩的表現を見るべきではないか、と筆者は考える。

(17)平岡敏夫『北村透谷研究』、二〇〇頁。

第三章 『文學界』同人におけるバイロン熱の運命

――北村透谷の死をこえて

第一節　「暗潮」としてのバイロン熱をめぐる葛藤

第一項　北村透谷の死とバイロン熱の退潮

北村透谷が自宅の庭で縊死したのは、明治二七年五月一六日の未明のことである。明治前期を代表するバイロン熱罹患者であった北村透谷の死は、日本におけるバイロン受容史の中でも一つの象徴的な意味を持つ事件であった。

透谷が死んだ翌月、明治二七年六月の雑誌の幾つかは、透谷への追悼記事を掲載している。バイロンとの関連で言えば、『裏錦』第二巻第二〇号に掲載された機曲生署名の「北村透谷を吊す」が、まず注目されるだろう。この追悼記事は、透谷の死が彼の厭世によるものであり、彼の厭世は彼の「眞面目」に起因するものだ、と透谷の厭世に理解と同情を寄せている。そしてその上で、「世にバイロンの狂暴を嘲罵して、而して彼が満身の赤心を知らざるものあり、かゝる人々に向ふて君の一生を説くとも、何の感ずるところもなかるべし」(1)と書いている。ここで注意されるのが、バイロンの「満身の赤心」に思いを致すことができないような人間には、透谷の「満身の赤心」に対しても正しく思いを致すことなどできないであろう、というかたちで、バイロンの内面と透谷のそれとが重ね合わされて語られていることである。これは明らかに、生前の透谷のバイロンへの偏愛を偲んだ言であり、この文章の書き手は、バイロンの内面の誠実さと、それに思いを致す透谷の内面の誠実さとに共感しつつ、それを貴ぶということをしているのである。

だが、このような、論ずる対象としてのバイロンの内面に共感的に思いを馳せるかたちの、言わば透谷的な語り口とは異質なバイロン言説が、透谷の死のまさに同時期に現れていたという事実にも注意しておかねばならない。

透谷の死と同年同月の『早稲田文學』は、バイロン関係の記事を二篇掲載している。一つは、鄭澳生こと奥泰《たい》資《すけ》（一八七〇—九五）の「バイロン卿の傳」であり、もう一つは、K．A．署名の「バイロン卿を論ず」である（後者の記事は翌月にもその続篇が掲載されている）。これらの記事に特徴的であるのは、透谷のバイロン言説に典型的に表れたような、バイロンに自己を投影しつつバイロンについて肯定的に語るというかたちの熱っぽい語り口が影を潜めているということである。例えば、前者のバイロン伝は、バイロンの一生における重要な事件をほぼ網羅した比較的長文のものだが、論者の主観に流れたような記述はほぼないと言ってよい。このバイロン伝は、バイロン自身の日記の記述や友人の証言などに基づいた、極めて客観的な筆致で書かれている。また、バイロンの詩業に関する記述にしても、作品の名は多く列挙されているものの、その作品世界についての論者独自の踏み込んだ論及がなく、この点においても、バイロンの内面に迫っていこうとする論者の意思を感じさせるものとはなっていない。

もう一つの『早稲田文學』のバイロン記事である、K．A．署名の「バイロン卿を論ず」も、「バイロン卿の傳」と同様、冷静な筆致で書かれている。こちらは「バイロン卿を論ず」と題されているだけあって、「バイロン卿の傳」にはなかった論者の主観的解釈が一応散りばめられてはいる。だが、その解釈は概してバイロンに対して否定的なものである。論者は、バイロンを「赤心あるをもて偉大也」と言いつつも、直後に「然れどもバイロンは赤心餘りありて度量欠けたり」と述べている。そして、「彼れは過多の赤心、過少の度量の人なりき」とまで断じている。(2) 論者によれば、バイロンは、理想を持つことなく自身の卑小な自我に拘った、「智の人ならで情意の人」であり、そのようなバイロンの人格は、彼自身の生活、事業、詩想、作詩に悪影響を与えている、とのことである。論者は、バイロン自身の言葉を引用しつつ、右のような趣旨の主張を淡々と展開してゆく。そして彼の提示する結論は以下のようなものである。

彼れは特別なる意味に於て吾人が貴重なる師友也。彼れが吾人の師友たるは、其の厭世家たるの邊にあらず、其の赤心の偉力を教へたるの邊にあり、度量を欠ける赤心の如何ばかり危険なるかを教へたるの邊にあり、過去を忘れ得ざるものが強ひてこれを忘れんと試むるは、寧ろ之れを記臆し、以て戒慎し、以て自省し、而して猛進するに如かざるを教へたるの邊にあり、周圍の障害を打撃しつゝ怒號しつゝ狂奔するは、遙に前途の理想を仰望して綽々禹歩するに如からずを教へたるの邊にあり、總べて云へば、一方に自省修練の必要を怠たるの邊にあり。嗚呼、此の點より見る時は、宇宙に於けるバイロン卿が位地は天と共に長く地と共に久しかるべし。(3)

先に言及した『裏錦』掲載の「北村透谷を吊す」も、バイロンの「赤心」について論及していたわけだが、この「バイロン卿を論ず」におけるバイロンの「赤心」についての語り口は、「北村透谷を吊す」におけるそれとは全く逆になっていることが注意される。「北村透谷を吊す」の記事がバイロンの「赤心」について、バイロンにおける理想への意志の存在を保証するものとして肯定的に語っていたのに対し、「バイロン卿を論ず」の記事は、バイロンの「赤心」過多に、「度量」の欠如、「理想」の欠如、「自省修練」の欠如を見て、それについて否定的に語っている。つまり、バイロンの「赤心」が、一方では熱っぽく肯定され、一方では冷然と否定されているというわけである。特に右の引用中の「嗚呼、此の點より見る時は、宇宙に於けるバイロン卿が位地は天と共に長く地と共に久しかるべし」という最後の文などには、論者の嘲りの表情さえ看取しようとすればできるものであり、かなり皮肉な調子を感じさせるものにさえなっている。

このようなバイロンに対する否定的評価に関連して、「バイロン卿を論ず」の冒頭には、この論文の掲載の経緯についての、次のような「早稲田文學記者」による但し書きがある。

バイロン卿は歐洲にありては已に過去の詩人となりたれども我が文壇に於ては未だ遂に彼れをもて過去の詩人と見做す能はず。本號及び次號に二分して掲ぐるバイロン論は社友K．A氏の寄送に係る、バイロンが爲人を評し得て頗る周細綿密なり。讀者若し此の論の爲に吾人が特にものせし前記の畧傳を精讀し扨後に本篇を繙かば庶幾くは得るところ少小ならざるべきか。(4)

この文章でまず注意されるのが、冒頭の「バイロン卿は歐洲にありては已に過去の詩人となりたれども我が文壇に於ては未だ遂に彼れをもて過去の詩人と見做す能はず」という一文である。これは、バイロンが最早時代遅れの詩人であるのにいまだにバイロンをもてはやしている観のある日本の文壇の現状に対して、「早稲田文學記者」が苦々しく思っていることが間接的な表現のうちに滲み出ているような一文である。つまり、この「早稲田文學記者」による但し書きの文章は、われわれはバイロンが時代遅れであることを読者に理解させるように「社友K．A氏」のバイロン論を掲載し、なおかつその理解の助けのために「バイロン卿の傳」を掲げた、という意味に解釈できるものなのであり、従って比較的強いバイロン否定の意識の下に書かれたものだと言うことができる。そしてそこには、日本の文壇のバイロン熱からの覚醒を促し、新しい文学精神の芽生え期待する意識すら垣間見ることができるのである。

以上のことから仄見えてくるのは、透谷が死んだ明治二七年の半ばという時期、海外の文学的な動向を意識した客観的なバイロン言説が、個人的な思い入れを基調とした主観的なバイロン言説に徐々に取って代わりつつあった、ということである。[5] 恐らく、『裏錦』の「北村透谷を吊す」におけるバイロンへの論及とは対照的な、『早稲田文學』掲載の「バイロン卿の傳」及び「バイロン卿を論ず」の、冷ややかなまでに冷静な筆致の登場は、バイロンを問題視する視点が、論者個人の主観評価から文学史的位置づけという客観評価に移行しつつあることを端的に表すものであった。[6] 現に、それ以降のバイロンに関連する著述は、木村鷹太郎ら一部の熱烈なバイロン熱罹患者によるものを除いて、例えば、抱一庵主人（原抱一庵、本名余三郎、一八六六—一九〇四）「バイロン」（『史海』第三五巻、明治二九年一月）、高橋五郎（一八五六—一九三五）『チヤイルドハロールド　江湖漂飄泛錄』（明治三一年）、菱洲生「バイロンを論ず」（『青山評論』第八四号、明治三一年三月）、上村左川「バイロン」（『文芸倶樂部』第四巻第一〇編、明治三一年九月）、小日向定次郎（一八七三—一九五六）「バイロンを讀む」（『帝國文學』、明治三二年九月）、米田実（一八七八—一九四八）『バイロン』（明治三三年）など、論者の主観のあまり感じられないものが増えてくるようになるのである。[7]

だが、このようなバイロン評価をめぐる過渡期において、全てのバイロン受容者が、主観的なバイロン肯定から客観的なバイロン否定へと直ぐ移行できたわけではなかった。当然、中には、バイロンに対する心酔の度合いが強かった分だけ激しく葛藤せねばならなかった人々も存在したのである。その代表的な一群が、シェイクスピアに次いでバイロンを愛読したという、[8]『文學界』に拠った人々であった。彼らは、主観的で主情的なバイロン受容者の代表格であった北村透谷を筆頭に、明治前期ロマン主義の文学精神を牽引する言論活動を展開していたわけだが、明治二七年五月の透谷の自殺という事態に直面し、激しい衝撃を受けることになる。そして透谷の自死と透谷的なバイロン受容のありようとの内的関係を自らの問題として問い、その総括のために激しく葛藤することになるのであった。

このあたりの事情については、島崎藤村の回想の文、「『文學界』のこと」（『市井にありて』、昭和五年所収）などから、おおよそのところを窺い知ることができる。以下、引用する。

北村君を失つてからの私達は、次第に当時のバイロン熱から醒めて、思ひ〳〵に新しい進路を執るやうになつた。頑執と盲排との弊を打破するやうな声で充たされて居た私達の雑誌には、次第にダンテの紹介があはれ、シエレエ、キイツ、ロセツチなどの紹介があらはれるやうになつて行つた。激しい動揺の時が過ぎて、青春に思ひを潜めるやうな時が漸くそれに代つた。(9)

この藤村の文章から、『文學界』同人たち(10)が透谷の死を、「当時のバイロン熱」からの覚醒、「頑執と盲排との弊を打破するやうな声」からの脱却、「激しい動揺」からの移行の契機と捉えていたということを窺い知ることができる。彼らは、透谷自死の時期の『裏錦』の記事と『早稲田文學』の記事の温度差に象徴される、過渡期にある時代精神の深淵を自らの問題として受け止め、「激しい動揺の時」を何とかやり過ごして「青春に思ひを潜めるやうな時」に至らんと苦悩した人々なのであった。本節では、彼ら『文學界』同人の「当時のバイロン熱」の内実を明らかにし、その上で、彼らがそれをどのように乗り越え、どのように「新しい進路を執るやうになつた」のか、という点について論証してゆく。

第二項　『文學界』同人の「縄墨打破」的バイロン熱

では、『文學界』同人の「当時のバイロン熱」とはいかなるものであったのか、という問題から検討してみよう。『文學界』同人にとっての「当時のバイロン熱」とは、先に引用した藤村の言を借りて言うなら、「頑執と盲排との弊を打破するやうな」気分、即ち、既成の規則や規範に囚われず自己の自由を追求する進取の気風、当時の言葉で言うなら、バイロンのそれに範を取ったロマン主義的気分の昂揚の謂いである。

『文學界』についても一言しておこう。『文學界』は、もともと巖本善治（一八六三―一九四二）の『女學雜誌』を母胎として誕生したものであったが、創刊後直ぐ女学雑誌社から独立するところから歩みを始めている。これは、『文學界』同人が巖本の清教徒的倫理観、及び儒教的道徳観に基づく文学功利論の拘束を嫌ったためであった。『文學界』はこの後、内面の自由を重んじつつ、文学、芸術の自律的価値を積極的に主張していこうとするロマン主義の立場からの文学論、芸術論を展開してゆくわけだが、これは逆に言えば、『文學界』が個人の内面の自由を抑圧、拘束する既成の倫理や道徳を「頑執と盲排との弊」と見立て、それらを果敢に打ち破り乗り越えていこうとする、当時の言葉で言えば「縄墨打破」の精神を自らの支柱としていたということであった。要するに、『文學界』同人は、吉田精一が整理する通り、例えば植村正久らの『日本評論』に拠るキリスト者の言論人の宗教的見地からの批判や、徳冨蘇峰らの『國民之友』に拠る現世的功利主義の立場からの「高踏派」批判に対して、この「縄墨打破」のロマン主義を旗印としつつ、北村透谷を中心に自らの立場の正当性を主張をしていったわけである。[11] そして彼らは自分たちのそのような「縄墨打破」の精神と同質のものを、イギリス社会に反抗しキリスト教道徳にも反逆を企てたバイロンの中に見出し、それに思い入れを逞しくすることでバイロン熱の気分を醸成していったわけであった。彼らにとってバイロンは、まずもって、自己の外部の論理、即ち、社会的規範としての道徳律、宗教的規範としての戒律、政治的規範としての法律などに対し、自己の内部の論理を押し立ててゆく、激しい意志と熱い情念を持ったロマン派詩人の代表格であったのであり、彼ら自身のロマン主義の精神の言わば守護神的存在であったわけである。(12)

このような見方の典型的なものが、馬場孤蝶（本名勝弥、一八六九―一九四〇）の評論「想海漫渉」（『文學界』第一二号、明治二六年一二月）である。この中で孤蝶は次のように述べている。

猛省せよ、今此世紀の始、英國の社會益々姑息に流れ、準縄に由てのみ事を行ふ悲運は遂に彼のバイロン、シエレーの徒をして國外に客死せしめしに非ずや。任俠前者の如き頗る愛すべき點あり、且其の天來の詩想や發して天地の妙音を和し、遠く沙翁マーローの氣慨あり。實に一代の詞宗英國詩伯たるに耻ぢず。然も國人凡常の眼光未だ高からず、彼が傑作多くは他の笑罵する所となる、彼が父母の郷を捨つるの憤慨思ふ可きなり。誰れか彼れを以て天を知らずと云ふ。彼其のドン、ジユアンに於て斗屑の輩を喝して曰く、

Some kinder casuists are pleased to say,
In nameless print—that I have no devotion;
But set those persons down with me to pray,
And you shall see who has the properest notion
Of getting into heaven the shortest way;
My alters are the mountains and the ocean,
Earth, air, stars,—all that springs from the great Whole,
Who hath produced, and will receive the soul.

と。實に然り、繩墨の徒天才の翔に伴ふ能はず。彼の摩天の翼ある者を見て、異類なりと罵り、一朝蒼空に遊ぶに當つて、何故に彼等と共に地に在らざるやと咎む。（三五八頁）[13]

孤蝶はこの評論において、西洋の思想の流れを、旧思想を新思想が打破してゆく前進的、進歩的な運動と捉えた上で、議論の結論として、西洋と同様、明治日本においても「偉大の觀念」を有する新思想が勃興すべきことを主張し、「無規法をも生み法外道を生ずる者、此れ我革新なれ。此我革命なれ」（三五九頁）と、急進的ロマン主義の精神の必要を高い調子で説いている。右の引用箇所のバイロンに関する論及も、そのような文脈の中でなされたものであった。孤蝶によれば、バイロン及びシェリーの海外脱出は、イギリスの既成の社会道徳の不自由を嫌った結果であり、孤蝶はそのことを、イギリス社会の偏狭を嘲笑したバイロンの『ドン・ジュアン』第三歌第一〇四節を引きながら論証している。この時、孤蝶の脳裏には、バイロンが破婚にまつわる醜聞でイギリス社会から追われるように流浪の旅に出なければならなかったこと、またバイロンの諸作（『カイン』や『ドン・ジュアン』等）がキリスト教の教えや社会道徳に抵触するとして批判されたことなどが併せて想起されていたであろう。その上で孤蝶は、自分を非難する形ばかりのキリスト者などよりも表面上はアンチ・キリストのように見える自分の方にこそ真の信仰心があるのだ、といった内容の、この『ドン・ジュアン』の詩節の中に、旧思想の「準繩」に収まりきれない新思想を奉じる者の正義を読み取るということをしているのである。[14]孤蝶にとって、バイロンを非難する側の論理は、旧思想の「準繩」として否定されるべきものであり、それに反発、対立したバイロンは、新思想の側に立つ者として肯定されるべきものなのであった。そして孤蝶自らも、自身を新思想の側に与するものとして自己規定しつつ、旧思想の「準繩」を打破する「繩墨打破」の詩人バイロンに強く共感する自身の内面のありよう、即ち自身の「繩墨打破」の精神をここに表明しているのである。

この孤蝶の評論とほぼ同時期に書かれた戸川秋骨（本名明三、一八七〇―一九三九）の評論「變調論」（『文學界』第一三号、明治二七年一月）も、孤蝶と同様のバイロン観及びバイロニズム観を披露している。この中で秋骨は次のように述べている。

宇宙万有に亙りて一の靈氣あり、人間心裡の奥深き處に一の精氣あり、彼を呼んで造化と云ひ神と云ひ、此を名けて精神と云ひ靈魂と云ふ、而して此の両者を併せて之を生命と云ひ精氣と云ふ、此の生命や發して万朶の櫻となり、凝つて不朽のポーエトリーとなる、其の社會に顯るゝや革命となり、個人に顯れてはバイロニズムとなる、（二六七頁）

秋骨もやはり孤蝶と同様、歴史の展開を前進的、躍動的な運動と捉え、そのような歴史の中の一現象としての「バイロニズム」を、宇宙にみなぎる生命力が個人の次元で顕在化したものとして捉えるということをしている。秋骨によれば、宇宙の生命力とは、即ち「たへす這般の繩墨と秩序とを打破して進む」力の謂いであり、「バイロニズム」は、「這般の繩墨と秩序とを打破して進む」「繩墨打破」の精神の個人の次元における表れということになるのであった。(15) 秋骨は、人間の歴史、特に思想史の流れを、安定的で穏やかな「正調」の思潮と、不安定で激しい「變調」の思潮とが繰り広げる交代劇として捉え、その上で現在の時代を「變調」の時代、変革変動の時代と見做す。そして「西行の如きバイロンの如き然り、憐れむべし法規の世は彼等を容るゝ能はず不健全として蛇蝎視されたり」（二六八頁）と、西行（俗名佐藤義清、一一一八―九〇）やバイロンを「變調」の時代の先覚者として等価に扱いながら、「繩墨」との葛藤をめぐる彼らの不遇の運命に対して強い共感を寄せるのである。

このように、『文學界』同人がバイロンを「繩墨打破」の詩人の代表的存在として認識し、自己の自由を外部から拘束する様々な「縄墨」を「打破」せんとするバイロンに強く共感していたことが、彼らの幾つかのバイロン言及から看取できるわけであった。[16]だが、この「縄墨打破」の身振りの他にも、『文學界』同人のバイロンに対する共感を誘ったものがあったことにも、一言しておく必要があろう。即ち、それは、恋愛問題をめぐるバイロンの身振りである。一般的に、恋愛問題というのは、自己と恋愛対象との関係性の問題のみならず、恋愛の自由を阻む様々な「縄墨」（社会道徳や社会倫理など）と自我との間に生じる摩擦が顕在化しやすい問題であるわけだが、このバイロンの恋愛問題に対する彼ら『文學界』同人の思い入れも、恐らくはバイロンの「縄墨打破」の身振りに対する思い入れの延長線上にあるものであった。

バイロンの恋愛問題に対する考察については、恋愛及び結婚の失敗者としてバイロンを取り上げながらバイロンの内面の論理について論じた透谷の「厭世詩家と女性」が真っ先に想起されるわけだが、第一章第一節において論じたように、そこには透谷の恋愛問題、結婚問題をめぐる自意識が息づいていた。これと同じく、透谷の弟分の『文學界』同人におけるバイロンの恋愛問題に対する思い入れにも、彼ら自身の恋愛問題をめぐる自意識が息づいていたようである。恋愛問題をめぐる自身の鬱屈した思いを、バイロンの恋愛をめぐる「縄墨打破」ぶりを確認することで慰安しようという意識が働いていたように思われるわけである。

例えば、島崎藤村は、明治女学校の教師時代、教え子の女学生佐藤輔子に恋愛感情を覚え、その抑圧からくる苦しさから漂泊の旅に出るのだが、その際彼は、バイロン詩集を懐にするということをしていた。このことは、彼の「かたつむり」（署名は無聲、『文學界』第三号、明治二六年三月）という文章の中に示されている。彼はこの中で、「禿木子は我笈中にバイロンを納めたるをあやしみ」（第三号、七頁）云々と、自身の青春の彷徨に「バイロン」を携帯したことを告白しているのである。これは、藤村が自身の恋愛問題をめぐる鬱屈をバイロンのそれに重ねて、バイロンの詩の中に自身内面の苦悩に対する慰めを見出していたことを示唆するものである。

　また、藤村が旅の荷物の中にバイロンを忍ばせたことを目聡く見つけた「禿木子」こと平田禿木（本名喜一郎、一八七三―一九四三）も、バイロンの中に自身の恋愛問題の憂悶の慰めを見出そうとしていた一人であった。『文學界』第三号には、藤村の消息文「かたつむり」と並んで、禿木の文章「爵孤洞漫言」も掲載されているが、禿木はその中の「其四（青年會月報五号參照）」という一節において、詩人の心を理解しようとしないキリスト者の偏狭に対して批判を展開しつつ、「誰れかバイロン人を知らずと言ふ、彼が慘たる其血涙は之れニユーステツド佳人の爲めなるを知らずや」（二四九頁）と、バイロンの恋愛問題について、やや感傷的な調子で論及している。禿木がここで、「ニユーステツド佳人」ことメアリー・チョワースに対する少年時のバイロンの失恋、「慘たる其血涙」に思い入れを逞しくしているのは、彼が当時恋愛感情を抱いていた星野天知（本名慎之輔、一八六二―一九五〇）の妹勇子との関係のことが彼の念頭にあり、自身が内に抱える霊肉の葛藤の苦悩を、バイロンの名の下、霊を肉の上位に置くことで霊肉の葛藤の問題を解消してしまっているかのようなキリスト者の論理から擁護したいという意識が働いていたからであろうと推定される。[17]

　さらに、その勇子の兄の星野天知も、恋愛問題で苦悩していた点で同様であった。天知の評論「骨堂に有限を觀ず」（『文學界』第六号、明治二六年六月）は、恋情や肉欲といった、「有限」なるものに向かう心情の儚さと哀しみを擁護しようとした文章であるが、この中に、「野花一輪の姿もなほ摘むに餘るライン河の草の露、舊都荒原の枯草もなほ憤るに足るシベル灣の霧の雨、バイロンが戀の情けの悶えに非ずや」（二一六―二一七頁）という文を見つけることができる。天知がここで「バイロンが戀の情けの悶え」に思いを馳せつつ念頭に思い浮かべているのは、「ライン河の草の露」云々とあることから推測するに、一つは恐らく『チャイルド・ハロルドの巡礼』第三歌の中のライン河を歌った詩節であろう。このライン河の歌とは、破婚の後、自己追放の旅に出て祖国を後にしたバイロンが、遠い異郷の地で自身の想い人である異母姉のオーガスタを想って書いたと言われているものである。[18] 当時の天知もやはり、明治女学校の女学生松井まんとの恋愛に悩んでいた。[19] このことを踏まえると、天知のこのバイロンへの論及からは、異母姉への許されぬ恋愛感情を歌ったこのバイロンの詩節に教え子に恋してしまった自身のやるせない思いを仮託しようとする天知の心が滲み出てきているように思われる。

この他の『文學界』同人についても、例外ではなかったようである。笹渕友一が指摘するところによれば、戸川秋骨の「バイロニズムへの感染」も、明治二七年頃の彼の恋愛問題をその背景に持っていたようである。[20] また馬場孤蝶も、このような友人たちの恋愛をめぐる苦悩を横目で見、また自分の恋愛問題にも思いを致しながら、[21] 恋愛に悩んでバイロンに慰めを見出す青年を、小説「みをつくし」（『文學界』第二二―二四号、明治二七年一〇―一二月）の中に、「一も戀、二も戀、只世の中は何事も皆戀ならぬはなしと思ひ、此れまでは面白いと思ふた審美學の書籍などは、何にか物足らぬやうにて、讀みかけて未だ一二枚にもならぬに、巻をとぢて投げ出し、とかく手に觸るゝはバイロンの詩集、エルテルが愁《わづらひ》などなり」（三三二頁）というかたちで登場させるということをしている。

このように、『文學界』同人のバイロン熱の最大公約数が、「縄墨打破」の恋愛詩人としてのバイロンへの激しい共感といったところのものであったことがわかってくる。彼らはバイロンを「縄墨打破」の恋愛詩人として認識しながら、各々の恋愛問題をめぐる様々な鬱屈を背景に、バイロンに対して思い入れを逞しくしていたと考えられるわけである。

第三項　『文學界』同人のバイロン熱における「縄墨打破」の問題

では、「縄墨打破」の恋愛詩人というバイロン像を、彼ら『文學界』同人に印象づけたものは何であったのだろうか。彼らは、同時代のバイロン言説のみならず、各種のバイロン伝やバイロンの詩に直接触れており、彼らのバイロン像もそういった知的教養から作り上げられていったものであることは確かであろう。だが、彼らの脳裏に「縄墨打破」の恋愛詩人というバイロン像を強烈に刻み込んだのは、やはり北村透谷の評論「厭世詩家と女性」であったろうと思われる。

第一章第一節で明らかにしたように、透谷のこの評論は、西洋の詩人、特にバイロンにおける恋愛の理想と結婚の現実との間の亀裂の問題について論じる中で、結婚という「縄墨」に精神の自由を奪われ、「實世界」の不自由と「想世界」の自由との間で厭世感情を募らせてゆく「厭世詩家」という人間像を描き出したものであった。言わば、詩人の自我と、結婚に象徴される社会的な「縄墨」との間の葛藤の問題と、恋愛の問題とが交わる地点に、「厭世詩家」の典型としてのバイロン像を描き出すという趣旨の評論であったわけである。この意味で、「厭世詩家と女性」において描き出されたバイロン像は、透谷の弟分である『文學界』同人らが思い描いた、「縄墨打破」の恋愛詩人としてのバイロン像と、問題意識を共有しつつ重なり合う部分を多く持つものであった。このことは、『文學界』同人のバイロン像が透谷のそれに大きく影響されたものであった可能性を示唆するものと言えよう。

だが、透谷のバイロン像と、彼ら『文學界』同人のそれとの間には、微妙な差異があったことにも注意しておく必要がある。その差異は、透谷の「厭世詩家と女性」と、主題設定と内容の上でその影響の痕跡の著しい星野天知の評論「業平朝臣東下りの姿」（『文學界』第二四号、明治二七年一二月）とを比較対照することによってある程度浮き彫りにすることができる。

天知の「業平朝臣東下りの姿」という評論は、表題にある通り、『伊勢物語』（成立年不詳）を題材としながら、在原業平（八二五—八〇）の「東下り」の意味について論じた文章である。この評論において天知は言う。在原業平が東国に下ったのは、彼が「沒し難き悲みと消し難き憤り」を抱いていたからである。業平は、政界において十分に出世ができず、そのせいで「實世界」の「情熱ある憤慨の敗將」となってしまった。そして、「大魔」の化身である「女子」との恋を絶えず追い求めながら、「想世界」の中に自らの生きるべき場所を探し求めるようになる。そしてその結果、業平はあてどなく漂泊する「多感多情の詩人」となったのである――。

この評論において「實世界」及び「想世界」という言葉が使用されていることから分かるように、これが、透谷の「厭世詩家と女性」に多分に影響された評論であることは明らかである。また、その論旨も「厭世詩家と女性」に非常に似通っている。(22) 透谷はバイロンを主な素材として「厭世詩家と女性」を書いたわけだが、天知は日本の「厭世詩家」である在原業平を素材として「業平朝臣東下りの姿」を書いた。言わば天知のこの論は、業平論というかたちをとった天知流の「厭世詩家と女性」論とでも言うべきものであった。

ところで、天知の「業平朝臣東下りの姿」への透谷の「厭世詩家と　女性」の影響の大きさは、天知の論のバイロンへの論及の多さというかたちでも顕在化しているように思われる。第一章第一節で明らかにしたように、「厭世詩家と女性」において透谷は、バイロンへの論及を様々なかたちで議論の中に散りばめ、そこから「厭世詩家」という人間像を描き出していったわけだが、天知は、すでに透谷によって用意された「厭世詩家」像の鋳型に業平を当て嵌めることで、「厭世詩家」としての業平像を描き出そうと試みている。その際、天知は、透谷の手になる「厭世詩家」像の鋳型の上に落ちているバイロンの影の濃密さを無視することができなかったのであろう、バイロンと業平の共通性や類似性を確認することで、透谷の手になる「厭世詩家」像の鋳型に業平を当て嵌めやすくしようと努めている。言い換えれば、天知は、「厭世詩家」像の母胎とも言うべきバイロンに業平を近づけて解釈することで、業平に「厭世詩家」としての資格を保証しようとしているのである。

具体的に指摘していこう。天知は、業平が「沒し難き悲みと消し難き憤り」を抱いて放浪したことをもって、「朝臣はまことにバイロニズムの人なり」（第二四号、二頁）と断言するということをしている。また、二條后（八四二―九一〇）に禁断の愛を寄せる業平について、「バイロンがメレーシヤヲスを見たる時の心を以て朝臣は二條の后を覩給ひしなり」（同前、三頁）と書き、恋愛問題をめぐる業平とバイロンの内面のありようを同一視するということをしている。ここで「バイロンがメレーシヤヲスを見たる時の心」云々と言っているのは、前項における禿木の「欝孤洞漫言」についての議論のところでも言及した、メアリー・チョワースという一少女に対する少年時のバイロンの幼い恋のことを指している。天知は、業平の二條后への恋を、詩人バイロンのメアリー・チョワースへの恋に擬えることで、業平に「バイロニズム」の影を読み入れようとしているわけである。さらに天知は、「素より朝臣にバイロン程の酸烈《ママ》崇峻なる思想のあることなければ、之れに凄篇ハロルドのあるなしと雖ども其東下りに一ふしを讀み來れば、旅情物に觸れ事に激して溢れ出る所異音おのづから心絃に響くものあるに似たり」（同前、四頁）とも書き、『チャイルド・ハロルドの巡礼』の詩人バイロンと『伊勢物語』の歌人業平とを並べて論じるということをしている。天知によれば、両者の間には、「酸烈《ママ》崇峻なる思想」の有無という差異が確かに見られるものの、共通項として「旅情物に觸れ事に激して溢れ出る所」があるのであり、そのような同じ精神性がバイロンと業平において各々のかたちで表れ出ているということを、天知は、同じ音素が環境に応じて異なった音として現われたものという意味の「異音」という言葉で表現しているわけである。このように、業平とバイロンとの間の同一性や類似性を確認しようとする天知の論述の仕方からは、業平の人間像を説明する際に「バイロニズム」を参照枠に用いることで、業平を透谷が作り出した「厭世詩家」像に何とか似させようとする論者としての天知の意図を看取することができる。

　だが、このような天知の苦心にも拘らず、業平を「バイロニズム」の「厭世詩家」として描き出すという試みは、必ずしも成功しなかった。これは恐らく、透谷及び天知双方の議論において参照枠とされた「バイロニズム」についての認識が、透谷と天知の間で微妙にずれていたことに起因している。天知の説明によれば、「バイロニズム」とは、次のようなイメージのものであった。

> 暗夜巉々たる危巖に立て百千の魔鬼を喚降し、叱咤號令これを驅り之れを鞭ち、心の趣くまゝ氣の走るまゝ、氣焰萬丈の炎と成りて、直往一氣、直ちに大魔を捉らへんとするもの、之れバイロニズムの光景に非ずや、大魔必竟宇宙の絶美、絶美必竟宇宙の大魔、一たび此大魔に魅せらるゝもの氣魂天地に触入《くひい》りて何ものをか捉へずんば止まざらんとす、已に此境に到る、眼顆たゞ一物を存して勇往直行せんことを欲す、人間何が爲めに世に出しや、人間何を爲さんとて世に存するや、這般の問題は此境に立つ者の問ふ所に非ず、唯一物を捉へざるを得ざるが爲めに出で、唯一事を爲さゞるを得ざるが故に存するのみ、之れが爲めには百事をも犠牲として、裸躰の『人間』と成りて勇闘せんと欲するなり、此際極めて悲惨にして何物にか執着せずんば止まず。
>
> （同前、二頁）

この箇所の後半の「（中略）唯一物を捉へざるを得ざるが爲めに出で、唯一事を爲さゞるを得ざるが故に存するのみ、之れが爲めには百事をも犠牲として、裸躰の『人間』と成りて勇闘せんと欲するなり」というくだりから、天知もまた「バイロニズム」を、自身の欲するところの実現のためにはそれを阻害する全てのものを排撃してゆく「繩墨打破」の精神として認識していることを改めて確認することができるわけだが、ここでは、「バイロニズム」の具体的なイメージを表現している「暗夜巉々たる危巖に立て百千の魔鬼を喚降し」云々の記述に特に注目したい。これは、そのイメージの類似から、『マンフレッド』第一幕第一場や第二幕第二場において、アルプスの高峰を舞台にマンフレッドが様々な精霊を呼び寄せる場面を参照したものであろうと推定される。[23]つまり天知は、『マンフレッド』に表現されているような、形而上的な何ものかを激しく希求し、それが得られないことに激しく悲憤慷慨して宇宙大の負の感情を爆発させるバイロニック・ヒーローの、やや大袈裟とも言える言動のイメージのことを、「バイロニズム」という言葉で表現していると考えられるわけである。(24)

このような天知の「バイロニズム」理解は、それをバイロンの「負のロマン主義」の精神性に通じるものと認識している点において、議論全体の枠組みを天知に提供した透谷の「厭世詩家と女性」におけるそれと類を同じくするものだ、と一応言っておくことができる。だが、透谷の「厭世詩家」像、ひいては透谷の想定する厭世的自我詩人としてのバイロン像が、ややもすると厭世から絶望、絶望から死へと展開してゆきかねない危うい緊張を孕んだ深刻な暗鬱さに彩られたものであったのに対し、天知の「バイロニズム」理解には、そのような虚無に落ち込んでゆくような深刻さ、暗鬱さがあまり感じられない、ということもまた確かであった。つまり天知流の「バイロニズム」観に基づくバイロン像は、透谷がバイロンの実生活上の悲劇の中から抉り出したような、「女性」、及びそれが象徴する「實世界」との葛藤によって厭世の極みにまで引きずり込まれてゆくという「厭世詩家」の悲劇的な宿命の重さを、ほとんど感じさせるものにはなっていないのである。寧ろ逆に、表現が大仰である分陳腐に流れ、却ってそれが一種の軽さすら生んでしまっている。

透谷の論と天知の論において決定的に異なるのは、透谷が、「厭世詩家」の厭世意識の深まりについて論じる際、結婚という「縄墨」の出口なしの不自由の問題を直視していたのに対し、一方の天知は、業平を予め「破婚の身」とした上で、業平に「悲憤突貫の厭世旅行」という、「縄墨」からの脱出口を用意している、という点である。透谷は、「想世界」から「實世界」へと転落した「厭世詩家」が結婚という「縄墨」と葛藤する中で厭世意識を深化させてゆく内面の論理を解析することを主眼としていたわけだが、天知はそうではなく、逆に「實世界」から「想世界」へと赴き、結局結婚という「縄墨」とは無縁の「破婚の身」になり終わった業平の感傷を描き出すというところに自身の議論の眼目を置いている。つまり、天知の議論においては、結婚という「縄墨」の不自由の問題は実質的には論点にはなっていないのである。

このことは、天知が、業平の人間像を「バイロニズム」のイメージを参照しつつ、それに連なるような「縄墨打破」の恋愛詩人として描き出そうとしていながら、当の業平が打破しようとしていた「縄墨」が一体何であるのか、という問題について曖昧な認識しか持ち合わせていなかったということを意味するものであった。このような透谷と天知の間に見られる、「縄墨」がもたらす不自由の問題についての意識の落差、温度差は、早婚のために早くから結婚生活の様々な「縄墨」の不自由の問題に逢着せねばならなかった透谷と、当時未婚で結婚問題より恋愛の苦悩という自身の内面の問題の方により多く拘泥していた天知との間の人生経験の差に起因するものであったと見ることができるように思われる。(25)

このように、天知は、透谷に比べ、「縄墨」の問題に対する実感が薄く、そのような実感の薄さが、業平における打破すべき「縄墨」のイメージの曖昧さとして表出してしまっていると考えられるわけであった。恐らく、この実感の薄さは、自身が立論のため参照枠とした、「縄墨打破」の恋愛詩人としてのバイロン像それ自体についての理解の曖昧さにも及んでいると見るべきである。そしてその曖昧さが、あの大仰な「バイロニズム」のイメージとしても表出してしまっていると見ることができるのである。「業平朝臣東下りの姿」におけるバイロンへの論及から見えてくるバイロンのイメージは、一応「縄墨打破」の恋愛詩人と呼べるようなものでありながら、その打破すべき「縄墨」がほとんど具体性を帯びていないという怪しげな人間像になってしまっており、茫漠とした外部世界に向けておのれの厭世感情を絶叫する「狂詩人」の域を出ないものとなってしまっているのである。

実は、この、「縄墨打破」の恋愛詩人としてバイロン像における、「打破」すべき「縄墨」のイメージの欠落という事態は、ひとり天知のみに当てはまる問題ではなく、『文學界』同人に等しく共通する問題であった。例えば、平田禿木は「鬱孤洞漫言」において、詩人を様々な「縄墨」で拘束しようとする「小見地の徒」に対し、「憫れむべきかな小見地の徒、西行あらば汝を笑はむ、芭蕉あらば一顧もせまじ、バイロンあらば靈刀一閃、詩神の前に汝が肺腑の汚血を流さむ」（二四九頁）云々と書き、「縄墨」を「靈刀」で一刀両断する「縄墨打破」のバイロン像を描き出している。だがここでは、「詩神」の名の下になされるバイロンの「靈刀一閃」という「縄墨打破」の大仰な身振りが肯定されているのみで、「靈刀一閃」によって斬られる「縄墨」の意味内容については、ただ単に、詩人の特異性を理解しない世俗の論理一般や倫理一般として、漠然と意識されているにすぎない。

また、戸川秋骨も「俳人の性行を想ふ」（『文學界』第五号、明治二六年五月）において、「パウロも狂せりスピノザも狂せり太白も狂せりバイロンも狂せり、彼等果して狂ひしか世狂へるか、彼等は到底一代の大人なり、神ならぬ俳人何ぞ獨り狂せざらんや」（二六六頁）と、世の縛りから外れた「縄墨打破」の偉人の一人としてバイロンの名を挙げているが、ここでもバイロンの「縄墨打破」の身振りとしての「狂」が、古今東西の宗教者や哲学者、詩人の「狂」と漫然と並列される中で、その具体的な意味内容をぼかされ、結果としてバイロンにとっての「縄墨」の内実が一体いかなるものであったのか、という点がよくわからないものとなってしまっている。[26]

さらに、馬場孤蝶も、「想海漫渉」において「猛省せよ、今此世紀の始、英國の社會益々姑息に流れ、準縄に由てのみ事を行ふ悲運は、遂に彼のバイロン、シエレーの徒をして國外に客死せしめしに非ずや」と述べ、詩人の詩想の自由な展開を阻む「益々姑息に流れ、準縄に由てのみ事を行ふ」「英國の社會」とバイロンとの間の葛藤の問題について論じようとしているが、バイロンにとって「英國の社會」の何が最も不自由な「縄墨」であったのか、という点をはっきりさせておらず、「縄墨」のイメージを具体的に示すことができていない。

島崎藤村にしても、「ことしの秋」（『文學界』第二二号、明治二七年一〇月）の中で「バイロンいたずらに世を憤ると見るは非なり」（第二二号、一八頁）と書き、「縄墨」としての「世」とバイロンとの間の摩擦の問題を見据えてはいるが、何故バイロンが「世を憤る」に至り、「世」の何に憤っていたのか、という点について、藤村自身の言葉で十分に説明し切れていない。そしてバイロンの「縄墨打破」の身振りを表現するに当たっては、「バイロンは自然と名のついたる天馬の伯樂《うまかた》か。非《あらむ》か」（同前、一九頁）といった大仰な表現で逃げてしまっている。(27)

このように、『文學界』同人たちは、バイロンの「縄墨打破」の身振りに感情移入を逞しくし、そうすることによって、「縄墨」の側からは理解されざる自身の恋愛問題を中心とした鬱屈した思いを慰めるということをしていたわけであったが、そのような感情移入の激しさの割に、彼らが思い描いていた、「縄墨打破」の詩人としてのバイロン像の内実は、極めて茫洋とし漠然としたものであった。『文學界』同人が自分たちの精神の拠り所の一つと目していたバイロンに対してすら明確な像を描けていなかったという事態――。これは、彼ら自身が自分たちの拠って立つべき価値基準、彼ら自身の「縄墨」をはっきりと自覚し切れていなかったということを示していよう。そしてここにこそ、『日本評論』に拠るキリスト者の言論人や、『國民之友』に拠る民友社系の啓蒙的知識人からの「高踏派」批判を許してしまう大きな原因があったのだと推察される。彼らが思い描いていたバイロン像は、「縄墨」の輪郭が曖昧な「縄墨打破」の恋愛詩人という、いかにも間が抜けた人間像だったのであり、このようなバイロン観に象徴されている彼らの甘い認識にこそ、宗教的な「縄墨」や社会的な「縄墨」を重視する他派からの批判の矢が向けられる隙があったと考えられるのである。(28)

明治二七年五月、『文學界』批判派との論戦の矢面に立って戦っていた透谷が死に、盾をなくした彼らは、以降、批判に直接立ち向かわなければならなくなった。そしてその言論活動の中で、彼らは、自分たちの曖昧なバイロン像及びバイロニズム観に象徴されていた、彼ら自身の甘い認識について反省せざるを得ない局面に立たされることになる。換言すれば、自分たちのバイロン熱を自分自身の手で総括せねばならない局面に、彼らは立ち至ったのであった。

本項では、『文學界』同人のバイロン熱の諸相及びその問題点について、透谷との比較も試みながら明らかにしてきたが、次項では、いよいよ彼ら『文學界』同人のバイロン熱の総括の問題について検討してみることにしたい。ここまで論じてきたように、『文學界』同人のバイロン熱は、「縄墨打破」の恋愛詩人としてのバイロンに感情移入するという、おおよその共通性があったわけだが、バイロン熱の総括をめぐる内的葛藤の強度や深度に関しては各人各様であった。例えば、星野天知は、先に述べた通り、透谷の死から約半年経って、透谷的バイロン像の強い影響の下、彼自身のバイロン熱を表現した評論「業平朝臣東下りの姿」を書いたわけだが、その後自身のバイロン熱をめぐって自問自答した形跡もなく、いつしかバイロンとはほとんど関係ない、単なる「縄墨打破」志向としてのすね者趣味に流れ、(29)やがて文筆活動自体から身を引き、沈黙してゆく。また、馬場孤蝶も、「想海漫歩」や「みをつくし」の中に自身のバイロン熱の一端を点綴した以降は、バイロンに触れることはほぼなくなり、『文學界』廃刊後も、思い出したようにバイロン詩の一部を翻訳したのみであった。(30)天知も孤蝶も、「縄墨打破」的バイロン熱の総括をめぐる内的葛藤を、意識的にか無意識にか、あまり言語化することはなかったのである。

その一方で、島崎藤村、平田禿木、戸川秋骨の三者は、バイロン熱の総括をめぐる内的葛藤を、その後の言論活動の中でいくらか表現していた。そして彼らは、三者三様のやり方で自身のバイロン熱に始末をつけようとしていたのである。しかもその始末のつけ方には、各々の今後進むべき路線の違いが明瞭に表れていた。従って次項では、彼ら三者のバイロン熱の総括のありよう、それぞれの〈歌のわかれ〉の内実を検討し、そこから見えてくるものを明らかにしていきたいと思う。

第四項 「暗潮」としてのバイロン熱をめぐる葛藤

(一)「不健全なる暗潮」から「純粋なる日本想」へ――島崎藤村

まず、藤村のバイロン熱の総括をめぐる葛藤のありようから検討していこう。

藤村のバイロン熱をめぐる葛藤が表現されているのは、透谷の自殺からちょうど一年後の評論「聊か思ひを述べて今日の批評家に望む」(『文學界』第二九号、明治二八年五月)においてである。この評論は、上田柳村(本名敏、一八七四―一九一六)が前々月に『帝國文學』に発表した評論「希臘思潮を論ず」(『帝國文學』第一巻第三号、明治二八年三月)を意識して書かれたもので、柳村の芸術至上主義的な論調に異を唱えたものである。(31)

ここで藤村は、おおよそ次のような主張を展開している。今現在、日本の文壇が活気を失っているのは、ひとり創作家のせいではなく、批評家にも責任の一端がある。批評家たる者は、創作家の表現(=「形」)の未熟を非難するだけで満足してはならない。いかなる思想内容(=「想」)を表現すべきなのか、というところから創作家に教えてゆく存在でなければならない。批評家が現在の日本の国情に見合った「日本想」を創作家に示して初めて、日本に真の意味での「國民文學の基礎」が築かれるのである――。

藤村のこの論は、芸術の「形」よりも芸術の「想」を重視する立場から立論されたものであり、芸術の「想」よりも「形」の美を嘆賞する柳村のような芸術至上的立場の批評家に対し、芸術の「想」にもっと思いを致すべきだ、と間接的に批判したものであった。

注意されるのは、藤村が、こういった芸術至上主義的な批評家に対する不満を表明するに当たり、「萬が一傲客バイロンの如き人物をして吾詩壇を濶歩せしめ、彼が「スコツトランド」の諸評論と争ひし如き調子の花を持たしめば、吾文壇は今日の如く静和なる樂みを享くる能はざるべきか」(第二九号、一二頁)という言い方でバイロンに論及していることである。ここで藤村は、バイロンが自作の詩を批評家連中に酷評された意趣返しに諷刺詩集『イングランドの詩人とスコットランドの批評家』を書いた逸話に触れながら、詩的精神を理解しない批評家を弾劾したバイロンに強く共鳴するということをしている。恐らく藤村は、バイロンを「想」の側に立つ者、彼を批判したスコットランドの批評家連中を「形」の側に立つ者と捉えた上で、自身も「想」を重んじる立場から、柳村ら芸術の「形」ばかり喋喋する批評家連中の論理に対し、バイロンのように華々しく反撃したい、と思っていたのであろうと推測される。

ただ、藤村がこの評論を書いた時点で、バイロンを、自身の唯一無二の精神の拠り所と考えていたかというとどうもそうではなさそうである。寧ろこの「聊か思ひを述べて今日の批評家に望む」という評論には、藤村とバイロン熱との間の微妙な距離感さえ表現されている。それは、藤村の次のような語り口に表れている。

> 儒教の道か、老荘の教か、佛想か、自然主義か、愛國の念ひか、侠勇の心か、ヘブライの想か、ヘレニズムか、将たまたルーソオ、ボルテーア等が鼓吹せしといふ如き革命的の思想か、バイロニズムか、ウエルテリズムか、いづれか吾風土人情に適し、いづれか吾純粋なる日本想の基となすに適すべきや。
>
> （第二九号、一七頁）

ここで藤村は、「吾純粋なる日本想の基」となる可能性のありそうな東西の様々な理念、思潮の名称をやや雑然と列挙している。そしてその一つとして「バイロニズム」の名も挙げている。この文章だけからすると、当時の藤村にとって、「バイロニズム」もまた自身の眼前を過ぎゆく様々な理念、思潮の一つに過ぎなくなっていたという印象を受ける。つまり藤村にとって「バイロニズム」は唯一無二の絶対的な理念、思潮ではなく、あくまで「吾風土人情に適し」「吾純粋なる日本想の基となるに適す」るか否かを検証すべき幾多の理念、思潮の中の選択肢の一つに過ぎなかったように思われるわけである。

だが、このように「バイロニズム」から一定の距離を取るような記述をしながらも、藤村がその直前で次のように書きつけていることにも、注意を払っておくべきであろう。

吾人は帝國文學に於て希臘思潮といへる長篇を讀み、深筆よく古代の沈静美妙なる思想を傳へんとしたまひしを謝す。聞く希臘は美術の淵源、叙事叙情の詩及び戯曲に至るまで皆深奥なる域に進み、西歐近世の詩歌皆なその泉流をこゝに發したるものといへり。これ實に吾國純粋なる日本想を磨くべき青砥の妙《（ママ）》なるものか。ゲーテ、バイロン、シエレー、ハイネ等の詩人は言ふも更なり、十九世紀の新思想に呼吸するものは皆一種不健全なる暗潮に浴せざるものなしといへり。これ又吾日本想を琢いて新しき美玉となすべき荒砥の妙《（ママ）》なるものか。静逸なるテニソンをすら捕へたりといふこの新潮の東するもの、清流濁流こもぐ〳〵吾思想界に流れ入りて、果して如何なる風濤を生ずべきものか。その新しく悲むべき濁流の純粋なる日本の想花を洗ひ去るが如き傾向はあらざるか。この暗潮に勝つべき程の慰藉を指して、詩人に教へたまふべきものは今日の批評家にあらざるか。

（第二九号、一六頁）

このくだりは、「帝國文學に於て希臘思潮といへる長篇を讀み」云々とあることからも明らかなように、上田柳村の議論に藤村が直接応答しているくだりであり、藤村の主張の核心がどこにあるかを把握する上で重要な箇所である。藤村は言う。柳村は、西洋の芸術の源流であるギリシャの「古代の沈静美妙なる思想」の価値を説いている。確かにそれは、「吾國純粋なる日本想を磨くべき青砥の妙」の如きものではあろう。だが、「吾國純粋なる日本想」を磨き上げるに当たって、古代ギリシャの芸術思想のみで事足りるであろうか。現在は一九世紀という時代であり、そのような時代に生きる者は、多かれ少なかれ「皆一種不健全なる暗潮」に浴している。そうだとすれば、この一九世紀の「不健全なる暗潮」もまた、「吾國純粋なる日本想」を磨き上げる際欠くべからざるもの、「吾日本想を琢いて新しき美玉となすべき荒砥の妙」の如きものではないか。そして批評家のなすべき役目とは、この荒々しい「不健全なる暗潮」に揉まれる中で鍛えられ純度を増した「日本想」を、創作家、詩人たちに指し示すことではないか——。藤村はつまり、今現在の日本の文壇に求められているのは「國民文學の基礎」となる「純粋なる日本想」であり、それを獲得するためには、同時代思潮としての「不健全なる暗潮」との葛藤を経ることが不可欠である、と主張しているわけである。

このような藤村の主張に顕著なのは、創作家、詩人、及び批評家が今ここで生を営んでいる現在という視点を重視する立場であり、現在の時代精神に直接的に影を投げかけている「十九世紀の新思想」、即ち「不健全なる暗潮」の持つ意味を正しく捉えようとする姿勢である。この、「十九世紀の新思想」としての「不健全なる暗潮」とは、「ゲーテ、バイロン、シエレー、ハイネ等の詩人は言ふも更なり」云々とあることから推察される通り、一八世紀後半から一九世紀半ばにかけてヨーロッパに流行した広義のロマン主義思潮のことを指していよう。つまり藤村は、一種の不健全さを含むロマン主義思潮の意味、意義を最大限認めた上で、それを総括すべきことを強く主張しているのである。

この、現在という視点を重視しつつ、現在にも大きな影響力を持っている「不健全な」ロマン主義思潮の持つ意味、意義を評価する主張は、評論の最後のまとめのくだりにおいて、別の言い方で繰り返されている。藤村はそこで次のように述べている。

今日こゝにあり、吾人は今日と共に歩めり。吾人不幸にして自ら誇るべきものなし、たゝ誇るべきものは今日のみ。これありて萬象味ひあり。これありて始めて吾人は過去の化石たることを免かるゝを得んか。今日果して夢か、果して非か、吾人は厭世樂天の眞味を解するものにあらず、されど活きたる厭世家は死せる樂天家に勝れりと思ふなり。俗、非俗、もとより容易に言ふべからず、されど活きたる俗人は死せる理想家に勝れりと思ふなり。神といひ、人といひ、もとより不才の透視し得べきかぎりにあらず、されど活きたる人は死せる神に勝れりと思ふなり。（同前、一八頁）

このくだりは、「たゞ誇るべきものは今日のみ」というかたちで現在重視の姿勢を改めて強調し、「樂天」より「厭世」を重要なものとする見解を明らかにして「不健全なる暗潮」の意味、意義を再確認したものである。この藤村の文章を敷衍すれば、おおよそ次のような論旨となるであろう。大事なのは、過去ではなく「今日」という時代である。「今日」を見据えないような批評家は、「今日」に生きているとは言えない。その意味で、「今日」を見据えない批評家は、単なる「死せる樂天家」あるいは「死せる理想家」に過ぎない。一方、「今日」に生きる者は、それとは正反対の存在、即ち「活きたる厭世家」あるいは「活きたる俗人」である。彼らは、「死せる樂天家」「死せる理想家」たる衒学趣味の批評家と比べ、「今日」という視点を大事にしている点で理のある存在である――。つまり藤村はここで、明治日本の青年たちの精神形成において核となり得るのは、「非俗」の芸術至上的、調和的理想世界に遊ぶ「樂天」ではなく、「今日」という困難な時代に「俗」の世界との葛藤を経る中で醸成される「厭世」の方である、という立場を明らかにし、「不健全なる暗潮」の不健全性を「厭世」という語によって意味をさらに限定しながら、ヨーロッパ・ロマン主義の厭世的傾向を総括する重要性を再び強く主張しているのである。

ここで藤村が「不健全なる暗潮」の不健全性、即ち「厭世」をどのような内実のものとして考えているのか、藤村自身が明示していないので、その点については推測するしかない。だが、第一章第一節で論じたように、当時、植村正久の「厭世の詩人ロード・バイロン」や透谷の「厭世詩家と女性」の影響もあって、バイロニズムが「厭世」と結び合わされて考えられるようになっていたこと、そして藤村自身、彼らの強い影響下にあったことなどを勘案すれば、ここで想定されている「厭世」がバイロン的厭世、バイロン流の「負のロマン主義」の精神性を含むものであることは間違いないであろう。つまり、この評論の結論部分で、ヨーロッパ・ロマン主義の「不健全なる暗潮」としての「厭世」の意味、意義を藤村が強調しているのは、藤村の頭の中で「バイロニズム」の占める位置がやはり小さいものではなかったということを示すものであったのである。

先に述べた通り、確かに藤村は、「バイロニズム」を、今後の明治日本の文芸の基礎をなすべき「純粋なる日本想」を獲得するために必要な数ある理念、思潮の一つに格下げしようとしていた。が、結局、最終的には「バイロニズム」の意義を最大限認めてしまっていたわけである。これは、藤村におけるバイロン熱の総括がこの時点では思想的には曖昧なもので、しっかりなされてはいなかったこと、そして残り火のように燻っていた藤村の「バイロニズム」への未練が、評論を締めくくるに当たって、「厭世」の肯定というかたちで一気に溢れ出てしまったことを示唆している。

藤村がこの評論の最後で、「死せる樂天家」と「活きたる厭世家」とを対立させつつ後者に肩入れした時、彼が〈死せる厭世家〉としての透谷のことを思い起こしていたことは確実であろう。恐らく藤村による「活きたる厭世家」の肯定は、「死せる樂天家」の否定であると同時に、〈死せる厭世家〉に何とか生きる道を用意し「活きたる厭世家」に変貌させて肯定しようという意図を含むものであった。(32) 換言すれば、藤村は、〈死せる厭世家〉が「今日」という時代との真剣な葛藤の中で自らの内部に醸成した「厭世」を肯定しつつ、それを継承しながら今後も活かしてゆくための方策を模索していこうとしていたのである。その時、「今日」と葛藤した思想的先達としての透谷を死に至らしめたものであると同時に、「今日」との葛藤の結果としての「厭世」の気分を中核に持つ「バイロニズム」は、藤村にとって、全否定も全肯定もできない厄介な代物であったはずである。そしてその厄介な代物をめぐっての藤村の迷いが、「聊か思ひを述べて今日の批評家に望む」における「バイロニズム」の位置づけの揺れとして表れ出ていると推測されるのである。

藤村のバイロン熱の総括の試みは、透谷を死に至らしめた、〈死に至る病〉としてのバイロン熱、「バイロニズム」を格下げせんとするところから始まったのであったが、現在という視点を重視する立場に藤村が立ったことで、現在の文学青年たちを蝕む、「不健全」な〈病〉としての「厭世」の問題を重く見る意識から藤村がどうしても離れられなくなり、結果、「活きたる厭世家」の擁護、即ち、〈死に至る病〉であることを脱した「バイロニズム」の擁護というねじれた軌跡を描くこととなった。藤村は、「不健全なる暗潮」から「純粋なる日本想」に至る道こそが大事なのだ、と語ろうとしたわけであったが、藤村の語り口は、目的地としての「純粋なる日本想」よりも、寧ろ克服の対象としての「バイロニズム」に対する、今なお持続する拘泥の意識を感じさせるものとなってしまっている。この意味で、藤村の「聊か思ひを述べて今日の批評家に望む」という文章は、バイロン熱の総括を目論んだものでありながら、バイロン熱、あるいは「バイロニズム」に対する彼自身の未練を表現してしまっていると見ることができるのである。

(二)「**思想の暗潮**」**から**「**美術的の一新思海**」**へ——平田禿木**

一方、このような藤村の議論の仕方の中に、藤村のバイロン熱に対する未練を鋭敏に嗅ぎ取っていたのが、平田禿木であった。禿木は、次号の『文學界』に、時文「作家某に與ふるの書」（雪丸と署名、『文學界』第三〇号、明治二八年六月）を発表する。この「作家某」が誰であるか、本文中明示はされていないが、それが藤村であることは、笹渕友一がすでに指摘するところである。(33)

禿木はここで、「作家某」に対し、なぜ君は本来「静逸の士」であるのに徒に「悲哀」に酔い「身を親しく暗潮怒濤の間にお」こうとするのか、と問うている。そして、そのような振る舞いは「「美」を捨てゝ「眞」の跡を追はむとするもの」に他ならないのではないか、さらに言えば、それは詩人としてではなく「ヒューマニテイーの戰士」として生きるということであり、君の本分とは違った生き方ではないか、と問いかけている。そして続けて彼は次のように書いている。

これをマシユー、アーノヲルドに聽く。バイロンもよく戰へり、シエレーもよく戰へり、ハイネもよく戰へり、而かも彼等は敗れたりき。何ぞや、當年の騷壇、美術的の製作として別に詩的永遠の生命を備へしの完璧は、かへりてキーツ、ウワーヅウオースの如き思想の暗潮を避けて、山岳寺院の影にかくれ、古代沈静の美術的理想世界に身を委ねたるの士に成れり。バイロンも戰へり、ハイネも戰へり。彼等は罵れり、彼等は自由の劍を揮へり。而かも其製作に於て敗れたり。然れどもゲーテの成せし所は大にこれに異なりたりき。彼はヒユーマニテイの爲に劍を揮へり。彼は救ふべからざる程に暗黒の淵に沈めり。而かも彼の成せしところは潮の寄するが如くなりき。敢て怒らず、敢て迫らず、舊年の信仰を破り、舊年の思想を撃ち、當年の怒濤を飜へして、一碧萬頃、ハイネが謂ふところの美術的の一新思海は現出せられぬ。（二五九頁）

ここで禿木は、小川和夫が指摘しているようにマシュー・アーノルドの『批評集』*Essays in Criticism* 第一集の中の論文「ハインリッヒ・ハイネ」“**Heinrich Heine**”における議論を援用しつつ、(34) バイロン、シェリー、ハイネらを、「自由の劍を揮」いながらも「其製作に於て敗れた」者として否定評価を下し、その一方で、彼らと対置されるべき、キーツ（John Keats, 1795-1821）、ワーズワースを、「思想の暗潮を避けて、山岳寺院の影にかくれ、古代沈靜の美術的理想世界に身を委ねたるの士」として肯定的に評価するということをしている。議論全体の流れから、バイロン、シェリー、ハイネらが「眞」を重視した「ヒユーマニテイーの戰士」に該当し、キーツ、ワーズワースらが「美」を重視した「詩人」に該当することは明らかであろう。そして禿木は、芸術の「製作」という点において、前者よりも後者の方が優れている、と主張しているわけである。藤村は「聊か思ひを述べて今日の批評家に望む」において、芸術を批評する際に「形」よりも「想」の方、つまり、外面的に表現されたところの作品の美的形象より、作品として表現される以前の創作家の内面の思想内容の方が大事なのだ、という主張を展開したわけであったが、ここで禿木は、藤村が提示した〈形―想〉の二項対立の図式を、〈美―眞〉という二項対立の図式として自分流に言い換え、「眞」を追及する「想」よりも、「美」の実現体としての「形」を重視すべきである、というかたちで、藤村の論に反論しているわけである。

禿木が「「眞」の跡を追はむとする」ことを否定したのは何故か。それは、それが「人間の運命死生の大事、他界の幽玄をきはめむ」（二五九頁）とすることを意味していたからであった。禿木は、「人間の運命」や「死生の大事」や「他界の幽玄」という不可知の問題について、何が「眞」であるかを問うてゆけば、必ず深い懐疑や不安や厭世に陥り、穏やかならぬ負の意識を蓄積させてゆくことになる、と考えていた。それ故、禿木にとって、「「眞」の跡を追はむとする」「ヒユーマニテイーの戰士」であることは、即ち「身を親しく暗潮怒濤の間にお」くことを意味していたのである。禿木によれば、詩人が「ヒユーマニテイーの戰士」となり、「身を親しく暗潮怒濤の間にお」いてしまった時、詩人の内面に蓄積された負の意識は、その捌け口を、現実社会に対する激しい罵倒や、現実社会を変革するための政治的行動といった、現実社会との間の摩擦の中に求めざるを得ない。そうした場合、詩人は、芸術の創作に従事する「靜逸の士」でいることはできなくなり、その結果、「「美」を捨て」ることになる――。このような論理で、禿木は、バイロン、シェリー、ハイネら急進的自由主義詩人の「自由」のための戦いに、「美」を蔑ろにする彼らの芸術創作力の浪費を見ていたのであった。そして、彼ら急進的自由主義詩人とは対蹠的な、心静かに芸術の美的世界の中に沈潜していったキーツとワーズワースの方に、逆に共感を逞しくするということをしているのである。

このように見てくると、禿木は、「「美」を捨てゝ「眞」の跡を追はむとする」藤村流の態度を否定し、その代りに、言わば〈「眞」を捨てて「美」の跡を追はんとする〉芸術至上主義的態度を対置しているに過ぎないように思われてくる。そして互いの主張は、全く相容れないかのように思われてくる。確かに、禿木の最終的な立場は、「思想の暗潮を避けて、山岳寺院の影にかくれ、古代沈静の美術的理想世界に身を委ねたるの士に成」ることを推奨している点で、「思想の暗潮＝不健全なる暗潮」に親しもうとする藤村の態度よりも、その藤村が批判した上田柳村の芸術至上主義的態度の方に近いものであったと言える。だが、禿木とて、藤村流の、「暗潮」に拘泥する態度を無下に切り捨てていたわけではなかった。小川和夫も正しく指摘する通り、「暗潮」との葛藤という問題にも一定の理解、共感を示していたのである。(35) そのことは、先の引用箇所の後半部分の、ゲーテに関する議論によく表れている。

禿木はまず、ゲーテについて、彼は「ヒューマニテイの爲に劍を揮へり」と言い、そして「彼は救ふべからざる程に暗黑の淵に沈めり」と言っている。つまり、禿木は、ゲーテがバイロン、シェリー、ハイネらと同様、「ヒューマニテイーの戰士」であり、「思想の暗潮」に深く身を浸していた、と述べているのである。だが、禿木は急いでそれに続けて、ゲーテがいかに「思想の暗潮」に安住せず、それから身を引き離していったか、ということを説明している。禿木によれば、ゲーテは、心静かな態度で、「舊年の信仰」及び「舊年の思想」を打破しつつ、それと同時に「當年の怒濤」から身を引き離して、「美術的の一新思海」を現出することに成功した人物であった。ここで言われている「當年の怒濤」とは、一八世紀後半に起きた、啓蒙主義や古典主義を支えてきた理性に対して感情の優位を主張する革新的な文学運動、所謂「疾風怒濤」(Sturm und Drang)のことを指していよう。この運動の中心的な人物であったゲーテは、一七八〇年代、イタリア紀行を契機に、ギリシャとイタリアの古典の世界を憧憬し、徐々に古典主義的作風に傾いてゆく中で、「疾風怒濤」運動から距離を取るようになってゆく。(36) 禿木は、このようなゲーテの思想遍歴を踏まえた上で、「舊年の信仰」及び「舊年の思想」を打破した「當年の怒濤」に身を委ねたかと思いきや、後年その「當年の怒濤」からも身を翻して、「舊年の信仰」「舊年の思想」でもなければ「當年の怒濤」でもない、全く新しい新旧の思想の止揚としての「美術的の一新思海」を切り拓いたゲーテに、理想の詩人像を見出そうとするのである。(37)

禿木が、「「美」を捨てゝ「眞」の跡を追はむと」したバイロン、シェリー、ハイネらの対極にある存在として、ワーズワース、キーツの名前を挙げるだけでは満足せず、わざわざゲーテに論及しているのは、同じく「美」を追求した存在とは言え、ワーズワース及びキーツと、ゲーテとの間にある決定的な差異を強調したかったからだと考えられる。ワーズワース及びキーツは、言うなれば始めから〈「眞」を捨てて「美」の跡を追わんとした〉詩人であった。つまり彼らは、「眞」の問題に煩わされることもなく、従って「思想の暗潮」に身を浸すという経験をすることもなく、徹頭徹尾芸術家の在るべき姿としての「靜逸の士」でいられた幸福な詩人であった。だが一方のゲーテは、言わば〈「眞」の跡を追った後に「美」の跡を追わんとした〉詩人であった。つまりゲーテは、「眞」を追求し、結果として「救ふべからざる程に暗黒の淵に沈」むという経験をしたことのある詩人であったのである。その意味で、ゲーテは、バイロン、シェリー、ハイネらと、途中まで同じ道を歩いていた詩人なのであった。このように、禿木は、ワーズワース及びキーツと、ゲーテとを隔てる、「美」を追求する「靜逸

の士」となる前の、「思想の暗潮」との葛藤の有無の問題をここで直視するということをしているのである。(38)

禿木は、この「作家某に與ふるの書」の末尾に、「作家某何人たるを知らず、唯わが理想中の一友のみ。嗚呼文界の事漸く迫る、悶々として苦しむもの、豈に獨り作家某のみならむや」（二六〇頁）と付記し、「作家某」こと藤村のみが「悶々として苦しむもの」ではなく、自分もそうなのだ、ということを暗に仄めかしている。これは、禿木自身、藤村と同じように、自らも「思想の暗潮」、「不健全なる暗潮」に身を浸しており、「暗潮」をいかに乗り越えてゆくべきか、という問題に自らも苦悶しているということを自認しているということであろう。このように考えた時、禿木がゲーテにわざわざ論及した理由を得心することができる。禿木は、バイロン、シェリー、ハイネら「静逸」知らずの「思想の暗潮」派にも、ワーズワース、キーツら「暗潮」知らずの「静逸の士」にも、充分に感情移入することができなかった。「思想の暗潮」の毒にいまだ苦しむ彼が感情移入することができたのは、「思想の暗潮」から「美術的の一新思海」へと至ることを心から希求し、それを実現し得たゲーテその人であった。だからこそ彼は、憧憬の対象、理想の詩人としてゲーテに論及したのである。

「思想の暗潮」とされるものをバイロン熱と同一視するならば、この時の禿木は、バイロン熱の渦中にありながら、バイロン熱からの脱却の道を必死に模索していたのであった。禿木は、自分も未だバイロン熱の罹患者なのだ、という意識から、ワーズワース及びキーツと、ゲーテとの差異を周到に仕分けしつつ、藤村への共感を隠微に塗り込めながら「作家某に與ふるの書」を書いたと見ることができるのである。だが、このような禿木の議論は、当の藤村には、正しく理解されなかったようである。そのことは、「作家某に與ふるの書」発表の翌々月に藤村が書いた小文「葡萄の樹の蔭」（『文學界』第三二号、明治二八年八月）の中の次の一節に示唆されている。

奚んぞ知らんバイロン等青春なる詩人をして彼（ワーズワース、菊池註）が六十年間の沈静敬虔なる生涯を苦笑せしめんとは。憐むべし白頭翁。ウォルヅオースにして斯の如し。口に自然を唱へ、目に自然を視、耳に自然を聴くとも、猶未だ自然に徹する能はざるものあるか。悲壮亂舞、泣かざれば怒り、怒らざれば笑ふといふ詩人バイロンの舌頭にかゝりし善良なるウォルヅオースこそ氣の毒なれ。然ども心あるものはバイロンを見て徒らに不平不濾にして年長詩人を茶にしたるものとは思はざるべし。自然は是に於て測り知るべからず。其の泉は潦々として汲めども盡きせじ。

（第三二号、二―三頁）

このくだりは、自身に対する禿木の〈批判〉に対して藤村が応答したくだりと見なすことができる箇所である。藤村はここでワーズワースとバイロンとの対立の問題を取り上げているわけだが、藤村は、ワーズワースの「六十年間の沈静敬虔なる生涯」を嘲笑ったバイロンの心情にも同情するところがある、という言い方でバイロンを擁護している。藤村は、人里離れた湖畔で自然の美に親しみ「沈静敬虔なる生涯」を送ったワーズワースに、禿木の所謂「キーツ、ウワーヅウオースの如き思想の暗潮を避けて、山岳寺院の影にかくれ、古代沈静の美術的理想世界に身を委ねたるの士」のイメージを代表させ、そして恐らく、「思想の暗潮」を避けるために〈「眞」を捨てて「美」の跡を追はんとする〉ことを主張する禿木のイメージをもそこに重ねるということをしている。そしてまた自分自身については、悟り切ったように自然に徹することのできたワーズワースに対して、自然に徹しきれない自身のやるせない悲哀の思いをぶつけたバイロンに自己を重ねるということをしている。このようにして藤村は、あたかも美や自然の中で「靜逸」の境地を味わうことが容易であると考えているかのような禿木に一矢報いようとしている。ここで、藤村が禿木をゲーテではなくワーズワースに擬えていることに特に注意したい。すでに述べたように、禿木は、同じ「美」を追求した詩人の中でも、ワーズワース及びキーツと、ゲーテとを周到に弁別し、前二者よりも後者の方により強い共感を寄せていた節があったわけであったが、藤村は禿木の文のそのような微妙なニュアンスを読み取ることができず、ワーズワース、キーツ、ゲーテの三者を一緒くたに考えてしまっている。それ故、禿木の立場を指弾するに当たって、深く考慮もせずに、「不健全な暗潮」、「思想の暗潮」の代表格であるバイロンとの対立軸が鮮明になるように、バイロンが直接嘲笑したことのあるワーズワースを前記の三者の中から特に選び出し、ワーズワースに禿木を擬えるということをしてしまっている。

このように、禿木の「作家某に與ふるの書」は、惜しいかな、当の藤村にはその本意は正しく読み取られることはなかった。だが、「思想の暗潮」に身を浴した上でそこから新境地を開拓したゲーテに対する評価を挿入していることから推して、この文章は禿木の「思想の暗潮」に対する強い問題意識を裏書きする文章であったと言える。禿木の議論は、バイロンを始めとする「思想の暗潮」を表向き否定するものではあったが、是が非でも否定し克服しなければならない対象として「思想の暗潮」を取り上げているという意味で、その行間には、なかなか否定し去ることも克服することも難しい「思想の暗潮」、そしてその一つとしてのバイロニズムに対する書き手の拘泥がなおも息づいていると見ることができる。ただ、藤村と禿木の違いとして、藤村の議論が芸術の「形」よりも「想」を重視する立場から「思想の暗潮」、「不健全なる暗潮」という「想」に拘泥したのとは対照的に、禿木の議論は芸術の（「眞」という）「想」よりも「形」（の「美」）を重視する立場に立っていたために、藤村に比べ、「想」の一つである「思想の暗潮」への拘泥を徐々に希薄化させてゆきやすい傾向を帯びていたということはあった。だから仮に藤村が「作家某に與ふるの書」における禿木のバイロニズムに対する拘泥を読み取っていたとしても、早晩藤村は自身の立場と禿木の立場の決定的な相違に思いを致し、禿木のバイロニズムの総括がいずれ「想」の切り捨てというかたちで安易になされてゆくであろうと考えたのではないかと推測される。とすれば、やはりこの段階で、すでに彼ら二人の進むべき進路は岐路に差し掛かっていたと見ることができるように思われるわけである。

（三）「近年の文海に於ける暗潮」から「光明の彼岸」へ――戸川秋骨

「暗潮」からの脱却の必要を知悉しつつも「暗潮」に拘泥する藤村と、「暗潮」に拘泥しつつも「暗潮」からの脱却を主張する禿木――。この両者の立場を止揚しようとしたのが、戸川秋骨である。秋骨によるバイロニズムに対する態度は、バイロンの『チャイルド・ハロルドの巡礼』第四歌第一七八節の詩句、「私は人間を愛さないのではない、自然をより愛するのだ」(I love not Man the less, but Nature more,)（*CPW*, vol.2, 184）を引用しながら、自然に慰めを求めようとするバイロンの「心裡の苦痛」に共感的に論及した評論「自然私觀」（『文學界』第二五号、明治二八年一月）等に垣間見ることができるわけだが、[39] 最もはっきりそれが見て取れるのが、バイロニズムの問題に正面から向き合った評論「近年の文界に於ける暗潮」（『文學界』第三七号、明治二九年一月）である。

秋骨のこの評論は、「明治廿八年の文壇には深刻と云ふ名を被りたる一種の小説流行して」（二八八頁）云々という書き出しが示すように、まず、当時の日本の文壇において広津柳浪（本名直人、一八六一―一九二八）や樋口一葉（本名夏子、一八七二―九六）らの深刻小説や悲惨小説、あるいは泉鏡花や川上眉山（本名亮、一八六九―一九〇八）らの観念小説など、人生や社会の暗黒面に取材した作品が流行しつつある状況に論及し、その上で、それらの作品の底流をなしている「文海の暗潮」の問題について考察を試みたものである。秋骨が何故このような評論を書くに至ったのかについては、「抑も此の暗潮の其の極に達したるは蓋し透谷子等が死したる非惨なる事實にあるべし、仝子の死したるは明治廿七年の六月《ママ》なりき、而して廿八年の三月には湖泊堂の死ありき」（二八八頁）云々というくだりがそれを説明してくれている。秋骨は、明治二八年に劇作家の藤野古白（本名潔、一八七一―九五）のピストル自殺、そして『文學界』同人として自身の身近にいた北村透谷の首吊り自殺と、立て続けに文士が自殺したことに衝撃を受け、彼等を死に追いやった「文海の暗潮」に真剣に向き合わなければならない、と考えたわけである。

秋骨の議論はおおよそ以下のようなものである。秋骨はまず、明治文学の今日までの流れを概観する。秋骨によれば、明治一〇年代はスペンサー（Herbert Spencer, 1820-1903）やミル（John Stuart Mill, 1806-1873）の哲学を受容することで満足できていたが、明治二〇年代に入ると、それに飽き足らなくなった人々が、ショーペンハウアー（Arthur Schopenhauer, 1788-1860）やハルトマン（Eduard von Hartmann, 1842-1906）の厭世哲学を積極的に取り込むようになった。そして明治一〇年代後半から始まっていた、「基督教としての西洋思想と東洋思想との衝突」に端を発する懐疑的、厭世的な思想の「暗潮」が、次第に勢いを増していった――。こう整理した上で秋骨は、「此種の哲學と前後してバイロン、シエレー一派の詩は流行し來たり、西洋の詩歌と言へば必らずバイロンを指すが如き勢なりき」（二八九頁）と述べ、このような〈思想界に於ける暗潮〉と「文海に於ける暗潮」とが同一のものの二つの表れなのだ、と論じている。ここまでは特に独創的な見解は示されてはいない。明治思想史、明治文学史の平凡な見取り図と言えなくもないものである。

秋骨の議論の特長が表れるのはこの後である。秋骨はこの後、バイロン熱について論及する。即ち、バイロンは日本の文壇で一時流行したけれども、バイロンについて深く知る前に人々はバイロンから離れていった、従って本当の意味でバイロンに親しんだ人がどれほどいたか怪しいところだ、といった趣旨のことを批判的に述べ、その上で以下のような注目すべき発言をしている。

此に於てか或る一派の人々に憂ふるが如き怪しき厭世的不健全を招くに至りしなり、吾人は決してショーペンハウエル、バイロンを厭ふものにあらず、從て一種の厭世觀をも喜んで歡迎するものなり、たゞ恐るゝ所のものは怪しき雷同的の厭世不健全者流にあるのみ、彼の曩きに果敢なく失せ去りたる多恨の人士の如きは實に哲學宗教詩文の複雜したる潮流に驅られ、思を焦がし心を勞してたゞに客觀に於てバイロン流の思想に傾きたるにあらずして、主觀に於て此れ等不穩の思想は胸中に戰ひ、現實の苦悶より脱して理想の天地に遊ばんとしたるものなり、此れ等の人士はバイロンを嗜みたるにあらずして自から一つのバイロンたりしなり、（二八九頁）

つまり秋骨はここで、バイロンやショーペンハウアーについて人々が一知半解であったことが、「或る一派の人々に憂ふるが如き怪しき厭世的不健全を招くに至」ったのだ、と述べているのである。この見解は、通常の見解とは大分異なったものと言える。通常は、バイロン流あるいはショーペンハウアー流の厭世に深く浸かってしまったから、「憂ふるが如き怪しき厭世的不健全」が生まれてしまったのだ、と説かれるわけだが、秋骨はその逆で、バイロン流あるいはショーペンハウアー流の厭世の感化、受容が不徹底であったところに、「憂ふるが如き怪しき厭世的不健全」の流行の原因があったのだ、としているのである。また秋骨は、この「憂ふるが如き怪しき厭世的不健全」について、「怪しき雷同的の厭世不健全者流」というふうに言い換えることもしている。要するに、秋骨は、バイロン流あるいはショーペンハウアー流の「厭世觀」について、それを客観的理解に基づいて受容するということであれば問題ないが、過度に主観的で「雷同的」な自己劇化の気分に基づいて受容するということであれば認めることはできない、と述べているわけである。このような秋骨の主張には、「厭世觀」、特に「文海に於ける暗潮」の一つとしての「バイロン流の思想」の受容の仕方、即ちバイロン熱にも軽重、深浅、真偽の別があるのだという、バイロン熱に対する秋骨の独特な見解が示されている。このような見解は、藤村にも禿木にも見受けられないものであった。

そしてさらにここで注目すべきは、秋骨が「怪しき雷同的の厭世不健全者流」として、「彼の曩きに果敢なく失せ去りたる多恨の人士」を挙げ、「此れ等の人士はバイロンを嗜みたるにあらずして自から一つのバイロンたりしなり」と、彼らのバイロン受容における客観性の欠如及び主観性の過剰を弾劾している点である。「彼の曩きに果敢なく失せ去りたる多恨の人士」が、秋骨が論の冒頭で論及した、藤野古白や北村透谷のことを指していることは疑いようがない。秋骨は、彼らを死にまで追いやった厭世を、生半可にバイロンを気取った単なる気分に過ぎない、と批判しているのである。秋骨が唯一ではなかったか。藤村は、「聊か思ひを述べて今日の批評家に望む」で手厳しく批判を展開したのは、秋骨が唯一ではなかったか。藤村は、「聊か思ひを述べて今日の批評家に望む」において、「不健全なる暗潮」の一形態であるバイロニズムを擁護する議論を展開していたために、もとよりバイロニズムに殉死したとも言うべき透谷に対する批判を口にするはずもなかった。また、禿木にしても、「作家某に與ふるの書」において、一見バイロニズムに代表される「思想の暗潮」を批判するかのような議論を展開しながら、その実バイロニズムに感染したままバイロン熱の熱気冷めやらぬ藤村や自身に対しても共感的な姿勢でいたので、藤村同様、やはり表立って透谷のバイロン熱を切り捨てるということはしていない。その意味で、秋骨の「近年の文海に於ける暗潮」における透谷的バイロン熱への批判は、死んだ友人を批判の俎上に上げるという気概と覚悟の点で、瞠目すべきものがあると言える。

秋骨の主張の特長は、「文海の暗潮」にもその中身が様々あることを指摘し、透谷のバイロン熱のあり方に代表される、主観的な気分に過ぎない生半可なバイロニズム肯定を撃った点にあったと言えるわけだが、秋骨の主張はそれだけに止まるものではなかった。「吾人は彼等の半途に仆れ光明の彼岸に達するに至らざりしを悲むと共に、幾多の評家がたゞバイロンは非なり厭世は害ありとなし、甚しきは可否の區別をも辨ぜずして之を排するものの非を咎めざるを得ざるなり」（二八九―二九〇頁）とあるように、秋骨は同時に「たゞバイロンは非なり厭世は害ありとなし」「可否の區別をも辨ぜずして之を排する」生半可なバイロニズム否定にも批判の矛先を向けている。つまり、秋骨の主張の眼目は、肯定あるいは否定といった価値評価を性急に下さず、徹底してバイロンを読み込み客観的に研究せよ、ということであった。秋骨は言う。

之を美術とするも將た一つの思潮とするもバイロン一派の主とする所は其の醇なるものにあらざるべし、然れども此れ盖し時勢が生み出したる一個の矯兒なるべし、故に余は必らずしも此の派の思潮を非とするものにあらず、其の思潮に醉ふものをして強いてバイロンを閉ぢよと言はず然れども苟もバイロンを口にせんとせば之れを研究せよ、然らずんば彼れを知ること能はず、知ることなくして猥りに之れを口にする恐らくは世を毒する事多かるべし、然れども精細なる研究を經たらんには能く其の所謂暗潮の如何なるものなるかを知るを得べく、其の如何を知りたらんには又た今の思想と古の思想と、わが文學と彼の文學と、如何に相異りはた如何に吾れ等其の間に立ちて自から處すべきかを悟らん、余は猥りに暗潮を排するを非とし併せて之れに心醉するもの丶誤れるを認めずばあらざるなり。（二九〇頁）

このくだりに藤村及び禿木の両者に対する間接的な批判が隠れていると見なすことは十分可能であろう。右のように主張する秋骨の目には、藤村の「聊か思ひを述べて今日の批評家に望む」の議論は、「十九世紀の新思想に呼吸するものは皆一種の不健全なる暗潮に浴せざるものなしといへり」と、「十九世紀」という「今日」的視点を絶対視する立場から、「不健全なる暗潮」としてのバイロニズムを無条件に肯定するものに映じていたはずである。つまり秋骨は藤村を、「精細なる研究を經」ずに「暗潮」にいたずらに「心醉するもの」として見ていたと推測されるわけである。また秋骨は、「思想の暗潮」の代表者としてのバイロンから「美術的の一新思海」の開拓者としてのゲーテへの移行を唱える禿木の「作家某に與ふるの書」の議論に対しても、同様に不満を感じていたと考えられる。その論拠は、秋骨が「其の思潮に醉ふものをして強いてバイロンを閉ぢよと言はず」と述べていることである。これは、カーライルの『サーター・リザータス』中の「汝のバイロンを閉じ、汝のゲーテを開け」(Close thy *Byron*; open thy *Goethe*.)(40)という有名な文句を意識したものと考えられるわけだが、恐らく秋骨は、バイロンからゲーテへ、というカーライル流の公式はやや安易に過ぎると感じており、それ故、「強いてバイロンを閉ぢよと言はず」と書いたと推測される。であれば、バイロンからゲーテへ、というカーライル流の公式に安易に則ったかのような禿木の議論もまた、秋骨にとっていっそう安易で浅薄なものに感ぜられていたはずである。秋骨は禿木に対しても、「精細なる研究を經」ずに「猥りに暗潮を排するを非と」するものとして批判的に見ていたのではなかろうか。つまり、ここで秋骨は、かなり間接的な口吻ではあるものの、藤村に対しては生半可なバイロニズム肯定の脆弱さを、禿木に対しては生半可なバイロニズム否定の浅薄さを指摘し、両者の「暗潮」についての客観的研究の態度の欠如を批判していると考えられるのである。

だが、このような秋骨の威勢のよい議論もここまでであった。秋骨は、「暗潮」を脱するには「暗潮」についての客観的研究が必要不可欠だと力強く説いたわけだが、「近年の文海に於ける暗潮」において、秋骨自身が「暗潮」についての客観的研究の成果を展開してはいない。そのため、秋骨の議論は最後尻すぼみで終わってしまっている。先の引用の後、秋骨は次のように続けている。

> 而して余は更に言はんとす、英國の文界バイロンの外に更らに讀むべきものあるを、今こと更らに其の名を擧げずとも典雅優麗なる詩文の吾人に眞實なる慰息を與ふるもの其の數少なからざるなり、今の文學に忠實なる人能く其の思潮を味ひなば、恐らくは不健全と言はれたる暗潮を脱して光明の新天地に入るを得ん、余は今の西歐文學を究むるの人が力めて其の眞實なる淸麗なる思潮と詩文とをわが文界に傳へん事を望みて已まざるものなり。
>
> (二九〇―二九一頁)

この文章は、秋骨自身、知ってか知らずか、これまでの秋骨自身の議論をほとんど全否定するようなものとなってしまっている。ここで秋骨は、バイロンの他にいくらでも「眞實なる慰息を與ふるもの」があるのだから、そういった「眞實なる清麗なる思潮」を味わうことで「不健全と言はれたる暗潮を脱して光明の新天地に入るを得」るだろう、と語っている。だが、その直前までの議論は、バイロンに代表される「文海の暗潮」を客観的に研究することでそれを乗り越えてゆくべきだ、という趣旨であったはずである。秋骨の議論の特長は、主観的な気分に過ぎなかった生半可なバイロニズム肯定ではなく、客観的な研究的態度を保持した、言わば高次の、真の意味でのバイロニズム肯定を推奨し、それがひいてはバイロニズムを止揚してゆくことになる、という主張のダイナミズムにあったはずであった。だが最後の最後で秋骨は、バイロンなど読む必要はなく、バイロニズムの如き「不健全と言はれたる暗潮」に拘泥するのは「今の文學に忠實なる人」のなすべきことではない、と議論の前提をひっくり返してしまっている。秋骨の議論におけるこの最後のどんでん返しは、バイロニズムの客観的研究の必要を唱えながら、秋骨自身はバイロニズムに対して確固とした定見を持ち得ておらず、そのことが露見してしまうことを恐れた秋骨が、自分はすでにバイロン熱を卒業しているという擬態を取ることで、今現在バイロン熱に苦しめられバイロン熱の克服のためにバイロニズムを客観的に研究する必要が求められている一群の人々から自己を区別しようとしていたことを物語っている。そしてそれは、表向きはバイロニズム研究の必要を唱えながら、実際のところはバイロニズムに心底から共鳴できなくなった秋骨自身の内面の変化をも示唆するものであった。「近年の文海に於ける暗潮」とほぼ同時期の秋骨の評論「近世の思潮を論ず」（『帝國文學』第二巻第二号、明治二九年一月）、「近代文學の傾向」（『帝國文學』第二巻第九号、明治二九年九月）、そして時代が少し下って「英國詩壇の芸術趣味」（『帝國文學』第四巻第四号、明治三一年四月）等は、バイロン、シェリーに代表される「浪漫派の狂瀾怒濤の時代は過去のものになつたといふ認識」を示すものであり、[41]秋骨のバイロン熱はおおよそこの時期にすでに鎮静化の方向に向かっていたと見ることができるのである。[42]

秋骨は結局、バイロニズムに拘泥する視点を途中で放棄し、バイロン熱の総括を十全になし得ないまま、「英國の文界バイロンの外に更らに讀むべき」「典雅優麗なる詩文の吾人に眞實なる慰息を與ふるもの」に親しむことの必要性を説くことに議論の方向性を変化させてしまっている。だが、ここで称揚されている「バイロンの外に更らに讀むべき」文学作品が具体的にいかなるものであり、そしてそれがいかなる意味で「讀むべき」であり、またいかなる意味で「典雅優麗なる」と言えるもので、いかなる「眞實なる慰息を與ふるもの」なのか、といった点が明確にされていないため、秋骨のこの主張は、良くも悪くも立場のはっきりしていた藤村、禿木の主張から、かえって一歩後退した微温的な結論となってしまっている。秋骨のこの結論の弱さは、バイロニズムの客観的研究によるバイロン熱の総括を主張するという秋骨の当初の議論が藤村、禿木の主張の止揚を目指した一歩進んだものと考えられただけに、いっそうその破綻を印象づけるものとなってしまっているのである。

以上、主に明治二八年前後の時期における『文學界』同人の、「暗潮」としてのバイロン熱との葛藤のありようについて論じてきた。明治二八年という時期は、吉田精一によれば、透谷に代表される「人生と芸術の一致をめざすはげしい志向」から、上田敏が先導した「生活と芸術とを分離し、静かに思想芸術を享楽して行こうとするディレッタンティズムの傾向」へと『文學界』の思潮が推移する分岐点となった年であったわけだが、[43]この年の前後の『文學界』同人のバイロン熱との葛藤のありようを検討して明らかになったのは、当初、バイロンの「縄墨打破」ぶりに主観的、主情的に感情移入してきた『文學界』同人が、明治二七年五月の透谷の自殺以降、バイロンについて客観的に論じようとする動向を意識したかのように、バイロンに論及する際に客観的な評価軸を取り込もうとしている事実であった。

具体的に言えば、一九世紀全体を暗く覆っているバイロニズムという「想」の今日的意義を強調しつつ、それを、個人の主観や主情を越えた、国民精神の中核となるべき「純粋なる日本想」にまで昇華させてゆくことの必要を訴えた藤村は、日清戦争を背景として当時流行していた国民文学論の文脈という、より開かれた客観的視点からバイロニズムの再評価を行なおうとしている。また、バイロニズムの主観性、主情性の過剰を、解決不能の人生上の難問である「眞」を個人的、内面的に追求した結果であると考えた禿木は、外形的に表現された文学作品、芸術作品の形式性を重視する鑑賞者としての立場から、バイロニズムをも含む個人の主観、主情を「美」的に表現し客観化することの意義を説いている。さらに、バイロニズムに主観的、主情的に溺れるのではなくバイロニズムの徹底的な研究の必要を唱えた秋骨は、思想史という歴史的視座からバイロニズムの位置を客観的に測定すべきであると主張している。それぞれバイロニズムに対する評価の内実は違えども、そのバイロニズム評価の問題を評価者一個人の単なる趣味、趣向といった話に閉塞させていかないよう、より開かれた地平に投げ返そうとしている。藤村、禿木、秋骨のバイロニズム評価に共通しているのはこういう態度であったのである。

このようなバイロニズムに対する彼らの態度は、透谷のそれとは異なるものだと言える。第一章で見たように、透谷は文学者としてのあり方から実際政治の見方に至るまでバイロンから学び取り、バイロニズムを自身の価値判断の基準にまで仕立てあげていた。また第二章で見たように、バイロンの「負のロマン主義」を究極的に突き詰めてゆくとニヒリズムに帰着するということに気づいた透谷は、バイロンの「負のロマン主義」のイメージそれ自体に内在するニヒリズムを回避する因子を、創作及び創作的評論を通して顕在化させ、言わばバイロニズムを内発的に超克する仕方をイメージ化あるいは論理化しようとしていたのであった。透谷のバイロニズムに対する態度は、バイロニズムの病毒に全身を浸すことで内なる免疫力を呼び覚ましつつ、バイロニズムに鍛えられた頑強な自己を構築するというものであったのである。だが、『文學界』同人、特に藤村、禿木、秋骨は、バイロニズムの病毒に対して自らの内なる免疫力が到底抗し得るものではないということを透谷の死という事実から学習していた。それ故、バイロニズムの病毒に対しては、バイロニズムの外部から処方薬を持ってくることが急がれたのである。彼らが処方薬として選んだ国民精神（藤村）、美的価値（禿木）、歴史的視点（秋骨）には、それぞれの文学的個性が表れ出ており、彼らのその後の文学的人生が予見されているようなところがある。即ち、『夜明け前』の作家としての藤村、美的な行文を書く随筆家としての禿木、慶應義塾大学で英文学を講じる学者としての秋骨の姿が、彼らのそれぞれのバイロン熱の始末のつけ方におぼろげながら現れ出ているように思われるのである。その意味で、彼らにとって青春の体験としてのバイロン熱の罹患という事件は、やはり無視し得ない重さを持つものであったと見ることができるのである。

註

（1）機曲生「北村透谷を吊す」（『裏錦』第二巻第二〇号、明治二七年六月）、二七頁。
（2）K．A．「バイロン卿を論ず」（『早稲田文學』第六四号、明治二七年五月）、八九〇頁参照。
（3）K．A．「バイロン卿を論ず」（『早稲田文學』第六五号、明治二七年六月）、九四四―九四五頁。
（4）『早稲田文學』第六四号、八八九―八九〇頁。
（5）薬師川虹一も、明治二七年五・六月の『早稲田文學』に掲載されたバイロン記事二篇に、「当時としては極めて冷めた姿勢」の「本格的なバイロン研究」の登場を見ているが、「やはり当時のバイロン受容の主流はバイロンその人に対するロマンチックな心酔ぶりにあった」と結論づけている点で、筆者の見解とは異なる。薬師川前掲論文、八六頁参照。この後述べるように、筆者は、薬師川があまり注目していない、明治二七年以降に客観的視点を重視する各種のバイロン記事が登場しているという事実、及び『文學界』同人が主観的、主情的なバイロン熱から脱却を試みているという事実を重視し、その観点から、「バイロンその人に対するロマンチックな心酔ぶり」が徐々に希薄化してゆくと見ているのである。

（6）日夏耿之介は、この『早稲田文學』掲載の「バイロン卿を論ず」の記事に対して、「文學史的省察も傳記的詮索もない當年の常識文學論の一にすぎない」と、論じる価値のないものとして完全否定の評価を下しているが（日夏前掲書、三五九頁）、筆者は寧ろ、バイロンの伝記を熱のない調子で紹介しつつ、バイロンの文学を浅薄なものとして文学史的観点から否定評価を下すという、「當年の常識文學論」が、『早稲田文學』掲載のバイロン記事二篇（「バイロン卿の傳」及び「バイロン卿を論ず」）というかたちで登場してきたことの史的意味を重視するものである。なお、佐渡谷重信も、この時期に「バイロン批判の声が生れた」事実を指摘している。佐渡谷「近代日本とバイロン」、七頁。

（7）この意味で、佐渡谷重信が、「明治30年代に入り、ますますバイロン熱は高まり」云々としたり、「明治30年代は依然としてウェルテル熱、カーライル熱、バイロン熱という三大熱病が流行し」云々としたりしていることには、賛同できない。佐渡谷「ジョージ・G・バイロンと明治期の翻訳」、三三頁。バイロン言説の量は増えたかもしれないが、そこには論者の主観を強く感じさせるバイロン熱を看取することができない、というのが、筆者の見解である。

（8）矢野峰人『『文學界』と西洋文学』、五七頁参照。また、藤村自身が亀井勝一郎に語った言葉の中に「私どものやつた『文學界』で、ロマンチシズムといへば主にイギリス浪曼派、バイロンなどを讀んだものです」という言葉があり、『文學界』同人にとってバイロンが特に愛読した「イギリス浪曼派」の詩人であったことが窺える。亀井前掲書、二六四頁。

（9）『藤村全集』第一三巻（筑摩書房、昭和四二年）、一〇六頁。

（10）『文學界』同人については、誰を同人と数えるかについて諸説あるが、本論文においては、「同人規定が曖昧であつたことを認めるとすれば、同人かどうかといふことは雑誌や他の同人との親疎関係、同人として異論のない天知、禿木、藤村、秋骨の大多数がこれを同人と認めるかどうかによつて決定すべきである」という、笹渕友一の見解に賛同し、藤村の認識を踏まえた笹渕の見解（最初の同人は星野兄弟、禿木、秋骨、透谷と藤村の六人で、後に孤蝶、上田敏が「仲間入り」した、という見解）を踏襲する。笹渕前掲書（上）、三―九頁参照。

(11)吉田前掲書、一一一頁。

(12)飯島武久も、佐々城信子との恋愛の渦中にあった國木田獨歩が、明治二八年時に、彼女との逢瀬から帰る途上の自分自身を、「余が手にバイロンあり、余はバイロンを思ひつゝ、嬢との恋愛を思ひつゝ、車を驅て社に帰りぬ」と、『欺かざるの記』の中で描き出していることに論及しつつ、「バイロンの詩が当時の文学青年たちにとって、いわば「指南書」（バイブル）のごとき受け入れられ方をしていて興味深い」と述べている。飯島「『桜の実の熟する時』における「西洋」――特にバイロンと関連して」（『山形大學紀要〈人文科學〉』第一二巻第二号、平成三年一月、三八―三九頁）。

(13)『文學界』からの引用は、基本的に笹渕友一編『女學雑誌・文學界集』〈明治文學全集三二〉（筑摩書房、昭和四八年）に拠り、以下本文中に頁数のみを略記する。ルビ、傍点、圏点その他は必要な場合のみ記す。なお、『女學雑誌・文學界集』に未収録の文章の引用は、初出に拠り、本文中に巻号及び頁番号を記した。

(14)引用箇所の訳は以下の通りである（拙訳）。「あるご親切な決疑論者は、私に信仰がないということを、／無署名の出版物で喋々するのがお好きなようだ。／しかし、その人たちを私と共に祈らせてみよ。／すると、あなたは誰が最短の道のりで天国に行くのに／最も適切な見解の持ち主であるかきっとお分かりだろう。／私の祭壇は山々であり、大洋であり、／大地であり、大気であり、星々なのだ。つまり、／あの魂を生み出し、そしていつか受け取ってくれる大いなる「全体」から生まれでる全てのものなのだ。」

(15)秋骨は、「近世の思潮を論ず」（戸川明三署名、『帝國文學』第二巻第一号、明治二九年一月）においても、「佛國革命に前後して英の突進的詩人が、當時の抑壓制度に滿足せずして、或は宗教的に或は社會的に切り《ママ》に當り當時に反抗せしは、其の行爲に於て見るべく其の製作に於て見るべし、バイロンの「マンフレッド」には其の不滿の聲を聞くべく、シェレーの「ブロメシアス《ママ》」には其の反抗の氣焔を覗ふべし」（『帝國文學』第二巻第一号、七頁）云々と書いており、ここでもバイロンを「縄墨打破」の詩人として見る見方を披露している。

(16)笹渕友一は、直接的にはバイロンに論及していないものの、「縄墨打破」的な「「文学界」初期のバイロニズムの一つの現はれ」として、星野天知の「狂僧、志道軒」（『文學界』第五号、明治二六年五月）を挙げている。笹渕によれば、「天知の志道軒論は社会の「偽善偽徳」を悪み、「縄墨をずたくに引切」つた、いはばバイロン的志道軒論」

である。笹渕前掲書（上）、四八五頁参照。

(17) 平田禿木の星野勇子との関係については、笹渕前掲書（上）、五四六頁参照。また、笹渕によれば、禿木の恋愛は、彼が一高入学の頃（明治二三年頃）より始まったと推定されるが、同時期、学校の図書館でバイロンの『チャイルド・ハロルドの巡礼』を読み耽っていた。同書、同頁参照。

(18) 田吹長彦『ヨーロッパ夢紀行――詩人バイロンの旅〈ベルギー・ライン河・スイス編〉』（丸善出版サービスセンター、平成一八年）、一八〇―一八七頁参照。

(19) 星野天知の松井まんとの関係については、笹渕前掲書（上）、四五八―四五九頁参照。

(20) 同書、五一三頁参照。また、笹渕は、秋骨の「變調論」への透谷の「内部生命論」「萬物の聲と詩人」の影響を指摘し、「「文学界」同人の中でも最もバイロン的であつた透谷を通じて秋骨の中にもバイロニズムへの共感が起つた」とも論じている。同書、五一四頁参照。

(21) 「みをつくし」の作中人物の恋愛が、「主として孤蝶自身の恋愛体験を踏まへてゐる」ということについては、同書、七一九頁参照。ただし笹渕は、孤蝶が「「バイロンの詩集、エルテルが愁など」に感化された広田（「みをつくし」の男主人公、筆者注）の情緒に対して屢々冷い批判を加へてゐる」のを、「色情の肯定」という立場からの「孤蝶自身の恋愛に対する自己批判或は自己主張といふべきもの」と捉えている。同書、七二〇頁参照。この笹渕の見解からすれば、ここで「バイロンの詩集」は、批判されるべき男主人公の恋愛の観念性を象徴するものとして作中で機能していると考えられ、ここにバイロンに対する孤蝶の微妙な心理的距離感が表現されている、と考えることもできる。だがいずれにしても、孤蝶がバイロンを、「縄墨」と恋愛感情の葛藤の問題に懊悩する作中人物に慰安をもたらす、「縄墨打破」の恋愛詩人としてバイロンを認識していることは間違いないことであろう。

(22) 十川信介は、「実社会における結婚よりも「霊界の結婚」を重んじる天知の恋愛観」を表現した「草庵の濫茶」（『白表女學雑誌』第三三九号、明治二六年二月）も、「透谷の「厭世詩家と女性」に通じている」評論として挙げている。十川信介「「不健全」な文学Ⅰ」「『「ドラマ」・「他界」――明治二十年代の文学状況』（筑摩書房、昭和六二年）、一九八―一九九頁参照」。

(23) 勝本清一郎は、明治二五年一一、一二月の『女學雑誌』第三三一、三三二号に、テーヌのバイロン論中のマンフレッド論の抄訳である、「バイロン卿の曼弗列度を論ず」、及びその続きである「バイロンとゲーテ」という記事が、城東生の署名で発表されていることを指摘し、これを、「「文學界」同人中の誰かの手に成るものである事は明らかである」と述べている（その上で、勝本は、城東生を戸川秋骨と推論している）。勝本「解題」［『透谷全集』第二巻、四二二頁］。ここからも、『文學界』同人の間で、程度の差はあれ『マンフレッド』の作品世界についての理解が、テーヌのバイロン論などを通して共有されていたことを窺い知ることができる。

(24) 笹渕友一も、天知の「業平朝臣東下りの姿」に触れて、天知が「業平の悲憤と情熱とをマンフレッド的バイロニズムと見るのは一つの思ひつきであり、文学史観のアクセサリである」と述べ、天知の業平的バイロニズムのイメージの源泉に、マンフレッドの影を見ている。笹渕前掲書（上）、四八四頁。

(25) 勝本清一郎は、透谷の恋愛観と他の『文學界』同人のそれとの落差に触れて、前者のそれが非童貞の精神主義的恋愛観であるのに対し、後者のそれは童貞の初心なプラトニックなものであった、と説明している。勝本前掲書、一二〇頁。後に述べるように、天知を始めとする未婚の『文學界』同人の、恋愛における「縄墨」の問題に対する意識の輪郭は、非常に不明瞭であるわけだが、それには、勝本が指摘するように、未婚という立場のみならず、そもそも恋愛対象の輪郭（肉体）を知っていないという事情も原因としてあったのであろうと推定される。

(26) 笹渕友一は、秋骨のバイロン及びシェリーに対する感銘を、「彼がキリスト教の雰囲気の中で育ち、その感化を受けてゐただけに却つて彼自身の中に所謂縄墨打破の情熱が喚びさまされた」結果と捉えている。だが、笹渕自身、「それは秋骨の精神的傾向の一面にとどまる」と留保をつけている通り、キリスト教は秋骨にとって打破すべき「縄墨」の唯一のものであったわけではないと考えられる。笹渕前掲書（上）、五〇二頁参照。なお、笹渕は、秋骨が「バイロニズムの感化」と「宗教に対する懐疑」を、創作「迷夢」（『文學界』第二〇号、明治二七年八月）の中に結晶させていると論じ、「超俗主義と現実主義の間で、バイロニズムの嵐に揉まれてゐるのが当時の秋骨であつた」と結論づけている。同書、五一七—五一九頁参照。

(27) このことは、藤村の即興詩「六子に寄するの詩」の中の「バイロンをあはれみて戸川棲月に寄す」についても、同様に言うことができる。笹渕友一は、この短詩に、「世俗に対する反逆或は世俗からの超越、激しい感情の動揺、ますらをぶり、世界観的苦悩の翳といつた」「一口にいへばバイロニズム」の気分が横溢しているが、それがただ単に

「情熱的ポーズを示す語句」で散漫に表現されているだけであり、「文学精神の問題として明確に把握されてゐるわけではな」い、と論じている。同書、九五一―九五二頁参照。

(28)十川信介は、『文學界』同人の「實」軽視の姿勢を「不健全」と見なす徳冨蘇峰や山路愛山の批判に論及しつつ、透谷を除く『文學界』同人の世間一般に対する否定の姿勢の弱さを指摘している。このことも、透谷を除く『文學界』同人における「縄墨」に対する意識の曖昧さの表れの一つと考えることができよう。十川前掲書、一九七―二〇二頁参照。

(29)笹渕友一は、天知は「「文学界」初期のバイロニズムの一つの現はれ」たる「バイロン的志道軒論」(「狂僧、志道軒」『文學界』第五号、明治二六年五月)などを書いていたが、それが本格的なロマン主義的自我に裏打ちされたものではなかったため、結局、単に社会に背を向けた「隠者的な精神態度」と「情熱」との野合でしかない「すねもの」趣味に流れていった、と整理している。笹渕前掲書(上)、四八三―四九五頁参照。

(30)孤蝶は、明治三五年七月、雑誌『婦人界』に「海音潮声」と題して『チャイルド・ハロルドの巡礼』第四歌のフィナーレの一部を訳している。また、佐渡谷重信は、明治四二年刊行の高橋五郎(編・訳注)『近世英文學』*Studies in Modern English Literature*(有朋堂書店)において、孤蝶が『チャイルド・ハロルドの巡礼』第一歌中の挿入歌“Good Night”と、同第三歌第二一節から第二八節までを訳出している事実を指摘している。佐渡谷「ジョージ・G・バイロンと明治期の翻訳」、五三頁。

(31)小川前掲書、二三頁。

(32)この点については、多くの論者も指摘していることであり、例えば安住誠悦は、「透谷の捨象した官能と肉体を回復し、精神と官能とを二つながらに充足し、「死せる厭世家」透谷の衣鉢を「活きたる厭世家」として受け継ごうとする藤村は、「死せる楽天家」学匠的審美家柳村とも袂を分たざるを得なかった」と、透谷死後の『文學界』の歩みを整理している。安住前掲書、二八七頁。

(33)笹渕友一は、禿木の「作家某に與ふるの書」における「萬想流れて明治の想海に注ぐといへり」という句が、藤村の「聊か思ひを述べて今日の批評家に望む」における「萬想すでに流れて明治の騒壇に入る」という句を意識したものである、として、「作家某」が藤村を指しており、「作家某に與ふるの書」が『文學界』同人の「思想的対立

――審美主義が人生主義かといふ問題に対して禿木の立場を明らかにした」ものである、と結論づけている。笹渕前掲書（上）、五九四―五九五頁参照。

(34)小川前掲書、三七頁参照。なお、小川は、禿木が「きわめて巧妙にアーノルドを誤解し、ないしは、きわめて巧妙にアーノルドを歪曲し」て立論していることを、精密に論証している。この点については、同書三六―四四頁参照。要約すれば、アーノルドは、一八世紀的な社会秩序や旧制度に対して個人の自由を掲げてヒューマニティー解放の戦いを実践したのは、ドイツにおいてはゲーテの正統を継承したハイネ、イギリスにおいてはバイロンとシェリーであると論じ、彼らの近代精神の確立のための戦いを高く評価しているのだが、アーノルドの議論に拠ったはずの禿木はむしろ、芸術製作重視の立場から、「戦うもの」としての彼らに否定評価を下し、逆に「戦わないもの」としてのワーズワースやキーツを高く評価するという、「誤解」ないし「歪曲」を行なっている、ということである。

(35)小川前掲書、三五頁。

(36)藤本淳雄（他）『ドイツ文学史　第二版』（東京大学出版会、平成七年）、一〇四―一〇九頁。

(37)ただし、これは、本節註（34）において指摘したような、禿木が「きわめて巧妙にアーノルドを誤解し、ないしは、きわめて巧妙にアーノルドを歪曲し」て立論している箇所の一つである。小川和夫によれば、「禿木がいうように、ゲーテは「当年の怒濤を翻へして、一碧万頃」「美術的の一新思海」を現出なぞはしなかった。一新思海がいつまでも現出されぬのに、ハイネは業を煮やしたのである。少くともアーノルドはそう説明している」とのことである。小川前掲書、四〇頁。

(38)この意味で、禿木における〈バイロン・シェリー―ワーズワース・キーツ〉の対立の図式のみ問題視し、この時点で、禿木が完全に人生の本源としての「眞」を究めようとする姿勢を放擲し、唯美的、享楽的態度に移行した、とする吉田精一の見解には同意できない。吉田は、禿木が、バイロン及びシェリーからも、ワーズワース及びキーツからも区別されるべき人物としてゲーテに論及したことの意味を等閑に付している。吉田『浪漫主義研究』、一一四頁参照。

(39)笹渕友一は、他に、バイロンへの直接の論及はないものの、秋骨における「苦痛を冒して人間性の本質に徹しようとする情熱」としてのバイロニズム（とウェルテリズム）への共鳴が窺える文章として、「歌祭文の曲を聴く」（『文學界』第二七号、明治二八年三月)、「氣焔何處にかある」(『文學界』第三一号、明治二八年七月) を挙げている。笹渕前掲書（上）、五二三—五二四頁参照。

(40) Thomas Carlyle, *Sartor Resartus: The Life and Opinions of Herr Teufelsdröckh in Three Books* (Berkeley: University of California Press, 2000) 143.

(41) 笹渕前掲書（上）、五二六—五三一頁参照。

(42) しかし、秋骨は後年、大正七年刊行の木村鷹太郎著『バイロン傑作集』に寄せた小文の中で、次のように述べている。「あの猛烈なる、爽颯《ママ》たる、革命的なる、義侠的なる、而して惡魔的なるバイロンは、實に余等の生命であつた。今もさうである。少くとも余一個はこの惡魔詩人の感化を脱することは出來ない。そしてその脱する事の出來ないのを恥とは思つて居ない」。佐渡谷「ジョージ・G・バイロンと明治期の翻訳」、四五頁参照。この文章を素直に読むならば、秋骨においてバイロン熱が隠微に続いており、明治二八年当時のバイロン熱の総括によっては、完全に自身のバイロン熱を終わらせることができなかった、ということが窺い知られる。

(43) 吉田前掲書、一一一頁参照。なお、榊原美文も、吉田の見解とは若干のずれはあるものの、『文學界』の文学運動が「日清戦争勃発頃（二七年七月）を境として前期と後期に分けられる」とした上で、前期を「透谷によって代表される人生派的なロマンティシズム」、後期を「（上田柳村（敏）に代表される）芸術至上主義的傾向」と規定している。榊原『近代日本文学の研究』（御茶の水書房、昭和三二年）、一〇一頁。

第二節　島崎藤村によるバイロンの「大洋の歌」の変奏

第一項　〈『文學界』小説〉としての『春』

前節では、『文學界』同人におけるバイロン熱の運命について検証した。そこで明らかになったのは、自我の自由を旨とする「縄墨打破」の精神に裏打ちされていた彼らのバイロン熱が、自分たちの自我の自由を拘束する「縄墨」とは一体何であるのか、ということを実感に基づいて認識していなかったために、観念的、気分的なものに過ぎなかったこと、そして、透谷の死後、「暗潮」としての「縄墨打破」的バイロン熱それ自体を自身の自我の自由を拘束する一個の「縄墨」と見なした藤村、禿木、秋骨が、バイロニズムを超克して自らの生きる道を確保しようとしていたということであった。彼らは、観念的、気分的なものに過ぎなかった各々の「縄墨打破」的バイロン熱への反省を通じて、その後の文学的人生の指針を手に入れることができたのである。

だが、前節において論じたように、このような〈歌のわかれ〉による生の目覚めは、『文學界』同人たちの間でその内実にかなり差があった。バイロン熱との葛藤という〈歌のわかれ〉の苦しみそれ自体を経験しなかったと思しき天知と孤蝶は別にして、藤村、禿木、秋骨三者の〈歌のわかれ〉による生の目覚めは、バイロニズムへの未練の程度によって、その苦悩の深浅や目覚めの遅速に差異があったのである。そして、この、『文學界』同人における〈歌のわかれ〉と生の目覚めの深浅と遅速の落差に焦点を当てて彼らの青春を描き出した、〈『文學界』小説〉とでも呼ぶべき作品が、藤村の『春』（初出は『東京朝日新聞』、明治四一年四月七日—同年八月一九日、同年一〇月、修正の上、『緑蔭叢書』第二編として単行本化）であった。

藤村の『春』は、明治二十年代後半の藤村の青春の彷徨のありようを中心的に描いた藤村初の本格的な自伝的長編小説である。物語は、明治女学校の生徒で教え子の佐藤輔子（作中では勝子）に対する恋愛感情に苦しみ関西へ漂泊の旅に出た藤村（作中では岸本捨吉）が、京都から東京に戻る途上、東海道の吉原で『文學界』に集う仲間たちと落ち合う場面から始まり、その後、国府津の北村透谷（作中では青木駿一）宅の訪問、実家への帰還、透谷の自殺、輔子との別れと彼女の死、『文學界』同人たちの内面の変化とそれぞれの〈歌のわかれ〉、実家の艱難、生の目覚めを求めての苦悩と迷走などが物語られ、最後、明治二九年九月、東北学院への就職が決まり仙台に赴任するための汽車が動き出したところで、物語は閉じられる。

このように、『春』は、透谷の死を挟む前後数年の『文學界』同人との交友を軸とした藤村の実体験に取材しているわけだが、ここで繰り返しになるが、藤村の当時を回想した文章（『文學界』のこと」）をここで改めて引用しておくことは無駄ではないであろう。

> 北村君を失つてからの私達は、次第に当時のバイロン熱から醒めて、思ひ〳〵に新しい進路を執るやうになつた。頑執と盲排との弊を打破するやうな声で充たされて居た私達の雑誌には、次第にダンテの紹介があらはれ、シエレエ、キイツ、ロセツチなどの紹介があらはれるやうになつて行つた。激しい動揺の時が過ぎて、青春に思ひを潜めるやうな時が漸くそれに代つた。
>
> （第一三巻、一〇六頁）(1)

右の引用からわかる通り、『春』の舞台となっている明治二十年代後半という時期は、前節において論じたように、主に恋愛問題を中心として「縄墨打破」的バイロン熱の渦中にあった『文學界』同人が、透谷の死を契機に、徐々に〈死に至る病〉としてのバイロン熱から距離を取り始め、各々の進むべき道を歩み出した転換期に当たる時期であった。全体の約三分の二を割いて透谷＝青木の死までを物語り、残りの約三分の一で透谷死後の『文學界』同人の動向を物語っている『春』は、バイロン熱の渦中にあった時期と、バイロン熱から醒めつつあった時期の二つの時期に取材しているわけである。

とすれば、これらの時期の〈「文學界」のこと〉を扱った『春』という自伝的小説の主題には、当時透谷を含む『文學界』同人の精神の重要な核をなしていたバイロン熱の問題があるはずであり、作品の中にはバイロン熱の問題を表すイメージが、陰に陽に点綴されているはずである。では、実際のところ、『春』において、バイロン熱の問題はどのように具体的にイメージ化されているのであろうか。『文學界』同人のバイロン熱の渦中にある状態はどのように描き出され、バイロン熱から覚醒してゆく過程はどのように描き出されているのか。また、そのようなかたちで『春』の作品世界の中にバイロニズムやバイロン熱にまつわるイメージを描き入れることで、藤村が物語ろうとしたものとは一体何であったのか――。本節では、こういった問題について考察することで、ロマン主義の一形態としてのバイロニズムとの〈歌のわかれ〉を実体験に即して描き出した『春』が、自然主義文芸思潮が流行していた明治四一年という時期に書かれたことの意味や意義について考察を試みたい。また、『春』において提示された、バイロン熱やバイロニズムに対する藤村の問題意識がどこまで命脈を保ってゆくのか、『春』以降の作品も視野に入れながら検討してみたい。

第二項　『春』におけるバイロンの「大洋の歌」の引用

まずは、『春』におけるバイロン熱の問題について考察しよう。

『春』において、バイロンに関するイメージが直接前面に現れてくるのは、第二八段、関西への漂泊の旅の果てに行く宛てをなくした岸本が、菅とともに国府津の青木宅を訪れたその翌朝のことを描いたくだりである。この場面は、藤村の所謂、『春』を書くための「國府津海岸及び海のスタディ」の直截的な成果であろうが、[2]冒頭、バイロンの『チャイルド・ハロルドの巡礼』第四歌第一七九節、一般に「大洋の歌」として知られる詩節の一節の引用から始まっている。以下、引用する。

“Roll on, thou deep and dark blue Ocean – roll!
Ten thousand fleets sweep over thee in vain;
Man marks the earth with ruin – his control
Stops with the shore; upon the watery plain
The wrecks are all thy deed, nor doth remain
A shadow of man’s ravage, save his own,
When, for a moment, like a drop of rain,
He sinks into thy depths with bubbling groan,
Without a grave, unknell’d, uncoffined, and unknown.”

右譯歌

『捲き返れ、深海《ふかうみ》の青海よ——いざや捲け、
千萬《ちよろづ》の軍艦《いくさぶね》きほふともあだなりや、
陸《くが》をしも人の手は覆へせ——その力
この岸に劃《かぎ》られぬ、大和田の原の上を
破《や》れの屑漂ふぞ汝《な》が功、こゝにして
人間の暴虐は影もなく、そが軀《み》さへ、
束の間に滅《き》えてゆく雨の痕の一滴《ひとしづく》、
空像《うたかた》の命こそ汝《な》が底にしづみゆけ、
鐘の音も棺《ひつぎ》も將《はた》や墓もなき祕密の淵に。』

（蒲原有明氏譯）

斯の歌を歌つて、青木は岸本と一緒に海の方へ行かうとした。行つて顔を洗はうと思つた。翌朝のことである。

（第三巻、五八—五九頁）

このように藤村は、バイロンの原詩と蒲原有明による訳を添えて、バイロンの「大洋の歌」を朗々と口ずさみながら海水浴に出だしてゆく青木と岸本の姿をここで描き出している。

ここで藤村が引用し、作中人物の二人に朗吟させているバイロンの「大洋の歌」の一節は、バイロンが人間の力を遥かに凌駕した海の無限の力を高らかに謳い上げている箇所であり、『チャイルド・ハロルドの巡礼』第四歌のみな

らず、四歌から成る『チャイルド・ハロルドの巡礼』全体のフィナーレともなっている歌である。拙訳を掲げておく。

うねれ、汝、深く暗く蒼き大洋、うねるのだ！
万もの艦隊が汝の上を過ぎ行くも何も残らない。
人間は陸地に廃墟の跡を遺す。が、その支配は
岸辺まで。平らかな水の上では
難破船も全て汝のなすがまま、
人間の破壊の所業は影もなし。ただあるのは人間自身の影。
一瞬間、雨の一滴のように
人間は汝の深みに呻き声をあげつつ沈みゆく。
墓もなく、弔鐘もなく、棺もなく、誰にも知られず。

このくだりは、明治期を通じて様々なかたちで翻訳されており、(3) かなり人口に膾炙したものと言えるものである。(4) ここでバイロンは、荒々しいまでの大自然の生命力に対する畏敬の念を表現しつつ、そのような荒々しい大自然のイメージに、自身の昂揚感を重ね合わせるというかたちで、自身の誇り高き自我のありようを歌い上げるということをしている。海の生命力に刺戟されて自身の自我が拡大し高調するのを感じ、そのような拡大し高調した自我を生命力溢れるロマン主義的な海のイメージに仮託した詩を創作し歌い上げることで、よりいっそう自身の自我が拡大し高調する(5)――。藤村がここで引用している「大洋の歌」の一節は、このような、自然も詩も自身の自我の拡大、高調のための具にしてしまうバイロンのロマン主義的な自我のありようを最も象徴的に表現した詩節であると言うことができるであろう。

このようなバイロンの「大洋の歌」に、岸本こと藤村と、青木こと透谷が、実際にどれほど親炙していたかということについては、それを客観的に裏付ける資料がないため、はっきりとしたことは言えない。だが、少なくとも藤村に関して言えば、わざわざ原文のかたちでその作中に引用しているわけであるから、このバイロン詩の一節に並々ならぬ関心を抱いていたことは間違いないと言える。また、透谷に関しても、例えば透谷自身の文章の中に、バイロンの「大洋の歌」に対して親しんでいたことを示唆するような記述を見つけることができる。「客居偶錄」（『評論』第九号、明治二六年七月）という透谷の随想文の中の「其六　海浴」という文章がそれである。以下に引用する。

酒にあらず、色にあらず、人生憂を銷するの途豈少なからんや。炎熱焦くが如く樹葉皆な下垂するの時、海に下りて衣を脱すれば涼氣先づ來る。浪高く小砂を轉じ、忽ち捲いて忽ち落つ、之れを見て快意そゞろに生じ、身を翻して浪上にのぼれば、自から虚舟の思あり。手を抜いて躰を進むるに心甚だ壮なり。濤聲うしろに響いて氣更に昂り、疲倦するまで還るを忘る。惜しいかな旅嚢バイロンの詩集を携へず、その游泳の歌をこの浪上に吟ずるを得ざるを。（二一七頁）

ここで透谷は、ある夏の暑い日に海水浴をして憂さを晴らしたということを語っている。透谷は、自分が波間を泳いでいる時、あたかも自分が一艘の頼りない舟であるような気がしたと言い、逆巻く波の荒々しさを見、岸に寄せる波の音を聞くうちに気分が高まっていった、と述べている。そしてその時バイロンの詩集を携帯しておらず、バイロンの「游泳の歌」を吟じることができなかったことが残念だった、と語っている。ここで言われているバイロンの「游泳の歌」とは、恐らく『春』においてその一節を引用した所謂「大洋の歌」のことを指していよう。『春』における引用箇所の数節後の第一八四節においては、「游泳の歌」という名称に相応しく、海上での遊泳を楽しむバイロンの様子が歌われているからである。「身を翻して浪上にのぼれば、自から虚舟の思あり」というのは、『春』において引用された詩節の二行目のイメージ、即ち、海の荒波にもまれて難破の危機にさらされている軍艦のイメージに自分を擬えた言い方であろう。このように、「惜しいかな旅嚢バイロンの詩集を携へず、その游泳の歌をこの浪上に吟ずるを得ざるを」という、「客居偶錄」の「其六　海浴」の一文から浮かび上がってくるのは、バイロンの「游泳の歌」こと「大洋の歌」を愛唱していたであろう透谷の姿である。

また、透谷の妻の北村美那子も、後年、「国府津時代と公園生活」(『新天地』、明治四一年一〇月)において、当時の透谷の様子について次のように回想している。

国府津時代の生活は書斎に閉ぢ籠るかさもなくば海浜に出るかの二つで。一体に海が好きな方で常に海辺を散歩してゐました。海と云つても静かな眠つたやうなものでなく暴れ狂ふ大海を好みました。海辺を散歩する時には定つたやうに吟声をし自ら慰みとした。又泳ぎが上手で夜更けて後も一人波の上に浮んで月を見たなど申して帰つた事もある。釣も好きでよく魚籠を腰に下げ長い竿を携へて海に行きました。(6)

右の文章では、透谷が「海辺を散歩する時には定つたやうに吟声をし自ら慰みとした」歌が何であったのかは、明示されていない。だが、バイロンに親炙し「暴れ狂ふ大海を好」んだ透谷が海辺の散歩の際に口ずさんだ歌ということであれば、バイロンの「大洋の歌」が十分その資格を有するものであることは間違いない。

このように、バイロンの「大洋の歌」は、『春』の中にその原詩を引用している藤村は勿論のこと、透谷にも愛唱されていた可能性が高いものであった。あるいは、実際に透谷と青木がこのバイロンの「大洋の歌」を共に朗吟しながら海水浴をしたということもあったのかもしれない。いずれにしても、青木と岸本が「大洋の歌」を朗吟する『春』の中の一場面は、その場面の素材となった明治二六年の秋頃の、バイロン熱の渦中にあった透谷と藤村の様子をよく物語るものであったと言うことができるのである。

第三項　「大洋の歌」と青木の人間像の関係性

では、『春』において引用されたバイロンの「大洋の歌」の一節は、当時透谷や藤村がバイロン熱に浮かされていたという事実を言うための単なる符牒に過ぎなかったのであろうか。恐らくそうではないと思われる。藤村は、『春』を書くための準備作業の傍らで「西歐諸家の作品を研究したり」していたわけだが、[7] 前後の文脈を踏まえつつ、このバイロンの「大洋の歌」の引用の意味を考えた時、このバイロンの「大洋の歌」の引用にはもっと象徴的な意味合いが付与されているように思われる。

まず、引用がなされる直前までの物語の流れを確認しておきたい。青木と岸本がこのバイロンの「大洋の歌」を朗吟しながら早朝の海に向かうのが、漂泊の旅の果てに行く宛てを失くした岸本が、友人の菅と共に国府津の青木の家を訪ねた日の翌朝であったということはすでに述べた通りだが、この前夜の青木の様子は、非常に憔悴したように描かれている。時折、快活さを取り戻すものの、直ぐまた疲労に襲われてしまう、というのが、青木の様子であった。青木をして疲労困憊の体にさせているもの、それは、早婚の結果若くして引き受けなければならなかった実生活上の様々な係累の重みである。青木は、その重みに耐えかねて神経を極度にすり減らしてしまっているのである。

このように神経衰弱に陥った青木の様子が最もよく描き出されているのが、バイロンの「大洋の歌」の引用がなされる直前、第二七段の終わりにおける、肉体の疲労と精神の昂揚というアンバランスな心身の状態の中でいつまでも寝付くことができないでいる青木の様子を描いた次のくだりである。

青木獨りは眠られなかつた。斯様な調子で押して行つたら、終《しまひ》には奈何なる。斯う彼は考へた。而《そう》して非常な恐怖《おそれ》の念を抱いた。どうかして眠らう、眠らう、と思つて、同じやうなことをノベツに繰返すやら、何度も寝返りを打つやらして見たが、奈何しても眠られない。苦しさのあまり、彼は寝床の上に起直つた。細い豆ランプの光は友達や妻子の寝顔を朦朧と映して見せる。薄暗い、寂しい古壁の上にあるものは、唯悶きに悶いて居る彼自身の影ばかりであつた。

海の音が聞える。

『大濤《だいたう》怒り、激浪躍るにあらずや。人間何ぞ獨り靜なるを得む。』

斯う繰返した。彼には自分の生命《いのち》の火が恐しい勢で燃盡きるやうに感ぜられた。（第三巻、五七―五八頁）

この、豆ランプの下で不眠に悩み幽霊のような自身の影に脅かされる青木の姿に、すでに幾度か論及しているバイロンの『マンフレッド』の冒頭におけるマンフレッドのイメージ、即ち「燈火に油をささねばならぬ。だがそうしたところで／それは私が目覚めている間ずっと灯ってはいまい。／私のまどろみは、もし私がまどろむことがあったとしても、それは眠りではない、／それは一くさりの間断なき想念なのだ、／そして私はそれを拒み得ないでいる」と独白する、自我意識が肥大化したマンフレッドのイメージの影を見て取ってもよいであろう。だが、この場面の直後に引用される「大洋の歌」の一節との関わりで言えば、「海の音が聞える」以下の後半部の叙述の方がより注目される。青木は、屋外から聞こえてくる海の波の音に耳を澄まし、「大濤《だいたう》怒り、激浪躍るにあらずや。人間何ぞ獨り靜なるを得む」(8)と幾度も呟くということをしている。ここで青木は、海の力強い大自然の生命力に思いを致しながら、自分もまた力強く活気ある存在であらねばならない、と何とか自分自身を鼓舞しようとし、豆ランプの細々とした灯火のように「恐ろしい勢ひで燃尽き」ようとしている「自分の生命《いのち》の火」を必死に掻き立てようと試みているのである。

このように、藤村は、前夜の青木の苦悩と煩悶を描き出すことによって、その翌朝の、「大洋の歌」を朗吟しながら海水浴に向かうという青木の行動が海の生命力に直接触れることで自身の生命力を何とか喚起させようとする逼迫した意識の下になされたものであったということを、読者にはっきりわかるように物語ろうとしている。翌朝の青木の「大洋の歌」の朗吟は、そのような前夜の意識を、言わば自己確認するような営為であり、ただ単にその詩に対する青木の偏愛を言うためだけのものではなかった。それは、青木にとって、単なる余興以上の意味を持つものであり、荒々しい海の大自然の生命力に自身の自我の昂揚感を重ねることに成功している「大洋の歌」の詩人に何とかあやかろうとする、青木の生真面目な自己劇化の営為であったのである。

この、バイロンを範とする青木の自己劇化の試みは、ある程度の成功を収めている。「大洋の歌」の一節を朗吟しながら岸本を連れて早朝の海に向かおうとしている青木は、一緒に行きたがる娘と娘を連れて行くように言う妻を振り切り、逃げるようにして海岸に行く。そして、様々な実生活上の係累や義務といった人間社会の論理に拘束されることのない、大自然の生命力が溢れている早朝の海の中に飛び込んでゆく。そして、岸本と共に気持ちよく遊泳を楽しむのである。以下は、その場面を描いたくだりである。

　浪は高かつた。やゝもすると岸本は流されさうに成つた。青木の方は斯の海邊《かいへん》に生れた丈あつて、友達よりもよく泳げる。彼の體力はまだ〳〵左様《さう》失望したものでもないといふことを思はせた。斯の思想《かんがへ》に力を得て、友達と一緒に浮いたり沈んだりして居ると、（中略）

（第三巻、六〇頁）

ここには、岸本の目を通して、少時の頃より海で泳ぎ慣れ、今も泳ぎの達者な青木の姿が描き出されている。

「彼の体力はまだ〳〵左様失望したものでもないといふことを思はせた」という感想は、岸本の青木に対する感想であるが、同時に青木自身の感想でもあったろう。自分もかつては海での泳ぎを楽しんだが、今の自分も昔の自分と何ら変わりがない、健在だ、と今現在の自身の生命力の衰えを遊泳の間は忘れることができていたと推測される。

この場面での泳ぎを楽しむ青木のイメージは、「大洋の歌」の後半、即ち『春』に引用された『チャイルド・ハロルドの巡礼』第四歌第一七九節の少し後の、第一八四節における歌い手のイメージを想起させるものである。以下に引用する。

And I have loved thee, Ocean! and my joy
Of youthful sports was on thy breast to be
Borne, like thy bubbles, onward: from a boy
I wantoned with thy breakers – they to me
Were a delight; and if the freshening sea
Made them a terror – 'twas a pleasing fear,
For I was as it were a child of thee,
And trusted to thy billows far and near,
And laid my hand upon thy mane – as I do here.

(*CPW*, vol.2, 186)

私はお前を愛していたのだ、わだつみよ！　私の若き日の運動の喜びは、お前の胸の上に抱かれて、

海の泡のように、泳いでゆくことであった。少年の頃より
私はお前の波浪と戯れていた。波浪は私にとって
一個の歓喜であった。そしてたとえ、大きく波立つ海が
波浪を一個の恐怖にしたとしても、それは楽しい怖さであった。
というのも、私は言わば、お前の子供みたいなものであって、
沖でも渚でもお前のうねりに身を預け、今私がそうしているように、
私の手をお前のたてがみに横たえていたからであった。

このくだりは、「大洋の歌」の歌い手が海に身を預けながら、少年の頃海での泳ぎを楽しんだことを思い起こしつつ、充実した自身の生命力を体感していることを歌ったものである。この「大洋の歌」の歌い手のイメージは、岸本の眼に映った、海での青木のイメージと相重なるものだと言える。『春』の第二八段の冒頭において「大洋の歌」の始めの一節を原詩で引用している藤村であるから、その終わりの方の詩節も知っていた可能性が高く、藤村が青木の泳ぎの巧さを言うのにわざわざ「青木の方は斯の海邊に生れた丈あつて」云々と書き添えているのは、恐らくここでの青木のイメージを、『チャイルド・ハロルドの巡礼』第四歌第一八四節における、やはり少年の頃より泳ぎに慣れた歌い手のイメージに近づけようという意図があったためだと推測される。つまり藤村は、「大洋の歌」の歌い手であるバイロンを範とする青木の自己劇化がこの時点ではかなりの程度成功している、ということを暗に示そうとしていると考えられるのである。

しかし、バイロンを範とする青木の自己劇化が順調なのは、ここまでであった。先に引用したくだりの最後、「斯の思想《かんがへ》に力を得て、友達と一緒に浮いたり沈んだりして居ると」の後に続くのは、次のような文章である。

（中略）何時の間にか岸には多勢漁夫《れふし》が集つて、二人の方へ恐しい魚鉤《つりばり》を投げてよこす。鉤は鳴《うな》つて來る。それが右にも左にも落ちる。二人は喫驚した。そこ〳〵に岸へ泳ぎ着かうとしたが、反つて浪の爲に反對《あべこべ》な方へ浚はれて行つた。また〳〵浪が押寄せて來て、渚の方へ二人とも持つて行かれたかと思ふうちに、軈て崩れ落ちるやうな壯大《おほき》な音響《ひゞき》がした。其時、二人は白い泡の中に立つことが出來た。

海には幸の多い日であつた。鉤に懸つた鰹は、婦女《をんな》や子供の群に引かれて、幾尾《いくひき》となく陸《をか》へ上つた。

（第三巻、六〇―六一頁）

青木と岸本は、岸から漁師が投げてくる釣り針に驚いて、遊泳を止めて岸に上がることを余儀なくされる。これは、『春』において引用された「大洋の歌」の一節の中の海のイメージと矛盾するものである。「大洋の歌」では、人間の支配が及ぶ範囲は岸辺までであり、海は人間社会の営みからは超絶した空間であるということが歌われていたはずであった。だが、右に引用した『春』の場面においては、漁師は岸辺に止まらず、生活の糧を得るために、「恐しい魚鉤《つりばり》を投げてよこす」というかたちで海の方まで進出してきている。即ち『春』における海のイメージは、バイロンが「大洋の歌」で歌ったような、人間社会のあらゆる縛りから自由な海のロマン主義的なイメージでは最早なくなってしまっているのである。「大洋の歌」の歌い手であるバイロンは、ロマン主義的な海のイメージに拡大し高調する自身の自我のイメージを重ね合わせ、おのれが人間社会の様々な係累から完全に自由な存在であることを高らかに歌い上げることができていた。が、『春』の青木や岸本は、一度海のイメージに人間社会の影が差すや、直ぐに自己と大自然の海との一体感を失って、単に荒々しい海に揉まれるだけの卑小な存在に堕してしまう。そして結局最後、釣り針に懸った魚のように、岸に戻されてしまうのである。右の引用の最後の「鉤に懸つた鰹は、婦女《をんな》や子供の群に引かれて、幾尾《いくひき》となく陸《をか》へ上つた」という一文は一見何ということもない平凡な叙述のように見えるが、人間社会の係累から自由になって遊泳を楽しんでいたのも束の間、直ぐに人間社会の係累という「鉤に懸つ」て「婦女《をんな》や子供の群に引かれて」「陸《をか》へ上」がることを余儀なくされた青木の運命を象徴的に言い表したものと読めなくもないものである。

このように、「大洋の歌」の歌い手であるバイロンと、「大洋の歌」の口真似をした青木との間には、すでにこの時点で齟齬が生じてきているということが看取されるわけだが、この直後に描き出される、岸に上がった青木の次のような姿は、バイロンを範とする青木の自己劇化の試みが決定的に失敗に終わったということを物語るものである。

青木は自分で自分の膝頭を抱いて、不調和な社會《よのなか》に倦み疲れたやうな眼付をした。終には、其の膝頭へ額の着くばかりに重苦しい頭を垂れた。而《さう》して、熟《じつ》と目を瞑《つぶ》つて、岸に砕ける浪の音を聞いた。

（第三巻、六一頁）

ここには、「不調和な社會」に引き戻され、生命力の喚起どころか、よりいっそうの減退を招いてしまった青木の傷ましい姿が描き出されている。遊泳中の自由闊達な動きは最早なく、青木は人間社会の様々な係累を苦とする意識に押しつぶされんばかりに萎縮してしまっている。前夜には、不眠に苦しみながらも遠く波の音を聞きながら「大濤《だいたう》怒り、激浪躍るにあらずや。人間何ぞ獨り靜なるを得む」と繰返し、仮にも自己を励ますことができていた青木であった。が、この場面に至っては、ただ「熟つと目を瞑つて、岸に砕ける浪の音を聞」く他はなくなってしまっている。これは、大自然と自己との交感によって自身の生命力を喚起させようという意識が今やなくなってきているのみならず、そのような意識が最早芽生え得ないほどに、「不調和な社會」に絡め捕られてしまった自己と大自然との間に絶対的な距離が生まれてしまっていることを示唆するものである。「大洋の歌」を朗吟しながら海の中に飛び込んでいった時の自我の昂揚感は、ここにおいて最早見る影もなくなってしまっているのである。

この後、青木は岸本と共に帰途に就くわけであるが、妻と子のもとに帰ってゆく青木の姿は、少し前までバイロンを範とする自己劇化を試みていたという事実があるが故に、却ってその対照を意識させるものとなってしまっている。対照というより、一種の戯画と言うべきかもしれない。以下に引用するのは、その場面である。


歸り仕度を始めたのは間も無くであつた。漁村を横ぎつて砂まじりの路を歸つて行くと、山門の處で二人は操に逢つた。子供にも。操はそこまで迎へに來て居たらしい。

『鶴ちやん。』

斯う青木が呼んだ。青木は女の兒を呼ぶにも『坊主』が口癖で、『鶴ちやん』とはめつたに言はなかつた。操は默つて、鶴子を負《おぶ》ひ乍ら立つて居た。青木は傍へ行つた。『鶴ちやん』と復た親しげに言つて、思はず知らず笑つて、機嫌を取るやうに手を出して見せる。其時操は夫の様子を眺めて居たが、何を思ひ付いたか嘆息して、子供を負つたまゝ急に寺の方へ歸りかける。岸本はすこし呆氣《あつけ》に取られた。氣の毒さうに見送ると、細君は最早《もう》石段を下りて踏切のところを急いで居る。

『操。操。』

青木は妻を宥《なだ》めるやうに呼んだ。


（第三巻、六一頁）

ここで青木は、娘の鶴子の名を愛称で呼んで、一緒に海へ連れて行かなかったことを詫びようとしている。そして間接的に妻にも詫びようとしている。一度は妻子を振り切るように海へ出てみたものの、遊泳で生命力の充実感を味わったのも束の間、人間社会のしがらみに引き戻されて妻子の機嫌を取らねばならない羽目に陥っている青木の哀れを誘う姿がここに活写されている。

これをバイロンのイメージ、即ち、結婚生活において妻を虐待し、一女をもうけたものの結婚一年後には破婚に至り、家庭のみならず祖国イギリスに颯爽と別れを告げて、大海原に船を乗り出してゆくバイロンのイメージと対比してみよう。バイロンはその時の自身の感慨を、『チャイルド・ハロルドの巡礼』第三歌の冒頭で次のように歌い上げている。

Is thy face like thy mother's, my fair child!
Ada! sole daughter of my house and heart?
When last I saw thy young blue eyes they smiled,
And then we parted,—not as now we part,
But with a hope.—
　　　　　　　　Awaking with a start,
The waters heave around me; and on high
The winds lift up their voices: I depart,
Whither I know not; but the hour's gone by,
When Albion's lessening shores could grieve or glad mine eye.

(*CPW*, vol.2, 76-77)

汝の顔は汝の母に似ているか、愛しの我が子アダよ！

我が血筋、我が精神を引き継ぐ唯一人の娘よ！
私が汝の幼い青い眼を最後に見た時、お前の眼は笑っていた、
そしてそれから私たちは別れた。今別れるようにではなく、
希望を持って別れたのだ。

はっとして目を覚ませば、
満々たる海が私の周りで波打っている。空にまで
風がその轟きを引きあげている。私は発つ、
何処へか私も知らない。だがすでに、アルビオンの侵食されつつある岸辺が
私の眼を哀しませ喜ばせ得た彼の時は、過ぎ去ってしまったのであった。

バイロンは、娘のアダに呼びかけながらも、故国に永遠の別れを告げ、決然と大海原に乗り出している。妻子を捨てて陸を後にするバイロンと、陸に引き戻されて妻子におもねる青木――。青木は最早バイロンとは正反対のイメージの存在となり果て、彼は自身の自己劇化に完全に裏切られてしまっているのである。

以上の議論から、『春』におけるバイロンの「大洋の歌」の引用が、ただ青木や岸本がバイロン熱に浮かされていたという事実を言うための単なる文飾という意味以上の意味合いを持っていたことがわかる。それは、第一に、「大洋の歌」の歌い手のバイロンを範とした自己劇化を行なうことで何とか自身を鼓舞しようとする作中人物の青木の内面のありようを象徴的に物語るものであり、そしてまた、その自己劇化の試みが無残な失敗に終わった顚末を皮肉に暗示するものであった。「大洋の歌」を朗吟する青木は、言わば、バイロンに成り損ねた明治日本のバイロンであり、人間社会を凌駕する海の生命力に自身の自我の充実を重ね得たバイロンに憧れる、人

間社会の網目の中で窒息寸前の状態にある明治前期の煩悶青年の象徴的なイメージに他ならなかったのである。『春』の第二八段の冒頭における「大洋の歌」の一節の引用は、バイロンに対する青木の親炙の度合いの強さを示すものであると同時に、バイロンと青木との間の人間像の決定的な差異を物語るものでもあったのである。

第四項　「大洋の歌」と岸本の人間像の関係性

ここまで、「大洋の歌」と青木の人間像の関係性を探り、「大洋の歌」という視点から見えてくる青木の人間像の輪郭を浮き彫りにしてきたわけだが、では、「大洋の歌」のもう一人の吟唱者、岸本捨吉との関わりはどうなのであろうか。「大洋の歌」と岸本の人間像の関係性はあるのか。もしあるとすれば、「大洋の歌」という視点から見えてくる岸本の人間像とは一体いかなるものであるのか。本項では、この問題について考察を試みる。

『春』の主人公としての岸本と、バイロンの「大洋の歌」との関わりについて考察する前に、まずは岸本のモデルである作者自身、即ち藤村と、「大洋の歌」を含む『チャイルド・ハロルドの巡礼』との関わりについて一言述べておこう。前節で述べた通り、藤村は、『春』の岸本の流浪の旅の元となっている、明治二六年の関西への漂泊の旅において、『チャイルド・ハロルドの巡礼』を携帯している。恐らく藤村は、『チャイルド・ハロルドの巡礼』におけるチャイルド・ハロルド、あるいはその歌い手である詩人バイロンの旅に自身の旅を重ね合わせ、旅の空にある自身の心の慰めとしていたのだろうと考えられる。

このように、藤村がバイロン及びバイロンの『チャイルド・ハロルドの巡礼』に親炙し、それに刺戟を受けつつ漂泊の旅に出たということは、発表時期は『春』よりも後になるが、『春』の前史とも言うべき、流浪の旅に出る前の岸本＝藤村の姿を描き出した自伝的小説『櫻の實の熟する時』（『文章世界』、大正三年四月―翌年五月、同六年一一月—翌年六月、大正八年に単行本化）においても仄めかされている。この『櫻の實の熟する時』の中で、テーヌの『英国文学史』のバイロンの章を読む岸本が、その中の「『彼は詩を捨てた。詩も亦彼を捨てた。彼は以太利《イタリー》の方へ出掛けて行つた、そして死んだ。』」（第五巻、五二六頁）という、バイロンの漂泊の人生を一言で言い切ったような一文に大きく心を動かし、これを「會心の文字」と感じ入る場面がある。これは、岸本が芭蕉の『奥の細道』の中の「『古人も多く旅に死せるあり。』」（第五巻、五七〇頁）という一文に励まされて漂泊の旅に出ることを決意する場面の布石にもなっており、芭蕉と共にバイロンの漂泊の旅のイメージが、岸本の背中を押したものであることがここから窺い知られる。また、『櫻の實の熟する時』の別の箇所で、「もつと〳〵胸一ぱいに成るやうなものを欲しい。左様思つて見ると、堤を切つて溢れて行くやうな『チャイルド・ハロルド』の巡禮なぞの方に、捨吉は深く心を引かれるものを見つけた」（第五巻、四八九頁）というかたちで、岸本が『チャイルド・ハロルドの巡礼』に対する自身の親炙を語っているくだりについても同じことが言える。これなども、岸本の旅の理由について述べた『春』の中の「洪水が溢れて來たやうに押出されて行つたのも事實だ」（第三巻、一〇二頁）という一文に直接繋がりながら、やはり『チャイルド・ハロルドの巡礼』というかたちでイメージ化されたバイロンの漂泊の旅が岸本の旅の原動力となっていたことを示唆するものである。

以上のことから、『春』及び『櫻の實の熟する時』の主人公である岸本が漂泊の旅に出る際、『チャイルド・ハロルドの巡礼』の詩人であるバイロンの旅に自身の旅を重ねるというかたちで自己劇化を行なっていたということが窺い知られるわけだが、そのような岸本であってみれば、『チャイルド・ハロルドの巡礼』の中の一節である「大洋の歌」を朗吟しながら青木と共に海に飛び込んでいった際、青木と同様、この歌に歌われた詩情に自身の自我が鼓舞されるのを感じていたであろうことは容易に想像できることである。のみならず、遊泳を終えて岸辺に上がり体を休めている時には、『チャイルド・ハロルドの巡礼』の詩人のバイロンを範として自己劇化を行ないつつ何とか続けてきた自身の漂泊の旅の軌跡に改めて思いを致していたであろうことも十分に考え得ることである。現に、岸辺で青木と共に鰹漁の光景を眺めている岸本の様子は次のように描かれている。

斯の光景《さま》を眺め乍ら、暫時《しばらく》二人はそこへ足を投出して、暖い心地の好い砂を身體に塗《なす》りつけた。甲羅を干す積で岸本は這倒《はひのめ》つて見たが、首を傾《かし》げると、耳から汐水が流れて出る。同時に、兩國の河岸でよく泳いだこと、家を飛出して最早九ヶ月に成ること、奥州のはてまでも旅したことなぞを思出す。（第三巻、六一頁）

この箇所は、先に引用した「大洋の歌」の詩節の後半のくだり、即ち、語り手のバイロンが少年の頃の遊泳の思い出などを思い出しながら、自身の「巡礼」の総括をしているくだりと、そのまま重なるイメージである。海に入る前、「大洋の歌」の一節を原文で朗吟し、バイロンを範とする自己劇化を改めて反復していた岸本のことであるから、陸に上がって少年時代を回想し、旅の道程を振り返る岸本の頭の中で、「大洋の歌」の後半のくだりを歌うバイロンのことが想起されていたというのも十分考えられることである。

だがそうなると、岸本の自己劇化と、先に論じた青木の自己劇化との違いは一体どこにあるのであろうか。「大洋の歌」を含む『チャイルド・ハロルドの巡礼』の歌い手としてのバイロンを範として自己劇化をしていたという点では、岸本の場合も青木の場合も同じである。だが、両者違う人間である以上、それぞれにとっての自己劇化の意味合いも違うはずであろうし、その自己劇化のありようから浮き彫りになるそれぞれの人間像にも当然違いが出てくるはずである。

これらの両者の間の違いを最も明瞭に表しているのが、遊泳を終えて陸に上がってからの二人の様子を描き出したくだりである。まず青木の様子はと言えば、前項において引用した通り、「自分で自分の膝頭を抱いて、不調和な社會に倦み疲れたやうな眼付をし」「終には、其膝頭へ額の着くばかりに重苦しい頭を垂れ」「而して、熟つと目を瞑つて、岸に砕ける浪の音を聞」くといった具合に、人間社会の様々な係累に対する意識の重みに圧殺されんばかりに委縮し、生きる活力を減退させてしまっている青木の姿が活写されていた。では、岸本の様子はどうであったか。先に引用したくだりの「甲羅を干す積で岸本は這倒《はひのめ》つて見たが、首を傾《かし》げると、耳から汐水が流れて出る」という一文が示すように、岸本は青木とは違い、寧ろのびのびと大地に身体を休め、遊泳後の心地よい疲労感に浸っているように見える。また、「同時に、兩國の河岸でよく泳いだこと、家を飛出して最早九ヶ月に成ること、奥州のはてまでも旅したことなぞを思出す」と語られている岸本の内面のありようにも、少なくともこの場面においては、特に青木のように暗い憂いの影は落ちてはいないようである。

　このような遊泳後の両者の様子の違いは、「大洋の歌」の朗詠の場面における青木と岸本の自己劇化の間に、その真剣さの度合い、必死さの度合いにおいて大きな落差があったことを示唆するものである。つまり、「大洋の歌」を自己劇化の具としつつ海で遊泳することは、青木にとっては、「大濤《だいたう》怒り、激浪躍るにあらずや。人間何ぞ獨り静なるを得む」という前夜の青木の独り言が示唆する通り、一種切実な内的欲求によってなされたものであった。が、一方の岸本にとっては、青木ほどの切実さもなく、ただ旅の初めの漂泊の思いを思い出させてくれただけの、たまさかの出来事の域を出るものではなかった――。と、このように解釈できるのである。

　この相違はどこからくるのか。それは恐らく、青木と岸本の間で、しがらみ多き人間社会に対する意識のありよう、及びそのような人間社会の対立項としてある自然に対する意識のありように大きな差異があったことに起因している。青木は既婚者であり、子供がおり、彼ら家族を養わねばならない立場にあった。のみならず、彼の結婚生活を面白く思わない親の存在もあった。このように青木には、人間関係の様々な係累の中で生じる義務や責任が重くのしかかっており、そのような人間社会で生きる上での不自由が青木を苦しめているわけである。そしてそんな青木にとって、自身の自我を人間社会のしがらみから唯一解放させてくれるものが、人間社会のしがらみから自由な空間としての自然であった。不自由な人間社会と自由な自然。この二項対立の図式が青木の意識の中で厳然としてあり、青木の自我の委縮も拡大も、この対立する二項の間での自我の振幅の結果としてあったわけである。だが一方、岸本には、青木ほどの切迫した意識は恐らくなかった。岸本は未婚者で、教え子との恋愛問題に悩んでいるとは言っても、所詮淡い関係性の域を出ておらず、実体的な不自由の問題はそこにはない。また旧家に対する意識も、岸本の中でどれほどの重荷となっていたのか、この時点ではそれほど鮮明に描かれているわけではない。つまり岸本は、この時点ではまだ人間社会のしがらみを左程に不自由なものとして捉えているわけではなく、従って自然に対しても、不自由な人間社会の対極にある自由な空間として捉えているというわけでもなかったのである。岸本にとっては、青木の場合と違い、人間社会は必ずしも自我に不自由を強いるものではなく、また同時に、自然は必ずしも自我に自由を与えるものでもなかったわけである。

このような青木と岸本の間における〈人間社会―自然〉に対する意識の相違は、ここまで中心的に論じてきた、青木と岸本が「大洋の歌」を朗詠しながら「押寄せて來る波濤に向つて競爭で泳」ぐ場面と、以下に引用する、岸本が独りで「可怖《おそろ》しい勢で彼の方へ押寄せて來」る海と対面する場面とを対比した時、よりはっきりしたものとなる。岸本は、国府津の青木宅を訪問した後、鎌倉から東京、また鎌倉へと放浪を重ね、当て所なき旅を続ける。そしてとうとう一文無しになり、切羽詰まった状況で夕暮れ時の海浜に独り彷徨い出る。以下は、そのときの様子を描いた場面である。

『萬事休す！』

斯う思つて起ち上つた頃は、最早海も暮れかゝつて來た。蒼茫として彼の眼前《めのまへ》に展けた光景《ありさま》は、永遠偉大な自然の繪畫でもなければ、深祕な力の籠つた音樂でも無い。海はたゞ彼の墳墓《はか》である――冷い、無意味な墳墓である。不幸な旅人は、今、自分で自分の希望《のぞみ》、自分の戀、自分の若い生命《いのち》を葬らうとして、その墳墓の方へ歩いて行くのである。到頭、彼はその墳墓の前に面と向つて立つた。暗い波は可怖《おそろ》しい勢で彼の方へ押寄せて來た。　（第三巻、八二頁）

ここで岸本は、入水自殺を決意して、打ち寄せる波に向かって行こうとしている。この時岸本は、生きるか死ぬかの瀬戸際にあり、初めて緊張感、切迫感を持って海に対峙したと言うことができる。しかし、ここでの岸本の緊張感、切迫感は、「大洋の歌」を朗吟して海に対峙した青木のそれとは非常に趣を異にするものである。青木は、「大洋の歌」の語り手のバイロンと同様、躍動する海の波浪に大自然の大きな生命力を見、その中に身を投じることによって、自身の生命力をも喚起させようと切実に希っていた。青木にとって、海に身を投じることは、人間社会の不自由に圧殺されそうになり窒息寸前となっている自我を大自然の自由の中で生き返らせようとする振る舞いであった。だが、この押し寄せてくる波に対峙している岸本にとっては、海に身を投じるという振る舞いは、青木のように生への意志に基づくものではなかった。寧ろ「自分で自分の希望《のぞみ》、自分の戀、自分の若い生命《いのち》を葬らう」という、死への意志に基づくものであった。そしてそれに対応して、岸本にとっての海は、青木にとっての海が豊饒な生命力の源としてのイメージであったのと対極のイメージ、即ち、「永遠偉大な自然の繪畫でもなければ、深祕な力の籠つた音樂でも無」く、「たゞ彼の墳墓《はか》である――冷い、無意味な墳墓である」という、生命を葬り無に帰してしまう死のイメージとして描き出されているのである。朝の光の中で「目映しいほど輝」いていたあの明るい海ではなく、夕刻の「暮れかゝつて來」た暗い海として描き出されているわけである。

さらに岸本と青木の間の対照が際立つのは、この続きのくだりである。以下に引用する。

『此世の中には自分の知らないことが澤山ある――今こゝで死んでもツマラない。』
斯う岸本は思ひ直した。彼は浪打際で踏み止まつて、そこからもう一度人里の方へ引返した。

（第三巻、八二頁）

ここで岸本は結局、入水自殺を断念し、人間社会の方へ歩みの方向を転じているわけだが、「今こゝで死んでもツマラない」という変心の唐突さは問わないにしても、その変心を正当化する論理を説明した、「此世の中には自分の知らないことが澤山ある」という一文には、青木との対比で注目せざるを得ないだろう。「此世の中には自分の知らないことが澤山ある」というのは、一言で言えば、自身の自我を刺戟し生命力を喚起させてくれる可能性のあるものが人間社会にはまだ多く残されている、と岸本が考えたということである。それだから岸本は自ら進んで「もう一度人里の方へ引返」すのである。この岸本の心理的、身体的な動きは、せっかく海の波浪の中で自我の充実感を得て生命力を取り戻していた青木が心ならずも「鉤に懸つた鯉」のように「婦女や子供の群」よって人間社会の方に引き戻されてしまうというのと好対照をなしている。青木にとって、自然は自身の自我を生かす場であり、人間社会は自身の自我を殺す場であると認識されていた。だが、この場面における岸本にとってはその逆で、自然は自身の自我を殺す場であり、人間社会は自身の自我を生かす場であると認識されているのである。

このように、漂泊の旅が最終局面を迎える中で、〈人間社会―自然〉に対して岸本が青木とは正反対の意識を持つようになっているということが看取される。青木と正反対の意識であるということ、それは即ち、青木が倣おうとしていた、「大洋の歌」の中に歌い込まれた詩人バイロンの意識とも正反対であるということを意味するものでもあった。青木＝バイロンは、しがらみの多い不自由な人間社会を凌駕する、何物にもとらわれない自由な存在としての大海原の中に、自身の自我を生かす場所を見出し、その心境を「大洋の歌」というかたちで歌い上げていた。岸本も、『櫻の實の熟する時』において物語られていたように、『チャイルド・ハロルドの巡礼』に横溢するロマン主義的なイメージに押し出されるようにして漂泊の旅に出ていたわけであるから、少なくとも旅の始めの時点においては、青木＝バイロン流の〈人間社会—自然〉観をいくらか共有していたに違いない。だが、漂泊の旅の果てに岸本が見出した海のイメージは、バイロンが歌い上げ、そして青木が憧れたようなロマン主義的な海のイメージではいつしかなくなり、あらゆる理想化を拒否したところの現実の海、言うなれば自然主義的な海のイメージなのであった。[9] そして、寧ろ自身の自我を刺戟し生かしてくれる場所としての〈海〉は、自然の側にではなく、逆に青木＝バイロンが忌避した人間社会の側にあると想定されるようになっていたのである。

以上のように見てくると、青木の自殺後の岸本を含む雑誌の同人たちの動向について述べた以下のくだりは、作者藤村によって、極めて用意周到に象徴的な意味合いを持たされたくだりであると見ることができる。

　青木が奮闘して倒れたといふことは、連中に取つて大きな打撃であつた。友達は皆考へた。しかし、仲間中から一人の戰死者を出したといふことが、反つて深い刺激に成つて、各自《めいめい》志す方へ突進まうとしたのであつた。市川、菅、足立、岡見、福富、それから栗田なぞの書いたものは雑誌を賑した。
六月の四日に青木の追悼會があつた。丁度其日は青木の三週忌に當つた。
其頃から、岸本は大川端の叔父の家を出て、三輪にある兄の家の方へ移つた。彼が久し振で母や姉と一緒に住まうとした頃は、やがて可畏《おそろ》しい激しい波濤《なみ》が家庭の内部《なか》へ押寄せて來た。兄の民助は最早家に居なかつた。これは民助が日頃信用して居た男に欺かれて、過つて僞造の公債證書を使用した爲に、鍛冶橋の未決監へ送られることに成つたからで。（中略）斯うなると、家の内の混雑は浪打つやうである。忽ち岸本も其浪の中へ捲込まれた。

（第三巻、一七六—一七七頁）

このくだりは、明治二七年当時、青木＝透谷の死を契機に、『文學界』同人が「各自志す方へ突進まう」とすることで、各人の間で思考や境遇に徐々に差が生じてくるであろうことを暗示しているくだりであり、本節第一項の冒頭において引用した、後年の回想文「「文學界」のこと」における「北村君を失つてからの私達は、次第に当時のバイロン熱から醒めて、思ひ〳〵に新しい進路を執るやうになつた」という文を、そのまま彷彿とさせるくだりである。青木の死後、市川や菅は、恋愛問題に対する熱情を失い、学芸の道に邁進してゆくようになる。彼らはそういうかたちで「バイロン熱」からの覚醒をなしてゆくわけであるが、肝心の岸本の「バイロン熱」からの覚醒は、他の仲間たちの「各自《めいめい》志す方」とはやや違った方向でなされたということがここに物語られている。岸本が志した先は、市川や菅が目指した学芸の道ではなく、「三輪にある兄の家」であった。岸本は、漂泊の旅というかたちで一度は打ち捨てた、自身の旧家の中に「突進まう」としたのである。

ここで特に注意したいのが、岸本が旧家の中で経験することになった、兄の逮捕を始めとする様々な艱難が、「可畏しい激しい波濤が家庭の内部へ押寄せて來た」、「斯うなると、家の内の混雑は浪打つやうである」、「忽ち岸本も其浪の中へ捲込まれた」といったかたちで、荒々しい波のイメージで表現されているという点である。ここから看取されるのは、岸本にとっての〈海〉、即ち、自身の自我を生かす場所としての空間が、完全に青木＝バイロンにとってのそれと正反対ものに成り変わってしまっているという事実である。岸本にとっての〈海〉は、青木が自身の自我の死に場所と見た〈家〉、即ち人間社会の最小単位にしてそのしがらみの最も濃密な空間としての〈家〉であった。岸本は、自らの生きる場を〈家〉という〈海〉、あるいは〈海〉としての〈家〉に求め、その〈家＝海〉における様々なしがらみが生じさせる艱難の荒波の中を泳ぎ切ることで自身の自我を生かしていこうとしたのである。

この、自然の海から人間社会へ、そしてさらに人間社会の濃密な縮図としての〈家＝海〉へという岸本の辿った軌跡が、作者の藤村によってかなり意識的に用意されたものであったことは、『春』の続篇にしてその名も『家』（前篇は『讀賣新聞』に明治四三年一月一日から同年五月四日にかけて連載、続篇の「犠牲」は『中央公論』に明治四四年一月から同年四月にかけて連載、同年一一月、『緑蔭叢書』第三編として単行本化）における次の叙述を見ても明らかである。

家出――漂泊――死――過去つたことは三吉（『春』における岸本、菊池註）の胸の中を往つたり來たりした。『自分は未だ若い――斯世の中には自分の知らないことが澤山ある。』斯の思想《かんがへ》から、一度破つて出た舊い家へ出すべき生命《いのち》も捨てずに戻つて來た。其時から彼は斯世の艱難を進んで嘗《な》めやうとした。艱難は直ぐに來た。兄の入獄、家の破産、姉の病氣、母の死……彼は知らなくて可いやうなことばかり知つた。一縷の望は新しい家にあつた。そこで自分は自分だけの生涯を開かうと思つた。（第四巻、七九頁）

岸本が入水自殺を思い止まり、自然の海から人間社会へと歩みの方向を転じた時の「斯世の中には自分の知らないことが沢山ある」という心境は、一直線に「一度破つて出た舊い家」への帰還に連なっている。ここで作者の藤村が、「一度破つて出た舊い家」に入ってゆく岸本の心境を、「其時から彼は斯世の艱難を進んで嘗めやうとした」というように、その積極性を強調するように叙述しているのが興味深い。この〈家＝海〉の中に自ら進んで入っていき、そこに「新しい家」という自身の自我を生かす場所を求めていこうとする岸本の自我は、青木＝バイロンが歌い上げたのとは異質な、岸本独自の〈大洋の歌〉を歌い上げていたと見ることができる。

このように、『春』において引用されたバイロンの「大洋の歌」は、換骨奪胎されたかたちで岸本の内部に消化され、別種の調べを奏でるようになったのである。そしてその調べは、〈家〉という空間の内部に身を置きながら〈家〉及び「自分だけの生涯」を同時に新しいものに生まれ変わらせようという、漂泊の旅の果てに辿り着いた岸本の新しい境地を示唆するものであった。そしてそれは、『春』の末尾に語られた「『あゝ、自分のやうなものでも、どうかして生きたい。』」（第三巻、二四五頁）という、岸本のしぶとい生への意志を生々しく吐露した言葉にまで響いていると言うことができるであろう。青木にとって「大洋の歌」は、バイロンにそのまま自己を合わせるという、やや無理な自己劇化を青木に強いるものであったという意味で、彼を死に誘うものであった。だが、岸本にとっての「大洋の歌」は、やや恣意的とも言える受容をされながら、彼を生に駆り立てるものになり得ているのである。(10) つまり、濃密な人間関係の網目の中で自我を保持しながら生き抜こうとする、「バイロン熱」からの覚醒以降の岸本の人間像、それを屈折したかたちで暗示するものが、『春』におけるバイロンの「大洋の歌」の引用であり、且つ単なる引用を超えた受容のありようであったと考えられるのである。

第五項　『春』と「新潮」をつなぐものとしての「大洋の歌」

以上見てきた通り、『春』において引用されたバイロンの「大洋の歌」は、それを共に歌う青木と岸本の心の通い合いを示す記号であると同時に、青木と岸本の人間像の違いを暗示する記号でもあった。作者の藤村は、「大洋の歌」の引用を通して、青木と岸本の両人が自我の充実感を味わいたいというロマン主義的な衝動を内面に持っていることを示唆しつつ、同時にそのロマン主義的衝動に対する両者の間の身の処し方の違いにおいて、死せる青木の運命と生ける岸本のそれとを語り分けようとしていたのである。これは、本章第一節において明らかにした事実、即ち、透谷死後の藤村が、〈死せる厭世家〉としての透谷の道から「活きたる厭世家」としての独自の道に転向したという事実とも符合するものである。逆に言えば、藤村は、『春』において、透谷の死の前後の時期の自身の思考をかなり忠実に物語るための欠くべからざる道具立てとして、このバイロンの「大洋の歌」を極めて意図的に引用するということをしていると考えられるわけである。

『春』における「大洋の歌」の一節の引用は、「大洋の歌」の書き手＝語り手であるバイロンのそれをも含めれば、三様の人間像を暗示するものである。まず一つ目は、バイロンその人によって体現されている、ロマン主義的な生き方の成功者としての人間像である。ロマン主義的な生き方の成功者とは、自我の高調や拡大の感覚を存分に味わうことができた一種の強者の謂いであり、「大洋の歌」に即して言えば、そこで歌われている、人間の営みを全て呑み込んで底に沈めてしまうほどのロマン主義的なイメージの海と一体化することができるほどの強靱さを備えた人間像ということである。藤村がバイロンのことを、そのような自我意識の高調と拡大とを楽しむことができる人間として捉えていたであろうことは、以下に引用する「西花餘香」（『うらわか草』、明治二九年五月、後に『一葉舟』、明治三一年所収）の文章からも窺い知ることができる。

「ヘレスポンド」を泳ぎ渡りてヘロオの君の許に通ひしレアンダの物語は、マアロオの筆に捕へられてかの伊勢物語などに見られまじき情《こゝろ》なり。世にはたへがたき戀をする人もあるかな。**'Adieu, adieu! My native shore,'** の歌をうたひて故郷を出奔せしバイロンが、興に乗じて昂然として「セストス」の岸頭に立ちし姿やいかなるべき。戀なればこそこの岸よりかの岸まで泳ぎ渡らで措くまじきレアンダこそあはれなれ。バイロンが「サルセット・フライゲエト」よりヘンリイ・ヅルウリイといへる友に當てたる短かき書簡は、一世一代の諧謔とも見るべきものにして、書簡の日付は千八百十年五月の三日なり。この地ならばまだ龜井戸の藤の花のさきそめて、袷《あはせ》の更衣《ころもがへ》も早き頃なるを、その文、この朝われは「セストス」より「アビドス」に泳げり。さしわたしの距離僅かに一マイルほどなれど潮流の急なれば危ふし。いかにレアンダの切なる愛情なればとて、かれが樂園の通ひ路に少しの寒さも覺えざりしとは、いと〳〵疑はし。われ一週間ほど前に試みしが、折しも北風吹きて潮流の高かりければ、水泳のわざには小兒の頃より人に劣らざりしわれなれど遂に果さゞりき。けさ、波もいと靜かなりければ、さしも「廣きヘレスポンド」なれど、われは一時十分の間に泳ぎ越えたりと。

（第一巻、一三九頁）

ここで藤村は、バイロン自身の手紙の一節を引用しながら、アバイドスの青年レアンドロスがヘレスポント海峡の対岸の地セストスの女性神官ヘーローの元に、毎夜海峡を泳いで渡っていた、というギリシャの故事に触れつつ、その故事に倣ってヘレスポントの海峡を泳ぎ切ったバイロンについて語っている。バイロンは、第一回の大陸旅行の際、ギリシャのアバイドスに立ち寄り、確かにヘレスポント海峡を泳いで渡ったらしい。バイロンは、藤村がここで引用している一八一〇年五月三日付の手紙において、その体験にやや自慢げに触れている。だが藤村は、このようなバイロンの自慢げな軽い語り口を、本心を偽った「一世一代の諧謔」、即ちポーズと見ていたようである。藤村がレアンドロスとヘーローの悲恋の伝説に感情移入を逞しくしつつ、その文脈で「'Adieu, adieu! my native shore' の歌をうたひて故郷を出奔せしバイロンが、興に乗じて昂然として「セストス」の岸頭に立ちし姿やいかなるべき」と、含みを持たせた書き方をしていることから推測すると、この時藤村の脳裡では、アバイドスの海岸に佇みつつ、恋人を思って岸から岸へと海を渡ろうとする情熱的なレアンドロスに、祖国の岸を後にして海上に身を置いた自身を重ね、本心では感傷的な思いに駆られていたバイロンの姿が想像されていたに違いない。恐らく、藤村にとってバイロンとは、ロマン主義的な情熱に身を焦がしつつ、同時代のロマン主義思潮に上手に棹差しながら、それに流されも溺れもせずに、ロマン主義的な生き方を見事に貫徹し得た詩人であった。(11) 藤村は、ヘレスポントの海峡を泳ぎ渡ったバイロンに、死の危険すらある「不健全な暗潮」としてのロマン主義思潮の荒波を見事に泳ぎ切った、ロマン主義的な生き方の成功者、勝利者の象徴的なイメージを見て取っていたのだと考えられる。そしてこのようなバイロンに対する見方は、後年、『春』において、ロマン主義的な海のイメージにロマン主義的な詩人の自我のイメージを仮託した「大洋の歌」を引用した際にも、変わらずに持続していたものと思われる。

藤村は、『春』において引用した「大洋の歌」の一節から示唆される、詩人バイロンのロマン主義の成功者、勝利者という人間像を基準にして、青木と岸本という二人の作中人物の人間像を描き分けようとした。即ち、自らもまたバイロンの如くロマン主義の成功者、勝利者たらんとして、バイロンを範として自己劇化を試みたものの、結局貫徹し得ずにその試みに失敗、敗北してしまう青木という人間像と[12]、その青木の失敗を尻目に、いたずらにバイロンを真似てロマン主義の成功者、勝利者たらんとするよりも、それとは別の地に足の着いた独自のやり方で成功、勝利を目指そうとする岸本という人間像――。これら二つの人間像を作中に描き分けようとしたのであった。つまり、ロマン主義の成功者、勝利者としてのバイロン、ロマン主義の失敗者、敗北者としての青木、そして非ロマン主義の成功者、勝利者としての岸本――。このような三様の人間像を、バイロンの「大洋の歌」によって示唆されるロマン主義的な海のイメージ、及びそれに対する向き合い方を通じて描き分けるということが、『春』の執筆計画の核心であったろうと考えられるわけである[13]。

実は、藤村は、『春』においてなそうとしたことを、すでにその一〇年前、詩集『夏草』(明治三一年)に収めた「新潮」という詩において試みている。この詩の内容は、おおよそ次のようなものである。海に生きる海人の生活に憧れた兄弟二人が、勇ましく「波間に響く櫂の歌」を響かせながら舟を沖に出すのであるが、日が沈み夜になると突然嵐が吹き荒れて、荒れに荒れた海の波で舟が転覆しそうになる。そんな中、兄は弟を励ましつつ、転覆を阻止しようと頑張るのだが、櫓を波に取られてしまった兄は、結局大波に浚われ海の藻屑と消えてしまう。残された弟は、兄の死を悲しみ我が身の運命を嘆いて涙にくれる。だが、闇の中に目を凝らすと、海に面に燐の火の影が青く映っているのが見え、その灯りを頼りに舟を漕いで行こうと思い立つ。そうして弟は、櫂を手に、再び潮の流れに乗って行けば自分は生きて帰ることができるのだ、と思い定めて、独り力強く舟を漕ぎ進めてゆく――。このように、「新潮」という詩には、『春』においてと同様に、海の荒波に対する身の処し方という点で、三様の人間像が描き出されていると言える。荒々しい海の荒波を見事に御すことができる海の男たち（「海人」）、彼らに憧れて海に出たものの荒波に呑まれて死んでしまう兄、そしてその兄の死の事実を心に刻みつつ、兄の魂とも思える燐の火を頼りに、潮の流れを改めて確認しながら生きて陸地に戻るために漕ぎいでようとする弟――。このような三様の人間像は、ここまで論じてきた、『春』においてバイロンの「大洋の歌」によって示唆される三様の人間像と類似したものであり、その意味で「新潮」という詩は、『春』と主題を共有する、『春』の先駆けと位置づけられるべき作品であると言うことができる。

『春』においてバイロンの「大洋の歌」の一節が引用される場面、即ち青木が生命力溢れるロマン主義的イメージの海と一体化して自身のロマン主義的な自我を充足させようとするものの、結局失敗してしまうという第二八段の場面は、「新潮」においては、兄の死の場面を描いた以下の連に対応している。

こゝろせよかしはらからよ
な恐れそと叫ぶうち
あるはけはしき青山を
凌ぐにまがふ波の上
あるは千尋の谷深く
落つるにまがふ濤の影

戰ひ進むもの丶ふの
劍の霜を拂ふごと
溢るゝばかり奮ひ立ち
潮《うしほ》を擊ちて漕ぎくれば
梁《やな》はふたりの盾にして
柁は鋭き刃《やいば》なり

たとへば波は西風の
梢をふるひふるごとく
舟は枯れゆく秋の葉の
枝に離れて散るごとし
帆檣《ほばしら》なかば折れ砕け
篝《かゞり》は海に漂ひぬ

哀しや狂ふ大波の
舟うごかすと見るうちに
櫓《ろ》をうしなひしはらからは
げに消えやすき白露の

落ちてはかなくなれるごと
海の藻屑とかはりけり　　（第一巻、一八六―一八七頁）

ここには、全てを破壊し海底に沈めてしまうほどに恐ろしい嵐の夜の海のイメージと、そのような死と隣り合わせの荒波の海を生活の場として生きる海の男たちに強い憧憬の念を抱いて沖に出たものの、荒波の猛威に抗し切れずに海の藻屑と消えてゆく憐れな運命の兄のイメージが歌われている。つまりここでも、『春』における「大洋の歌」の一節の引用の場面と同様、ロマン主義的な海のイメージと、それと一体化した生のあり方に憧れながらも結局それを我が物とし得ないロマン主義の失敗者、敗北者のイメージが立ち表れているわけである。のみならず、詩句の具体的な表現の相においても、両作品の対応関係ははっきりしている。例えば、右に引用した「新潮」の「あるはけはしき青山を／凌ぐにまがふ波の上／あるは千尋の谷深く／落つるにまがふ濤の影」という、高低の差の激しい荒波のイメージを歌った詩句は、『春』において引用された「大洋の歌」の一節の冒頭の「捲き返れ、深海《ふかうみ》の青海よ――いざや捲け」（「うねれ、汝、深く暗く蒼き大洋、うねるのだ！」）という、やはりうねる荒波のイメージを表現した詩句と共鳴している。あるいは、「戰ひ進むものゝふ」の如く雄々しく荒波の中に活路を見出そうとした兄弟二人の乗る舟が、「たとへば波は西風の／梢をふるひふるごとく／舟は枯れゆく秋の葉の／枝に離れて散るごとし」というように、荒波のなすがままになってしまうイメージを歌った詩句も、「大洋の歌」の中の、どんなに雄々しい軍艦でも海の威力を前では無力であるということを歌った、「千萬《ちよろづ》の軍艦《いくさぶね》きほふともあだなりや」（「万もの艦隊が汝の上を過ぎ行くも何も残らない」）という詩句を想起させるものである。また、兄弟の舟が荒波に破壊された様子を歌った「帆檣なかば折れ砕け／篝は海に漂ひぬ」という詩句も、そのまま「大洋の歌」の一節中の「大和田の原の上を／破《や》れの屑漂ふぞ汝《な》が功、こゝにして／人間の暴虐は影もなく」（「平らかな水の上では／難破船も全て汝のなすがまま、／人間の破壊の所業は影もなし」）という詩句に即応している。さらには、「哀しや狂ふ大波の／舟うごかすと見るうちに／櫓をうしなひしはらからは／げに消えやすき白露の／落ちてはかなくなれるごと／海の藻屑とかはりけり」という、波間に呑みこまれてゆく兄の儚い運命を歌った詩句も、「そが軀《み》さへ、／束の間に滅《き》えてゆく雨の痕の一滴《ひとしづく》、／空像《うたかた》の命こそ汝《な》が底にしづみゆけ、／鐘の音も棺《ひつぎ》も将《はた》墓もなき祕密の淵に」（「一瞬間、雨の一滴のように／人間は汝の深みに呻き声をあげつつ沈みゆく。／墓もなく、弔鐘もなく、棺もなく、誰にも知られず」）という、人間が暗黒の海底に儚く沈んでゆくイメージを歌った詩句を想起させるものとなっている。つまり、この兄の死の場面を描いた「新潮」のくだりには、『春』において引用された「大洋の歌」の一節におけるロマン主義的な海のイメージにかなり近いものが描き出されており[14]、その意味で、「新潮」における、ロマン主義の「暗潮」に呑みこまれてしまった兄のイメージは、『春』のロマン主義の失敗者、敗北者としての青木の原型と見なし得るものと言えるわけである[15]。

こうして見てくると、「新潮」の死せる兄に対して生き残る弟は、『春』の青木に対する岸本に対応しているということになるわけであるが、彼が生への意欲を取り戻し、荒波に立ち向かってゆく様を歌ったのが最終連である。以下に引用する。

碎かば碎けいざさらば
波うつ櫂はこゝにあり
たとへ舟路は暗くとも
世に勝つ道は前にあり
あゝ新潮《にひじほ》にうち乗りて

命運《さだめ》を追うて活きて歸らん　　　（第一巻、一八九頁）

この、「新潮にうち乘りて／命運を追うて活きて歸らん」とする「新潮」の弟のイメージは、「可畏《おそろ》しい激しい波濤《なみ》が家庭の内部《なか》へ押寄せて來」て「家の内の混雑は浪打つやう」になっている中、自分も「其浪の中へ捲込まれ」ながらも、何とか「舊い家」を「新しい家」にし「そこで自分は自分だけの生涯を開かう」という「一縷の望」を抱いて奮闘する『春』の岸本（『家』の小泉三吉）のイメージと、かなり共鳴するものがある。「碎かば碎け」と海に挑戦的に呼びかけているのも、恐らくはバイロンの「大洋の歌」の一節の中の「捲き返れ、深海《ふかうみ》の青海よ――いざや捲け」（「うねれ、汝、深く暗く蒼き大洋、ぅねるのだ！」）を念頭に置いた表現であり、『春』の岸本が〈家＝海〉の中に艱難をあえて引き受けようと進んで身を投じてゆくのと通じるものがあると言える。つまり、「新潮」の死せる兄が『春』の死せる青木の原型であるのと同様、「新潮」の生ける弟は、『春』の生ける岸本の原型だと見ることができるのである。

このように、藤村は、明治二七年五月の透谷の自殺前後における自身の内面的な事情を、まずは嵐の夜の海の荒波に果敢に挑んで死ぬ兄と、その兄の死を受け止めて生きることを決意する弟の姿を描いた「新潮」という詩のかたちで表現していたと見ることができる。そして、その約十年後、やはり高波の海のイメージを描出しながら、より事実に近い自然主義的自伝長篇小説『春』というかたちで、改めてその表現を試みたわけであった。そしてこれら共通の主題を持つ「新潮」と『春』の両作品をつなぐものとしてあるのが、バイロンの「大洋の歌」において描き出された荒々しいロマン主義的な海のイメージだったのであり、このロマン主義的な海のイメージを軸に考えてみると、兄＝青木の死の問題と、弟＝岸本の生の問題との両方に通底するバイロン熱への身の処し方という問題が、「新潮」及び『春』の隠れた主題をなしていることがわかるのである。藤村は、透谷の死を、ロマン主義の成功者、勝利者バイロンを範とする自己劇化に自ら足をすくわれた結果と見なし、それを「新潮」においては死せる兄、『春』においては死せる青木として具体的にイメージ化した。そしてそのようなかたちで透谷の死を描き出す一方で、自身の生を、バイロンの「大洋の歌」の調子を恣意的に変調させつつ、非ロマン主義の成功者、勝利者としてしぶとく生き残っていこうとする「新潮」における生ける弟、『春』における生ける岸本として具体的にイメージ化しようとしていたと考えられるのである。

第六項　再び〈家〉から〈海〉へ

では、実際藤村は、「新潮」の弟、あるいは『春』の岸本がそうであろうとしたように、非ロマン主義の成功者、勝利者たり得たのであろうか。「新潮にうち乗りて／命運を追」って行った先に「世に勝つ道」を探り当て「活きて歸」ることはできたのであろうか。「一度破つて出た舊い家へ出すべき生命《いのち》も捨てずに戻つて來」て「斯世の艱難を進んで嘗めやうとした」結果、「一縷の望」としての「新しい家」を見出し、そこにおいて「自分だけの生涯を開」くことはできたのであろうか。

このことについて考えるためには、透谷の死後、藤村がどのような心境でいたのかを知る必要があるだろう。藤村がバイロンの「大洋の歌」の受容を通して、バイロン熱の犠牲者にして〈死せる厭世家〉であった透谷の失敗、敗北から、自身は「活きたる厭世家」として生き抜いていこうとしていたことを、「新潮」及び『春』において表現していたことは、ここまで繰り返し述べてきた通りだが、「大洋の歌」の受容という観点から、透谷死後の藤村が理想としていた境地について示唆を与えてくれるのが、処女詩集『若菜集』（明治三〇年）に収められた抒情詩「おくめ」であろうと思われる。「おくめ」は、「おえふ」、「おきぬ」、「おさよ」、「おつた」、「おきく」の五作と共に、女性の内面の憂いを歌い上げた六篇の詩からなる「うすごほり」(『文學界』第四八号、明治二九年一二月)の一部を構成するもので、その内容は、ある夜、暗闇の中、対岸にいる恋人に会うため、自身の命の危険も顧みず、瀬も早く雨で水量も増した川を渡ろうとする一女性の恋心の激しさを歌う、といったものである。

以上の内容からわかるように、「おくめ」は、バイロンも関心を示し、藤村自身も「西花餘香」の文章において論及していた、古代ギリシャのヘーローとレアンドロスの悲恋の物語を、藤村流に書き換えた作品として読めるものであるわけだが、(16) バイロンの「大洋の歌」との関連で言うならば、その末尾の二連が注意される。以下に引用する。

砕かば砕け河波よ
われに命はあるものを
河波高く泳ぎ行き
ひとりの神にこがれなむ

心のみかは手も足も
吾身はすべて火炎《ほのお》なり
思ひ亂れて嗚呼戀の
千筋《ちすぢ》の髮の波に流るゝ

(第一巻、一〇―一一頁)

この冒頭の、自身の恋路を邪魔する河波に向かって挑戦的に呼びかける「砕かば砕け河波よ」という詩句は、「新潮」の終わりの「砕かば砕けいざさらば」に直接通じるものであるわけだが、この「新潮」の詩句と同様、この「おくめ」の詩句も、『春』において引用されたバイロンの「大洋の歌」の一節の冒頭の詩句、「捲き返れ、深《ふか》海《うみ》の青海よ――いざや捲け」(うねれ、汝、深く暗く蒼き大洋、うねるのだ!)の一つの変奏と解することができるものである。藤村はここで、バイロンの「大洋の歌」を、言わば〈河波の歌〉として変奏しつつ、熱を帯びた女の恋心が水嵩を増す河の波に揉まれる中でますます激しく熱く燃え上がるさまを見事に歌い上げている。「大洋の歌」においてバイロンは、高調し拡大する自身のロマン主義的な自我を、全てを呑み込んでしまう大海原のロマン主義的なイメージと完全に重ね合わせるということをしていたわけだが、「おくめ」において藤村は、最終連の川面に女の髪が拡がりわたるイメージによって、女のロマン主義的な自我と、女の体を呑み込んでしまいそうなロマン主義的な河のイメージとが一体のものとなっているさまを極めて印象的に描き出すことに成功している。

透谷死後の藤村の理想の境地について考える上で重要だと思われるのは、藤村が、自身の恋愛感情に殉じようとするロマン主義的な自我のイメージを、男の視点ではなく女の視点で歌い上げている点である。藤村自身は、透谷の死以降、死の道に通じる「縄墨打破」を旨とするバイロニズムから距離を取りつつ、〈家〉という「縄墨」の中にあえて進んで身を置き、寧ろその「縄墨」の網目の中で自身の自我の充実を図っていくという生の道に転向したわけであったが、「おくめ」におけるバイロンの「大洋の歌」の変奏のありようから窺えるのは、藤村が、〈家〉において自身の自我を充実させるための必要条件として、女のロマン主義的自我の存在を前提としていたらしい、ということである。「おくめ」において藤村は、「戀は吾身の社《やしろ》にて／君は社の神なれば／君の祭壇《つくゑ》の上ならで／なにゝいのちを捧げまし」(第一巻、一〇頁)と女に歌わせるということもしており、これは、藤村が様々な「縄墨」が錯綜する〈家〉という空間を、「巫女」(=女)が自らの意志で「神」(=男)に身も心も捧げる場(=「社」)として捉えていたということを示唆するものである。つまり藤村は、自身の理想とした「新しい家」を、女のロマン主義的な自我によって自身の自我が高調し拡大し得る空間として夢想し、そのような空間であるからこそ「自分だけの生涯を開」くことができると考えていたように思われるわけである。

だが実際は、そのような藤村の夢想通りにはいかなかった。そのことは、藤村が『春』以降のことを書いた、その表題もまさに『家』において詳しく物語られている。明治三二年四月、藤村は函館在の秦慶治の三女冬子と結婚をする。藤村はこうして新妻と共に「新しい家」を築き上げ、「自分だけの生涯を開かう」としたわけであった。が、藤村の『家』によれば、藤村が自身の〈家〉において発見したのは、自分を「社の神」として自身への「戀」の炎に身も心も燃えている妻であるどころか、自分と結婚した後も他の男に未だ想いを寄せつつ自分との結婚生活を「絶望」と表現するような妻の存在であった。「新しい家」という「一縷の望」を抱いて結婚に臨んだ藤村にとって、この事実は大きな衝撃であり、懊悩した藤村は折角築き上げようとした〈家〉を打ち壊そうとさえ考える。結局そのような「縄墨打破」的な行為は実行しなかったが、藤村はこのような〈家〉における実生活の中で、根強く残る妻への不信の念や相手の男に対する嫉妬の情、また、彼自身の浮気心や抑え難い肉欲、またその原因と考えられる親族の淫蕩の血の遺伝の問題にも脅かされることとなるのである。要するに、藤村が「新しい家」の建築という望みを抱いて入った〈家〉は、「舊い家」に顕著な親族関係の濃密な網目の中に依然ありつつ、不信と嫉妬と自己懐疑と肉欲とが交錯する、極めて〈自然主義的〉な結婚生活の現実、即ち、ロマン主義的な恋愛の夢想の一切を否定したような生々しい現実を藤村に見せつけるものであったのである。

藤村は、『家』において活写されたような結婚後の煩い多き〈家〉の現実の中で、『緑葉集』（明治三九年）に収めたような、姦淫や姦通を題材に情欲と猜疑と嫉妬のありようを描き出した短編小説を多く書くなど、〈家〉の現実を直視する小説家的な観察眼をいたずらに先鋭化させてゆくようになる。そしてそれと反比例するかのように、生き生きとした人間的な感情を磨滅させてゆく。彼は、代表作『破戒』（明治三九年）を完成させ、自然主義の小説家としての地歩を確乎としたものにした一方、その同じ年に次女と長女を相次いで亡くし、さらには

『家』の前篇を書き上げた明治四三年には四女の出産と引き換えに妻を亡くしている。だが、そのような残酷な現実さえ、藤村に人間的な、血の通った悲しみの感情を湧き起こさせるものではなかった。このあたりの藤村の虚無的な内的状態については、例えば短編集『微風』（大正二年）に収められた随想的連作「柳橋スケツチ」の中の一篇「日光」（『中央公論』第二七巻第四号、明治四五年四月）等に物語られている。藤村は、「舊い家」の打破を目指し「新しい家」の創造を夢見て始めた結婚生活の果てに、「ハートの何物をも持たぬ」（「日光」）かのような存在になり果てた自分自身を見出さなければならなかったのである。

しかし、そのような心的状態にありながらも、藤村の内的感情は全く枯死してしまったというわけではなかった。生の倦怠と疲労に蝕まれ虚無の気分に堕ち込んでしまった藤村は、〈家〉の生活に入ってゆく際に打ち捨てたはずの大自然の海に、再び心を馳せるようになる。その証拠に、小品「日光」の中には、「長いこと友達も訪ねず、旅にも行かず、寒い部屋の中に閉ぢ籠つてばかり居た私は、國府津の海岸あたりの暖い日光に饑ゑ渇いた」（第五巻、三五四頁）とか、「青い國府津の海は私を呼ぶやうな氣がして居た」（第五巻、三五四頁）といった文を見つけることができる。国府津というのは、透谷の旧居があった場所であり、つまりは『春』においてバイロンの「大洋の歌」を歌いながら青木と岸本が遊泳を楽しんだ地であった。ここで藤村は、はっきりとは書いていないが、『春』における青木のように、〈家〉の支配の手の及ばないロマン主義的な自然の海のイメージに、実生活上の苦しみを脱する活路を見出そうとしているように見受けられる。[17]

ただ、このようなロマン主義的な自然の海のイメージを求める心も、明治の末年の時点においては未だ微温的なものに止まっていた。そのことは、「柳橋スケツチ」の中の一篇「海岸」（『新潮』、明治四五年五月）の中の一節から窺い知ることができる。藤村は、この「海岸」を、「上總の海、到頭この海岸の漁村へ來た。私は長い間の海に對する渇を醫すことが出來た」（第五巻、三六三頁）という文で書き始めている。藤村はロマン主義的な海を求めて、千葉の海に小旅行に出てきたのであった。が、実際にロマン主義的なイメージの大自然の海を眼の前にした時の藤村の様子は、以下の通りであった。

> 私は斯の岸の方へ巻寄せて來る海に――『永遠』そのものを見るやうな海に――もつと透徹することもあるかと思つて足を運ぶこともある。一目見渡した時の滑かな波の脊、波の皺、渦、日光の反射、透き通るやうな海の色、それらのものが集つて自分の方へ入つて來る印象は鮮かに活々と感ぜられる。けれどもそれは極く僅かの間だ。忽ち私の心は攪乱《かきみだ》されて了ふ。何だか恐しく成つて來る。退屈をも感ずる。私は海に對つて立つて居られないやうな氣がする。其時、私は逃出すやうに宿の方へ歸るか、さもなければ、何か紛れるものを見つけて、注意を他にそらすのが極りだ。一時間はおろか、三十分と一つ岩などに腰掛けて眺めては居られない。
>
> （第五巻、三六五頁）

「私は斯の岸の方へ巻寄せて來る海に――『永遠』そのものを見るやうな海に――もつと透徹することもあるかと思つて足を運ぶこともある」という冒頭の一文は、バイロンの「大洋の歌」を口ずさみながら早朝の海に出向いて行った『春』の青木と岸本の姿を想起させるものである。「斯の岸の方へ巻寄せて來る海」という表現も、『春』に引用された「大洋の歌」の一節の冒頭の「捲き返れ、深海《ふかうみ》の青海よ――いざや捲け」（「うねれ、汝、深く暗く蒼き大洋、うねるのだ！」）という詩句との親近性を感じさせる。また、「『永遠』そのものを見るやうな海」という表現も、「大洋の歌」の後半、『チャイルド・ハロルドの巡礼』第四歌第一八三節の中の、海の崇高偉大な姿を言った「永遠なるものの姿」（The image of Eternity）（*CPW*, vol.2, 185）という詩句に通じるものがある。つまりここで藤村は、「日光」において言及した、自分が欲し且つ自分を呼んでいるかのような「青い國府津の海」

のイメージに近い海にまさに出会っているのである。

だが、藤村がそのようなロマン主義的な海のイメージによって自我の充実を感じ、生き生きとした生の感覚を取り戻したのも束の間、彼は急に恐怖と退屈を感じ、自然の海から逃避してしまうのであった。「其時、私は逃出すやうに宿の方へ歸るか、さもなければ、何かまぎれるやうなものを見つけて、注意を他にそらすのが極りだ」。このくだりなどは、『春』において岸本が、自然の海を打ち捨てて人里に引き返す場面を連想させる。だが重要な点は、この時藤村が自然の海から身を翻した後、自身の自我を昂揚させてくれるような〈海〉を自らの帰る先に見出していない、という点である。要するに、『春』においてイメージ化されていた〈家＝海〉というかたちの、〈家〉のイメージと〈海〉のそれとが一体化した藤村独特の自我の生かし場所は最早ここには見られない、ということである。藤村は「日光」執筆時、非ロマン主義的な〈家〉とロマン主義的な自然の海との間でどちらに落ち着くことも出来ずに、不安定に自我を動揺させている。彼は〈家〉と〈海〉とが分離する中、〈家〉も〈海〉も共に見失いつつあったわけである。

第七項　「新生」事件とバイロン熱の復活

大正二年四月、藤村は、フランスに行くため航海の旅に出ている。この旅の背景には、家に手伝いに来ていた姪のこま子と関係した結果、こま子の妊娠というのっぴきならない事態が生じていたという事実があった。所謂「新生」事件である。この間の事情については、藤村の『新生』（第一部は『東京朝日新聞』、大正七年五月一日―一〇月五日、第二部は『東京朝日新聞』、大正八年四月二七日―一〇月二三日、単行本化は第一部が大正八年一月、第二部が同年一二月）に詳しいが、『新生』における藤村の告白によれば、「新生」事件は、結婚生活から徐々に始まり妻の死後の独身生活において頂点に達した、倦怠と疲労に彩られた生のデカダンスの結果であった。非ロマン主義的な暗鬱な〈家〉において起こるべくして起きた出来事として、藤村はこの事件を位置づけているのである。このように、藤村のフランス行きは、第一義的には、「新生」事件というかたちで極点にまで達した、非ロマン主義的な〈家〉の現実からの逃亡という意味合いを持つ行為としてあったわけである。

だが、この藤村のフランス行きという行為は、単に〈家〉からの逃亡という消極的な意味合いだけのものではなかった。藤村は、フランスに三年間滞在した後、大正五年七月に帰朝、その後直ぐ自身の航海の際の心の軌跡を紀行文『海へ』（大正七年）というかたちで発表している。そしてその第一章にあたる「海へ」（初出は『中央公論』、大正六年四月）において、〈家〉を出て〈海〉へと出航してゆく際の心境について回想しつつ物語っている。この「海へ」において藤村は、まず、「一切のものから離れて行かうとする私は脇目もふらずに海の懐に急がうとした」（第八巻、九頁）と、「柳橋スケツチ」の中の「日光」の文章を一部反復しながら、生のデカダンスの果てに「氷の海」と化した〈家〉と、エルンスト・シモン号の窓や甲板から見えた、生き生きと流動する実際の〈海〉とを対比するということをしている。すでに述べたように、「柳橋スケツチ」において藤村は、やはり非ロマン主義的な〈家〉とロマン主義的な〈海〉とを対比し、〈家〉から逃れるために「青い國府津の海」を思い「上總の海」に小旅行に出たりしていたわけであったが、そのような一連の流れの中で彼のフランス行きの意味について考えてみると、それが、藤村のロマン主義的な〈海〉の再発見という積極的な意味合いを持つ行為であったことがはっきりとしてくるのである。

実際、藤村は、波の動揺に身を任せる中で、徐々に非ロマン主義的な生の倦怠と疲労から脱し、ロマン主義的な生の躍動感を取り戻してきている。亀井勝一郎の言葉を借りて言えば、「藤村全集のロマンチシズムの復活」とも言うべき「漂泊のしらべの復活」をここに見ることができるのである。(18) そのことを如実に示しているのが、アラビアの海を眺めた日の感慨を綴った以下のくだりである。

日の光は亞刺比亞の海に滿ちて居た。人を避けて私は海を見に行つた。一切を忘れさせるものは海だ。躍れ。躍れ。海よ、躍れ。舷に近く白い大きな花輪を見るやうなのは、われ〳〵の船から起す波の泡であつた。忽ちその泡が近い波の上へ擴がつて行つて、星のやうに散り亂れて、やがて痕跡《あとかた》も無く消えて行つた。私は遠く青く光る海のかなたに、無數の魚の群かとも思はるゝ波の動搖をも認めた。條理もなく、筋道もない海。先蹤《せんしょう》もなく、標柱もない海。豊富で、しかも捉へるところの出來ないやうな海。何處を出發點とも、何處を結末とも言ひ難いやうな海。私の眼に映るものは唯日の光であつた。波の背に反射する影であつた。藍色の波の上に浮き揚つて、やがて消えて行く泡であつた。波と波と相撃つて時々揚がる水煙であつた。光と、熱と、波とは殆ど一つに溶け合つて、私は自分の身體までその中へ吸はれて行く思をした。

（第八巻、三七―三八頁）

ここで藤村があたかも歌うような調子で描き出しているのは、バイロンが「大洋の歌」において歌い上げているような、人間社会の「縄墨」から自由で自らの雄大さに自足し切っているロマン主義的な海のイメージである。「一切を忘れさせるものは海だ。躍れ。躍れ。海よ、躍れ」という、人間社会のしがらみから隔絶したところで躍動する海への呼びかけは、『春』において引用された「大洋の歌」の一節の冒頭の「捲き返れ、深海《ふかうみ》の青海よ――いざや捲け」（「うねれ、汝、深く暗く蒼き大洋、うねるのだ！」）という詩句と同一の響きを持つものである。また、藤村が乗っている船が起こす泡が「近い波の上へ擴がつて行つて、星のやうに散り亂れて、やがて痕跡《あとかた》も無く消えて行」く様子を描いたくだりも、軍艦が海上に何の航跡も残さない様子を表現した、「千萬《ちよろづ》の軍艦《いくさぶね》きほふともあだなりや」（「万もの艦隊が汝の上を過ぎ行くも何も残らない」）という詩句を想起させるものである。さらに、「條理もなく、筋道もない海。先蹤《せんしょう》もなく、標柱もない海。豊富で、しかも捉へるところの出來ないやうな海。何處を出發點とも、何處を結末とも言ひ難いやうな海」と、人間の力ではどうにも量り切ることのできない海の大きさを述べつつ、「光と、熱と、波とは殆ど一つに溶け合つて、私は自分の身體までその中へ吸はれて行く思をした」と、自身の自我の昂揚感と海の躍動するイメージとが一体となった感覚を歌い上げているのも、バイロンが「大洋の歌」全体において、人間の力を圧倒する大自然の海の圧倒的な生命力に自身の自我の高調し拡大する感覚を重ね合わせつつ歌い上げているのと、ほぼ同じ響きを奏でていると見ることができる。

藤村は、右のようにバイロンの「大洋の歌」において見られたようなロマン主義的な海のイメージと自身の自我の昂揚感とを歌い上げた後、その勢いそのままに次のように続けている。

> 大船の心安さ。私は波打際の砂の上に身を置くやうな海から離れた心持をもつて、しかも岸から窺ふことの出來ない海の懐をまのあたりに近く見て行つた。巻きつゝある。開きつゝある。湧きつゝある。起りつゝある。奔《はし》りつゝある。放ちつゝある。延びつゝある。狂ひつゝある。亂れつゝある。競ひつゝある。溢れつゝある。醸《かも》しつゝある。流れつゝある。止りつゝある。轉びつゝある。陥沒《おちい》りつゝある。渦巻きつゝある。波は波の中に滑り入りつゝある。搖れつゝある。震へつゝある。觸れつゝある。撃ち合ひつゝある。混り合ひつゝある。逆立ちつゝある。連なりつゝある。續きつゝある。われとわがみを恣《ほしい》まゝにしつゝある。長い廊下のやうな甲板から眺めると、すこし斜めに成つた欄《てすり》の線があだかも遠い水平線と擦れ〳〵にあつて、あるひは水平線の方が高くなつたり、あるひは欄の線の方が高くなつたりするやうに見えた。どうかすると、青い深い海はその板の間まで這上つて來るやうにも見えた――波の動搖に身を任せて居た私の直ぐ足許まで。

（第八巻、三八頁）

この、流動し躍動する海の千変万化のありようを「しつつある」を畳みかけることで極めて印象的に表現している「海へ」からの引用と、バイロンの「大洋の歌」の後半、『チャイルド・ハロルドの巡礼』第四歌第一八三節とを試みに並列させてみよう。

Thou glorious mirror, where the Almighty's form
　Glasses itself in tempests; in all time,
Calm or convuls'd—in breeze, or gale, or storm,
Icing the pole, or in the torrid clime
Dark-heaving;—boundless, endless, and sublime—
The image of Eternity—the throne
Of the Invisible; even from out thy slime
The monsters of the deep are made; each zone
Obeys thee; thou goest forth, dread, fathomless, alone.

(*CPW*, vol.2, 185-186)

汝、大いなる鏡よ。そこには、全能の神の御姿が
嵐の中に映し出される。いつの時も、
微風の、強風の、あるいは暴風の中で、凪いだり、猛ったり、

極地を凍らせたり、あるいは、熱帯においては
陰鬱にうねったり――果てしなく、終わりなく、崇高な、
永遠なるものの姿、隠れたる神の王座。
汝の澱からさえ、
海神は創られる。どの地域も汝に従う。
汝は進む。凄まじく、測り知れないほど、そして孤独に。

ここでバイロンも、藤村と同様、様々な状況で様々な表情を見せる海の千変万化のありようを描き出している。そうして、流動し躍動する海のイメージを歌い上げ、同時に自身の昂揚する自我のイメージをも歌い上げているわけだが、一方の藤村もまた、「青い深い海はその板の間まで這上つて來るやうにも見えた――波の動搖に身を任せて居た私の直ぐ足許まで」というかたちで、海の波の湧き上がってくるイメージと、自身の自我が昂揚してくる感覚とを重ね合わせて表現するということをしている。つまり、アラビア海にさしかかった際の昂揚する気分を歌い上げたこの藤村の「海へ」のくだりは、地中海を前にした際の高潮し拡大する自我の感覚を歌い上げたバイロンの「大洋の歌」にかなりよく似たイメージのものであり、もっと言えば、藤村によるバイロンの「大洋の歌」の再度の変奏とも見なし得るものなのであった。このことは、藤村にとっての自我の生かし場所としての〈海〉が〈家〉から大自然の海それ自体に再び回帰したことを示唆するものである。即ち、藤村におけるバイロン熱の復活がここに表現されていると言うことができるのである。

以上のように見てくると、バイロンの「大洋の歌」は、藤村にとって、精神の危機に直面した時に記憶の奥底から陰々と響いてきて〈新生〉への意志を駆り立てる、象徴的な意味を持つ歌であったということがわかってく

る。⑲前節において論じたように、藤村は透谷死後の明治二十年代後半、透谷の死を、〈死に至る病〉としてのバイロン熱の帰結として捉えつつ、自身は〈死せる厭世家〉としての透谷とは違う道、即ち「活きたる厭世家」としての道を歩んでいこうとした。つまり藤村は、自身の自我の自由な発露を阻害する現世の社会的規範に死を賭してでも叛逆していこうとするバイロン流の「縄墨打破」の過激な心性を、現世を厭いながらも何とか現世と折り合いをつけながら生きていこうとする、やや微温的な、しかししぶとい心性に変容させつつ、〈死に至る病〉としてのバイロン熱を「『あゝ、自分のやうなものでも、どうかして生きたい。』」という生への意志に換骨奪胎しようとしたのであった。藤村は、現世の社会的規範に従いながら、その内実を内部から漸進的に改革し、現世の社会的規範の中で自身の自我がよりよく自由な空気を呼吸できるようにしていくことを、目指すべき新たな生の目標として掲げたのである。そしてその藤村流の漸進的改革の実践の場として選ばれたのが〈家〉なのであった。藤村は、親族の関係性の網目の中で営まれる封建的な「舊い家」を打破すべき「縄墨」と見なし、それを中から刷新して、自由な自我の共同体としての「新しい家」という理想を実現してゆこうとした。そのようにして、単純な「縄墨打破」のバイロニズムから脱し、それを生への意志にまで洗い上げていこうとしたわけである。そのような藤村の「新しい家」への意志、及びそこにおける新しい生への意志は、兄の溺死を乗り越えて「新潮」の流れに乗りつつ陸地に「活きて歸らん」とする弟の姿を歌い上げた長詩「新潮」や、兄貴分の青木の死を乗り越え、〈家〉の中の荒波に果敢に身を投じ、〈新生〉の道を模索していこうとする岸本捨吉の精神の軌跡を物語った小説『春』などにおいてイメージ化されることとなった。そしてその時、藤村のそのような〈転向〉のありようを示す記号としての機能を果たしていたのが、バイロンの「大洋の歌」なのであった。バイロンの「大洋の歌」それ自体は、現世の社会的規範から逸脱する自我が大自然の海の中に自らの生きる場所を求めようとする気分を歌い上げたものであったが、藤村は、それを、現世の社会的規範という〈海〉の中に自らの生きる場を見つけていこうとする自我の昂揚感を歌い上げたものへと変質させたわけである。大自然の海を、〈海〉というイメージのみを保存しつつ、〈家＝海〉なる、似ても似つかぬものに転換したというところに、バイロン熱を換骨奪胎することで〈死に至る病〉を生への意志に転換しようとした藤村の面目が躍如としていると言えるのである。

このように、明治二十年代後半当時の藤村における精神の危機は、〈死に至る病〉としてのバイロン熱、「縄墨打破」のバイロニズムからいかに距離を取るかという問題に起因するものであり、「新潮」や『春』における藤村の「大洋の歌」の受容は、「縄墨打破」のバイロニズムへの接近とそこからの離反を同時にせざるを得なかった当時の藤村の微妙な心理を示唆するものであった。藤村は「縄墨打破」的バイロニズムを別のものに変質させながら受容したが、彼の中で「縄墨打破」的バイロニズムは、隠微なかたちながらもその命脈を保っており、その残り火が「新生」事件をきっかけにして一気に燃え上がったのであった。この時藤村は、「新生」事件をめぐって意識化された、〈家〉という「縄墨」にまつわる様々な問題、即ち、姪のこま子（『新生』の作中では節子）との近親愛の問題、こま子が孕んだ子の処理の問題、こま子の両親である兄夫婦に対する面目の問題、諸々の事柄に対処するための金銭的な問題、近親相姦の醜聞が外部に漏れた際の社会的制裁の問題などの様々な問題に直面し、懊悩することとなった。これは、藤村にとって、〈家〉という「縄墨」が、生の倦怠と疲労といった心理上の問題に止まらず、彼を破滅に追いやる実体的な問題として眼前に立ち上がってきたということを意味するものでもあった。この時藤村の脳裡には、同じように〈家〉という実体的な「縄墨」にまつわる諸問題に懊悩した透谷のことが過ったであろう。[20] また、その透谷が模範とし且つまた自分自身も親炙していたことのあるバイロンのことも同時に想起されたに違いない。特に今回は、破婚にまつわる醜聞の中で、異母姉オーガスタとの近親相姦の疑惑をかけられ、結果祖国イギリスにいられなくなり、自己追放の旅に出ざるを得なかったバイロンのことが、藤村には極めて身近に感じられたはずである。そのような状況下において、「縄墨打破」のバイロニズムの象徴的表現である「大洋の歌」が藤村の内部で陰々と鳴り響いたということは、大いにあり得ることと思われる。恐らく藤村はそのような内なる「大洋の歌」の声調に促されるかたちでフランスへの海路の旅に出だしていったのではないか。そしてそのことを事後的に回想した作品が「海へ」だったのではないか――。と、このように推察されるわけである。

第八項 バイロニズムから父の発見、そして『夜明け前』へ

では、藤村は「新生」事件をきっかけとして、以降「縄墨打破」のバイロニズムの人として生き抜いたのであろうか――。答えを先に言ってしまえば否である。藤村はフランスに旅立つ時、帰ってくることを予期してはおらず、帰って来られることも期待してはいなかった。〈家〉という「縄墨」から、あるいは〈日本〉という「縄墨」から逃れて、フランスへの海路の旅に字義通り活路を見出し、自己追放の生を生きる壮年のバイロニズムの人として生きていこうとしていたのである。だが、フランスへの海路の旅の途上や、フランスの地で見聞したヨーロッパの時代状況は、藤村に新たな問題意識を芽生えさせていた。藤村は、旅の途上での西欧人との若干の対話や、第一次世界大戦下のフランスでの生活の中で、日本人として自我を自覚するようになる。そしてその自覚を通して、「亞細亞に於ける歐羅巴人の殖民と野心」（「海へ」）に対する批判的な問題意識を持つようになり、その延長で、「亞細亞に於ける歐羅巴人の殖民と野心」に何とか対抗し独立を守ろうと奮闘した前世紀の日本に対する問題意識を徐々に先鋭化させていったのだった。「縄墨打破」のバイロニズムの人として、〈日本〉という「縄墨」を捨てようとしていたはずの藤村は、皮肉にも再び〈日本〉への精神的な回帰をなしつつあったのである。

そしてその際、藤村が「縄墨打破」のバイロニズムから〈日本〉への精神的な回帰を成し遂げるに当たり、重

要な媒介項となったのが、父の存在であった。藤村の父、島崎正樹（一八三一―八六）は、中山道の馬籠で庄屋、旅宿を営みつつ、平田鉄胤（一七九九―一八八〇）に弟子入りするなど、平田派国学の在野の学者として、異国の文化に侵されていない純粋な〈日本〉の精神的源流を探ろうと試みていた人物である。藤村はこの父のバイロニズム的な面に特に注目することで父の人間像を発見しようとする。父のバイロニズム的な面とは、過剰な性欲を持て余して「なやましい」生涯を送ったという事実であり、この件については『家』や『新生』等の作品においても若干触れられている。藤村は、下女に手を出すのみならず異母妹との近親愛にまで及んだらしい父の中に自身の生の源流を見出した。そして、自身の生を今現在破滅の危機に晒している、近親愛の禁忌さえ破ってしまうほどの「縄墨打破」のバイロニズムに通じる心性が遺伝的、先天的なものであったと、納得と恐怖とが相半ばする心持ちで受け止めたのである。それだからこそ藤村は、自身の「なやましい」青少年時代を描き出した『櫻の實の熟する時』において、バイロンの「なやましい」性愛のありようを特に取り上げつつ、それに共感を逞しくする自身の心のありようを以下のようなかたちで物語ったのであった。第一章第一節においても引用した箇所だが改めて引用する。

> 姦淫する勿れ、處女を侵す勿れ、嫂を盗む勿れ、其他一切の不德はエホバの神の誡むるところである。バイロンの一生は到底神の嘉納《よみ》するものとは思はれない。英吉利の詩人が以太利《イタリー》へ遊んだ時、ヹニスの町で年頃な娘をもつた家の母親はあの美貌で放縱な人を見せまいとして窓を閉めたといふではないか。それにしても、萬物を悲觀するやうなバイロンの詩が奈何して斯う自分の心を魅するだらう。あの魅力は何だらう。假令《たとへ》彼の操行は牧師達の顔を澁《しか》めるほど汚れたものであるにもせよ、あの藝術が美しくないとは奈何して言へやう。

（第五巻、四八七頁）

ここには、表向きは、性愛の問題に関して「エホバの神の誡むるところ」を破ったような、「到底神の嘉納《よみ》するものとも思はれない」「バイロンの一生」に対する、青少年時代の藤村の共感の念が物語られている。だがこれが含意するところはそれだけではないであろう。『櫻の實の熟する時』とほぼ同時期に『海へ』や『新生』などの作品が書かれていた事実に鑑みた時、ここには、父親から先天的、遺伝的に受け継ぎ「新生」事件として結実することになる、自身の内なる「繩墨打破」的バイロニズムの問題を自己確認しようという意識も隠微なかたちで物語られていたと見ることができる。(21)

「繩墨打破」的バイロニズムの自覚から、〈家〉の中心的存在であり且つバイロニズムの人であった父の発見、そしてその父の探求しようとした純粋なる〈日本〉へ――。このような藤村のバイロン熱からの再度の覚醒の軌跡については、『海へ』の最後の歌うような絶唱がよく物語っている。藤村は、「繩墨打破」的バイロニズムの激情に駆られて〈海へ〉と乗り出して行った足掛け三年にわたる長旅から、「繩墨」としての〈日本〉に帰還した際の心境について次のように語り出している。

流れよ、流れよ、隅田川の水よ。少年の時分からのお前の舊馴染《むかしなじみ》が復たお前の懷裡《ふところ》へ歸つて來た。旅にある日、ソーン、ギエンヌ、ガロンヌなどの河畔に立つて私が思ひ出すのは何時でもお前のことだつた。巴里のオステルリッツの橋の畔《たもと》あたりからセエヌの水を眺めた時にも、私の遠く送る旅情はお前の方だつた。もう一度私はお前の岸に歸つて來てお前の水を見得ることを喜ぶ。

（第八巻、一八四頁）

藤村はここで、「流れよ、流れよ、隅田川の水よ」という、『春』において引用したバイロンの「大洋の歌」の一節の冒頭の「捲き返れ、深海《ふかうみ》の青海よ――いざや捲け」(「うねれ、汝、深く暗く蒼き大洋、うねるのだ！」)を再度反復したかのような、隅田川への呼びかけの言葉で歌うように語り出している。ここだけを読むと、旅の終局にあっても藤村はバイロン熱未だ冷めやならぬといった調子なのかと錯覚してしまうわけであるが、実はこの後は以下のように続く。

私が旅に出た時分から見るとお前は一層默つて了つたやうな氣もする。お前の聲は奈何《どう》したらう。何時迄お前は其様《そんな》に沈默を續けて居るのだらう。お前の河岸の變遷と工業化とに壓せられて、お前の白魚が死にお前の都鳥が飛去つたやうに、お前の聲も涸れ果てたのだらうか。遙に川上の方から渦巻き流れて來るお前の水が有るかぎり、お前の詩が涸れ果てようとは奈何しても思はれない。私はお前から溢れて來る詩を知りたい。お前の沈默を破つた聲を聞きたい。（第八巻、一八四頁）

藤村がここで対面している隅田川のイメージは、バイロンが「大洋の歌」において歌い上げたような、「縄墨打破」の自我の生かし場所としての大自然の海のロマン主義的イメージとは異質なものである。もっと言えばその反対のものである。藤村は、隅田川のイメージに、バイロン流の自我の昂揚感どころか、「沈默」という、自我＝「詩」＝「聲」の不在を見ているのである。

この後のくだりは以下の通りである。

随分お前も長い目で岸の變遷を眺めて來た。兩岸が武藏野であつた昔からのお前だ。そこに建てられた大きな都の發達を知悉《しりつく》して來たお前だ。舊兩國が一切の交通の中心で、用を達すにも物を運ぶにも舟の便利に據らなければ成らない時代からのお前だ。お前は驚くべき大改革を眼《ま》のあたりに見て來た。江戸の崩壞を。政事の改變を。憲法の制定を。廣く知識を世界に求めよう、世界のありとあらゆる處から採り得る限りのものを採らう。之がお前の見た維新當時に於ける熾盛《さかん》な精神ではなかつたか。新しいものが斯くしてお前の岸へ押寄せて來た。亞米利加からも。佛蘭西からも。英吉利からも。獨逸からも。そして改良に次ぐに改良、破壞に次ぐに破壞を以てした結果、それらの性質を異にしたものが各自思《めいめい》ひ〳〵の樣式と主張と確執とをもつて雜然紛然たること恰も殖民地の町を見るごとくにお前の兩岸に移植された。時代の象徴とも見るべき造形美術、殊に建築を見渡すと、お前の岸にあつたものが餘りも溫和《おとな》しく、餘りに弱々しく、餘りに纖細で、新しく西洋から入つて來た組織的なものの爲に何となく蹂躪されて了ふやうな氣がして、可傷《いたいた》しくて成らない。今になつて斯の不調和を嘆くは遲いかも知れない。しかし吾儕日本人が餘りにクラシックを捨て過ぎたと氣付くことは決して遲いとは言へない。吾儕は廣く知識を世界に求める程の鋭意と同情とに富んで居る。唯吾儕はそれを受納れるに當つて強い判斷力を缺いた。言葉を更《か》へて言へば歴史的の意志を缺いた。それが吾儕の缺點だ。吾儕は自己の支配者では無くなつて了つて居た。唯新しいものの入つて來るに任せて居た。

（第八巻、一八四―一八五頁）

ここで藤村は、隅田川そのものから隅田川の対岸に眼差しを転じ、その光景の歴史的な変遷を見据えている。藤村がそこに見出しているのは、前世紀の明治維新以来、自身の固有の文化を軽率に捨て去り、ただ闇雲に西洋化、近代化に邁進してきた〈日本〉の「歴史的の意志」の不在、即ち歴史的自我の不在であった。「吾儕は自己の支配者では無くなつて了つて居た」という藤村の慨嘆は、そのような〈日本〉という国家レヴェルの歴史的自我の不在を、一人の日本人である自身の自我の空虚感として受け止めている藤村の心境をよく物語っているものである。
試みにこれを、『春』において引用されたバイロンの「大洋の歌」の詩節の三節後、即ち『チャイルド・ハロルドの巡礼』第四歌第一八二節の詩節と対比してみよう。

The shores are empires, changed, in all save thee—
Assyria, Greece, Rome, Carthage, what are they?
Thy waters washed them power while they were free,
And many a tyrant since; their shores obey
The stranger, slave, or savage; their decay
Has dried up realms to deserts:—not so thou,
Unchangeable save to thy wild waves' play—
Time writes no wrinkle on thine azure brow—
Such as creation's dawn beheld, thou rollest now.

(*CPW*, vol.2, 185)

両岸には諸帝国、汝を除きそれらは全て移ろいゆく。
アッシリア、ギリシャ、ローマ、カルタゴ、これらが一体何だと言うのか。
諸帝国が自由である間は、汝の海路は諸帝国に支配権を、
そしてその後、多くの専制君主をもたらした。汝の両岸は
異人や奴隷、野蛮人に従う。彼らの腐敗堕落は

諸帝国を干上がらせて砂漠にしてしまった。だが汝は、
不変である、汝の荒々しい波浪の戯れを除いては。
時は汝の蒼き額には皺を刻むこともない。
天地創造の夜明けの眺めのままに、汝は今もうねっているのだ。

ここでバイロンは、藤村と同様、岸辺の光景の歴史的変遷に思いを馳せている。だが、その思いの馳せ方は藤村のそれとは全く対照的なものである。バイロンは岸辺の光景の歴史的変遷に思いを馳せつつ、自らの思いを、そのような歴史的変遷をもたらした大自然の海の強大さに対する賛嘆の思いにそのまま反響させている。バイロンは、戦争や交易や人の移動など、政治、経済、文化の人間的活動の場としてもある地中海こそがその対岸の歴史を動かす原動力であったのだ、というかたちで、言わば大自然の海の「歴史的の意志」の強大さに感じ入っている。そして恐らく、自らのそのような強大さに酔い痴れるかのように天地開闢以来変わらない姿のまま独りうねっている海のロマン主義的なイメージに、自らの自我を重ねているのである。これは、同じように、岸辺の光景に代表される人為の世界の可変性と、自然の世界の不変性とを対照させつつ自我の多層的なありようを歌い上げようとした藤村の『海へ』のフィナーレとは完全に逆の響きを持っている。バイロンは、岸辺の光景の可変的なイメージと自然の地中海の不変的なイメージの両方を統一的に眺めて自我の充実感を歌い上げていたわけであるが、一方の藤村は、岸辺の光景の可変的なイメージと自然の隅田川の不変的なイメージの間の「不思議な不統一」に失望しつつ、自我の空虚感を感じている。つまりバイロンの「大洋の歌」は、ここで再びそのロマン主義的な躍動するイメージを脱落させて静穏な調べの〈隅田川の歌〉に変質し、〈日本〉の現実の中に静かに帰還していこうとする藤村の自我のありようの極めて抒情的な表現になっているのである。(22)

藤村は帰朝後、こま子との関係が再燃し、このことを含む一連の「新生」事件の顚末を告白的に物語った自伝的小説『新生』を発表する。この小説は、暗鬱な閉塞的な〈家〉という場で起きてしまった近親相姦という事態を、様々な人間関係をめぐる「縄墨」を一気に打破することで、清らかな愛情関係にまで高めてゆこうとする主人公の岸本＝藤村の姿を描き出した作品である。この作品は、近親相姦という題材や内面の苦悩の告白的な語り、また世間の非難を恐れずに自身の愛を正当化していこうとする意志のありようなど、バイロンの作品で言えば『マンフレッド』と類縁を感じさせる作品だと一応言うことができるであろう。

だが、『新生』における「縄墨打破」的バイロニズムとの類縁も恐らくはここまでであった。『新生』の岸本は、マンフレッドの如く、自身の自我のありようを徹底的に分析し、罪悪感に苦悩しつつも罪深き恋愛の官能の記憶を最後まで保持し、一切の救済を拒否するという悪魔的な生を生き切るということはしない。彼は、節子の中に生じたキリスト教信仰に便乗しつつ、彼女との罪深き愛欲の恋愛関係を、肉体的な結びつきを超越した「愛と智慧とに滿ちたアッソシエ」なるプラトニックな関係に昇華することで、罪悪感から逃れ自己を安んずる道を選択する。[23]そして最後は、求道者の仮面を被ったまま、彼女を台湾の長兄夫婦の元に送ることに同意し、〈家〉という「縄墨」の網目の中に節子と自分自身の「縄墨打破」的バイロニズムを葬り去ってしまうのである。

亀井勝一郎の言を借りて言えば、「『新生』は日本文學上に稀な「惡魔」を登場させる可能性をもつた作品」であったが、「メフィストを伴はないファウスト」である藤村は「他ならぬ自己の裡なる「惡魔」の虚構を放棄した」ということになるのであろう。[24]この「他ならぬ自己の裡なる「惡魔」」の存在を強烈に意識し、そのために苦悩の生を生きるというのが、バイロンの詩にしばしば登場する悪魔的バイロニック・ヒーローの人物像の一つの型であったとすれば、確かに『新生』の岸本捨吉は、「通念としての宗教といふ「阿片」を一本節子の胸に注射して、臺灣まで追つ拂つたとでも云へるやうな「自己の裡なる「惡魔」性」[25]」、即ち自身の内なるバイロニズムを凝視する人物では決してなかった。[26]この意味では、『新生』という作品における「縄墨打破」的バイロニズムの影は、表面上の類似性の割には、さほど色濃いものではなかったと言えるのである。

だが、『新生』の作中人物ならぬ『新生』の作家のバイロニズムとの関係性は少々厄介である。平野謙（本名朗、一九〇七―七八）が論じるように、もし藤村が、「母ならびに人としての節子」の内面の純粋と自分自身の内面の不純に対する岸本の「鈍感性」、「李念仁性」を周到に用意しつつ、姪との関係及び次兄夫婦との関係という様々な「縄墨」を、自己の体験の作品化及びその公表という行為によって一気に清算、打破し、「(姪との性欲に基づく愛なき肉体関係に過ぎない）恋愛からの自由」と「(次兄夫婦に払わなければならない）金銭からの自由」の両方を獲得するという隠微な計画の下、『新生』の物語を確信犯的に書いていたのだとしたら、[27]作中人物の岸本ならぬ作家の藤村は、バイロン的なそれとはまた別種の、あるいはそれ以上の「「悪魔」性」を持った人物であったと言わねばならないであろう。バイロンの場合は、「自己の裡なる「悪魔」性」に対して明確な自意識を持つ、自己の似姿としての悪魔的バイロニック・ヒーローを造型することによって、作者自身が「自己の裡なる「悪魔」性」に対して明瞭に自覚しているということをそれとなく仄めかすというところがあった。作中人物も詩人自身も、「自己の裡なる「悪魔」性」を自覚し、そのような滅びを約束された生を生き切るだけの誠実さを持つ「悪魔」として、自己を描き出そうとしたのである。そこには、観客の眼を意識した偽悪的なポーズによる誠実な擬態とでも言うべき仕掛けが見られたわけであった。

だが、藤村は違う。藤村の方は、寧ろ「自己の裡なる「悪魔」性」に対して無自覚な、自己の似姿としての作中人物岸本捨吉を造型することで、恐らく「自己の裡なる「悪魔」性」の隠蔽を図り、狡猾に自分だけ「自由な世界」に生き残ろうとした。ここには、芥川龍之介（一八九二―一九二七）が精確に見抜いた如く、「老獪な偽善者」のポーズ、観客の眼を意識した偽善的なポーズによる狡猾で姑息な擬態を見て取ることができる。[28]藤村は、ロマン主義時代下のヨーロッパ、ロシア、アメリカにおいて一世を風靡した、暗い宿命的な生を英雄的に生き切るある種の爽快さを持った、バイロン流の陽性の「悪魔」ではなかった。言うなれば、生への本能的欲求に基づくあまりに独善的なエゴイズムによって、観客の側の同情や共感を拒絶する、非バイロン流の不気味な陰性の「悪魔」なのであった。そしてその陰性の「悪魔」の眼差しは、新たな創作の主題を求めて、「自己の裡なる「悪魔」性」を直視することを避けつつ、それをすり抜け、寧ろその外延に存在する自身の父という問題の方に、また父が生きた〈前世紀の日本〉という問題の方に注がれていったのである。

昭和三年、藤村は、父正樹に取材した歴史小説『夜明け前』（第一部は昭和七年、第二部は昭和一〇年）を発表し始める。この『夜明け前』には、例えば主人公青山半蔵の近親愛の問題などの「縄墨打破」的バイロニズムのイメージは、ほぼ全くと言っていい程表面に出てくることはなく、専ら、平田派国学の思想に基づく理想に燃えた主人公の眼に映る、前世紀の〈日本〉の現実の姿の方に描写の力点が置かれている。かつて藤村にとって象徴的な響きを持っていた、爽快なダイナミズムに富んだバイロンの「大洋の歌」のイメージは、『夜明け前』の主要な舞台である、木曾路の山の中の暗鬱でスタティックな〈山林の歌〉の中に完全に埋没してしまったかのようである。これは、明治のバイロン主義者とも言うべき透谷との付き合いが始まる明治二十年代中頃から『新生』発表時の大正半ばの頃まで、藤村の中で起伏はありつつも隠微なかたちで続いていたバイロン熱が、内なる「縄墨打破」のバイロニズムのもたらした「新生」事件の顚末を極点として、一気に終息に向かっていったことを示唆するものであった。ここにおいて藤村は漸く、完全にバイロン熱からの覚醒を果たすことになったのである。

註

(1)以下、藤村の文章の引用は、断りのない限り、『藤村全集』（筑摩書房、昭和四一―四六年）に拠り、本文中に巻号と頁番号を記す。なお、ルビ、圏点、傍点その他は、必要のない限り省略した。

(2)藤村は、明治三九年一一月二七日付神津猛宛書簡において、「小生も一昨日寫生の旅よりかへり申候。國府津の海岸は蜜柑畠の黄に熟する頃とて、甚だ詩趣多き旅行にて候ひし。これよりとりかゝるべきもの、準備にとて、國府津海岸及び海のスタディを試み申候。本年一ぱいはすべてこの準備に費すつもりに有之候」と書いている。『藤村全集』第一七巻、一二九頁。

(3)このバイロンの「大洋の歌」の翻訳については、古くは、大和田建樹（一八五七―一九一〇）が、明治一九年に出版した『書生唱歌』において、『チャイルド・ハロルドの巡礼』第四歌第一七九節を、「バイロン氏の大海原」と題して訳し、またその翌年出版した『新調唱歌　詩人の春』（文盛堂）においては、『チャイルド・ハロルドの巡礼』第四歌第一七八節から第一八四節までを、「大洋」と題して唱歌風に訳している。以下、「大洋の歌」を含む『チャイルド・ハロルドの巡礼』第四歌の翻訳史を述べると、大和田建樹（訳）「大海原」（『日本之少年』、明治二七年一月）、山縣五十雄（訳註）「大洋」［『英米詩歌集』（言文社、明治三五年）、無署名「チヤイルド、ハロールト漂流記」（『帝國文學』、明治三五年七月）、馬場孤蝶（訳）「海音潮聲」（『婦人界』、明治三五年七月）、衣が浦人「大洋」（『文庫』、明治三八年一二月）等がある。［「明治翻訳文学年表　バイロン編」［川戸道昭・榊原貴教（編）『イギリス詩集Ⅰ』〈明治翻訳文学全集《新聞雑誌篇》〉（大空社、平成一一年）、八（三七七）―一〇（三七五）頁］を参照した。なお、この「明治翻訳文学年表」の中で、『春』の第二八回の「湧き返れ」の訳を「島崎藤村訳」としているのは誤りで、正しくは「蒲原有明訳」である。）また、『春』の発表年と同じ年に刊行された、宮森麻太郎・小林安太郎（訳注）『英米百家詩選』（三省堂、明治四一年）においても、同歌第一七九節から第一八四節までの訳と注釈が収められている。佐渡谷「ジョージ・G・バイロンと明治期の翻訳」、二二一―二三頁、五八頁参照。

(4)ここで藤村が引用している『チャイルド・ハロルドの巡礼』第四歌第一七九節の一つ前の詩節の詩句、**'I love not man the less, but nature more.'** に関して、益田道三は、この詩句が徳冨蘇峰の『天然と人』（明治二七年）や蘆花の『思出の記』（明治三四年）などにおいて言及されている事実を指摘しながら、「これは当時余程愛好された詩句であったと見え」ると述べている。益田前掲書、一四一―一四二頁参照。

(5)W・H・オーデンは、バイロンの「大洋の歌」の一節（『チャイルド・ハロルドの巡礼』第四歌第一七九節の詩句、及び第一八二節全部）を引用しつつ、そこに歌われた海のイメージを、ロマン主義的な海のイメージの二大特徴（「絶えることのない動き・あらしの波の激しさ」と「海のなかにひそんでいる、溢れんばかりの生命」）を兼ね備えた、ロマン主義的な海の典型例として挙げている。オーデン（沢崎順之助（訳）『怒れる海―ロマン主義の海のイメージ』（南雲堂、昭和三七年）、三四―四四頁参照。なお、オーデンは、人間社会から自由で、歴史的変化がなく、個人を社会生活の害毒や責任から解放させてくれる、限界のない「存在の「アルファ」であり、潜在力の象徴」である海のイメージを、「ロマン主義の海」と定義しており、本論文における「ロマン主義の海」あるいは「海のロマン主義的なイメージ」という語は、このオーデンの用法に倣う。

(6)北村透谷未亡人談「国府津時代と公園生活」[日本文学研究資料刊行会（編）『北村透谷』〈日本文学研究資料叢書〉（有精堂、昭和四七年）、二八一頁]。

(7)藤村は、明治三九年八月一五日付神津猛宛書簡において、「小生も今は新しい仕事（菊池註、『春』執筆のこと）の準備を主にして、傍ら西歐諸家の作品を研究したり（この夏はダヌンチオ、メレヂコウスキイ、ツルゲネエフなぞのものを讀みました。）「緑葉集」の校正をしたり（中略）」と書いている。『藤村全集』第一七巻、一二一頁。ここで、藤村による「スタデイ」の対象となった「西歐諸家」の中に、バイロンの名は挙げられていないが、透谷の「スタデイ」のために、藤村が透谷の愛読したバイロンを「スタデイ」し、その過程でバイロンの「大洋の歌」が取り上げられた可能性は、大いにあると言えよう。

(8)この「大濤《だいたう》怒り、激浪躍るにあらずや。人間何ぞ獨り静なるを得む」という青木の言葉は、平田禿木の「亡友を弔ふ」（「『透谷全集』序跋文」[『透谷全集』（文武堂、明治三五年）]の中の、「一日透谷橋畔の家に君を見る。君曰く、大濤怒り激浪躍るにあらずや。人間何ぞ獨り静なるを得むと、また語をつぎて、誰か我が一生の悲しき事を傳ふるものぞといふ」（『北村透谷集』、三二六頁）という文章が示す通り、透谷自身の言葉である。藤村は、この禿木の文章から引用を行なったのであろうと推測される。

(9)三好行雄は、『春』が（作品世界内の時間である）明治二十年代と（作品世界外の時間である）明治四十年代の二重の視点を内在して形象化されている事実を改めて指摘し、作品世界内に作品世界外に存在する作者の批評意識が流れ込んで、そのことが『春』のイメージに奥行きを与えている、と論じている。三好「複眼について――『春』のための補遺」〔『島崎藤村論』（筑摩書房、昭和五九年）、二七三―二七八頁参照〕。この場面において、海のイメージが（バイロンの「大洋の歌」と結びついた）ロマン主義的イメージから自然主義的イメージに変化しているのも、自然主義文藝思潮が流行していた明治四十年代当時の作家藤村の文学的な問題意識が作品世界内に介入しているためだ、と見ることもできよう。

(10)梅瀬良平は、国府津海岸での岸本の自殺未遂の場面に注目しつつ、ニーチェ受容という観点から、『春』全篇のモティーフを「「先導者」透谷における矛盾・分裂の相に注目して青木像を形像《ママ》し、「遅れてきた青年」岸本像にそのまゝ投影しつゝ、その反語的止揚をはかるという点」にあった、としている。梅瀬「『春』形成考――透谷から藤村へ・ニイチェを媒介として」〔『島崎藤村研究』（みちのく書房、平成八年）、三〇一―三二一頁参照〕。筆者も、『春』におけるバイロンの「大洋の歌」の〈変奏〉に、梅瀬の所謂「反語的止揚」と同種の営為を見るものである。

(11)笹渕友一も、「藤村がバイロンから受けたものはバイロンの人間性を解放しようとする浪漫的情熱であ」り、「藤村がバイロンから学んだものはこの徹底的な肯定的精神であつた」と論じ、藤村にとってのバイロンが、苦悩と絶望の厭世詩人と言うより、何より「生の充実或いは充実への欲求」を歌い上げたロマン主義詩人であった、と述べている。笹渕『「文學界」とその時代』下巻（明治書院、昭和三六年）、七五一―七五二頁参照。筆者の見解も、笹渕のこの見解に近い。

(12)オーデンは、「ロマン主義の海のヒーロー」における「ロマン主義的態度」の特徴を、次のように整理している。「(1)陸地と都市をはなれることが、感受性の強い、名誉あるあらゆる人間の願望である。／(2)海は、人間の正しい状況であり、航海は、人間の真の条件である。／(3)海は、決定的な事件、たとえば、永遠にわたる選択、そして誘惑、堕落、救済などの危機的な瞬間のおこる場所である。陸の生活は、つねに取るに足らない。／(4)不変の目的地は、たとえあるにせよ、不明である。恒常的な関係は、不可能だし、また望ましいものでもない」。オーデン前掲書、三〇―三二頁参照。『春』において、妥協と欺瞞に満ちた人間社会の生活を厭い、自己救済の已むに已まれぬ衝動に駆られて、早朝の海に飛び出していった青木は、オーデンが定めた「ロマン主義の海のヒーロー」

の諸特徴を、全て備えていたと言える。逆に言えば、海による自己救済に失敗し、人間社会の陸地に引き戻された青木は、やはり、「ロマン主義の海のヒーロー」になり損ねた、ロマン主義の失敗者、敗北者として造型されているということになるのである。

(13)三好行雄は、藤村自身が『春』の執筆計画について語った「『春』執筆中の談話」(『新思潮』、明治四〇年九月)の文章の内容と、実際の『春』の作品世界との乖離を問題視しつつ、藤村が『春』を書く過程で、青春の崩壊に立ち合い、自身の青春の暗部の根源である〈家〉を発見したのだ、と論じている。三好「人生の春」[三好前掲書、一六二―一九四頁参照]。ここで三好が、岸本が〈家＝海〉の中に飛び込んでゆく第九七章の場面を、〈家〉の発見という主題が顕在化し始める場面として位置づけていることが注目される。三好は、「青木と岸本をふたつの焦点とする楕円形の球体」として『春』の作品世界を捉えているわけだが、筆者は三好の見解に賛同しつつ、ロマン主義的な海に飛び込んでゆく青木の姿を描いた場面と、非ロマン主義的な〈家＝海〉に飛び込んでゆく岸本の姿を描いた場面を、『春』を読み解く「ふたつの焦点」と見ているわけである。

なお、友重幸四郎は、三好の『春』論に論及しつつ、「三好氏がいうように自己への求心力によって「家」のテーマを発見したのではなく、青木から作者への授受として、《戦ふ》べき対象としての〈家〉の因習及び艱難、そしてその他の家にまつわる諸問題を確認したのである」と論じているが(友重「透谷から藤村へ」[『言語文化』第二号、平成一六年一二月、一二一―一二二頁])、三好の見解と友重のそれは、必ずしも対立しないように思われる。藤村＝岸本は、自己の青春のありようを求心的に掘り下げてゆく中で、ロマン主義的バイロン熱に侵された透谷＝青木の死の問題に突き当たり、透谷＝青木の《戦ひ》を継承しながらも、その《戦ひ》の場を透谷＝青木の嫌忌した〈家〉に求めていったのであった。そしてその透谷＝青木から藤村＝岸本への批判的継承のありようを端的に示すのが、自然の海ならぬ、〈家＝海〉の荒波の中に飛び込んでゆく藤村＝岸本の姿であったわけである。

(14)笹渕友一も、「新潮」とバイロンの「大洋の歌」の一節(即ち『チャイルド・ハロルドの巡礼』第四歌第一七九節)とのイメージの類似を指摘している。笹渕前掲書(下)、一一一五―一一二〇頁参照。ただし、バイロンの「大洋の歌」が単に難破船を主題にしていると断じて、藤村の「新潮」にはある「運命への勝利といふ主題」がないとしている点については、肯ずることができない。何故なら、高波に身の危険も顧みず雄々しく“Roll on, thou deep and dark blue Ocean—roll!" と呼びかけているのは、自身の自我を大自然と一体化させつつ、さらにそれを凌駕していこうという、自己超克への強烈な詩人の意志の表現と見ることができるからである。藤村は、「大洋の歌」にそれを見て、「新潮」における「運命への勝利といふ主題」を表現するヒントを得たのだと思われる。

(15)この点に関して、片山晴夫は、「新潮」の兄の死に、『春』の青木のモデルとなった透谷の死の「反映」を見ながら、彼らを死に追いやった海の嵐のイメージに、維新直前の日本に襲ってきた「Western Impact」の暗喩を見て取っている。この見解は、後に論じる、〈(「兄」の死を描いた)「新潮」↓(「青木」=透谷の死を描いた)『春』↓(「Western Impact」によって狂死した父島崎正樹を回想した)『海へ』〉という系譜をつなぐ、ロマン主義的な海のイメージの意味を考える上でも、示唆に富む見解である。片山「島崎藤村「鷲の歌」考」(『語学文学』第三四号、平成八年三月)、三〇頁参照。

(16)笹渕前掲書(下)、七六四頁参照。関良一=剣持武彦も、同様の見解を示している。「補注三〇」[関良一・剣持武彦(註釈)『藤村詩集』〈日本近代文学大系一五〉(角川書店、昭和四六年)、五七八頁]。

(17)小林明子は、「柳橋スケツチ」における〈川〉と〈海〉のイメージに注目しつつ、前者を、実生活における生の停滞〈死〉を象徴するもの、後者を、生の停滞に新たな活力を与え再生を促すものと分析している。小林の言う、大自然の生命力によって個人の生を浄化し、再生するものとしての〈海〉のイメージは、オーデンの「ロマン主義の海」のイメージに通じ合うところがあり、故に小林の考える「柳橋スケツチ」における〈海〉のイメージと、オーデン=筆者の考えるそれとは同じである。小林「島崎藤村「柳橋スケッチ」における〈海〉の意味」(『白百合女子大學研究紀要』第四三号、平成一九年一二月)参照。

(18)亀井(勝)前掲書、一四五—一五二頁参照。

(19)竹下直子は、フランス渡航時の藤村にとっての〈海〉の意味について論じる中で、「藤村における〈海〉が、単に藤村のロマンティシズムに裏づけられているというだけでなく、むしろ、藤村内部のロマンティシズムが、その文学において発露される時、〈海〉は重要な表現具象として切り離すことのできない存在であった」と結論づけている。竹下「島崎藤村論——フランス渡航における〈海〉の位置をめぐって」(『香椎潟』第二五号、昭和五四年一一月)、六七頁参照。筆者は、竹下のこの見解に賛同しつつ、藤村において、「藤村内部のロマンティシズム」の文学的表現と〈海〉のイメージとが不可分の関係になった根源には、若き日の藤村が愛唱したバイロンの「大洋の歌」の印象があったのではないか、と考えている。

(20)このことは、〈家〉における倦怠から「新生」事件に至る経緯を描いた『新生』において透谷の影が色濃く落ちているという事実がよく物語っている。『新生』における透谷の問題については、永渕朋枝「『新生』の内なる透谷」[『北村透谷――「文学」・恋愛・キリスト教』(和泉書院、平成一四年)、八八―一一八頁参照]。

(21)佐渡谷重信も、『櫻の實の熟する時』において、バイロンをめぐる思い出を回想しているくだりがあることに論及しつつ、「妻冬子の死(明治43年)の悲嘆に堪えながら、四人の幼子とやもめ暮しをしていた藤村が大正2年、姪こま子との危険な恋愛感情にのめり込んでフランスに逃避する時、その心はバイロンの真諦にふれる想いだったろう。それはまたマンフレッドの心境であったのかもしれない」と、「新生」事件を契機として呼び覚まされた藤村のバイロンへの共感の可能性を指摘している。佐渡谷「ジョージ・G・バイロンと明治期の翻訳」、二八頁。

(22)亀井勝一郎は、この『海へ』の最後を飾る隅田川への呼びかけの一節を引きながら、『海へ』を、「青年藤村のロマンチシズムと、「生」そのまゝにものの精髄を見ようという壮年藤村の冷徹な眼と、異國への旅で覺醒した文明批評能力と、この三者の合體の上に技巧の粋をつくした」「藤村文學の中でも最も氣品高く、彼の傑作といふべき」作品として絶賛しつつ、そこに「波うつやうに昂揚した一節と深く沈靜した一節を交互に置いて、全體としてのバランスをとつてゐる」構成上の妙を見て取っている。亀井(勝)前掲書、一五九―一六〇頁。前半のバイロンばりの〈アラビア海の歌〉の「波うつやうに昂揚した一節」が、最後の〈隅田川の歌〉の「深く沈靜した一節」に収束していると考える筆者も、亀井のこの見解に賛同するものである。

(23)澁川驍も、近親相姦の不倫の恋を扱った作品として、藤村の『新生』とバイロンの『マンフレッド』との類縁性を指摘しながら、両作品の相違点として、バイロンの『マンフレッド』の主人公であるマンフレッドが神をも畏れぬ傲岸で強烈な自我意識を持っていたのに対し、藤村の『新生』の主人公の岸本が節子に愛による宗教的な生活を勧めていることを挙げている。澁川『島崎藤村』(筑摩書房、昭和三九年)、一八八―一八九頁参照。

(24)亀井(勝)前掲書、一六九―一七八頁参照。

(25)同書、一七七頁。

(26) ただし、亀井は『櫻の實の熟する時』においてバイロンに言及したくだり、即ち、キリスト教の教えに反するようなバイロンの背徳的な藝術に引きつけられてゆく少年時の岸本の内面について語ったくだりを引用しつつ、このくだりと『新生』の主題との親近性を確認しながら、『新生』第二部においては「かすかながら罪の悦びがそれを肯定しようとする一方向を示してゐる」と論じている。同書、一七二―一七三頁参照。『新生』の中にも、いくらかはバイロン的な「惡魔」の造型はなされているのである。また、飯島武久も、『櫻の實の熟する時』のバイロン論及の中に、不倫の愛と不倫故に倍加する愛の悦びという矛盾するテーマに対する藤村の強い関心を見て取り、『櫻の實の熟する時』と『新生』の執筆時期が近いことに注意を喚起している。飯島「『桜の実の熟する時』における「西洋」――特にバイロンと関連して」、四五―五〇頁参照。

(27) 平野謙「新生論」(『島崎藤村　戦後文芸評論』〈冨山房百科文庫27〉、冨山房、昭和五四年)、五三―一四一頁。

(28) 周知のように、芥川龍之介は「或阿呆の一生」(『改造』、昭和二年一〇月) の「四十六　譃」の中で、「しかしルツソオの懺悔録さへ英雄的な譃に充ち滿ちてゐた。殊に「新生」に至つては、――彼は「新生」の主人公ほど老獪な偽善者に出会つたことはなかつた」と書いている。『芥川龍之介全集』第一六巻 (岩波書店、平成九年)、六三頁。

第四章　バイロン熱の退潮と再度の高潮

――明治中期から昭和期まで

第一節　日清戦争期から日露戦争期にかけてのバイロン熱

第一項　『文學界』以後のバイロン熱

前章では、明治二七年五月の北村透谷の自殺を契機とした、『文學界』同人のバイロン熱をめぐる葛藤の問題について論じたが、彼らが自身の内面の危機を見つめつつバイロニズムの総括を行なおうとしていたまさにその時期、日本国全体も、国際関係の緊張の中で重大な局面を迎えていた。

明治二七年八月、朝鮮半島で起こった東学党の乱（甲午農民戦争）の鎮圧のため半島に出兵した日本と清は本格的に戦闘を開始、そして翌年四月の下関条約の締結までの期間、日本は明治維新以降、初めての大規模な国家間の戦争を経験する。この戦争自体は日本の勝利で終結したが、事はそれで終わらなかった。戦争に勝利した日本は朝鮮半島から清の勢力を駆逐して朝鮮の独立を確認するとともに、清に賠償金として軍費二億テールの支払、さらに台湾、遼東半島の割譲、重慶や杭州における自由交易の権利を認めさせたのであったが、アジアにおける日本の権益の拡大を恐れたロシア、フランス、ドイツの三国が日本に対し圧力をかけ、結果、日本は遼東半島の還付を余儀なくされることとなったのであった。

この露仏独による三国干渉は、日清戦争開始時から高まり戦争の勝利によってさらなる高まりを見せていたナショナリズムの気運を、西洋列強の帝国主義に対する反発というかたちで、対内的なものから対外的なものへと変質させる役割を果たすこととなった。そしてそのような動きの中で、西洋の帝国主義に対抗するためには日本も帝国主義化せねばならぬ、という帝国的ナショナリズムの気運が高まってゆく。時代精神のこのような緊張は、南下政策を取りつつ朝鮮半島を勢力下に収めようとし、日本の主権をも脅かす存在になりつつあったロシアとの決戦の時まで持続してゆくことになるのである。

このような一連の時代精神の動きを象徴する代表的な言論人の一人として挙げられるのが、前章で扱った『文學界』同人たちと一面思想的に鋭く対立していた徳富蘇峰であった。蘇峰は、日清戦争開始の年の明治二七年に『大日本膨張論』という著作を物し、それまでの平民主義、自由主義の立場から、ナショナリズムの気運に乗じて、帝国主義、膨張主義の立場へと主張の軸足を移してゆく。そして帝国的ナショナリズムの代表的な論客として論陣を張ることになるのである。

第一章第二節でも触れた通り、蘇峰は、人生相渉論争の折、『文學界』同人における現実軽視の超俗的な「縄墨打破」の精神を「高踏的」と評して批判していた人物である。その際、蘇峰は、平民（＝国民）の生活感覚を「縄墨」としつつ、そちらに与するかたちで、『文學界』同人の「縄墨打破」的バイロン熱を批判するということをしていたわけであった。このように「縄墨」、即ち社会規範を重んじる蘇峰の立場それ自体は、実は日清戦争の前後においても変化していない。一般に、日清戦争を境に平民主義者から帝国主義者に変節したとされる蘇峰であるが、彼は、「縄墨」を国民に求める立場から国家に求める立場に移行しただけで、社会規範としての〈国〉を第一義の「縄墨」としている点では一貫していたと言える。時代精神が対内的なナショナリズムから対外的なそれへと旋回してゆく中で、蘇峰は自らの「縄墨」を基礎づけるものを、平民という対内的な概念から帝国という対外的な概念へと移行させたにすぎず、依然、〈縄墨護持〉の思想家としての体面を保ちながら活発な言論活動を行なったのである。

では、この時期、一方の『文學界』同人たちの言論活動はどのようなものであったのだろうか。彼らは「繩墨」と対峙する個人的自我の緊張、内面の自由を旗印に、バイロンの「繩墨打破」の身振りに思い入れを逞しくするということをしていたわけであったが、この時期、日清戦争を契機として本格的に姿を現しつつあった帝国(=国家)という「繩墨」に対し、彼らはどのように立ち向かうことができたのであろうか。

この問題について考える上で示唆的なのが、戸川秋骨が『文學界』の最終号に寄せた「塵窓餘談」(『文學界』第五八号、明治三一年一月)という評論である。秋骨はこの中で「今日わが國に改革し破壊すべき程の價あるもの果して固立せるか」と、打破すべき「繩墨」の不在を主張しつつ、「むしろ其の主唱者自から改め破るを良しとせずや」と、真に打破すべきは「繩墨」としての社会規範ではなく自分自身である、という主張を展開している。そして論全体を次のような文章で締め括っている。

吾が國の現在に主義なく、思想の破るべきなし。強いて求むれば一つあり。わが國躰なり。上下幾千年わが民心を繫ぎ、わが國權を維持せしものは、國躰崇拜の觀念なり。これを倒さんはやがて、日本國を倒さん事となるべし。左れどこの觀念の時々濫用されて、發達進歩の妨をなしゝ事少なからず。其の業の正非は暫く說かず、其の想の可否も言はず。試みに問ふ。いで此の國躰崇拜の觀念を破らんと欲するものあるか。先づこれを理に求め、情に訴へて且つ意を以てこれを遂げんとするものは、盛なるかな。よし敵と雖も其の勇と氣と信とに對しては感ずべし。賣國奴の名さへ甘んじて受けん人、或は試むるを得んか。左れどこは假定なり空想なり。今はさすがに破壊すべきものなし。時運は夫れ程に低落せり。吾れ人また何をか力むべき、やむなくば理想の世界に遊び、はた力行の世界に歸らんかな。

(二九九頁)

ここで秋骨は、打破すべき「繩墨」なし、と言いながら、ふと思い出したように、一つ例外として「國躰」あるいは「國躰崇拝の觀念」を打破すべき「繩墨」として挙げるということをしている。前章において見てきたように、秋骨は「繩墨打破」の精神をバイロンあるいはバイロニズムから摂取していたわけであったが、ここで、日清戦争以降、時代精神の前面に迫り出してきた「國躰」（＝国家）に対し、これこそ未だ倒されざる唯一の「繩墨」であるから「繩墨打破」の精神をもってこれを打倒すべし、と説くのであった。だが、秋骨は、こう主張した直後、やや慌てたように「其の業の正非は暫らく説かず、其の想の可否も言はず。試みに問ふ」と留保をつけ、「左れどこは假定なり空想なり」と述べて、前言を撤回するような素振りを見せる。秋骨は、「國躰」に対して「賣國奴」の汚名を着ることとさえ厭わずに「繩墨打破」の精神で戦いを挑む人の「勇と氣と信」を称揚しながらも、自分が当事者としてそれをする気などはなく、「やむなくば理想の世界に遊び、はた力行の世界に歸らんかな」などと嘯いて逃げを打つのであった。恐らく秋骨が打破すべき「繩墨」として「國躰」に論及した時、彼の中で「繩墨打破」的バイロン熱の燃え滓が時代精神との摩擦によって一瞬燃え上がろうとしたのであろうが、すぐその火は秋骨自身の手で掻き消されてしまったのであった。

奇しくもこの評論は『文學界』の最終号に掲載されたものであったわけだが、『文學界』における「繩墨打破」的バイロン熱が日清戦争期の時勢に対して全く無力であったことを如実に示すものであった。この評論は『文學界』の終刊とともに、『文學界』同人の「繩墨打破」的バイロン熱が完全に昔日になったことを象徴的に物語るものであったのである。

では、帝国的ナショナリズムが勃興しつつあったこの時期、バイロン熱は時勢との接点を持ち得ず、ただ埋没していっただけなのであろうか。確かにここまで論じてきた通り、透谷の死以降、バイロン熱は、ウェルテル熱、カーライル熱と併せて治癒すべき「青年壮士の熱病」（「三熱病」、『太陽』第四巻第三号、明治三一年二月）の一つにすぎず、最早事々しく論じる対象ではない、と片づけられる傾向が強かった。だが、そのようにバイロン熱が旧時代の意匠として歴史の片隅に追いやられようとしている中で、日清戦争期に時代精神の前面に迫り出してきたナショナリズムとバイロニズムとの間に生起する問題を直視しつつ自身の思想を展開しようとした言論人が全くいなかったというわけではなかった。

本節では、そのようなナショナリズムとバイロニズムとの間でバイロン言説を展開した木村鷹太郎（一八七〇―一九三一）と高山樗牛（本名林次郎、一八七一―一九〇二）の二人の言論人を取り上げる。彼らは、徳冨蘇峰のようにナショナリズムの立場からバイロニズムに対して黙殺無視を決め込むということもせず、また『文學界』同人たちのようにナショナリズムに対し背を向けつつバイロニズムからも距離を取るということもしなかった。彼らは日清戦争期から日露戦争期にかけての時代状況、時代精神との関わりの中で積極的にバイロン評価及びバイロニズム評価を行なおうとした言論人なのであった。

これから論じてゆくように、彼らのバイロン言説は、バイロニズムとナショナリズムの接続可能性（あるいは不可能性）という問題をめぐって展開されており、そのことが彼らのバイロン言説の主要な特徴となっている。彼らが時代状況、時代精神との関わりを意識しつつバイロン言説を展開した日清戦争期から日露戦争期にかけての時期というのは、『文學界』同人のたちの言論活動の時期と一部重なりつつ、『文學界』の終刊（明治三一年一月）の時期と、前章第二節で取り上げた〈『文學界』小説〉とも言うべき藤村の『春』（明治四一年）の発表時期との間の期間に当たる。前章第一節で論じた通り、『文學界』同人の中でただ一人藤村のみが、透谷の思想的な戦いを継承せんと意気込みつつ、バイロニズムと「日本想」との接続の可能性を探ることでバイロン熱の延命を図ろうとしていたわけであったが、それとほぼ時を同じくして、バイロニズムとナショナリズムと間の接続可能性（あるいは接続不可能性）の問題を見据えていたのが、この時期の木村と樗牛のバイロン言説であった。日清戦争期から日露戦争期にかけての彼らのバイロン言説を検討することは、『文學界』同人のバイロン熱においては見落とされていたバイロニズムの持つ問題性を浮き彫りにするであろう。

それでは以下に、木村鷹太郎、高山樗牛の二者の主だったバイロン言説を取り上げ、その意味するところを考察してみたい。

第二項　木村鷹太郎の〈日本主義化するバイロニズム〉

日本におけるバイロン紹介史について考える際、外すことができない名前の一つが木村鷹太郎の名前である。鳴潮木村鷹太郎、彼こそ、明治三十年代を中心にバイロンの詩作品の翻訳やバイロンに関する評論を盛んに発表した、明治期全体を代表するバイロン紹介者である。

まず翻訳の仕事から述べる。木村の手になるバイロンの詩作品の訳書としては、『艶美の悲劇詩　パリシナ』（明治三六年）、『海賊』（明治三八年）、『宇宙人生の神秘劇　天魔の怨』（『カイン』の翻訳、明治四〇年）、『汗血千里　マゼッパ』（明治四〇年）、そしてこれら諸作品の訳に『マンフレッド』の新訳を併せた『バイロン傑作集』（大正七年）、『バイロン　評傳及詩集』（大正一三年）等がある。木村によるバイロンの詩作品の翻訳は、それまで抄訳で断片的に読まれてきた観のあるバイロンの詩作品の翻訳史において、一つの作品を完訳し、その作品世界の全体像を一般に知らしめるという画期的なものであった。

だが、バイロンに関する木村の代表的著作と言えば、やはり『バイロン　文界之大魔王』（明治三五年、以下『文界之大魔王』と略記）を挙げるべきであろう。(1) この書は、トマス・ムーアのバイロン評伝『バイロン卿の生活、書簡、及び日記』に拠りつつ、既発表論文を基に、バイロンの人物、作品、思想について幅広く論じた四百頁弱の大著である。木村は、バイロンの詩作品を徹底的に読み込み、また様々なバイロン論やバイロン伝を渉猟した上でこの大著を物しており、この書は質及び量の点で従来のバイロン論を圧倒的に凌ぐものであった。「木村氏はバイロンの一手専賣で、バイロンと云へば木村、木村と云へばバイロンを連想し喚起した程、さやうに氏とバイロンとは密接の關係があつた」(2)という同時代人の証言があるが、この書で木村は、名実ともに明治期におけるバイロンの権威として認識されるようになったのである。

また木村は、バイロンの権威としての顔の他に思想家及び歴史家の顔を持ってもいた。中城恵子の整理するところによれば、木村の仕事は、日本主義思想の唱道者としての仕事（明治二十年代後半～明治三十年代中頃）、バイロン及びプラトンの翻訳者としての仕事（明治三十年代中頃～明治四十年代初頭）、そして日本民族の始原に関する一風変わった歴史家としての仕事（明治四十年代～大正期）の三期に分類される。(3)

だが、木村のバイロンに関する仕事は、右の整理にあるように、確かに明治三十年代中頃から明治四十年代初頭に集中していたとはいえ、この時期のみに限定されていたわけではなかった。木村はその前後の時期も含めて、つまり彼の言論活動のほぼ全時期において、バイロンに関する仕事を間歇的にではあるが継続して行なっていたのであった。

以上のことを踏まえた上で、以下にバイロンに対する彼の問題意識の内実を具体的に追ってゆくことにする。木村が一貫して持っていたバイロンに対する強い関心のありよう、即ちバイロン熱のありようを、各時期の時代状況、時代精神、及び各時期の木村個人の問題意識と関連づけつつ跡づけてみたい。

（一）叛逆的強者主義としての「悪魔派」的バイロニズム

木村の最初期のバイロン論としてまず注目すべきは、明治二八年九月及び一〇月の『太陽』第一巻第九、一〇号に発表された「詩人バイロンの海賊、及び「サタン」主義」（後に『文界之大魔王』に第三編第一四章として収録、以下「海賊及び『サタン』主義」と略記）である。

木村はこの評論でおおよそ次のような論旨の議論を展開している。バイロンの「海賊主義」及び「サタン主義」とは「權力世界の眞相を啓示し道徳の實性を明かにせんとするバイロンの哲學思想」の謂いである。具体的に説明すれば、自由、権利、義務、道徳などが実体あるものとなるのは個人間や国家間における力関係においてであり、それ故我々は自己の自由や権利を最大限に行使するため強者たらねばならないとする、言わば絶対的な強者主義の謂いである。このような思想的立場からバイロンは、弱者の自由や権利を抑圧する専制的強者としての暴君を許容し、また同時に、強者たるべく暴君に果敢に叛逆する弱者にも肯定的な眼差しを向ける。何故なら弱者の強者への叛逆は、現時点で強者の立場にある者よりもより強くあろうとする強者への意志、権力意志の表出であり、強者主義の一つのかたちに数えることができるからである。バイロンがオーストリア帝国の軛から脱しようというイタリアの独立運動を援助したり、オスマン帝国の支配から脱しようというギリシャの独立戦争に馳せ参じたり、あるいは、アメリカ独立戦争の英雄ワシントンに対して親近の念を表明したりしているのも、このようなバイロンの叛逆的強者主義の論理に因るものであった。このような叛逆的強者主義としてのバイロニズムは、海上に版図を拡げて強敵に立ち向う海賊コンラッドの雄姿を描いた『海賊』や、創造主エホバに叛逆する悪魔ルシファーが登場する『カイン』の中に特に表現されており、「海賊主義」、「サタン主義」という名称はここに由来する。世界は優勝劣敗の論理が支配する弱肉強食の戦場であり、そのような世界において生き残ってゆくための精神的な構えを説いたものこそ、バイロンのこの「海賊主義」及び「サタン主義」なのである――。以上が「海賊及び『サタン』主義」の論旨である。

この評論の意義は、まず何より、従来あまり踏み込んで論及されることのなかった『海賊』と『カイン』という二作品に特に焦点を当て、バイロンの精神の核にある叛逆的強者主義なるものを炙り出したという点にあるだろう。「いねよかし」、「マンフレツト一節」、「曼弗列度一節」の三篇の訳詩を収めた『於母影』の影響のせいか、当時の論者の口の端に上るバイロンの詩作品と言えば、『マンフレッド』と『チャイルド・ハロルドの巡礼』であることが多かったが、木村のこの評論は、『海賊』や『カイン』の詩句をふんだんに引用し、また上記二作品以外の作品世界にも触れつつ、そこに横溢するバイロンの「海賊主義」及び「サタン主義」を広く世に知らしめるのに貢献したのであった。明治前期最大のバイロン熱罹患者、北村透谷が明治二七年五月に自殺して以降、『文學界』同人を中心にバイロン熱からの覚醒という現象が起きつつある中で、このように具体的な詩句の解釈からバイロン及びその作品世界の内奥に迫らんとする木村のバイロン論は、客観的研究の視点を保持しつつ論者独自の主観的なバイロン熱を表明したものとして史的意義のあるものであった。(4) また、この論はバイロンにおける叛逆的強者主義に注目することで、『文學界』同人たちが思い描いていたバイロン像と同質の、反社会的にして反道徳的な詩人としての「縄墨打破」的バイロン像と、透谷を除く『文學界』同人においてやや希薄だった、政治的自由主義の戦闘的実践者としてのバイロン像とをうまく接合させている。この点もこの論の優れた点であると言うことができる。

ただ、この評論で木村が提示している、バイロンの中に「海賊」や「サタン」の影を見るという見方それ自体は、木村の独創というわけではなく、バイロンの同時代人には少なからず共有されていたものであった。木村もその点については明瞭に自覚しており、その証拠に「或時バイロンの友人、バイロンを評して海賊的なりと云ふ」(二八五頁)という文や「而て當時の人々バイロンを目するに惡魔を以てせり」(二九一頁)という文をこの評論の中で書き記している。

ところで、バイロンを「サタン」や「惡魔」と形容するバイロン観を文学史の中で定着させたものは、湖畔派詩人のサウジー(Robert Southey, 1774-1843)であった。サウジーはバイロンとの数度の応酬の後、(5) 彼の『審判の幻影』*A Vision of Judgment*（一八二一年）の序文の中でバイロンに「悪魔派」というレッテルを貼り付けるに至る。以下そのくだりを引用する。

Men of diseased hearts and depraved imaginations, who, forming a system of opinions to suit their own unhappy course of conduct, have rebelled against the holiest ordinances of human society, and hating that revealed religion which, with all their efforts and bravadoes, they are unable entirely to disbelieve, labour to make others as miserable as themselves, by infecting them with a moral virus that eats into the soul! The school which they have set up may properly be called the Satanic school; for though their productions breathe the spirit of Belial in their lascivious parts, and the spirit of Moloch in those loathsome images of atrocities and horrors which they delight to represent, they are more especially characterized by a Satanic spirit of pride and audacious impiety, which still betrays the wretched feeling of hopelessness wherewith it is allied.(6)

病んだ心と邪悪な想像力の持ち主は、彼ら独特の不幸な振る舞いに適合するような考え方の体系を作り上げることで、人間社会の最も神聖な決まり事に叛逆している。そして、彼らがいかに力を尽くし虚勢を張っても完全に信じないということはできないでいるかの啓示宗教を嫌悪しながら、魂を蝕む道徳的な害毒に感染させることによって、他の人々を自分と同じ惨めな存在にしようと努めているのである！　彼らが立ち上げた流派は、悪魔派と呼ぶのが妥当であろう。というのも、彼らの作品は、その淫らな部分においてはベリアルの精神が息づき、また、彼らが好んで描く残虐と恐怖の忌まわしいイメージにはモレクの精神が息づいているものの、彼らの性格を特によく捉えているのは、傲岸不遜で傍若無人な不信心のサタンの精神であるからである。そのサタンの精神は、さらにそれと結びついている哀れむべき絶望の感情を示しているのである。

ここでサウジーが「悪魔派」の開祖として念頭に置いているのは、名指しこそしてはいないがバイロンとシェリーのことである。サウジーは価値規範としてのキリスト教の教えに抵触するような不埒な詩を書く彼らロマン派第二世代の社会に対する悪影響を激しく論難し、ミルトンのサタンに強く影響された彼らをサタンそのものに連なるものとして全否定するということをしている。このように反社会的、反道徳的、反キリスト教的であることをはっきりと示唆する「悪魔派」という呼称をバイロンに冠し、「悪魔派」詩人としてのバイロン像を決定的なものにした文章として永く記憶されているのがこのサウジーの文章というわけである。

実は、サウジーのこの文章と木村の『文界之大魔王』の文章とを対照させてみると興味深い事実が浮かび上がってくる。サウジーはまず、バイロン一派が人々に影響力を行使し、人々の思考を自分好みのものに変えてしまうということに彼らの悪徳の表れを見出している。だが一方、木村は「苟も我大權力を有すとせんか、我欲望は善たるなり、我意志は他に向て法律たるなり」（二八六―二八七頁）と述べ、バイロンが人々に対して大きな影響力を揮うのはバイロン自身の力が強大でその欲望が善であるからであり、寧ろそれはバイロンの善徳を示したものであるという、サウジーとは正反対の見解を表明している。またサウジーは、バイロン一派の悪徳に対立する価値規範としてキリスト教の神聖とそれに基づく社会道徳とを無条件に肯定するということをしているが、一方の木村は、「實に歐米基督敎國の人民は文明なりと誇れりと雖、其内部は破裂せん計りの欲望に充てるなり」（二八六頁）と、悪徳は逆に「歐米基督敎國の人民」の文明社会の方にあり、善徳はそれに叛逆するバイロンの方にこそあるのだという、これまたサウジーとは逆の主張を展開している。さらにサウジーが、傲岸不遜なサタンの精神は敗北を約束されたものでありいずれ惨めな絶望に転落する、と断言する一方で、木村は、サウジーによって神聖とされたキリスト教について「其利己心の大なるや、他の苦痛に同情少く、自己の利欲性に気付くことなく、劍光をも神の光と説かんとす、彼等の正義は我欲のみ。彼等の道理は權力のみ」（同上）と述べ、傍若無人で傲岸不遜なのは寧ろキリスト教徒であるとの批判を展開している。そしてさらに「故に若し彼等の傲慢を怒らば、我實力を養成して之を懲らすにあり、然らずんば默するあるのみ」（同上）と続け、バイロンの叛逆的強者主義の中に、敗北主義の絶望どころか、戦いの果てに勝利を求める強い意志を見出している。要するに木村が展開している論理はサウジーのそれを完全に転倒させたものものとしてあるわけである。

「海賊及び『サタン』主義」の初出時、木村がこのサウジーの「悪魔派」批判、バイロン批判の文章を知っていたかどうかは定かではない。だが、『文界之大魔王』の中には「一千八百二十一年、サウゼー『審判の幻像』を出版し、緒言中にバイロンの『ドン・フアン』を攻撃して、最も恐るべきの嘲弄と猥褻なる事との結合なりとし、バイロンを以て「サタン派」の頭領なりと呼べり」（一〇三頁）という記述があり、『文界之大魔王』執筆時にはサウジーの当該の文章を木村が知っていたことは確かである。先述したように、「海賊及び『サタン』主義」は、木村のバイロンに対する主観的な心酔と客観的な研究姿勢とに裏打ちされたバイロン論であったわけだが、そのことを考慮しても、「海賊及び『サタン』主義」の執筆時にすでに木村がサウジーのこの文章を知っていた可能性は高いと言える。のみならず木村の論理とサウジーの論理との間の際立った対照は、木村がサウジーの提示した「悪魔派」というバイロン評を踏襲しつつ、だが意識的にその価値評価を転倒させていたということを示唆しているようでもある。「悪魔派」だからこそよいのだ、と、サウジーのバイロン否定をいっそ嬉々として受け止めた木村の表情がそこに透けて見えるように感じられるわけである。

既成の社会道徳やキリスト教精神に叛逆する「悪魔派」的バイロニズムを臆面もなく肯定する、このような木村のバイロン論は、従来のバイロン論と比べ、その肯定の強さ、烈しさの点で明らかに特異なものであった。

「悪魔派」的バイロニズムの問題にいくらか論及している主だったバイロン論を検証してみても、例えば第一章第一節で論及した植村正久の「厭世の詩人ロード・バイロン」は、社会に背を向けたバイロンの厭世感情については一定の理解と同情を示しつつも、その反キリスト教的な面については否定の言葉で語っていた。また北村透谷の「厭世詩家と女性」も、理想世界から現実世界に転落した、言わば堕天使としてのバイロン像を想定しながら、既成社会の道徳や義務などの「縄墨」に絡め取られてゆく厭世詩人の悲哀の方に叙述の力点を置き、「縄墨」に対して悪魔的な叛逆を貫徹し得ないバイロン像を描いていた。さらに、前章第一節において取り上げた『文學界』同人のバイロン論も、「縄墨打破」の詩人、反社会的な詩人としてのバイロンを描き出しながら、やはりその「縄墨」を打破する悪魔的な強さの方よりは、「縄墨」との葛藤の中で蓄積される煩悶や厭世感情の方に注目したものが多かった。つまり彼らは、社会道徳あるいはキリスト教と「悪魔派」的バイロニズムとの間の亀裂の問題に論の焦点を合わせつつ、彼ら自身、その二つの間で揺れながらバイロンに対する評価を行なうということをしていたわけであった。

だが、木村は違う。全ては優勝劣敗の力関係において決定されるという、ある種単純な社会進化論的世界観を抱いていた木村にとって、既成の社会道徳あるいはキリスト教と「悪魔派」的バイロニズムとの対立などというスタティックな図式は始めから問題にならなかった。何ものにも不断に叛逆し勝利せんとするダイナミックなバイロニズムそれ自体が、木村にとって第一義の問題であったのである。木村にとって、既成の社会道徳にしてもキリスト教にしても、物事の力関係の中で相対的に価値が決定される第二義のものにすぎなかった。それ故木村は、植村、透谷、『文學界』同人らとは違い、何らの躊躇を覚えることなく「悪魔派」的バイロニズムに酔することができたのである。

木村の「海賊及び『サタン』主義」は、日本のバイロン紹介史において論者の社会進化論に基づく抽象的世界観とバイロンその人及び作品世界に対する思い入れとが葛藤なく結合することのできた、稀有なバイロン論であったわけである。

（二）バイロニズムと日本主義の結合

「海賊及び『サタン』主義」執筆の時点においては、木村は自身の世界観を表現するのにバイロン及びバイロンの詩作品という具体に仮託するということをしていたわけであったが、その約一年半後、井上哲次郎（一八五五―一九四四）、高山樗牛、竹内楠三、湯本武比古（一八五七―一九二五）らと大日本協会を設立、同年五月より機関誌『日本主義』を刊行するに及び、彼は自身の世界観をそれ自体として直截表現してゆくようになる。具体的に言えば彼は、抽象的で主体意識の曖昧な社会進化論的世界観に「日本」という強烈な主体意識を付加することで、自身の世界観をナショナリズムというかたちで表現してゆくことになるのである。そしてその木村的ナショナリズムの内実は、排外主義的に日本固有の精神性を追求してゆく国粋主義の論理と、膨張主義的に日本の覇権を拡大してゆく帝国主義の論理とによって綾なされたものであった。

明治二十年代の三宅雪嶺（一八六〇―一九四五）、志賀重昂（一八六三―一九二七）らによって先導された国粋主義運動は、明治政府の欧化主義的な文明開化政策を批判し伝統美の保存の意義を説くことを主眼としたものであったが、木村も参加した明治三十年代の日本主義運動は、明治政府が策定した帝国憲法や教育勅語を精神的基盤としたもので、より国家主義的な色彩の強いものであった。これには時代的な背景がある。本節冒頭で述べたように、明治二七年からその翌年にかけて行なわれた日清戦争は国民に国家意識を強く自覚させる契機となり、また戦後直ぐのロシア、フランス、ドイツによる三国干渉は戦争中から自覚化されてきた日本国民の国家意識を先鋭化させたわけであった。日清戦争以降、日本人は西欧列強の帝国主義に対抗する自衛路線と、大陸に権益を獲得していこうとする拡張路線とが交差した地点に、自立国家としての日本の未来を思い描いてゆくようになったのであり、排外主義の経と膨張主義の緯によって織られていた明治三十年代の日本主義はそのような時代精神の最も直截的な発露なのであった。

木村の「海賊及び『サタン』主義」が発表された明治二八年秋という時期は日清戦争の終結から数ヶ月しか経っていない時期であり、そのような時代的背景を考慮してこの評論を読むと、その当時の時代的文脈を感じさせる記述をいくつか見つけることができる。例えば「世界の海面、今や海賊と云ふ海賊はあらずと雖、却りて怒るべき猛烈なる海賊の横行せるは忘る可からざるなり。かの堅牢壮大なる軍艦を有し、大量なる噸数を有する海軍國、これ一種の海賊に非ざるか」（二八六頁）といった記述などは、当時の日本が西洋の「海軍國」に主権を脅かされつつあったことへの危機意識を表現したものと言えるだろう。また以下の記述なども時代性を感じさせる記述である。

暴君たれ、逆人たれ海賊たれ又大望の女子たれ、皆此哲理を奉ぜるものなり。ナポレオンの如きは隠然此哲理を胸中に形成し、以て自己の意志を行ふ。其目的に向ては萬物を犠牲に供して悔ゆるなく、無数の蒼生を自己の欲望の足臺となして憚るなく、以て歐洲の天地を蹂躙す、其意志決行の勇壮なる、又其榮古の速かなる、實にこれバイロンの崇拜したる所にして、バイロンの神たりしなり。我國秀吉の如きも亦此くの如き人なり。其明國を征服せんとして其道を朝鮮に借らんとする時、朝鮮王に與ふる書に曰く『それ人の世に居るや。古より百歳に滿たず、安んぞ能く鬱々として久く此にあらんや。吾道を貴國に假り。山海を超越し、直に明に入り、四百餘州をして盡く我俗に化せしめ、以て王政を億萬期年に施こさん』と。壯快なるかな。

（二七六頁）

この引用箇所は、ナポレオンの覇権的な権力意志に対してバイロンがいたく共感しているという事実にバイロン自身の強者主義の表れを木村が読み取っている箇所である。この引用の後半部において、唐突に「我國秀吉」のことが論及されていることが注意されよう。ここで木村は、一六世紀末に朝鮮半島に出征し李氏朝鮮及び明と戦をした豊臣秀吉（一五三六―九八）に思いを馳せつつ、ナポレオンの覇権的意志と秀吉のそれとを等価なものとして評価するということをしている。このくだりは、木村がバイロンのナポレオン崇拝について語りながら、木村自身の秀吉崇拝の感情を語った文章であると解釈できるわけだが、木村がここでバイロンとは何の関係もない秀吉に突如触れているのは、日清戦争直後に膨張した戦勝気分と、三国干渉をめぐる「臥薪嘗胆」の苦い思いとがない交ぜになって噴出したことに因ると思われる。木村は恐らく、秀吉の文禄・慶長の役と明治日本の日清戦争とを重ね合わせつつ、優勝劣敗、弱肉強食の国際環境の中でわが国も国力を増強させ西欧列強に遅れを取ることなく海外に進出すべし、という考えを秀吉崇拝の言葉に仮託して表現しようとしていた。このようにして見てみると、「海賊及び『サタン』主義」執筆の時点ですでに、約一年半後から本格化する木村の日本主義思想の片鱗が現れてきていることが窺い知られるのである。

この後木村は、機関誌『日本主義』の創刊を契機に、自身の日本主義論を精力的に発表し、明治三一年には既発表の論文をまとめた『日本主義國教論』を刊行する。この書は題名にある通り、日本主義それ自体を日本の国教とする必要を説いたもので、雑駁に言ってしまえば、日本建国に与った神道の神とその子孫である天皇を国体の中心に据えた上で日本民族固有の精神に思いを馳せることの重要性を論じた日本至上主義の宣言書であった。

実はこの書の中に、「海賊及び『サタン』主義」の論理とほぼ同一の論理の文章を見つけることができる。それは第一五章の「日本民族の優勝性及び尚武性」と題する文章である。この文章の中で木村は、「生物學の原理は吾人に教ふるに適種生存優勝劣敗の法則を以てし、又一切の事物は戰爭的なるを以てす」(7)と書き、その上で次のように述べている。

世は權力の競爭なり、是非眞僞も亦強弱に由りて定まる。此くの如き世界に國を立て、以て其國威を輝やかし、我理想とせる善美を維持光施せんと欲せば、吾人は非常なる尚武心を喚起し、堅固強大なる軍備を修め、愛國至誠の熱情を養はざる可からず、而して其執るべきの教理は能く之れを爲す所のもの即ち尚武的のものたらざる可からざるなり。(8)

ここでまず木村は、「海賊及び『サタン』主義」においてと同様、社会進化論的世界観に則りつつ、国際社会が「適種生存優勝劣敗の法則」に支配された世界であることを説いている。そしてそういった国際社会の環境においては強国が全ての価値を決定する権限を有しており、そのような世界でわが国が今後生き抜いてゆくためにはわが国も強国たるべく「尚武心を喚起」せねばならない、と語っている。この強国主義の論理はまさに、社会進化論的世界観に基づいてバイロンの叛逆的強者主義を称揚した「海賊及び『サタン』主義」の論理の日本主義版とでも言うべきものである。バイロンの叛逆精神を日本の「尚武心」に置き換え、バイロンを主語とするバイロニズムを日本を主語とする日本主義に焼き直した上で、日本における「尚武心」の伝統に日本固有の精神的な核を求めたもの、それがこの「日本民族の優勝性及び尚武性」という文章であったと言うことができる。

この文章が示唆していること、それは、木村の日本主義論の論理構造の中にかつて自身が発表したバイロン論の論理がしっかりと組み込まれているという事実である。このことは逆に言えば、木村がバイロン論を発表した約一年後、それを原型とする日本主義論を雑誌に発表し、それを一部に含む自身の日本主義国教論を体系化していったと考えられるということである。もしそうだとすれば、木村が日本固有の精神と位置づけた「尚武心」なるものも、バイロンの叛逆的強者主義の精神との類縁性において意図的に〈発見〉された概念であるということになるであろう。勿論、木村がバイロン論を執筆する前から日本古来の精神としての「尚武心」に非常な関心を持っており、その関心から「尚武心」と類似するバイロンの叛逆的強者主義を〈発見〉していったという逆の方向性も考えられる。だが少なくとも、木村の著作年表を見る限り、木村の日本主義論は、『日本主義』が刊行されて以降に集中しており、それ以前から日本の伝統的精神としての「尚武心」に殊更関心を寄せていた形跡は窺われない。[9]従って、明治学院中退後、帝国大学哲学科選科において西洋哲学を学ぶ過程でスペンサー流の社会進化論を消化したらしい木村が、それに適合する精神性をバイロンの中に見出し、さらに日本主義を提唱するに及んで、その精神性に類似するものとして日本の「尚武心」を想起した、と推測するのがより自然であろうと思われる。

木村におけるこのようなバイロン論と日本主義論との間の不可分なまでに強い癒着は、日本主義論の排外主義的側面を強調した日本主義論第二作『耶蘇教公認可否論』（明治三二年）においても見て取ることができる。この書は、日本の国体にそぐわないキリスト教を非公認にすべし、と主張したもので、その議論の基本線は明治二四年の内村鑑三（一八六一―一九三〇）の不敬事件、明治二六年の所謂「教育と宗教の衝突」論争以来の論題をそのまま引き継いだようなものであって、特に目新しいものではない。ただ、その巻末の附録に「詩人バイロンの耶蘇教攻撃」（後に『文界之大魔王』に第三編第一〇章「人道と耶蘇教との衝突」として収録）という、バイロンについて論じた文章があることが注意を引く。

「悪魔は眞理を語る Satan speaks Truth.」という題詞を掲げたこの評論は次のように書き出されている。

善を好むは大に善しと雖も、悪を悪みて悪人の不幸に陥るを見て之を喜ぶは人情に非ざるなり。人情は道徳界に於ては正義よりも高尚なる權威を有す、故に正義を完ふするも人情を破りたる者は決して道徳界の人に非ざるなり。宗教家が宗教に熱心なるは可なりと雖も、單に自家の信ぜる誤謬の信仰を以て、道徳唯一の標準となし、狭隘にも他を以て外道となし悪人となし、以て其信ずる所の神罰を受くるを見てこれを喜ぶは、これ全く吾人の道徳とせざる所にして、吾人の攻撃せざる能はざる所なり。詩人バイロンの耶蘇教及び耶蘇教徒を攻撃するや、先づ其神學の淺薄なるを笑ふに初まり、而て該教徒の不人情を鳴らすものなり。

（一六一頁）

ここで木村は、他者の道徳に対して不寛容の姿勢をとるキリスト教の「不人情」を攻撃した詩人バイロンの側に寄り添いつつキリスト教を弾劾するという論法を採っている。この評論において木村は、「海賊及び『サタン』主義」においてと同様、創世記のカインとアベルの兄弟殺しの話に取材した『カイン』を再び取り上げ、作中の悪魔ルシファーとカインとが展開するキリスト教の神への叛逆の論理を「人情」、「人道」の側に与するものとして全面的に肯定するということをしている。冒頭の題詞が物語るように、ルシファーやその影響下にあるカインの言の中に木村は「眞理」を読み取っている。そしてそれらを「眞理」と認証するものは木村のキリスト教を排外する日本主義の論理なのであった。木村は、ルシファー及びカインの叛逆的な言を、自身の排外的日本主義の精神を直截的に表現したものとして捉えることで完全に自家薬籠中のものにしてしまっている。そして自論の中に彼らの言を引用しつつ、日本主義思想の言わば宣伝としてそれらを利用するということをしているのである。

この「詩人バイロンの耶蘇教攻撃」というバイロン論は、『カイン』の詩句を多数引用し、同じく創世記に取材した『天と地』にも論及するなど、「海賊及び『サタン』主義」同様、バイロンのあまり知られていなかった作品世界を一般に知らしめたという意義を持つものである。このこと自体は公平に認められるべきであろう。だが、『耶蘇教公認可否論』という、特定のイデオロギーの宣伝書という趣の濃厚な書物の中に収められた時点で、このバイロン論は最早バイロンの全体像の公平な紹介ではあり得なくなってしまっている。書物全体を覆う濃厚なイデオロギーの影は、この評論の読者に対し、バイロンの人間像を単なる反キリスト教詩人に平板化し、その詩句を単なる反キリスト教の思想表現に還元することを強いるものである。ここには、「海賊及び『サタン』主義」では未だ保持されていた、バイロンの精神の核に肉薄せんとする姿勢はあまり感じられない。代わりに日本主義者としての木村の雄々しくも単調な肉声が聞こえてくるような代物になっているのである。日本主義化したバイロニズム、木村がここで公衆の面前に提示したのはそれであった。

(三)〈日本主義化したバイロニズム〉の行方

以上、木村のバイロン観の特徴が、叛逆的強者主義としての「悪魔派」的バイロニズムをバイロンの中に肯定的に見出した点にあること、またそのように木村流に抽出されたバイロニズムが彼の日本主義論に接続されてゆく過程で急速に日本主義化していったことについて明らかにしてきた。日本主義化したバイロニズムとは、即ち木村の日本主義に適合する面のみ誇張され、逆にそれに適合しない面は捨象されたバイロニズムの謂いであり、バイロンにおける反キリスト教的立場の強調などは前者の誇張の顕著な一例であった。逆に後者の捨象の例としては、「バイロンの不平及び厭世」(『文藝界』、明治三五年五月、後に『文界之大魔王』に第三編第九章「不平及び厭世」として収録)における、厭世的にして内向的なバイロニズムに対する木村の否定的見解を挙げることができるであろう。ここで木村は、マンフレッドを「厭世の極死を希望し」た人物と捉えた上で「マンフレッドの如き心中の苦痛はバイロン素より經驗せし所なりと雖、マンフレッドの如く厭世し、絶望し、死を希ふが如き無氣力なる厭世に陥りしことあらざりしなり」(一六〇頁)と、バイロンにおける厭世的側面を切り捨てるということをしている。叛逆的強者主義にバイロンの本質を見る木村にとって、マンフレッドの「死を希ふが如き無氣力なる厭世」などは到底許容できるものではなかった。木村はこの評論の結論として、バイロンの「不平及び厭世」

は彼自身をして外向的かつ行動的にするという一面も持つものであった、という趣旨のことを性急に述べつつ、「バイロンの不平哲學の結論は、グレシア獨立戰爭に於て、彼の光榮ある死たりしなり」と、やや慌てたようにバイロンの「不平及び厭世」を叛逆的強者主義の論理の中に回収して自らの主張の一貫性を保とうと努めている。

すでに述べたように、明治三五年、木村は自身のバイロン論の集大成として『文界之大魔王』を上梓する。この時点での木村のバイロン観を端的に語っている末尾の叙述であろう。木村はこの書の最後で日本の文学者の軟弱ぶりを弾劾しつつ、その対比でバイロンの叛逆的強者主義の意義を熱く語りながら次のようにまとめている。

實にバイロンの精神は活動せり。又た決して壓伏すべからざるなり。バイロンは斃れては起き、起きては斃れ、斃ると雖自己の精神を救ひ、滿足を得ると能はざる以上は其戰爭を斷念せざるなり。實に彼は戰爭精靈の化身なり、彼の言語は挑戰の喇叭なり、進軍吶喊の響なり。其詩文は正規なる嵌工に非ずと雖、言々語々生氣を呼吸して、一箇消すべからざる所の『バイロン』と云へる印象を有す。彼れ實に人物なり。確固不抜の人格を有す。彼の爲に自然萬有は起立して、世界に向て證言して曰はん『此れこそは「男子」なり』と。

（三六四—三六五頁）

ここで木村がバイロンのことを「實に彼は戰爭精靈の化身なり、彼の言語は挑戰の喇叭なり、進軍吶喊の響なり」と語っているのが特に興味を引く。木村がこういった言葉の裏で、三国干渉以降徐々に緊張の度合いを高めてきたロシアとの来るべき戦争の可能性に意識を向けていたことは恐らく間違いないことである。つまりここでも木村は、バイロンについて語りながら木村流の日本主義の大音声を例によって響かせていると考えられるわけである。

だが、ここで木村が描き出しているバイロン像の立体感のなさには少々驚かされるものがある。そこには、バイロンの個性が全て削げ落ちて、骨と皮ばかりに痩せた「戰爭精靈の化身」が立っている。木村自身、「其詩文は（中略）一箇消すべからざる所の『バイロン』と云へる印象を有す。彼れ實に人物なり」などという空言を吐き、自身のバイロン像がおよそ内容空疎ものであることを自白してしまっている。確かにバイロンの具体的な個性については本論の中に書かれてあるが、結論において改めて自身のバイロン像を提示するのであれば、長らく自身が拘泥してきたバイロンなる人物の魅力を深く抉り出そうと試みるのが自然であろう。が、彼はそうしなかった。大著『文界之大魔王』の最後で露呈された木村的バイロン像の不自然なまでの浅薄さは、厭世的内向性という〈弱さ〉と政治的外向性という〈強さ〉とが錯綜し葛藤する一人の人間としてのバイロンの豊かな内面を、日本主義なるイデオロギーが散々に食い荒らしてしまった結果であったように思われる。

木村は『文界之大魔王』という労作を完成させた後、バイロンの詩作品の翻訳に勤しみ精力的に訳書を刊行する。木村訳は精確を期した優れた訳であり、彼は、徒な主観の表出を可能な限り抑えることが要求される翻訳という営みにおいて、その確かな英語力を武器にバイロンの内面世界の輪郭を丁寧になぞることに成功している。[10]が、一度彼の主観がバイロン及びバイロンの詩作品を眺める眼差しに混入してしまうと、事態は一気に内容空疎な浅薄なものになる。

大正七年、木村は『バイロン傑作集』を刊行するが、ここに収録された各詩作品の冒頭に掲げられた改定序文はいずれも浅薄を通り越して珍妙でさえある。木村によれば、「バイロンの海賊は日本の有名なる海賊藤原純友、毛剃九右衛門及び毛利元就傳及びその他を組み合はせて、其れを骨子と爲せしもの」[11]ということになる。あるいは『パリシナ』*Parisina*（一八一六年）の作中人物の悲恋は「如何にするとも日本の源氏物語、或は田舎源氏の藤壺の更衣或は藤の方と、光る源氏との關係に外なら」[12]ないとされる。また、マンフレッドは源為朝（一一三九―一七〇）であり天稚彦である[13]――。

これらは最早、一定の論理に基づく日本主義化ですらない。バイロニック・ヒーローの極めて滑稽で粗雑な日本化である。先述した通り大正期は木村の歴史家としての「新研究」の時代であり、この時期彼は独自の語源研究に基づく神話研究及び歴史研究を展開し、古代日本と古代ギリシャ、ローマ、エジプトを同一視するといった珍説を開陳していた。(14) これが日本主義の延長であったのか、世界主義への転向であったのかは詳らかにしないが、いずれにしても現実感の伴わない夢想的な学説であったことは間違いがない。

木村の日本主義化されたバイロン論は、日清日露両戦争期という不安な時代状況の中で、表面的には膨張しながらも内実としては弛緩するという運命を辿った。そして比較的安定していた大正期に至り、時代状況との明確な接点を持ち得ないまま音もなく弾け、霧散してしまったのであった。木村鷹太郎のバイロン熱は、言うなればバイロンへの偏愛と日本への偏愛という自我の股裂き状態の中で演ぜられた悲喜劇であったと言うことができる。

第三項　高山樗牛の〈日本主義化せざるバイロニズム〉

ここまで、木村鷹太郎によるバイロニズムの日本主義化とでも言うべきバイロン言説について検証し、バイロン的自我主義としてのバイロニズムが国家的自我主義としてのナショナリズムに弛緩しつつ膨張してゆく論理について明らかにしてきた。本項においては、その木村のバイロン言説とはある意味で対照的とも言える高山樗牛のバイロン言説について検討してゆく。

周知の通り、樗牛高山林次郎は、明治中期を代表する評論家であるわけだが、前項でも若干触れた通り、彼は明治三〇年、木村と同様に大日本協会に参加、日本主義を積極的に唱道した言論人の一人であった。だが樗牛のバイロン言説を追ってみると、そのバイロン観及びバイロニズム評価は、木村と同じ日本主義の唱道者でありながら木村のそれとは一線を画していることがわかる。つまり、木村のバイロン観及びバイロニズム評価の仕方が、バイロニズムからナショナリズムに一直線に直結してゆく、バイロニズムの日本主義化の追求の道であったとすれば、樗牛のそれは寧ろその逆で、バイロニズムとナショナリズムの間の断層を見据えた、バイロニズムの日本主義化の拒絶の道と言えるようなものであったのである。

樗牛のバイロン言説の軌跡についてはこれまで正面から論じられたことがなく、管見では太田三郎が若干論及している程度である。(15)しかもその太田にしても、樗牛が言論活動の全時期を通じて頻繁にバイロンに論及している事実、そしてそのバイロン評価が前後で変転している事実を指摘するにとどまっている。(16)樗牛のバイロン評価の変転の論理やその意味については十分な考察がなされていないのである。

そこで本項では、樗牛のバイロン言説の軌跡の意味するものについて、その時どきの樗牛の言論活動との関わりも勘案しつつ考察を加えていくことにする。

（一）二高時代の樗牛のバイロン肯定

樗牛がバイロンに親しんだのは比較的早く、仙台の第二高等中学校の在学中の頃であった。後年、二高の後輩である土井晩翠（本名林吉、一八七一―一九五二）は同校で秀才の誉れ高かった往時の樗牛のことを回想し、樗牛について「バイロンの『チャイルド・ハロウドの巡礼』第四巻の終にある『大洋』の歌『波捲け深き濃藍のおほ海、なんぢ波を捲け、万艘ならぶ水軍もなんぢの上に痕とめず……』云々を英語会で朗誦した彼である」(17)と述べている（「学生時代の高山樗牛」［『雨の降る日は天気が悪い』（大雄閣、昭和九年）所収］）。ここで樗牛が朗誦していたという『チャイルド・ハロルドの巡礼』第四歌の中の「『大洋』の歌」とは、前章第二節においても論じた通り、力強い海のイメージを高らかに歌い上げた、バイロンの詩の中でも有名なものであるわけだが、樗牛は恐らく、仙台の地で太平洋の荒波を眺めながら、このバイロンの『大洋』の歌」に、青春期にある自身の荒ぶる内面を仮託していたのだと思われる。樗牛の若々しいバイロン熱のありようが伝わってくる晩翠の回想の文である。
また、これは太田三郎も論及していることであるが、樗牛の実弟の斎藤野の人（本名信策、一八七八―一九〇九）も「亡兄高山樗牛」（『中央公論』、明治四〇年六月）において、近親者の立場から当時の樗牛について次のように語っている。

樗牛は萬人の見るが如く、明かに詩人肌で情感の人である。高等中學時代にはコレリッジ、ウォーヅオース、シェレー、バイロン、キーツ、テニゾン、ブラウニング等悉く讀破した様であつたが後年にはこれ等の詩集をバイロンの外は見棄てたのであつた。但し大學に來てから以來は獨りハイネを殊に讀んだ様である。(18)

野の人によれば、樗牛は二高時代、イギリスのロマン派詩人やヴィクトリア朝期の詩人に親しみ、その中でもバイロンを特に好んでいたらしい。帝国大学に入ってからの樗牛はバイロンからハイネへと関心を移していったようであるが、少なくとも二高時代は弟の目に明らかなくらいにバイロン熱に浮かされていたことがこの文章から窺える。
では当時、若年の樗牛はバイロンをどのような詩人と見立て、バイロンの何に親しみを感じていたのであろうか。『大洋』の歌」を朗誦していたという晩翠の証言からは、樗牛がバイロンを大自然の生命力溢れるイメージに敏感に反応する青春の詩人として見なし、その健やかで爽快なイメージに共感の念を寄せていたらしいことが窺い知られる。だが、二高時代に樗牛が書いた評論「厭世論」（『文學会雑誌』、明治二五年一二月）等を読んでみるとどうもそうとばかりは言えないということがわかってくる。この「厭世論」という評論は、人は何故厭世主義に魅せられるのか、と問うところから論を始め、ショーペンハウアーやハルトマンなどの厭世思想に論及しながら、厭世主義は本来有害で厭うべきものではあるが、この世が真に厭わしいものである以上、ある程度受け容れざるを得ない、といった趣旨のことを述べた文章である。つまり、厭世主義をめぐって否認と是認の間で揺れる青年樗牛の悩める内面が吐露された評論、それがこの「厭世論」という文章であった。そしてその中で樗牛は、「バイロンをして『なからむにも劣りける此世』と漑かしめ」云々というかたちでバイロンに触れている。ここから樗牛がバイロンを世界苦と自我苦の暗い内面世界を歌った憂鬱と倦怠の厭世詩人としても見なしていたことがわかる。樗牛がバイロン流の厭世主義、「負のロマン主義」に一定の理解をしていたということが窺い知られるわけである。

実は樗牛は、バイロンを厭世詩人として見るこのような見方を、「厭世論」の他のところでも仄めかしている。樗牛は厭世主義の様々なかたちについて論じる中で、「厭世詩人バイロン」の作だという以下の如き抒情詩を〈引用〉している。(19)

うつせみのために　我は生きじ
　自然の影にぞ　我はやどる。
聲なきみそらに　月しみれば、
　くもらぬかゞみに　我がたまうつる。
おくつきの前に　ひとり立てば
　静けき森に　歌ぞきこゆ。
うるはしき天地に　などひとり

無からんにも劣る　我等の世ぞ。
皮肉のほだしに　繫がれずば、
浮世のなみだは　知らざらましを。[20]

（第四巻、一二頁）

ここで樗牛は、「厭世詩人バイロン」の作とするこの詩を、この世で生きることの儚さを歌った厭世的な悲歌の一例として提示している。この悲歌の〈引用〉の前後で樗牛は、厭世主義を払拭するためには美との感応を通して主客未分の忘我の境地に到達するということが不可欠だが、その状態をずっと持続させることは事実上不可能である、それ故結局のところ厭世感情を完全に払拭することは難しい、といった趣旨のことを述べ、そのような主張を例証する詩としてこの抒情詩を〈引用〉するということをしているわけである。

確かに、この詩自体は、ある月の夜に誰かの墓の前に立ち、俗世間を厭う気持ちから自然の中に一旦は自我を没入させ得たものの、やはり俗世間のしがらみに対する意識や自我意識を完全に払拭することができず、もとの厭世意識に引き戻されてしまう、という一人の孤独な人間の内面の悲哀を歌った作品と読むことができるものであり、先述した「厭世論」全体の論旨の中に自然なかたちで収まるものであると言うことができる。樗牛は「厭世詩人バイロン」のこの抒情詩の中に、厭世的自我意識の克服を目指しつつも結局それに失敗してしまう厭世的自我詩人としてバイロン像を見出し、そのような自身のバイロン観の内実をこの〈引用〉によって仄めかしているのである。

厭世主義をめぐって否認と是認とが交錯した複雑な心情を吐露した「厭世論」全体の論旨から類推するなら、樗牛は恐らく、自身と同じように厭世主義をめぐって否認と是認の間で動揺していたらしいこの「厭世詩人バイロン」に対して強い共感の念を抱いていたということになるのであろう。そしてそのような共感の対象であったバイロンの詩を自論の中に〈引用〉することで、厭世主義をめぐって否認と是認の間で揺れている自身の自我のありようを陰画として語ろうとしていたのだと推測される。つまり樗牛は、自身の厭世的自我を仮託するに足る存在として「厭世詩人バイロン」のことを捉えていたと考えられるわけであった。バイロンに対してこうした捉え方をすることこそが二高時代の樗牛のバイロン観、バイロン評であったのであり、ひいてはバイロン熱のありようであったのである。

（二）日清戦争期における樗牛のバイロン否定

厭世主義をめぐり否認と是認の間を揺れ動くという心理状態は、樗牛にあって二高を卒業してからも暫く続いたようで、例えば帝国大学在学中に発表した評論「『文學界』の諸君子に寄するの書」（『太陽』第一巻第一〇号、明治二八年一〇月）にもそのことが見て取れる。

この評論は『文學界』同人の厭世的傾向に警鐘を鳴らすということに主張の眼目を置くものであったが、この評論において樗牛は、ところどころ『文學界』同人の厭世的傾向に対する共感の念を告白してしまっている。樗牛は『文學界』同人の作品のうち、特に馬場孤蝶の「蝶を葬むるの辭」を取り上げ、その哀切さに強く反応しつつ「正に是れ所謂る厭世思想の絶頂、其の語美はしく穩やかなれども、其の意の激しく暴きは、バイロンがマンフレッドも、よもや是の上に出づる能はざるべし」と述べている。つまり、バイロンの『マンフレッド』を引き合いに出しながら孤蝶の作品に流れる「所謂る厭世思想」の「激しく暴き」に感情移入するということをしているのである。全体の論旨としては、厭世主義に対して否認の立場を取るというものになっているわけだが、バイロンに論及したこの文などには、厭世主義に未だ未練を持っている、「厭世論」以来の樗牛の変わらぬ表情を透かし見ることができる。

だが、微妙な変化も見られる。すでに述べた通り、「厭世論」発表時においてバイロンは、自らの厭世的自我意識からの脱却を図りながらそれに失敗する厭世的自我詩人として捉えられていた。だが、その約三年後の「『文學界』の諸君子に寄するの書」においては、厭世的自我意識から脱却を願うバイロンの内面の葛藤の問題は樗牛の意識から捨象されてしまっているように見受けられる。つまり『マンフレッド』の詩人たるバイロンは、自身の「所謂厭世思想」に自足しつつそれに何らの疑念も持たずにただそれを表現しただけの単純な厭世的自我詩人として捉えられているように思われるわけである。

このことは「『文學界』の諸君子に寄するの書」の結論部分の記述からも垣間見ることができる。樗牛は論の最後の方で、カーライルの『サーター・リザータス』中の言葉を原語で引用しながら、「されど諸子は "Shut thy Byron, open thy Goethe."（汝のバイロンを閉ぢて汝のゲーテを開け）と叫びしカーライルが語の意を知れりや」という言い方で、バイロン流の厭世主義から脱却せよ、と『文學界』同人に呼び掛けるということをしている。(21)樗牛のこの言は、樗牛がカーライルの言に則りながら、バイロンを厭世主義の詩人の代表、厭世主義に自足し安住していた人物として見なしていることを問わず語りに語っていると見ることができるものであろう。「厭世論」執筆時の樗牛は、厭世主義をめぐるバイロンの内面の葛藤を見据えた上で、その葛藤の中に、厭世主義をめぐって揺れる自身の内面の葛藤を仮託するということをしていたはずであった。が、この「『文學界』の諸君子に寄するの書」執筆時の樗牛は、バイロンの内面の葛藤は無視したかたちで、自身の厭世主義に疑念を持たない厭世的自我詩人という、やや平板なバイロン像を思い描いていると推察されるわけである。

この樗牛におけるバイロン観の平板化という事態は、「『文學界』の諸君子に寄するの書」執筆時の樗牛が厭世主義それ自体にはまだ未練を残しつつも厭世的自我詩人としてのバイロンには全面的な共感を寄せ得なくなったということを示唆するものである。そしてそのことは、これとほぼ同時期の樗牛のバイロンへの論及によっても裏書きされる。例えば樗牛は「巣林子の人生觀」(『帝國文學』第二〇号、明治二八年二月)という文章において、「巣林子はバイロンの如きキーツの如き、はた西鶴、三馬一輩の如き、しかく狹隘なる主觀的作家には非りしまでも」云々だとか、「バイロン、ハイネ等の如き狹量の詩人にありては」云々といった言い方でバイロンに論及している。この「狹隘なる主觀的作家」だとか「狹量の詩人」といった表現からは、バイロンに対する明らかに否定的な意識が動いていることを見て取ることができる。また、「紅葉山人」(『太陽』第二巻第四号、明治二九年二月)という文章では、「古來尤も成功したる詩人小説家は、所謂る排想派、否寧ろ無想派の作なりき。之れディッケンスがホウソーンより大なる所以にして、又バイロンが沙翁に及ばざる所以也」という言い方で、バイロンを卑小な「想」に拘泥して「成功」の度合いが低かった詩人として貶しめている。さらに、「自然の詩人」(『太陽』第二巻第四号、明治二九年二月)という文章では、「バイロンが希臘海上の感慨」を例に取りつつ「夫のバイロン一輩の徒はたゞ世を憎むの餘り、妄に自然を愛したるもののみ、否寧ろ瀆したるもののみ」と、バイロン流の厭世主義に対する痛烈な批判さえ行なっている。バイロンの自然への接近をバイロン自身の厭世的自我の傲慢な表現の一環と見なすこのような捉え方は、バイロンの自然への接近を自らの厭世的自我を払拭するためのものだったとする、「厭世論」において展開したような共感的な捉え方とは正反対のものと言うことができる。このようにこれらのバイロンへの論及は、厭世的自我詩人としてのバイロンに対する樗牛の評価が徐々に否定の方向に傾いてきていることを示唆しているのである。

この樗牛におけるバイロン否定の方向性をはっきり顕在化させたのが、明治二九年六月、『太陽』第二巻第一三号に発表した「國民的詩人とは何ぞ」と「ウォーヅヲースとバイロン」という二つの文章である。まず前者の文章について。この中で樗牛は「批評家は何が故に客觀的詩歌を尚ぶか。何が故に沙翁をばバイロンよりも大なりとするか」と述べ、〈主観的詩歌〉の詩人であるバイロンが「客觀的詩歌」の詩人であるシェイクスピアより劣っているという見解を披露している。そして次のように述べている。

是の故に詩人文學者にして、自家の事業をして永久の光榮を保たしめむと欲せば、務めて自己の個人的特色の範圍を脱却して、國民的性情の中に同化せざるべからず。沙翁は是の如き詩人にてありき。バイロンは是の如き詩人に非ざりき。
（第二巻、六九頁）

ここで樗牛は、シェイクスピアを「務めて自己の個人的特色の範圍を脱却して、國民的性情の中に同化」し得る「國民的詩人」だとして肯定的に捉える一方、バイロンを「自己の個人的特色の範圍」内に留まり続け「國民的性情の中に同化」し得なかった非「國民的詩人」だとして否定的に捉えるということをしている。

シェイクスピアを「客觀的詩歌」を物した「國民的詩人」とし、一方のバイロンを〈主觀的詩歌〉を物した非「國民的詩人」とする見方の是非については今は措く。それよりもここで注意したいのが、文学者の価値を評定する際の基準として、詩歌に客観性を保証する「國民的性情」という概念が樗牛の中で全面に迫り出してきているという事実である。樗牛がバイロンを否定し去っているのもまさにこの新基準の概念によってであった。そしてこの「國民的性情」なる概念に寄り添ったかたちでのバイロン否定は、「國民的詩人とは何ぞ」に限ったことではなかった。樗牛は後者の文章、即ち「ウォーヅヲースとバイロン」においても、「吾等ウォーヅヲースに於て多とする所以の一は、其の善く英國人民の性情を歌ひたるにあり。實に大沙翁を外にして、斯の國民の性質を發揮したる、彼が如きはあらざる也」と、ワーズワースを「英國人民の性情」を歌い得た詩人として称賛しつつ、一方のバイロンを次のようにこき下ろしている。

バイロンは則ち然らず。彼は常に彼れ自身を歌ひたり。彼れの詩に、彼れの性情の外に十分の同情を得べからず。彼は其の文學的生命に於ても亦短命の詩人たるを免れざるなり。

吾邦の詩人小説家には、バイロン多くして、ウォーヅヲース少し。明治文學の慶事にあらざる也。

（第二巻、七一頁）

樗牛はやはりここでも、「英國人民の性情」、即ちイギリスの「國民的性情」を歌い得た詩人であるか否かという問題を、詩人、文学者の価値を判断する際の最重要の基準としつつ、「英國人民の性情を歌」うのではなく「常に彼れ自身を歌」った詩人としてのバイロンに否定評価を下すということをしている。しかもこの「ウォーヅヲースとバイロン」において注目されるのが、ただバイロンを批判したにとどまらず、樗牛が当時の日本の文壇におけるバイロン的な文学者の横行に対しても批判の矢を放っているという点である。彼は恐らくバイロン流の厭世的自我意識に親しむことの多かった『文學界』同人のことを主に念頭に置いてであろう、「吾邦の詩人小説家には、バイロン多くして」云々といったことを書いているわけだが、最後の「明治文學の慶事にあらざる也」という断固とした調子には、ほんの数ヶ月前に発表した評論「『文學界』の諸君子に寄するの書」において は感じられた、『文學界』同人のバイロニズムに対する一定の共感の念がすでに看取できなくなってしまっている。寧ろ樗牛のこの断定口調から感じ取ることができるのは、詩人バイロンその人は言うに及ばず個人的自我主義としてのバイロニズムをも「英國人民の性情」、「國民的性情」の表現の不足という名目で否定し去ろうとするという樗牛の決然たる態度である。

このように、明治二八年から明治二九年半ばにかけて、樗牛がバイロン及びバイロニズムに対して否定評価を確固としたものにしてきていたという事実が明らかになってきたわけだが、その背景には何があったのだろうか。考えられるのは日清戦争を契機とする国民文学論の興隆である。そのことは、樗牛がバイロン否定を行なう際、「國民的性情」という概念を持ち出してきていることからも窺い知ることができる。日清戦争期、詩歌、小説、演劇などの諸ジャンルにおいて愛国心を鼓舞するようなナショナリズム文学が多く物されたわけだが、この問題に関して亀井俊介は「日清戦争が日本のナショナリズム文学の展開に対してもった真の意味は、（中略）ナショナル文学の探求を飛躍的に押し進めた点にあった」(22)と述べている。亀井は言う。アメリカにおいて、独立戦争や一八一二年戦争、メキシコ戦争等の諸戦争を契機としてナショナリズム文学論が流行したが、これと同様の事態が日清戦争期の日本においても起きていた。即ち、日本においても日清戦争を契機として「世界に対して存在を主張しうる国民文学の待望」を期するナショナリズム文学論が流行し、そしてそれらはいずれも戦争を通して自覚された日本国民固有の精神性に根差す文学はいかにして可能かという、共通の主題を持つものであった。

このような当時の文壇、論壇の状況を踏まえた上で、改めて樗牛の「國民的詩人とは何ぞ」及び「ウォーヅヲースとバイロン」という二つの文章について見直してみると、これらはイギリスにおける「國民的性情」と文学の関係性の問題、「國民的詩人」の問題について論じているという意味で、イギリスを事例とした広義の国民文学論と見なすことができるものである。これらの文章において樗牛は、日清戦争を契機に興ったナショナリズム文学論、国民文学論に掉さすかたちで、バイロンとシェイクスピアの比較論、及びバイロンとワーズワースの比較論を展開し、「自己の個人的特色の範圍」から脱却することの意義と、「國民的性情」に同化することの意義を説いたのであった。そしてこのような樗牛流の国民文学論を展開する中で、彼は「自己の個人的特色の範圍」に留まり「國民的性情」との同化をなし得なかった厭世的自我詩人としてのバイロンを否定し去ったのである。

この国民文学論的見地からのバイロン否定の文章を発表した約一年後の明治三〇年五月、樗牛は、『太陽』第三巻第一〇号に評論「日本主義」を発表する。樗牛が日本主義の立場を初めて鮮明にしたと言うべきこの評論は、

「國民的特性に本ける自主獨立の精神」の意義を高らかに謳い上げたものであり、日本国民固有の精神性を最重要のものと位置づけている点で彼の国民文学論の主張の延長上にあるものであった。この「日本主義」において樗牛は、日本国民の「國民的性情」の内実について次のように語っている。

我が國民は公明快濶の人民なり。有爲進取の人民なり。退嬰保守と憂鬱悲哀とは其の性に非ざるなり。是に於てか、日本主義は光明を旨とし、生々を尚ぶ。是に於てか、其の退讓を重じ、禁慾を訓へ、厭世無爲を鼓吹するもろ〳〵の教義を排斥す。（第四巻、三三四―三三五頁）

ここから窺えるのは、樗牛が同化すべき日本国民の「國民的性情」を、「公明快濶」、「有爲進取」といった外向的、積極的な精神性を旨とするものであり、「退嬰保守」、「憂鬱悲哀」といった内向的、消極的な精神性とは相容れないものと考えていたということである。樗牛が日本国民の「國民的性情」に関してこのような考えを持ちつつ国民文学論や日本主義論を展開していたのだとすれば、「厭世詩人バイロン」を貶め、厭世主義としての内向的バイロニズムを貶めるようになったのは蓋し当然の成り行きだったと言えるであろう。樗牛はまず、同化すべき自国の「國民的性情」に同化し得ず個人的自我に拘泥し続けたイギリスの非「國民的詩人」としてバイロンを切り捨てた。そして次に、外向的にして積極的な精神性を旨とする日本国民の「國民的性情」を肯定する観点から、内向的にして消極的な厭世的自我主義としてのバイロニズムを切り捨てたのである。

樗牛における厭世的自我詩人バイロンの位地の低下は、個人的自我を超えた客観的実在としての国家あるいは国民に対する問題意識が、明治二七年から明治二八年の日清戦争を契機に樗牛の内面や時代状況の中で一気にせり上がってきたことのちょうど裏返しの現象であったと見ることができる。明治三〇年前後の時期、樗牛は、ナショナリズムの気運の盛り上がりの中で国家としての主体性、国民としての主体性を重視するようになり、それと反比例するかたちで個人としての主体性、個人的自我の価値を過小評価するようになった。そしてその流れで個人的自我主義の厭世詩人であるバイロンを否定すべき象徴的存在として槍玉にあげたというわけである。この意味で、樗牛においてバイロン否定及びバイロニズム否定が固定化してゆく過程は、明治三〇年以降に本格的に展開される日本主義論の序曲と見なし得るものであったのである。

(三) 肺病時代の樗牛のバイロン肯定

以上、樗牛がナショナリズムの肯定を通じてバイロニズムの否定を行なおうとしてきたその軌跡について見てきたが、彼が日本主義論というかたちでナショナリズム論を展開していたまさにその時期にあっても樗牛はバイロンを完全に否定し切れていたというわけではなかった。例えば、樗牛は明治三一年九月、『太陽』第五巻第二一号に発表した評論「詩人と批評家」において、詩人と世俗との間の葛藤について同情的に論じる中、「想ふにダンテ、バイロン、ユゴーは、終りまで世と戦へる者也」というかたちでバイロンに論及している。ここで樗牛は詩人の感受性の強さに共感しつつ、肯定的な文脈で「世と戦ひつゝも、飽まで自己の要求を主張せずむば已ま」なかった「主我的」な性情の詩人としてバイロンの名前を挙げているのである。ここから読み取ることができるのは、樗牛が個人的自我からの脱却、及び、国民あるいは国家への同化を説く論を日本主義論というかたちで華々しく展開しながら、個人的自我の意義を完全には否定し去ることができていなかったということである。言わば個人的自我への未練が、厭世的自我詩人としてのバイロンを肯定評価する言葉となってここに噴出してしまっているのである。(23)

樗牛の中で抑え込まれていた、厭世的自我詩人バイロンに対する肯定評価が再び頭をもたげてくるのは、樗牛のナショナリズム熱が一応沈静化する明治三三年半ばくらいからである。例えば、樗牛は「煩瑣學風と文學者」（『太陽』第六巻第九号、明治三三年七月）において、世の中の瑣末な常識や形式主義を打破すべきだとして、ロマン主義文学者待望論を説きつつ次のように書いている。

今の世にバイロンあらば、其の惡魔の如き力を提げて起つべき筈也。もしハイネあらば、其の毒蛇の如き舌を揮つて罵るべき筈也。今の時勢に於て一人の文學者らしき文學者、詩人らしき詩人を有せざるは、日本國民の大不幸と謂ふべき也。（第二巻、六六二頁）

ここで樗牛は、ロマン主義文学者の代表格としてバイロンとハイネの名前を挙げた上で、彼らのような文学者が日本の文壇にいないことの不幸を嘆いている。この言い方を、ナショナリズムに基づく国民文学論を展開していた時期の「吾が邦の詩人小説家にはバイロン多くして、ウォーヅヲース少し。明治文學の慶事に非ざる也」（「ウォーヅヲースとバイロン」）という言い方と対照させてみると、そのバイロン評価の変わり様は明らかであろう。かつては明治の文壇におけるバイロン的な文学者の横行を苦々しく思っていた樗牛であったが、その数年後にはバイロン的な文学者待望論を語っているのである。これは、樗牛が、国民あるいは国家という集団を個人的自我の上位に置く立場から、国民あるいは国家という集団を超脱するような個人的自我の価値を認めようとする立場に、思想的な軸足を移したということを端的に示唆するものである。

このように、明治三三年半ば以降、樗牛が日本主義から個人的自我主義の方へと大きく旋回しているのにはいくつか要因があるであろう。よく指摘されるようにニーチェ（Friedrich Nietzsche, 1844-1900）の超人思想からの感化ということも勿論あったと思われる。このことは、「文明批評家としての文學者（本邦文壇の側面評）」（『太陽』第七巻第一号、明治三四年一月）や「美的生活を論ず」（『太陽』第七巻第九号、明治三四年八月）といった、後期樗牛の代表的評論におけるニーチェ思想の影響の痕跡がよく物語っている。だがそれ以上に大きな要因として考えられるのは樗牛の実生活上の状況の変化ではなかったかと思われる。

明治三三年八月、樗牛は喀血をする。以前から患っていた肺患が日頃の無理が祟って悪化したのである。折しも同年六月、京都帝国大学新設に際し、樗牛はその初代美学教授に推挙されるとともに、文部省から三年の欧州留学を命じられ、前途洋々の気分でいたところであった。だがこの喀血を機に事態は一気に急変、翌年四月には留学を正式に断念するに至る。言わば樗牛は明治三三年半ば以降、失意のどん底にあった。このような状況にあって樗牛が国家や国民などを二の次と考え、それらに対する顧慮を希薄化させるのみならず、それに反比例するかのように厭世意識を深め自身の個人的自我への意識を強めていったというのはよく理解できるところである。そしてそのような状況と心境の変化の中で樗牛は厭世的自我詩人としてのバイロン及び厭世的バイロニズムの価値を見直すという方向に向かっていったのではないか。そのように推察されるわけである。

樗牛は留学を断念した直後、「姉崎嘲風に與ふる書」（『太陽』第七巻第七号、明治三四年五月）という文章を書いている。そこで樗牛は、病のためにヨーロッパ留学を諦めざるを得なかった無念、すでにヨーロッパの地にある親友に対する懐旧の情、彼我の境涯の懸隔を思っての落胆、読書や学問に懸りきりで人生を終わってしまうことへの疑念など、鬱々とした内面を吐露した上で、論の後半、次のようなかたちでバイロンへの再評価を行なっている。

主観主義は他方より見て個人主義也。而して文藝の史上に於て最も強大なる勢力を有せしものを實に是の個人主義と爲す。人動もすれば沙翁の名を擧げて客観詩人の勢力を代表せしめむとす、吾人必ずしも是を拒まざるべし。唯、沙翁の大を許さば、何故に同時にバイロンの大を許す能はざる乎。（中略）翻つてかのバーンスに見よ、シェリーに見よ、若しくは彼のビョルネ、ハイネに見よ、『少年獨逸』の基礎は實に是等主觀詩人の個人主義に基けるに非ずや。テニソン、ヲーヅヲース等の名は大陸に於ては殆ど無意義のみ。而かもバイロンの盛名は現にチュートン民族を振盪しつゝあるにあらずや。（第二巻、七二八―七二九頁）

樗牛はここで、「客觀詩人」シェイクスピアの偉大さを認めるならば「主觀詩人」バイロンの偉大さも認めるべきだ、としつつ、ヨーロッパ大陸、特にドイツにおいて人々に影響力を持ったのはテニソンやワーズワースではなく、「主觀詩人」バイロンであったということを述べている。この、シェイクスピアやワーズワースを引き合いに出しながら「主觀詩人」、「個人主義」の詩人としてのバイロンを称揚するというやり方は、[24]国民文学論を展開していた際の、バイロンとシェイクスピアの比較論（「國民的詩人とは何ぞ」）、及びバイロンとワーズワースの比較論（「ウォーヅヲースとバイロン」）におけるそれとは完全に逆のものとなっている。この時点での樗牛にとって、個人的自我を消してしまう「客觀」は最早評価基準ではなく、それどころか逆に個人的自我の母胎としての「主觀」こそが評価基準なのであった。そしてそのような「主觀」への傾斜を促進し決定づけたものこそ、喀血を契機として始まった、自身の「主觀」を否が応にも直視することを余儀なくされる、不自由で苦しい病床生活であったと考えられるのである。

この間の事情をより直截的に語っているのが、明治三四年一一月一五日付の姉崎嘲風（本名正治、一八七三―一九四九）宛書簡である。ここで樗牛は、「姉崎嘲風に與ふる書」の内容を一部反復しつつ、恐らくはその時より病状もかなり悪化していたせいであろう、より悲愴で痛切な調子で次のように語っている。

あゝ君に別れてはや二歳に近からむとす。君は學びの路深く分け入りて世の暗きを照すべき位を得給へり。吾れは日に衰へ月に衰へて、恐らくは其の心さへゆがみ曲れり、筆執れば人に狂なりと呼ばれ、物言へば君は健かなりやと問はる。曾ては吾れに理想の天地ありしが、今や無し。新たなる光明を捉ふれば、人は見て悪蛇の眼ぞと誡めり、吾が手は久しうしてバイロンが詩集に觸れぬ。あゝ〳〵マンフレッドやサルダナパラスに再び青年の慰藉を仰がむとは、吾が想ひ設けざる所なりき。君よ、憐れと見給はずや。吾れは又ニイチエの思想に先天の契合あるを覺えぬるは如何にぞや。人は吾れに向て言へり、汝は先に日本主義を唱へたるに非ずや、文學美術をさへ國家的歴史的の立場より論評せむと企てしに非ずや、今や則ち如何の狀ぞと。哀しい哉、吾れは答ふべき言葉を知らず、唯自ら省みて、心のまゝにして自ら欺かざりしを喜ぶのみ。

（第七巻、七四四―七四五頁）

ここで樗牛は、ドイツ留学中の嘲風の前途洋々の未来を羨みつつ、自身の言論が世に理解されないことをめぐる現在の孤独と差し迫る死という自身の暗い未来に思いを馳せ、失意と絶望の念を深めている。「筆執れば人に狂なりと呼ばれ、物言へば君は健かなりやと問はる」というのは、その三ヶ月ほど前に発表した「美的生活を論ず」におけるニーチェ受容の浅薄ぶりをめぐり様々な批判を受けていたことを指すのであろう。だがここで樗牛のニーチェ受容の問題以上に注目したいと思うのが、「吾が手は久しうしてバイロンが詩集に觸れぬ」というくだりに示唆されている、樗牛のバイロンへの再接近の問題についてである。死が徐々に迫ってくる中、失意を深め絶望に陥っている樗牛を慰めてくれたのは、かつて愛読した「バイロンの詩集」であり、バイロンの「マンフレッドやサルダナパラス」なのであった。「マンフレッドやサルダナパラスに再び青年の慰藉を仰がむとは吾が想ひ設けざる所なりき」というくだりなどには、樗牛自身、自身のバイロンへのあからさまな傾斜について、これは若年時の心的状態への退行に過ぎないのではないか、と自省したような、幾分恥ずかしげな調子が感じ取れる。だが、かえってそのような語調の中に、バイロンに真剣に「慰藉を仰がむ」としている樗牛の真率さが滲み出ている。

ここで樗牛の所謂、「マンフレッドやサルダナパラス」に「青年の慰藉を仰」いだ時代というのは、冒頭に触れた晩翠や野の人の証言にあった通り、樗牛の二高在学中から文科大学入学時頃までの時期を指していよう。すでに明らかにしたように、この時期は、樗牛が国民文学論や日本主義論などのナショナリズム論を未だ展開してはおらず、「厭世論」という文章を書くほどに自身の内面の厭世主義の問題に拘泥していた時期であった。このように厭世的で内省的な傾向の強かった若年の樗牛が、「マンフレッドやサルダナパラス」といった厭世的なバイロニック・ヒーローに「慰藉を仰」いでいたというのはよく肯けるところである。劇詩『マンフレッド』の主人公マンフレッドは、恋人を死に至らしめたことをめぐる罪の意識から生来の厭世的傾向、内省的傾向をいっそう深めアルプスの高峰を独り彷徨する人物であり、詩劇『サーダナペイラス』の主人公サーダナペイラスも、世の中の問題に背を向け、政治から逃避し、自身の厭世的気分を刹那的な快楽の中に紛らわせている人物である。彼らは結局、自身の厭世主義に殉じるかのように悲壮な最期を迎えるわけだが、そのような悲劇的な結末こそ、厭世主義を自身の問題として受け止めていた学生時代の樗牛にカタルシスを与えていたものであったろうと推察される。

翻って、バイロンに「再び青年の慰藉を仰がむ」とした明治三四年晩秋の頃の樗牛の内面について忖度してみると、この時の樗牛も、およそ十年前の学生時代の頃と相似た心的状況にあったと言えるのではないか。つまり、欧州留学を断念させられ、官立の大学の教授という社会的栄達の道も放棄させられ、のみならず生命そのものさえ取り上げられようとしている樗牛にとって、自己の内面をどす黒く染めてゆく厭世主義の問題とどのように付き合ってゆくべきかという問題こそが最大の関心事であったと考えられるわけである。恐らくそのようにして樗牛は、病状を悪化させてゆくにつれ、厭世主義の問題に再び真正面から取り組まざるを得なくなり、その過程で、厭世主義の問題を論じた学生時代の心的状態に徐々に引き戻されていったのであった。そしてそのことを最も象徴的に物語った言葉が「吾が手は久しうしてバイロンが詩集に觸れぬ」という樗牛の述懐であったのである。

（四）末期の眼に映ったバイロニズム

以上見てきた通り、樗牛はバイロン及びバイロニズムに対して、肯定から否定、そしてまた肯定へと評価を変転させてきた。そして樗牛のこのバイロン評価の軌跡は、樗牛が個人的自我の重視から国民あるいは国家という集団の重視、そしてまた個人的自我の重視へと、彼が思想的立場を動揺させていったことを端的に物語るものであった。

樗牛が個人的自我の重視と国民あるいは国家という集団の重視との間で動揺していたということは、逆に言えば、彼が個人的自我と国民あるいは国家という集団の両立を理想としていたということである。この点に関して樗牛は「吾をして詩人たらしめば」（『太陽』第七巻第一二号、明治三四年一〇月）という文章において、「吾れをして詩人たらしめば、願はくはキョルネルたらむ。人を愛し、國に盡し、自ら甘ず」と述べつつ次のように述べている。

> 唯夫れキョルネルたる能はず、願くばバイロンたらむ。バイロン尚ほ能はずむば、願くはハイネたらむ。彼には悪魔の力あり、此れには毒蛇の舌あり、尚ほ以て一世の俗風に甘心するを得む。
>
> （第四巻、八二三―八二四頁）

この文章から窺えるのは、樗牛が本音では、「人を愛し、國に盡し、自ら甘ず」というテオドール・ケルナー（Karl Theodor Körner,1791-1813）のような愛国詩人を理想と考えていたということである。このような考えを持っていた樗牛にとって、個人的自我主義の方に傾いた厭世詩人バイロンは、ナショナリズムと個人的自我主義とを両立させ得たケルナーには及ばないが、その個人的自我主義の強烈さにおいてはハイネに優っているという微妙な位置づけにある存在であった。「唯夫れキョルネルたる能はず、願くばバイロンたらむ」という一文には、バイロニズムとナショナリズムの両立を理想としつつも最後までそれを現実化するための論理を獲得できなかった思想家樗牛の悲哀を感じ取ることができる。

死を半年後に控えた樗牛が性急な思想的価値評価の議論を離れて虚心にバイロンあるいはバイロニズムに向き合ったことを示唆しているのが、「海の文藝」（『太陽』第八巻第八号、明治三五年六月）という文章である。この中で樗牛は、彼が二高生時代に愛唱したというバイロンの「『大洋』の歌」の一節を引用しつつ、「英語の『オーシャン』Thou dark blue ocean と云ふ語などは、これから見るとなか〳〵趣がある。『ザウ、ダーク、ブルー、オーシァン』と低調で朗吟すれば、暗黒なる蒼海の寄せ來る樣子が髣髴として想ひ浮ばぬでもない」と、その調べと詩情の見事さを嘆賞し、(25) その上でバイロンについて次のように述べている。

（中略）中にもバイロンは海の詩人として最も成功した者であらう。勿論是の人の歌つた海は、平和な美はしき海ではなくて、亂暴なる悲壯なる海であつた。彼は自然界の最も絶大なる力を示現せる、バイロン其人の所謂る惡魔主義の權化とも見るべき處に、彼が此の窮屈なる人生に得ざる、限りなき意慾の要求を寄托し、以てその胸中の磊塊を遣らむとしたので、海其物の本來の美を忠實に發揮し得たや否やは、一寸疑問であるが、兎に角、崇大悲壯なる海の美の一面を最も有力に現はし得たことは爭ふべからざる事實と謂はなければならぬ。

コルセーアや、ドン・ジュアンや、チャイルド・ハロルドやに現はれてゐる海には、常にバイロン其人の俤が映つて居る。彼は自分でも言つて居る通りに、眞に『海の兒』であつたのだ。（第六巻、三六八頁）

「バイロン其人の俤」を眼前に思い浮かべているような、どこかしらしみじみとした調子の文章である。ここには、先述の土井晩翠の「バイロンの『チャイルド・ハロウドの巡礼』第四巻の終にある『大洋』の歌『波捲け深き濃藍のおほ海、なんぢ波を捲け、万艘ならぶ水軍もなんぢの上に痕とめず……』云々を英語会で朗誦した彼である」という回想の文から伝わってくるような、バイロンに対する物々しい熱情も、「夫のバイロン一輩の徒はたゞ世を憎むの餘り、妄に自然を愛したるもののみ、否寧ろ瀆したるもののみ」（「自然の詩人」）といった突き放した言い方から感じられるような、バイロンに対する冷ややかな冷嘲も見て取ることはできない。樗牛がここで冷静に見据えているのは、「自然界の最も絶大なる力を示現せる」「亂暴なる悲壯なる海」のロマン主義的イメージに、自身の「此の窮屈なる人生に得ざる、限りなき意慾の要求」を「寄托」し得た「『海の兒』」たるバイロンの詩人としての真価である。

樗牛はこの「海の文藝」の最後、バイロンが歌い上げた「亂暴なる悲壯なる海」とは対照的な、夕陽の海の美しさについて触れ、夕陽の海には戦を終えた後の栄光と平和の趣がある、と述べつつ、次のように全体を締め括っている。

> あゝ人や、その青年は朝日の如く、その晩年は夕日の如くありたいものではないか。爭ひを經ざる平和は、平和たるの價はない。吾等は人生の戰鬪に打勝ち、榮光の雲につゝまれて靜かに西方の天に入りたいものではないか。あゝ海の夕陽は美はしいが、海の夕陽に似たる人生の末路は更に美はしからうではないか。
>
> （第六巻、三七一頁）

ここで樗牛は明らかに、夕陽が海に静かに没していく平和な情景に、自身の人生の末路を重ね見ようとしている。そのような樗牛が「爭ひを經ざる平和は、平和たるの價はない」と語る時、この「爭ひ」という語に、短いながらも激しかった自身のポレミカルな言論活動における数々の戦歴のことが含意されていることは間違いないことであろう。ところで樗牛は、バイロンが歌ったのは「平和な美はしき海ではなくて、亂暴なる悲壯なる海であつた」と述べていた。この言と、「爭ひを經ざる平和は、平和たるの價はない」という言とを考え合わせた時、「爭ひ」という言葉を通して自身の言論戦に思いを馳せていたであろう樗牛の眼に映じていたものとは、バイロンが歌ったような「亂暴なる悲壯なる海」のイメージであったと言うことができるのではないか。そしてその時、樗牛の脳裏で、言論戦の荒波に乗り出す前に『大洋』の歌」を高唱していた若年の自分の姿と、言論戦の荒波を乗り越えた後で「『大洋』の歌」を低唱する現在の自分の姿とが自然と重なっていったのではないかと思われる。そうして樗牛は、言論人としての自身の、言うなればバイロン的な人生を静穏な境地で受け止めていったのではないか、と思われるのである。

第四項　日露戦争期におけるバイロン熱の退潮

以上、木村鷹太郎と高山樗牛のバイロン言説を検討し、両者のバイロン言説におけるバイロニズムとナショナリズムとの間の関係性について考察を試みてきた。そしてそこから明らかになったことは、個人的自我に大きく傾斜するバイロニズムと、国民あるいは国家という集団に大きく傾斜するナショナリズムとの間に横たわる断層の問題であった。木村は、バイロニズムを反キリスト教の悪魔主義と抽象化することでその断層を踏み越えようとしたわけだが、それは結果としてバイロニズムの平板化を招き、バイロニズムについての理解が深まるということには必ずしもならなかった。一方、バイロニズムとナショナリズムの間にある断層の存在にいち早く気付いていた樗牛の方も、自身の中にあるバイロニズムへの親炙を切り捨てることでナショナリズムへの跳躍を果たそうとしたわけであったが、病を契機に彼の意識が再びバイロニズムの方に揺り戻されることとなり、結果的には両者の間を往復したに過ぎなかった。つまり彼らは『文學界』同人らが回避した、バイロニズムとナショナリズムの関係性の問題に確かに取り組みはしたわけであったが、その取り組みはバイロニズムの理解や解釈において新機軸を出すほど有意義なものとは成り得ず、バイロニズムとナショナリズムの間の断層を架橋するための論理を生み出すには至らなかったのである。

だがこれは恐らく、木村、樗牛両人の個人的能力や思想の限界といった問題に帰すべきものではないであろう。日清戦争を契機とするナショナリズムの気運の高まりの中で、国民あるいは国家という集団に一時的に傾斜していったものの、その気運が鎮静化してきた数年後には、また個人的自我の方に揺り戻されてゆくという流れは、個人の次元を超えた時代精神の動きとして見られたからである。

この問題について松本三之介は、日清日露戦間期に当たる時期（明治三四年頃）の一高の校風が「〔日本の素朴な愛国的軍国主義に同調〕的な傾向（〔慷慨悲憤派〕）」から「〔自己に沈潜しようとする個人主義的傾向〕（〔瞑想懐疑派〕）」へと転じていったとする岩波茂雄（一八八一―一九四六）の言を引きながら次のように論じている。「公的な国会社会の領域から切り離された私的な個の内面の世界への沈潜は、既成の学問や道徳についての懐疑を飛び起こし、人びとを精神的な苦悩や煩悶の境へと導くこととなった」[26]。つまり、木村、樗牛だけでなく、当時の時代精神全体が、「公的な国家社会の領域」（国民あるいは国家という集団の問題）と「私的な個の内面の世界」（個人的自我の問題）の間の断層を埋めるべき有効な論理も修辞もイメージも生み出し得なかったのであった。そして結局、断層は断層として残されたまま、妖しく揺れ動く気分だけがその間を踏み越えたと錯覚したり、ただ単に往復運動を繰り返したりするという事態になっていたのである。

このような時代精神の状況の中で、明治三六年五月二二日、一つの衝撃的な事件が起きる。人生問題に悩んで絶望した一高生が「巖頭之感」という遺書を樹に書きつけ、栃木県日光の断崖から華厳の滝の滝壺に身を投げるという、所謂藤村操投身自殺事件である。この事件は、国民あるいは国家という集団から個人的自我の方へと時代精神の大きな揺り戻しが起きる中で、未熟で不安定な自己と向き合い懐疑や孤独の意識を深めてゆく青少年、即ち「煩悶青年」なる存在が出現しつつあることを世に知らしめた。藤村操（一八八六―一九〇三）は日露戦争前夜の不安な時代精神、時代状況を象徴する存在と目され、当時の若者世代の内面のありようを言い表す「煩悶」という言葉は時代を読み解くキーワードとして一躍注目されるようになったのである。

ところでこの「煩悶」なる精神性は、懐疑や孤独の意識に彩られた精神性であるという点で、ちょうど明治前期における「厭世」がそうであったようにバイロニズムと親和的な精神のありようと考えることができるものである。しかも人生問題に懊悩した果てに断崖絶壁から投身自殺を敢行するという藤村操のイメージそれ自体が、後年、若目田武次も述べているように、バイロンの『マンフレッド』第一幕第二場における、マンフレッドがやはり人生に絶望してアルプスの断崖から飛び降りようとするイメージと非常に類縁性を持つものであった。(27)だが、このようにバイロンあるいはバイロニズムと親和性、類縁性を持つ事件であったのにも拘らず、明治三十年代半ばの時代精神としての「煩悶」とバイロンあるいはバイロニズムとを関連づけて論じたものは意外なくらい少ない。(28)

これは恐らく単純な事情に因るものである。前章第一節において論じたように、透谷の死後の明治二十年代後半から、バイロン及びバイロニズムを時代遅れのもの、あるいは「不健全」なものとして否定的に見る見方が論壇、文壇において主流となっていた。そして明治三十年代以降、木村鷹太郎など特殊なバイロン熱の鼓吹者を除き、バイロン及びバイロニズムは言論人にまともに取り上げられ、論じられる対象ではなくなっていたのであった。要するに、バイロニズムに非常に親近する「煩悶」が論題となっていても、バイロニズム自体を問題化する思考の磁場が論壇、文壇において希薄になってしまっていたために、当時の時代精神を特徴づける「煩悶」の問題をバイロニズムの問題に接続させて解釈する試みがあまりなされなかったと考えられるのである。

このように、日清戦争の時期より徐々に始まっていたバイロン熱の退潮という事態が、日露戦争前夜の時期において、バイロン及びバイロニズムの忘却というかたちで顕在化してきたということが窺い知られるわけであった。が、そのような中で、バイロン熱を胸の中に秘匿しつつかなり隠微なかたちでバイロン及びバイロニズムの問題への拘泥を表現していたのが島崎藤村であった。前章第一節で論じたように、藤村は明治二八年の時点で、バイロニズムの「日本想」への接続可能性を模索するというかたちで「不健全な暗潮」としてのバイロン熱を肯定的なものに昇華していこうと試みていたわけであったが、そんな彼が藤村操事件をきっかけに顕在化してきた「煩悶」という時代精神に敏感に反応し、そこから自身の青春時代の「煩悶」の根源にあったバイロン及びバイロニズムの問題に思いを馳せたということは十分肯えることであった。藤村は、明治中期の「煩悶青年」の典型藤村操の中に血肉化したバイロニズムの影を見、その見方の片鱗を短編小説「津輕海峽」（『新小説』、明治三七年一二月）の中で表現するのである。

この「津輕海峽」という作品は、学問熱が昂じて厭世思想を抱くに至り日光の華厳の滝に投身自殺してしまった「煩悶青年」を息子に持った父親が、息子を亡くして気落ちする妻を慰安するために北海道旅行を計画し、日露戦争中で軍事的に緊張する津軽沖の船上で死んだ息子に瓜二つの颯爽たる青年に出会う、といった内容の物語である。この華厳の滝に投身自殺する息子というのが、藤村操をモデルとしたものであることは言うまでもないわけだが、この息子の人物像について語り手の父親が次のように語っているのが注意される。

親の口から言ふのも異なものですが、夭死《わかじに》する位の奴ですから、早くから世の中の歡《うれ》しいや哀しいが解つて、同じ學校の生徒仲間でも萬事に敗《ひけ》を取る柳之助ではなかつたのです。世間を觀るに、信仰の無い今の時代《ときよ》は青年の心を靜にさせて置きません。忰の短い生涯が矢張其でした。飽くことを知らない忰のやうな精神は、ありとあらゆる是世の事業《わざ》と光榮《ほまれ》と衰頽《おとろへ》とを嗅ぎ尋ねて、人生といふものゝ意味を窮めずには居られなかったのです。飛んだ量見違ひの大箆棒《おほべらぼう》と、物見高い人々には睨ませて置いて、言ふに言はれぬ悲慨《かなしみ》を懷《ふところ》中にしながら、默つて現世《このよ》を去る時の其心地《こころもち》はどんなでしたらうか。思想の上の絶望――といふことが彼様《あん》な青年の一生にも言へるものなら、それは確に柳之助の儚い潔い最後でせう。凡夫のかなしさ、學問して反つて無學といふことを知りましたのが忰の不幸《ふしあはせ》でした。噫、忰は學問を捨てたのです。學問もまた忰を捨てたのです。到頭日光へ出かけて行つて、華嚴の瀧へ落ちて死にました。

（第二巻、四四五―四四六頁）

ここで語り手の父親が、投身自殺した息子の「煩悶」を、「ありとあらゆる是世の事業《わざ》と光榮《ほまれ》と衰頽《おとろへ》とを嗅ぎ尋ねて、人生といふものゝ意味を窮めずには居られなかった」結果であり「凡夫のかなしさ、學問して反つて無學といふことを知」った結果であったと述懐していることにまず注目しよう。これは恐らく、すでに本書の中で幾度も論及した、バイロンの『マンフレッド』冒頭のマンフレッドの独白の台詞、「悲嘆は賢者に教える者でなくてはならない。／悲しみこそは知識である。誰よりも多く知る者は／その宿命的な真実に対し誰よりも深く嘆かねばならぬ。／「智慧の樹」は「生命の樹」ではないのだ」というくだりを踏まえたものであろう。だがそれ以上に注目したいのが、末尾の「噫、忰は學問を捨てたのです。學問もまた忰を捨てたのです。到頭日光へ出かけて行つて、華嚴の瀧へ落ちて死にました」という文である。この文は明らかに、藤村も愛読したというテーヌの『英国文学史』中のバイロンを論じた章の中の一節、「彼が詩を捨てた時、詩もまた彼を捨てたのであった。彼は行動を求めてギリシャに赴き、そして見出したものはただ死だけであった」(when he forsook poetry, poetry forsook him; he went to Greece in search of action, and only found death.)（六五頁）を意識したものである。藤村がこの一節を印象深く記憶していたということは、その自伝的小説『櫻の實の熟する時』において、若き日にテーヌの『英国文学史』の英訳本を愛読した往時を回想しつつ、

英譯ではあるが、バイロンの章の終のところで、捨吉は會心の文字に遭遇《であ》つた。

『彼は詩を捨てた。詩も亦彼を捨てた。彼は以太利《イタリー》の方に出掛けて行つた、そして死んだ。』

と繰返して見た。（第五巻、五二六頁）

と書いていることからも窺い知ることができる。藤村は「津輕海峽」において、バイロンの最期について語ったこの文を、「詩」を「学問」に、また「以太利」を「日光」に置き換えるかたちで、藤村操にモデルを取った「煩悶青年」の息子の最期について語った父親の語りに換骨奪胎しているわけである。このことは、藤村が自殺した藤村操の中にバイロン的なイメージ、バイロニズムに通じる精神性を見ていたという事実を示唆するものである。

このように、日露戦争期におけるバイロン熱の退潮という時代状況の中で、藤村は自身の青少年時以来のバイロン及び厭世的バイロニズムに対する問題意識を隠微に執拗に持ち続けていたのであった。この問題意識は、日清戦争期、当時の国民文学論の勃興に棹差しつつ、「日本想」に接続させることによってバイロニズムの延命を図ろうとしていた藤村の問題意識の延長線上にあるものと見ることができるわけであるが、ただこの日露戦争期の「津輕海峽」において表現されたバイロンあるいはバイロニズムへの拘泥には、日清戦争期の頃のやや性急なバイロニズム擁護とは違った、ある落ち着きを感受することができるように思われる。日露戦争という時代状

況は作品世界においてもずっと背景に引いている。藤村はいつの時代にも存在する悩める青少年の内面の問題、「厭世」や「煩悶」といった問題を静かに直視しようとしているように思われる。

この落ち着きが可能になった背景には、明治中期の「煩悶青年」である藤村操の自殺を通して、言わば明治前期の「厭世詩家＝煩悶青年」であった北村透谷の自殺の意味を見据えていこうとする藤村の問題意識の、時間をかけた成熟の重みがまずはあるであろう。そしてまた、そのような「煩悶青年」の死を客観的に外部から見つめる生者の側からの視点を「津輕海峽」の語り手の父親という虚構的な作中人物の造型によって可能にしたということもあったと思われる。つまり藤村は、バイロンあるいはバイロニズムに対して時間的及び空間的に距離を取る立場を少しずつ確保することで、自身の青春を彩っていたバイロン熱の問題を捉え返すということを可能にしつつあったのである。そしてそのような流れの中で書かれた作品が前章第二節で論じた『春』なのであった。藤村はそこで、第一章及び第二章で論じた北村透谷における〈死に至る病〉としての厭世的バイロン熱の問題、及び第三章で論じた、自身を含む『文學界』同人における「繩墨打破」的バイロン熱からの覚醒の問題を見据えながら、明治前期の「煩悶青年」たちの群像を描き出したのである。

註

(1) 該書の「凡例」に、「本書傳記に關する部分は、專らムーアの『バイロン卿の傳及び書翰』なる書物（本文中に此書のことあり）に據り、其他の數多の書物、雜誌等、余の現在の位置にて得能ふ所のものを參考して書きたり」とある。木村鷹太郎『文界之大魔王』（大學館、明治三五年初版、明治三九年三版）、「凡例」一頁。なお木村のバイロン論からの引用は基本的に本書に拠り、本文中に頁番号を記す。ルビ、傍点、圏点その他は省略し、正漢字は技術的に可能な限り保存した。本書に収められていない文章については、その都度出典を示す。

（2）木村鷹太郎譯『バイロン傑作集』（後藤商店、大正七年）の巻頭の「友人諸氏よりの書翰」からの一節で、松本道別の書簡からの引用である。「友人諸氏よりの書翰」同書、三二頁。
（3）中城恵子「木村鷹太郎」（『學苑』第一九一号、昭和三一年四月）参照。
（4）薬師川虹一も、木村の「海賊及び『サタン』主義」を取り上げ、「ここには透谷のバイロン心酔を更に増幅しただけでなく、鷹太郎の自己陶酔とも言えるバイロン・フィーバーが感じられる」と、透谷以上のバイロン熱を読み取っている。薬師川前掲論文、八六頁参照。だが、バイロン詩を読み込んだ上で自身の議論を立ち上げている木村の研究的姿勢に、主観的態度だけではなく客観的態度を認めてもよいと思われる。
（5）サウジーとバイロンとの間の応酬については、上杉前掲書、三九四—三九五頁参照。
（6）Andrew Rutherford, ed., *Byron: The Critical Heritage* (London: Routledge & Kegan Paul, 1970) 180-181. なお、日本語訳は拙訳。
（7）木村鷹太郎『日本主義國教論』（開發社、明治三一年）、一三六頁。
（8）同書、一三七頁。
（9）「木村鷹太郎　二、著作年表」〔昭和女子大学近代文学研究室『近代文学研究叢書』第三三巻、昭和四五年、昭和女子大学近代文化研究所〕、一七三—一八二頁〕。
（10）衣笠梅二郎も『マンフレッド』の木村訳の一部を引用して、「さりげなく明確に訳出されている」と、木村訳の正確さに論及している。衣笠「木村鷹太郎とバイロン」（『光華女子大学光華女子短期大学研究紀要』第一二号、昭和四九年一二月）、二六頁。また、佐渡谷重信も、「木村訳は正直な逐語訳で、その文語調が鷗外訳や大和田訳と質を異にして、一種の風格を備えている」と、肯定的に評価している。佐渡谷「ジョージ・G・バイロンと明治期の翻訳」、三七頁。
（11）木村鷹太郎『バイロン傑作集』（後藤商店、大正七年）、一一九頁。
（12）同書、二八九頁。
（13）同書、三四一—三四三頁参照。
（14）中城前掲論文、五二—五三頁参照。

(15)太田三郎「日英比較文学誌——高山樗牛を中心に」[福原麟太郎・西川正身（編）『英米文学史講座第八巻　一九世紀II』（研究社、昭和三六年）、一四二—一五九頁]。

(16)同書、一五五—一五六頁。

(17)『土井晩翠　薄田泣菫　蒲原有明　三木露風』〈日本詩人全集三〉（新潮社、昭和四三年）、七六頁。

(18)『高山樗牛　齋藤野の人　姉崎嘲風　登張竹風集』〈明治文學全集四〇〉（筑摩書房、昭和四五年）、一四四頁。

(19)ここで〈引用〉としてあるのは、筆者がこの「厭世詩人バイロン」作とされている抒情詩の典拠を明らかにすることができなかったからである。それ故、樗牛が自身の創作あるいは別の詩人の作品を、「厭世詩人バイロン」の作としている可能性も捨て切れないために、樗牛の所謂「引用」というニュアンスを出す必要から、〈引用〉という表記方法を採用した。以下同様。
この「厭世詩人バイロン」の作として〈引用〉された抒情詩の詩句と親近性を感じさせるものとしては、『チャイルド・ハロルドの巡礼』第三歌第七二節を一応挙げることができる。〈引用〉されている詩の始めの二行「うつせみのために　我は生きじ／自然の影にぞ　我はやどる」という詩句は、『チャイルド・ハロルドの巡礼』第三歌第七二節の始めの二行「私は私自身の中に生きず、私の周りのものの一部となる」(**I live not in myself, but I become / Portion of that around me;**)（*CPW*, vol.2, 103）という詩句を連想させる。また、この詩の最後の二行「皮肉のほだしに　繋がずれば、／浮世のなみだは　知らざらましを」という詩句は、同じく『チャイルド・ハロルドの巡礼』第三歌第七二節の中の三行「私は／肉の鎖に雁字搦めに繋がれている存在であることを除けば／自然の中で厭うべきものは何も見つけられない」(**I can see / Nothing to loathe in nature, save to be / A link reluctant in a fleshly chain,**)（*CPW*, vol.2, 103）という詩句にかなり近いものがある。だが、両者の間の類似はそこまでであり、他の詩句に関してはかなり異なる。それ故、『チャイルド・ハロルドの巡礼』第三歌第七二節を典拠と言い切ることにはためらわざるを得ない。あるいは、樗牛が、『チャイルド・ハロルドの巡礼』を始めバイロン詩を様々に読む中で、厭世意識を自然への慰藉によって癒そうと試みるが結局失敗する「厭世詩人」という、基本的なバイロン像を作り上げるに至り、そのようなバイロン像に適合する詩として、うろ覚えのバイロンの詩句を適当に織り交ぜつつ、「厭世詩人バイロン」作とされる抒情詩を創作したのではないか、ということも考えられる。

(20) 以下、樗牛の文章の引用は、断りのない限り、『改定註釋　樗牛全集』（日本図書センター、昭和五五年）に拠り、本文中に巻号と頁番号のみ記す。なお、ルビ、圏点、傍点その他は、必要のない限り省略した。

(21) ただし、精確には、『サーター・リザータス』の原文は、"Shut thy Byron, open thy Goethe." ではなく、"Close thy Byron, open thy Goethe." である。註237参照。

(22) 亀井俊介『ナショナリズムの文学――明治の精神の探求』（研究社、昭和四六年）、一四一頁。

(23) 樗牛は、明治三二年、講師として出講していた東京専門学校の第二年級の学生に、『チャイルド・ハロルドの巡礼』についての講義を行なっていたようである。佐渡谷「ジョージ・G・バイロンと明治期の翻訳」、三三頁。これなども、樗牛の中でバイロン熱が完全には冷め切っていなかったことを示す一エピソードであるかもしれない。

(24) 樗牛はこの「姉崎嘲風に與ふる書」の別の個所で、「予は詩人としては沙翁よりは寧ろバイロンを取り、ゲーテより寧ろハイ子を好み」云々とも述べている。

(25) ただし、樗牛は「バイロンが、かの『チャイルド・ハロルド』の終りを結びたる大洋の歌の序行も、誰れも知る名高いものであるが、ハイネの此の『タラッター』の呼び起しに較ぶれば、中々及ばざるの感あるを免れない」とも述べており、バイロンの海のイメージの表現を賛嘆しつつも、〈バイロン―ハイネ〉の比較では、ハイネの海のイメージの表現の方に軍配を上げていたことがわかる。

(26) 松本三之介『明治思想史――近代国家の創設から個の覚醒まで』（新曜社、平成八年）、二一二頁。

(27) 若目田武次は、その『マンフレッド』の注釈書において、藤村操の「巖頭之感」に『ハムレット』第一幕第五場におけるハムレットの「この天地の間には、ホレーショ、／いわゆる哲学の思いも及ばぬ大いなるものがある」('There are more things in heaven and earth, Horatio, / Than are dreamt of in your philosophy.')（*CPW*, vol.4, 51）という台詞の影響があること指摘した上で、次のように述べている（若目田（譯註）『マンフレッド』（外国語研究社、昭和七年）、四頁）。

（中略）然し私は藤村君はシエークスピアのハムレットを讀んでこの句を記憶してゐたと云ふよりもバイロンのマンフレッドを讀んで――この句をモツトーとしてゐる彼の詩を讀んで――得た感想だと思ふ。何故と云ふにマンフレツドは厭世の極アルプス高山の巖頭に立つて今や命を絶たんとした處を一獵師に止められたのである。

彼は唯だの厭世者ではなく死の間際まで餘裕綽々として男らしいプライドをもつて僧正に向つて——

"Old man, 'tis not difficult to die"

と云つて瞑目したのである。藤村君はその「巖頭の感」の中に「初めて知る大なる悲觀は大なる樂觀と一致するを」と云つてゐる。彼も悠然として死に就いたことが分る。

(28) 藤村操事件について論じた文章の中で、バイロンあるいはバイロニズムに論及したものとしては、例えば姉崎嘲風の評論「現時青年の苦悶について」などがある。姉崎は、当時の「煩悶青年」の煩悶を、国家や社会の形式主義と彼ら個人の生の本能との乖離に原因するものと捉えつつ、彼らの煩悶には「ファウストの様な飽くまでもの懐疑、マンフレッドの様な深い煩悶、約百《ヨブ》の様な大なる懊悩」に通じるものがある、としている。そして、このような「煩悶」は個人的自我の覚醒の必然的な結果であり、「何れの世の青年にも存する」「ヱルテリスムやバイロニズム」の一種である、と論じている。姉崎嘲風「現時青年の苦悶について」(『太陽』第九巻第九号、明治三六年八月)[松本三之介(編)『明治思想集Ⅲ』〈近代日本思想大系三二〉(筑摩書房、平成二年)、一五九―一六八頁]。

第二節　バイロンの退場と再登場

第一項　土井晩翠『東海游子吟』に見るバイロン熱の冷却化

ここまで、日清戦争期から日露戦争期にかけてのバイロン熱のありようを検討してきたが、この点に関して、日夏耿之介の「本邦に於けるバイロン熱」という小文の中に次のような回想の文がある。

本邦のバイロン熱は僅かに一人の詩人兒玉花外を生んで了つたが、實行の世界と詩想の世界と兩方へまたがつた一部の青年――すなはち詩人文人たらんと欲して境介上それが不可能とあつて、商估となり小吏となつて碌碌とすごす中にそのバイロニティスの高熱のために實行界にも酬いられず、さりとて今となつて文壇にも足踏み出來ず、いつしか老來の平凡人となつてしまつたといふ風の人々もかなり多かつた。筆者の知る身邊にもその數少なくない。(1)

ここで日夏の言っている「筆者の知る身邊」をどのように受け取るかであるが、これを日夏（一八九〇年生）の同世代から、論中で名前が挙げられている兒玉花外（一八七四年生）の世代あたりまでの人々と受け取るとすると、日夏がここで念頭に置いているのは、彼らが学生時代を過ごした明治二十年代後半から明治四十年代初頭あたりの時期、即ち日清戦争期から日露戦争期にかけての時期の青年のバイロン熱のありようということになると思われる。そうだとすると、この日夏の証言は、この時期、人生の道を誤るほどの重症のバイロン熱に罹患した青年がまだ存在したということを示唆していることになる。つまりバイロン熱という現象はこの時期になってもまだ命脈を保っていたと言えるわけである。

だが、すでに論じてきた通り、この時期における『文學界』の同人やその同時代人のバイロン言説は、バイロン熱の退潮の兆候を顕著に示すものであった。再論すれば、『文學界』同人は、明治期最大のバイロン熱の罹患者である北村透谷の死を契機に、「不健全な暗潮」であるバイロニズムを「縄墨打破」の身振りとして肯定する立場から、〈死に至る病〉として否定する立場に移行し、バイロン熱からの〈歌のわかれ〉の道を模索しようとしていた。また、彼らとほぼ同世代の木村鷹太郎及び高山樗牛のバイロン言説も、時代状況を横目に見ながらバイロニズムに対する肯定的な気分をいたずらに膨張させたり、実生活上の状況の変化に応じてバイロニズム評価を落ち着きなく変転させたりするといったかたちで、バイロン熱の内実が空疎化してきている状況を物語っていた。しかも、明治三六年五月に起きた藤村操事件が、人生問題をめぐって哲学的に絶望した煩悶青年の投身自殺という、その九年前に起きた明治前期のバイロン熱罹患者北村透谷の縊死を思わせるような事件でありながら、バイロン熱の問題と直接結びつけて論じられるということがほとんどなかったということもあり、時代精神におけるバイロン熱の地位の低下は争えない事実になりつつあった。確かに日夏の証言にあるように、日清戦争から日露戦争あたりの時期においてもバイロン熱の罹患者は存在していたのであろうが、バイロン熱の退潮という大きな全体の流れに鑑みた時、その数は恐らく圧倒的に少なかったと考えられるのである。

時代精神におけるバイロン熱の冷却化――。このことを物語る作品としては、まず、土井晩翠の第三詩集『東海游子吟』（明治三九年）を挙げることができるだろう。この詩集は、晩翠が明治三四年から同三七年にかけて、イギリス、フランス、イタリア、ドイツに留学した折の感慨や旅情を歌った作品を収めたもので、同窓の先輩である樗牛が評したように、バイロンの『チャイルド・ハロルドの巡礼』を模したような詩集であると言うことができる。(2) 例えば、この詩集の始めには「亜細亜の大陸あ、さらば別れむ」と歌い収める、日本を出立する際の心情を歌った「亞細亞大陸回顧の歌」が置かれ、また終わりには、「別れむさらば歐羅巴」と、留学を終えて日本に帰る際の心情を歌った「歐羅巴大陸回顧の歌」が置かれている。これらは両方とも、「さらば、さらば、我が祖国よ」（"Adieu, adieu, my native shore,"）の詩句で始まる、バイロンの『チャイルド・ハロルドの巡礼』第一歌の冒頭の、ハロルドが祖国を後にして海に乗り出してゆく際の感慨を歌った"Childe Harold's Good Night"の詩節を意識したものと見ることができるものであろう。恐らく晩翠は、チャイルド・ハロルドに自身の大陸旅行の旅情を仮託したバイロンに、「東海游子」に自身のヨーロッパ留学の旅情を仮託した自身を擬えるかたちでこの『東海游子吟』という詩集を物したのであり、その意味で『東海游子吟』は晩翠のバイロン熱を象徴する作品であったと言うことができる。(3)

だが、注意すべきは、この『東海游子吟』という詩集に収められている作品の多くがあまり詩的価値の高いものとは言えないということである。例えば、日夏耿之介などは、『東海游子吟』の詩風を、時代遅れの「乾からびた説明と談理とで鬼面人を嚇かしてゐ田にすぎない」と、かなり手厳しい評価をしている。(4) この評価はおおむね正しいように思われる。『東海游子吟』におけるチャイルド・ハロルドあるいはバイロンを気取った晩翠の歌い口は、晩翠自身の旅情の自然な流露にあまり貢献していない。このことは、換言すれば、バイロンを範とする自己劇化というかたちで表れた『東海游子吟』の詩人のバイロン熱が、詩人の詩的精神の中に十分消化されていない、内実の希薄なものであったと考えられるということである。

晩翠のバイロン熱が内実の希薄な観念的な気分であったということを最もよく示唆しているのが、『東海游子吟』の中に収められている「バイロン」という長詩である。この詩は、昭和二年に博文館から刊行された『改訂増補　晩翠詩集』において表題の傍らに「（希臘の獨立軍を救ふべく伊太利を去るバイロンの懐をよめる。）」（四〇五頁）[5]という但し書きが付けられていることからわかるように、最晩年にギリシャ独立戦争に参加するためにミソロンギに赴いたバイロンの内面を追う、といった内容のものである。

まず、この長詩の前半においては、厭世詩人としてのバイロン像、即ち、「知識の渇」に苦しみ、それを永久に満たしてくれるようなものを下界や天上界に求めるが結局それを見つけることができず、「死と疑の子となりて」（四〇九頁）厭世の深みに落ちてゆくバイロンの人間像が歌われている。恐らくこのような、人智の限界に懐疑を募らせ絶望する厭世詩人としてのバイロン像は、「悲しみこそ知識である。／誰よりも多く知る者は／その宿命的な真実に対し誰よりも深く嘆かねばならぬ。／「智慧の樹」は「生命の樹」ではないのだ」と独白する『マンフレッド』第一幕第一場におけるマンフレッドのイメージなどから帰納したものと思われる。

だが、この長詩で歌われているバイロン像は、「かくまた人生懐疑の海に／靈魂くゞりて光を探る、／拾はむ其玉『行爲《わざ》』と呼ぶ」（四一〇—四一一頁）という詩句のある連を境に一変する。この連を境に始まる後半では、厭世を深め「人生懐疑の海」を深く潜行していった結果「懐疑」から脱出する処方箋として「『行爲』」を手に入れたバイロンの姿、即ちギリシャ独立戦争への参加という政治的行動をきっかけに、厭世的にして内向的なバイロンから政治的にして外向的なバイロンへと自己超克を遂げるバイロンの姿が歌われるようになるのである。晩翠は後半、「自由の郷」、「自由の大靈」、「自由の歌」、「自由の讃美」、「自由の喪失」、「自由の旗」といったかたちで「自由」という言葉を頻繁に散りばめる。そして「聞きしやわがよぶ自由の歌に／全歐ことごとくよどみしを」（四一二頁）という詩句に特によく表されているように、自由主義の精神の旗手としてヨーロッパにおける被抑圧国、被抑圧民のナショナリズムを喚起した政治的バイロンのイメージを描き出しているのである。

　このように、「バイロン」という長詩には、前半で厭世的にして内向的なバイロン像、後半で政治的にして外向的なバイロン像という、両方のバイロン像が描き出されているわけであるが、そのようにして描き出されるバイロン像が生き生きとしたものであったかと言うとそうではなかった。詩語が大袈裟で上調子に流れており、そのことが却って描き出されるバイロン像の生硬さ、陳腐さを強調してしまっている。そのため、晩翠のバイロンに対する思い入れの内実がいかなるものであるのか、読み手にはなかなか伝わって来ないのである。

　この「バイロン」の中に込めようとした晩翠の詩情と彼のバイロン熱とがちぐはぐであることの原因の一端が垣間見られるのが、この長詩の最終連においてである。以下、「バイロン」最終連を全文引用する。

裂かれてしかも飄へり
あらしに叫ぶ自由の旗、
山河の姿移らざる
故郷《さと》に再び飛ぶは何時《いつ》、
成らんかサラミス波名《なみな》をよばむ
否《ひ》か、さはモレア野を血に染めん、
光榮二《ふたつ》の途に俱《とも》、
さらば鼓動の胸の血を
湧かしてたてたてあゝわが友、
風凊うして空高き

秋におごれる若鷹の
翼とゞめん境なく
翔けん雲海限りあらじを、
行雲《こううん》もろともあらしに呼んで
いざや天涯遠くにたゝむ、
『ルックス、エクス、オーリェンテ』
あゝ見よ東方光あなたに。
（四一四―四一五頁）

この最終連で晩翠は、フランス革命以降の政治的動乱の中で潰えてしまったかに見える自由主義の理念が実現される場を、ヨーロッパ文明の発祥の地である「東方」ギリシャに求め、オスマン帝国の支配からの独立を目指すギリシャの同志に蹶起を促しつつ、若鷹の如く颯爽とギリシャに赴かんとする最晩年のバイロンのイメージを歌い上げている。晩翠はここで、「あらし」によって「裂かれて」切れ切れになりながらも「叫ぶ」が如くはためいている「自由の旗」のイメージを、「故郷に再び飛ぶは何時」という詩行によって鳥が羽ばたいているイメージに転化し、さらにそれを力強い翼で雲海を翔りゆく「若鷹」のイメージで継承しつつ、その翼の羽ばたきの力強さを、空全体を吹き荒らして雲を散らし「東方」に太陽の「光」を垣間見させる「あらし」の如きバイロンの政治的自由主義の影響力の強さのイメージにまで高めている。この一行目の「裂かれてしかも飄へり／あらしに叫ぶ自由の旗」という詩句には、明らかにバイロンの『チャイルド・ハロルドの巡礼』第四節第九八節の「しかし、自由よ！　しかし、汝の旗は破れつつもはためき、／風に抗する雷雨のように翻る」（Yet, Freedom! yet thy banner, torn, but flying, / Streams like the thunder-storm *against* the wind;）（*CPW*, vol.2, 157）という詩句からの影響の痕跡を見て取ることができるわけだが、晩翠は、フランス革命時の自由主義の理想が現実政治の中で蹉跌してしまった顛末についてバイロンが慷慨の調子で歌い上げたこの詩句を直接参照しつつ、彼の政治的自由主義の精神に強く感情移入するというかたちで自身のバイロン熱を表現するということをしているわけである。

しかし、このような晩翠のバイロン熱がやや調子外れだという印象を拭えないのは、この長詩が「『ルックス、エクス、オーリェンテ』／あゝ見よ東方光あなたに」という詩句で締め括られていることである。これは、単純に読めば、バイロンがギリシャ独立という夢の実現可能性を、西洋から見て「東方」に位置するギリシャの地における曙光のイメージに仮託したものだということになるわけだが、『東海游子吟』の所収作品の配列で「バイロン」の次の作品が『東海游子吟』のフィナーレとも言うべき「歐羅巴大陸回顧の歌」になっていることを考慮した時、もう一つ別の意味合いも含意されていたと考えられるのである。と言うのも、「歐羅巴大陸回顧の歌」には、次のような詩節があるからである。

前を望めば渺々の水、
清濁悉く合せ呑み
凝滞《ぎやうたい》つゆ無き偉人の如く、
雲をひたし風を孕み
光を吐き暗を呑み
天の圓蓋を胸にうつす
大海原の水また水、
はるかに萬里の潮《しほ》を呼びて

わが東海の空に連る。

潮流互に相混じ
風雲等しく流れ合ひ
文運時運西と東と
ひとつにまじる大化の妙、
昔東方の光受けて
イオニヤの海あけわたり
チベルの岸に花咲きし
このかたたどる一道の
光はこゝに二千年、
見よ今東海扶桑の邦
その文華を新たに亞細亞に
傳へて世界の姿を更へむ。

（四二三―四二五頁）

「歐羅巴大陸回顧の歌」が、ヨーロッパ留学を終えた晩翠が帰朝の船旅に出た際の感慨を歌った詩であるということはすでに述べた通りだが、この詩節で歌われているのは次のような晩翠の思いであろう。今、自分の眼前には大海原が渺々と拡がっているが、この大海原は東西両方からの潮の流れが合流する場である。思えば、東西文化圏の文化交流もこの東西の潮の流れのようなものである。昔、ヨーロッパは、ヨーロッパの地から見て「東方」の地ギリシャからヘレニズム文化を学び取り、それを自身の文化の基礎として発展を遂げた。それから二千年、今この二〇世紀初頭という時代において、また新たに「東方の光」が輝き出しつつある。その「東方の光」の光源こそ「東海扶桑の邦」即ち我が日本である。我が日本はアジアに冠たる東西文化融合の地として、「その文華を新たに亞細亞に／傳へて」世界の趨勢を先導する役割を積極的に担うべきである――。ここには、極東アジアの小国でありながら日露戦争（明治三七―三八年）に勝利するまでに西洋を範とする近代化を実現し得た「東海扶桑の邦」、日本に対する晩翠の熱い思いが沸々と沸き起っているのを感じ取ることができる。つまり、晩翠が「東方の光」という語に含意しようとしているのはナショナリズムの心情であったと考えられるわけである。

このように見てくると、「バイロン」の最後の詩句「『ルックス、エクス、オーリェンテ』／あゝ見よ東方光あなたに」にも、詩人晩翠のナショナリズムの心情の影を見て取ることができるように思われる。「バイロン」の最後において晩翠は、「東方」の地ギリシャを彼方に望みながら彼地の曙光に希望を見ようとするバイロンの姿をイメージ化しているわけだが、このように描き出されたバイロンの眼差しには、「歐羅巴大陸回顧の歌」の中で「東方」の地日本を彼方に望みながら日本の勃興に希望を見ようとする、ヨーロッパ留学を終え帰国を間近に控えた晩翠自身の眼差しが恐らく重ね合わされている。晩翠は、政治的かつ外向的バイロン熱を基に自身のナショナリズム熱を歌い上げた。最終連が示唆する「バイロン」という長詩の肝はそこにあったと考えられるのである。

「東方」の地ギリシャに光を見ようとするバイロンを気取って「東方」の地日本に光を見ようとする晩翠――。恐らくこのやや滑稽な自己劇化ぶりに、長詩「バイロン」における晩翠のバイロン熱の不自然さの原因があったわけであった。バイロン熱とナショナリズム熱の化合と言えば、本章第一節で論じた木村鷹太郎のことがすぐに想起されるわけだが、木村の場合、叛逆的悪魔主義としてのバイロニズムと、日本主義としてのナショナリズムとを繋ぐものとして、両者の共通の敵としての西洋の宗教、キリスト教に対する反発があった。そこには曲がりなりにも、バイロニズムがナショナリズムに接続するための、〈敵の敵は味方〉に近い三段論法的な形式論理があったのである。だが晩翠の場合には、両者をつなぐものが見えてこない。かろうじて見えてくるのは「東方の光」という一語だけである。バイロンも晩翠も共に「東方の光」に希望を見た。が、それぞれにとっての「東方」、即ちギリシャと日本とは、当然のことながら置かれている歴史的条件も政治的、文化的状況も全く異なるものである。その事実を無視して両者を無理矢理を重ね合わせてバイロン気取りの自己劇化を図ったところに、晩翠のバイロン熱の滑稽な不自然さがあったのだった。

以上、晩翠の『東海游子吟』、特にその中の長詩「バイロン」を題材にして、晩翠の描き出すバイロン像の生硬さ、陳腐さ、そして晩翠のバイロン熱の滑稽な不自然さについて述べてきたわけだが、これらのことは、バイロンあるいはバイロニズムが最早文学者の真情を表現するための参照枠としてあまり有効なものではなくなったことを示唆するものであった。晩翠が『東海游子吟』に収めた詩を書いていた時期、即ち明治三十年代後半の日露戦争前後の時期、バイロン熱の冷却化はかなり進んでいたと見ることができるように思われるわけである。

第二項　読まれざる詩人としてのバイロン

バイロン熱の退潮の傾向が決定的なものとなり、その冷却化が進んでいったと思われる日露戦争期というのは、日本における近代化の問題を考える上で一つの区切りとなる時期である。

日本は、日清戦争以降、三国干渉（明治二八年）、義和団事件後の満州進出（明治三三年）と、次第にあからさまになってくるロシアの朝鮮半島支配に向けての動きに対抗するため、内政においては明治維新以来の富国強兵、殖産興業の近代化政策を一層推し進め、外交においては日英同盟（明治三五年）を締結するなど、来るべきロシアとの戦争のための準備を行なっていた。そして遂に日露の衝突となり、激戦の末、大国ロシアに辛勝するということとなったのである。列強の一国たるロシアに極東の小国たる日本が勝利したことは世界に衝撃を与え、日本はアジアで唯一西洋列強に伍し得る、近代化に成功した一等国と認識されるようになったのである。

日露戦争の勝利は、明治維新以来の課題であった近代化を見事に成し遂げた一等国の国民としての自覚を国民の中に呼び起こした。そしてその影響は論壇、文壇にも及ぶに至った。即ち、論壇、文壇において、一等国に相応しい新文学の登場を期待する議論が盛んに展開されることとなったのである。この日露戦争後の時期というのは、大東和重が論じているように、日本の文学が「文学」としてのアイデンティティを獲得しつつあった時期であった。(6)具体的に言えば、文学作品を「文学」と見なす新しい基準として、その作品が作家の自己表現の産物であるかどうかということが第一義の問題とされるようになり、そのような基準に適合しない作家の作品は旧時代の旧文学として退けられる一方、逆にその基準に適合する作家の作品が新時代に相応しい新文学として出版メディア及び読者に迎え入れられることとなったのである。そしてそのような新文学待望論の気運に乗り、また強力にそれを牽引した文藝思潮として、真率な自己表現を信条とする自然主義文芸思潮があったわけであった。

この自然主義文芸思潮が隆盛を誇った日露戦争期にバイロン熱の冷却化が進んだということには、論理的な必然性があったと考えられる。自然主義文芸思潮と一口に言っても、自然主義文学理論の提唱者や自然主義文学作品の実作者、各々の考えに応じて様々に色合いの違いが見られるわけだが、「真」という問題、即ち真実性や迫真性という意味での〈自然らしさ〉の問題を価値の最上位に置くその姿勢においては、自然主義文学者の皆に共通するものがあった。そしてこの〈自然らしさ〉は、人間の外的生活を偏見なくあるがままに捉えんとする作家の客観的精神と、人間の内的生活を隠すところなく告白的に表出せんとする作家の主観的精神の複合体として捉えられ、論じられていたのである。

この〈自然らしさ〉という新時代の価値評価の基準から見た時、バイロンあるいはバイロンの詩作品はどのように評価されるものであったのだろうか。なるほどバイロンは、自身の物語詩や劇詩の中で自身の影の色濃いバイロニック・ヒーローを登場させ、彼らの口を通して自身の内的生活を告白的に物語るということをしている。だがその語りは、往々にして虚構的な舞台設定を背景とした大袈裟な身振りのものが多く、日本の自然主義文芸思潮が信条とする真率な自己表現というのにはそぐわない自己劇化性を過剰に孕むものであった。またバイロンは、特に後期の諷刺詩などにおいて社会の偽善や人間の卑小さを冷ややかに見据えながらそれを嘲弄するということを行なっていたわけだが、このようなバイロンの外部世界に対する斜に構えた態度も、やはり日本の自然主義文芸思潮が信条とする真率で誠実な自己表現なるものとは相容れないものであった。つまり、バイロンあるいはバイロンの詩作品は、先述した主観的精神の面からも客観的精神の面からも、日本の自然主義文芸思潮が志向した〈自然らしさ〉を満足させてくれるものではなかったのである。

バイロン、バイロンの詩作品、そしてそれらを参照枠とするバイロニズムという心的態度及び振る舞いが、新時代に相応しい新文学が求められてゆく中、評価の対象外として退けられてゆくさまについては、例えば、石川啄木（本名一、一八八六―一九一二）の小説『鳥影』（『東京毎日新聞』、明治四一年一一月一日―同年一二月三〇日）の中の次のようなやりとりがよく伝えるところである。

『……然うぢやないか、山内さん。俺は那時、奈何してもバイロンを死なしたくなかつた。彼にして死なずんばだな、山内さん、甚麼偉い事をして呉れたか知れないぢやないか！　それを考へると俺は、夜寝てもバイロンの顔が……』と景気づいて喋つてゐた昌作は、信吾の顔を見ると神経的に太い眉毛を動かして、

『実に偉い！』と俄かに言葉を遁がした。そして可厭な顔をして、口を噤んだ。

『何です、昌作さん？　大分気焔の様だね。バイロンが怎うしたんです？』と信吾は矢張ニヤ〳〵して言ふ。

『怎うもしない。』と、昌作は不愉快な調子で答へた。

『怎うもしない？　ハ、、。何ですか。貴君もバイロン崇拝者で？』と山内を見る。

（中略）

『ハ、否。』と喉が塞つた様に言つて、山内は其狡さうな眼を一層狡さうに光らして、短かい髯を捻つてゐる信吾の顔を閃と見た。

『然うですか。だが何だね、バイロンは最う古いんでさ。辺麼のは今ぢや最う古典になつてるんで、彼国でも第三流位にしきや思つてないんだ。感情が粗雑で稚気があつて、独で感激してると言つた様な詩なんでさ。新時代の青年が那麼古いものを崇拝してちや為様が無いね。』

『真理と美は常に新しい！』と、一度砂を潜つた様にザラ〳〵した声を少し顫して、昌作は倦怠相に胡坐をかく。

『ハッハ、、。』と信吾は事も無げに笑つた。『だが何かね？　昌作さんはバイロンの詩を何れ〳〵読んだの？』

昌作の太い眉毛が、痙攣ける様にピリリと動いた。山内は臆病らしく二人を見てゐる。

『読まなくちや為様が無い！』と嘲る様に対手の顔を見て、

『読まなくちや崇拝もない。何処を崇拝するんです？』と揶揄ふ様な調子になる。(7)

ここには、バイロン熱に浮かされた青年（昌作）と、バイロンなど古いと切り捨てる青年（信吾）、そしてその二人の間で適当に相槌だけ打っている青年（山内）という、三人の青年が登場している。この三人の青年のうち、バイロンに対する自身の評価、態度を明らかにしているのは昌作と信吾の二者であるわけだが、まず注意されるのは、「バイロン崇拝者」たる昌作が、定職にも就かず、家の中で厄介者扱いされているような、さえない万年文学青年として造型されているということである。この昌作という、夢見がちで生活能力を欠いたやや愚鈍とも言える人間像は、一時代前の英雄崇拝的なロマン主義の気分から抜け出られない時代遅れの青年像を象徴するものと見ることができるものである。この啄木の小説が発表された明治四十年代初頭というのは、田山花袋（本名録弥、一八七一―一九三〇）の「蒲団」（『新小説』、明治四〇年九月）や島崎藤村の『春』が発表された自然主義文芸思潮の隆盛時代であり、そのような同時代の状況の中にあって、ギリシャ独立戦争に参加して陣没するというバイロンのロマン主義的な人生に感傷的な共感を寄せる昌作は完全に時流に逆行した存在であった。そしてそのような時代遅れの青年に熱烈に心酔されている時代遅れのロマン主義文学者の代表として、バイロンの名前が作中に点綴されているというわけである。

作中、バイロンを時代遅れであることを示す記号として登場させている――。この事実だけでも、バイロン及びバイロン的なるものに対する啄木の皮肉な見方を十分に窺わせるものであるわけだが、さらに啄木のより皮肉な眼差しが看取されるのは、バイロン熱に浮かされてバイロンに心酔しているはずの昌作が実はバイロンの詩作品をまともに読んだことがないということが信吾との会話で暴露されているところである。恐らく昌作は、詩人バイロンのロマン主義的な人生について部分的に知り得たごく浅い知識に基づいてバイロンに共感を逞しくしていたに過ぎないのであろう。その意味で昌作のバイロン熱は、その上ずった大袈裟なバイロン賛美の言葉の割に、かなりに微温的で実体のないものであったということが窺われるのである。

このように、啄木の未完の小説『鳥影』の中で展開されているバイロン評価をめぐる作中人物間のやりとりは、

「新時代の青年」としての自負心を持ちつつ、東京の大学に通いながら新時代の思潮を吸収し、それに嫌味なくらい身を合わせているバイロン否定者の信吾は言うに及ばず、「バイロン崇拝者」であるはずの昌作にもバイロンが読まれていないという事実を物語っている点で、バイロンという存在が最早過去の遺物となってしまったことを力強く訴えるものであった。バイロンが熱狂の対象であるどころか〈読まれざる詩人〉の代表という不名誉な地位に転落してしまっていることが、『鳥影』のこの場面から窺い知ることができるのである。

バイロンの地位の転落をめぐるこのあたりの事情については、芥川龍之介の筆にかかると、啄木以上により皮肉に、より辛辣に書かれることになる。大正一四年、芥川が「或精神的風景画」と副題を添えて発表した「大導寺信輔の半生」（『中央公論』第四〇年第一号、大正一四年一月）には、一高生時代の芥川自身の「精神的風景画」と思しき次のような回想の文章がある。

現にかう言ふ君子の一人――或高等学校の文科の生徒はリヴイングストンの崇拝者だつた。同じ寄宿舎にゐた信輔は或時彼に真事しやかにバイロンも亦リヴイングストン伝を読み、泣いてやまなかつたと言ふ出たらめを話した。爾来二十年を閲した今日、このリヴイングストンの崇拝者は或基督教会の機関雑誌に不相変リヴイングストンを讃美してゐる。のみならず彼の文章はかう言ふ一行に始まつてゐる。――「悪魔的詩人バイロンさへ、リヴイングストンの伝記を読んで涙を流したと言ふことは何を我々に教へるであらうか？」！(8)

この文章の中に芥川の自伝的要素を見るならば、ここで物語られている逸話は、芥川が第一高等学校の学生であった時期、即ち明治三十年代後半における「精神的風景画」ということになるだろう。ここで芥川＝大導寺信輔は「リヴィングストンの崇拝者」である学友を二重の意味でからかうということをしている。まず第一の意味のからかいは、「バイロンも亦リヴィングストン伝を読み、泣いてやまなかつた」などという事実はないという他愛無い嘘の吹き込みである。これは大したことではない。大事なのは第二の意味のからかいの方、即ち、一八一三年生まれのリヴィングストン（David Livingstone, 1813-73）より二五年も年長である一七八八年生まれのバイロンが「リヴイングストン伝を読み、泣いてやまなかつた」などということは時系列的にあり得ない、というからかいの方である。こちらのからかいは非常にたちの悪い、より意地の悪いものである。何故なら、ここで信輔が「真事しやかに」話しているこの荒唐無稽な「出たらめ」は、バイロンについて一定の知識があれば容易に見破られる程度の馬鹿げた「出たらめ」であるからである。つまり、芥川＝信輔の第二のからかいの狙いは、本来ならばこのような容易に見抜けるはずの「出たらめ」を見抜けない相手の無知と、馬鹿正直なまでに他人を信じる相手のヒューマニストらしいお人好しぶりとを冷やかに嘲笑うというところにあったのであった。芥川＝信輔が「彼」がバイロンに関して「悪魔的詩人バイロン」というイメージ以外ほとんど何も知らないであろうということを見切った上で、このようなからかいを弄しているわけである。

ここから窺い知られること、それは、芥川が一高生であった明治三十年代末の時点においてこのようなからかいが可能となるほど、バイロンの詩作品も、生没年も含めたバイロンの人生も、最早その実態がまともに問題とされることがなくなってきていたという事実である。この日露戦争直後の時期、自然主義文芸思潮が流行の兆しを見せつつあった時期、バイロン熱が冷却化したというだけに止まらず、バイロンは、読まれざる詩人、もっと言えば、知られざる詩人、忘れられた詩人として片付けられてゆくという状況にあった。そしてひどい場合には、大時代的な身振りの時代遅れの詩人として揶揄の対象、からかいの道具にまで成り下がってしまっていたのである。

このようにバイロンは、日露戦争の勝利を契機とする新時代の到来により、完全に旧時代の詩人として軽視され、蔑視され、そして無視されるようになっていったのであった。このことに関する時代の証言として最後にもう一つの文章に触れておこう。次項で詳述するように、大正一三年五月、一八二四年のギリシャのミソロンギにおけるバイロンの死から百年経ったことを記念して、『早稲田文學』と『日本詩人』の二誌がバイロン特集を組むことになるのだが、その『早稲田文學』のバイロン特集号に木村毅（一八九四―一九七九）が「讀まざる詩人の追懐」という小文を寄せている。木村はこの小文の中で次のようなことを述べている。自分は明治三九年の年に文学好きの兄からバイロンの伝記について教わった。以来、そのロマンティックで英雄的な人生に興味を持ち、「今に英詩が自由に讀めるやうになつたら一つバイロンを讀まねばならぬと思つ」てきた。が、「その頃から自然主義が異常な勢力を以て文壇を風靡し、バイロンのやうなロマスチツク（ママ）時代の詩は又これを語る人がなくな」り、結局大学予科でも本科でもバイロンについての講義を受けることはなかった。そうして自分はバイロンを読む機会を得ることなく、そのまま大学を卒業してしまった――。このように木村は、自分がバイロンについて深く読み込む機会を持ち得なかったのは、彼の学生時代がちょうど新時代の新文芸思潮が到来した時期に当たっていたという世代的な問題が原因していたということを述べている。この木村の言は、日露戦争後の明治三十年代末から明治四十年代初頭にかけて、バイロンが多感な青少年を引きつける存在足り得なくなったということの史的理由について客観的事実に即して説明している点で注目に値するものである。バイロン熱という内面のありよう、外面的な振る舞いが不可能となる時代的な背景があったことを示唆してくれるものとして、この木村の言はあるわけであった。

木村はこの後さらに続けて、自分がバイロンへの興味を完全に失ってしまった顛末について次のように述べている。

> 學校を卒業して降文館の編輯に務めてゐた時は、近かつたのでその歸りに毎日の様に日比谷圖書館へ寄つた。すると或る日のこと係員が二册の厚い洋書を下から抱えて來て、新刊棚の所へおいた。今買ひ入れたばかりと見える。見ると表題は、"Interpretation of Literature."（原文ママ）とあるので早速借り出した。序文を讀んだらラフカディオ・ハーンが帝大でした講義をアースキン教授が校訂して出版したものであつた。私は先づバイロンの所を開いた。あんまり面白いので夢中に讀み耽つた。（中略）しかし正直に白状すれば、ハーンの此のバイロンの講義は、年來讀まないながらも併しいつかは讀む積りでゐたバイロンに、私をしてすつかり興味を失はせて了つた。その講義によつて私はバイロンを、英國文壇に於ける島田清次郎君だときめた。[9]

ここで木村は、ラフカディオ・ハーン（Lafcadio Hearn, 1850-1904）の帝大における講義録をまとめたものを読んでバイロンへの興味を失った、と述べているわけだが、その際問題の書として取り上げられている『文学の解釈』*Interpretations of Literature*（一九一七年）においてハーンは、「バイロンは今やほとんど読まれない。（中略）バイロンは、現代文学においてはほとんど死んだも同然である」（Byron is now scarcely read. […] Byron is almost dead in our literature.）とした上で次のように述べている。

> The reason that his work is no longer read or valued, except by the young, is that it is nearly all done without patience, without self-control, and therefore without good taste or the true spirit of art.[10]

彼（バイロン、菊池註）の作品が、若者を除いて最早読まれもせず、評価もされなくなっている理由は、そのほとんど全てが、忍耐心も、自制心も、ひいては良き趣味、即ち真実の芸術精神も欠落させたままに物されたものであるからである。

このようにハーンは、バイロンの詩作品の芸術的な洗練度の低さを指摘している。そしてさらにバイロンの詩作品に色濃い個人主義の思想、及び悪魔主義の思想がすでに後世のより偉大な思想家の思想によって乗り越えられてしまっているとも述べている。つまりバイロンが時代遅れの詩人だということは、ハーンが帝大講師だった明治三〇年前後の時期にすでに明瞭に語られていたのであった。こうして見てくると、木村が大学を卒業した明治の末年の時点で、彼が、すでに今から約十年前にハーンによって「現代文学においてはほとんど死んだも同然」という評価を下されていたバイロンに拘泥する気持ちを失くしてしまったというのは、ある意味無理もなかったと言えるであろう。木村は、「その講義によつて私はバイロンを、英國文壇に於ける島田清次郎君だと決めた」と述べているが、木村は、大正期に一時「天才島清」ともてはやされた島田清次郎（一八九九―一九三〇）[11]にバイロンを擬えることで、自身のバイロン熱のみならず、ヨーロッパにおけるバイロン熱をも一過性の流行に過ぎないものと位置づけ、バイロンに関心を持つことそれ自体を時代遅れの意匠として片付けてしまったわけであった。[12]木村のこの小文は、文学に対する見方が本格的に確立される前の少年時に何らかのかたちでバイロンの存在を知り、以来興味関心を抱いていたものの、バイロンが時代遅れの詩人であるという世評に流されるかたちで結局バイロンを読まず仕舞いで大人になった、という文学青年の存在を物語るものである。このような、バイロン読まずのバイロン否定の文学青年というのは、木村の同世代において案外多く存在していたのではないか、と思われる。

　このように、明治二十年代後半から明治三十年代にかけて、バイロン及びバイロン熱を時代遅れのものとする評価は、隠微だが着実に文学史的常識として定着してゆき、日露戦争後、自然主義文芸思潮が新時代の求める新文学として一世を風靡した明治四〇年前後の時期に決定的なものとなったのであった。この時期、詩人バイロンの人生も、バイロニック・ヒーローの誇張された厭世の身振りも、ともに、新時代の評価基準としての自然主義的リアリズムの前に完全に退けられることとなっていたのである。そしてこのようなバイロン熱の退潮のありようを如実に物語っているのが、晩翠の『東海游子吟』の、特に長詩「バイロン」の詩的貧困であり、啄木の小説『鳥影』の中のバイロン評価をめぐる作中人物の会話であり、芥川の「大導寺信輔の半生」の中の一高時代の回想のくだりであり、そして木村毅のその名もまさに「讀まざる詩人の追懷」という題名の小文であったのである。

第三項　バイロン百年祭によるバイロン熱の局所的復活

（一）革命的ロマン主義の詩人としてのバイロン像

　明治四五年七月二九日、明治天皇が崩御し、明治という激動の時代が終わりを告げ、時代は大正に入ってゆく。第三章第二節で論じたように、島崎藤村が「新生」事件を契機として自身の内部で燻らせていたバイロン熱を一時的に再燃させるということがあるにはあったが、それはあくまで例外的な現象であり、本章のここまでの議論で明らかにしてきたように、全体としてバイロン熱という現象は、明治末期以降、完全に冷却化の方向に向かっていたわけであった。

　だが大正期の後半、特に大正一〇年以降、バイロン関係の書籍が多く刊行されるようになる。まず、バイロンの詩作品の翻訳書としては、大正七年刊行の木村鷹太郎訳『バイロン傑作集』（大正七年）を皮切りに、正富汪洋（本名猶一、一八八一―一九二〇）訳『バイロンシエリイ詩人詩集』（大正一〇年）、牛山充訳『バイロン詩集』（大正一一年）、佐藤道大訳『バイロン名詩選』〈世界名詩叢書第三編〉（大正一二年）、木村鷹太郎訳『バイロン評傳及詩集』（大正一二年）、幡谷正雄（一八九七―一九三三）訳『バイロン詩集』（大正一三年）、松山敏（本名悦三、一八九三―?）訳『バイロン詩集』〈泰西詩人叢書第八編〉（大正一三年）、松山敏訳『バイロン名詩選集』（大正一五年）、松山敏『バイロン名詩小曲集』〈緑陰叢書〉（大正一五年）などが、続々と刊行されている。また、バイロンの詩作品の翻訳以外のバイロン関連書籍についても、正富汪洋『天才詩人バイロン』（大正一一年）、福原麟太郎（一八九四―一九八一）『詩心巡禮――バイロンほか二詩人の研究』（大正一三年）、ジョン・ニコル（John Nicol, 1833-94）（三好十郎（一九〇二―五八）訳）『バイロン』（*Byron* "English Men of Letters" series（一八八〇年）の翻訳）〈文豪評伝叢書第五編〉（大正一五年）などが刊行されており、この時期、バイロンに人々の注目が集まるという状況が生じつつあったことが見て取れる。

これには理由があった。それは大正一三年という年（一九二四年）がバイロンの死（一八二四年）からちょうど百年に当たっていたということである。このバイロン関連書籍の夥しい刊行は、バイロン死後百年記念によるにわか需要を当て込んだものとしてあったわけである。(13)

これに関連した動きは当然雑誌メディアにおいても見て取ることができる。

前項においてすでに述べたように、大正一三年にバイロン死後百年の記念特集号を編んだ雑誌があったわけだが、その雑誌は、四月刊行の『日本詩人』第四巻第四号と、五月刊行の『早稲田文學』第二一九号、そして五月刊行の『英語青年』第五一巻第三号、第四号であった。このうち、『英語青年』に関してはそれほど明瞭ではなかったが、他の二誌、即ち『日本詩人』と『早稲田文學』が「バイロン記念號」を編んだについては、ある共通の目論見があった。

まず『日本詩人』の編集方針について見てみよう。『日本詩人』第四巻第四号の編輯後記には、バイロン死後百年記念特集号を編むに当たっての方針について述べた川路柳虹（本名誠、一八八八―一九五九）による次のような文章がある。

本月はバイロン百年祭に當るのでそれを記念するためバイロン號にした。勿論少數の頁を割いたゞけだがこの不朽の詩聖を現代の空氣のなかゝらのぞいて見るのも興味があらう。所謂偶像化しないであの情熱によつてのみ生きた一人の天才のことを今の時代に移して考へてみると相當考へさせられるものがある。幡谷君の評論はバイロン研究に永く沒頭してゐられる人のものだけに精細な論評を下して見てゐる。佐藤清君、大藤君みなこの大詩人のプロファイルを傳ふるに適切なる詩人である。(14)

次に『早稲田文學』である。『早稲田文學』第二一九号の編輯方針については、その前月刊行の第二一八号の巻末の次号予告の文章がよく物語っている。

今年の四月十九日は、丁度「戀と劍の詩人」バイロンの死後百年忌に當りますので、いさゝかこの詩人を紀念《（ママ）》するために、本誌五月號の論説欄の大部分を割いて『バイロン紀年號』を編みたいと思ひます。申すまでもなくバイロンは、英國浪漫派の詩人としてばかりではなく、所謂世紀末思想の先驅者たる點で、又、近代惡魔主義の第一人者たる點で、又、その影響の、歐洲全土は云ふに及ばず、遠くわが國にまで及んでゐるといふ點で、實に、近代の世界的文豪の一人として、永く記憶さるべき人であります。

そればかりでなく、その多感多情、數奇を極めた彼れの生涯と、その一切の因襲に反抗した彼れの革命的精神とは、二十世紀の「大暴風時代」たる今日の吾々にも尚多くの意義と暗示とを與へずには措かないのであります。

この意味で、今日、この革命兒バイロンを紀念することは、たしかに有意義な計畫であると信じます。(15)

『日本詩人』、『早稲田文學』二誌のこれら二つの文章に共通しているのは、バイロンをただ単に懐古趣味から回想するのではなく、その死から百年経った現在の文脈の中でバイロンの持つ意義を捉え返そうとする編集者の積極的な姿勢であると言うことができる。そしてそのような姿勢に基づき、例えば『早稲田文學』の編輯後記を書いた川路柳虹などは、その名も「バイロンと現代」と題した評論を寄稿したりしているのである。

では、「現代」という時代的文脈の中でバイロンの持つ意義を捉え返すことの意味について、彼らは一体どのようなことを考えていたのであろうか。例えば「バイロンと現代」を書いている柳虹は、その中で、バイロンと現代とを結びつけるものとして、バイロンの生きた「百年前のロマンチシズムの時代」と、その百年後の第一次世界大戦期の現代との間に見られる時代状況の類似性の問題を指摘している。柳虹は言う。バイロンの生きた一九世紀前半のロマン主義時代は「感情旺逸の時代」であったが、二〇世紀初頭の現代という時代も、革命や動乱、政変や内乱が生起する、前世紀のロマン主義時代と同様の激動の時代であった。この現代という時代、政治の領域においてはレーニン（Vladimir Ilyich Lenin, 1870-1924）やムッソリーニ（Benito Mussolini, 1883-1945）、ケマルパシャ（ケマル・アタチュルク、Mustafa Kemal Atatürk, 1881-1938）といった英雄的独裁者が登場し、また文化の領域においては表現主義や未来主義といった前衛的芸術運動が起きている。これらの政治的及び文化的な動きはいずれも、理智や理性より「強烈な意力」や「強烈な感情」の方が威力を揮う現代という時代の精神性を直截的に反映したもので、「この意味から見れば現代の空氣は正に第二期のロマンチツク時代を再現してゐるとも言へ」る

――。

そして柳虹は次のように続ける。

この意味に於て百年前のロマンチシズムはまた形を變へて現代にも存在してゐると言へる。そしてもし、バイロンやシエリーをして今の時代にあらしめたなら彼らは必ずやレーニンの味方となり、またクラルテ運動の如きにも參同したであらうことを想はしめる。眞實に正義や愛に生きるといふ道徳は今日に於ても百年以前に於ても違ひはない。ロマンチストは何よりもこの現實生活上の矛盾に居耐らなかつたのである。彼らの信じる理想の前には一切を破壊して終はねばすまなかつたのである。たゞ彼らはこの感情の力に頼りすぎて自らをも煌きつくした。その悲劇は意志的に脆弱であつた彼らの性格を語るものではあるがしかもこの殉《（ママ）》難的意氣には同情せずにはゐられない。[16]

このように、柳虹は、（「たゞ今日吾々は百年前のロマンチストほど盲目的に感情をのみ信頼してゐない」という一定の留保はつけつつも）「サンデイカリズムもボルセヰズムもこの感情的力によつてのみ存在してゐる」という見地から、今日の政治及び芸術の領域における「革命思想」の原動力としての破壊的、暴力的な感情のダイナミズムの問題を重視しつつ、一九世紀初頭のバイロン及びシェリーと、二〇世紀初頭のレーニン及びクラルテ運動との両方に通底する革命的ロマン主義の精神に思いを馳せるということをしているのである。

このような見方は、独り柳虹に限られるものではなかった。『早稲田文學』及び『日本詩人』の寄稿者の幾人かも、柳虹と同様、バイロンの現代的意義を確認するために、バイロンを革命的ロマン主義の詩人と見立てつつ、バイロンにおける革命的ロマン主義の精神を、二〇世紀前半の社会的、政治的動乱期の時代精神に接続させる方向で議論を展開するということをしている。例えば、『早稲田文學』に「革命の詩人バイロン」を寄稿した横山有策（一八八二―一九二九）は、マシュー・アーノルドのバイロン観を援用しつつ、「人生の虚僞と罪惡」を憎む「誠實さ」、「ホール・ハーテツドネズ」に、「革命の詩人」としてのバイロンの本領を見て、「バイロンの死後百年に當つたがため、敢て附會の文字をすると人の思はゞ思へ、私はこの一二年來、そうだ地震一ヶ年前頃から――バイロンに對し新しい意味を發見したやうな感じがして來た」と、自身の論を締め括っている。ここで横山が「バイロンに對し新しい意味を發見したやうな感じがして來」たと言っている「地震の一ヶ年前頃」というのは、関東大震災の前年ということであるから、大正一一年ということになるわけだが、この年、日本ではコミンテルンの日本支部として日本共産党が誕生するという出来事があった。横山は「地震の一ヶ年前頃」とぼかした書き方をしているが、「革命の詩人」としてのバイロンの真価を再評価すべきという全体の論旨に照らし合わせて考えてみると、横山はここで「地震の一ヶ年前頃」という言葉に日本共産党の結党の年という含みを持たせ、そうすることで、バイロンをロシア革命の共産主義的革命精神に通じる存在として位置づけようとしていると解釈できるように思われるわけである。

また、『早稲田文學』に「バイロンと世界文學」と「バイロン年譜」を寄稿し、『日本詩人』に「革命の詩人バイロン」を寄稿している幡谷正雄も、バイロンにおける革命的ロマン主義の精神に着目していた一人であった。彼がバイロン記念号の二誌に寄稿した評論においては、バイロンと二〇世紀初頭の時代精神との関連については、あまりはっきりと触れられていないが、彼がバイロン死後百年を記念して刊行した訳詩集『バイロン詩集』の序文においては、バイロンの革命的ロマン主義の精神の現代的意義の問題がはっきり論じられている。その中で幡谷は次のように述べている。

三十六年餘の短い彼れの一生は一の哀史である。彼程波瀾多く數多の運命を極めた人は少ない。けれどもその詩は殆ど世界各國に飜繹せられて萬人の胸に交響樂《シンフオニイ》を奏でゝゐる。そして彼は政治上には革命を、文學上にはロマンティシズムの新運動を起す源泉となり、導火線となり、自由と獨立の翹望せられる所では到る處彼れの詩が愛誦せられた。ロシヤのヴォルガの河は春麗な日に大洪水を起すのである。これは谷間の氷が融けるからであるが、その洪水の跡には美しい綠の所謂曠野《ステツペ》が出來て美しい花が咲き亂れるといふ。バイロンの一生が例へばこれではなかつたか。自由の種子は歐洲の大陸の原野はいふまでもなく、遠く東洋にまで蒔かれ、美しいロマンティシズムの花を咲かせ、革命の實を結んだのである。そしてその影響は、『すべての國民により、すべての時代』を通じて感ぜられてゐる。(17)

幡谷はここで、バイロンを、世界の革命的ロマン主義の精神の「源泉」であり「導火線」である、としながら、さらに「バイロンの一生」を、「自由の種子」を撒き散らし世界中を「美しいロマンティシズムの花」で咲き乱れさせ「革命の實」を結ばせる「ロシヤのヴォルガの河」の「大洪水」に見立るということをしている。ここで幡谷が、革命的ロマン主義の精神を結実させる「大洪水」を起こす河について、「ロシヤのヴォルガの河」と、わざわざ限定的に言っていることが注意される。ここには恐らく、一九一七年のロシア革命を連想させようという、幡谷のさりげないが周到な意図が潜んでいるように思われる。つまり幡谷もまた、横山と同様、マルクス主義に親和的な革命的ロマン主義の精神の先駆的体現者としてバイロンを認識しようとする見方を持っていたと推測されるわけである。幡谷はここで「自由の種子は歐洲の大陸の原野はいふまでもなく、遠く東洋にまで蒔かれ、美しいロマンティシズムの花を咲かせ、革命の實を結んだ」と述べている。これなどは第一義的には一九一一年の中国大陸における辛亥革命のことを指していると読めるが、「東洋」の一国である日本において、徐々にマルクス主義が受容されてくる中、革命的ロマン主義の「花」が咲き「實」が実りつつある、ということを仄めかしているようにも読むことができる。

　このように、この大正一三年のバイロン死後百年記念祭は、当時の時代状況及び時代精神との関連においてバイロンについて再解釈しようとする動きを、局所的な動きではあったが生んだのであった。(18) そしてその際、バイロンを論じる論者の意識の先端に浮かび上がってきたのが、急進的自由主義者、革命的ロマン主義者としてのバイロン像であったわけである。勿論、これまでも、バイロンの中に政治的自由主義の精神を見出し、急進的自由主義者、革命的ロマン主義者としてのバイロンに共感をたくましくするという立場はあるにはあった。例えば、やはりバイロン死後百年記念祭に合わせて大正一三年に刊行された土井晩翠訳『チャイルド・ハロウドの巡禮』の「はしがき」の中の、晩翠による次のような文章などはその一例である。

> バイロンは革命時代の潮流の中に生れた。
>
> 　彼の生るる（一七八八年）五年前アメリカの植民地は獨立して合衆國を建設した。彼が生れて一年後フランス革命は端を開いた。彼は青春の曙に於て、舊來の制度信仰慣習が「道理の法廷」の前に喚び出され、一朝忽ち顚覆さるるを見た、彼は一般の革命的感情が自由、民政、道理、革命の語をして到るところ人口に膾炙せしむるを見た。ヲルヅヲルスが山川の間に自然と默會しつゝある際、コレリジが超自然界を夢みつゝある際、キーツが美の女神を崇拝しつゝある際、彼はシエリイと共に革命の使徒として人界の狂瀾怒濤を凌いだ。「チャイルド・ハロードの巡禮」は自由と民政に對する熱烈奔放の貢獻である。(19)

ここで晩翠は、確かに「革命時代の潮流の中に生れた」「革命の使徒」、即ち革命的ロマン主義の詩人としてのバイロン像を描き出し、それに共感の念を寄せるということをしている。だが晩翠がここで描き出しているバイロン像は、フランス革命時の自由主義の気運を母胎として生まれた「革命時代」の申し子としてのバイロンという、従来からある見方を反復したものであり、大正一三年当時の時代背景、時代精神のありようを踏まえながらその文脈の中で再解釈するというものではなかった。単に晩翠個人の好みを反映したバイロン像に過ぎなかったのである。

その点では、社会主義詩人にして自称「日本のバイロン」[20]兒玉花外（本名伝八、一八七四―一九四三）の訳詩集『短編バイロン詩集』（明治四〇年）の序文の中に描かれたバイロン像も同類であったと言える。

バイロンは熱烈太陽の如き天才なり、またアルプスの大雪なり、地中海の波濤なり、彼れ美貌花の如く、女子を迷はすの惡魔、イタリヤに將軍としては男子亦彼れの爲に死を願ふの美所と義俠とを有す。吁、バイロンの詩は劍なり、旗なり、苦痛の膽滴なり。現今我詩壇活氣なきと秋の夕の大墓場の如き時に際し、偉才バイロンの感情と精神に依つて、死人の群に光赫の火を投ぜらるれば幸なり。[21]

ここには、「劍」と「旗」と「苦痛の膽滴」とを歌い上げた革命的ロマン主義詩人としてのバイロン像が描き出されているわけだが、この花外の手になるバイロン像も、二〇世紀初頭という時代に対する描き手の認識や社会主義をめぐる描き手自身の詩想との関連性を感じさせないものであった。同時代の文脈に対する意識が欠如しているという点で、晩翠によるバイロン像と大差ないものであったと見ることができる。

二〇世紀初頭の時代状況や時代精神の流れを意識しながらバイロンの革命的ロマン主義の精神を再解釈しようとした川路柳虹、横山有策、幡谷正雄らと、同時代の文脈の中でバイロンを捉え返すということを特にはしようとしなかった晩翠、花外と――。この相違には世代の違いも関係していたかもしれない。『早稲田文學』、『日本詩人』への寄稿者の前三者は、後者の二詩人よりも一回りから二回りほど若い世代であり、その若さの分だけ現代という時代に対する意識が鋭敏で、現代においてもバイロンという詩人が持ち得る意義とは何かといった問題に鋭く反応するところがあったのかもしれない。いずれにしても、バイロン死後百年記念祭を契機に、一九世紀前半のロマン主義時代と二〇世紀前半の「大暴風時代」（『早稲田文學』第二一八号巻末の次号予告）との間に時代状況及び時代精神の類似性、共通性を看取しつつ、それを複眼的に見据えた、より立体的な革命的ロマン主義者としてのバイロン像を描き出すという試みが、僅かながらなされるという運びになっていたのである。

（二）反動的貴族詩人としてのバイロン像

だが、このような革命的ロマン主義者としてのバイロン像を描き出すに際し、論者の間でいささか濃淡の差が出ていたということも指摘しておかねばならない。この濃淡の差は、バイロンの革命的ロマン主義における革命性をどこまで認めるかをめぐっての認識の違いによるものであった。換言すれば、ロマン主義時代の流行思潮としてのバイロニズムと革命時代の流行思潮としてのマルキシズムがどこまで結びつき得るものであるのかという問題をめぐって、論者の間で捉え方が異なっていたということである。

バイロニズムとマルキシズムとの間の関係性について直接論及したものとしては、『早稲田文學』第二一九号所収の横山有策の「革命の詩人バイロン」をまず第一に挙げるべきであろう。横山はこの中で、マルクス（Karl Marx, 1818-83）のバイロン観を引用しながら次のように述べている。

カルル・マルクスが革命者としてのシェリイとバイロンとを比較したのは人の知るところである。彼は曰ふ——

『バイロンとシェリイとの眞の差は之だ——兩人を理解し、兩人を愛した人々はバイロンが三十六歳で死んだことを喜ぶ。なぜなら、彼がもつと生存してゐたら、彼は反動派のブルジョアになつたであらうから。で又彼等はシェリイが二十九歳で逝いたことを悲むのである。蓋し彼こそ根本的に革命主義者であり、そしていつも社會主義の前衛の一人になつたであらうから。』

此批評はシェリイについて眞理であつても、バイロンを眞に知つて居る人の言葉とは云へない。バイロンはなるほど尊大であつた、大衆を凡俗として見下げてゐた。彼は天才の殆どすべてが有つ缺點をあまりに多く誇張してゐた。けれども彼の眞底の大きな心情《ハート》、彼の詩の基礎をなす誠實、そして心からの人間愛はいかなる事情を以てしても彼をして『反動派のブルジョア』に變節せしめ得るとは思はれない。彼は廣い民衆の愚と怯とを罵り叱斥するかも知れない。しかし彼にはほんの聊かの外形に於ての外にブルジョアを構成する素質を更に備へてゐない。極言すればブルジョアには詩は書けない筈である。[22]

ここで横山は、バイロンとシェリーを比較しつつ後者に比べて前者はその革命精神の真実性の点で劣っているとするマルクスのバイロンに対する否定評価に異を唱え、マルクスの批判からバイロンを擁護している。横山がここで引いている、マルクスによるこのバイロンとシェリーの比較論は、もともと、マルクスの娘エリナー・マルクス（Eleanor Marx, 1855-98）とその夫エーヴリング（Edward Bibbins Aveling,1849-98）が書いた『シェリーの社会主義』（一八八八年）の中で論及されたものであり、その後、メーリング（Franz Mehring, 1846-1919）がその著書『マルクス伝』（一九一八年）においても引用したものであった。[23]横山は、恐らくはこのメーリングの著書か、マルクス＝エンゲルスの文学論のアンソロジーか何かで、このマルクスによるバイロンとシェリーの比較論について知ったのであろうが、ここで横山は、マルクスが何故バイロンの中に「『反動派のブルジョア』」に変節する潜在的可能性を見たのかという点について彼なりに整理している。即ち横山は、バイロンにおける大衆蔑視の尊大な態度に注目し、恐らくマルクスはそこにバイロンがやがて反動化するであろうという見解の根拠を見出したのであろうと推論しているのである。だが横山にとって、このマルクスによるバイロン否定は、「バイロンを眞に知つて居る人の言葉とは云へない」とでも言うしかない乱暴なものであった。横山は、バイロンにおける反動化の危険の根拠と考えられた彼の「ブルジョアを構成する素質」は「ほんの聊かの外形に於て」のみ見受けられるものであり、本来我々が目を向けるべきはバイロンの「詩の基礎をなす誠實」及び「心からの人間愛」の方なのだと考えていたからである。そしてこのような考えから、横山は「マルクスはバイロンの破壊力を認めるべきであつた。爆彈としてのバイロンを買はねばならなかつた」と述べ、バイロンにおける革命的ロマン主義の精神をマルクス主義運動を支えるヒューマニズムの精神の延長線上に位置づけつつ、その威力を高く評価するということをしているわけである。

このように、横山のバイロン論は、バイロニズムとマルキシズムとが「ブルジョア」精神を憎む「人間愛」、即ちヒューマニズムという共通の精神的地盤に立っていることを指摘している点で、バイロニズムとマルキシズムとの間の親和性を最大限に評価するという内容のものであった。だがすでに述べたように、バイロニズムとマルキシズムの関係性に関してはこのように楽観的な意見ばかり提出されていたわけではなかった。マルクスのバイロン観に反駁しつつバイロニズムとマルキシズムの和解点を模索しようとしていた横山とは逆に、バイロンにおける革命的ロマン主義の精神に一定の評価を与えつつも、全体としてはマルクスのバイロン否定の見解に寄り添うかたちで議論を展開している論者も中には存在したのである。その一人が、『日本詩人』第四巻第四号に「革命の詩人バイロン」を寄稿した幡谷正雄であった。

幡谷はその中で次のようなことを述べている。

バイロンとシェリーは時代を同じうした革命詩人であつた。その自由を愛し、社會の因襲を打破した點に於いて二人は相似た點が多い。然しその態度に於いて三人《ママ》には相違點を認めなければならぬ。バイロンは革命運動の破壞的方面のみしか現はしてゐない。彼れは古い慣例を信ぜず、彼れの『審判の幻夢』に於けるやうに多くの詩で、古代の封建制度や君主政體の氣力のない勢力を無慈悲に嘲笑してゐる。然し彼は古きものに代る新しい何物かを世界に齎す新しい信仰も有たなかつた。そして彼れの哲學は終に空虛な否定に終つた。『空の空』がその基調である。彼は自由の使徒ではあるが、純粋な個人主義の意味での自由を認めてゐる。即ち彼れはフランス革命の第一期の個人主義の代表者である。ジョン・モーレーの言つた如く、フランス革命の縮圖である。彼の詩の主人公は殆ど海賊、浪人、惡徒等である。『チャイルド・ハロルド』、『マンフレッド』、『ドン・ヂュアン』、『カイン』等の主人公は何れも單なる社會反抗者である。彼れは純粋に動亂破壞時代の產物である。そこには理想もなく、目的もなく、其の根本は唯破壞である、暗黑である、徹頭徹尾自暴自棄、絶望的である。從つて快樂的であつたのは當然である。彼れは結局形而下革命を代表した詩人である。消極的革命の詩人である。(24)

ここで幡谷は、マルクスと同様、バイロンとシェリーの比較論を試み、「積極的革命の詩人」である後者に比べて前者を「消極的革命の詩人」として貶しめるということをしている。幡谷によれば、バイロンは、虛無的かつ自暴自棄の破壊衝動に基づいて封建制度や君主政体に攻撃の矢を向けただけの人物であり、何らかの建設的な革命的理念に基づいて新しい価値を創造することをせず単に形而下の次元で革命を起こしたに過ぎない詩人であった。そしてバイロンがそのような「消極的革命の詩人」に止まったのは、バイロンの唱道する自由主義の理念が個人の自由の尊重という次元を超えることなく、個人主義の主張に終始し、よりよい社会の実現のための建設的理想を持ち得なかったからであった。幡谷はこのように論じた上で、「明瞭な理想、確實な改革案を以て社會改造を理想とした」シェリーと比べ、「バイロンは革命的アイコノクラストである、シェリーは革命的アイディアリストである」と結論づけている。このような幡谷の、個人主義者バイロンと社会主義者シェリーとを対照的に見つつ後者の方に肩入れする見解は、マルクスによるバイロンとシェリーの比較論を想起させるものである。マルクスは、バイロンに、社会主義の理想を理解せず個人の私的な利益を追求する「反動派のブルジョア」の影を見、一方シェリーには、革命の本義を理解した「社會主義の前衞」の可能性を見ようとしていた。恐らく幡谷はこのマルクスの見解に賛同しながら、それを幡谷流の表現に言い換えて持論を展開したものと考えられるのである。

このように、マルクスによるバイロンとシェリーの比較論は、日本のバイロン論者たちの中に、バイロンの急進的自由主義の精神、革命的ロマン主義の精神における急進性、革命性の度合いをマルクス主義を基準として計測するという問題意識を芽生えさせたわけであった。そして昭和期に入り、このような問題意識を、徐々に緊張の度合いを増してゆく時代状況と切り結ぶかたちで追究していったのが、槇村浩（本名吉田豊道、一九一二―三八）であった。槇村浩とは、高知出身のプロレタリア詩人にして反戦詩人で、昭和六年にプロレタリア作家同盟高知支部の結成に参加、また日本共産青年同盟のメンバーともなり、左翼運動に熱心に従事した人物である。槇村の代表作として知られる「間島パルチザンの歌」（『プロレタリア文学』臨時増刊、昭和七年四月）は、朝鮮民族の抗日民族解放闘争に対する共感とアジアに進出した日本に対する弾劾を基調とした詩であり、槇村の全体的な詩風は、一言で言えばプロレタリア国際主義に基づく反帝国主義の主張とアジア解放の主張を直截的に表出するといった具合のものであった。ここで取り上げる長詩「バイロン・ハイネ——獄中の一断想」（『詩人』一月号、昭和一一年一月）も、そのような詩風の作品の一つであると言える。

「バイロン・ハイネ」は、政治犯として囚われの身となっていた「僕」が獄中でバイロン及びハイネの幻影と会い、彼らと対話をする、という内容の物語詩である。槇村は昭和七年の高知共産党員の一斉検挙で逮捕され、以後昭和一〇年までの三年間獄の中にあった。それ故、この語り手の政治犯の囚人の「僕」のイメージには、獄中にあった当時の槇村自身の影が落ちていると見ることができる。では、その「僕」＝槇村の眼にバイロンはどのように映じているのであろうか。「バイロン・ハイネ」の冒頭、この「僕」は、偽善と欺瞞に満ちた獄外の世界こそ自由のない卑小な世界であり、自身が今現在身を置いている獄内の世界こそが「自由な／そしてほゝえましい世界」なのだ、という感覚に捕らわれている。そしてそんな感覚の中にあって日本の詩史に関する書籍に目を通している。と、そこにバイロンとハイネの名前を見出し、次のような感慨を抱く。

——バイロン！
かつてこんなしかめっつらを守りつゞけるために、民衆におあいそをふりまいたイギリス人があった……
——ハイネ！
かつてこんな利己的であるために、民衆を愛したドイツ人があった……
そして
帝国主義の尖頭で詩才をすりへらしてしまった日本の、先日老いぼれて墓場へくたばりこんだ男は
かつて星と菫に青ざめながら
もっとしぶとい強盗共の進軍を眺めてこう言ったものだ

――バイロン・ハイネの熱なきも……
――ヨサノ・テッカンこゝにあり……（25）

（六二頁）

このくだりの最後の二行から、「僕」が、明治中期の星菫派の詩人與謝野鉄幹の長詩「人を戀ふる歌」の中の「バイロン、ハイネの熱なきも」云々という有名な詩句に思いを馳せつつ、気持ちを昂らせていることがわかる。ここで鉄幹（昭和一〇年死去）が「帝国主義の尖頭で詩才をすりへらしてしまった日本の、先日老いぼれて墓場へくたばりこんだ男」と形容されていることから容易に察せられるように、「僕」は鉄幹に対して決してよい感情を抱いていない。「僕」は、明治三十年代のロマン主義の気分を代表する詩人としての鉄幹を、日本の「帝国主義」のお先棒を担いだ詩人と見ているわけである。このような見方の背後には、恐らく鉄幹が日清戦争時や義和団事件の勃発時、東アジア大陸における日本の権益を積極的に主張したということについての問題意識がある。

鉄幹は、義和団事件の起きた明治三三年、『明星』第四号（明治三三年七月一日）の「文藝雜俎」において、「果然東亞の平和は頑迷な團匪事件に由て破裂した。老帝國四百州の大地圖は日ならずして種々な色分に變更せらるゝであらう」と書きつつ、義和団事件によって混乱する東アジア大陸に西洋列強の支配の手がますます伸びてくるであろうこと、そして我が国もそのような動きに対抗してゆくべきであることを述べている。そして彼はさらに、そのためには国民精神を一つにまとめあげることが必要であり、我が国の文学者は国威発揚に貢献するような作物を物することでその役割を率先して担ってゆくべきである、と議論を展開し、バイロンに論及しながら次のようなかたちで文学者たちにその覚悟を問い質している。

獨逸や英國の例を引くまでもないが、戰爭などの場合には必ず一國の元氣を鼓舞するやうな作物が外國の詩人には澤山ある。平和な時でも御承知の佛蘭西のゾラなどは、ドレーフェース問題とか婦人問題とかの實際問題に就て、國外に放逐せられるのも辭せず家財を蕩盡しても辭せず筆のつゞく限り眞理の爲めに絶叫し狂奔してゐる。英國の詩人バイロンが希臘の戰爭に從軍し奮戰して殪れたなどは誠に壯快なことで從來の日本の文士には頓と箇様な心掛が無い。(26)

ここで鉄幹は、「希臘の戰爭に從軍し奮戰して殪れた」バイロンの姿に、日本の文学者が見習うべき、時局に積極的に関与してゆく雄々しい精神の表れを見出し、強く感情移入するということをしている。この発言は、晩年にギリシャの自由のために身を投げ出した詩人戦士としてのバイロンに対する鉄幹の思い入れ、即ち彼の政治的バイロン熱が彼の帝国主義的ナショナリズムの気分と結びついたものとしてあったことを端的に示唆するものである。恐らく「僕」＝槇村も、鉄幹のこのような発言などから、バイロン熱に鼓舞されながら日本帝国主義の尖兵としての役割を担った鉄幹というイメージを抱くに至ったと考えることができる。

このように、「僕」＝槇村は、鉄幹流のバイロン熱を、明治中期の頃より顕在化し昭和初期において拍車がかりつつあった日本の帝国主義的ナショナリズムの気分と親和的なものとして、否定的に捉えているわけだが、この鉄幹流のバイロン熱に対する否定の意識は熱狂の対象であるバイロン（及びハイネ）に対する否定の意識に展開してゆくことになる。「バイロン・ハイネ」において「僕」＝槇村は、革命的ロマン主義者としての体面を保ちたいという低俗な理由から急進的自由主義の理念を唱道した似非革命的ロマン主義の詩人としてバイロン（及びハイネ）を捉えるということをしている。そして、帝国主義的精神にも一脈通じるそのブルジョア的な利己的精神を弾劾するということをするのである。

「僕」＝槇村は次のように語っている。

もしプロレタリアートが
網膜の前をゆききする多くの人生のシルエットと共に
バイロン、ハイネを正視するなら　彼は正しい
――だが、うっかりこのシルエットが
鷲鳥の食欲と一しょに
彼の身内に食ひ入ったが最後
二種類のジャンルのブルジョアーは
彼にマラリヤ病のように不健康な影響を与へる　（六五頁）

ここで「僕」＝槇村が言っている、「網膜の前をゆききする多くの人生のシルエットと共に／バイロン、ハイネを正視する」というのは、二〇世紀初頭の現代という時代においてプロレタリアートがいかに搾取され過酷な境遇の下に置かれているかを正しく認識した上で、一九世紀前半の詩人であるバイロン（及びハイネ）の革命的ロマン主義の精神の現代的な意義とその可能性について冷静に評価するということを意味しているのであろう。だが、「僕」＝槇村の問題意識は、寧ろそのように「バイロン、ハイネを正視する」ということが正しくなされないことの方、つまり、プロレタリアートの悲惨に対する共感も同情もないままにバイロン及びハイネという「二種類のジャンルのブルジョアー」の利己的精神を利己的に（＝「鷲鳥の食欲と一しょに」）受容してしまうことの危険（＝「マラリヤ病のよう」な「不健康な影響」）の方に強く注がれている。即ち、「僕」＝槇村がここで言わんとしているのは、バイロン（及びハイネ）の革命的ロマン主義の精神の中にはブルジョア的反動に転化し

得る因子が含まれているので注意が必要であるということであったわけである。このような「僕」＝槇村の、ハイネはともかくバイロンに対する見方は、先程来論及しているマルクスのバイロン観にほぼそのまま通じるものであると言える。恐らく槇村は、「反動派のブルジョア」としてバイロンを捉えるマルクスの見方をそのまま摂取しつつ、それを基に、人々の利己的精神に火をつけつつ社会的弱者としてのプロレタリアートに対する共感及び同情を失わせるという、「マラリヤ熱のように不健康な影響を与へる」詩人としてバイロンを描き出すということをしていると考えられるのである。

このように、「バイロン・ハイネ」という長詩において、槇村は、マルクスのバイロン観に平仄を揃えつつ、似非革命的ロマン主義詩人バイロンにおける「反動派のブルジョア」としてのありようをやや過度に戯画的に強調して描き出している。他にもそのような描写の場面は幾つもある。例えば、バイロンがラッダイト運動を支持していたという事実に触れながら、実際はラッダイトのことを内心「どぶねずみのように」思い見下していたバイロンの貴族主義的な態度が強調されている場面がある（六六頁）。また、『チャイルド・ハロルドの巡礼』の題材となったバイロンの大陸旅行について「僕の旅が帝国主義者たちのお先触となったにせよ／尚僕は帝国主義まったゞなかのリベラリストたちのある型を創りえたことを誇りとしよう」（六八頁）云々とバイロン自身に語らせ、『チャイルド・ハロルドの巡礼』の中にイメージ化されたバイロンの大陸旅行の際の見聞が西洋の「帝国主義者」たちの海外進出への欲望を掻き立てることになったという認識を披露しつつ、帝国主義的精神の先導者としてのバイロン像を描き出している場面もある（六七―六八頁）。さらに、「僕の旗は、アトランチイズ越えの海賊船の赤旗だ／多少ナチスめいて黒みがゝってはゐるがね」（六九頁）と、バイロンにナチスへの言及をさせて、バイロンの精神と全体主義との親和性について示唆している場面もある（六九―七〇頁）。そして極めつけとしては、この長詩が発表された昭和一一年のイタリアによるエチオピア侵攻を念頭におきつつ、バイロンに

「僕はアヂス・アベバをのっとって／エチオピア皇帝バイロン第一世と宣布しよう！」（七二頁）と絶叫させ、バイロンにおける貴族主義性、帝国主義性、全体主義性を「エチオピア皇帝バイロン第一世」という一語に結晶させて、その「反動派のブルジョア」性を弾劾した場面を挙げることができる（七一―七二頁）。

この「バイロン・ハイネ」という長詩は、結果的にマルクスのバイロン評を公式主義的に敷衍するといったかたちでバイロンにおける反動性、ブルジョワ性を殊更戯画化したような作品であり、詩作品としてはあまり優れたものとは言えないというのが実際のところであろう。だが、急進的自由主義を奉じる革命的ロマン主義の詩人と一般に認識されるバイロンに、植民地の自由やプロレタリアートの自由を抑圧する帝国主義に親和的な「反動派のブルジョア」としての面があることを辛辣な諷刺的な筆遣いで浮き彫りにしている点で、この作品はやはり注目すべき作品であろうと思われる。本節においては、日露戦争の勝利後、新時代の到来とともに、バイロンが旧時代の遺物として軽視され、蔑視され、やがては無視されるという大きな流れがあったこと、またそのようなバイロン無視の状況が大正一三年のバイロン死後百年記念祭を契機として改善され、同時代の文脈との接点においてバイロンの再評価が行なわれるという動きが出てきていたことについて明らかにしてきたわけだが、この「バイロン・ハイネ」という作品は、詩人槇村におけるバイロンを否定したいという熱情を強烈に感じさせるものであった。このバイロン否定への熱情をも、バイロンに強く拘泥しているという意味でバイロン熱の一形態と考えるなら、槇村のこの詩もバイロン熱の変則的な現れということになる。つまりここにおいてバイロン熱、あるいはバイロンは忘却の淵から復活を遂げたのであった。

明治末期以降、退潮の一途を辿り、完全に冷却し切ったかに見えたバイロン熱は、大正一三年、幾人かの論者によって同時代の時代状況、時代精神との接点において再び点火せられ、そしてその火は、マルクスのバイロン否定の評を燃料としながら、バイロン否定のバイロン熱という屈折したかたちで燃え上がったわけであった。大正末期から昭和初期にかけてバイロン熱が局所的な現象ながら時代状況、時代精神と関わりを持ちつつ復活しつつあったことを示唆する作品、それがこの槇村浩の「バイロン・ハイネ」という長詩であったわけである。

註

（1）日夏前掲書、三六〇頁。

（2）久保忠夫は、高山樗牛が明治三五年七月、『帝國文學』に「亞細亞大陸回顧の歌」に載った翌月の『太陽』に「雑談」を寄稿し、その中で「是の歌がその一部を成して居る『東海游子吟』と云ふのは、想ふにバイロンの『チャイルド、ハロルド』の様なものではあるまいか」と述べている事実を指摘している。また同時に、内ヶ崎作三郎が『東海游子吟』が刊行された時、『新人』に「東海游子吟を讀む」という一文を寄せ、その中で「一巻の「東海遊子吟」は邦語にてものされたるチャイルドハロルド漂遊記なり」と書いていた事実、さらに、姉崎嘲風が明治三五年五月二〇日付樗牛宛書簡の中で、「土井は『東海遊子吟』といふバイロン物をやって居る。ハロルドで思ひついたのだ」と書きつけている事実を指摘している。土井晩翠顕彰会（編）『土井晩翠――栄光とその生涯』（宝文堂出版、昭和五九年）、二六九―二七〇頁。これらの事実から、晩翠の『東海游子吟』が土井流の『チャイルド・ハロルドの巡礼』であったという見方が、ある程度共有されていたことを窺い知ることができる。

（3）佐渡谷重信も、『天地有情』（博文館、明治三二年）に収められた「夕の思ひ」の中のバイロンに言及した詩句を引きつつ、「そして後に、バイロン的哀愁は『東海遊子吟』（明治39年）に反響する」と述べて、『東海游子吟』を晩翠のバイロン熱の系譜に属する作品として位置付けている。佐渡谷「ジョージ・G・バイロンと明治期の翻訳」、二八頁。ただ後に述べるように、筆者は、『東海游子吟』における「バイロン的哀愁」の「反響」の空虚な響きに、明治三十年代後半のバイロン熱の冷却化の象徴的な表れを見ているのである。

（4）日夏耿之介『明治大正詩史』上巻〈普及版〉（新潮社、昭和一一年）、三〇一頁参照。

（5）土井晩翠からの引用は、以下、『晩翠詩集』（増補改版　博文館、昭和二年）に拠り、本文中に頁番号を記す。

（6）日露戦争後の文学空間の再編成の議論については、大東和重『文学の誕生――藤村から漱石へ』〈講談社選書メチエ三七八〉（講談社、平成一八年）を参照した。
（7）『石川啄木全集』第三巻（筑摩書房、昭和五三年）、二一七―二一八頁。
（8）『芥川龍之介全集』第一二巻（岩波書店、平成八年）、五六―五七頁。
（9）木村毅「讀まざる詩人の追懐」（『早稲田文學』第二一九号、大正一三年五月）、七七―七八頁。
（10）See Lafcadio Hearn, *Interpretations of Literature*, ed. John Erskine, vol.1 (New York: Dodd, Mead and Company, 1917) 16.
（11）島田清次郎は、彼が二十歳の時に生田長江の推薦で刊行した『地上』第一部（新潮社、大正七年）で一躍大ベストセラー作家、文壇の寵児となり、天才作家の評判を恣にした。『地上』が世間に熱狂的に迎えられたのは、作品の中に盛り込まれた社会思想が、当時の第一次世界大戦末期のデモクラシー勃興の気運に合致し、特に若い読者層の心情を刺戟したためであったと考えられている。だがその後、島田は、実生活における奇矯な振る舞いや、その後の作品の質の低下によって人気を失墜させ、昭和五年、貧困の中精神病院で狂死した。杉森久英「島田清次郎」［日本近代文学館（編）『日本近代文学大事典』〈机上版〉（講談社、昭和五九年）、七四〇頁参照］。
（12）ただし木村は、後に、モーロワ（André Maurois,1885-1967）のバイロン評伝 *Byron*（一九三〇年）を、『傳記小説バイロン』（改造社、昭和一〇年）と題して翻訳している。
（13）この点に関して、例えば佐渡谷重信は、木村鷹太郎の『バイロン評傳及び詩集』を取り上げ、この書が出版されてから約三ヶ月で一六版を数えるほどのベストセラーを記録したことを指摘している。佐渡谷「ジョージ・G・バイロンと明治期の翻訳」、四四頁。
（14）「編輯後記」（『日本詩人』第四巻第四号、大正一三年四月）、一一二頁。
（15）「五月號豫告」（『早稲田文學』第二一八号、大正一三年五月）、六二頁。
（16）川路柳虹「バイロンと現代」同誌、八二―八三頁。
（17）幡谷正雄「序」［『バイロン詩集』（新潮社、大正一三年）、五―六頁］。
（18）佐渡谷重信は、「バイロン没百年は『早稲田文學』『日本詩人』の特集号が出たすぎず《ママ》、バイロンは忘却されつつあったのかもしれない」と述べているが（佐渡谷「ジョージ・G・バイロンと明治期の翻訳」、五九頁）、寧ろ、それまで忘却されていたバイロンが、バイロン死後百年記念祭によって人々の意識の上に再び上るようになったことを強調すべきであると思われる。

(19)土井晩翠訳『チャイルド・ハロウドの巡禮』(二松堂書店・金港堂書店、大正一三年)「はしがき」三頁。

(20)佐渡谷「ジョージ・G・バイロンと明治期の翻訳」、三三頁。

(21)兒玉花外(訳)『短編バイロン詩集』(東京大學館、明治四〇年)、「序」。

(22)横山有策「革命の詩人バイロン」『早稲田文學』第二一八号、二〇—二一頁。

(23)この間の事情については、石堂清倫『中野重治と社会主義』(勁草書房、平成三年)の中の「[附]シェリーの社会主義」の記述に拠るところが大きい。石堂著、二四四頁参照。

(24)幡谷正雄「革命の詩人バイロン」『日本詩人』第四巻第四号、一七頁。

(25)槇村浩からの引用は、以下、『槇村浩全集』(平凡堂書店、昭和五九年)に拠り、本文中に頁番号を記す。

(26)『明星』第四号(明治三三年七月一日)、一六頁。

第三節　バイロニズムから「近代の超克」へ

第一項　昭和十年代におけるバイロン熱の復活

前節では、明治末期の自然主義文芸思潮の流行以来、時代遅れの詩人としてまともに扱われてこなかったバイロンが、大正一三年のバイロン死後百年記念を契機に同時代的文脈の中で再評価されるという動きがあったことについて論じた。そしてその中で、バイロンの再評価を促したものが当時日本においても広がりつつあったマルクス主義思想であったことについても明らかにした。大正末期、新思想として輸入されたマルクス主義が時代精神の基調の一つとなる中で、急進的自由主義を唱道する英雄詩人としてのバイロンの革命的ロマン主義の精神に光が当てられ、その結果忘却の闇の中に葬り去られていた感のあるバイロンが、局所的な動きながら復活の兆候を見せつつあったわけであった。

大正期の日本においてマルクス主義思想が流行の兆しを見せつつあったについては次のような時代背景があった。まず、一九一四（大正三）年から一九一九年（大正八年）まで続いた第一次世界大戦である。第一次大戦の主戦場はヨーロッパ大陸であり、日本は直接戦局には関与しない立場にあったが、ドイツを敵とするイギリスが日英同盟を理由に日本に対独参戦を求めてくるに及び、日本はドイツの支配下にあった青島及び南洋群島を占領した。さらに日本は大正四年、対華二一ヵ条を中国に突きつけ、中国大陸に権益を拡大、戦後は戦勝国の一国として国際連盟の常任理事国になった。こうして国際的に地位を向上させた日本は国内的にも戦争特需で好景気となり、重化学工業を中心に経済の飛躍的な発展を見たのであった。

だが、大戦による好景気の陰で労働者の数が増大、安価な賃金をめぐる労働者の資本家に対する不満が新たな社会不安の温床ともなった。のみならず大戦中に起きたロシア革命、またその混乱に乗じて行なわれたシベリア出兵は戦争特需を狙った流通業者の米の売り惜しみをさらに加速化させて米価は高騰、全国各地で米騒動が起こることとなった。このように第一次大戦は経済活動を活性化させた分、労働問題や貧困問題など様々な社会問題を惹起することとなった。そしてそのことが社会主義思想、アナーキズム思想、マルクス主義思想などの各種社会思想を流行させる直接の時代的要因となったのであった。

こうした時代状況及び時代精神の動向は当然文壇にも波及することとなり、その影響は大正末期から昭和初年代にかけてのプロレタリア文学の流行というかたちで実体的に現れるようになる。特にプロレタリア文学内部でのヘゲモニーを掌握した全日本無産者藝術連盟（略称「ナップ」）は、雑誌『戰旗』に拠りつつ、理論方面では蔵原惟人（一九〇二―九一）、創作方面では小林多喜二（一九〇三―三三）と徳永直（一八九九―一九五八）が健筆を揮い、文壇において大きな位置を占めた。さらにナップは昭和六年、蔵原惟人を中心にピラミッド型に組織化された日本プロレタリア文化連盟（略称「コップ」）に生まれ変わり、より政治主義的な色合いを強めてゆくことになった。

ところでこのプロレタリア文学運動の政治主義的傾向の強まりは、その後のプロレタリア文学運動の運命を考える時、二重の問題をプロレタリア文学運動に強いることとなった。まず一つは、プロレタリア文学運動の内部における問題である。プロレタリア文学運動の政治主義は、政治と文学の一体化という名目の下、文学に対し政治への従属化を強いた。そして自由に創作したいと考えるプロレタリア作家らに「政治の優位性」に対する不満を抱かせたのであった。

二つ目の問題は、プロレタリア文学運動の政治主義が、ソ連のコミンテルンを頂点とする国際共産主義の蔓延を恐れた当局の警戒意識、敵対意識を刺戟してしまい、プロレタリア文学運動全体に対する当局の弾圧を却って招来してしまったことである。昭和八年二月、コミンテルン＝共産党の方針に献身的に従っていた小林多喜二は特高警察により逮捕、拷問の末虐殺された。また、多くのプロレタリア作家が検挙され、獄中で転向を強いられた。このように、プロレタリア文学運動の強化を目論んだその政治主義化の動きは、逆に運動全体を衰退させる内外の要因を生み出すこととなったのである。

このような政治主義化によるプロレタリア文学運動の衰退という現象は、二つの次元における「政治と文学」の問題性を物語るものであった。一つは、コミンテルン＝共産党による指示、命令というかたちで表面化した、文学に対するマルクス主義的政治主義の抑圧という問題である。そしてもう一つは、国家＝警察権力による思想統制、逮捕、投獄というかたちで表面化した、文学に対する全体主義的政治主義の抑圧という問題である。プロレタリア文学運動が一気に退潮しつつあった昭和初年代後半、文学は、これら二つの次元における「政治と文学」の問題性を自己克服することを自ら課題とせざるを得なかった。そうすることで、プロレタリア文学運動が瓦解した後の「文芸復興」を自ら図ろうとしたのである。

そしてそのような問題意識の下に創刊された雑誌の代表格が、昭和八年一〇月創刊の、小林秀雄（一九〇二―八三）、林房雄（本名後藤寿夫、一九〇三―七五）、武田麟太郎（一九〇四―四六）、川端康成（一八九九―一九七二）らを編集同人とする『文學界』、所謂第二次『文學界』なのであった。例えば武田麟太郎は『文學界』創刊の意図を次のように説明している。

　最初『文學界』の発刊されたのは、私の解釈する限りでは満州事変以後、私たちの上に重苦しく押しかぶさって来た鉛色の曇天に対する作家的反発からであったと思う。言論の自由、ひいては文学の自由をまで奪いかねない政治的圧力、文学的には、かの大衆小説と僭称する通俗読物のバッコ横行に対する挑戦であった。純正な文学の権利を擁護し、若い世代の文学を確立しようとする、文学者の自衛運動、それ自体は消極的な外見を有しながらも、実体においては烈々たる叛逆精神に横溢した文学者の積極的行動であった。(1)

ここで武田が言っている「満州事変以後、私たちの上に重苦しく押しかぶさって来た鉛色の曇天」とは、第一義には、一九二九（昭和四）年の世界恐慌及びその煽りを受けた昭和恐慌による世界及び国内の経済状況の停滞、また満州事変から国際連盟脱退に至る国際的政治状況の緊迫化、さらに五・一五事件、二・二六事件などに象徴される国内的政治状況の不安定化など時代状況の暗転のことを意味していると考えられる。そしてこのような暗転する時代状況の中で進行する、文学の自由に対する政治的圧力の増大と文学の大衆化に抗する雑誌として企画されたのが、第二次『文學界』であったわけである。ただしここで言う政治的圧力には、『昭和文学盛衰史』（昭和四〇年）において高見順（一九〇七—六五）が指摘している通り、(2) プロレタリア文学運動全体に対する「支配権力の政治主義的圧力」のみならず、運動内部の「プロレタリア文学の政治主義的偏向」のことも含意されている。『文學界』はマルクス主義的か全体主義的かを問わず、あらゆる政治主義に対して「純正な文学の権利を擁護し、若い世代の文学を確立しようとする、文学者の自衛運動」であったのであり、文学的自由主義をスローガンとして掲げた「烈々たる叛逆精神に横溢した文学者の積極的行動」であったのである。

このように『文學界』は、様々な思想的立場の言論人が文学的自由主義という価値理念を共有しつつ集合して発刊した雑誌であった。そしてそこに集まった中に後にバイロン熱に罹患することになる文学者がいたのである。林房雄と阿部知二（一九〇三—七三）がそれである。林は『文學界』創刊当初からの中心メンバーであり、一方阿部は河上徹太郎（一九〇二―八〇）、島木健作（一九〇三―四五）らと共に昭和一一年一月に『文學界』に参加した。つまり二人は日支事変から大東亜戦争へと展開する激動の時代、昭和十年代の時期に『文學界』の同人同士であったのである。文学的自由主義を奉じ『文學界』に参加した彼らは、時局が緊張するに従って全体主義的傾向を強めてゆく時代の空気を均しく呼吸しつつ、「政治と文学」の問題、自由の問題を各々の仕方で思念していった。そしてそのような彼ら各々の問題意識の先端に均しく浮かび上がってきたのがバイロンなのであった。

プロレタリア作家から日本主義者に転向した林房雄と、新興芸術派のモダニズム作家から行動主義文学の賛同者、さらにはヒューマニズムの主唱者へと変貌していった阿部知二――。彼らは同じ『文學界』同人とは言え、文学的自由主義についての考え方は異質なものがあった。が、興味深いことに彼らのバイロン観には本質的に一致する点が見られる。

例えば林は、獄中でバイロン全集を読み耽っていた昭和一〇年、バイロンについて次のような感想をその獄中記に書きつけている。

アンドレ・ジイドの「日記」の中に、「……またしても自分の眼にはバイロンの偉大なる風貌が現れてくるのだ……」といふ一句をみつけた。一八九一年だから二十四歳のときか？　ほかの場所には「ララ」といふ文字も見える。ゴオチエの空粗を攻撃して「ララ」の憂鬱と厭人を高く評價してゐたやうに思ふ。ジイドもまた、ヨオロツパのすべての近代作家のやうに、その青年時代にバイロンの影響をうけた一人なのであらう。中村光夫のいつかの手紙の中にあつたとほり、バイロンこそは文學史における「近代」の父なのかもしれぬ。「ベツボウ《(ママ)》」や「ジユアン」を讀みながら、ハイネがいかにバイロンの影響をうけてゐるか――うけすぎてゐるかといふことが目につき、僕の頭の中で輝いてゐたハイネの姿が、この偉大な父のために、いくらか色あせたほどだ。(3)

一方、阿部も、昭和一二年、英文学者としてバイロンの作品及びバイロンについての研究書を読み込みつつ書き上げたバイロン評伝の前書きの中で次のように書いている。

この生涯と作品との二つを統べて、一つの「バイロン」の像を作り、それを、浪漫主義時代の一つの象徴的存在としての意味を考へ、それが近代文學にあたへた意味を考へ、さらに近代的人間としての、バイロンを考へてきたならば、それは一つの大きなヨーロッパ近代文學論、近代人論となつて、涯しなくひろがつてゆくのだ、と、この仕事をつづけてゆくうちに私はいよいよ強く信ずるやうになつたが、この小傳は、そのやうな問題の闡明の戸口にまでも立つてゐない。十九世紀人――近代人の精神の一典型としての彼を描かうとすることは、私の力の及ぶところでなかつた。しかし、私は、これで自分のバイロンへの興味を終止させようとは思つてゐない。一つの仕事をすると、急にしばらくはその興味が冷却して、一休みするといふ氣になることがあるが、このバイロンに對しては、これからだといふ氣がしてならない。さうしてみれば、これは、その進行の中途の一つの未完なものにすぎないであらう。これを出發點として、バイロンを、――それが持つ近代文學、近代人の性格への意味を考へてゆくこととしたいと思つてゐる。(4)

これら林と阿部の両人の文章に共通しているのは、ヨーロッパの近代文学者に対してバイロンが与えた影響の大きさを確認しながらバイロンの中に「近代」という問題性を読み取ろうとする強い問題意識である。しかも彼らは原文で全集を読み込むなど、バイロンの人間像や詩作品についての全体的な理解を持っていた。彼らのバイロンに対する問題意識は恐らく生半可なものではなかった。

昭和に入って以降のバイロンをめぐる言論状況については、大正末期のバイロン死後百年記念祭以来、様々なバイロン訳詩集やバイロン関係書が刊行されており、ある程度の活気があったと見ることができる。例えば、バイロンの詩作品の翻訳書、注釈書としては、寺西武夫訳「マンフレッド」（『英吉利古典近代劇集』〈世界戯曲全集第五巻《英吉利篇三》〉、昭和五年）、幡谷正雄訳『バイロン詩集』〈新潮文庫第八四篇〉（昭和八年）、若目田武次訳註『劇詩マンフレッド』〈英文訳註叢書第六七篇〉（昭和八年）、谷崎精二（一八九〇―一九七一）編『バイロン情熱の書』〈人生叢書第七篇〉（昭和一一年）、土井晩翠訳『バイロン詩集』（昭和一三年）、阿部知二『新譯バイロン詩集』（昭和一三年）、片山彰彦訳『バイロン詩集』（昭和一四年）等が刊行されている。また、翻訳書、注釈書以外のバイロン関係書としては、鶴見祐輔（一八八五―一九七三）『英雄天才史伝バイロン』（昭和一〇年）、アンドレ・モーロア（木村毅訳）『傳記小説バイロン』（昭和一〇年）、阿部知二『バイロン』〈英米文学評伝叢書大四三巻〉（昭和一二年）、中野好夫（一九〇三―八五）・小川和夫（一九〇九―九四）共訳『バイロン手紙と日記』（昭和一三年）、日夏耿之介「バイロン」（『英吉利浪曼象徴詩風』上巻、昭和一五年）、岡本成蹊（一九〇五―八八）訳『マンフレッド・カイン』〈第二部第四七三篇〉（昭和一五年）等が刊行されている。このように大正から昭和に時代が移ってからもバイロン関係書の刊行は続いていたわけであった。昭和一三年前後に刊行のピークがあるのは、昭和一三年即ち一九三八年がバイロン生誕百五十年に当たる年であり、出版業界がバイロン死後百年記念の時と同様のにわか需要を当て込んだということがあったのであろうと思われる。

だがこの中で特記すべきなのは、岡本成蹊他訳『バイロン全集』全五巻（昭和一一年）の刊行であるだろう。この全集はバイロンの全作品の訳を収めた完全なものではなく、また訳詩ぶりもやや古めかしさを感じさせるものとなっている。が、『チャイルド・ハロルドの巡礼』や『マンフレッド』、『ドン・ジュアン』など主要な作品の訳は言うに及ばず、『サーダナペイラス』や『ベッポー』など、これまで未邦訳の作品、さらには日夏耿之介による「バイロン研究」をも収めた、バイロンに関する全体像を把握するに、当時としては最も便利なものであった。この『バイロン全集』の刊行とほぼ同時期に、林房雄と阿部知二という、バイロンの全体像を把握した上でバイロンに思い入れを逞しくするバイロン熱罹患者が現れたことは偶然以上の意味があるように思われる。つまりこのことは、バイロンに関する部分的な理解を基にバイロンのある一面に思い入れをするという傾向の強かった従来のバイロン熱のありようとは違った、新しい型のバイロン熱を醸成する思考の磁場が、昭和日本の文学空間に出現していたことを示唆しているように思われるわけである。

恐らく林と阿部は、マルクス主義的政治主義が瓦解した後の昭和十年代、戦争に向かうにつれて強まってきた全体主義的政治主義の動きに対し、文学者としての自我の自由、文学の自由を守りたいという意識から、自由主義の詩人にして自我崇拝の詩人であるバイロンに接近したのだと、取りあえず推測することができる。ではそのような彼らの「政治と文学」をめぐる問題意識、自由をめぐる問題意識は、先に論及した彼らのバイロン観、即ちバイロンの中に「近代」という問題を見出していこうとするバイロン観とどのように関係するものであったのだろうか。そしてその両者の関係性は、彼らのバイロン熱、バイロン受容のありようにおいてどのように具体的に立ち表れていたのであろうか。本節では、こういった論点を中心に、林房雄と阿部知二という二人の昭和の文学者のバイロン熱の持つ意味及び意義について解釈を試みていきたいと思う。

第二項　林房雄におけるバイロニズムの展開

林房雄がバイロンを本格的に読んだのは、すでに述べたように昭和一〇年の春、静岡刑務所の監獄においてである。当時林は、左翼活動に関係した咎で二度目の下獄中（昭和九―一〇年）であったが、この時期の獄中書簡を収めた『獄中記』（昭和一五年）の第二部を読むと林の獄中での読書の様子を窺い知ることができる。林は入獄直後からバイロン全集の差し入れを熱望し、[5]翌年三月、漸く全集を手にして、[6]以来二ヶ月強でおおよそ読了している。[7]これは林のバイロン熱がかなり切実な思いに裏打ちされたものであったことを窺わせるものである。

林がこれほどバイロンに熱中したのは明確な目的意識があったからである。林はバイロンを読む目的について、『獄中記』の中で、「ハイネによつて「青年」を書き、バイロンによつて「壯年」を書かうといふ心がまへです」[8]（『獄中記』、二〇〇頁）と述べている。

『青年』及び『壯年』とは、林の一度目の下獄中（昭和五―七年）の昭和六年、豊多摩刑務所内で構想された三部作の中の二作である。『青年』は、文久三年及び元治元年の明治維新直前の日本を舞台に、二人の長州藩士、伊藤俊輔（後の伊藤博文、一八四一―一九〇九）と志道聞多（後の井上馨、一八三五―一九一五）の思想と行動を描いた歴史小説で、一度目の服役後の昭和七年八月から昭和九年三月にかけて『中央公論』や『文學界』等数誌に掲載、翌年に単行本化されている。一方、『壯年』は『青年』の続篇に当たる作品で、明治一四年の伊藤博文の参事院議長就任と自由党の結成までを描いた第一部が、二度目の服役後の昭和一〇年九月から翌年八月にかけて『改造』及び『文學界』に連載、その翌年の昭和一二年に単行本化されている。その後二年余りの中断を挟んで、明治一五年の福島事件に焦点を当てた第二部が、昭和一四年四月から同年一二月にかけて『文學界』に連載、翌年に単行本化された。が、鹿鳴館時代や帝国憲法発布等を扱う第三部以降については、日露戦争や朝鮮併合、伊藤の暗殺等を描く予定の『晩年』と共に完成を見ることはなかった。[9][10]

ところで、林がマルクス主義から日本主義へという、言わば鋭角的な転向を果たした作家であることはよく知られている。そして一般に、この『青年』執筆から『壯年』執筆にかけての昭和一〇年前後の時期が林における転向の時期とされている。[11]神谷忠孝はこの時期の林の言論活動の推移を、文学の自律性の主張及びそれに基づくナップの政治主義的指導方針への批判（昭和七年）、『文學界』への参加（昭和八年）、日本浪曼派への側面的支持（昭和九年）、独立作家クラブの創設とそこからの離反（昭和一〇―一一年）、新日本文化の会の組織化（昭和一二年）と丁寧に跡付けながら、「時代の転換期に林房雄が大きくかかわっているという事実」を指摘している。[12]このことは逆に言えば、林が時代の転換の動きに並行しつつ自己の内面の転換のありようを見つめながら『青年』及び『壮年』を執筆していったということであった。

このように、『青年』及び『壮年』の執筆時期は、この時代の文学状況、時代精神の展開、及び林個人の文学及び思想の展開を考える上で重要な意味を持つと言えるわけだが、『青年』と『壮年』の両方を取り上げてこの間の林の内面の動きに迫ろうとする試みは従来あまりなされてこなかった。それには、伊豆利彦が言うように、「さかんに問題にされはしたが、まともに論じられることはなかった」[13]という林房雄研究全体の状況が大きく与っていたのであろうと思われる。「はじめてまともに林房雄を研究対象とし」[14]たと評されるケヴィン・M・ドークも、『青年』は取り上げているものの、『青年』から『壮年』への移行の意味、及び未完の『壮年』の作品世界のあり得べき可能性については十分に論及していない。[15]

「ハイネによつて「青年」を書き、バイロンによつて「壮年」を書かうといふ心がまへです」。この林の言は、『青年』と『壮年』を連作として捉えつつ、両者の作品世界の差異をハイネとバイロンとの差異として表現したものである。この両作品の間における連続性と不連続性を直視した言にはこの時期の林の内面の機微を捉える有効な視点が隠されているはずである。本項では、従来本格的に論じられることのなかった林のバイロン受容のありようについて検討し、「バイロン」（及び「ハイネ」）という視角からこの問題に迫ってみたい。そして林のバイロン熱が持っている意味の射程を測定したい。

（二）『青年』における林房雄のバイロン観

林におけるバイロン受容について検討するためには、林が自らの創作においてバイロンを受容することへの意気込みを明確に示した「バイロンによつて「壯年」を書かうといふ心がまへです」という言の意味を、まずは見定めておく必要があるだろう。林が「バイロンによつて「壯年」を書」くという営みを具体的にどのように捉えていたのかについては、『獄中記』第二部第五信の中の林の次のような発言が考える手がかりを与えてくれる。

（バイロンを、菊池註）讀み行くに從つて、僕の豫想が次第に確められるのを感じる。豫想といふのは、テーヌの「英文學史」のバイロンの章（この章はシエークスピアの章とともに全巻中の出色である）を三度くりかへしたが、三度目に僕はテーヌのバイロン觀に非常な不滿を感じた。テーヌはバイロンについて多くのことを教へてくれたが、彼の見得ないものがまだバイロンの中にある。しかもそれがバイロンの性格の本質をなしてゐると感じたのだ。ロセツチの序文も、この意味でさらにくだらない駄文章だ。全集を讀了したら、僕のこの豫想は確信にかはるだらう。その上で、僕のバイロン論を書く。それよりも嬉しいのは、バイロンが確かに「壯年」の主調音《キイノオト》になることが、いよいよ明らかになつてきたことだ。これを探りあてれば、すぐにでも作曲にとりかゝることができる。[16]

この言からわかるように、林がバイロン全集を読む中で行なっていたこととは、表層的な批評眼では見ることのできない「バイロンの性格の本質」についての自身の理解の妥当性を確認しつつ、それを『壯年』の作品世界の根底に据えながら物語全体の構想を練るということであった。これを実作の中で実践するということが「バイロンによつて「壯年」を書」くという営みの内実であったわけである。

では、全集を読む中で確認していたと言う、「バイロンの性格の本質」についての林自身の理解とは一体どのようなものであったのだろうか。林のバイロンについての理解が具体的なかたちで初めて公にされるのは、管見では『青年』においてである。林は『青年』第二五章の中で、イギリス艦隊のスイス人軍医であるプウランという作中人物に次のようなバイロン評を日記に書き記させている。

「バイロンの一生は、ふしぎな小箱に似てゐる。」日記の文章はつゞいてゐた。「小箱の外側は、傲慢と激情と憂鬱と背徳の怪奇な唐草模様でかざられてゐる。多くの人々は、この怪奇な外飾の故に、バイロンをにくみ、また多くの人々は、この多彩な飾り模様の故にバイロンを愛する。たゞ、心ある人々のみが、この不可解な小箱の中身が、正しい人間の高貴な眞實性にみたされてゐることを知る。バイロンの眞摯な精神は、イギリス社會の僞善と壓制と掠奪性を默視することができなかつた。かれは、イギリスの俗物社會に全身をもつて反抗した。この反抗が、かれにもたらしたものは、すなはち、傲慢と背徳の汚名であり、晩年の自己追放であり、異國における死であつた。——多くの人々が、この間の消息を理解しない。その中でも、イギリス人は特に！(17)

ここでプウランは、バイロンを、外面の派手な背徳的言動のためにその内面の純情について正しく理解されず、流浪の人生を生きるしかなかった悲劇的人物であると評している。そしてそのようなバイロンの人間像を、「外側」には「傲慢と激情と憂鬱と背徳の怪奇な唐草模様」があしらわれている一方、外からは見えないその「中身」には「正しい人間の高貴な眞實性」が秘匿されているという「ふしぎな小箱」に擬えるということをしている。

プウランによるこの「小箱」の比喩から想起されるのが、先述の『獄中記』における林のバイロンについての記述である。そこで林は、表層的な批評眼では「見得ないもの」が「バイロンの中にあ」り、それが「バイロンの性格の本質」をなしているというバイロン観を披露していた。この認識は、『青年』におけるプウランの「たゞ、心ある人々のみが、この不可解な小箱の中身が、正しい人間の高貴な眞實性にみたされてゐることを知る」というバイロン評と非常に類似したものであると言える。そしてこの類似は、『青年』のプウランのバイロン評が林のバイロン観を直接反映したものであることを示唆している。

実は『青年』のプウランのバイロン評には林のバイロン観を反映したと思われる点が他にもある。先の引用にあった通り、プウランはバイロンを「イギリス社會の僞善と壓制と掠奪性を默視することができ」ず「イギリスの俗物社會に全身をもつて反抗した」人物と見なしていたわけだが、彼はこの後に続けて次のようなことを述べている。即ち、バイロンの死後、「イギリス社會の僞善と壓制と掠奪性」が「商業の自由」の名の下、アジアその他の地域を市場化、植民地化するというかたちで顕在化したのである、と――。つまりプウランはこのように言うことで、「僞善と壓制と掠奪性」を旨とする欧米列強の帝国主義の論理に対し自由主義の立場からいち早く反抗した先駆的英雄としてバイロンを位置づけるということをしているのである。[18] このようなプウランのバイロン評には、当時林が抱懐していたマルクス主義的世界観の顕著な表れを見て取ることができるであろう。『青年』執筆時、すでに林は「作家のために」(『朝日新聞』、昭和七年五月)、「文學のために」(『改造』、昭和七年七月) といった評論において、文学の政治からの独立を主張し、「政治の優位性」を説きつつマルクス主義的政治主義を徹底させようとするナップ指導部と対立していたが、この時点ではまだプロレタリア作家の看板を下ろしてはおらず、『青年』の作中にもプロレタリア作家としての自負の念を書きつけるということもしていた。[19] プウランのバイロン評に感じられるマルクス主義的世界観の影は、そのような林のプロレタリア作家としての自意識の表れの一環と考えることができるわけである。

このように、プウランのバイロン評と林のバイロン観の間には非常に親近するもの、共鳴するものがあると言える。このことから示唆されること、それは、林が作中、バイロンの反逆の身振りの中に反ブルジョアの精神、反帝国主義の精神を見て取るプウランの言に仮託するかたちで自身のマルクス主義的バイロン観を表現しているということである。プロレタリア作家を自認しプロレタリアの内面に深く潜入しようとしていた当時の林にとって、バイロンは自身の政治的正義を保証してくれる偶像であると同時に、自己投影の対象ともなっていたのであろう。作中、林はプウランをして「思ふに、バイロンの晩年の悲惨な運命は、若き日のかれが、イギリス議會の一議員として、職をうばはれたために機械を破壊したノツチンハムの職工を、熱情をもつて辯護した、その瞬間から、約束されたものであらう」[20]と日記に書かせ、ノッティンガムの織工が繰り広げたラッダイト運動に対するバイロンの同情を重視する見解を披瀝している。これなども、製糸工場で働く女工の哀れな運命を生糸を巻き取られて痩せ細る蚕の繭に仮託して描いた短編小説「繭」(『解放』、大正一五年七月)によってプロレタリア作家としての地歩を築いた林が、自身の内面をプウランの言葉に仮託してパセティックに告白したものと読むことができるものである。

つまり、『青年』という作品には、林のバイロン観、即ち、外面の背徳的言動の裏にマルクス主義の思想に直結するような一本気の内面の純情があり、それが「バイロンの本質的な性格」をなしている、とする作家の極めて共感的なバイロン観が幾分告白的に語られていると見ることができるのである。そしてこの林の告白的な語りのうちには、大正一三年のバイロン死後百年記念祭以来のマルクス主義的見地からのバイロン評価に連なるものと、思い入れの強度の点で一線を画するもの、即ちバイロン熱と呼んでよい精神性のありようの両方を看取することができるのである。

（二）『青年』におけるバイロンの位置

では、このような作家のバイロン観がわざわざ幕末維新期の日本を舞台とする小説の作中に書きつけられた理由は一体何であったのだろうか。この点について示唆を与えてくれるのが『青年』第九章、主人公の伊藤俊輔が自分たち維新の志士の生活の二面性をめぐって自問するくだりである。

この章において伊藤は、自分の同志たちが一見すると矛盾している自分たちの生活の「二つの面」、即ち、維新の志士としての純情一途な「「捨身暴發」的行動」と、自堕落で享楽的な「「詩酒放蕩」的生活」の「二つの面」に対して一体どのように折り合いをつけているのか、という問題に頭を悩ませている。[21] 彼は、政治行動というかたちで表れる緊張した内的生活と、遊びというかたちで表れる弛緩した外的生活との間の乖離の意識に独り悶々と思い悩むわけである。結局伊藤はこの自問に明快な答えを出せず仕舞いなのであるが、[22] ここで注意されるのが、こうした作中人物の煩悶をよそに、作者の林がいきなり作中に介入してきて伊藤の自問に以下のように解答を与えてしまっていることである。

だが、もし俊輔にもつと成熟した經驗と、自分を分析する能力とがあつたなら、氣がついたであらう、同志たちの生活の「二つの面」といふのは、けつして相矛盾する二つのもののあらはれではなく、じつは一つのもの――反逆する精神といふ一つのもののあらはれにすぎないことに。すべての轉形期に人々をとらへる解放と反逆の精神は、けつして、人の頭のみにあらはれない。その全身にあらはれる。人は古きもの、現存するものに、たゞ思想のみによつて反逆するのではなく、感情によつて、行爲によつて、すなはち全身によつて反逆するのである。[23]

ここで林は、維新の志士における内面の純粋と外面の不純とがともに「轉形期」の時代的特徴としての「解放と反逆の精神」によって貫かれたものであり、両者が決して相矛盾するものではないということを、作中人物よりも高次にある作者の立場から極めて説明的に語るということをしている。

内面の純粋と外面の不純を貫く本質的なものとしての反逆精神――。この主題は、先に引用した、バイロンの二面性について語ったプウランの言の中にも現われていたものであった。先述の通りプウランは、バイロンの二面性、即ち内面の純粋と外面の不純について「小箱」の比喩を用いて触れつつ、そこに一貫するものとしての、「僞善と壓制と掠奪性」を憎む反逆的な「眞摯な精神」を見出していたわけであったが、この認識は、維新の志士の二面性に対して林が示した認識と重なり合うものである。特に、プウランの「かれは、イギリスの俗物社會に全身をもつて反抗した」（傍点菊池）という語調は、先に引用したくだりの中の「人は古きもの、現存するものに、（中略）感情によつて、行爲によつて、すなはち全身によつて反逆するのである」（傍点菊池）という林の地の文と完全に調子を同じくしている。

これらのことが示唆していることは、それは、『青年』において林が伊藤ら維新の志士をバイロンの反逆精神に連なる者として描き出そうとしているということである。このことは、例えば『青年』第二五章において、プウランが伊藤ら維新の志士を「バイロンの熱情をかきたてたカルボナリイ黨員」に見立てたり、[24] バイロンの「自由の不滅性」への信念を表現したという『チャイルド・ハロルドの巡礼』第四歌第九八節の詩句に触れながら、伊藤ら維新の志士の自由主義の精神に思いを馳せたりするくだり[25]等からも窺うことができる。他にも『青年』第三一章において、和平交渉のためにイギリス艦隊に乗り込んだ伊藤がプウランの机の上にあったバイロン詩集に目を止め、『ドン・ジュアン』の冒頭の'I want a hero: uncommon want,'「余は英雄を欲す、傑人を欲す！」という詩句に心動かされたりするくだり[26]等にもそれを見て取ることができる。このように林は、作中でバイロンに頻繁に論及しながら、伊藤ら維新の志士の人間像の輪郭をバイロンを鏡として現出させ、日本の夜明けのために奮闘する彼らを、自覚せざるバイロンの徒として描き出そうとしている。つまりここで林は、『青年』の主人公の人間像を語るための参照枠としてバイロンという記号を機能させようとしていると見ることができるのである。

だがそうは言いながら、『青年』における伊藤らの人間像をバイロン的なものと言い切るにはやや問題があることも確かである。と言うのも、『青年』における伊藤らの人間像の描写において、バイロンの「正しい人間の高貴な眞實性」に通じるような内面の純情についてはよく描かれている一方、もう一つのバイロンの面、即ち外面の「傲慢と激情と憂鬱と背德」に通じるようなイメージはあまり描かれていないということがあるからである。恐らくこれには、『青年』が「バイロンによつて」のみ書かれた作品ではないということが原因しているように思われる。

先述の『獄中記』における林の言にあったように、『青年』は「ハイネによつて」書かれた作品であった。「ハイネによつて「青年」を書」くということについて、林は『青年』第五章の中でいくらかその意味するところを仄めかしている。そこで林は、自身のバイロン観を作中で披露したのと同様、やはり作中人物のプウランの口を借りて自身のハイネ観を述べるということをしている。プウランの言によれば、ハイネは「理想にひきずられるものの氣持を告白」することのできた人物であった。この「理想にひきずられる」、あるいは「理想につかまれる」という言葉はハイネ自身の言葉で、プウランはこれらハイネ自身の言葉を援用しながら、ハイネを「理想にひきずられることによつて、利己と凡俗主義の泥沼から、たか〴〵と太陽の中にとびだすことができた」一人の理想家と見なすということをしている。そしてその上で、彼はハイネの話から伊藤ら日本の維新の志士の話に言い及び、彼らもまたハイネと同様「(理想の、菊池註)鷲の爪につかまれて、たかだかと大空をとんでゐ」る理想家である、と共感的に語るということをしているのである。[27] これらのプウランの言からは、「理想にひきずられる」あるいは「理想につかまれる」というイメージでハイネと維新の志士の精神性を等号で結び、『青年』の主人公を、理想主義の精神に駆られて前後の見境なく社会の只中に躍り出る、自覚せざるハイネの徒として描き出そうという作者の思惑をはっきりと看取することができる。

林は昭和五年から昭和七年の第一回目の下獄中、ハイネ全集を読んでいる。『獄中記』第一部によれば、昭和六年三月下旬に読み始め、[28]同年一一月下旬あたりにおおよそ読了したと推定されるわけだが、[29]林が「『青年』と題する大作の着想を得」たのは同年五月のことであった。[30]恐らく林はハイネ全集を読む中でハイネと維新の志士の精神の同質性に思いが至り、理想に燃える若き日の伊藤博文ら維新の志士の語られざる内面をハイネ的理想主義によって血肉化した小説『青年』を書くことを着想したのだと考えられる。そしてさらに言えば、そこには「(マルクス主義という) 理想につかまれ」、それに「ひきずられ」て革命運動に参加し、現在政治犯として投獄されている昭和日本のハイネの徒である自分自身の公言できぬ内面をも陰画として作中に塗り込もうという隠された意図もあったであろう。[31]つまり林は、ハイネ、作中人物、作者を結びつける理想主義の精神の輪郭を見据えながら、それを基に『青年』の物語世界を造型するということを行なっていたと考えることができるのである。そしてこの営みこそが「ハイネによつて「青年」を書」くということであったと考えられるのである。

このように、『青年』においては、「理想につかまれる」、「理想にひきずられる」という表現に象徴される若々しいハイネ的理想主義の精神が作品全体の「主調音」とされていたわけであり、それ故、作中、俊輔らの人間像を造型するためのもう一つの参照枠としてあったバイロンへの論及もその全体の「主調音」に合うように調律されなければならなかったのだった。そしてその結果、『青年』においては、バイロンの二面性のうち、ハイネ的理想主義の精神に通じるような、内面の「正しい人間の高貴な眞實性」のイメージの方ばかり強調されることとなり、一方、バイロンの人間像の全体的理解にとって欠くべからざる一面である、外面の「傲慢と激情と憂鬱と背徳」のイメージの方はその影に隠されてしまうことになったのである。

（三）ハイネからバイロンへ／理想から野心へ

ここまで、『青年』においてバイロンが、『青年』執筆のための主たる参照枠であったハイネに次いで、言わば従たる参照枠の位置にあったということを述べてきた。では、バイロンを「主調音」、即ち主たる参照枠とする『壮年』の作品世界はどのようなものになっているのであろうか。予想されることは、恐らく『壮年』においては、『青年』においてハイネ的理想主義のイメージの陰に隠されてしまっていたバイロンの外面の「傲慢と激情と憂鬱と背徳」に通じるイメージの方も顕在化し、バイロンの人間像の顕著な特徴である二面的イメージが物語世界の中心に据えられるということである。実際、林自身、そのことに十分自覚的であったようである。その証拠に、静岡刑務所から出獄した直後に発表した「至急なる随筆」（『讀賣』、昭和一〇年七月）という小文において、『壮年』の執筆の企図について林は次のように述べている。

> だが、今度は、なにしろ「壮年」を書かねばならぬのだから、「青年」の三倍も気骨が折れる。抒情詩から叙事詩にうつらねばならぬのだから。理想の代りに野心を描かねばならぬ。純粋にして高貴なるものではなしに、崇高にして同時に下劣なるもの、獣にして同時に神なるものを描かねばならぬのだ。どこまでやれるか、当って砕けよう。(32)

この文章は、「ハイネによつて「青年」を書き、バイロンによつて「壮年」を書かう」という林の言の意味内容を林自身が端的に説明したものとして注目すべきものである。林によれば、「ハイネによつて「青年」を書」くとは、ハイネにおける「理想」即ち「純粋にして高貴なるもの」に学びながら「抒情詩」を書くということであり、一方、「バイロンによつて「壮年」を書」くとは、バイロンにおける「野心」即ち「崇高にして同時に下劣なるもの、獣にして同時に神なるもの」に学びながら「叙事詩」を書くということを意味していたわけであった。ここで『壯年』の主題とされている「野心」が「崇高にして同時に下劣なるもの、獣にして同時に神なるもの」という二重のイメージで表現されていることが特に注意されよう。林がここで「野心」について二重のイメージで表現した際、「バイロンによつて「壯年」を書」くという執筆計画から推して、林の脳裡にバイロンの人間像の二面的イメージのことが過っていたであろうことはほぼ間違いないことだと考えられる。つまり林は、『壯年』の主題である「野心」のイメージ、「崇高にして同時に下劣なるもの、獣にして同時に神なるもの」とされる、矛盾を孕んだ複雑なイメージを、「正しい人間の高貴な眞實性」と「傲慢と激情と憂鬱と背徳」とを共に併せ持つバイロンの、これまた矛盾を孕む複雑なイメージによって具体化していこうとしていたと推察されるのである。

このように、林は『青年』から『壯年』への移行を、作品執筆のための参照枠についてはハイネからバイロンへ、その主題については「理想」から「野心」へ、そのイメージにおいては「純粋にして高貴なるもの」から「崇高にして同時に下劣なるもの、獣にして同時に神なるもの」への移行として認識していたわけであった。しかも林はこの移行を肯定的、発展的に捉えていたようである。そのことは『獄中記』第二部第六信の中の次のくだりに示されている。

「わが墓石の上には戰士の劍と帽子を」といふハイネの有名すぎる詩句より前に、バイロンには「だが僕は今でも buff and blue を胸につけてゐる」といふ一句があつたことを知つて、彼を知ることのおそかつたのを僕は悔いてゐる。（バフとブルウといふのは當時の急進派である自由黨の徽章のことだ）。ハイネはパリに「亡命」して「蒲團の墓穴」の中で死んだが、バイロンはイタリイではカルボナリイ黨に籍をおき、そしてギリシヤ獨立軍の指揮官として死んだ。――この比較はハイネを低くするためではない。バイロンの偉大さと重

大さをはつきりさせたいためだ。(33)

ここで林はハイネとの比較において見えてくるバイロンの「偉大さと重大さ」を確認しようとしている。この林の言を読む限り、林がハイネにはなくバイロンの中にはあると考えた「偉大さと重大さ」とは、ハイネのようにただ単に「理想に心をつかまれる」、「理想にひきずられる」のではなく、理想の純粋と現実の不純との間の緊張に耐えながら自由主義の理念を実践してゆく広義の政治的行動者としての面であったことがわかる。『壯年』の主題であり、かつバイロンの二面的イメージによって具体化されることになるであろう「野心」とは恐らく、このようなバイロンの、自由主義の純粋な理想を不純な現実の中で実現してゆく政治的実践に向けての強固な意志の謂いであった。

林はまた、同一の書簡の中で次のようにも言っている。

プロレタリア文學は作家同盟の運動の末期において、ハイネを再び呼び起すことに氣がついた。だが、ハイネの背後に、彼の「父親」であり、事實あらゆる點において（作品においても、生活の規模においても）偉大なバイロンがゐることには氣がつかなかつた。今、僕らは充分に正當な理由をもつて、彼を日本文學の中に再生させたいと考へる。……(34)

林は、政治的実践者バイロンに、理想家ハイネの「父親」の姿を見ている。一言で言えば林はバイロンに大人の風格を見たのであった。このことと、『青年』終章の中に「聞多と俊輔の成長と、維新後における井上馨、伊藤博文への變質は、第二部「壯年」、第三部「晩年」が、それぞれ、とりあつかふ(35)」という一節がある事実とを考え合わせた時、右の引用中の「彼（バイロン、筆者註）を日本文學の中に再生させたい」という林の言の意味は自ずと明らかになってくるであろう。つまり林は、『青年』及び『壯年』の主人公、特にその内面の動きについて語られることの多い伊藤の〈青年〉から〈壯年〉への「成長」と「變質」を、人間像の造型のための主たる参照枠を〈子〉としてのハイネから〈父〉としてのバイロンへと移行させることで具体的にイメージ化しようとしていたわけであった。そして、一介の草莽の志士から明治政府の大政治家にまで「成長」かつ「變質」した伊藤を、「正しい人間の高貴な眞實性」と「傲慢と激情と憂鬱と背徳」という二面性を持つ「野心」的なバイロンの徒として描き出し、そうすることでバイロンを「日本文學の中に再生させ」ようとしていたと推察されるのである。

では実際のところ、その試みはどの程度成功しているであろうか。『壯年』において伊藤が初めて姿を現すのは第七章においてである。以下、第七章の伊藤登場の場面のくだりを引用する。

> 夜である。銀製の玻璃燈《はりとう》が、卓の兩側に据ゑてあるが、灯を入れてあるのは、右側の一つだけで、部屋の中は、光よりも闇の部分の方が多い。椅子の男も、洋燈《ランプ》の直接な光を受けてゐるのは、膝から下からで、顔と上半身は、栗色硝子の笠を透した微光の中に包まれてゐる。
>
> 仕立ての新しいフロック・コートを着けた、四十前後の、小柄な、身體の割に大きすぎる頭が、どこか畸形な感じを與へる男である。小鼻の右側に大きな黒子があり、鼻下と顎の先に粗髯がある。頬には、赤い健康色があるが、皮膚は、たるんで、眼立つて黄色く、脣のまはりには小皺ができてゐる。ちよつと見た眼には、疲勞した事務家のやうにも見え、酒色に飽きた中年の放蕩者のやうにも見える。おそらく、そのどちらでもあるのだらう。だが、詳しく觀察すれば、この男が、單なる事務家でも、單なる放蕩者でもないことがわかる。廣い額には、傲岸な意志があり、釣り上つた眉には、野心と才氣がある。脣のまはりの深い皺には、

熟し始めた經驗が潛み、四角な顎には、自信と闘志がある。畸形を思はせる、大きな頭蓋骨と、骨太な、不均整な四肢と、黄色く油ぎつた皮膚は、この男が、絶えず自分を虐使しながらも、身體の祕密な場所から湧き出る精氣によつて、いかなる疲勞をも瞬間に恢復できる、怪物めいた精力家の一人であることを示してゐる。（中略）

下脣を嚙みしめた參事院議長は、鳴りわたる喇叭の音をまるで感じないかのやうに、その沈默と凝視の姿勢を崩さなかつた。椅子の脚元に据ゑた陶製の大火鉢に盛りあげられた櫻炭が、白い灰をかむつて、かすかな湯の音をたぎらせてゐる。灰皿の上の葉卷から、青い煙が一筋、洋燈の笠を左に避けて、まつすぐに天井の闇に消えてゐる。參事院議長の横顏は、この一瞬間、異教の寺院の内殿に沈默する怪奇な彫像に見えた。(36)

ここには、夜、参事院議長官邸の暗い一室で、「玻璃燈」の微かな灯火の下、自身の内面に沈潜する伊藤の姿が描出されている。林の手になる伊藤のイメージは、「どこか畸形な感じを與へる」醜怪な容貌の、「傲岸な意志」と「野心と才氣」、「熟し始めた經驗」と「自信と闘志」とを兼ね備えた、常人よりも旺盛な精神力を備えた懐疑的人物というものであった。この後伊藤は、政府主導による自由主義的立憲政体の樹立への熱い思いを吐露しながらそれに反対する自由党の弾圧を画策していることを告白するわけであるが（『壯年』第一部、一三八—一三九頁）、自由主義者であり且つ他者の自由を圧殺せんとする一大権力者としての伊藤のこの悪魔的なイメージは、林が『壯年』において最も描きたかったものであったと思われる。

そしてこの伊藤の悪魔的イメージの造型にあたって林が参照したと推定されるのが、右に引用した『壯年』第一部の第七章の冒頭のイメージに通じるところのある、バイロンの『マンフレッド』の冒頭のイメージなのであった。すでに本書において幾度も引用したくだりであるが、『マンフレッド』の冒頭のくだりを日本語訳のみ再び以下に引用する。

第一場　マンフレッド独り。場面はゴッシク回廊。時は深夜。

マンフレッド　燈火に油をささねばならぬ。だがそうしたところで
それは私が目覚めている間ずっと灯ってはいまい。
私のまどろみは、もし私がまどろむことがあったとしても、それは眠りではない、
それは一くさりの間断なき想念なのだ、
そして私はそれを拒み得ないでいる。私の心には
寝ずの番が一人居り、この双の眼が閉じることがあるのは
ただ内面を見るためである。にもかかわらず私は生き、そして
生ける人間の姿かたちを備えている。
しかし、悲嘆は賢者に教える者でなければならぬ。
悲しみこそは知識である。誰よりも多く知る者は
宿命としての真実のことを誰よりも深く嘆かねばならぬ。
「智慧の樹」は「生命の樹」ではないのだ。
哲学、科学、そして不可思議の源、
また、世界についての叡智、これらのものを
私は試みてきた、そして私の心の中には

これらのものを従わしめる力もある。
だがそれらもまた空しい。私は人々に善行も行い、
人々の中にあって善なるものに遭遇しもした。
だがそれらもまた空しかった。私には今まで敵が居たが、
誰一人私に手も足も出すことができず、多くが私の前に斃れていった。
だがそれらもまた空しかった。

この『マンフレッド』の冒頭でイメージ化されているのは、深夜、微かな灯火の下で、自身の内面を注視し、自身の不断の思考の動きを丹念に追うマンフレッドの陰気な姿である。自らの過剰な知と圧倒的な力を持て余しているこのマンフレッドという人物は、血縁の女性と関係した挙句彼女を死なせるという背徳の罪を犯し、その罪悪感に由来する激情と憂鬱とを胸に抱え自己忘却を願うも、結局自我を最後まで主張する傲慢さを持った、半超人的人間、悪魔的人間として造型された人物であった。林はこの「傲慢と激情と憂鬱と背徳」の人としてのマンフレッドの中に、詩人バイロンその人の「傲慢と激情と憂鬱と背徳」の端的な表現を見たのであろう。そしてそれを野心的政治家としての伊藤の外面的イメージの描写に充てたのだと推測される。恐らく林はこのようにして伊藤を〈明治日本のバイロン〉として造型しようとした。そしてそうすることで、バイロンを「日本文學の中に再生させ」ようと試みたのである。

(四) バイロニズムから「勤皇の心」へ

林は『壮年』第一部を雑誌に連載中だった昭和一一年、評論集『浪曼主義のために』を刊行し、その中で、社

会や人間精神の暗黒面ばかりを描くことに専心するプロレタリア文学のリアリズムを批判しつつ、「「現實の醜」「人間の獸性」と同時に「現實と人間の善・美・壮・烈・優・雅」を描」き「人生の完全な姿」を捉える「浪曼主義」文学の必要性を強く主張している。[37]この見解を踏まえるならば、『壮年』において、「崇高にして同時に下劣なるもの、獣にして同時に神なるもの」としての野心的政治家、伊藤博文の姿をバイロンの二面的イメージで具体化するという試みは、「人生の完全な姿」を捉えようとする林自身の「浪曼主義」の文学的実践であったと見ることができるだろう。つまり、伊藤を二面的イメージで描こうとする『壮年』という作品は、プロレタリア作家から「浪曼主義」の作家への林の転向宣言とも受け取ることのできるものなのであった。また林は、「現實主義者（リアリスト）どもは、現實の奴隷である。浪曼主義者は、現實の主人である」[38]というかたちで、より上位にある理想の立場から現実を牽引するのが「浪曼主義者」である、とも述べている。ここから林が、『壮年』において描かれるべき理想の政治的実践者としての伊藤を一人の「浪曼主義者」と考えていたことも窺い知ることができる。つまり林は、『青年』の場合と同様、作中人物の伊藤に作家としての林自身の自意識を投影しながら、バイロン、作中人物、作者の三者を、理想の現実的実践に向けての建設的な意志、即ち「浪曼主義」の精神で結びつけつつ、『壮年』における伊藤の人間像を造型しようとしていたと考えられるのである。

だが林のこうした試みは、十分には成功しなかったように思われる。『壮年』において伊藤が〈明治日本のバイロン〉としての相貌、「浪曼主義者」としての存在感を示すのはその登場の場面のみであった。のみならず、『壮年』第二部に至っては、伊藤は憲法調査という地味な仕事のためにヨーロッパに赴き、物語の表舞台から姿を消してしまう。そして以後『壮年』の物語は物語世界を中心から支えるべき主人公を欠いたまま、徒らに多人数の登場人物が入り乱れ、結局空中分解してしまうのである。

これには、現実的な為政者の立場から自由主義の理想を実践するという伊藤博文流の「浪曼主義」的政治に、林が衷心から共感できなくなったことに最大の原因があったと考えられる。林は『壮年』第二部の後書きの中で、明治政府と自由党の双方の思想的源流が「幕末に於ける勤皇思想」であるという事実に混乱し執筆が滞った、といった趣旨のことを述べているが[39]、ここで注意すべきは、林が明治政府と自由党とを同列に扱う立場を鮮明にしていることである。ここには、明治政府の野心的政治家であり〈明治日本のバイロン〉と目されていたはずの伊藤博文に対する特別な共感を看取することはできない。しかもここで林は、理想と現実とが錯綜する『壮年』の物語世界からハイネ的理想主義を基調としていた『青年』の物語世界の方に退行するかのように、明治維新以前の精神性に関心の力点を移してしまっている。ここにおいて林は、理想の純粋と現実の不純との間の緊張に耐える為政者の自我、即ち『壮年』の主題としての「野心」に対する関心を喪失しつつあったと見ることができる。そしてそれは、最早林が純粋と不純の二面性を持つバイロン的自我のイメージを必要としなくなり、「バイロンによつて「壮年」を書」くという執筆計画自体を放棄しつつあったこと、即ち林の中でバイロン熱が終息しつつあったことを意味するものであったと見ることができる。

昭和一四年、林は『壮年』断筆の代償とするかのように、明治政府の文明開化路線に対する反逆者である西郷隆盛（一八二七―七七）の小説化に着手する。そして昭和一七年九月及び一〇月の『文學界』主催の「近代の超克」座談会に参加し、そこでの議論をまとめた『近代の超克』（昭和一八年）に論文『勤皇の心』（昭和一八年に単行本化）を寄稿する。この論文の中で林は「勤皇の心」について「私なく人なく、ただ神と天皇のみ在はします大事實を知る心」（傍点菊池）[40]と定義しながら、西郷隆盛の人間像について「「勤皇の心」といふただ一つの視角によつてのみ説明できる」（傍点菊池）[41]と述べている。ここで林が、西郷の「勤王の心」が一元的な精神性であることを強調しているのは大いに示唆的である。ここにおいて林は、二元論的葛藤を旨とするバイロン的自我から一元論的純粋を誇る「勤王の心」へと移行したわけであった。それが林にとっての「近代の超克」であったわけである。

三島由紀夫（本名平岡公威、一九二五―七〇）は、『林房雄論』（初出は『新潮』、昭和三八年二月、同年に単行本化）の中で、『壮年』における伊藤博文や三島通庸（一八三五―八八）という「権力側の二人の人物」の人物造型の不徹底について論及しつつ、「若き革新派が、権力を握ると、おそるべき反動的人物になるといふイロニイこそ、「壮年」のもつとも興味のある主題であるべきなのに、作者はこのやうな人物を、十分小説的な人物に熟させることなくして、筆を絶つた」と述べている。[42]『壮年』において〈明治日本のバイロン〉のイメージ化が不徹底であった事実と照らし合わせてみても、この三島の『壮年』評はかなり正鵠を射たものと言えるであろう。ただ、『青年』から『壮年』への移行過程を林におけるバイロン受容の展開の大きな流れの中で捉えた時、より精確を期して言えば、林が『壮年』の主題としようとしていたのは、権力を掌握した「おそるべき反動的人物」であるにも拘らず依然「若き革新派」であり続けているという、もう一つの「イロニイ」の方であったと思われる。林が見据えていたバイロンの本質は内面の純情としての自由主義の精神、「正しい人間の高貴な眞實性」の方にあったはずだからである。

林は『青年』において、帝国主義の段階に達した資本主義社会の現実の不純を問題視するマルクス主義の精神から、それと背中合わせの関係にあるハイネ的理想主義の精神の方にまず思いを馳せた。そしてそこから純粋な理想を政治的に実践してゆくバイロン的自由主義の精神を摑み出した。そして『壮年』において、そのバイロン的自由主義の精神を、明治の大権力者の伊藤博文における「浪曼主義」の精神と重ね合わせつつ、「反動的人物」における「若き革新派」の精神という「イロニイ」をイメージ化しようとしたのであった。だがその試みを通して林が見出したもの、それは、実際政治の現実の中で上からの自由主義が下からの自由主義を圧殺するという自由主義のアポリアであり、ひいてはそのようなアポリアを内在させていた伊藤博文流の近代化路線、文明開化政策の現実であった。林はバイロン的自由主義に思い入れを逞しくするというかたちのバイロン熱に背中を押されるかたちで、近代日本をめぐる「イロニイ」とアポリアに立ち向かっていこうとしたわけであったが、その単純な図式化を拒否するような日本の近代史の矛盾と混沌に自ら足をすくわれる格好となってしまったように思われる。そして矛盾と葛藤を旨とするバイロン的近代自我の緊張に堪え得なくなり、その緊張を解消してくれる「勤王の心」という彼岸を設定しつつ、「近代」をやや安易に「超克」してしまったように思われる。

林は、国家権力に対抗する思想としてのマルクス主義から国家権力の側に親和的な日本主義への転向過程において、バイロンをめぐる思考を手掛かりに、自身の文学者としてのアイデンティティのみならず、近代日本の近代化のありよう、文明開化のありようをも根源的に問い直したいと考えた。そして「バイロンこそは文學史における「近代」の父なのかもしれぬ」[43]というバイロン観の下、〈近代日本の父〉とも言うべき伊藤博文を〈明治日本のバイロン〉としてイメージ化し、その二重のイメージを通して日本の近代化が孕んでいた矛盾と葛藤を直視しようと試みたのであった。このようなバイロン熱に裏付けられた林の文学的な試みは、昭和「浪曼主義」の流れの中で捉え直してみても、例えばドイツ・ロマン派のイロニーに学びながら近代日本の近代化のありようを相対化した保田與重郎（一九一〇―八一）の試みなどとも区別される林の文学的個性を保証するものであったと言うことができるであろう。

先述した通り、林におけるバイロン熱と近代日本の近代化に対する問題意識の結晶としてあった『壮年』という作品は、結局未完のままで終わってしまった。が、戦後林は『大東亜戦争肯定論』（昭和三九年）及び『壮年』を全面的に書き直した『文明開化』（昭和四〇年）の執筆というかたちで昭和十年代当時の問題意識を反復している。すでにそこには直接的なバイロン熱の影を看取することはできない。が、当時獄中でバイロン全集を耽読しながら「政治と文学」の問題、自由主義の問題、あるいは「近代」の問題について、矛盾と分裂を孕む複雑な近代人としてのバイロンを足掛かりにしながら思考を巡らせた往時のバイロン熱の経験が、戦後の林の明治日本の近代化論、ひいては明治百年の歴史的視座に立ちつつ西洋近代との対決という文脈において先の戦争の意味及び意義を捉え直そうとした大東亜戦争肯定論の種を播いたということは言えるであろう。その意味で林におけるバイロン熱は、戦中期に完全に冷め切ってしまったように見えながら、実は戦後も潜熱として極めて隠微なかたちで残存していたと見ることができるのである。

第三項　阿部知二におけるバイロニズムの展開

ここまで林房雄におけるバイロン熱の問題について論じてきたが、本項では昭和十年代のもう一人のバイロン熱罹患者、阿部知二を取り上げ、彼におけるバイロン熱の問題について論じてゆく。予め言ってしまえば、阿部におけるバイロン熱の運命は、林におけるそれと様々な意味で非常に対照的なものであった。一例だけ挙げておくと、すでに見てきたように林のバイロン熱は、昭和十年代に獄中でのバイロン全集の耽読を通して『壮年』の執筆意欲と結びつきつつ一気に高潮し、『壮年』の筆の滞りとともに一気に退潮したものであった。だが、一方の阿部のバイロン熱は、昭和十年代、バイロンの評伝を書くために英文学者としてバイロンの詩作品及びバイロン関係の研究書を渉猟する中で本格的に芽生えたものであったが、林のように急激に高潮するという展開にはならなかった。確かに、昭和一一年に阿部が『文學界』に発表した代表作『冬の宿』（同年単行本化）にも当時の阿部のバイロンへの関心を示すようなバイロンへの論及があるにはある。が、林の『壮年』とは違い、それが作品の主題に直結するようなかたちにはなってはいない。バイロンに対する問題意識が作品の主題の核をなすまでになるには、私見では昭和四六年に雑誌『文芸』に連載を始めた遺作『捕囚』（『文芸』、昭和四六年八月―昭和四八年五月、同年に単行本化）まで待たなければならなかった。つまり阿部におけるバイロン熱は、熱しやすく冷めやすかった林のバイロン熱とは違い、昭和十年代の発熱から昭和四十年代にかけての三十数年間、微熱としてしつこく持続するといったものだったと考えられるのである。

では、阿部におけるバイロン熱の帰結とでも言うべき小説『捕囚』とは一体いかなる作品であるのだろうか。『捕囚』、これは、阿部と同じく『文學界』の同人でもあった三木清（一八九七―一九四五）に材を取った、阿部の最後の未完の長編小説である。三木は戦前期から戦中期にかけて西田左派の哲学者として論壇で活躍した人物であるが、昭和二〇年三月二八日、共産党員高倉輝（一八九一―一九八六）を匿った容疑で逮捕され、敗戦直後の同年九月二六日、疥癬の悪化のため獄死している。当時、三木の獄死は戦中期の全体主義的政治体制が生んだ悲劇として反響を呼び、三木の著作集や回想録が出版されるなど一種の三木清熱を喚起した。だが一方で、戦中期の三木の俗物ぶりを暴露した今日出海（一九〇三―八四）の「三木清における人間の研究」（『新潮』、昭和二五年二月）や、マルクス主義者の側からの三木に対する低評価などもあり、三木の評価をめぐっては様々な毀誉褒貶がつきまとっている。『捕囚』において阿部は、このような三木をめぐる戦後のジャーナリズムの混乱した情況の描写から筆を起こし、その後、三木をモデルとする哲学者園伸一の獄中での悲惨な様子を園自身による一人称の語りで物語っている。物語は、不衛生な獄中生活のため心身ともに衰弱し切った園が日本の敗戦の事実をおぼろげに感じ、未来への希望を辛うじて維持しながら、戦中の南洋での体験を回想する場面で阿部の病死により中絶している。

阿部は、『捕囚』の執筆以前にも三木について幾つか文章を書いている。「思出」（『世界』、昭和二六年一一月）、「古里の人物」（『改造』、昭和二九年一月）、「日月の窓」（『世界』、昭和三一年四月―昭和三三年一〇月）、「いたちの国」（『文学界』、昭和三七年一〇月）「裂氷」（『文芸』、昭和三八年一月―同年一二月）等に三木を直接あるいは間接に想起させる記述がある。これらの文章の中で阿部は、矛盾や分裂を内部に抱える複雑な人物としての三木に多大な関心を示してきた。この意味で、遺作となった最後の小説『捕囚』は阿部の三木の人物や思想に対する往年

の問題意識の集大成であったと言うことができる。(44)

阿部は戦後、文筆や教育の傍ら、血のメーデー事件の特別弁護人を務めたり、ベトナム反戦運動に参加したりするなど、所謂進歩的文化人としての活動を精力的に行なっている。従来、『捕囚』の論者の多くは戦後の阿部の思想的行動と作品との関係を重視し、三木をモデルとする主人公のイメージに阿部の左派知識人としての自意識の投影を見てきた。(45) このような見解は、一九七〇年代に三木清を阿部が改めて取り上げた理由を説明するものとして一定の妥当性を持つものと思われる。が、三木のイメージを通して初めて可能となる阿部の思想表現がテクストの現場でどのように具体的になされているのか、という点については未だ充分に論じられているとは言い難い。

本項では、従来あまり論じられることのなかった、『捕囚』における英文学作品の受容の痕跡、特にバイロン受容の痕跡について検証する。このことはバイロンを含む英文学を中心とする文学的教養に培われた阿部の思想の拠点を浮かび上がらせることに資するはずである。そしてそのようにして浮かび上がってきた阿部の思想が三木清のイメージとどのように結び付き表現されているのか、という点を明らかにし、その上で、戦中から戦後にかけて持続している阿部のバイロン熱の問題が『捕囚』の作品世界の中でいかなる意味を持っているのかについて明らかにしていきたいと思う。

（二）三木清とマンフレッド

阿部においてバイロン熱の問題と三木清への関心とはいかにして結び付き得ていたのであろうか。このことについて考えるために、まずは阿部の三木清への関心の内実がいかなるものであったのかについて検討していくことにしよう。

『捕囚』執筆時における阿部の三木清観を最も直截に物語っているのは「伝統と世界――『捕囚』を執筆しつつ」

（『科学と思想』No.2、昭和四六年一〇月）という小文であろう。この中で阿部は三木を、個人性や主観性を重視する近代的な精神性としての実存主義的志向に傾斜しながら、その一方でそのような志向がニヒリズムに漸近してゆく危険について知悉しつつ、その危険を回避するため、普遍性や客観性を重視する近代以前の古典的哲学精神及びマルクス主義思想にも積極的に関心を示していった思想家として位置づけるということをしている。さらに三木について阿部は、政治や社会の動向から隔絶したところで抽象的な思索のみを行なった単なる書斎の人としてではなく、昭和十年代の日本が政治、社会の現場で直面していた、世界性と民族性の相克という問題について極めて鋭敏な批評意識を働かせていた現実的な人物として捉えるということもしている。これなどは、三木が近衛文磨（一八九一―一九四五）主宰の昭和研究会に参加し、東亜協同体論の論客として当時の政治的、社会的、思想的課題に積極的に取り組んでいたことを念頭に置いた捉え方であろうと推察されるわけだが、要するに阿部の三木清観とは、自らの内部の次元（自我、精神）と外部の次元（政治状況、社会状況）の両方の次元における様々な矛盾や分裂に耐えつつ、その解決に向けて思想的に格闘した傑出せる知識人といったものであった。阿部も今日出海と同様、三木の中に、一筋縄でいかない矛盾と分裂を孕む複雑な人間像を看取したのであったが、今日出海がそれをゴシップ的な話題として悪意をもって取り上げたのに対し、阿部は当時の複雑な内的状況、外的状況を体現する一個の思想史的な問題として三木の人間像の複雑さの問題を捉えるということをしているわけである。

では、このような阿部の三木清観は作品の中でどのように具体化されているのであろうか。そのことを見るためには、三木をモデルとした主人公園伸一がどのようにイメージ化されているのかを検討してゆくことが近道であろう。まず園は次のような語りで独白する人物として読者の前に登場する。

わたくし「ナの一一八号」は、午後七時の鐘の音を聞き、視察口という、廊下にむかった小窓にむかって正座し、顔をわたくしには見せぬ看守にたいして、自分の番号をのべ、そののち、きわめて幅のせまい青い綿ぶとんの上に体をのばし目をとじたが、かなり長いあいだ――それが正確にどれほどの長さだったかはいえないが――眠ることができなかった。五月の夜にしては異常なほど暑い空気が、臭気をふくんだ湿気にとけこんで濃くよどみ、わたくしの体をつつんでじとじととぬらしていたが、体の底のほうでは、ときどき悪寒がするどく走って、わたくしを戦慄させていた。何度も目をひらいて、白い漆喰の天井と壁とを、夜どおし消えることのない裸電球の弱い光で、眺めるとなくながめていた。漆喰は、つめたく白けた光沢を見せ、けっして熱気や湿気や臭気を吸収しようとしないような表面を見せていたが、そのくせに、いつのまにかそのようなもので芯の底まで汚されてしまっているようであった。また、塗られてから今日まで、一切の囚人の怨恨や悲嘆や絶望の感情を拒否し撥ねのけてきたようであったが、しかもその中にはそれらの感情のすべてが濃厚な層をなして堆積しているのが感じられた。

わたくしは、ほとんど毎夜このような状態におちいって不特定の長い時間のあいだ不眠と心身の苛立ちとで苦しみつづける。それでも苦しみのあげくには、きわめて浅いまどろみにおちいることはある。それから、これはまちがいなく毎夜、正確に判断はできないが、おそらくきわめて短い時間ののちに、ふたたび目をさます。今夜は、そのまどろみのあいだに二つの夢を見た。あるいは、夢というよりは、夢うつつの状態の中での幻といったほうが当っていたであろう。(46)

この園の語りによって描き出されるのは、暗い獄中、独り精神を活動させて自身の置かれている悲惨な内的状況、外的状況について陰々と語る園自身の姿である。園は、獄内を照らす細々とした裸電球の光の下で不眠に悩み苦しんでいる。そしてその不眠の苦悩の自覚によってなおさら精神の安眠を阻害されている。そんな彼はたとえ短時間まどろんだにしても、自身の分析的な精神活動を停止させ得ず、決して深い眠りに入ることができない。そして心身の衰弱から夢とも現ともつかない幻影を見る――。このように園は、思想犯として逮捕され獄中の身にあるという、一切の自由を奪われた極限状態にありながら、ややもすると暗黒の虚無の深みに沈降しそうになっている自身の実存のありようを常に理知的に意識してしまう自我意識の強烈な人物としてイメージ化されている。

ところでこの園の内的独白の台詞は、これまですでに幾度も引用しているバイロンの『マンフレッド』の冒頭におけるマンフレッドの独白の台詞を想起させる。以下、繰り返しを避けて原文は省略し、該当箇所の阿部による訳のみ引用する。ちなみに阿部は、『捕囚』執筆時期に近い昭和四三年刊行の『バイロン詩集』〈世界詩人全集二〉（昭和四三年）の中に『マンフレッド』の全訳を収めている。左の訳はそこからの引用である。

灯火に油をささねばなるまい、だがそうしたからといって
私が目ざめているかぎり燃えつづくことはあるまい。
私の睡りは――もし睡るとしても――睡りとはいい得ぬもの
ただはてしない思惟の連続であり
私はそれに抵抗する力はない。私の心内では
通夜がおこなわれ、この目を閉ざすのは
ただ内面を見つめることだ。しかも私は生きつづけ
呼吸する人間の容貌・姿態を持たねばならぬのだ。(47)

この冒頭の独白の台詞には、マンフレッドの研ぎ澄まされた自我意識のありようが象徴的に表れている。ここ

でマンフレッドは、自身の内部を見つめる眼の働き、即ち自我意識の働きを制御することができず、心身両面の安眠状態に至ることができない自我の強烈な人間として読者の前に登場している。細々とした光を見つめ不眠に懊悩しつつ独り語り続けるこのマンフレッドの姿は、『捕囚』の冒頭での園の姿とほぼ等しいものだと言える。

阿部とバイロンの縁は古い。すでに述べたように、それは戦前期以来のものであり、戦後にかけても断続的に続いていたものであった。バイロンに関する阿部のまとまった仕事としては、昭和十年代において阿部がバイロン熱に罹患したことを示す評伝『研究社英米文學評傳叢書四三　バイロン』（昭和一二年）があり、訳詩集『新譯バイロン詩集』（昭和一三年）がある。また戦中から戦後にかけて阿部のバイロン熱が持続していたことを示す評論『バイロン』（昭和二三年）もある。[48]そしてそのような中で『マンフレッド』に対する阿部の関心には強いものがあった。阿部は評伝『バイロン』及び評論『バイロン』においてバイロンについて比較的詳しく論及している。また『新譯バイロン詩集』においても冒頭のマンフレッドの独白のくだりを含む『マンフレッド』の部分訳を収めている。のみならず、先述した通り『捕囚』連載開始時の三年前の昭和四三年に刊行した『世界詩人全集二　バイロン詩集』において『マンフレッド』の全訳をさえ行なっている。このような経緯に鑑みれば、『マンフレッド』全訳の後間もなく執筆を開始した『捕囚』に『マンフレッド』からの影響と思しき箇所があるのはさして不自然なことではないと言えるだろう。

マンフレッドの影は、園が夢うつつの状態から覚醒する際の語りにも落ちている。

　それから、わたくしは目をひらいた。わたくしは、狭くるしく堅くしめった布団の上にころがっており、白い漆喰の天井の裸電燈はうすい黄色の光を発しながら、さきほどから終始わたくしを見つめていたのであった。これを消すことは不可能であり、また許されてもおらない。これもまた、わたくしを監視しつづける一個の獄吏なのである。わたくしの全心身は、この終夜監視の獄吏によって、目をあけているときはいうまでもなく、眠っているときも——それはもちろんきわめて浅いものである——絶えず悩まされ、そして、その目から逃れようとこころみてやまないのである。(49)

ここでは、自身の内部を常に見つめる自身の眼、自我意識のみならず、外部からの眼の存在にも脅かされて安眠することができないでいる園の様子が物語られている。ここで「わたくしを監視しつづける一個の獄吏」と表現されている「白い漆喰の天井の裸電燈」は、園を絶対的な不自由の身にさせている、無表情で冷徹な国家権力機構の象徴的イメージと解することができるものである。園はこの「監視の獄吏」の眼差しをも拒絶することができず苦しんでいるのである。

翻ってマンフレッドの方はどうであろうか。実はマンフレッドもまた、自我意識以外に精神の安眠を阻害する外的要因を持っている。そのことは『マンフレッド』第一幕第一場の最後のマンフレッドにかけられた呪詛の言葉に示唆されている。この呪詛の言葉は、古くは鷗外が『於母影』において「曼弗列度一節」と題して漢語訳し、阿部も昭和一三年刊行の『新譯バイロン詩集』において訳しているものであるが、ここでは、先程と同様、『捕囚』執筆の時期と近い昭和四三年刊行の『バイロン詩集』から阿部訳で引用しよう。

Though thy slumber may be deep,
Yet thy spirit shall not sleep,
There are shades which will not vanish,
There are thoughts thou canst not banish;

By a power to thee unknown,
Thou canst never be alone;
Thou art wrapt as with a shroud,
Thou art gathered in a cloud;
And for ever shalt thou dwell
In the spirit of this spell.

（*CPW*, vol.4, 60）

あなたのまどろみは深くとも
あなたの魂は眠ることはない。
消え去らぬ妖霊の影はうごめき
追い得ぬ心のわずらいは尽きぬ。
知られざる呪いの力によって
あなたは独りであることができぬ。
あなたは経帷子に巻かれたごとくであり
雲霧にひしととじこめられ
この呪いの霊力のなかに
永久に身を置かねばならぬ。(50)

この呪詛の言葉を語る主体は、自らは姿を現すことなく、マンフレッドの言行を常に監視しながら彼に絶対的な不自由を宣告するという存在である。マンフレッドが辛うじて知覚し得るのは呪詛の言葉の語り手の実体ではなく、得体の知れないものの妖しい影である。これはちょうど、『捕囚』の園が国家権力という意思決定機関それ自体の実体を捉えることができずに、国家権力による囚人の監視システムの一個の象徴としての裸電燈のおぼろな黄色い光をわずかに知覚し得るというのによく似ている。マンフレッドも園伸一も、圧倒的な力を持つ不気味な何ものかに常に脅かされ、安眠することができないという点で共通している。経帷子のようにマンフレッドに巻きつき厚い雲霧のように彼をとじこめている「呪いの霊力」というのは、園を取り囲む堅固な牢獄の壁に相当していよう。

マンフレッドと園との間には他にも類似点、共通点を見出すことができる。例えば、園が「野獣的なものと霊的なものをその中にもっとも強く混じえて生かしたままでもっている」と評されるところなどは、『マンフレッド』第一幕第二場においてマンフレッドが自身の内面に「塵」と「神」との葛藤、「低劣な欲求」と「高貴な意志」との葛藤があることを独白する場面や、『マンフレッド』第三幕第一場においてマンフレッドの居城に尋ねてきたサン・モーリスの僧院長にマンフレッドが「光明と暗黒、／そして霊と肉、情欲と純粋な思念とが／混じり合い、目的も秩序もなく相争っている」と評される場面を想起させる。内部に霊性と獣性という相容れないものを同居させている園の人間像と、同じく内部にそのような相容れないものを同居させているマンフレッドのそれとは大いに重なるものがあると言える。

以上、『捕囚』における『マンフレッド』の受容の痕跡を、主に主人公のイメージの類似性、親近性、共通性に注目して確認するということをしてきた。ここまでの議論から、阿部が『捕囚』を園伸一の独白体で書いてゆく際、先年全訳したバイロンの『マンフレッド』を想起していたであろうことが示唆される。恐らく阿部は、主観性、個人性を志向する実存主義的精神と、客観性、普遍性を志向する古典的哲学精神及びマルクス主義の精神という、相容れない二つの思想的傾向を内部に抱えつつ獄中死した三木清という人間像に思いを馳せる中で、それと類似する人間像としてのマンフレッド、即ち、霊性と獣性という相容れない性向を併せ持ちつつ、実存的な不安と理知的な意識の働きとの間の葛藤を内部に抱えながら心身の不自由に耐えているマンフレッドの人間像を想起したのであった。そしてそこから、三木の人間像を具体化するための参照枠としてマンフレッドのイメージを活用しつつ、自らの内部の矛盾と葛藤に耐えながら自我意識の過剰と絶対的な不自由に苦しむ園伸一という作中人物を造型することを発想したと考えられるのである。

(二) 三木清とバイロンの間

ただ、阿部が『捕囚』執筆に際しバイロンの『マンフレッド』を想起したのは、三木とマンフレッドの間の人間像の類似というそれだけの理由であろうか。三木とマンフレッド、あるいはバイロンを結ぶものが他にもあったのではないか。そのことについて考える手がかりが昭和二三年刊行の評論『バイロン』の後書きの中に示されている。

この評論『バイロン』は、阿部が昭和一五年三月から翌一六年一〇月まで断続的に雑誌『文學界』に発表したものに、戦後一部書き足して単行本化したものであるが、この本の後書きで阿部は、昭和一二年刊行の評伝『バイロン』の中で明らかにしたバイロン観、即ち「十九世紀人——近代人の精神の一典型」としてバイロンを捉える見方を継承しながら、「私がバイロンを取上げたのは、西歐の「近代人間」といふものを考へる一つのよすがとしてであつた」と述べつつ次のように書いている。

バイロンを「近代人」の一標本とすることには、多くの疑義があり異議があらう。じつさいは、彼はいはば、かけはしのやうなものの上に立つてゐるのであり、つまり、舊時代的な貴族の體臭と十八世紀後半にみるやうな人間のもつ體臭とを、矛盾にみちた形で併せ持つてゐた、といふのが妥當なところである。（中略）私がバイロンを持出したのは、じつはさういふ存在であればこそであつた。つまり、この國も、——それはバイロンの十九世紀イギリスとは全くちがつたものではあるが、近代以前と近代との過渡點に立つて混迷してゐるのであるから、いつそのことかういふ原型的あるひは前原型的な近代人の像を持つてきて、できるだけありのままに紹介してみることに、興味を感じたのであつた。[51]

ここで阿部はまず、バイロンの生きた一九世紀初頭におけるイギリスと第二次大戦中及び戦後直後における日本とが、具体的な歴史的、社会的条件においては当然相違しつつも、共に前近代と近代の過渡期にあったという点では同じであったとする認識を示している。そしてそのような前近代と近代の過渡期という時代の象徴的な存在であったバイロンの人間像を明らかにすることは同じく前近代と近代の過渡期にあった当時の日本的近代のありようについて考察するのに資するはずだ、と述べている。

評論『バイロン』の執筆動機について語ったこの阿部の言い方から連想されるのが、先に論及した小文「伝統と世界」における『捕囚』の執筆動機について述べたくだりである。阿部はこの小文の中で、三木清をモデルとして『捕囚』を書いた意図について「大正から昭和の戦争へと生きてきた一個の思想人の像を、一つの時代の象徴、または典型としてえがくというところにある」と説明していた。[52] 先述したように、阿部は評論『バイロン』において、日本の戦前から戦後にかけての時期を「近代以前と近代との過渡點」としていたはずであったから、ここで阿部が言っている「大正から昭和の戦争へ」と至る時期というのは、まさに「近代以前と近代との過渡點」、即ち近代が誕生しつつあった時期ということになる。つまり阿部はここで、『捕囚』において三木を、前近代と近代の狭間の時代精神を象徴する存在、一個の典型として描き出そうと目論んでいるということを自ら語っているということになるわけである。『捕囚』執筆をめぐるこのような意図は、バイロンを「原型的あるひは前原型的な近代人の像」として描き出そうとした評論『バイロン』の執筆の意図と非常に重なるものがある。

これらのことから示唆されること、それは、評論『バイロン』と小説『捕囚』を結びつけるものが日本の近代についての阿部の強い問題意識であり、また、そのような問題意識を追究するために阿部がある特定の人物の人間像の描出を通して問題の本質に肉薄せんとする方法を採っていた、ということである。阿部にとってはバイロンも三木清も、ともに前近代と近代の狭間の時代の精神性を象徴する人物、ともに日本における近代の成立の問題を考察する上で有効な視点を提供してくれる人物として等価な存在であった。それ故、『捕囚』において（「大正から昭和の戦争へ」という）「一つの時代の象徴、または典型」として三木を具体的に造型しようとした際、「近代以前と近代との過渡點に立」つ「近代人」の一標本」としてのバイロンのことが阿部の中で無理なく想起されたのであろうと推察される。しかも阿部は『捕囚』執筆の約三年前に『マンフレッド』を全訳するということもしていた。このことも相俟って、『捕囚』執筆時、阿部の中ではバイロンに対する問題意識が召喚されやすい状況にあり、それ故「バイロンの精神肖像」と阿部が位置づけていたマンフレッドのイメージが阿部の意識の先端にごく自然な流れで浮上してくることとなったのであろうと推測される。

しかし、当たり前のことだが、バイロンと三木清とが別の人間である以上、阿部の中で両者の人間像が常に重ね合わされていたというわけではなかった。阿部の中では、両者の個性を分かつ決定的な相違点についても意識されていた。そしてそれは、「バイロンの精神肖像」たるマンフレッドのイメージと、言わば三木清の「精神肖像」たる『捕囚』の園伸一のイメージとの間における相違というかたちで顕在化している。

中でも最も重大と思われる相違はマンフレッドと園のそれぞれの生に対する態度の相違であろう。マンフレッドは自我意識の過剰と罪悪感に悩まされるだけの自身の生を激しく厭い死をすら願っている。だが一方の園はマンフレッドとは逆に、生への激しい執着心を温存している。心身ともに極限的な苦しみの中にありながら、牢獄から解放されることを常に夢見ているのである。

このような相違は、両者にとっての牢獄の意味、即ち不自由の意味が異なっていることに起因している。マンフレッドにとっては、言わば自身の生そのものが自身の自由を奪う一種の牢獄になり果ててしまっている。生そのものが不自由なのだから、生きている限り真の自由を獲得する可能性はマンフレッドには残されていないのである。が、園伸一にとって第一義の牢獄は、マンフレッドの如き観念的な牢獄ではなく、今ここに厳然と存在する実体としての牢獄である。確かに、園も作中「生というGefängnis（菊池註、ドイツ語で牢獄の意）」という表現を使い、牢獄としての生というマンフレッド的な考え方に一定の理解を示してはいる。(53) だがそれでも園は、マンフレッドのように生における自由の可能性を完全に無化してしまうようなニヒリズムに親しむということはしない。あくまで不自由な生の苦悩に耐えつつニヒリズムを克服する可能性を模索し、いまここにある牢獄からの解放を願う思索者として造型されているのである。

阿部は、評論『バイロン』の第九章「マンフレッドについて」の中で、マンフレッドの精神性に象徴されるバイロンの「自己破壊」や「自己乖離」の傾向について、これは近代人の自我主義がもたらす病理であると論じ、そのような病理に侵された「近代の申し子なる自我主義者たち」にはいずれ死と虚無というニヒリズムの運命が待っているであろう、と論じている。阿部にとってマンフレッドの精神性としてある自我意識の強烈さは、自我それ自体を破滅させてしまうニヒリズムをもたらすものとして捉えられていたのであった。だが『捕囚』の園は、そのようなニヒリズムに親近するマンフレッドの精神性を参照枠にして具体化された人物でありながら、ニヒリズムを拒否せんとする生の自由への意志をも抱懐する人物として造型されている。つまり『捕囚』の園は、その生き方において、ニヒリズムという近代の病理を自ら治癒せんとする、マンフレッドとは異なる種類の「近代の申し子なる自我主義者」としてあるのであった。(54)このことは、阿部が園を、三木とバイロンとが交わる地点においては近代誕生時の不安定な時代精神の象徴としてイメージ化するということを行い、一方、三木とバイロンとがずれる地点においては、言わば「近代の超克」を試みる思想家としてイメージ化しようとしているということを示唆している。

阿部は評論『バイロン』の後書きの中で、「近代の超克＝近代の克服」について触れて次のように言っている。

（中略）私がバイロンを取上げたのは、西歐の「近代人間」といふものを考へる一つのよすがとしてであつた。その頃から、近代の克服といふやうな事柄が、その雜誌「文學界」などを中心として、問題にされ語られたやうに記憶する。ところで、戰が終つてみると、日本は、あるひは日本の文學は、とにかくもう一度あらためて「近代」を勉強しなければならぬ、といふやうなことが問題として登場してきたらしい。これは、變つたといふべきことだらうか？　否、變つたのはジァーナリズム的な粧ひが裏返しになつただけのことであつて、われわれの頭の上にのしかかつてきてゐる「近代」といふ問題の重大さは、すこしも變つてゐないと見るのが正しいのである。(55)

ここには、戦中から戦後にかけてバイロン論を書くという営みを通じて一貫して「「近代」といふ問題の重大さ」について解釈を試みるということをしてきた阿部自身の自負が語られている。ここで阿部は、「近代の克服といふやうな事柄」について問題にした昭和一七年の『文学界』主催の座談会「近代の超克」の議論や、「日本は、あるひは日本の文學は、とにかくもう一度あらためて「近代」を勉強しなければならぬ」といったことを主張した戦後直後の丸山真男（一九一四―一九六）や大塚久雄（一九〇七―一九六）らによる近代化論、及び荒正人（一九一三―七九）ら『近代文学』派の文学者たちによる近代的主体性論等を横目で見やりつつ、彼自身は時局や流行に惑わされることなく自分なりのやり方で「近代」の問題について考究していこう、という自身の立場を自己確認するということをしている。そしてその阿部独自のやり方というのが、「近代」とその超克の可能性を具体的な人物に即して地道に考究するという方法であったのであり、そしてそこで取り上げられたのがマンフレッドでありバイロンであり、そして三木清なのであった。阿部はバイロンの『マンフレッド』の中に近代人の精神的傾向である自我主義がもたらすニヒリズムの悲劇を見た。そしてそれを克服する可能性を模索し、その過程でニヒリズムと思想的に格闘した三木清に改めて出会ったのだと考えられる。このようにして阿部は、バイロン的自我のイメージに対し接近と離反の両方を試みながら、「近代」のイメージ化とその超克のイメージ化とを両方成そうとしたのであった。そうすることで三木清を、自我主義の病理に浸りながらもそれを乗り越えんとする自我主義者園伸一として新たに生まれ変わらせようとしていたのである。

（三）バイロン的自我主義からロレンス的ヒューマニズムへ

自我主義者でありながら自我主義の病理を峻拒する人物――。実はこのような人間像は『捕囚』の園の造型を待つまでもなく、評論『バイロン』の第九章「マンフレッドについて」においてすでに示されていた。この中で阿部は「「ことのほか」バイロンを嫌ひ、また十九世紀的自我主義を非難した」D・H・ロレンス（David Herbert Lawrence, 1885-1930）について論及しながら次のように述べている。

もつと新しい時の作家D・Hロレンスは、「ことのほか」バイロンを嫌ひ、また十九世紀的自我主義を非難したが、しかし彼自身の生活と文學との苦患の根源に横たはつてゐるものが、やはり自我の問題でなかつたと云ひ得るものはなからう。ロレンスも、文明の人間はみな一個宛ての「小宇宙《マイクロコスモス》」を獅子心（ママ）中の蟲のやうに持ちはこびつづけてゐると告白せざるを得なかつた。――（「伊太利の黄昏」）。考へてみれば、バイロンがおのれの「マンフレッド」を厭ひ、スタンダールが「癩」といひ、ロレンスがすべての十九世紀的文學を罵つたのも、すべて同じ一つの心情からのことである。(56)

このように阿部はロレンスを、自我主義を嫌悪する一人の自我主義者であったと見定めつつ、自我主義の悪弊をそのまま素直に体現したとするバイロンにロレンスを対置するということをしている。

ロレンスについて阿部がしばしば論及するようになるのは昭和初年代からであるが、阿部がロレンスを思想面から積極的に評価するようになるのは、阿部がヒューマニズムに関する評論を盛んに発表するようになる昭和十年代初頭以降である。この時期、文壇、論壇では、二・二六事件や日中戦争の開始といった暗く重苦しい時局の中で人間性の根拠について再度見直そうとする気運が生まれており、青野季吉（一八九〇―一九六一）、小松清（一九〇〇―六二）、舟橋聖一（一九〇四―七六）、三木清、そして阿部知二らを中心にヒューマニズムについての論議が盛んとなっていた。中でも阿部は、現代文明が観念化したり野蛮化したりすることによって生じてきている様々な諸問題に対処するため、人間の健康な本能や肉体を大胆に肯定する「ルネサンス的ヒューマニズム」を再評価し、文明の観念化及び野蛮化の傾向に抗してゆくべきである、といった趣旨の発言を行ない、独自のヒューマニズム論を展開した。そしてその中で、「ルネサンス的ヒューマニズム」に連なる現代のヒューマニズム思想として「ロレンスなどの肉体人への企及」に肯定的に論及するようになり（「現代に於けるヒューマニズムの位置」、初出未詳）(57)、最終的にこのような見地からの阿部のロレンス評価は、奇しくも三木清を代表者とするシリーズ『廿世紀思想』の中の一冊、『人間主義』〈廿世紀思想七〉（昭和一三年）に収められた「ロレンスとハクスリ」という論文に結実することになるのである。

この「ロレンスとハクスリ」において阿部はロレンスについて、自我を憎悪する自我主義者であると解釈している。そして「人間の親和力の出發點」である性を重視するロレンスの思想を、「自我を滅却することなくしてしかも人と人とが抱合し得る道」を説いた人間主義の思想、ヒューマニズム思想として位置づけている。そしてさらにそのロレンスのヒューマニズム思想の要諦を、「死と虚無を超克するものは肉體の燃焼奔騰そのもののうち以外にはない」という考えとして要約している。

このように、昭和十年代、阿部がバイロンに対する関心と共にヒューマニズム思想に対する関心をも強めていたことが見て取れるわけだが、このような阿部の当時の思想背景を考慮した上で、昭和一五年から『文學界』に連載され始めた評論『バイロン』を読み直してみると、先に引用したロレンスへの論及に象徴的に表れているように、そこには当時のロレンス評価と結びついた阿部のヒューマニズム論の論理が流れ込んでいると解釈できる箇所を見つけることができる。例えば、評論『バイロン』の第九章「マンフレッドについて」の中で阿部が、バイロンのことを「自分と世界とがあたたかく抱合し合ひ、いや一つの生きた血肉となつて結び合つてゐることが出來なくなつ」た人物だ、と評しているくだりがある。[58]これは恐らく、自分の情人であるアスターティの死の原因について語ったマンフレッドの「私の抱擁こそが死をあたえることになった」（第二幕第一場）という言葉から帰納した見解であろうと推察されるが、阿部はここで他者の自我、即ち他我を滅ぼしてしまうほどに苛烈なバイロン的自我主義の残酷さを難じるということをしている。これについて、自我主義に執するバイロンとヒューマニズムを志向したロレンスとを対立的に見る阿部独特の視点に鑑みた時、この「抱合」云々の阿部の言い方には、マンフレッドの言葉を逆手に取ったロレンス的ヒューマニズムに対する肯定の意識が背後で動いているように思われる。即ち、ここで阿部はバイロン的自我主義に対する批判の裏面で、性を重視しつつ自我と他我とが

「一つの生きた血肉となつて結び合」う可能性を追求したロレンス的ヒューマニズムの意義を言外に語ろうとしている、と解釈できるように思われるのである。阿部がバイロン的自我主義の否定面について語る際に、「一つの生きた肉体となつて結び合」うという、性的イメージを強く喚起するような表現を敢えて用いているのは恐らくそのためであろう。否定されるべきバイロン的自我主義のアンチテーゼとしてのロレンス的ヒューマニズムの肯定面、性的結合による自我と他我との和解の意義について阿部がここで語ろうとしていたからだと考えることができるのである。

阿部にとってロレンス的ヒューマニズムの思想は、性を通して自我をより広い地平に解き放ちそこで他我と自我とを抱合させることで、自我がそれ自体の中に自閉することによって生じる近代人の病理としてのニヒリズムを超克する道を示唆するものであった。つまり、それはバイロン的自我主義の否定面を超克する可能性を含むものであったのである。このような阿部のロレンス的ヒューマニズム思想に対する肯定の意識は、最晩年の遺作『捕囚』の主人公園伸一の、自我主義者でありながら自我主義の病理としてのニヒリズムを克服せんとするイメージにまで流れ込んでいるように思われる。

例えば以下のような場面である。不衛生な獄中生活という過酷な状況の中で心身ともに衰弱した園は花のイメージと結びついた性的な夢を幾度か見る。そして自身の意識が暗黒の虚無の世界に沈降してゆくのを感じながらその最下層において様々な他者と出会い、ある時にはそれと抱合しさえする。そして「性欲への渇望を媒介として、死と闘おうとこころみ」るということをする。このような場面における園は、あくまで意識の次元においてだが、ニヒリズムに転落するぎりぎり手前のところで踏み止まり、他我と性的に結合することを通じて自我主義の閉塞を脱しニヒリズムを超克していこうというロレンス的ヒューマニズム思想の実践者として立ち現れている。

この時の園の幾つかの性的な夢のうち、ロレンス的ヒューマニズム思想との関わりで特に注意されるのが、物語の終わり近くで園が見た夢である。園は昭和二〇年八月一五日の敗戦の日を迎えながらも未だ獄から解放されることなく、疥癬の悪化による肉体的苦痛と運命の不条理に対する無念の思いの中、ニヒリズムの暗黒の中に引きずり込まれそうになる。が、一方で「無限なる生への狂おしい切望」に身を焦がしてもいる。そして次のようなイメージの夢を見る。

（中略）その無念さはわたくしをほとんど発狂状態にまで突き落し、麻痺的な劇痛のうちにわたくしは意識を失って海底どころではなく、無限に底深い無明の地獄に沈下してゆく。その時わたくしはすでに死者である。このような経験をこの日頃昼となく夜となく味うのだが、今しがたはさらに奇異なことが起った。それは突然その死の暗黒の底に明るい色に匂い輝く大輪の花のような女性の顔と姿が一瞬現れて消えたのだ。それは誰であるかを、わたくしは暗黒の中でただちに覚知した。それはかつてそのような瑞々しく匂い輝く容姿を見せたこともなく三年前に死亡した妻であった。他の女ではなかった。わたくしの痛苦によって麻痺した脳髄がその時一つのことを摑んだ。今や死の世界にある妻は妻であって妻でないのだ。いや妻でありすべての女性的なるものであるのだ。いや女性であって女性を超えた何ものかなのだ。それは一つの象徴――生命の世界と死の世界との境界線のあたりに存在する人間的な何ものかの象徴である。(59)

ここには、花＝女性というイメージで立ち現われた、自我や個性といったものを越えた何物か、「人間的な何ものかの象徴」に、意識を失いそうになりながらも何とか肉迫していこうとする園の精神のありようが描出されている。園はこの場面に至るまでにも何度か、浅い眠りのうちに花のイメージを取って立ち現われる女性の幻を夢の中に見ている。そしてその幻が自身の「性欲の残片」によるものであり、「生命への執着希求」の自己主張の一種である、との自己分析を行うということをしている。つまり園はここで、性欲＝生命への欲望という自我の主張の最果ての段階で他者、即ち「妻でありすべての女性的なるもの」と出会い、自我と他我が自然なかたちで結合し得る生の境地、「生命の世界と死の世界との境界線のあたりに存在する」「無限なる生」の境地に到達する一歩手前の段階に立ち至っているわけであった。そうして死と虚無の世界としてのニヒリズムから今一歩のところで超脱しそうになっているのである。

性を通した自我と他我の結合とそれによるニヒリズムの超克を旨とするロレンス的ヒューマニズム――。そのイメージを体現したかのようなこの園の夢のくだりは、暗黒の底に潜んでいる性的なものとしての〈花＝女性＝生命〉のイメージに特に注目した時、ロレンスの小説『死せる男』"The Man Who Died"（原題『逃げた雄鶏』、一九二九年）との関連を強く感じさせる。この『死せる男』という作品はロレンスの晩年の中編小説で、復活したイエスが異教の女神イシスを崇めるエジプト女の肉体を知ることによって自らのうちに勃然と沸き起こる生命力を感じ真の復活を果たす、という内容のものである。この作品の中で「死せる男」イエスに真の生命を与えるエジプトの女はしばしば花のイメージに擬えられている。そして『捕囚』の先のくだりとの関連においては、この女の人間像について他の作中人物が語った次の言葉が特に注目される。

"Rare women wait for the re-born man. For the lotus, as you know, will not answer to all the bright heat of the sun. But she curves her dark, hidden head in the depths, and stirs not. Till, in the night, one of these rare, invisible suns that have been killed and shine no more, rises among the stars in unseen purple, and like the violet, sends its rare purple rays out into the night. To these the lotus stirs as to a caress, and rises upwards through the flood, and lifts up her bent head, and opens with an expansion such as no other flower knows, and spreads her sharp rays of bliss, and offers her soft, gold depths such as no other flower possesses, to the penetration of the flooding, violet-dark sun that has died and risen and makes no show. [...] [60]"

「まれによみがえった男を待つ女もいる。蓮が太陽の灼熱に反応を示さないことはお前も知っているね。蓮は水深いところで、暗くてよく見えないその頭を垂れてじっとしたままでいる。やがて夜になり、殺されて最早輝かなくなってしまった、現れることもまれな目には見えない太陽の一つが、知覚できない紫色に染まりながら星屑の間を昇ってゆく。そして菫の花のような、その珍しい紫色の光線を夜の中に放射する。この光に対して、蓮はまるで愛撫に応えるように反応し、水中、どんどん水面を目指して茎を上方に伸ばしてゆく。そしてうなだれていた頭をもたげ、他のどんな花よりも力強く花を咲かせて、鋭い歓喜の光を発散する。そして他のどんな花も持っていない、柔らかい深みのある黄金色に染まって、死んだまま上昇して全く姿を現さない菫色の暗黒の太陽のあふれんばかりの挿入に応えるのだ。（中略）」

ここで語られているのは、死んだ太陽を夜空に見上げながら暗く深い水底から水面まで昇って行き、力強く花を咲かせる蓮の花のイメージである。ここで言われている死んだ太陽とは当然「死せる男」イエスの隠喩であり、また一方の蓮の花はエジプト女の隠喩ということになるわけであるが、このイメージを「死んだ太陽＝死せる男」の視点から言い換えてみると、「死んだ太陽＝死せる男」が夜空からはるか下方の暗い水面に花咲く「蓮の花＝エジプト女」を眼下に見ているという構図となる。この構図は、「すでに死者である」とされる『捕囚』の園が自身の意識の暗部の奥底に「明るい色に匂い輝く大輪の花のような女性の顔と姿」を垣間見るという構図とほぼ同じものであると言える。

阿部は、昭和三八年に刊行した『世界文学の流れ』を『捕囚』執筆と同時期の昭和四六年に改訂した『世界文学の歴史』の終章の中で、「死とよみがえり」について文化人類学や深層心理学の知見を援用しながら改めて詳しく論じている。この中で阿部は、その章の扉のページに「よみがえりの象徴、古代エジプトのオシリス柱」の写真を配しつつ次のようなことを書いている。

（中略）個なる人間が、無意識の状態を通じて、つまり自己の内にふかく沈みこむことによって、逆に人間の集団と合体し、また自然の事物とも合体したのであるが、そのときその人間は、生の歓喜の絶頂に達する。そして、永生の感覚に酔うことすらするのである。「死とよみがえり」とは、そのことである。(61)

この記述は、そのイメージの相同性から先に引用した『捕囚』の最後の場面における園のイメージ、即ち「意識を失って海底どころではなく、無限に底深い無明の地獄に沈下してゆ」きながら、そこで〈花＝女性＝生命〉として現れたものとの結合を実現させそうになり、「生命の世界と死の世界との境界線のあたりに存在する」「無限なる生」の境地に到達しそうになっている園のイメージを強く連想させるものとなっており、そのイメージが意味していたもののよき解説となっている。即ちこの『世界文学の歴史』の最終章の記述は、ここで園が阿部の所謂「死とよみがえり」を果たしつつあったことを示唆するものと解することができるのである。しかも章の扉に配された「よみがえりの象徴、古代エジプトのオシリス柱」の写真は、阿部の「死とよみがえり」の思想の根幹にオシリスとイシスの伝説があること、そしてさらにはその意匠を借りながらイエスの「真の生命の復活」を描いたロレンスの『死せる男』があることを窺わせるものであった。これらのことは、『捕囚』におけるロレンスの『死せる男』受容を状況証拠として側面から保証するものとなっている。

ところで、先に論及した阿部の評論「ロレンスとハクスリ」は、後半のオルダス・ハックスリ（Aldous Leonard Huxley, 1894-1963）についての論を削るかたちで、戦後阿部自身が編者となった『ロレンス研究』（昭和三〇年）の中に「ロレンスの人間主義」と改題されて収められているが、この評論の中で阿部は『死せる男』の主人公の「復活」について、それは「肉と恋愛」による「真の生命の復活」であり「死と虚無を超克するもの」であったということを述べている。戦中から戦後に一貫するこの見解を敷衍すると、『捕囚』の園が死んだような状態の中で「大輪の花のような女性」の幻を見たのは、園が意識の中で「肉と恋愛」による「真の生命の復活」を果たしつつあることの暗示と解釈することができるであろう。園の「復活」の場面それ自体は阿部の死による作品の中絶によって描かれることはなかった。が、評論『バイロン』の中でもすでに提示されていた、ロレンス的ヒューマニズムによるバイロン的自我主義の超克という論理に鑑みるならば、阿部が『捕囚』において「近代の超克」の可能性を「死んだ男」三木清の「復活」としてイメージ化しようとしていたらしいことが読み取れるのである。

（四）バイロン熱から「死とよみがえり」へ

榎林哲は『捕囚』の巻末の解題において、阿部が生死の境をさまよう病床で『捕囚』を執筆しつつ聖書を枕頭の書としていた事実に触れ、そこに阿部の西欧ヒューマニズムに対する関心と、「死とよみがえり」の観念に対する問題意識とを見て取っている。(62) 阿部が考える「死とよみがえり」とは、個の死と個の死による個を超えたものの復活を意味しており、阿部はこの「死とよみがえり」をなし得た人物に強い関心を示した。例えばバイロンもその一人であった。評論『バイロン』序章において阿部は、ギリシャ独立戦争への参加に見られる最晩年のバイロンの意志の力を称えた上で、「自我主義者」バイロンと「人道主義者」リヴィングストンとを「十九世紀人」の象徴的存在であるとしつつ、「両極端から動き出して行つた二人が、ともに痛ましい死によつて、歴史上の大行動を遂げ、ともに人間の進歩の階段を築き上げたことは、紛れもない事實であ」った、と論じている。(63) 要するに阿部はバイロンを、人生の最終盤までずっとマンフレッド的自我主義に自閉していた人物であったが、最後の最後ギリシャ独立という大義に殉じるかたちで死ぬことで、ギリシャ独立の実現というおのれを超えたものの復活を成し遂げた人物であった、と捉えていたわけであった。阿部にとってバイロンは、マンフレッド的自我主義に自足している限りにおいては超克すべき対象であったが、最晩年にそれを政治的行動によって自己超克した点においては尊崇の対象であったのである。阿部におけるバイロン熱は、このように両義的なバイロン評価を内包するものであるわけであった。

この「死とよみがえり」に関して阿部は他にも、例えば『現代の文学』(昭和二九年)中の「想像力について」の章において、コールリッジの「老水夫行」やヴァレリー(Paul-Toussaint-Jules Valéry, 1871-1945)の「海辺の墓」"Le cimetière marin"(一九二〇年)とともに小林多喜二の『党生活者』(昭和八年)を「個の死とおおきなものの甦り」を表現した文学と捉えるということをしている。阿部はバイロンの死の他にも、小林多喜二の「死」の意義について政治的、社会的、歴史的な意味合いで高く評価しつつ、それを大いなるものの「よみがえり」に貢献するものであったと論じていたわけであった。この伝で言えば、阿部の中で、多喜二と同じく戦中期の全体主義的政治主義の犠牲となるかたちで死んだ三木清のことが「死とよみがえり」の文脈で想起されるということは十分にあり得ることであったろうと思われる。つまり阿部の中では、バイロンも小林多喜二も三木清も、「死とよみがえり」に貢献した傑出した人物として等価に捉えられていたと解することができるのであり、このことこそが『捕囚』において三木清のイメージとマンフレッドというかたちで表れたバイロンのそれとを結びつけたものであったと見ることができるのである。そしてさらに、「死とよみがえり」のための具体的なイメージを提供するものとして召喚されたのが、他我を滅ぼすマンフレッド的自我主義を敵視しつつ他我と自我との人間的な抱合を志向するロレンス的ヒューマニズムの思想であったというわけである。

このように阿部は、昭和十年代以来ヒューマニズムによる自我主義の超克という思想的課題を自身に課し、戦中から戦後にかけて自我と他我との間における、より人間的な関係とは一体いかなるものであるのか、という問題について地道に取り組んでいったのであった。他我の存在を無視して自我主義に傾斜することは、阿部にとって、バイロンの『マンフレッド』においてマンフレッドの辿った道、即ち死に至る道を意味しており、一方、自我を保ちつつ他我との抱合を目指すヒューマニズムを志向してゆくことは、ロレンスの『死せる男』において復活したイエスの辿った道、即ち新生に至る道を意味するものであった。阿部は互いに陰陽の関係、表裏の関係にあるバイロン論とロレンス論を展開してゆきながら、自らの中のバイロン熱を思想的に成熟させ、彼なりの「近代の超克」論を温めていった。そして最終的にはそれを「死とよみがえり」の思想にまで昇華させていったのである。『捕囚』はこの昭和十年代以来の阿部の思想的な歩みの結晶としてあったわけである。

『捕囚』は、昭和十年代以来の阿部の中のバイロン熱に胚胎した、阿部流の「近代の超克」、即ち「近代文明に於ける病氣」としてのバイロン的自我主義の超克をテーマとする思想小説であった。この作品は戦中期の「近代の超克」論、戦後期の近代化論のいずれにも一方的に与することなく、戦中期と戦後期の転換点に起きた三木清の死という歴史的事件の意味を凝視し、そこに「死とよみがえり」という連続の相を見出そうとする阿部独自の思想的営為であったのである。なるほど本作品には、例えば、作品が未完に終わり三木の（例えば「構想力の論理」等の）思想と阿部の思想とが不充分なかたちでしか交響していないという点や、あるいは日本の国家としての自我と他国のそれとの間の緊張関係について不充分にしかイメージ化されていないという点など、幾つかの難点があることも率直に認めなければならない。だが、三木清、バイロン、ロレンスという三者三様の人物及び思想の結節点に自身の思想を結晶させ、近代日本の精神史の総括を行おうとしたことは、その独特さにおいて特筆に値しよう。阿部知二の『捕囚』は、まさに明治百年の時期に当たる昭和四十年代後半という時期にあって、明治期以来日本文学に影響を与えてきたバイロンを、二重にも三重にもヴェールが掛ったかたちではあるが復活させた、近代日本におけるバイロン受容史の終点に位置する作品として改めて評価されるべき小説であろうと思われるのである。

註

(1)高見順『昭和文学盛衰史』(講談社、昭和四〇年)、二〇九―二一〇頁。
(2)同書、二〇九―二一三頁参照。
(3)林房雄『獄中記』(改訂版、創元社、昭和一五年)、二三二頁。
(4)阿部知二『バイロン』〈研究社英米文學評傳叢書四三〉(研究社、昭和一二年)「はしがき」、二頁。
(5)林房雄『獄中記』、二〇一頁。
(6)同書、二二二頁。なお、この時林が手にしたバイロン全集は、『獄中記』において林が「明滅する電燈の下、高射砲の連音をきゝながら、ロセツチの序文を讀み、「チヤイルド・ハロルド」の第一頁をひるがへした」(同書、二二二頁)と書いていることから推定するに、恐らく、William Michael Rossetti, ed., *The Poetical Works of Byron: with A Critical Memoir* (London: William Collins, Sons, & Co., Ltd, 1885) ではないかと思われる。
(7)同書、二五二頁。
(8)同書、二〇〇頁。
(9)『壯年』を中心とする林の三部作の執筆計画については、『壯年』第一部の後書きに端的に説明されている。林房雄『壯年』第一部(第一書房、昭和一二年)、四三一頁。
(10)戦後林は、『壯年』の復活を期して『文明開化』という作品を刊行しているが、林自身述懐している通り、この作品は、未完の『壯年』を書き継いで完成させたものというより、「新しく書きおろすのと同じ」といったものであった。林房雄『文明開化』(朝日新聞社、昭和四〇年)、四三三―四三四頁。

(11)林の転向の正式な表明は、プロレタリア作家の廃業を宣言した昭和一一年であるが、林自身の転向論「転向に就いて」(『文學界』、昭和一六年三月)においては、『青年』が「實質的には私の轉向の書」と位置づけられている。『青年』の中に林の転向の萌芽を見る論者については、内藤由直「林房雄『青年』における本文異同の戦略――国民文学への道」(『日本近代文学』第八〇集、平成二一年五月)、五二―三頁、六五頁の注(2)参照。

(12)神谷忠孝「林房雄研究の一九三〇年代」[文学・思想懇話会『近代の夢と知性―文学・思想の昭和一〇年前後』(翰林書房、平成一二年)、一九三―二一一頁]。

(13)伊豆利彦「「近代の超克」の周辺――林房雄「勤皇の心」と『青年』」(『日本文学』第四〇巻第三号、平成三年三月)、三六頁。

(14)神谷前掲論文、二一〇頁。

(15)ケヴィン・M・ドーク(小林宜子(訳))「同一性に基づく文化の創出」[『日本浪曼派とナショナリズム』〈パルマケイア叢書一二〉(柏書房、平成一一年)、一七五―二〇〇頁]。

(16)林房雄『獄中記』、二二二―二二三頁。

(17)林房雄『青年』(中央公論社、昭和九年)、四五二頁。『青年』には、初出、初版、決定版その他、様々な版があるが、本稿では、『青年』の引用及び内容要約は、初めてまとまった形となった初版(中央公論社、昭和九年)に拠る。なお、『青年』の本文異同の問題については内藤前掲論文参照。

(18)同書、四五三―四五六頁。

(19)同書、四二―四三頁。

(20)同書、四五二―四五三頁。

(21)同書、一七三―一七四頁。

(22)同書、一七七―一八一頁。

(23)同書、一七五頁。

(24)同書、四五四頁。

(25)同書、四五五―四五六頁。

(26)同書、六二一―六二六頁。
(27)同書、八六―八七頁。
(28)林房雄『獄中記』、四二頁。
(29)同書、一二八頁。
(30)同書、五九頁。
(31)林は出獄直に発表した「ハイネ・詩人・革命家」(『改造』、昭和八年八月)において、「現代の日本もまた、理想が人をつかむ時代である」と述べている。『林房雄著作集』Ⅲ巻(翼書院、昭和四四年)、三四三頁。
(32)同書、二四九頁。
(33)林房雄『獄中記』、二三四頁。
(34)同書、二三三頁。
(35)林房雄『青年』、六七四頁。
(36)林房雄『壮年』第一部(第一書房、昭和一二年)、一二三―一二五頁。
(37)林房雄『浪曼主義のために』(文學界社、昭和一一年)、一〇五頁。
(38)同書、三〇頁。
(39)林房雄『壮年』第二部、三六一―二頁。
(40)林房雄『勤皇の心』(創元社、昭和一八年)、一一九頁。
(41)同書、一〇三頁。
(42)『決定版三島由紀夫全集』第三二巻(新潮社、平成一五年)、三八四頁。
(43)林房雄『獄中記』、二三二頁。
(44)阿部と三木の関係については、水上勲「阿部知二と三木清――『捕囚』論への序として」(『阿部知二研究』第一号、平成六年四月、後に『阿部知二研究』(双文社、平成七年)に収録)、矢崎彰「阿部知二の三木清論・序論――「思出」「裂氷」から『捕囚』へ」(『阿部知二研究』第四号、平成九年四月)等参照。
(45)例えば、「小市民的な足ぶみから、ある形で脱出した戦後の阿部知二は、そこにいたるまでの自分の過去を、三木清に重ね合わせて、総決算の手はじめにしたかったのであろう」という中島健蔵の見解は、その代表的なものである。中島健蔵「阿部知二とわたくし――「捕囚」にふれて」（『文芸』第一二巻七号、昭和四八年七月）参照。

（46）阿部知二『捕囚』（河出書房新社、昭和四八年）、一四―一五頁。

（47）阿部知二（訳）『バイロン詩集』〈世界詩人全集二〉（新潮社、昭和四三年）、一九三頁。

（48）さらに、初期作品に、バイロンをモデルとした短編小説があることも指摘してされている。和田典子「阿部知二とバイロン」（『阿部知二研究』第一〇巻、平成一五年四月）参照。

（49）阿部前掲書、七九頁。

（50）阿部（訳）前掲書、二〇九―二一〇頁。

（51）阿部知二『バイロン』（創元社、昭和二三年）、二四五―二四六頁。

（52）阿部『捕囚』、五一一頁。

（53）同書、九三―九五頁。

（54）牧野有通は、阿部のメルヴィル受容という視点から、『捕囚』の園の牢獄意識に『白鯨』Moby-Dick: The Whale（一八五一年）のエイハブ船長の牢獄意識の影を見て、やはり「「近代」という妖怪」との格闘という問題を読み取っている。牧野「阿部知二、漱石そして『白鯨』――「近代」という妖怪」（『阿部知二研究』第八巻、平成一三年四月）参照。

（55）阿部『バイロン』、二四四―二四五頁。

（56）同書、一五六―一五七頁。

（57）『阿部知二全集』第一〇巻（河出書房新社、昭和四九年）の巻末の解説には、この「現代に於けるヒューマニズムの位置」について、この評論が「ヒューマニズムと文学」（『文學界』第三巻第九号、昭和一一年九月）と「同時期のもの」であるとする、阿部の言葉が引かれている。

（58）阿部『バイロン』、一六二頁。

（59）阿部『捕囚』、四八七頁。

（60）『死せる男』原文はDavid H. Lawrence, *The Works of D. H. Lawrence: The Virgin and the Gipsy and Other Stories*. ed. James T. Bouton（Cambridge: Cambridge University Press, 2005）に拠った。

(61)阿部知二『世界文学の歴史』(河出書房新社、昭和四六年)、三四一頁。
(62)水上勲も、『捕囚』連載直前の「生命の問題と芸術」(『文化評論』、昭和四六年六月)が「死とよみがえり」の思想を論じている事実を指摘している。水上前掲書、一九一—一九二頁。
(63)阿部『バイロン』、一三頁。

終章　バイロン熱の系譜――一つの近代日本精神史として

ここまで、近代日本におけるバイロン熱のありようとその意味するところをバイロン言説、及びバイロンからの影響の痕跡の色濃い強い作品を分析し解釈することを通して明らかにしてきた。そしてそこで浮き彫りになったのは、明治期から昭和期にかけてのバイロン熱罹患者たちが、それぞれの内的必然性に応じて、詩人バイロンの人物に、あるいはバイロニック・ヒーローの生のあり方に、あるいは一種の気分としてのバイロニズムに思い入れを逞しくしながら、その思い入れの際に自覚される内的葛藤や「影響の不安」(1)に向き合うことを通して、各々が進むべき文学的な方向性、思想的な方向性を見出していったという事実であった。

では、彼らバイロン熱罹患者たちが各々開拓していった文学的、思想的な方向性にはどのような同一性と差異が見られるのであろうか。そしてそれが意味するところは何であろうか。近代日本におけるバイロン熱のありようの全体像をほぼ把握した今、バイロン熱罹患者間の連関性を探りながらその点について改めて整理してみたい。

本論の議論を振り返るに当たり、第一に論及すべきは、やはり明治期を代表するバイロン熱罹患者にして近代日本全体を代表するバイロン受容者であった北村透谷ということになるであろう。透谷におけるバイロン熱の最大の特徴は、バイロンの厭世性及び内向性に思い入れを逞しくしながらバイロンにおける「負のロマン主義」の精神性に徹底的に拘泥していったことであった。透谷は、旧時代の前近代的な権力構造を一部引きずった藩閥政治のあり方に反発しつつ、自由主義及び民主主義という近代的な理念を掲げた自由民権運動に積極的にコミットしていったわけだが、政治運動からの脱落後、孤立と失意の中で内向的となり厭世意識を深めてゆく。そしてそこから、自身の内向や厭世を手掛りとして、「厭世詩家」としてのバイロン、「負のロマン主義」の詩人としてのバイロンを発見していったわけであった。

透谷がバイロンの「負のロマン主義」の精神性を受容することで見出した問題、それは明治前期の日本の近代化（＝文明開化）の皮相性という問題であった。当時、日本は、日本を含むアジアに支配の手を伸ばそうとしている西洋列強から主権を守るため、また幕末期に結ばされた不平等条約を改正するため、近代化を可及的速やかに成し遂げることを最大の国家目標としていた。富国強兵、殖産興業というスローガンが掲げられ、物質的発展、外的生活の充実が目指されたのはそのことの現れであった。が、透谷はそのような明治日本の外面的な近代化の現実に形而上的価値の欠如、内的生活に対する問題意識の欠如を見た。透谷は国家としての日本の発展という形而下的な問題よりも神や超自然といった形而上的な問題を重視し、また外的生活の充実よりも内的生活の充実を重視した。そして前者の超越性への志向と後者の内面性への志向とを垂直に貫くもの、透谷の言葉で言えば「内部生命」を第一義の価値としていたのであった。透谷はこの超越性と内面性の両方に相渉る「内部生命」に拠りつつ、世俗的次元での外的生活の充実をのみ追求する明治日本の外面的近代化に対し懐疑の眼差しを向けたわけである。

そんな透谷にとって、世俗的価値、形而下的価値に満足し得ず、超越性への志向と内面性への志向に憑りつかれながら孤高に彷徨する、例えばマンフレッドのようなバイロニック・ヒーローは、まさに共感を寄せるに格好の存在であった。透谷は、超越性への志向と内面性への志向の中で形而下の外的生活に対して懐疑と絶望の意識を強めてゆくバイロニック・ヒーロー＝バイロンの「負のロマン主義」の精神性に、「内部生命」に通じるものを見、このバイロンの「負のロマン主義」に寄り添うかたちで、明治日本の外面的近代化の皮相な現実に対し懐疑の眼差しを向けることを可能にしていったのである。

だが、透谷にとってバイロンのこの「負のロマン主義」が、明治日本の外面的近代化の皮相な現実を撃つための常に拠って立つべき牙城であり得たかと言うと、必ずしもそうとは言えなかった。ここに透谷におけるバイロン受容、バイロン熱の問題を考える上での難しさ、複雑さがある。確かに透谷は、世俗的価値、形而下的価値のみを志向して外的生活を充実させることにひたすら邁進する明治日本の外面的近代化を相対化するためのものとして、バイロンの「負のロマン主義」に大いなる可能性を見た。しかし、バイロンの「負のロマン主義」は、超越性への志向と内面性への志向を併せ持ちながら、そのどちらの志向においても全面的に肯定できる価値を見出すことのできない内的状態を意味するものであった。具体的に言えば、超越性への志向の最果てに位置するものとしての神や超自然、また、内面性への志向の根源に位置するであろう自我に全面的な信頼を置けないのが、バイロンの「負のロマン主義」であったわけである。だが透谷は、超越性への志向と内面性への志向とを一貫させるものとして「内部生命」なる観念を案出し、その「内部生命」のダイナミズムに拠って立つべき価値を見出していた。神や超自然と自我とが「内部生命」を通して出会うことができ、その出会いの中で全面的に肯定されるべき境地が実現されるというのが、透谷のロマン主義なのであった。この意味で透谷は、バイロンの「負のロマン主義」に安住するということはしなかった。彼はバイロンの「負のロマン主義」における超越性への志向と内面性への志向に大いに啓発されながら、それを神や超自然への信頼の獲得、自我への信頼への獲得まで徹底させることを意志するようになった。そのようにして透谷はバイロンの「負のロマン主義」を踏み越えようとしたのである。

透谷はこのようにバイロンの「負のロマン主義」に対して両義的な思いを抱いていたのであった。透谷は、超越性への志向と内面性への志向の両方を併せ持つバイロンの「負のロマン主義」の精神性を、超越性への志向と内面性への志向を欠落させた明治日本の外面的近代化の現実に対するアンチテーゼとして、まずは肯定する。だが同時に、バイロンの「負のロマン主義」の精神性が、『マンフレッド』におけるマンフレッドの生がそうであったように、超越性への志向を満たし得ず内面性への志向をも苦と感じてニヒリズムの暗黒の中に落ち込んでゆくものであることも、透谷はよく知悉していた。それ故透谷は、バイロンの「負のロマン主義」における超越性への志向と内面性への志向をいかに「内部生命」の論理で一貫させることができるか、そうして神や超自然と自我との出会いを可能にすることで、いかにバイロン流の「負のロマン主義」から「正のロマン主義」（Positive Romanticism）(2) に跳躍できるか、という問題を自身のバイロン受容の際の最大の課題としたのである。透谷はこの問題をめぐる思考をさまざまに展開した。簡単に整理すれば、超越性への志向と内面性への志向とをつなぐものとして透谷が提示したのは、『楚囚之詩』においては信、望、愛に基礎づけられたキリスト教信仰であり、『蓬萊曲』においてはロマン派的想像力による自我と超自然との一体化のイメージであった。また「心機妙變を論ず」においては宗教的回心の瞬間の自我の自己超克の論理であり、「一夕觀」においては他我との時空を超えた連帯意識による自我の慰安の可能性であった。こうして超越性への志向と内面性への志向との間で緊張し凝固するバイロン流の近代的自我を、より深くより広い次元に開いていこうとしていたのである。

明治日本の外面的近代化に対する批判という文脈においては肯定しつつ、近代的個人の自我のあり方を問うという文脈においては批判的に捉える――。透谷におけるバイロンの「負のロマン主義」に対するスタンスはこのようなものであったが、しかし透谷のこのバイロンの「負のロマン主義」に対する両義的なスタンスは、恐らく彼の死を早めたものであった。もともと透谷には、自由民権運動からの離脱の際の失意の中でバイロンの「負のロマン主義」に接近してゆくという経緯があり、透谷にとってバイロンの「負のロマン主義」は自身の実感に適合するものであった。が、バイロンの「負のロマン主義」は明治日本の外面的近代化の皮相性を撃つには有効であっても、それに代わる肯定的な代案を提示するものではなかった。それ故、透谷は、自身の明治日本の外面的近代化に対する批判を裏付けのあるものとするため、また自身の個人的な生がニヒリズムの暗黒に落ち込んでゆかないようにするため、前述の通り、バイロンの「負のロマン主義」から飛躍して何がしかの肯定的価値に基礎づけられた「正のロマン主義」に移行することを試みていたわけであった。しかしながら、透谷のそのような試みは、本論で具体的に取り上げた彼のバイロン受容のありようが明白に示しているように、かえって透谷の「負のロマン主義」の精神性への拘泥を強調する結果となり、多くの場合が失敗に終わった。透谷は超越性への志向と内面性への志向とを徹底させたところで立ち現れてくる、「内部生命」を通路とした神や超自然と自我との出会いの瞬間を十全に描き出すことができなかった。つまりは「正のロマン主義」に飛躍することができなかった。それどころかますますバイロン流の「負のロマン主義」の深淵に引きずり込まれるという軌跡を描かざるを得なかったのである。こうして透谷は、自身の明治日本の外面的近代化に対する自身の批判を一本筋の通ったものにすることができずに苦悩を深めていった。自身の批判が底の抜けたものであることに絶望し、虚無的となっていった。そしてその絶望感、虚無感が透谷の実生活における「負のロマン主義」的傾向に拍車をかけた。こうして透谷は「負のロマン主義」の終わりなき負のスパイラルに入り込まざるを得なかった。そして最終的に、自身の思い入れの対象であったマンフレッドさながらの自死の最期にまで引きずり込まれていったと考えられるのである。

つまり透谷は、懐疑と厭世と絶望を旨とするバイロンの「負のロマン主義」の精神性に当のバイロン以上に染まり、そしてそれをバイロン以上に忠実に実人生として生きたのであった。すでに述べた通りペッカムは、バイロンにおける懐疑と厭世と絶望の精神性を説明する語として「負のロマン主義」の語を用いたわけであったが、そのペッカムも、『ドン・ジュアン』に代表されるバイロン後期の諷刺的喜劇調の詩風の確立を以て、バイロンにおける「負のロマン主義」の精神は終わりを告げた、と論じている。ペッカムによれば、後期バイロンは、前期及び中期バイロンの懐疑と厭世と絶望を旨とする「負のロマン主義」の精神から、人間の経験世界の愚劣さや恐ろしさや美しさに虚心に向き合うリアリズムの精神に移行している。(3) 要するにバイロンは、後年、〈死に至る病〉としての自身の「負のロマン主義」を自己克服し、「負のロマン主義」の詩人としてのバイロン像から自己を脱却させることに成功していたわけである。透谷においても後期バイロンの詩風に通じるような諷刺的精神もないではなかったが、「ウェルテリズムとバイロニズムとを兼ね備へたロマンティシズムの特攻隊長」(4) とも評される透谷の内面の主調音をなしていたのは、やはり厭世的、内向的傾向を基調とする「負のロマン主義」の精神性であった。透谷は明治日本の外面的近代化のありようを問う社会的問題意識の次元においても、個人の生のありようを問う個人的問題意識の次元においても、「負のロマン主義」の気分を募らせ、最後、自ら制御のできなくなったその「負のロマン主義」の精神性の暗黒に彼自身の身体まで呑み込まれてしまった。透谷は明治初年に生を受け、彼の人生の歩みは明治日本の近代化の歩みと常に並行してあったが、明治日本の外面的近代化の空虚を撃つために有効であったバイロンの「負のロマン主義」に、明治日本の知識人としての彼自身の空虚を撃たれることとなった。バイロンの「負のロマン主義」による明治日本の近代化批判と自己批判、それが透谷におけるバイロン熱の内実であったのである。

このように、透谷は、日本の近代化のあり方を問うという社会的問題意識と、自身の生のあり方を問う個人的問題意識との両方においてバイロンの「負のロマン主義」を受容するということを行なっていたわけであったが、このような二つの次元の意識の両方に相渉るかたちの透谷的なバイロン熱のあり方は、透谷の弟分である『文學界』同人たちによってほぼ完全に放棄されることになる。彼らは透谷の死を契機にバイロンとの〈歌のわかれ〉を開始するわけだが、それは透谷的なバイロン熱のあり方の否定というかたちを取った。

まず彼らは、明治日本の外面的近代化の現実の皮相に対してバイロン流の「負のロマン主義」の深刻を対置するという透谷流のやり方を却下した。より精確に言えば、透谷が濃厚に持ち合わせていた、明治日本の外面的近代化の現実を批判的に捉えるという社会的問題意識自体を彼らは放棄したのである。この傾向は、文芸作品の鑑賞と研究に専心するディレッタントの立場に移行しようとした平田禿木、戸川秋骨などにおいて顕著である。彼らは社会的問題意識を脱落させることで、透谷が行なったような、社会的問題意識からバイロン流の「負のロマン主義」の精神性を肯定評価するという文脈それ自体を否定したのである。

さらに彼らは、自身の生からバイロンの「負のロマン主義」の精神性に対する親炙を否定し去るということを行なった。これは一見するとバイロンの「負のロマン主義」に対する透谷のスタンスと通じるところがあるように思われるが、実際のところは両者のスタンスは大いに異なるものである。透谷のスタンスは、個人の生の次元において「負のロマン主義」の精神性がニヒリズムに帰着してしまうことに危機意識を持ちつつ、「負のロマン主義」の問題に徹底的に向き合うことで、その内部から、ニヒリズムではない、「内部生命」に基礎づけられた「正のロマン主義」へと跳躍する可能性を模索していこうとするものであった。が、一方の『文學界』同人のスタンスは、透谷のようにバイロンの「負のロマン主義」に正面から向き合うことはせず、その問題性を過小評価することでやり過ごしてしまおうとするものであった。透谷のそれに比べ、自身の生のあり方とバイロンの「負のロマン主義」との間の関係性についての問題意識が格段に希薄で、自我の緊張度に欠けたものであったわけである。

彼ら『文學界』同人のバイロン熱のやり過ごし方は各人各様であったが、バイロンの「負のロマン主義」の精神性を「不健全」な「暗潮」と捉えながら、それを相対化するための新たな視点を外部から導入することが必要であると考えた点では皆通底するものがあった。彼らは、バイロンの「負のロマン主義」という、否定すべき「不健全」な「暗潮」に呑み込まれて溺死することを恐れ、「純粋なる日本想」（島崎藤村）、「美術的の一新思海」（平田禿木）、「光明なる彼岸」（戸川秋骨）といった、各々の自己救済を可能にしてくれる彼岸をやや恣意的に想定した。そしてその彼岸に辿り着くための論理を各々の仕方で捻出し、バイロンの「負のロマン主義」に殉死したとも言える透谷の辿った末路を回避しようと努めたわけであった。

このように、『文學界』同人たちは社会的問題意識と個人的問題意識との両方に相渉りながら加熱化していった透谷のバイロン熱のあり方を、社会的問題意識自体をまずは切り捨て、さらには個人的問題意識からバイロンの「負のロマン主義」の問題を切り捨てることによって解体するということを行なっていったわけであった。しかしながら、そのような中で一人微妙な動きを見せたのが島崎藤村である。

先述したように藤村は、バイロン流の「負のロマン主義」という「不健全」な「暗潮」から脱出するため、「純粋なる日本想」という彼岸を想定したわけであったが、『春』における透谷と自分自身の描き分け方から明らかなように、彼は「不健全な暗潮」からの脱出先としての彼岸を、個人と社会の領域の境界に位置する中間共同体としての家に求めた。藤村がなそうとしたこと、それは、生＝性の現実があられもなく曝け出される、極めて「自然主義」的な空間としての〈家〉の中で、自身の青春の夢と結びついたバイロン流の「負のロマン主義」の衝動を時間をかけて扼殺するということであった。ここには、透谷のバイロン熱にはあった、明治日本の近代化に対する批判意識という社会的問題意識は脱落している。また、バイロンの「負のロマン主義」と自身の生のあり方の関係性を徹底的に追究する中で「負のロマン主義」の克服を図っていこうとする透谷的な個人的問題意識の緊張も見られない。従ってこの時点では藤村のやり方は他の『文學界』同人のそれと大差はなかった。藤村もまた、透谷的なバイロン熱との〈歌のわかれ〉をなそうとしたのである。

だが藤村が中年となり、〈家〉という空間の中で営まれる私生活において却って失望と懐疑を募らせ、ニヒリズムに漸近し、その過程で極めてバイロン的とも言える「新生」事件を起こしたこと、そしてその過程で藤村の内部に燻っていたバイロン流の「負のロマン主義」の精神性を再燃させたこと、また自らのバイロン流の「負のロマン主義」の精神性を手掛かりとしてその精神性の根源を探り、同じくそのような精神性に苦悩したらしい自身の父を再発見していったこと、さらにその父の眼、即ち、惟神の道の実現を夢見、それが明治維新の現実に裏切られ苦悩を深めてゆく、超越性への志向と内面性への志向を両方併せ持った平田国学の信奉者としての父の眼を通して明治日本の外面的近代化の皮相性に懐疑の眼差しを向けていったことは、透谷的なバイロン熱のあり方が復活したことを意味するものであった。透谷の死から二十年以上の時が過ぎ、極めて迂回したかたちではあったが、透谷同様、藤村もまた、自身の生のあり方を問う個人的問題意識と日本の近代化のあり方を問う社会的問題意識との両方に相渉るかたちでバイロン流の「負のロマン主義」の精神性に思い入れを逞しくすることとなったのである。透谷的なバイロン熱の灯火は、『文學界』同人によって一旦は掻き消されたかに見えたが、その一人である藤村によって再び点火されることとなったのである。

ただし、この一連の流れ全体が藤村におけるバイロン熱それ自体の再燃を意味しているというわけではないということも注意しておく必要があるだろう。というのも、藤村が最終的に蘇らせたのは、「負のロマン主義」の詩人バイロンに対する思い入れと言うより、バイロンの「負のロマン主義」と不可分な存在として想起された透谷、バイロンの「負のロマン主義」の精神性を日本的近代批判にまで高めた透谷に対する思い入れであったと思われるからである。このことについては、明治日本の外面的近代化の皮相な現実に幻滅し発狂する『夜明け前』

の主人公青山半蔵が、バイロンではなくバイロンに心酔した透谷を参照枠としてイメージ化されているという事実に端的に表れている。(5) 藤村におけるバイロン熱それ自体が再燃したのは「新生」事件の渦中にあった短期間の間であった。近親相姦の果てに姪を孕ませるという彼自身の個人的な生の危機的状況において、藤村はバイロンを想起し、「大洋の歌」の歌い手としてのバイロンに対する思い入れを一時的に強くしたわけである。つまり逆に言えば、彼の個人的な生の危機が回避された状況、即ち彼のフランスへの逃避行がなされた状況においては、藤村のバイロンに対する思い入れ、バイロン熱それ自体は一気に冷却化していったと考えられるのである。そしてバイロン熱それ自体が冷却した後、バイロンと共に想起された「負のロマン主義」者としての透谷に対する思い入れ、透谷熱のみが残ったのであった。そしてこの透谷熱が透谷流の「負のロマン主義」による日本的近代批判という発想を藤村に提供し、それが『夜明け前』の執筆にまで昇華されていったのである。つまり結果として、透谷の「負のロマン主義」の精神性の中核をなしていたバイロンその人の「負のロマン主義」に対する意識は捨象され、ただ純粋に透谷の「負のロマン主義」をめぐる意識のみが藤村の中で息づくということになったのである。

このように藤村においては、「新生」事件前後の時期の個人的問題意識との関わりにおける「負のロマン主義」の高潮と、帰朝から『夜明け前』執筆時に至る時期の社会的問題意識との関わりにおける「負のロマン主義」の高潮との間で時間的なずれ、内容的なずれが生じているわけであった。これは、個人的問題意識におけるバイロン流の「負のロマン主義」の問題と社会的問題意識におけるそれとが強い相関関係にあった透谷流のバイロン熱にはなかったものであった。このバイロンの「負のロマン主義」の精神性をめぐる個人的問題意識と社会的問題意識の間の時間的、内容的なずれにこそ、藤村のバイロン熱の微妙さ、複雑さがあったのである。

ここまで透谷からその弟分の『文學界』同人までのバイロン熱の変容の過程を追ってきたが、『文學界』同人とほぼ同年代の他の言論人、木村鷹太郎や高山樗牛、土井晩翠などのバイロン熱のありようはいかなるものであったのだろうか。彼らの個人的問題意識と社会的問題意識との関係性に注目しながら再整理してみたい。

まずは木村鷹太郎である。日清戦争時、排外的日本主義論というかたちでナショナリズム論を展開した彼は、西洋列強と互角に渉り合うための近代化、即ち富国強兵、殖産興業をスローガンとする明治日本の近代化の大きな流れに基本的に賛同する立場を取った。彼はバイロンにおける「負のロマン主義」と自由主義の精神性に大いなるダイナミズムを見出し、それに対する思い入れを明治日本の近代化を肯定する帝国的ナショナリズムの気分にまで高めたのである。これは、日露戦争時、日本が西洋列強国の強大な一角であるロシアに勝利したことに明治日本の近代化の勝利、近代日本の曙光を見た晩翠にも同様に見られるものであった。彼らは、バイロンの中に前進し拡大する精神の強度を見、そこに彼ら自身の個人的自我の（やや弛緩した）膨張と国家の膨張とを重ね見たのである。その際、バイロンの「負のロマン主義」の精神性の方は、前進と拡大のイメージ精神の強度というコンセプトと抵触しない限りにおいて評価された。このようにバイロンは彼らの個人的問題意識と社会的問題意識とをつなぐナショナリズムの気分に合わせられるかたちで彼らに受容されたわけである。

ナショナリズムの気分と結びついたバイロン熱——。確かに彼らのこのようなバイロン熱は個人的問題意識と社会的問題意識との両方に相渉るかたちでのバイロン熱ではあった。その点、彼らのバイロン熱は『文學界』同人のそれより透谷のそれに近いものがあったと言える。が、その内容については、基本的に明治日本の外面的近代化に懐疑を眼差しを向けつつ、自身の生との関わりでも寧ろバイロンの「負のロマン主義」の消極的な面に反応することの多かった透谷のバイロン受容、バイロン熱のあり方とはかなり異質なところがあった。彼らにおける明治日本の近代化に対する肯定と個人的自我の弛緩した膨張は、透谷における明治日本の近代化に対する懐疑と個人的自我の高密度の緊張を、言わば裏返したものであったと言うことができるのである。

そのような中、高山樗牛のバイロン熱は、晩年にのみ限ってであるが、透谷のそれと部分的に重なるものがあった。樗牛は、言論人として独り立ちする前の学生時代においては、個人的問題意識においてバイロンの「負のロマン主義」の精神性に思い入れを逞しくしつつ、そのような自身の生のあり方を反省するということをしていた。この点、透谷の個人的問題意識におけるバイロンの「負のロマン主義」との関わり方に似たところがあったと言える。が、樗牛は透谷のようにバイロンの「負のロマン主義」を踏み越えるためにそれと徹底的に向き合うということをしなかった。樗牛は、彼自身の社会的問題意識が日本主義というかたちを取って彼の内部でせり上がってくる中で、バイロンの「負のロマン主義」に対する思い入れを個人的問題意識からも社会的問題意識からも切り捨てにかかった。この個人的問題意識及び社会的問題意識からバイロン熱を排除するというやり方は、一見すると『文學界』同人におけるバイロン熱との〈歌のわかれ〉の仕方と似たところがあるように思われる。が、樗牛が『文學界』同人と違っていたのは、『文學界』同人たちが日本的近代を問う社会的問題意識それ自体を放棄したのに対し、樗牛は逆にそのような社会的問題意識をまさに強く保持していたことであった。樗牛は明治日本の外面的近代化を基本的に肯定するという社会的問題意識を持っていた。それ故に、それに対するアンチテーゼともなり得るバイロンの「負のロマン主義」の精神性を否定するという方向に向かっていったのである。この意味でこの時期の樗牛は、明治日本の近代化の皮相な現実を否定するためにバイロンの「負のロマン主義」の精神性を肯定した透谷のバイロン熱のあり方に対して、『文學界』同人とは違ったかたちの否定者としてあったわけであった。

だがその数年後、肺病を悪化させ自身の生が危機に瀕する中、個人的問題意識においてバイロンの「負のロマン主義」に再び親しみ始めた樗牛は、ニーチェ主義や日蓮主義に後押しされるかたちで国家や共同体の枠組みを超脱する傑出した個人の精神性を称揚するに至った。晩年の樗牛は、超越性への志向と内面性への志向との間で緊張する個人的自我を核とするバイロンの「負のロマン主義」の精神性を足掛かりにしながら、傑出した個人の生の深刻、充実に思いを致すようになり、それを明治日本の外面的近代化の皮相、空疎に対置したのであった。つまり樗牛においても、バイロンの「負のロマン主義」の精神性は日本的近代に対する批判のための礎となり得たのである。これは、先述した、日本的近代批判の社会的問題意識と結びついた透谷のバイロン熱のあり方と非常に近しいものであったと言うことができる。

晩年の樗牛における、このような日本的近代批判の社会的問題意識の覚醒は、肺患の悪化を契機としたものであり、十分時間をかけて熟成させたとは言えないものであった。また、彼の個人的問題意識におけるバイロンの「負のロマン主義」への接近も、バイロンの「負のロマン主義」の精神性に全身浸りつつ、そこから超脱する可能性を自らの実存をかけて模索していた透谷に比べれば、自我の緊張度を欠いたものだった。だが、中途半端なものではあったにせよ、個人的問題意識と社会的問題意識の両方においてバイロンの「負のロマン主義」の精神性が受容され、それが相関しながら日本的近代批判にまで昇華されている点で、晩年の樗牛のバイロン熱は透谷のそれの衣鉢を継ぐものであった。樗牛の生が終わりに近づきつつある中、透谷的バイロン熱はほんの一瞬の耀きをここに見せたのである。

日清戦争前夜に透谷が自殺して以降、日本は日清日露の両戦争に勝利することで国際的な地位を上昇させ、また国内的にも軍事産業を中心に飛躍的に経済力を増強させるに至った。富国強兵と殖産興業のスローガンを掲げた明治日本の近代化は、日露戦争後、一応の完成を迎えたと見ることができる。『文學界』同人らが明治日本の近代化のあり方について不問に付し、また木村、樗牛、晩翠らがそれについておおよそ肯定的であったのは、この時期、明治日本の近代化の成果が目に見えるかたちで実体化してゆき、最早バイロン流の「負のロマン主義」

で相対化し得る代物ではなくなっていたということもあったと思われる。また、時代も明治後半期となり、多種多様な海外文芸思潮が日本に紹介され受容される中で、バイロンの「負のロマン主義」の持つ文学的、思想的価値自体が相対化され、バイロンが特別に思い入れをする対象でなくなってきたという事情も間違いなくあった。こうした理由から、この時期の文学者、思想家の社会的問題意識と個人的問題意識におけるバイロンの「負のロマン主義」の精神性の占める位置は、透谷のそれに比べると格段に小さいものとなっていたわけであった。最晩年に透谷的バイロン熱を一気に高潮させた嚆牛にしても、その内実は生粋のバイロン熱罹患者である透谷に及ぶべくもなかった。要するに、バイロンの「負のロマン主義」による日本的近代への批判と自身の生のあり方への問い直しを相関させながら行うといったかたちの透谷的バイロン熱は、透谷が死んだ明治二十年代後半以降、日本的近代の発展の動きに反比例するかのように、冷却化の一途を辿ったのである。

その後、バイロン熱の炎が再び燃え上がるのは昭和期である。大正末期、マルクス主義の見地からバイロンの価値が再発見され、資本主義国家体制に対する批判というかたちで日本的近代批判へと展開してゆく可能性を内在させたバイロン再評価の動きも若干見られたが、個人的問題意識と社会的問題意識の両方に相渉るかたちでバイロンに強く思い入れをする、明治期で言えば透谷のような論者が出てきたのはやはり昭和期になってからであった。ただ、透谷のバイロン熱のありようと昭和期におけるそれとはその内実が異なっていた。透谷のバイロン熱は、個人的問題意識及び社会的問題意識の双方において、どちらかと言えばバイロンの「負のロマン主義」の精神性に思い入れを逞しくしたものであった。が、昭和期のバイロン熱は、個人的問題意識及び社会的問題意識の双方において、どちらかと言えばバイロンの自由主義の精神性に思い入れを逞しくしたものであった。

昭和期におけるバイロン熱の罹患者の一人、林房雄とバイロンとの本格的な出会いは、彼が治安維持法違反で政治犯として逮捕され獄中にあった時であった。プロレタリア作家としての林は、恐らくは大正末期以来のマルクス主義的見地からのバイロンの急進的自由主義の再評価という流れに棹さしながら、獄中よりバイロン全集の差し入れを求めた。バイロン全集を読みながら林は、自由を渇望しつつバイロンの自由主義の精神性に思い入れを逞しくし、また同時に、自由のない現実に時に絶望しつつバイロンの「負のロマン主義」の精神性に慰めを見出すということもあったであろう。いずれにしても林は、政治犯として捕らわれの身にあるという生の危機的状況の中、自身の生のあり方を問う個人的問題意識に基づき、バイロンに接近していったと考えられる。

だが、マルクス主義を経由した林のバイロン熱の特徴は、一九世紀初頭において見るべきは、やはり社会的問題意識との関わりの方にあったと言える。林のバイロン熱において実体を備えつつあった西洋近代の資本主義社会の孕む卑俗性や欺瞞性を撃つものとしてバイロンの自由主義の精神性を捉え、それに高い評価を与えた点にあった。林の見解によれば、西洋近代の帝国主義化した資本主義はアジアその他の地域を市場化、植民地化してそこから自由を簒奪するというものであり、バイロンの自由主義の精神性はそれに対する叛逆を含意するものであった。彼は西洋近代に対するこのような批判性を潜在させたバイロンの自由主義の精神性に思い入れを逞しくするということをしていたわけである。そしてその思い入れは当然、明治維新以来、西洋近代の資本主義のかたちに倣って産業化、工業化を推進してきた日本の近代化がもたらした暗黒面を批判的に見据えるプロレタリア作家としての林の社会的問題意識に裏打ちされたものであった。つまり林は、バイロンの自由主義の精神性を受容することによって日本の外面的近代化のありようを相対化する視点を確保しようとしていたのであり、それこそが林のバイロン熱を支える根本的な問題意識であったのである。

しかしながら林のこのようなバイロン熱は、内部にある矛盾、逆説を抱えていた。その矛盾、逆説とはこうである。林はまず、帝国主義化した西洋近代のあり方に対してバイロンの自由主義の精神性に拠りつつ批判的な眼差しを向ける。そして次に、そのような西洋近代に伍そうと同じく帝国主義化した（と林が考えた）明治維新以来の日本的近代のあり方に対して批判的な眼差しを向ける。だが、その批判し否定すべき対象とされた後者の日本的近代は、元はと言えば、やはり批判し否定すべき対象とされた前者の西洋近代の帝国主義的横暴から自身の自由を守るために制度化されたものであった。だとすれば、バイロンの自由主義の精神性に拠りつつ西洋近代を批判するという立場に立った場合、西洋近代から自己の自由を守らんとした日本的近代は、否定されるべきものであるどころか、寧ろバイロンの自由主義の名の下、肯定されるべきものとなるのではないか――。林は自身のバイロン熱が孕むこうした矛盾、逆説にやがて気付くことになる。そして、西洋近代に対抗するために西洋近代を模倣するといったかたちを取らざるを得なかった日本的近代に対してバイロンの自由主義の精神性に基づいて批判を差し向けるべきか否か、という難問に悩むことになるのである。

しかも問題はそれにとどまらなかった。林が肯定的価値基準に据えたバイロンの自由主義の精神性は、一面において西洋近代を成立させる原動力となったものでもあった。西洋近代を構成する近代的個人も近代社会も近代国家も、自由という価値理念を基礎として成立したものであったからである。肯定すべきバイロンの自由主義の精神性が否定すべき帝国主義的西洋近代の成立に寄与したとは一体どういうことであるのか。否定されるべきものとした西洋近代に肯定すべき因子が含まれているのか。あるいは逆に、肯定すべきものとしたバイロンの自由主義の精神性に否定すべき因子が含まれているのか――。林はこうした厄介な問題にも直面せざるを得なかったのである。

こうして林は、日本的近代及び西洋近代をめぐる価値評価に際して、またバイロンの自由主義の精神性をめぐる価値評価に際して迷いの意識を内部に抱え込まざるを得なかったのであった。そして林はこの迷いの意識を手掛かりとしながら、日本的近代という問題、西洋近代という問題、そして近代なるものとバイロンの自由主義との間の関係性といった問題について文学的、思想的に取り組んでいったのである。そうした林の試みこそが、様々な矛盾を孕む日本の近代化（＝文明開化）を自らも矛盾や分裂を内部に抱えながら先頭に立って推進した伊藤博文を主人公とする歴史小説三部作（『青年』、『壮年』、『晩年』）執筆の試みであったわけである。

林は、藤村の歴史小説『夜明け前』の衣鉢を継いだかのようなこの三部作のクライマックスにおいて、明治四二（一九〇九）年、哈爾浜にて朝鮮人民族活動家の安重根（一八七九―一九一〇）に暗殺される伊藤の姿を描き出そうと構想していたようである。(6) もしかしたら林は、結果的に日韓併合の流れを用意したとも言える、日本的近代の父たる伊藤の異国の地での死のイメージに、ギリシャ人を鼓舞しギリシャ独立を結果的に用意したとも言える、「近代の父」たるバイロンのギリシャでの死のイメージを重ねようとしていたのかもしれない。あるいは逆に、バイロンの自由主義の精神性とは相容れない、日本的近代の象徴としての抑圧的権力者の姿を浮かび上がらせようとしていたのかもしれない。この点については、作品が未完に終わっているため定かにすることはできないが、いずれにしても林はバイロンの自由主義の精神性に思い入れを逞しくするというかたちのバイロン熱を高潮させつつ、日本的近代のあり方を問うという社会的問題意識を深化させていったのであった。

結局、このような林のバイロン熱は、昭和十年代当時の林の社会的問題意識が十分に成熟したものではなかったということもあって、(7) やがて微温的なものとなり発散してしまった観がある。が、戦後の林の言論活動を検討した時、特にその大東亜戦争肯定論の論理の中に、往時の林のバイロン熱のわずかな残滓を見出すことができる。林は大東亜戦争の肯定すべき面として、日本が西洋近代に反抗してアジア解放を実現しようとしたこと挙げ、否定すべき面として、西洋近代を模倣してアジア抑圧に加担したことを挙げている。そしてその両者の動きの葛藤として日本の近代化の流れを捉える歴史観を展開するということをしている。前者の動きをバイロンの自由主義の精神性に通じるもの、後者の動きを帝国主義の精神性に通じるものと捉えるならば、ここには未だバイロンの自由主義の精神性に対する思い入れに通じるものが息づいているとすることができるであろう。大東亜戦争及びそれを含む日本的近代の歴史をこのような視点で捉える林の社会的問題意識の中には、バイロンの名前こそ表には出てこないものの、昭和十年前後当時の彼のバイロン熱の体験が色濃く影を残していると考えられるわけである。

このような林のバイロン熱のあり方は、専らバイロンの「負のロマン主義」の精神性に拠った透谷のそれとは表面上はかたちを異にしつつも、その内実においては共通したものがあったと言える。透谷は、日本的近代の草創期としての明治という時代において、その時代をまさに同時代人として生きつつ、バイロン熱を手掛かりとしながら「内部生命」に基づく真の自由を追究し、日本的近代に対して文学的、思想的な戦いを挑んでいった。一方、林の方も、日本的近代の反省期としての昭和という時代において、やはりバイロン熱を手掛かりとしながら、日本的近代の草創期としての明治という時代において真の自由は可能であったのか、という問題を追究していったわけである。こうして見てみると、透谷と林の文学的、思想的な仕事の意味が案外近いものであることがわかる。さらに言えば、起源としての明治維新の時期にまで遡って日本的近代の孕む問題性を歴史小説の執筆という営みを通して追究せんとした点で、『夜明け前』の作者である藤村とも共有するものを多く持っていたとも言える。透谷から藤村、そして林へ――。このような文学的、思想的系譜をここに想定することができるのである。

一方、この時期、林とは違ったかたちでバイロンの自由主義の精神性に思いを致し、日本的近代の問題に文学的、思想的に取り組んでいったのが阿部知二であった。

そもそも阿部は、イギリス・モダニズムの影響を受けつつ主知的傾向の強い新興芸術派の作家として文学者生活を始めた小説家であった。が、彼は主知的傾向のみ有していたわけではなく、知性や理性を凌駕する内面感情や想像力に重きを置くロマン主義文学にも大きな関心を寄せていた。またマルロー（André Malraux, 1901-76）やフェルナンデス（Ramon Fernandez, 1894-1944）らのフランス行動主義文学に刺戟されつつ行動主義文学論を展開したりもしており、主知主義的傾向、芸術至上主義的立場に止まらない志向をも有した文学者であった。

阿部におけるこういった分裂した志向は、大東亜戦争の始まる昭和十年代に顕著となってくる。基本的に彼は、急激に緊張してゆく時局に対して、知性あるいは理性を武器とする冷静な認識者、傍観者であろうと努めていたが、その一方で、時局の閉塞に抗うように自らの内面の激情を実際行動のかたちで昇華してゆく政治的実践者に対し、一種の憧憬に似た思いと後ろめたさの気分とを抱いていたのであった。

当時の阿部の文学者としての自意識はこのようなものであったが、阿部のこうした個人的意識のありようは、知性あるいは理性に基礎づけられた透徹した近代的自我を持ちつつも同時にその限界を超えて他我との連帯の可能性を模索していこうとした人物に対する関心として、やがて結実してゆくようになる。そしてそのような阿部の問題意識の先端に浮上したのがバイロンであった。阿部の思い描くバイロンは、強烈な個人的自我＝近代的自我を持ちつつも、ギリシャ独立戦争への参加という最晩年の政治的行動によってヒューマニズムの精神に一気に跳躍することのできた傑出せる近代人、というものであった。つまり阿部のバイロン熱は、自閉的な「負のロマン主義」的自我主義の精神性から開かれた自由主義的ヒューマニズムの精神性へと跳躍することのできたバイロンに思い入れを逞しくするというものであったわけである。このバイロンの「負のロマン主義」の精神性からの脱却を目指そうとする方向性は、バイロンの「負のロマン主義」の精神性に親炙しつつ同時にその問題性をも知悉していた透谷のそれと近いものがあったと言える。

だが、林においてと同様、阿部においても重要であったのは、彼のバイロン熱が文学者としての自身の生のあり方を問うという個人的問題意識に裏打ちされつつも、どちらかと言うと日本的近代のあり方を問い直すという社会的問題意識の方との関連をより強く持っていたことである。すでに述べた通り阿部は、昭和十年代、バイロンの自由主義の精神性に思い入れを逞しくしていったわけであったが、これは当然、昭和十年代の日本の政治、社会が、時局が緊張化してゆく中で全体主義的傾向を強め、自由主義の動きを圧殺していく方向に向かっていったことを背景としていた。林と同様、阿部はバイロンの自由主義の精神性に拠りつつ、戦時下、次第に全体主義的傾向、軍国主義的傾向を強めてゆく近代国家日本のあり方を批判的に見据えるということをしていたわけである。そしてそのような社会的問題意識に基づきバイロン熱の炎をいっそう燃え上がらせていたわけであった。ヒューマニズムに通じるバイロン流自由主義の精神からの日本的近代批判――。これが阿部のバイロン熱の根底にある問題意識であった。

最晩年に自らの「負のロマン主義」的自我主義を克服し、自由主義的ヒューマニズムへと超脱することのできたバイロン――。阿部にとってこのようなバイロンは、全身近代人でありながら自我主義という近代人特有の病を自己治癒し得た人物であり、人生の最期で「近代の超克」を自ら身をもって体現することのできた特異な人物であった。阿部はこのバイロンの自己治癒のありようを参考にして、戦中日本から戦後日本への移行というかたちで実現した日本的近代の自己超克のありようを小説作品のかたちで描き出そうと試みる。そしてその際、主人公として選び出されたのが三木清であった。阿部は自身のバイロン論を「ギリシアは、（バイロンの死後、菊池註）九年後の一八三二年の獨立を完成してゐる」(8)という一文で締めくくっている。バイロンの死後数年してからのギリシャの独立というこの歴史的事実は、恐らく阿部の中で、昭和二〇年即ち敗戦の年の三木の死から六年後の日本の独立の回復という歴史的事実と重ねられていた。自我主義的人間としての近代人が最後におのれの自我主義を自己超克するかたちで死に、その後大いなるものがよみがえる――。そのような共通性から、バイロンの死及びギリシャの独立という事件と三木清の死及び日本の独立という事件とが阿部の中で自然と重ねられていったのであろう。三木が小説『捕囚』の主人公のモデルとして選ばれ、その主人公のイメージにバイロン的イメージが貼り合わせられることとなったのは、恐らくそうした理由からであった。

バイロンの「死」とギリシャの「よみがえり」。三木の「死」と日本的近代の「よみがえり」。そして癌に侵され死の淵にある『捕囚』執筆当時の阿部自身の「死」と、何か大いなるものの「よみがえり」――。これら三つの位相の「死とよみがえり」を個人的問題意識と社会的問題意識とを相関させつつ文学的、思想的に表現すること――。それが『捕囚』執筆という営みの意味であったわけだが、結局この阿部の試みは阿部の死によって未完のまま終わり、「死とよみがえり」が描かれることはなかった。だが、それでも阿部の『捕囚』は、同じくバイロン的な牢獄のイメージを受容しつつそこからの解放を描いた透谷の『楚囚之詩』と物語世界の近い作品であると言えるし、また、個人的自我＝近代的自我を超えた大いなるものと関係することで「負のロマン主義」的自我主義の超克を成し遂げんとするイメージを描き出そうとしていた点で、『蓬萊曲』とは主題を多く共有していたと言うことができる。また、バイロン的イメージを表面化させずに藤村なりの「死とよみがえり」を描こうとした『新生』との間においても主題の類縁性を看取することができる。

ここから示唆されること、それは、先に述べた、透谷から藤村、そして林房雄へと連なってゆく文学的、思想的系譜とは別のもう一つの系譜、即ち、透谷から藤村、そして阿部知二へと連なってゆく文学的、思想的系譜をここに想定することができるということである。自身の生のあり方を問う個人的問題意識と日本的近代のあり方を問う社会的問題意識の両方に相渉りつつバイロンの精神性に思い入れを逞しくする透谷的なバイロン熱は一旦はその灯が消えたかに思われたが、「負のロマン主義」の精神性に対する思い入れから自由主義の精神性に対するそれへと軸足を移しつつ、時を超えて再びよみがえりを見せたのである。

以上述べてきたように、昭和におけるバイロン熱は、次第に緊張化してゆく時代状況の中で自身の個人的問題意識と社会的問題意識の双方を緊張させつつ、バイロンの自由主義の精神性に特に思いを馳せた林房雄と阿部知二によって担われた現象であった。林がバイロンの自由主義の精神性の中に革命的ロマン主義の精神性を見出したのに対し、阿部がバイロンの自由主義の精神性の中にヒューマニズムの精神性を見出したというニュアンスの違いも確かにあるが、両者とも、明治維新以来の近代化の流れの果てに大東亜戦争を戦うことになった日本的近代のあり方の問題性を直視しながら自由主義の詩人としてのバイロンに思いを馳せていた点では共通するものがあったわけであった。

そもそも大東亜戦争とは、世界に先駆けて近代化を果たし得た西洋列強が未だ近代化を果たし得ていなかったアジアを植民地化して蹂躙しているという現実認識に立ちつつ、アジアにおける自由と平和の実現という理念、大東亜共栄圏の建設という大義名分を掲げて、近代日本が西洋近代の横暴に一矢報いるべく戦った戦争であった。要するに近代というのが当時の一大問題であったわけである。従って当時の日本の知識人は、西洋近代とは何か、あるいはアジアにおいていち早く近代化を成し得た我が国固有の近代、即ち日本的近代とは何か、という問題について、多かれ少なかれ反省的に思考せざるを得なかった。言うなれば大東亜戦争を戦った昭和十年代という時代は近代の反省期とも言える時期であったわけである。そしてまさにそのような時期に林と阿部はバイロン熱に罹患することとなった。彼らは西洋近代の象徴的存在としてのバイロン、同時に西洋近代の孕む問題性を超克する可能性を有しているかもしれないバイロンの自由主義の精神性に、日本的近代の超克という共通の夢を仮託しようと試みたのである。

以上、本論の議論を、バイロン熱罹患者間の文学的、思想的類縁性の問題をも考慮しつつ改めて整理してきた。この作業を通じて明らかになったのは、西洋近代草創期の時代精神の象徴たるバイロンに対する思い入れとしてのバイロン熱という現象が、日本においては日本の近代のあり方に対し鋭敏な問題意識を持っていた文学者、思想家によって主に担われてきた現象であるという事実であった。近代日本におけるバイロン熱の罹患者たちはフランス革命後のヨーロッパにおいて出現しつつあった近代なるもの、近代人なるもの、近代的自我なるものを、バイロン、あるいはバイロニック・ヒーロー、あるいはバイロニズムのイメージを通じて理解し、その理解に基づいて自国の近代の問題について再解釈するということを行なった。そして彼らによる日本的近代の問題についての再解釈は、折々で日本が直面していた国際的及び国内的な政治状況、社会状況に対する問題意識と絡み合いながら、バイロンを各々の仕方で受容したテクストとして表現されたのだった。こうしてバイロン熱は、バイロンに惹き付けられる自身の生のあり方を問う個人的問題意識とともに、日本的近代のあり方を問う社会的問題意識をも内在させた、多彩な作品群を生んでいったのである。

このことは逆に言えば、バイロンという存在が、近代日本のバイロン熱罹患者を文学的に、思想的に刺戟するものを多分に持ち合わせていたということであるだろう。「はじめに」で論じたことの確認になるが、バイロンは、外部世界の白昼に果敢に挑戦してゆく自由主義の精神性を、主に自らの行動で体現していた。また、内部世界の暗部に拘泥し自閉してゆく「負のロマン主義」の精神性を、主にバイロニック・ヒーローの表象で表現していた。彼は、この相矛盾するところもある二つの精神性を自らの実生活と作品とで体現し表現していた。しかも、作品で実生活を化粧する自己劇化と、実生活を作品に塗り込む自己表現の身振りとによって、それを行なっていた。外部世界への志向性としての自由主義の精神性と、内部世界への志向性としての「負のロマン主義」の精神性との間で自在に伸縮するバイロン。また、作者の息づく場としての実生活と、作中人物の息づく場としての作品の間を自由に行き来しながら自己を演出するバイロン――。〈自由主義の精神性――「負のロマン主義」の精神性〉という軸と〈実生活（作者の身体性）――作品（作中人物の身体性）〉という軸の二つの軸に相渉りながらダイナミックに活動する西洋近代草創期の人間像、あるいは自我のありよう、それこそがバイロンの象徴するものであった。要するに、近代人なるものの原像であり、近代的自我なるものの原型であり、即ち近代なるものの原風景、それがバイロンであった。そしてそれが原像、原型、原風景であったればこそ、近代日本のバイロン熱罹患者たちはそれを発想の原泉とすることができたのである。彼らはそこに、自らの文学的、思想的営為を発動させる余地を見出し、近代をめぐるそれぞれの思考を、それぞれの個人的問題意識と社会的問題意識に即して表出してゆくことができたのである。

バイロンに象徴される近代人の原像、近代的自我の原型、近代の原風景をもとに、バイロン熱罹患者が自らの考える近代人なるものの像を象り、近代的自我なるものの型を造型し、近代なるものの風景を描出すること。そしてそうすることでバイロンを踏み越え、バイロンの一歩先を行くこと――。これが、近代日本におけるバイロン熱という現象の内実であり、意味であった。成程、近代日本におけるバイロン熱は、近代草創期の一九世紀初頭のヨーロッパにおけるバイロン熱がそうであったように、全体的傾向として、自由主義の戦士にして「負のロマン主義」の詩人という〈ロマン主義的バイロン〉、作者と作中人物が不可分な、自己劇化と自己表現を旨とする自我崇拝のロマン派詩人としてのバイロンに対する思い入れとしてあり、人間社会を冷ややかに嘲弄する喜劇的諷刺詩の詩人という後期バイロンの側面を見落としたものであったことは事実である。この喜劇的諷刺詩の詩人としてのバイロンの面、具体的には、バイロンが駆使する自由闊達な詩的言語の巧妙さ、軽妙さについては、作者と作品を分離する一九三〇年代の新批評《ニュー・クリティシズム》以降、作者と作品及び作中人物との結びつきを重視する〈ロマン主義的バイロン〉の面よりも注目されることが寧ろ多くなったものだが、近代日本のバイロン熱罹患者は、その面にほとんど注目することはなかった。[9] この意味では、近代日本におけるバイロン熱罹患者によるバイロンの踏み越えは部分的な踏み越えにとどまったとも言える。

しかしながら、近代日本のバイロン熱罹患者が〈ロマン主義的バイロン〉を共感と反発の中で受容し、自身の自我を開発しつつ、日本的近代を含む広義の近代への問題意識に文学的、思想的表現を与えていったということ、そしてその豊かな所産の集積が、近代日本における広義の近代をめぐる思考の歴史、精神史を形成するものであったということは、間違いなく言えることである。また、時間軸のみならず、空間軸にも視界を広げてみると、近代日本のバイロン熱罹患者のバイロン言説が東アジアにおけるバイロン熱に火をつけ、彼地の文学者、思想家の自我を刺戟しつつ、彼地の近代の成立をめぐる文学的、思想的営為に影響を与えていった、ということもある。[10] その意味でも、近代日本におけるバイロン熱という現象は、大きな意味、意義を持つ歴史的現象であったと言うことができる。

近代日本におけるバイロン熱の高潮と退潮、そして再度の高潮という史的事実が物語るもの、それは、近代人、あるいは近代的自我、あるいはそれらを含む近代全体が得体の知れない異質な他者としての相貌を呈して眼前に立ち現われるとき、近代人の原像、近代的自我の原型、近代の原風景としてのバイロンが、その他者性を理解可能なものにするための参照枠として歴史の古層から召喚される、ということである。即ち、近代への問題意識が潰えることなければ、バイロンは何度でも復活し得る、ということである。今現在、我々が生きている時代は、しばしば現代という、近代とは区別される時代区分として規定される。だが、現代に生起している問題の多くは、近代から引き継いだものであり、その意味で言えば、近代は未だ終わっていないということになるのであろう。とすれば、現代への問題意識の中で近代への問題意識が息づくということもあるのであり、そうした近代への問題意識の息吹の中でバイロンが息を吹き返すということも、今後も十分あり得るであろう。そしてその時、バイロンという近代人の原像、近代的自我の原型、近代の原風景から一歩先へ進もうとした近代日本のバイロン熱罹患者たちの文学的、思想的営為もまた、新たな文脈の中で新たな意味、意義を持って、改めて我々の前に立ち現われてくるであろう。

註

（1）後続の文学者が先行の文学者に感じる不安について言った「影響の不安」という批評用語については、H・ブルームの語法に倣う。ブルーム（小谷野敦、アルヴィ宮本なほ子（共訳）『影響の不安――詩の理論のために』（新曜社、平成一六年）参照。

（2）この「正のロマン主義」という批評用語については、「負のロマン主義」と同様、M・ペッカムの『ロマン主義の勝利』（一九七〇年）における語法に倣う。ペッカムは、A・ラヴジョイとR・ウェレックのロマン主義論を批判的に継承しつつ、ロマン主義の本性を、一八世紀までの啓蒙主義的・合理主義的な機械論的静的世界観に対して叛逆しつつ、変化、不完全、成長、多様性、創造的想像力、無意識などを価値とする有機的動的世界観の方に精神を再び向かわせることである、と論じ、その上で、たとえそれが未熟なものであろうともその有機的動的世界観をいくらかでも積極的に表現しようとした芸術家、芸術思想、芸術作品のことを指す批評用語として、「正のロマン主義」という造語を作り出したわけであった。See Peckham, 14-15.

（3）See Peckham, *Beyond the Tragic Vision: The Quest for Identity in the Nineteenth Century* (Cambridge: Cambridge University Press, 1981) 106-107.

（4）佐藤春夫『近代日本文學の展望』（大日本雄弁會講談社、昭和二五年）［『佐藤春夫全集』第一二巻（講談社、昭和四五年）、一四三頁］。

（5）周知のように、『夜明け前』第二部の「第一四章の三」において、主人公の青山半蔵が夜空を見上げながら空に懸る星の一つ一つに先人の思想家たちの運命を見て独り悄然と立ちつくす場面は、透谷の「一夕観」において、「われ」

=透谷がやはり夜空の星に西洋の思想家、文学者、詩人の運命を見て呆然と立ち尽くす場面を下敷きにしている。

(6)林は、『壯年』第一部の後書きにおいて、一代三部作の最終巻となる『晩年』の執筆計画について、「『晩年』は日露戰爭、朝鮮併合、伊藤博文暗殺等の事件を含み、即ち明治の「晩年」を描く」と書いている。林『壯年』第一部、四三一頁。

(7)林は、自身のバイロン熱の結晶となるべき作品だった『壯年』の断筆の事情について、後年、自分は国権論と民権論の区別がつかなくなったために混乱し、『壯年』の筆を断った、といった趣旨のことを、例えば『大東亜戦争肯定論』等の諸作品の中で述べている。『林房雄著作集』第Ⅰ巻（翼書院、昭和四三年）、一七九―一八一頁等参照。

(8)阿部『バイロン』（創元社、昭和二三年）、二四二頁。

(9)ただ、誰もが注目していなかったというわけではない。第一章第二節で論じたように、長澤別天は、後期バイロンの代表作『ドン・ジュアン』の「道德、宗教、政略等に逆ふて大膽なる顚覆を企て」んとする「筆鋒」を評価していた。また、林房雄は、戦中期、昭和一〇年一〇月から翌年二月まで、『文學界』に『ドン・ジュアン』の訳を「長篇小説」と冠して発表し、戦後、それを発展させた『ドン・ジュアン――バイロン卿の原作による途方もない漫画小説』（青々堂出版部、昭和二五年）を刊行している。林が『ドン・ジュアン』を「漫画小説」と捉えているところに、林のバイロンの喜劇調、諷刺調の詩的精神に反応していることが窺える。

(10)例えば、藤井省三は、近代中国におけるバイロン受容が、木村鷹太郎のバイロン言説を媒介にして行なわれていた事実について指摘している。藤井「近代中国におけるバイロン受容をめぐって――章柄麟・魯迅・蘇曼殊の場合」（『日本中國学会報』第三二号、昭和五五年）等参照。

主要参考文献一覧

【一次資料】

[日本語資料]

〈全集・体系・著作集（個人）〉

芥川龍之介『芥川龍之介全集』第一二・一六巻（岩波書店、平成八・九年）
阿部知二『阿部知二全集』全一三巻（河出書房新社、昭和四九—五〇年）
石川啄木『石川啄木全集』第三巻（筑摩書房、昭和五三年）
岩野泡鳴『岩野泡鳴全集』第一一巻（臨川書店、平成八年）
植村正久『植村正久著作集』第三巻（新教出版社、昭和四一年）
北村透谷『透谷全集』全三巻（岩波書店、昭和二五—三〇年）
島崎藤村『藤村全集』全一七巻＋別巻二巻（筑摩書房、昭和四一—四九年）
高山林次郎『樗牛全集』全七巻〈改定註釈〉（日本図書センター、昭和五五年）
中江兆民『中江兆民全集』第八巻（岩波書店、昭和五九年）
林房雄『林房雄著作集』第一—三巻（翼書院、昭和四三—四四年）
——『林房雄評論集』第一・二・四・六巻（浪曼、昭和四八—四九年）
日夏耿之介『日夏耿之介全集』第七巻（河出書房新社、昭和四九年）
槇村浩『槇村浩全集』（平凡堂書店、昭和五九年）
三島由紀夫『三島由紀夫全集』第三一巻〈決定版〉（新潮社、平成一五年）

〈全集・体系・著作集（一般）〉（年代順）

『芭蕉文集』〈日本古典文學大系四六〉（岩波書店、昭和三四年）

『連歌論集　俳論集』〈日本古典文学大系六六〉（岩波書店、昭和三六年）
『山路愛山集』〈明治文學全集三五〉（筑摩書房、昭和四〇年）
『明治思想家集』〈日本現代文學全集一三〉（講談社、昭和四三年）
『明治政治小説集（二）』〈明治文學全集六〉（筑摩書房、昭和四三年）
『高山樗牛　齋藤野の人　姉崎嘲風　登張竹風集』〈明治文學全集四〇〉（筑摩書房、昭和四五年）
『女學雑誌・文學界集』〈明治文學全集三二〉（筑摩書房、昭和四八年）
『北村透谷集』〈明治文學全集二九〉（筑摩書房、昭和五一年）
『明治思想集Ⅲ』〈近代日本思想大系三二〉（筑摩書房、平成二年）

〈単行本〉
阿部知二『バイロン』〈研究社英米文学評伝叢書四三〉（研究社出版、昭和一二年）
――（他）『人間主義』〈廿世紀思想七〉（河出書房、昭和一三年）
――（訳）『新譯バイロン詩集』（新潮社、昭和一三年）
――『バイロン』（創元社、昭和二三年）
――『ロレンス研究』〈現代英米作家研究叢書九〉（英宝社、昭和三〇年）
――（訳）『バイロン詩集』〈世界詩人全集二〉（新潮社、昭和四三年）
――『世界文学の歴史』（河出書房新社、昭和四六年）
――『捕囚』（河出書房新社、昭和四八年）
――『阿部知二』〈未刊行著作集一三〉（竹松良明（編）、白地社、平成八年）
牛山充（訳）『バイロン詩集』（越山堂、大正一一年）
大和田建樹『英米文人傳』（博文館、明治二七年）
岡本成蹊（他）（訳）『バイロン全集』全五巻（那須書房、昭和一一年）
――（訳）『マンフレッド・カイン』〈第二部第四七三篇〉（改造文庫、昭和一五年）
片山彰彦（訳）『バイロン詩集』（京文社書店、昭和一四年）
川戸道昭・榊原貴教（編）『イギリス詩集Ⅰ』〈明治翻訳文学全集《新聞雑誌篇》〉（大空社、平成一一年）
蒲原有明『飛雲抄』〈近代作家研究叢書六六〉（日本図書センター、平成元年）
木村毅（訳）『傳奇小説バイロン』（A・モーロア著、改造社、昭和一〇年）
木村鷹太郎『日本主義国教論』（開発社、明治三一年）
――『耶蘇教公認可否論』（松栄堂、明治三二年）
――『バイロン　文界之大魔王』（大学館、明治三五年）

——（訳）『艶美の悲劇詩　パリシナ』（Byron, *Parisina* の翻訳）（尚友館、明治三六年）
——（訳）『海賊』（Byron, *The Corsair* の翻訳）（尚友館、明治三八年）
——（訳）『宇宙人生の神秘劇　天魔の怨』（Byron, *Cain* の翻訳）（二松堂書店他、明治四〇年）
——（訳）『汗血千里　マゼッパ』（Byron, *Mazeppa* の翻訳）（真善美協会、明治四〇年）
——（訳）『バイロン傑作集』（後藤商店出版部、大正七年）
——『バイロン評傳及詩集』（東盛堂、大正一二年）
兒玉花外（訳）『短編バイロン詩集』（東京大學館、明治四〇年）
佐藤春夫（訳）『吸血鬼』（バイロン著、山本書店、昭和一一年第二版）
佐藤道大（訳）『バイロン名詩選』〈世界名詩叢書第三編〉（八光社、大正一二年）
高橋五郎（講述）『チヤイルドハロールド　江湖漂泛錄』（増子屋書店、明治三一年）
田代三千稔『自由解放の詩人バイロン』（水谷書房、昭和二一年）
谷崎精二（編）『バイロン　情熱の書』〈人生叢書第七篇〉（金星堂、昭和一一年）
鶴見祐輔『英雄天才史傳バイロン』（大日本雄弁会講談社、昭和一〇年）
土井晩翠『東海游子吟』（大日本図書、明治三九年）
——（訳註）『チャイルド・ハロウドの巡禮』（二松堂書店・金港堂書店、大正一三年）
——『晩翠詩集』〈増補改版〉（博文館、昭和二年）
——（訳）『バイロン詩集』（金流堂書店、昭和一三年）
——『雨の降る日は天気が悪い』〈明治大正文学回想集成七〉（日本図書センター、昭和五八年）
徳冨猪一郎『文學斷片』（民友社、明治二七年）
中野好夫・小川和夫（共訳）『バイロン手紙と日記』（青木書店、昭和一三年）
橋爪貫一（訳編）『西國立志篇列伝』（六合書房、明治一二年）
幡谷正雄（訳）『バイロン詩集』（新潮社、大正一三年）
——（訳注）『ションの囚人』〈英文学名著選第一〉（健文社、大正一四年）
——（訳）『バイロン詩集』〈新潮文庫第八四篇〉（新潮社、昭和八年）
林房雄『青年』（中央公論社、昭和九年）
——『浪曼主義者の手帖』（サイレン社、昭和一〇年）
——『青年』上・下巻（改造社、昭和一一年）
——『浪曼主義のために』（文學界社、昭和一一年）
——『壯年』第一部（第一書房、昭和一二年）

――『壮年』第二部（第一書房、昭和一五年）
――『獄中記』〈改訂版〉（創元社、昭和一五年）
――『轉向に就いて』（湘風會、昭和一六年）
――『勤皇の心』（創元社、昭和一八年）
――（訳）『ドン・ジュアン――バイロン卿の原作による途方もない漫画小説』（青年堂出版部、昭和二五年）
――（訳）『ドン・ジュアン』（人文書院、昭和二八年）
――『大東亜戦争肯定論』（番町書房、昭和三九年）
――『文明開化』（朝日新聞社、昭和四〇年）
福原麟太郎『詩心巡禮――バイロンほか二詩人の研究』（研究社、大正一三年）
正富汪洋（訳）『バイロンシエリイ詩人詩集』（目黒書店、大正一〇年）
――『天才詩人バイロン』（新光社、大正一一年）
松山敏（訳）『バイロン詩集』〈泰西詩人叢書第八編〉（聚英閣、大正一三年）
――（訳）『バイロン名詩選集』（聚英閣、大正一五年）
――（訳）『バイロン名詩小曲集』〈緑陰叢書〉（緑陰社、大正一五年）
三好十郎（訳）『バイロン』〈文豪評伝叢書第五編〉（J・ニコル著、新潮社、大正一五年）
吉田五十穂（訳纂）『伊呂波分西洋人名字引』（東京：吉田五十穂、明治一二年）
米田實『バイロン』〈拾弐文豪號外〉（民友社、明治三三年）
若目田武次（訳註）『劇詩マンフレッド』〈英文訳註叢書第六七篇〉（外語研究社、昭和八年）

〈雑誌〉（年代順）

『文學界』第一―五八号（明治二六年一月―明治三一年一月）〈複製版〉（日本近代文学研究所、昭和五四年第三版）
『日本詩人』第四巻第四号、大正一三年四月
『早稲田文學』第二一八号、大正一三年五月
『英語青年』第五一巻第三号・第四号、大正一三年五月

〈その他〉（年代順）（本論中で具体的に論及したもののみ）

長澤別天「英國詩人ロード、バイロン」（『江湖新聞』、明治二三年三月七日）
――「英國詩人ロード、バイロン略傳」（『學之友』第四号、明治二三年三月）
鄭澳生「バイロン卿の傳」（『早稲田文學』第六四巻、明治二七年五月）
K．A．「バイロン卿を論ず」（『早稲田文學』第六四・六五巻、明治二七年五・六月）
機曲生「北村透谷を吊す」（『裏錦』第二巻第二〇号、明治二七年六月）
十州山人「バイロン卿」（『この花草紙』第二巻、明治二六年

六月）
戸川秋骨「近世の思潮を論ず」（戸川明三署名、『帝國文學』第二巻第一号、明治二九年一月）
与謝野鉄幹「文藝雜俎」（『明星』第四号、明治三三年七月一日）

［欧語資料］

Arnold, Matthew. *The Complete Prose Works of Matthew Arnold*. vol.9 [English Literature and Irish Politics.] ed. R. H. Super. Ann Arbor: The University of Michigan Press, 1973.
Byron, George Gordon. *Byron's Letters and Journals: The Complete and Unexpurgated Text of All the Letters Available in Manuscript and the Full Printed Version of All Others*. 12 vols. ed. Leslie A. Marchand. Cambridge, Mass: Harvard University Press, 1973-82.
——. *Lord Byron: The Complete Poetical Works*. 7vols. ed. Jerome J. McGann. Oxford; Tokyo: Clarendon Press, 1980-1993.
Carlyle, Thomas. *Sartor Resartus: The Life and Opinions of Herr Teufelsdröckh in Three Books*. Berkeley: University of California Press, 2000.
Hearn, Lafcadio, *Interpretations of Literature*. ed. John Erskine. vol.1. New York: Dodd, Mead and Company, 1917
Lawrence, David H. The Works of D. H. Lawrence: The Virgin and the Gipsy and Other Stories. ed. James T. Bouton. Cambridge: Cambridge University Press, 2005.
Moore, Thomas. The Life, Letters and Journals of Lord Byron. London: John Murray, 1932.
Swinton, William. Studies in English Literature. New York: American Book Company, 1908.
Taine, Hippolyte A. History of English Literature. trans. H. Van. Laun. vol.4. Edinburgh: Edmonston and Douglas, 1874.

【二次資料】

［日本語資料］

〈バイロン作品翻訳・註解書〉（具体的に参照したもののみ）

太田三郎（訳）『海賊』（岩波文庫、昭和二七年）
小川和夫（訳）『マンフレッド』（岩波文庫、昭和三五年）
——（訳）『ドン・ジュアン』上・下巻（富山房、平成五年）
島田謹二（訳）『カイン』（岩波文庫、昭和三五年）
田吹長彦（編）『チャイルド・ハロルドの巡礼』註解第一—

三編（九州大学出版会、平成五―一〇年）
――『ヨーロッパ夢紀行――詩人バイロンの旅』〈ベルギー・ライン河・スイス編〉（丸善出版サービスセンター、平成一八年）
東中稜代（訳）『チャイルド・ハロルドの巡礼――物語詩』（修学社、平成六年）

〈単行本（日本語原書）〉

赤木桁平『人及び思想家としての高山樗牛』（新潮社、大正七年再版）
秋山正香『高山樗牛――その生涯と思想』（積分館、昭和三二年）
安住誠悦『浪漫主義文学――「近代」文学のなりたち』（北書房、昭和四四年）
荒川幾雄『一九三〇年代――昭和思想史』〈現代日本思想史5〉（新装版、青木書店、昭和五二年）
伊狩弘『島崎藤村小説研究』（双文社出版、平成二〇年）
生松敬三『大正期の思想と文化』〈現代日本思想史4〉（新装版、青木書店、昭和五二年）
石堂清倫『中野重治と社会主義』（勁草書房、平成三年）
和泉あき『日本浪曼派批判』〈近代文学研究叢書〉（新生社、昭和四三年）
磯田光一『イギリス・ロマン派詩人』（河出書房新社、昭和五四年）
伊東一夫『島崎藤村研究――近代文学研究方法の諸問題』（明治書院、昭和四四年）
――（編）『島崎藤村――課題と展望』（明治書院、昭和五四年）
――（編）『島崎藤村事典』（新訂版、明治書院、昭和五七年）
伊藤信吉『島崎藤村の文学』〈近代作家研究叢書五〉（増補版、日本図書センター、昭和五八年）
猪野謙二『島崎藤村』（有信堂、昭和三八年）
色川大吉『新編　明治精神史』（中央公論社、昭和四八年）
――『北村透谷』（東京大学出版会、平成六年）
岩岡中正『詩の政治学――イギリス・ロマン主義政治思想研究』（木鐸社、平成二年）
上杉文世『バイロン研究』（研究社、昭和五三年）
上野芳久『北村透谷『蓬莱曲』考』（白地社、昭和六三年）
臼井吉見『近代文学論争』上・下巻〈筑摩叢書〉（筑摩書房、昭和五〇年）
大久保典夫『転向と浪曼主義』（審美社、昭和四二年）
大東和重『文学の誕生――藤村から漱石へ』〈講談社選書メチエ三七八〉（講談社、平成一八年）
岡地嶺『イギリス・ロマン主義と啓蒙思想』（中央大学出版部、昭和六三年）

小川和夫『明治文学と近代自我――比較文学的考察』（南雲堂、昭和五七年）
荻野昌利『暗黒への旅立ち――西洋近代自我とその図像 一七五〇～一九二〇』〈南山大学学術叢書〉（名古屋大学出版会、昭和六二年）
――『さまよえる旅人たち――英米文学に見る近代自我〈彷徨〉の軌跡』〈南山大学学術叢書〉（研究社出版、平成八年）
桶谷秀昭『近代の奈落』（国文社、昭和四三年、改訂版、昭和五九年）
――『北村透谷』〈近代日本詩人選1〉（筑摩書房、昭和五六年）
――『文明開化と日本的想像』（福武書店、昭和六二年）
――『昭和精神の風貌』（河出書房新社、平成五年）
――（他）（編）『透谷と近代日本』（翰林書房、平成六年）
――（他）（編）『透谷と現代――二一世紀へのアプローチ』（翰林書房、平成一〇年）
小澤勝美『北村透谷――幻像と水脈』（勁草書房、昭和五七年）
――『透谷と漱石――自由と民権の文学』（双文社出版、平成三年）
――『透谷・漱石・独立の精神』〈遊学叢書一三〉（勉誠出版、平成一三年）
――『小田原と北村透谷』〈小田原ライブラリー10〉（夢工房、平成一五年）
小田切秀雄『北村透谷論』〈近代文学研究叢書〉（八木書店、昭和四五年）
尾西康充『北村透谷論――近代ナショナリズムの潮流の中で』（明治書院、平成元年）
――『北村透谷研究――「内部生命」と近代日本キリスト教』（双文社出版、平成一八年）
勝本清一郎『近代文学ノート2』（みすず書房、昭和五四年）
龜井勝一郎『島崎藤村論』（新潮文庫、昭和三一年）
亀井俊介『ナショナリズムの文学――明治の精神の探求』（研究社、昭和四六年）
川島秀一『島崎藤村論考』（桜楓社、昭和六二年）
北川透『幻境の旅』〈北村透谷試論Ⅰ〉（冬樹社、昭和四九年）
――『内部生命の砦』〈北村透谷試論Ⅱ〉（冬樹社、昭和五一年）
――『蝶の行方』〈北村透谷試論Ⅲ〉（冬樹社、昭和五二年）
北小路健（他）『藤村における旅』（木耳社、昭和四八年）
九里順子『明治詩史論――透谷・羽衣・敏を視座として』（和泉書院、平成一八年）
黒古一夫『北村透谷論――天空への渇望』（冬樹社、昭和五四年）

桑原敬治『北村透谷論』（學藝書林、平成六年）
剣持武彦（他）（註釈）『藤村詩集』〈日本近代文学大系一五〉（角川書店、昭和四六年）
――（他）（編）『欧米作家と日本近代文学』〈英米編Ｉ〉（教育出版センター、昭和四九年）
――（編）『島崎藤村――比較文学研究』（朝日出版社、昭和五三年）
――『藤村文学序説』（桜楓社、昭和五九年）
――（他）『島崎藤村――文明批評と詩と小説と』（双文社出版、平成八年）
小谷汪之『歴史と人間について――藤村と近代日本』〈ＵＰ選書二六五〉（東京大学出版会、平成三年）
小林一郎『島崎藤村研究』〈研究選書四六〉（教育出版センター、昭和六一年）
小堀桂一郎『西學東漸の門――森鷗外研究』（朝日出版社、昭和五一年）
榊原美文（編）『明治浪曼主義評論』（日本評論社、昭和二三年）
――『近代日本文学の研究』（御茶の水書房、昭和三一年）
坂本越郎『北村透谷』〈教養文庫六三〉（弘文堂書房、昭和一五年）
坂本浩『北村透谷―自由と平和・愛と死』（至文堂、昭和三二年）
佐々木雅發『島崎藤村――『春』前後』（審美社、平成九年）
笹渕友一『北村透谷』（福村書店、昭和二五年）
――『浪漫主義文学の誕生』（明治書院、昭和三三年）
――『「文學界」とその時代』上・下巻（明治書院、昭和三四・三六年）
――『明治大正文学の分析』（明治書院、昭和四五年）
――『小説家島崎藤村』（明治書院、平成二年）
佐藤善也（他）（註釈）『北村透谷・徳冨蘆花集』〈日本近代文学大系九〉（角川書店、昭和四七年）
――『北村透谷―その創造的営為』（翰林書房、平成六年）
――『透谷、操山とマシュー・アーノルド』（近代文芸社、平成九年）
――『北村透谷と人生相渉論争』（近代文芸社、平成一〇年）
実方清『藤村文芸の世界』〈実方清著作集第七巻〉（桜楓社、昭和六一年）
思想の科学研究会（編）『改訂増補共同研究　転向』上巻（平凡社、一九七八年）
澁川驍『島崎藤村』（筑摩書房、昭和三九年）
島崎藤村学会（編）『論集　島崎藤村』（おうふう、平成一一年）
下山孃子『島崎藤村』（宝文館出版、平成九年）
――（編）『島崎藤村』〈日本文学研究論文集成30〉（若草書房、平成一一年）

――『島崎藤村――人と文学』〈日本の作家百人〉(勉誠出版、平成一六年)
――『近代の作家　島崎藤村』(明治書院、平成二〇年)
新保祐司『正統の垂直線――透谷・鑑三・近代』(構想社、平成九年)
末木文美士『明治思想家論』〈近代日本の思想・再考Ⅰ〉(トランスヴュー、平成一六年)
鈴木昭一『島崎藤村論』(桜楓社、昭和五四年)
関良一『島崎藤村――考証と試論』(教育出版センター、昭和五九年)
瀬沼茂樹『評伝島崎藤村』(筑摩書房、昭和五六年)
――『島崎藤村――その生涯と作品』〈近代作家研究叢書二六〉(日本図書センター、昭和五九年)
先崎彰容『高山樗牛――美とナショナリズム』(詩創社、平成二二年)
高須芳次郎『高山樗牛――人と文学』(偕成社、昭和一八年)
高橋昌子『島崎藤村――遠いまなざし』〈近代文学研究叢刊五〉(和泉書院、平成六年)
高見順『昭和文学盛衰史』(講談社、昭和四〇年)
滝藤満義『島崎藤村――小説の方法』〈新視点シリーズ日本近代文学五〉(明治書院、平成三年)
竹内整一『自己超越の思想』(ぺりかん社、平成一三年)
竹松良明『阿部知二論――「主知」の光芒』(双文社出版、平成一八年)
田中富次郎『島崎藤村』第一―三巻(桜楓社、昭和五二―五三年)
谷沢栄一『近代文学史の構想』(和泉書院、平成六年)
津田洋行『透谷像構想序説――伝統と自然』(笠間書院、昭和五四年)
土井晩翠顕彰会(編)『土井晩翠――栄光とその生涯』(宝文堂出版、昭和五九年)
梅瀬良平『島崎藤村研究』(みちのく書房、平成八年)
戸川秋骨(坪内祐三(編))『戸川秋骨人物肖像集』(みすず書房、平成一六年)
十川信介『島崎藤村』(筑摩書房、昭和五五年)
――(編)『島崎藤村』〈鑑賞現代日本文学四〉(角川書店、昭和五七年)
――『「ドラマ」・「他界」――明治二十年代の文学状況』(筑摩書房、昭和六二年)
永野昌三『島崎藤村論――明治の青春』(土曜美術社出版、平成一〇年)
永渕朋枝『北村透谷――「文学」・恋愛・キリスト教』(和泉書院、平成一四年)
中村雄二郎『明治国家の秋と思想の結実』〈現代日本思想史3〉(新装版、青木書店、昭和五二年)
中山和子『差異の近代――透谷・啄木・プロレタリア文学』

〈中山和子コレクション二〉（翰林書房、平成一六年）
日本近代文学館（編）『日本近代文学大事典』〈机上版〉（講談社、昭和五九年）
日本文学研究資料刊行会（編）『島崎藤村』第一・二巻〈日本文学研究資料叢書〉（有精堂出版、昭和四六・五八年）
日本文学研究資料刊行会（編）『北村透谷』〈日本文学研究資料叢書〉（有精堂出版、昭和四七年）
野山嘉正『日本近代詩歌史』（東京大学出版会、昭和六〇年）
橋詰静子『透谷詩考』（国文社、昭和六一年）
長谷川義記『樗牛――青春夢残　高山林次郎評伝』（暁書房、昭和五七年）
馬場孤蝶『明治文壇の人々』（三田文學出版部、昭和一七年）
東中稜代『多彩なる詩人バイロン』〈龍谷叢書一九〉（近代文藝社、平成二二年）
土方定一『近代日本文學評論史』（昭森社、昭和二四年再版）
日夏耿之介『明治大正詩史』上・下巻・附録〈普及版〉（新潮社、昭和一一年）
――『明治浪曼文学史』（中央公論社、昭和二六年）
平岡敏夫『北村透谷研究』第一―四巻（有精堂出版、昭和五七―平成六年）
――『北村透谷評伝』（有精堂出版、平成七年）
――『北村透谷――没後百年のメルクマール』（おうふう、平成二一年）、
――『北村透谷と国木田独歩』（おうふう、平成二一年）
平田禿木『文學界前後・禿木異響』（四方木書房、昭和一八年）
平野謙『島崎藤村・戦後文芸評論』〈冨山房百科文庫27〉（冨山房、昭和五四年）
平林一『島崎藤村――文明論的考察』（双文社出版、平成一二年）
広瀬玲子『国粋主義者の国際認識と国家構想――福本日南を中心として』（芙蓉書房出版、平成一六年）
福田知子『詩的創造の水脈――北村透谷・金子筑水・園頼三・竹中郁』（晃洋書房、平成二〇年）
藤本淳雄（他）『ドイツ文学史　第二版』（東京大学出版会、平成七年）
星野天知『黙歩七十年』（聖文閣、昭和一三年）
槇林滉二『北村透谷と徳冨蘇峰』〈新鋭研究叢書1〉（有精堂出版、昭和五九年）
――（編）『北村透谷』〈日本文学研究大成〉（国書刊行会、平成一〇年）
――『北村透谷研究―絶対と相対との抗抵』〈槇林滉二著作集一〉（和泉書院、平成一二年）
増田五良『明治廿六年創刊「文學界」記傳』（聖文閣、昭和一四年）
松島正一『イギリス・ロマン主義事典』（北星堂書店、平成

七年）
松田穣（編）『比較文学辞典』（東京堂出版、昭和五三年）
松本三之介『明治思想史――近代国家の創設から個の覚醒まで』（新曜社、平成八年）
松本鶴雄『春回生の世界――島崎藤村の文学』（勉誠出版、平成二二年）
水上勲『阿部知二研究』（双文社出版、平成八年）
水本精一郎『島崎藤村研究――小説の世界』（近代文藝社、平成二二年）
――『島崎藤村研究――詩の世界』（近代文藝社、平成二三年）
宮川透『明治維新と日本の啓蒙主義』〈現代日本思想史1〉（新装版、青木書店、昭和五二年）
――・土方和雄『自由民権思想と日本のロマン主義』〈現代日本思想史2〉（新装版、青木書店、昭和五二年）
宮崎清『詩人の抵抗と青春――槙村浩ノート』（新日本出版社、昭和五四年）
三好行雄『島崎藤村論』（増補版、筑摩書房、昭和五九年）
森山重雄『北村透谷――エロス的水脈』（日本図書センター、昭和六一年）
柳田泉『明治の書物・明治の人』（桃源社、昭和三八年）
――（他）（編）『座談会　明治文学史』（岩波書店、昭和四一年）
矢野峰人『蒲原有明研究』（国立書院、昭和二三年）
――『『文學界』と西洋文学』〈新訂版〉（学友社、昭和四五年）
――『鉄幹・晶子とその時代』〈彌生選書二六〉（彌生書房、昭和四八年）
藪禎子『透谷・藤村・一葉』（明治書院、平成三年）
山田晃（他）（註釈）『島崎藤村集』〈日本近代文学大系一三・一四〉（角川書店、昭和四五・四六年）
山田有策『制度の近代――藤村・鷗外・漱石』（おうふう、平成一五年）
矢本貞幹『イギリス文学思想史』（研究社出版、昭和四八年第五版）
吉田精一『明治の文芸評論――鷗外・樗牛・漱石』〈吉田精一著作集三〉（桜楓社、昭和五五年）
――『浪漫主義研究』〈吉田精一著作集九〉（桜楓社、昭和五五年）
――『島崎藤村』〈吉田精一著作集六〉（桜楓社、昭和五六年）
吉武好孝『近代文学の中の西欧――近代日本翻案史』〈比較文学研究叢書①〉（教育出版センター、昭和四九年）
吉村善夫『藤村の精神』（筑摩書房、昭和五四年）
和田謹吾『島崎藤村』（明治書院、昭和四一年）

〈単行本（翻訳書）〉

エイブラムズ、M・H．『鏡とランプ――ロマン主義理論と批評の伝統』（水之江有一（訳）研究社出版、昭和五一年）

――『自然と超自然――ロマン主義理念の形成』（吉村正和（訳）、平凡社、平成五年）

エッカーマン、J・P．『ゲーテとの対話』（上・中・下）（山下肇（訳）、岩波文庫、昭和四三―四四年）

オーデン、W・H．『怒れる海――ロマン主義の海のイメージ』（沢崎順之助（訳）、南雲堂、昭和三七年）

シェンク、H・G．『ロマン主義の精神』（生松敬三（他）（訳）、みすず書房、昭和五〇年）

シュミット、C．『政治的ロマン主義』（大久保和郎（訳）、みすず書房、昭和四五年）

ドーク、K・M．『日本浪曼派とナショナリズム』〈パルマケイア叢書12〉（小林宜子（訳）、柏書房、平成一一年）

トリリング、L．『〈誠実〉と〈ほんもの〉――近代自我の確立と崩壊』〈叢書ウニベルシタス二六八〉（野島秀勝（訳）、法政大学出版局、平成元年）

バウラ、C・M．『ロマン主義と想像力』（床尾辰男（訳）、みすず書房、昭和四九年）

バーリン、I．『バーリン　ロマン主義講義』（H・ハーディ（編）、田中治男（訳）、岩波書店、平成一二年）

ファースト、L・R．『ロマン主義』〈文学批評ゼミナール2〉（上島建吉（訳）、研究社出版、昭和四六年）

――『ヨーロッパ・ロマン主義――主題と変奏』（床尾辰男（訳）、創芸出版、平成一四年）

フライ、N．『同一性の寓話――詩的神話学の研究』〈叢書ウニベルシタス一二九〉（駒澤大学N・フライ研究会（訳）、法政大学出版局、昭和五八年）

――『イギリス・ロマン主義の神話』（渡辺美智子（訳）、八潮出版社、昭和六〇年）

プラーツ、M．『肉体と死と悪魔――ロマンティック・アゴニー』〈クラテール叢書1〉（倉智恒夫他（訳）、国書刊行会、昭和六一年）

ブランデス、G．『英國に於ける自然主義』〈十九世紀文学主潮〉第五・六巻（柳田泉（訳）、春秋社、昭和一四年）

ブルーム、H．『影響の不安――詩の理論のために』（小谷野敦・アルヴィ宮本なほ子（共訳）、新曜社、平成一六年）

ヤウス、H・R．『挑発としての文学史』（轡田収（訳）、岩波現代文庫、平成一三年）

ラッセル、B．『西洋哲学史――古代より現代に至る政治的・社会的諸条件との関連における哲学史』第一―三巻（市井三郎（訳）、改訂版、みすず書房、昭和四五年）

〈単行本所収論文〉

上野芳久「超越願望における〈神性〉と〈人性〉――透谷の詩と詩論」[山形和美（編）『聖なるものと想像力』（彩流社、平成六年）、二〇六―二二六頁]
海老池俊治「透谷と英文学」[『明治文学と英文学』（明治書院、昭和四三年）、六三―八六頁所収][初出]『一橋論叢』第四〇巻第三号、昭和三三年一〇月
太田三郎「『蓬莱曲』と『マンフレッド』の比較研究」[『比較文学――その概念と研究例』（研究社、昭和三〇年）、五七―七六頁][初出]『国語と国文学』第二七巻第五号、昭和二五年五月
――「日英比較文学誌――高山樗牛を中心に」[福原麟太郎・西川正身（編）『英米文学史講座第八巻　一九世紀Ⅱ』研究社、昭和三六年）、一四二―一五九頁]
神谷忠孝「林房雄研究の一九三〇年代」[文学・思想懇話会（編）『近代の夢と知性――文学・思想の昭和一〇年前後』（翰林書房、平成一二年）、一九三―二一一頁]
小島信夫「阿部知二――無念の爪」[『阿部知二　田宮虎彦　丸岡明　長谷川四郎集』（現代日本文學大系七三）（筑摩書房、昭和四七年）、三八九―三九八頁]
佐々木満子「『マンフレッド』と『蓬莱曲』」[川口久雄（編）『古典の變容と新生』（明治書院、昭和五九年）、一〇八五―一〇九三頁]
佐藤泰正「『楚囚之詩』小論――〈誤つて〉の一句をめぐって」[『透谷以後』〈佐藤泰正著作集③〉（松栄堂、平成七年）、三〇―四九頁]
――「透谷――『楚囚之詩』をめぐって」[『日本近代詩とキリスト教』〈佐藤泰正著作集⑩〉（末栄堂、平成九年）、一八七―二〇三頁]
高木市之助「楚囚之詩とThe Prisoner of Chillon」[『高木市之助全集』第八巻〈湖畔・抒情の方法〉（講談社、昭和五二年）、二八一―二八八頁][初出]『九大国文学会誌』、昭和一五年三月
中林良雄「北村透谷と西洋文学」[『イギリス詩集Ⅰ』〈明治翻訳文学全集《新聞雑誌編》一五〉（大空社、平成一〇年）、三五三―三六六頁]
――「透谷が読んだバイロン伝」[ナダ出版センター（編）『翻訳と歴史――文学・社会・書誌』第一号（ナダ出版センター、平成一二年七月）、一二―一六頁]
西谷博之「『蓬莱曲』における実存思想――北村透谷の『マンフレッド』受容について」[伊東和夫（編）『近代思想・文学の伝統と変革』（明治書院、昭和六一年）、四六一―四九〇頁]
浜田泉「北村透谷・ノート」[『ロマン主義文学の水脈』（緑地社、平成九年）、二〇三―二二三頁][初出]「革命とロマン主義の逆光　北村透谷」、『仏蘭西学研究』第二六号、

平成八年

平岡昇「日本におけるルソー――その文学的影響について」〔『平岡昇プロポⅡ』（白水社、昭和五七年）〕〔初出〕『早稲田大学比較文学年誌』第五号「佐藤輝夫退職記念論文集」昭和三九年三月

益田道三「北村透谷とロード・バイロン」〔『比較文学散歩』（研究社、昭和三一年）、一三二―一五六頁〕〔初出〕『人文研究（大阪市立大学）』第五巻第一一・一二号、昭和二九年一一月

山内久明「近代日本文学とイギリス文学（1）」〔山内・川本皓嗣（編）『近代日本における外国文学の受容』（放送大学教育振興会、平成一五年）、二二―三五頁〕

山田博光「透谷「蓬莱曲」とファウスト伝説」〔『北村透谷と国木田独歩――比較文学的研究』（近代文芸社、平成二年）、九―二六頁〕〔初出〕「北村透谷「蓬莱曲」――ファウスト伝説からの距離」、『日本文学研究』第一八号、昭和六二年二月

薬師川虹一「バイロン受容の問題点」〔『イギリス詩集Ⅰ』〈明治翻訳文学全集《新聞雑誌編一五》〉（大空社、平成一〇年）、三六七―三六九頁〕

〈雑誌論文・その他〉

赤松俊秀「文覚説話が意味するもの（上）――平家物語の原本についての続論」〔『文学』第三八巻九号、昭和四五年九月、一九―三一頁〕

――「文覚説話が意味するもの（下）――平家物語の原本についての続論」〔『文学』第三八巻一〇号、昭和四五年一〇月、八二―九四頁〕

安徳軍一「透谷とバイロンとの詩的交響――牢翳と月光と」〔『北九州大学文学部紀要』第四九巻、平成六年七月、五七―八二頁〕

飯島武久「島崎藤村『桜の実の熟する時』における「西洋」――特にバイロンに関連して」〔『山形大学紀要』第一二巻第二号、平成三年一月、三一―五三頁〕

伊豆利彦「「近代の超克」の周辺――林房雄「勤皇の心」と『青年』」〔『日本文学』第四〇巻第三号、平成三年三月、三三―五一頁〕

磯田光一「バイロンと近代日本（上）」〔『磁場』第七号、昭和五一年一月、二一―二六頁〕

――「バイロンと近代日本（中）」〔『磁場』第八号、昭和五一年四月、四七―五三頁〕

――「バイロンと近代日本（下）」〔『磁場』第九号、昭和五一年七月、三〇―三五頁〕

出光公治「島崎藤村『春』論――〈家〉を背負う岸本の苦闘を中心に」〔『日本文芸研究』第五四巻第一号、平成一四年六月、一七―三三頁〕

イリナ、ホルカ「島崎藤村『春』における〈狂気〉のパラダイム――〈引用〉という叙述方法を視座に」〔『奈良教育大学国文―研究と教育』第三一号、平成二〇年三月、二八―四〇頁〕

上野千鶴子「「恋愛」の誕生と挫折」〔『文学』〈季刊　特集《透谷の百年》〉第五巻第二号、平成六年四月、三六―三九頁〕

及川茂「北村透谷作『楚囚之詩』評釈抄――バイロン作『シオンの囚人』をめぐって」〔『日本女子大学文学部紀要』第三九号〈文学部〉、平成二年三月、二五―四七頁〕

大泉政弘「「楚囚之詩」考」〔『駒澤國文』第一八号、昭和五六年三月）、一二九―一三七頁〕

太田三郎「エマソンの先験思想と北村透谷」〔『文学』第一九巻第三号、昭和二六年三月、五四―六三頁〕

――「透谷とバイロン・エマソン」〔『国文学解釈と鑑賞』第一七巻第三号、昭和二七年三月、一一―一五頁〕

――「北村透谷と外国作家」〔『明治大正文学研究』第二四号、昭和三三年六月〕

――「透谷・藤村と外国文学」〔『國文學解釈と教材の研究』第九巻第七号、昭和三九年五月〕

小川直美「阿部知二のヒューマニズム論」〔『阿部知二研究』第二号、平成七年四月、三八―四六頁〕

――「『城――田舎からの手紙』――ヒューマニズム再建への模索」〔『阿部知二研究』第三号、平成八年四月、四一―五一頁〕

小田桐弘子「比較文学上からみた透谷の資質」〔『國學院大學日本文化研究所報』第七五号（第一三巻第六号）、昭和五二年二月、九―一〇頁〕

――「「神性《かみ》」と「人性《ひと》」――北村透谷のキリスト教受容」〔『福岡女学院短期大学紀要』〈人文科学〉第二二巻、昭和六一年二月、八―二三頁〕

鏡味国彦「昭和初年代の阿部知二とイギリス主知主義について」〔『立正大学人文科学研究所年報』第一八号、昭和五六年三月、一七―二五頁〕

片山晴夫「島崎藤村「鶯の歌」考」〔『語学文学』第三四号、平成八年三月、二五―三一頁〕

川崎宏「木村鷹太郎攷序」〔『英学史研究』第六号、昭和四八年九月、四五―五三頁〕

姜政均「島崎藤村『海へ』――「私」の内なる「エトランゼエ」〔『国文学解釈と鑑賞』第六二巻第一二号、平成九年一二月、一五〇―一五五頁〕

神田重幸「フランス時代の島崎藤村――「仏蘭西だより」「海へ」「エトランゼエ」に内在するものの一面」〔『関東短期大学紀要』第一六号、昭和四五年一二月〕

衣笠梅二郎「明治初年バイロン詩の漢訳――末松謙澄訳「髑髏杯歌」」〔『比較文学』第一巻、昭和三三年四月、一―一六

頁〕
――「木村鷹太郎とバイロン」〔『光華女子大学光華女子短期大学研究紀要』第一二巻、昭和四九年一二月、一一―二八頁〕
――「『欧米名家詩集』とシェリー及びバイロン」〔『光華女子大学光華女子短期大学研究紀要』第一三巻、昭和五〇年一二月、六三―八五頁〕
木村幸雄「『楚囚之詩』について」〔『大妻女子大学紀要〈文系〉』第三二号、平成一二年三月、九九―一〇九頁〕
小平麻衣子「『蓬莱曲』論――反復と独創」〔『文学』第六巻第四号、平成七年一〇月、一一四―一二二頁〕
小林明子「島崎藤村「柳橋スケッチ」における〈海〉の意味」〔『白百合女子大學研究紀要』第四三号、平成一九年一二月、一―二〇頁〕
――「〈海〉への関心――『若菜集』と仙台」〔『島崎藤村研究』第三七号、平成二一年九月、一七―二六頁〕
三枝康高「林房雄の転向」〔『日本文学』第一三巻第五号、昭和三九年五月、五七―六七頁〕
佐藤善也「『楚囚之詩』の成立について」〔『国語と国文学』第三五巻第二号、昭和三三年二月、五〇―五九頁〕
佐藤泰正「透谷とキリスト教――評論とキリスト教に関する一試論」〔『日本近代文学』第七集、昭和四二年一一月、一四―二六頁〕
佐渡谷重信「ジョージ・G・バイロンと明治期の翻訳」〔『西南学院大学英語英文学論集』第二八巻第三号、昭和六三年三月、一九―六〇頁〕
――「近代日本とバイロン」〈バイロンの世界――生誕二〇〇年特集〉〔『英語青年』第一三四巻第一号、昭和六三年四月、五―七頁〕
白倉克文「日本とロシアにおける英文学の受容――バイロン作『ションの囚人』の場合」〔『芸術世界』第八巻、平成一四年、六一―七二頁〕
菅原克也「蒲原有明「可怜小汀」をめぐって――明治文学における「バイロン熱」一斑」〔『山形大学英語英文学研究』第二九号、昭和六〇年三月、四一―五五頁〕
関肇「北村透谷の軌跡――「秘宮」と「心機妙變」」〔『文学』第二巻第三号、平成三年七月、一四七―一五八頁〕
関守次男「樗牛の浪漫主義の深化――國民文學論より美的生活論への展開の原因」〔『山口大學文學會誌』第四巻第二号、昭和二八年一一月、五九―七〇頁〕
高阪薫「藤村の透谷像――『春』『桜の実の熟する時』を中心として」〔『甲南大学紀要』〈文学編〉第二九号、昭和五三年三月、五一―八三頁〕
――「藤村の透谷像（二）――透谷像の変容とその思想的背景」〔『甲南大学紀要』〈文学編〉第三三号、昭和五四年三月、四三―六一頁〕

竹下直子「島崎藤村論――フランス渡航における〈海〉の位置をめぐって」〔『香椎潟』第二五号、昭和五四年一一月、五七―六七頁〕

千葉貢「島崎藤村『海へ』考――「近代」の再生」〔『群馬近代文学研究』第一八号、平成九年、一―一九頁〕

張錦華「島崎藤村『海へ』論」〔『海港都市研究』第二号、平成一九年三月、一四九―一五八頁〕

戸頃重基「明治中期の近代的自我とナショナリズム――特に高山樗牛におけるナショナリズムの傾斜について」〔『倫理学年報』第七巻、昭和三三年、一五〇―一七三頁〕

友重幸四郎「透谷から藤村へ」〔『言語文化』第二号、平成一六年一二月、一一九―一二八頁〕

内藤由直「林房雄『青年』における本文異同の戦略――国民文学への道」〔『日本近代文学』第八〇集、平成二一年五月、五二―六六頁〕

長尾宗典「高山樗牛の「日本主義」思想――日清戦争期における「国家」と「美学」」〔『日本歴史』第六六七号、平成一五年一二月、五三―七〇頁〕

中島健蔵「阿部知二とわたくし――「捕囚」にふれて」〔『文芸』第一二巻第七号、昭和四八年七月、二五一―二五九頁〕

中城恵子「木村鷹太郎」〔『學苑』第一九一号、昭和三一年四月〕

橋浦兵一「『楚囚之詩』・『蓬萊曲』――抒情の深化」〔『國文學解釈と教材の研究』第九巻第七号六月号〈特集透谷と藤村―北村透谷没後七〇年を記念して〉、昭和三九年五月〕

――「自責の文学――透谷・藤村の連関基調」〔『宮城学院女子大学研究論文集』第二五号、昭和三九年一二月、二九―四五頁〕

――「透谷と『表現』―芭蕉とかかわって」〔『キリスト教文学研究』第九・一〇号、平成五年三月、一―一二頁〕

廣島一雄「豹変について――高山樗牛の場合」〔『文学論藻』第三二号、昭和四〇年一一月、一一四―一二一頁〕

藤井省三「近代中国におけるバイロン受容をめぐって――章柄麟・魯迅・蘇曼殊の場合」(『日本中國学会報』第三二号、昭和五五年)

古田芳江「バイロンと透谷(その一)――『楚囚之詩』について」〔『立志館大学研究紀要』第三号、平成一四年七月、一〇六―一二〇頁〕

細川正義「島崎藤村『海へ』論――「渡仏体験」における〈旅〉と〈海〉の意義」〔『人文論究』第六〇巻第一号、平成二二年五月、二七―四四頁〕

本間久雄「透谷とバイロン――英國浪漫派とわが明治文壇」〔早稲田大学欧羅巴文学研究会(編)『浪漫思潮―発生的研究』、三省堂、昭和六年二月、二三〇―二五〇頁〕

――「明治浪漫派運動序説――透谷と藤村と」〔『立正大学文

学部論叢』第三八号、昭和四五年九月、一一―一四頁〕

牧野有通「阿部知二、漱石そして『白鯨』――「近代」という妖怪」〔『阿部知二研究』第八巻、平成一三年四月、四一―一四頁〕

水野達朗「明治文学のエマソン受容――透谷・独歩・泡鳴」〔東京大学大学院総合文化研究科超域文化科学専攻（比較文学比較文化コース）博士学位論文（甲第一九五五三号）、平成一六年四月〕

毛利順男「林房雄の生涯及び文学的創造」〔『鶴見大学紀要』〈第一部国語・国文学編〉第三一号、平成六年三月、一三一―一八四頁〕

薬師川虹一「日本におけるバイロン受容の概観」〔『英詩評論』第五号、昭和六三年六月、八二―九二頁〕

矢崎彰「阿部知二における自由主義の転回――「虚無の淵」から「歴史の中」へ」〔『阿部知二研究』第三号、平成八年四月、五二―六三頁〕

――「阿部知二の三木清論・序論――「思出」「裂氷」から『捕囚』へ」〔『阿部知二研究』第四号、平成九年四月〕

山下一海「芭蕉と透谷」〔『連歌俳諧研究』第一五巻、昭和三二年一二月、一四―二〇頁〕

山田晃「海へ・エトランゼエ」〔『国文学解釈と鑑賞』第一六巻第五号、昭和四六年五月、一一六―一二五頁〕

山田謙次「透谷における「風狂」の意識（上）」〔『近代文学試論』第一八号、昭和五四年一一月、一―一六頁〕

――「透谷における「風狂」の意識（下）」〔『国文学攷』第八四号、昭和五四年一二月、二五―三五頁〕

――「『文学界』における〈狂〉の意識（一）――戸川秋骨・星野天知の場合」〔『比治山大学現代文化学部紀要』第七号、平成一三年三月、一二四―一三四頁〕

吉田精一「ルソーと日本の近代文学」〔『現代思想』〈特集ルソー甦える狂気の聖者〉第二巻第五号、昭和四九年五月、九一―九七頁〕

和田謹吾「島崎藤村「海へ」――旅と再生」〔『國文學解釈と教材の研究』第一八巻第九号、昭和四八年七月、一三三一―一三七頁〕

和田典子「阿部知二とバイロン」〔『阿部知二研究』第一〇巻、平成一五年四月、六―一七頁〕

渡辺和靖「明治思想史上の「浪漫主義」――明治二〇年代の高山樗牛」〔『文藝研究』第七一号、昭和四七年九月、二一―三二頁〕

［欧語資料］

〈単行本〉

Ball, Patiricia M. *The Central Self: A Study in Romantic and*

Victorian Imagination. London: Athlone Press, 1968.

Blackstone, Bernard. *Byron: A Survey*. London: Longman, 1975.

Bloom, Harold, ed. *George Gordon, Lord Byron*. New York: Chelsea House Publishers, 1986.

Bold, Alan, ed. *Byron: Wrath and Rhyme*. London: Barnes&Noble, 1983.

Bone, Drummond, ed. *The Cambridge Companion to Byron*. Cambridge: Cambridge University Press, 2004.

Brewer, William D, ed. *Contemporary Studies on Lord Byron*. Lewiston, New York: Edwin Mellen Press, 2001.

Büchel, Nicole Frey. *Perpetual Performance: Selfhood and Representation in Byron's Writing*. Tübingen: Francke, 2007.

Calvert, William J. *Byron: Romantic Paradox*. New York: Russell&Russell, 1962.

Cardwell, Richard A, ed. *Lord Byron the European: Essays from the International Byron Society*. New York: Edwin Mellen Press, 1997.

——, ed. *The Reception of Lord Byron in Europe*. 2vols. London; New York: Thoemmes Continuum, 2004.

Chew, Samuel C. *The Dramas of Lord Byron: A Critical Study*. Göttingen: Vandenhoeck & Ruprecht, 1915.

——. *Byron in England: His Fame and After-fame*. London: J. Murray, 1924.

Christensen, Jerome. *Lord Byron's Strength: Romantic Writing and Commercial Society*. Baltimore: Johns Hopkins University Press, 1993.

Cooke, Michael G. *The Blind Man Traces the Circle: On the Patterns and Philosophy of Byron's Poetry*. Princeton, N, J.: Princeton University Press, 1969.

——. *The Romantic Will*. New Haven: Yale University Press, 1976.

Drinkwater, John. *The Pilgrim of Eternity: Byron: A Conflict*. London: Hodder and Stoughton, 1925.

Franklin, Caroline. *Byron*. London: Routledge, 2007.

Elfenbein, Andrew. *Byron and the Victorians*. Ann Arbor, Mich.: University Microfilms International, 1992.

Elledge W. Paul. *Byron and the Dynamics of Metaphor*. Nashville: Vanderbilt University Press, 1968.

Foot, Michael. *The Politics of Paradise: A Vindication of Byron*. London: Collins, 1988.

Garber, Frederick. *Self, Text, and Romantic Irony: The Example of Byron*. Princeton: Princeton University Press, 1988.

Garret, Martin. *The Palgrave Literary Dictionary of Byron*. Palgrave Macmillan, 2010.

Gleckner, Robert F. *Byron and the Ruins of Paradise*. Baltimore: Johns Hopkins University, 1967.

——, ed. *Critical Essays on Lord Byron*. New York; Oxford: Maxwell Macmillan International, 1991.

——, and Bernard Beatty, eds. *The Plays of Lord Byron: Critical Essays*. Liverpool: Liverpool University Press, 1997.

Goode, Clemont T, Jr. *George Gordon, Lord Byron: A Comprehensive, Annotated Research Bibliography of Secondary Materials in English, 1973-1994*. Lanham, Md: Scarecrow Press, 1997.

Grierson, Herbert. *The Background of English Literature and Other Essays*. Middlesex: Penguin Books, 1962.

Hogg, James, ed. *The Hannover Byron Symposium, 1979*. Saltzburg, Austria: Insitut für Anglistik und Americanistik, Universitat Salzburg, 1981.

Jack, Ian. *English Literature, 1812-32*. Oxford: Clarendon Press, 1963.

Joseph, M. K. *Byron the Poet*. London: Victor Gollancz, 1964.

Jump, John D. *Byron*. London; Boston: Routledge and Kegan Paul, 1972.

——. *Byron: A Symposium*. London: Macmillan Press, 1975.

Kirchner, Jane. *The Function of the Persona in the Poetry of Byron*. Salzburg: Salzburg University Press, 1973.

Knight, Wilson G. *Byron: Christian Virtues*. London: Routledge & K. Paul, 1952.

Langford, Elizabeth. *The Life of Byron*. Boston: Little, 1976.

Leonard, William E. *Byron and Byronism in America*. New York: Gordian Press, 1965.

Lovell, Ernest J. *Byron: The Record of the Quest: Studies in a Poet's Concept and Treatment of Nature*. Austin, Tex.: University of Texas Press, 1949.

Manning, Peter J. *Byron and His Functions*. Detroit: Wayne State University Press, 1978.

Marchand, Leslie A. *Byron: A Biography*. 3 vols. New York: Knopf, 1957.

——. *Byron's Poetry: A Critical Introduction*. Cambridge, Mass: Harvard University Press, 1968.

——. *Byron: A Portrait*. New York: Knopf, 1970.

Marshall, William H. *The Structure of Byron's Major Poems*. Philadelphia: University of Pennsylvania Press, 1962.

Martin, Philip W. *Byron: A Poet Before His Public*. New York: Cambridge University Press, 1982.

McGann, Jerome J. *Fiery Dust: Byron's Poetic Development*. Chicago: Chicago Univerisity Press, 1968.

——. *Byron and Romanticism*. ed. James Soderholm. Cambridge; New York: Cambridge University Press, 2002.

Moore, Doris L. *The Late Lord Byron*. Philadelphia: Lippincott, 1961.

Peckham, Morse. *The Triumph of Romanticism*. Columbia: University of South Carolina Press, 1970.

——. *Beyond the Tragic Vision: The Quest for Identity in the Nineteenth Century*. Cambridge: Cambridge University Press, 1981.

Railo, Eino. *The Haunted Castle: A Study of the Elements of English Romanticism*. New York: E. P. Dutton&Co., 1927.

Redpath, Theodore, ed. *The Young Romantics and Critical Opinion 1807-1824: Poetry of Byron, Schelley, and Keats as Seen by Their Contemporary Critics*. London: Harrap, 1973.

Robson, W. W. *Critical Essays*. London: Routledge & Kegan Paul, 1966.

Rutherford, Andrew. *Byron: A Critical Study*. Edinburgh: Oliver & Boyd, 1961.

——, ed. *Byron: The Critical Heritage*. London: Macmillan, 1970.

——, ed. *Byron: Augustan and Romantic*. London: Macmillan, 1990.

Schock, Peter A. *Romantic Satanism: Myth and the Historical Moment in Blake, Shelley, and Byron*. Basingstoke, New York: Palgrave Macmillan, 2003.

Sickels, Eleanor M. *The Gloomy Egoist: Moods and Themes of Melancholy from Gray to Keats*. New York: Columbia University Press, 1932.

Stabler, Jane, ed. *Byron*. London: Longman, 1998.

——. *Byron: Poetics and History*. Cambridge: Cambridge University Press, 2002.

Sturzl, Erwin A. and James Hogg, eds. *Byron: Poetry and Politics, Seventh International Byron Symposium, Salzburg 1980*. Salzburg, Australia: Institut für Anglistik und Amerikanistik, Universitat Salzburg, 1981.

Thorslev, Peter L, Jr. *The Byronic Hero: Types and Prototypes*. Minneapolis: Minnesota University Press, 1962.

——. *Romantic Contraries: Freedom versus Destiny*. New Haven: Yale University Press, 1984.

Trueblood, Paul G. *Lord Byron*. Boston: Twayne Publishers, 1977.

——, ed. *Byron's Political and Cultural Influence and Nineteenth-Century Europe: A Symposium*. London: Macmillan, 1981.

Vulliamy, C.E. *Byron: With a View of the Kingdom of Cant and a Dissection of the Byronic ego*. New York: Haskell House Publishers, 1974.

Waldrop, Milton J. *The Byronic Sublime*. Ann Arbor, Mich.: UMI Dissertation Services, 1993.

Wellek, Rene. *Concepts of Criticism*. New Haven: Yale University Press, 1963.

West, Paul. *Byron and the Spoiler's Art*. London: Chatto & Windus, 1960.

——, ed. *Byron: A Collection of Critical Essays*. Englewood Cliffs, N.J.: Prentice-Hall, 1963.

Wilson, Frances, ed. *Byromania: Portraits of the Artist in Nineteenth-and Twentieth-Century Culture*. New York: St. Martin's Press, 1998.

〈欧文雑誌等所収論文〉

Brownstein, Michael C. "Tokoku in Matsushima." *Monumenta Nipponica*. 45. 3 (1990): 285-302.

Mathy, Francis. "Kitamura Tokoku Essays on the Inner Life." *Monumenta Nipponica*. 19.1/2 (1964): 66-110.

——. "Kitamura Tokoku and Byron" *Literature East and West*.19.1-4 (1975): 55-63.

Yakushigawa, Koichi. "Byron's Influence in Japan: 'The Japanese Sympathized with Byron'." *Byron Society Newsletter*. 3.1 (1975).

あとがき

本書は、二〇一一年三月、東京大学大学院総合文化研究科に提出した博士論文「日本におけるバイロン熱」を元にしたものである。本郷の文学部から駒場の比較文学比較文化研究室の門を叩いたのが二〇〇一年の春のことであるから、以来、論文完成までちょうど十年の歳月を要したことになる。そして書籍化まで、さらに四年の月日がかかった。一九九七年の大学入学から数えれば一八年、文学なるものに人生の半分の時間を費やしてきた。本書はその一応の集大成ということになり、やはりそれなりの感慨がある。

面映ゆいが、往時を少し回顧してみる。大学入学時、社会学を勉強したい、と考えていた。高校在学中、オウム真理教事件や薬害エイズ問題などが起き、メディアにおいてさまざまに論じられる中、個人と社会のよりよい関係とは何かという問題に関心を持つようになっていたからである。だが、学部一、二年次の教養前期課程の社会学関連の講義にはあまり熱心になれなかった。むしろ教室での授業ではなく、建て替え前の薄暗い駒場図書館での文学の読書の方に自分の問題関心を満たしてくれるものを感じていた。特にロシア文学を含む西洋文学の作品世界の中に、個人と社会の間の調和の夢と相克の現実についての生き生きとした表現を見出し、心沸き立つものを感じた。また、神田の古書街などで、西洋文学、西洋思想に造詣の深い近代日本の文芸批評家たちの作品を廉価で購入、その中で展開されている個人と社会の関係性をめぐる透徹した思考に非常な知的昂奮を覚えた。福田恆存や唐木順三、平野謙や磯田光一といった人々の仕事は特に私を刺戟し、自分もいつかこのような仕事をしたい、と思うようになった。それで、学部二年夏の進学先選択の際、志望を社会学科から仏文科へと変更した。仏文科を選んだのは、第二外国語がたまたまフランス語であったことと、当時読んでいた批評家たち、小林秀雄、中村光夫、寺田透、森有正といった人々がフランス文学、フランス思想を専門としていたことによる。

文学一般に関心はあれどもフランス文学に格別情熱を注いでいたわけではなかったから、仏文科に進んでからも、やはり気ままに古書店に日参しては〝古本屋の教養〟を積み重ねるということをしていた。自分は社会学志望から文学志望に進路を変えたけれども、個人と社会のよりよい関係とは何かという問題に依然関心を失ってはいない、自分は今その問題に対して文学的に表現された個人の内面のドラマの解釈を通じてアプローチしようとしているのだ、そしてそれは所謂「近代的自我」の問題をめぐる関心ということになるのだ——というのが当時の自分に対する見立てであった。そうこうするうちに、いつしか自分の中で、文学研究、特にロマン主義文学研究の視点から我が国における（「近代的自我」の問題を含む）「近代」の問題について包括的に研究してみたい、という考えが芽生えてきた。それで、そうした問題意識を追究するのに最もふさわしい場として駒場の比較文学比較文化研究室を選び、二〇〇一年、その門を叩いたのである。ちょうど世紀の変わり目で、ポストモダンという言葉すらほとんど口の端に上らなくなっていたような時期、「近代」という一見古めかしい主題に茫漠たる関心を抱いて大学院に進学したのであった。

院生時代は順風満帆とは言えなかった。院に進学時、文学あるいは文化に関するテクストであれば何を扱ってもよい、との説明を受け、その自由な学風に気分が高揚したのも束の間、学際研究への志向を軸として現在進行形で拡大を続ける比較文学という学問の裾野の広がりと、それまで自分が培ってきた〝古本屋の教養〟の貧弱な狭隘さとの落差に直ぐたじろぐこととなった。のみならず、私自身の問題関心があまりに茫漠としていたためであろう、自分が扱いたいと思うテクストと問題関心との間でうまくピントを合わせることができず、焦燥の日々が続いた。要するに、何をどうしたらよいかわからなかったのである。そうして時間に押し切られるように修士課程の二年となり、修士論文を書かねばならぬ仕儀となった。修士論文は泉鏡花の西洋文学受容について論じたものを何とかでっち上げ、口頭試問に何とか及第、博士課程に進むことができた。が、その後、膨大なテクストの群れを前に問題意識がいっそう拡散し、いっそう茫漠とするといった悪循環に陥った。大学図書館の書架を前に立ち尽くして、いったい俺は何をやっているのだ、と強烈な不安に駆られたことを今でもよく記憶している。漱石を気取るわけではないが、なんだか文学に欺かれたような気がした。研究の方途に見定めがつかず、人生の方向も見通しがきかなかった。日暮れて道遠しの感の中、文字通り途方に暮れていた時期だった。

そんな状況から徐々に落ち着きを取り戻すことができたのは、「バイロンと近代日本」という研究テーマに焦点を合わせられるようになってからである。このテーマについては、すでに修士論文の中で、鏡花のバイロン受容の可能性について論じるというかたちで一部取り扱っていた。だが、修士論文の段階では、泉鏡花という一作家の作品世界の解明という主目的のために手段としてバイロン受容の問題を考えるというスタンスであったのに対し、この段階では、近代日本におけるバイロン受容のありようの検証を主目的として複数のバイロン受容者の作品を広く見てゆくというスタンスに旋回するということをしていた。そもそもこのような旋回をするに至ったきっかけは、鏡花のバイロン受容の意味を明らかにするために近代日本の他の作家のバイロン受容のありようを比較対象として見ておこう、と考えたことにあり、「バイロンと近代日本」というテーマを研究の中心に据えようという目算が始めからあったわけではなかった。取りあえず何か手を動かしていなければ不安で身が持たない、という状況から着手したことに過ぎなかった。

だが、近代日本を代表するバイロン受容者の北村透谷やその周辺のバイロン受容のありようを見てゆく中で、

「バイロンと近代日本」というテーマは案外まだ論じる余地を残しているのではないか、と思うようになった。従来なされてきたバイロン受容に関する研究が、材源の特定及び異同の細かい確認に終始するか、あるいは、バイロン受容者の文学的個性を言うためにバイロンからの影響あるいはバイロン受容の意味合いを過小評価するか、いずれかのかたちが多いことに気付き、まずそこに不満を持った。そして、もう少し別の論じ方があるのではないか、と考えるようになった。他から影響を受けていること、あるいは、他を受容していることを指摘することは、影響を受ける側、受容をする側の文学的個性を減殺するということにはならない。影響ないし受容という営みを可能とする条件としての内的必然性を確認しつつ、その作家ならではの影響・受容の来し方行く末のありようを見届けることで、文学的個性をかえって浮き彫りにすることができるのではないか。そしてそれは単なる材源研究を超えた意味ある議論になり得るのではないか——。こうしたことは、本来、影響研究あるいは受容研究のイロハであるべきはずなのだが、「バイロンと近代日本」というテーマに関してはいまだそれがなされていないように思われた。

バイロン受容者の内部に点ぜられたバイロンの〈影〉が、形の変容や屈折、歪曲を伴いながら、一定期間どのような意味ある〈響〉を奏で続けているのかを最後まで慎重に聴き取ること。〈点〉としてある影響の痕跡、受容の痕跡を、〈線〉としての影響の軌跡、受容の軌跡にまで昇華してゆくこと。そしてそのような〈線〉を濃淡をつけながら明確な描線で何本も引き、その結果見えてくる図柄を、近代日本のバイロン受容を可能にする磁場としての各時代固有の文脈を背景としつつ、〈面〉として浮かび上がらせること。比較文学研究において最も基本的、伝統的な手法としてある影響研究あるいは受容研究については、近代日本文学に関して言えばおおよそされ尽したということが言われて久しかったが、それは材源を特定するだけの低い次元の研究ではそうだという話に過ぎず、影響研究あるいは受容研究はもっと創造的にできるはずだ。〈点〉を〈線〉に、そして〈面〉にまで広げてゆけば、影響研究あるいは受容研究を近代日本精神史として展開できるはずだ――。そう思えた時、比較文学という学問に従事することの意義を自分なりに了解でき、霧が少し晴れたように感じたのだった。

　バイロンを扱ったというのも結果的によかった。バイロンが西洋に与えた文学的、思想的影響についての関心は、学部時代、特にロシア文学、プーシキンやレールモントフ、ドストエフスキーを、翻訳でだが耽読していた時にすでに自分の中に胚胎していた。オネーギンやペチョーリンといったロシアの余計者の人間像とバイロニズムとの関係を解明することは、個人と社会の関係性、もっと言うと近代的自我と伝統的社会との相克の問題を考える上で有効ではないかと、おぼろげながら考えていた。後年、林房雄が『獄中記』の中で、中村光夫のバイロンへの関心について触れ、「バイロンが各國の作家にあたへた影響、そして各國の作家――特にロシアの作家がバイロンを克服して行つたプロセスを研究したいと中村はいつてゐたが、たしかに面白い研究にちがひなからう」（二三二頁）と書いているのを読んだ時、我が意を得たりと思うと同時に、西洋近代と日本的近代の間の乖離の問題にことのほか鋭敏な批評意識を持っていた中村光夫が、他の誰でもない「バイロンが各國の作家にあたへた影響、そして各國の作家――特にロシアの作家がバイロンを克服して行つたプロセスを研究したい」と考えたことの意味が私なりによく了解できた。個人と社会の関係性に対する茫漠とした関心から、日本的近代の問題についてロマン主義文学研究の視点からアプローチしたいという問題意識を醸成し、そしてそこから、バイロン受容についての比較文学的研究を行うという、一見するとつながりの見えにくい展開――。だがそれは部分的に断絶や乱反射を含みながら大きな流れとしては連続している――。このように自任できるようになったことは、自分にだいぶ落ち着きを与えてくれることとなった。そうして私は、「バイロンと近代日本」を博士論文のテーマとすることを決意することとなったのである。二〇〇五年、博士課程三年の冬のことであった。

　それ以降は、書きながら問題意識をかたちあるものにしつつ、そうしてかたちあるものにした問題意識を土台としてさらにまた書き継ぐということを地道に行なっていった。始めから問題意識が明確なものとしてあれば、もっとすっきりと議論の全体の構成を組み立てることができたであろう。が、暗中模索と試行錯誤の中で、これ以外のかたちを取ることは難しかったという気も一方ではする。ただ、自分としては、バイロンからの影響、バイロン受容の来し方行く末がはっきり浮き彫りになるような叙述を心掛けたつもりである。通時性を意識した、原則的に時系列に従った章立てにしたのも、そのような意図による。亀井俊介先生のご高著『近代文学におけるホイットマンの運命』（一九七〇年）から語を拝借すれば、近代日本におけるバイロンの「運命」の物語を描き出したい、というのが私の希望としてあった。従って物語としての叙述の流れ、各章、各節間のつながりなどには比較的注意を払ったつもりである。

ただ、遺憾だったのは、ぜひ論じたいと思っていた大事な論点の幾つかを本書の議論の中に十分に組み込めなかった点である。例えば、バイロン受容の国際比較という論点。これを本格的に行うためには、各国、各地域の言語、文学に習熟、精通していなければならないが、少なくとも二次文献を利用して、バイロンからの影響、バイロンの受容の度合いの大きい国や地域と我が国との比較を行い、それを通じて、我が国固有のバイロン受容のありようを明らかにするということは可能だったと思う。もしそういった議論を終章あたりに組み込めれば、本書の〈面〉としての議論は陰翳を帯び、立体感を伴って立ち上がってきたであろう。また、バイロンと「近代」の関係性の問題についてももう少し字数を割いて詳論すべきであった。これは「はじめに」において組み込むべき論点であったが、いかんせん、時間的な余裕がなかった。これらの重要な論点については、今後の研究の中でしっかり論じていきたいと考えている。

二〇一一年九月に行われた博士論文の口頭試問においては、主査の菅原克也先生（東京大学大学院総合文化研究科教授、所属及び職階は当時のもの、以下同じ）、井上健先生（同教授）、佐藤光先生（同准教授）、アルヴィ宮本なほ子先生（同准教授）、亀井俊介先生（岐阜女子大学文化創造学部教授、東京大学名誉教授）にご審査いただいた。錚々たる先生方にお読みいただき望外の幸せと考えている。心よりの感謝を申し上げたい。審査の際にいただいた貴重なご指摘、ご助言は、書籍化に当たり、できるだけ組み込もうと努めたが、ロマン主義研究の最新の成果を十分咀嚼し、消化すべしというご指摘に関しては、十全に成し得なかった。今後の課題とさせていただきたいと考えている。

審査員の五名の先生方のうち、特にお世話になったお二人の先生にこの場を借りて感謝を申し述べたい。菅原克也先生には修士課程に進学して以来、指導教官として、右も左もわからず比較の大学院に迷い込んできた私に、比較文学研究を進めてゆくための手ほどきを初手からしていただいた。私が迷走に迷走を重ねている時も、辛抱強く見守ってくださった。比較文学者としての私の〝父〟である。また、井上健先生には、日本学術振興会特別研究員に採用された際、受け入れ先教員となっていただき、ご指導を賜った。折々にいただいた温かいお言葉、行き届いたお心遣いに勇気づけられること大なるものがあった。勉誠出版をご紹介くださったのも井上先生である。改めて心より御礼申し上げたい。

また、私事にわたるが父と母にも感謝したい。物心両面で学生、院生時代を支えてもらった。恐らく、次男坊が十数余年もかけて取り組んできたものがどのようなものであるかについてはよくは理解してはいなかったであろう。だが、学び続けるということについては理解をしてくれた両親であった。不透明な将来に関して心配もしていたことと思う。にもかかわらず、終始応援してくれたことに対して、素直に有難うと言いたい。

最後に、親友である李京僖の名前を挙げたい。韓国からの留学生である彼女は大学院入学時の同期、同じ菅原ゼミの仲間で、いつしか親しく言葉を交わすようになった。以来、お互いの勉強の近況、論文執筆の進捗などを報告しあい励ましあいながら共に苦しい院生時代を過ごした。彼女は一足先に日本浪曼派についての優れた博士論文を書き上げ、韓国に帰国したが、彼女の存在がなかったら、私は博士課程を全うしていなかったかもしれず、従って本書の存在もなかったかもしれない。方向喪失状態で迷走、漂流している自分に嫌気がさして、もう文学なんぞ、大学院なんぞやめてしまおうという思いを募らせていた私が、やめることを取りあえず保留し、もう少し頑張ってみようと気持ちを立て直すことができたのは、ある日の、控えめながら篤実な彼女の激励の言葉があったからであった。人文学の研究はおおよそ孤独な作業であるが、私の閉塞しがちな自我が堂々巡りの空回りの果てに軌道から外れてゆかずにすんだのは、この心友との持続的な会話があったからだと思っている。やはり心からの感謝を言いたいと思う。

本書の刊行に当たり、勉誠出版の堀郁夫氏には一方ならぬお世話になった。諸事情で書き直し及び校正に難航している私の原稿の到着を辛抱強く待ってくださった。ご迷惑をおかけしたことをお詫びするとともに、深甚なる感謝を申し上げたい。なお、本書は、二〇一四年度日本学術振興会科学研究費補助金「研究成果公開促進費(学術図書)」の助成を受けたものである。文学研究の学術図書の出版が難しい状況下、このような制度があったからこそ本書の出版が可能となったということも付記しておきたい。

二〇一五年二月

菊池有希

索　引

・本書で言及した主要な人物、書名、論文名、事項を項目として選んだ。
・人名項目について、「章」や「節」で中心的に取り上げた人物は、頁数を通しで表記し、言及の開始頁を太字で記した。

主要人名・書名索引

バイロンの主著

『イングランドの詩人とスコットランドの批評家』2, 303
『海賊』（「コルセーア」）　2, 8, 407, 409, 410, 443
『カイン』　3, 8, 21, 22, 42, 158, 288, 407, 409, 410, 420, 487
『サーダナペイラス』（「サルダナパラス」）3, 440, 441, 504
『ションの囚人』（「シオンの囚人」）　3, 13, 111, 112, 148-153, 157-164, 167, 169, 170, 172-174, 177, 181-191, 193, 194, 201, 205, 263
『審判の幻影』　3, 410
「大洋の歌」（「『大洋』の歌」）　333, 336-348, 350-357, 360-362, 364, 365, 367-372, 374, 375, 378-384, 387, 389, 390, 393-399, 425, 426, 443-445, 454, 568
『チャイルド・ハロルドの巡礼』　8, 22, 42, 119, 295, 338, 351-353, 358, 453, 454, 458, 493, 504
『チャイルド・ハロルドの巡礼』第一歌　2, 7, 20, 39, 55, 330, 458
『チャイルド・ハロルドの巡礼』第二歌　2, 7
『チャイルド・ハロルドの巡礼』第三歌　3, 7, 54, 59, 68, 104, 113, 115, 117, 118, 125, 131, 133, 135, 145, 153, 291, 349, 453
『チャイルド・ハロルドの巡礼』第四歌　3, 7, 115, 116, 118, 119, 125, 316, 330, 336, 337, 344, 345, 375, 380, 389, 394, 395, 397, 425, 513
『ドン・ジュアン』（『ドン・フアン』『ドン・デュアン』）　3, 7, 21, 32, 33, 34, 36, 37, 57, 59, 63, 68, 288, 413, 443, 487, 504, 513, 564, 585
『マンフレッド』（「マンフレッド」）　3, 8, 13, 21, 39, 42, **75**-100, 102, 107-109, 153, 158, 184, 191-194, 197-201, 204-208, 212-215, 217, 220-224, 227-240, 242-253, 255, 256, 258, 260-264, 266-269, 271-277, 296, 297, 327, 329, 342, 391, 399, 407, 410, 429, 430, 441, 447, 449, 452, 454, 459, 487, 504, 520, 522, 532-534, 536, 537, 539, 542, 543, 552, 562

あ行

アーノルド、マシュー　120-126, 129, 130, 134, 136, 138, 139, 143, 309, 331, 480
　「バイロン論」　121, 123-125, 143
　「ハインリッヒ・ハイネ」　309
　『批評集』　121, 124, 309
芥川龍之介　392, 400, 470, 496
　「或阿呆の一生」　400
　「大導寺信輔の半生」　470, 475
姉崎嘲風　438, 439, 453, 455, 495
　「現時青年の苦悶について」　455
阿部知二　501-505, **527**-553, 555-557, 576-579
　『新譯バイロン詩集』　504, 533, 534
　『世界文学の流れ』　549
　『世界文学の歴史』　549, 557
　『バイロン』（研究社英米文學評傳叢書四三）　504, 533, 553
　『バイロン』（評論）　533, 537-542, 544, 550, 556, 557, 585
　『バイロン詩集』（世界詩人全集二）　532-534, 556
　『冬の宿』　527
　『捕囚』　527-529, 532-534, 536-540, 542, 545, 547-553, 556, 579
　『ロレンス研究』　550
　「ロレンスとハクスリ」　543, 544, 550

「ロレンスの人間主義」 550
有島武郎 17, 22
在原業平 293-298, 329
石川啄木 467, 469, 470, 475, 496
『鳥影』 467, 469, 470, 475
泉鏡花 17, 21, 22, 316
伊藤博文 506, 512-515, 518-526, 575, 585
井上馨 506, 518
岩野泡鳴 40, 65
巌本善治 111, 144, 286
上田敏（柳村） 302, 304, 311, 323, 326, 332
「希臘思潮を論ず」 302
上村左川 284
「バイロン」 284
植村正久 41-47, 54, 61, 65, 110, 124, 125, 286, 307, 414
「厭世の詩人ロード・バイロン」 41, 42, 44, 45, 61, 124, 125, 307, 414
牛山充 476, 587
『バイロン詩集』 476
エマソン(エマーソン) 67, 69, 76, 105, 108, 109, 111, 234
大井憲太郎 159, 162, 185
大矢正夫 162-164, 171, 177, 181, 185-187
大和田建樹 394, 452, 587
『書生唱歌』 394
『新調唱歌　詩人の春』 394
「バイロン氏の大海原」 394
岡倉天心 17, 21
岡倉由三郎 21
岡本成蹊 504
『バイロン全集』 504, 505
『マンフレッド・カイン』 504
落合直文 39, 64

か行

カーライル 8, 233, 277, 321, 326, 430
『サーター・リザータス』 321, 430, 454
片山彰彦 504
『バイロン詩集』 504
亀井勝一郎 41, 65, 391
河上徹太郎 502
川路柳虹 477, 478, 483, 496
「バイロンと現代」 478, 496
蒲原有明 17, 22, 40, 65, 337, 394, 453
「創始期の詩壇」 22, 40
キーツ 309-315, 331, 426, 431, 482
北村透谷 13, 14, 17, 45-62, 65-67, **70**-79, 81-95, 98-121, 123-130, 133-142, **146**-278, 280-282, 284-286, 290, 293-298, 300-302, 307, 308, 316-319, 323-326, 328-330, 332-335, 339-361, 369, 370, 372, 374, 382, 383, 393, 395-399, 402, 405, 406, 410, 414, 447, 451, 452, 457, 559-572,576, 577, 579, 584, 585
「哀詞序」 277
石坂ミナ宛書簡 50, 126, 128, 144, 171-173, 186-189, 225, 226, 264
「一夕觀」 105, 262, 269-274, 277, 278, 562, 584
「一點星」 82, 84-86
『エマルソン』 74, 105, 108, 275
「厭世詩家と女性」 51-62, 67, 69, 105, 110, 119, 137, 265, 290, 293, 294, 297, 307, 328, 414
「各人心宮内の秘宮」 108, 243, 244
「客居偶錄」 339, 340
「虚榮村の住民」 112, 113, 115-120, 123, 126-130, 134, 136, 137, 139
「國民と思想」 141
「悟迷一轉機（文覺、西行、芭蕉等の品性を評すべし）」 74, 274
「最後の勝利者は誰ぞ」 261
「慈航湖」 192, 233, 239, 272
「心機妙變を論ず」 240-246, 248-250, 254, 259, 261-266, 269-271, 273-278, 562
「人生に相渉るとは何の謂ぞ」 70-74, 91-94, 97-103, 105, 108, 109
「眞一對一失意」 74, 88, 90-95, 99, 100, 108, 113, 275
「心池蓮」 259, 264
『楚囚之詩』 13, 111, 112, 125, 148-152, 158-167, 169-191, 193, 194, 201, 205, 227, 263, 562, 579
「他界に對する觀念」 102, 103, 108, 215, 219, 220, 223, 227, 235
「兆民居士安くにかある」 130, 133, 134, 137, 139
「透谷子漫錄摘集」 74, 208
「萬物の聲と詩人」 104, 215, 217, 218, 224, 226, 233, 234, 328

「富嶽の詩神を思ふ」 74, 139, 140, 145, 146
「富士山游びの記臆」 199
『蓬萊曲』 13, 78, 80, 81, 84-86, 107-109, 184, 187, 191-194, 198-201, 204-209, 213-215, 217-226, 228-240, 245, 246, 248, 254, 262, 263, 270-273, 275, 277, 562, 579
「星夜」 262, 266, 268, 269, 271, 272, 277
「松島に於て芭蕉翁を讀む」 74, 75, 77-79, 81, 82, 84-88, 90-92, 99-101, 105, 107, 108
「マンフレッド及びフオースト」 45, 50, 60, 61, 66, 102, 200, 226, 234
「三日幻境」 74, 180-182
「我牢獄」 177-180, 182, 190
北村美那子(石坂ミナ) 47, 50, 126, 128, 144, 145, 170-174, 177, 181, 186-190, 225, 226, 239, 264, 265, 274, 276, 340
「国府津時代と公園生活」 340, 395
木村毅 472-475, 496, 504
『傳記小説バイロン』 496, 504
「讀まざる詩人の追懷」 472, 475, 496
木村鷹太郎 21, 284, 332, 406, **407**-424, 425, 446, 445, 447, 451, 452, 457, 464, 475, 476, 496, 569, 571, 585
『宇宙人生の神秘劇　天魔の怨』 21, 407
『艶美の悲劇詩　パリシナ』 407
「海賊及び『サタン』主義」 409, 413-418, 420, 421, 452
『汗血千里　マゼッパ』 407
「詩人バイロンの耶蘇教攻撃」 419, 420
『日本主義國教論』 417, 452
『バイロン　評傳及詩集』 407, 476
『バイロン　文界之大魔王』 407, 409, 412, 413, 419, 421-423, 451
『バイロン傑作集』 332, 407, 423, 452, 475
「バイロンの不平及び厭世」 421
『耶蘇教公認可否論』 419, 420
國木田獨步 17, 21, 106, 327
蔵原惟人 499
ゲーテ 1, 9, 10, 18, 45-47, 52, 102, 200, 220, 234, 237, 275, 304, 305, 309, 311-315, 320, 321, 331, 430, 454
『ファウスト』 21, 102, 200, 220, 233, 235, 237, 275
兒玉花外 456, 483, 484, 497, 588
『短編バイロン詩集』 483, 497
小林多喜二 499, 500, 551
小林秀雄 61, 500
小日向定次郎 284
「バイロンを讀む」 284
今日出海 528, 530
「三木清における人間の研究」 528

さ行

西行 109, 139, 232, 236, 274, 289, 299
西郷隆盛 524
斎藤野の人 426, 441
櫻井明石 266
佐藤道大 476
『バイロン名詩選』 476
シェイクスピア 1, 108, 244, 274, 284, 431, 432, 434, 439
シェリー 2, 3, 52, 211, 238, 288, 309-312, 322, 329, 331, **333**-400, 412, 439, 479, 485, 487, 488, 497
島崎藤村 14, 17, 41, 44, 45, 285, 286, 290, 291, 299, 301, **302**-311, 313-316, 318-321, 323-326, 329, **333**-400, 406, 449, 469, 475, 566-568, 575-576, 579
『家』 360, 369, 373, 374, 385
「聊か思ひを述べて今日の批評家に望む」 302, 303, 308, 310, 319, 320, 330
『海へ』(「海へ」) 377, 380, 381, 384, 386, 390, 398, 399
「おくめ」 370, 371, 372
「海岸」 374
「ことしの秋」 299
『櫻の實の熟する時』 44, 351, 352, 358, 385, 386, 399, 400, 450
『新生』 376, 383, 385, 386, 391-393, 399, 400, 579
「西花餘香」 362, 371
「津輕海峽」 448, 450, 451
「新潮」 361, 364, 365, 367-371, 382, 383, 397, 398
「日光」 374-377, 450
『春』 333-336, 339-341, 344-346, 350-352, 360-362, 364, 365, 367-370, 372-376, 378, 382, 383, 387, 389, 394-398, 406, 451, 469, 566
「葡萄の樹の蔭」 313
「『文學界』のこと」 334
「柳橋スケツチ」 374, 377, 398

『夜明け前』　325, 384, 393, 567, 568, 575, 576, 584
「六子に寄するの詩」　329
ショーペンハウアー　317, 318, 427
スウィントン　148-150, 183, 185, 227
『英文学研究』　148-150, 182, 184, 227
末松謙澄　17, 20
「髑髏杯歌」　20
スペンサー、ハーバート　317, 419

た行

田岡嶺雲　17, 21
高橋五郎　284, 330, 588
『チヤイルドハロールド　江湖漂飄泛錄』　284
高見順　501, 553, 594
『昭和文学盛衰史』　501, 553
高山樗牛　406, 407, 415, **424**-446, 453, 454, 457, 458, 495, 569-572, 586
「姉崎嘲風に與ふる書」　438, 439, 454
「ウォーヅヲースとバイロン」　431-434, 437, 439
「海の文藝」　443, 444
「厭世論」　426-431, 441
「國民的詩人とは何ぞ」　431, 432, 434, 439
「日本主義」　434, 435
「美的生活を論ず」　438, 440
「『文學界』の諸君子に寄するの書」　429, 430, 433
「文明批評家としての文學者」　437
武田麟太郎　500
谷崎精二　504
『バイロン　情熱の書』　504
ダンテ　59, 233, 234, 285, 334, 436
『神曲』　233, 235
鶴見祐輔　504
『英雄天才史伝バイロン』　504
テーヌ　42, 45, 48-50, 53, 54, 56-59, 66, 67, 148, 151, 199, 200, 227, 328, 329, 352, 449, 450, 508
『英国文学史』　42, 66, 67, 148, 199, 200, 352, 449, 450
「バイロン卿の曼弗列度を論ず」　329
「バイロンとゲーテ」　329
寺西武夫　504
「マンフレッド」　504
土井晩翠　425, 441, 426, 444, 453, **456**-465, 475, 482-484, 495, 497, 504, 569
「亞細亞大陸回顧の歌」　458, 495
『チャイルド・ハロウドの巡禮』　482, 497
『東海游子吟』　456-459, 462, 465, 475, 495
「バイロン」（長詩）　62, 65, 182, 187, 284, 290, 459, 460, 462, 464, 465, 475, 503, 504, 507
『バイロン詩集』　504
「夕の思ひ」　495
「歐羅巴大陸回顧の歌」　458, 462-464
東海散士　28, 30, 34, 64, 111
戸川秋骨　111, 144, 289, 292, 299, 301, **316**-329, 404, 405, 565, 566
「歌祭文の曲を聽く」　331
「英國詩壇の芸術趣味」　322
「氣焔何處にかある」　332
「近世の思潮を論ず」　322, 327
「近代文學の傾向」　322
「近年の文界に於ける暗潮」　316
「自然私觀」　316
「塵窓餘談」　404
「俳人の性行を想ふ」　299
「變調論」　289, 328
「迷夢」　329
徳富蘇峰（猪一郎）　29, 34, 63, 111, 120, 403
「新日本の詩人」　29, 31, 63, 120
『天然と人』　394
徳富蘆花　394
『思出の記』　394
豊臣秀吉　417

な行

中江兆民　28, 34, 63, 111, 130
『革命前法朗西二世記事』　29, 30, 145
『三酔人経綸問答』　29, 30
『民約譯解』　134
長澤別天　**31**-39, 36, 38, 60, 63, 64, 111, 136, 585
「英國詩人ロード、バイロン」　32-34, 37, 63
「英國詩人ロード、バイロン略傳」　32, 34, 37, 63
中野好夫　504
『バイロン手紙と日記』　504
ナポレオン　113-120, 123, 127, 416, 417

ニコル、ジョン　476
『バイロン』　476

は行

ハーン　473, 474
『文学の解釈』　473
ハイネ　8, 10, 12, 39, 304, 305, 309-313, 331, 426, 431, 437, 439, 442, 443, 454, 489-495, 502, 506, 507, 514-519, 524, 525, 555
芭蕉　71-77, 79, 81, 82, 84, 85, 87, 88, 90-95, 97-110, 139, 241, 274, 299, 352
『奥の細道』　75-78, 82, 84, 352
幡谷正雄　476, 477, 480, 481, 483, 486-488, 496, 497, 504
「革命の詩人バイロン」　480, 486, 497
『バイロン詩集』　476, 480, 496, 504
「バイロンと世界文學」　480
「バイロン年譜」　480
馬場孤蝶　287-289, 292, 299, 301, 326, 328, 330, 333, 394, 429
「海音潮聲」　394
「想海漫渉」　287, 299
「蝶を葬むるの辭」　429
林房雄　500-503, **505**-527, 553-555, 572-576, 579, 585
『勤皇の心』　524, 555
『獄中記』　506, 508, 509, 514, 515, 517, 553-555,
「作家のために」　510
『青年』　506-519, 523-525, 554, 555, 575
『壮年』　506-508, 516-520, 522-527, 553, 555, 575, 584, 585
『大東亜戦争肯定論』　526, 585
「文學のために」　510
『文明開化』　526, 553
『浪曼主義のために』　522, 555
原抱一庵（抱一庵主人）　284
ハルトマン　317, 427
日夏耿之介　12, 50, 326, 456-458, 495, 504
「バイロン」　504
「バイロン研究」　504
「本邦に於けるバイロン熱」　12, 456
平田禿木　291, 295, 299, 301, **308**-326, 328, 330, 331, 333, 395, 565, 566
「鬱孤洞漫言」　291, 295, 299
「かたつむり」　290, 291
「作家某に與ふるの書」　308, 313, 315, 319, 320, 330
福原麟太郎　453, 476
『詩心巡禮——バイロンほか二詩人の研究』　476
藤野古白　316, 319
藤村操　22, 447, 448, 450, 451, 454, 455, 457
星野天知　241, 276, 291-298, 301, 326, 327-330, 333
「怪しき木像」　241, 276
「狂僧、志道軒」　327, 330
「骨堂に有限を觀ず」　291
「業平朝臣東下りの姿」　293, 294, 298, 301, 329
「文覺上人の本領」　241

ま行

槇村浩　488-495, 497
「バイロン・ハイネ」　489, 491, 493, 494, 495
正富汪洋　475, 476
『バイロンシエリイ詩人詩集』　476
『天才詩人バイロン』　476
松山敏　476, 589
『バイロン詩集』　476
『バイロン名詩小曲集』　476
『バイロン名詩選集』　476
マルクス　484-488, 493, 494
三木清　528, 529, 530, 537-539, 541-543, 543, 550-552, 555, 578, 579
三島由紀夫　525, 555
『林房雄論』　525
三好十郎　476
『バイロン』（ニコル原著）　476
ミルトン　9, 29, 31, 52, 59, 412
ムーア、トマス　54, 407
『バイロン卿の生活、書簡、及び日記』　54, 407
モーロア　504, 587
森鷗外　17, 20, 21, 22, 39, 64, 78, 107, 452, 534
「いねよかし」　20, 39, 64, 410
「戯曲曼弗列度一節」　39
『於母影』　20, 22, 38-40, 42, 61, 65, 78, 107, 410, 534
「マンフレツト一節」　22, 39, 40, 410
「みをつくし」　292, 301, 328

文覚　240-242, 249-262, 264-266, 269-271, 273, 274, 276

や行

保田與重郎　526
山縣五十雄　394
　『英米詩歌集』　394
　「大洋」　394
山路愛山　70-73, 92, 93, 95, 98, 100, 106, 330
　「平民的短歌の發達」　71, 72, 92
　「唯心的、凡神的傾向に就て」　73
　「頼襄を論ず」　70, 71, 72
横山有策　480, 481, 483-486, 497
　「革命の詩人バイロン」　480, 484, 497
與謝野鉄幹　12, 490, 491
　「人を戀ふる歌」　12, 490
　「文藝雜爼」　490
米田実　284
　『バイロン』　284

ら行

リヴィングストン　471, 550
ルソー　29, 129-136, 144, 145
　『告白』　134
ロレンス　542-545, 547, 549, 550, 552
　『死せる男』　547, 549, 550, 552, 556
若目田武次　447, 454, 504, 589
　『劇詩マンフレッド』　504

書名・論文名

『英米百家詩選』　394
「革命的偉人としての文覺上人を論ず」　241
「北村透谷を吊す」　280, 282, 284, 325
『近代の超克』　524
「青年壯士の熱病」　405
創世記　90, 275, 420
「チヤイルド、ハロールト漂流記」　394
「バイロン卿」　120, 143
「バイロン卿の傳」　281, 283, 284, 326
「バイロン卿を論ず」　281-284, 325, 326
「バイロンを論ず」　284
『マルクス伝』　485

事項索引

「悪魔派」　43, 408, 411-414, 421
イオロスの竪琴　205, 211, 212, 215, 218, 228
イロニー（イロニイ）　525, 526
ウィーン体制　4, 119, 123
ウェルテル熱　326, 405
欧化主義　31, 415
大阪事件　159, 162, 163
カーライル熱　326, 405
革命的ロマン主義　475, 479-484, 486, 488, 491-494, 498, 580
貴族主義　143, 493, 494
ギリシャ独立戦争　4, 7, 28, 30, 33, 37, 38, 42, 64, 141, 459, 469, 550, 577
義和団事件　465, 490
近代自我（近代的自我）　9, 14, 15, 16, 65, 107, 186, 194, 198, 222, 236, 237, 276, 526, 562, 577, 579, 581-583
「近代の超克」　498, 524, 541, 550, 552, 554, 578
行動主義　502, 576
国際共産主義　500
国粋主義　11, 415
コミンテルン　480, 500
「疾風怒濤」　277, 312
「死とよみがえり」　549-552, 557, 579
社会主義　21, 31, 483, 488, 497, 499
自由主義　5-8, 19, 20, 29-31, 33, 34, 36-38, 112, 120, 121, 125, 129, 130, 137, 144, 150, 151, 226, 311, 403, 410, 459, 461, 462, 482, 483, 488, 491, 494, 498, 501, 502, 505, 510, 513, 518, 520, 523, 525, 526, 560, 569, 572-582
自由民権運動（民権運動）　28, 29, 111, 126, 128-130, 134, 136, 138, 141, 162, 163, 171, 178, 181, 182, 189, 190, 225, 236, 274, 560, 562
「宿命の女」　207
辛亥革命　481
人生相渉論争　70, 73, 74, 100, 104-106, 110, 124, 125, 191, 241, 403
「縄墨打破」　286, 288-290, 292, 293, 296, 298-301, 323, 327, 328, 333, 335, 372, 373, 382-387, 391-393, 403-405, 410, 414, 451, 457
「正のロマン主義」　19, 88, 99, 562, 563, 565, 584

世界恐慌　501
全体主義　493, 494, 500, 501, 502, 505, 528, 551, 578
全日本無産者藝術連盟（ナップ）　499
第一次世界大戦（第一次大戦）　384, 478, 496, 498, 499
大東亜戦争　502, 527, 575-577, 580, 585
大日本協会　415, 424
帝国主義　38, 403, 415, 488-491, 493, 494, 510, 511, 525, 573, 574, 575
転向　186, 256, 361, 372, 382, 424, 500, 502, 506, 523, 526, 554
ナショナリズム　4, 28, 36, 37, 38, 402, 403, 405, 406, 415, 424, 425, 434, 436, 437, 441, 443, 445, 446, 454, 460, 464, 465, 491, 554, 569
ナポレオン戦争　4, 118-120
日支事変　502
日清戦争　38, 324, 332, 402-406, 415, 417, 429, 434, 435, 446, 448, 450, 456, 457, 465, 490, 569, 571
日露戦争　406, 407, 447, 448, 450, 456, 457, 464, 465, 466, 471, 472, 475, 494, 495, 506, 569, 571
日本主義　407, 408, 415-425, 435-437, 440, 441, 452, 464, 502, 506, 526, 569, 570
日本プロレタリア文化連盟（コップ）　499
日本浪曼派　64, 507, 554
バイロニズム　7, 13, 14, 19, 100, 181, 182, 191, 193, 194, 205, 215, 223, 229, 230, 263, 264, 272-274, 277, 289, 292, 295-298, 300, 303, 304, 307, 308, 315, 316, 319-325, 327-331, 333, 335, 372, 382-386, 391-393, 402, 405-409, 413-415, 418, 421, 424, 425, 433, 435, 436, 438, 442, 443, 445-448, 450, 451, 455, 457, 464, 465, 467, 484, 486, 498, 505, 522, 527, 559, 564, 581
バイロニック・ヒーロー　3, 5, 7-9, 17, 20, 32, 39, 78, 85, 181, 190, 191, 230, 263, 274, 297, 391, 392, 424, 441, 467, 475, 559, 560, 561, 581
バイロン死後百年記念　476, 477, 482, 484, 494, 496, 498, 504, 511
　『日本詩人』　472, 476-480, 484, 486, 496, 497
　『早稲田文學』　472, 476-480, 484, 486, 496, 497
　『英語青年』　476
バイロン熱　1, 5, 7, 11-18, 20-22, 31, 34-41, 45, 60-62, 65, 110, 112, 130, 136, 137, 280, 284-286, 292, 300-303, 307, 308, 313, 317-319, 322, 323, 325, 326, 332-336, 341, 350, 359, 361, 369, 370, 376, 381-383, 386, 387, 393, 397, 402, 403, 405-408, 410, 424, 426, 429, 445, 447, 448, 450-452, 454, 456-460, 462, 464-466, 468, 469, 471, 472, 474, 475, 491, 494, 495, 498, 501, 505-507, 511, 524-529, 533, 550-552, 559, 561, 564-579-583, 585
「美妙なる自然」　101, 103-105
ヒューマニズム　34, 36, 47, 223, 226, 237, 276, 278, 486, 502, 542-545, 547, 550, 552, 556, 577, 578, 580
「「力」としての自然」　101-105, 109
「負のロマン主義」　6-10, 18, 19, 40, 43, 45, 61, 88, 99, 182, 227, 297, 307, 324, 427, 559-573, 576-579, 581, 582, 584
フランス革命　1, 4, 12, 29-31, 119-121, 129, 135, 136, 461, 462, 482, 483, 487, 581
プロレタリア文学　488, 499-501, 523
『文學界』（明治期）　13-15, 17, 70, 73, 241, 284-287, 289-293, 298-302, 308, 313, 316, 319, 323, 325, 327, 329, 330, 332, 333-335, 359, 371, 402-407, 410, 414, 429, 430, 433, 446, 451, 457, 565-567, 569, 570, 571
『文學界』（昭和期）　500, 501, 502, 506, 507, 524, 527, 528, 537, 544, 554, 556
文芸復興　500
文明開化　144, 415, 524-526, 553, 560, 574
平民主義　29, 403
マルクス主義（マルキシズム）　481, 484, 486, 488, 498-501, 505, 506, 510, 511, 515, 525, 526, 528, 530, 536, 573
満州事変　500, 501
モダニズム　502, 576
ラッダイト運動　2, 493, 511
ロシア革命　480, 481, 499
ロマン主義　9, 10, 12, 14, 15, 18, 37, 38, 67, 86-88, 99, 104, 106, 133-135, 145, 284, 286, 287, 305, 307, 330, 335, 338, 346, 358, 361-379, 387, 390, 393, 395-398, 437, 444, 469, 475, 478, 484, 490, 577, 582-584
　→「負のロマン主義」も参照

【著者略歴】

菊池有希（きくち・ゆうき）

1978年、宇都宮生まれ。2001年、東京大学文学部仏文科卒業。2011年、東京大学大学院比較文学比較文化博士課程修了。博士（学術）号取得。現在、都留文科大学文学部国文学科講師。専門は比較文学。主な論文に、「発心するマンフレッド、悔改める文覚――北村透谷の「心機妙變」観」（『比較文学』第48巻、2006年3月）、「阿部知二『捕囚』における「近代」の問題――三木清、バイロン、D. H. ロレンス」（『比較文学』第50巻、2008年3月）、「林房雄におけるバイロン受容の展開――『青年』から『壮年』へ」（『比較文学』第52巻、2010年3月）がある。

近代日本《きんだいにほん》におけるバイロン熱《ねつ》

（平成26年度日本学術振興会科学研究費補助金「研究成果公開促進費」助成出版）

2015年2月20日　　初版第一刷発行

著　者　菊池有希

発行者　池嶋洋次

発行所　勉誠出版株式会社

〒101-0051　東京都千代田区神田神保町3-10-2

TEL：(03)5215-9021(代)　FAX：(03)5215-9025

〈出版詳細情報〉http://bensei.jp/

印刷・製本　シナノパブリッシングプレス

装丁　萩原睦（志岐デザイン事務所）

組版　（有）地人館

ISBN978-4-585-29088-9　C3098